鹿鼎記
金庸

前頁圖片／元濟「海宴河淸圖」——元濟，即石濤，淸初最受推崇之大畫家，生於明崇禎十三年左右，比韋小寶約大十六歲。本圖作於己巳年，即康熙廿八年，該年簽署尼布楚條約，康熙南巡至揚州、杭州亦在該年。石濤繪製此圖以獻，題詞中有「堯仁總向衢歌見，禹會遙從玉帛呈」句，頌揚康熙爲堯禹，即韋小寶所謂之「鳥生魚湯」。自來評者稱石濤爲明宗室，畫中有黍離故國之思，然其時天下太平，生民安樂，石濤深爲感動，因此也要「臣僧元濟九頓首」了。

康熙中年時畫像——現藏紐約大都會博物館。

圖一／鄭軍攻打熱蘭遮。
圖二／永曆二十五年大統曆，鈐有鄭成功之「招討大將軍印」，現藏倫敦博物館。
圖三／南安石井鄭氏家廟所奉之鄭成功像。
圖四／鄭成功所建之台南運河城。

圖一

圖三

圖二

圖四

圖一／明延平郡王誥封箱。
圖二／延平郡王祠內所供之鄭成功像。
圖三／台南延平郡王祠大門。

圖一

圖三

鄭成功攻台圖
—王司馬繪。

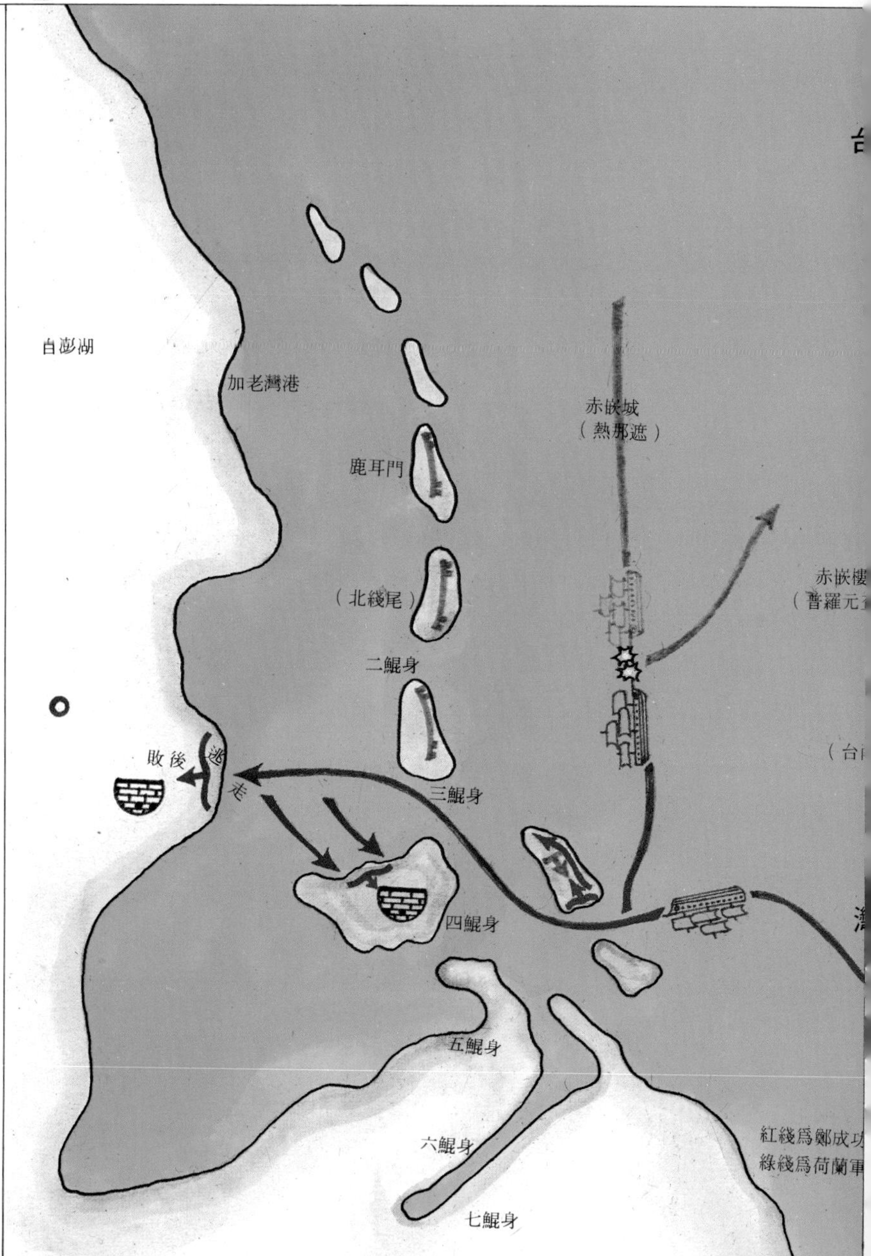
白澎湖
加老灣港
鹿耳門
（北綫尾）
二鯤身
三鯤身
四鯤身
五鯤身
六鯤身
七鯤身
赤嵌城
（熱那遮）
敗後
逃
走
赤嵌樓
（普羅元
紅綫爲鄭成功
綠綫爲荷蘭軍

萬壽貢象圖——康熙五十歲生日，全國盛大慶祝，南方屬國貢象祝賀。此木刻版畫根據王原祁所主持繪畫之長卷而作，係當時情景之寫實。

圖一

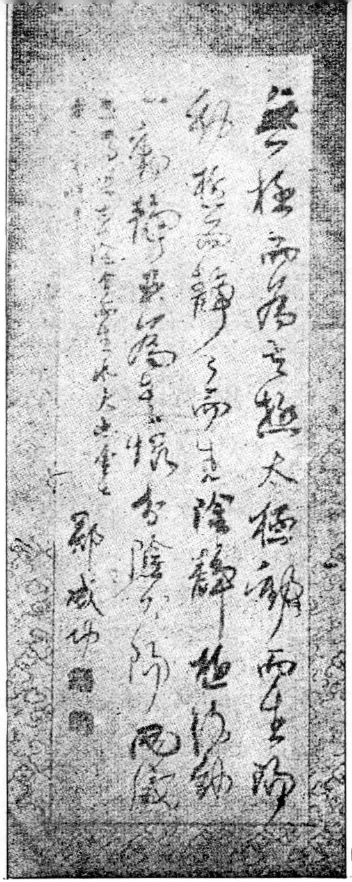

圖二

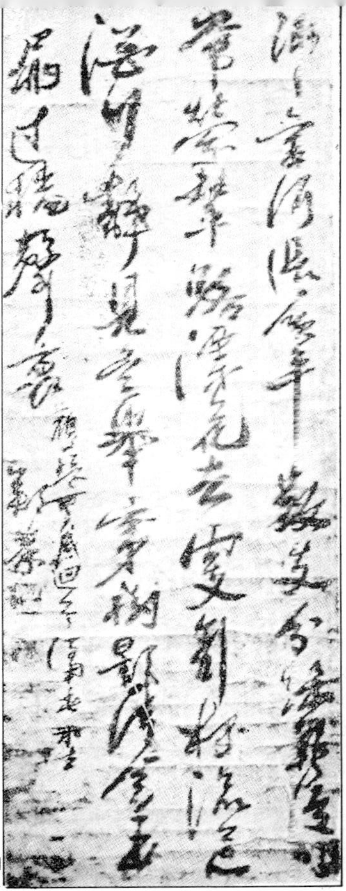

圖三

圖一／鄭成功像。（現藏台灣省立博物館）。
圖二、三／鄭成功之書法。

圖一／滿清全幅甲冑之旗兵。
圖二／台南陳永華墓，墓碑碑文爲：「皇明贈資善大夫正治上卿都察院左都御史總制諮議參軍監軍御史謚文正陳公暨夫人淑貞洪氏墓」。
圖三／「鄭成功雄師壓港圖」，原載瑞士人赫普特 (A. Herport) 所著「台灣旅行記」。圖四／台南安平古堡之古炮。
下圖／中俄分界圖——圖中有紅色直線部分，爲雅克薩一戰後中俄劃界、中國所得的疆土。

圖一

圖三

圖二

圖四

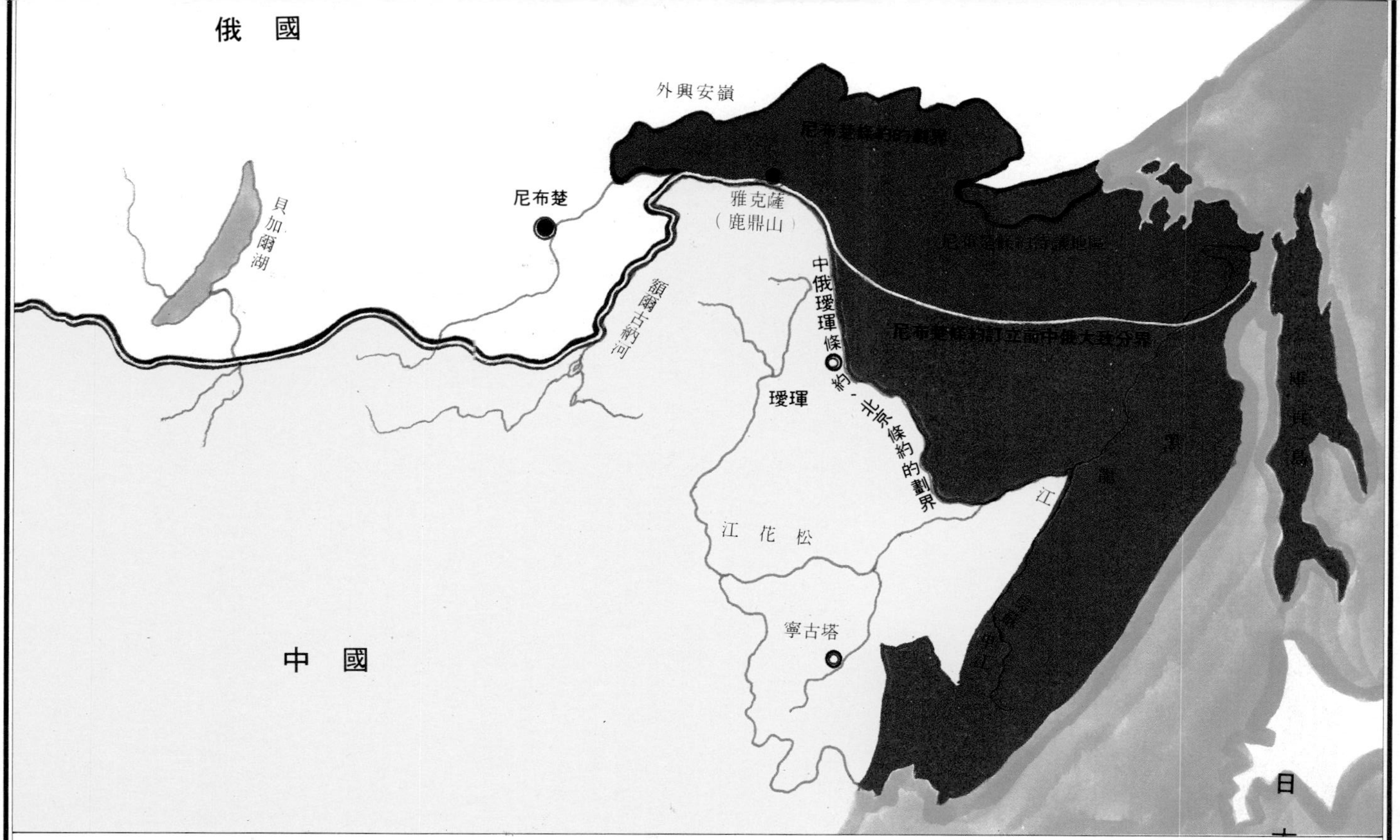
俄國
外興安嶺
貝加爾湖
尼布楚
雅克薩
（鹿鼎山）
額爾古納河
中俄璦琿條約、北京條約的劃界
璦琿
松花江
寧古塔
中國
江
日

圖一／鄭成功軍炮轟熱蘭遮要塞。
圖二／澎湖人民抵抗荷蘭兵入侵。
圖三／鄭成功軍攻熱蘭遮，擊沉荷蘭軍艦。以上海戰諸圖，錄自「被忽視的台灣」一書，該書作者署名C.E.S即當時駐守台灣的荷蘭總督揆一及其僚屬。書中指責荷蘭當局忽視台灣。

圖三

圖一

圖二

荷督揆一及荷軍投降，列隊而過鄭成功受降台。

康熙中年時畫像（部分）——臉有壽斑，微有白髮，當接近原貌。

康熙在王鴻緒密奏上的硃批。

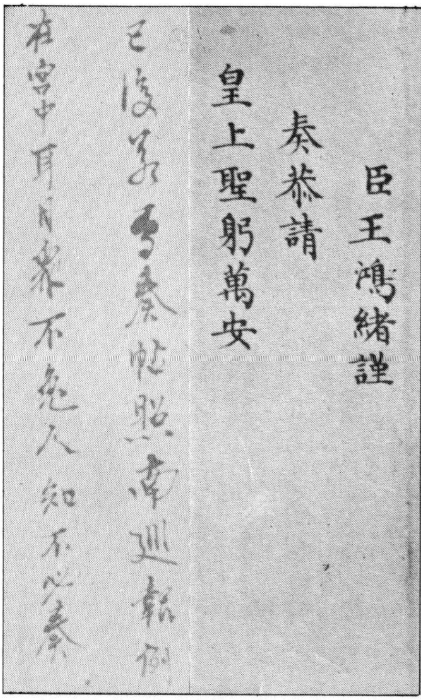

臣王鴻緒謹
奏恭請
皇上聖躬萬安

已後若有奏帖照南巡報例
在宮中耳目衆不免人知不必奏

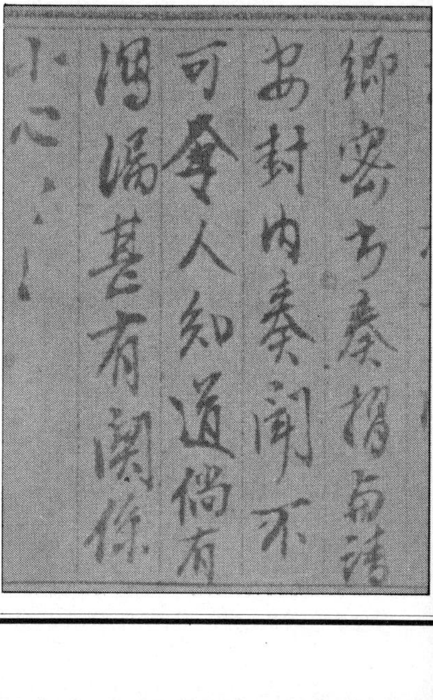

卿密之奏摺當請
安封內奏聞不
可令人知道倘有
洩漏甚有關係
小心小心

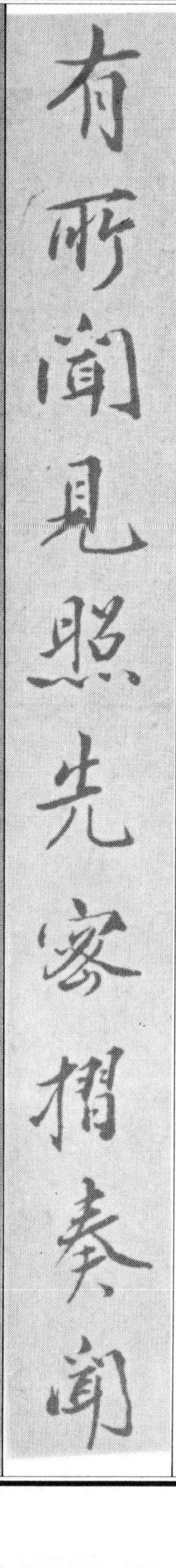

有所聞見照先密摺奏聞

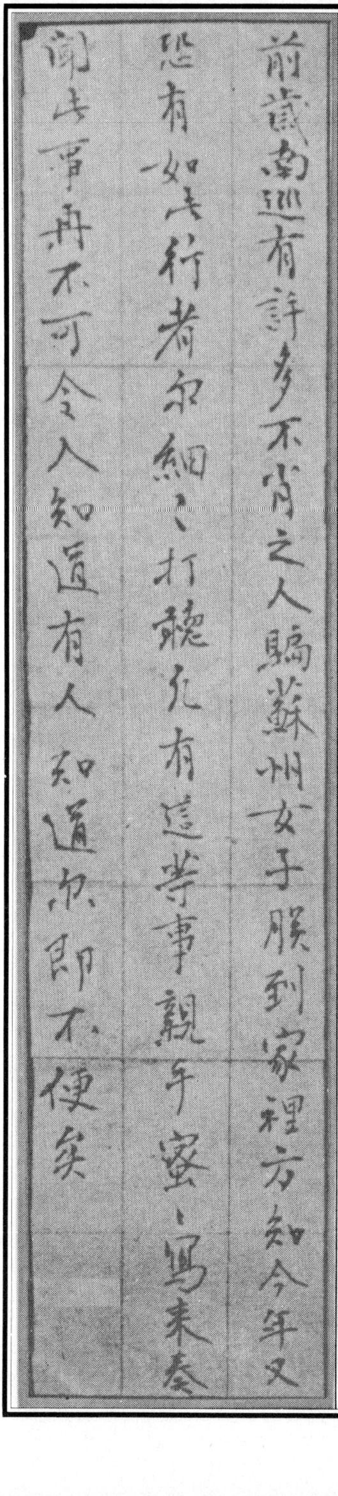

前歲南巡有許多不肖之人騙蘇州女子朕到家裡方知今年又
恐有一如是行者爾細細打聽凡有這等事親手密密寫來奏
聞此事再不可令人知道有人知道爾即不便矣

圖一／八旗都統纛圖。
圖二／中俄尼布楚條約。
圖三／沙俄軍隊虜掠中國人民。
圖四／沙俄的反華宣傳畫，吹噓俄軍屠殺清兵的戰績。

圖一

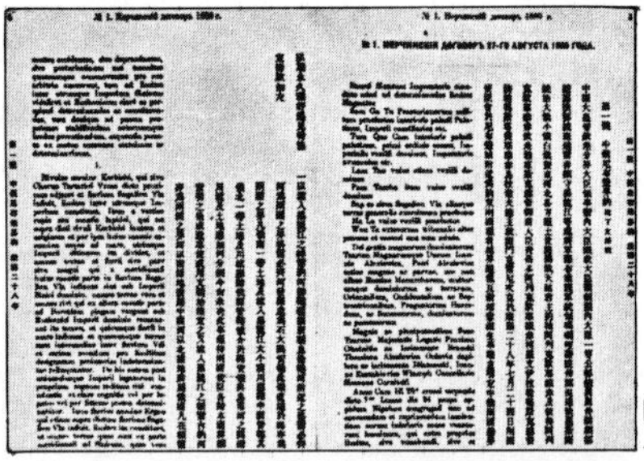
圖二

圖三

圖四

上圖／李林盛的奏摺及康熙硃批。
下圖／李煦請安摺及康熙硃批。

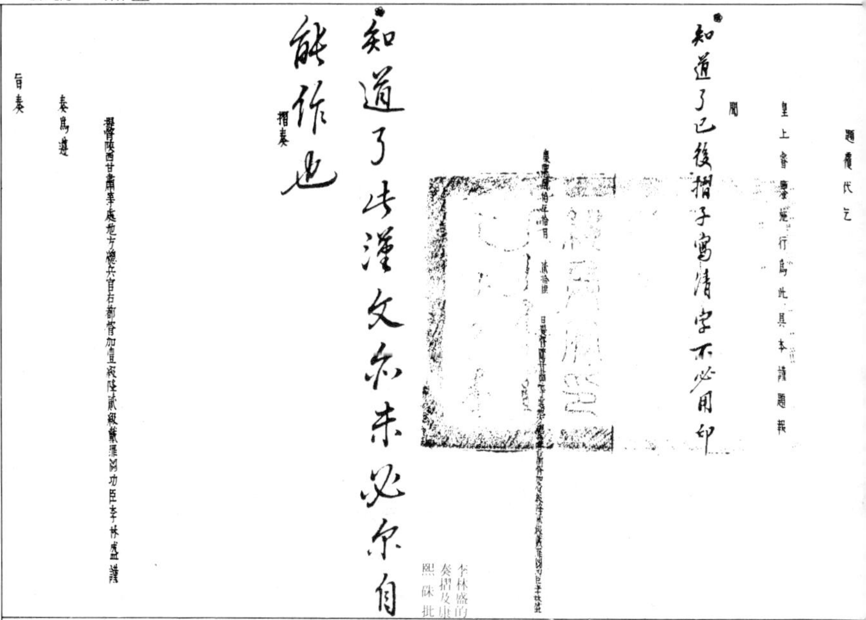

題覆代之

皇上會審施行爲此具本謹題報

聞

知道了已後摺子寫清字不必用印

李林盛的奏摺及康熙硃批

知道了此漢文亦未必爾自能作也

摺奏

提督陝西甘肅寧夏地方總兵官右都督加壹級降貳級戴罪圖功臣李林盛謹

奏爲遵

旨奏

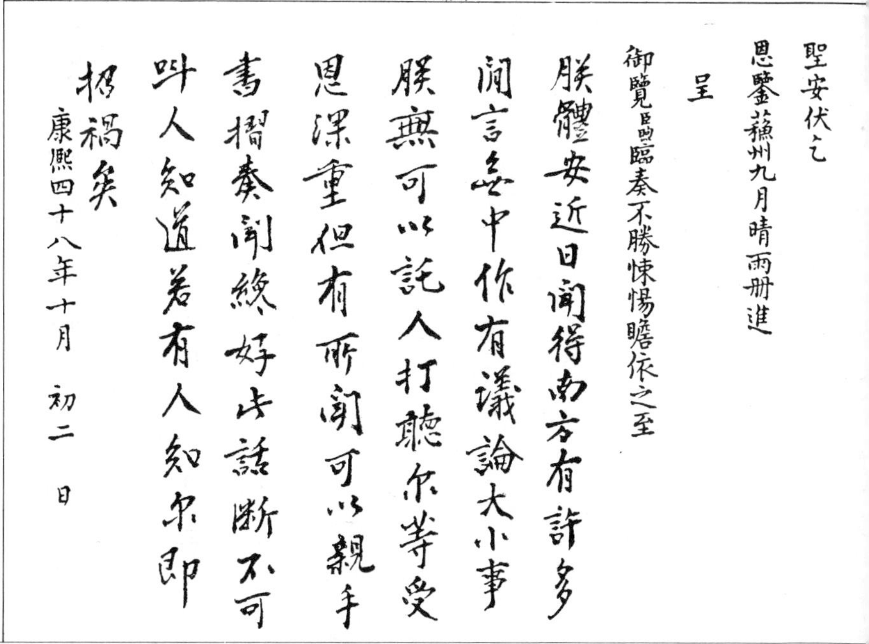

聖安伏乞

恩鑒蘇州九月晴雨冊進

呈

御覽臣煦臨奏不勝悚惕瞻依之至

朕體安近日聞得南方有許多

閒言無中作有議論大小事

朕無可以託人打聽爾等受

恩深重但有所聞可以親手

書摺奏聞纔好此話斷不可

叫人知道若有人知爾即

招禍矣

康熙四十八年十月　初二　日

。紫禁城各宮殿

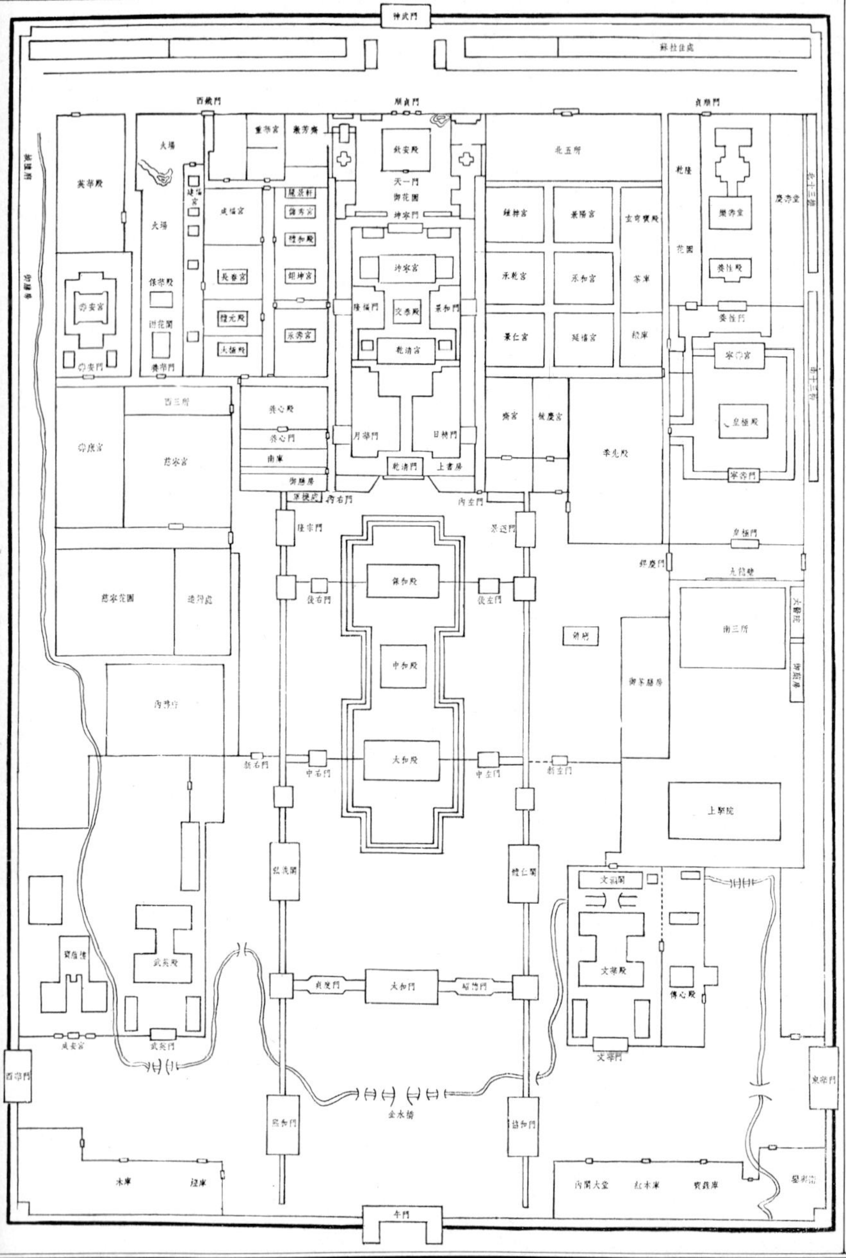
神武門
蘇拉住處
西鐵門
順貞門
貞順門
重華宮
漱芳齋
欽安殿
天一門
御花園
坤寧門
北五所
英華殿
火場
建福宮
咸福宮
麗景軒
儲秀宮
體和殿
翊坤宮
長春宮
體元殿
太極殿
永壽宮
保華殿
雨花閣
壽安宮
壽安門
養華門
坤寧宮
隆福門
交泰殿
景和門
乾清宮
鍾粹宮
景陽宮
玄穹寶殿
承乾宮
永和宮
茶庫
景仁宮
延禧宮
緞庫
乾隆
花園
樂壽堂
慶壽堂
養性殿
養性門
寧壽宮
皇極殿
寧壽門
皇極門
錫慶門
九龍壁
西三所
壽康宮
慈寧宮
養心殿
養心門
南庫
御膳房
月華門
日精門
乾清門
上書房
內右門
內左門
齋宮
毓慶宮
奉先殿
隆宗門
景運門
慈寧花園
保和殿
後右門
後左門
箭亭
南三所
御茶膳房
中和殿
內務府
太和殿
熙右門
中右門
中左門
協左門
上駟院
弘義閣
體仁閣
文淵閣
寶蘊樓
武英殿
貞度門
太和門
昭德門
文華殿
傳心殿
咸安宮
武英門
文華門
西華門
東華門
金水橋
熙和門
協和門
午門
內閣大堂
紅本庫
寶鈔庫

鹿鼎記

金庸著

金庸作品集㊱

鹿鼎記(五)

The Duke of the Mount Deer, Vol. 5

作　者／金　庸

平裝版封面設計／霍榮齡　典藏版封面設計／霍榮齡

內頁插畫／姜雲行　內頁圖片構成／霍榮齡・潘清芬・陳銘

發行人／王榮文

出版・發行／遠流出版事業股份有限公司

臺北市汀州路3段184號7樓之5

電話／2365-1212　傳眞／2365-7979

郵撥／0189456-1

印　刷／優文印刷有限公司

□ 1987年2月1日　初版一刷

□ 1998年12月1日　三版七刷

平裝版　每冊250元　（本作品全五册，共1250元）

〔典藏版「金庸作品集」全套36册，不分售〕

行政院新聞局局版臺業字第1295號

ISBN 957-32-2946-3（套：平裝）

ISBN 957-32-2951-X（第五册：平裝）

Printed in Taiwan

YLib 遠流博識網

http://www.ylib.com.tw/jinyong　E-mail:ylib@yuanliou.ylib.com.tw

目錄

何惕守突然左手伸出，抓住韋小寶後頸，將他提在左側，但聽得嗤嗤嗤聲響，桌上三枝蠟燭登時熄滅，對面板壁上拍拍之聲，密如急雨般響了一陣。

第四十一回　漁陽鼓動天方醉　督亢圖窮悔已遲

次日韋小寶帶同隨從兵馬，押了吳之榮和毛東珠離揚回京。康熙的上諭宣召甚急，一行人在途不敢躭誤停留，不免少了許多招財納賄的機會。

沿途得訊，吳三桂起兵後，雲南提督張國桂、貴州巡撫曹申吉、提督李本深等歸降，雲南巡撫朱國治被殺，雲貴總督甘文焜自殺。這日來到山東，地方官抄得邸報，呈給欽差大臣，乃是康熙斥責吳三桂的詔書。韋小寶叫師爺誦讀解說。那師爺捧了詔書讀道：

「逆賊吳三桂窮蹙來歸，我世祖章皇帝念其輸欵投誠，授之軍旅，錫封王爵，盟勒山河；其所屬將弁，崇階世職，恩賚有加；開闢滇南，傾心倚任。迨及朕躬，特隆異數，晉爵親王，重寄干城，實託心膂，殊恩優禮，振古所無。」

韋小寶聽了師爺的解說，不住點頭，說道：「皇上待這反賊的確不錯，半分沒吹牛皮。像我韋小寶，對皇上忠心耿耿，也不過封個伯爵，要封到親王，路還差着一大截呢。」

那師爺繼續誦讀：

「詎意吳三桂性類窮奇，中懷狙詐，寵極生驕，陰圖不軌，於本年七月內，自請搬移。朕以吳三桂出於誠心，且念及年齒衰邁，師徒遠戍已久，遂允所請，令其休息。乃飭所司安插周至，務使得所，又特遣大臣往宣諭朕懷。朕之待吳三桂，可謂體隆情至，蔑以加矣。近覽川湖總督蔡毓榮等奏：吳三桂徑行反叛，背累朝豢養之恩，逞一旦鴟張之勢，播行兇逆，塗炭生靈，理法難容，人神共憤。」

韋小寶聽一句解說，讚一句：「皇上寬洪大量，沒罵吳三桂的奶奶，還算很客氣的。」

張勇、趙良棟、王進寶、孫思克、以及李力世等在側旁聽，均想：「聖旨中只說皇帝待他好到不能再好，斥責吳三桂忘恩負義，不提半句滿漢之分，也不提他如何殺害明朝王室，可十分高明，好讓天下都覺吳三桂造反是大大的不該。」

那師爺繼續讀下去，勅旨中勸諭地方官民不可附逆，就算已誤從賊黨，只要悔罪歸誠，也必不究既往，親族在各省做官居住，一概不予株連，不必疑慮。詔書中又道：「其有能擒吳三桂投獻軍前者，即以其爵爵之；有能誅縛其下渠魁，以及兵馬城池歸命自效者，論功從優取錄，朕不食言。」

韋小寶聽那師爺解說：「皇上答應，只要誰能抓到吳三桂獻到軍前，皇上就封他爲平西親王。」不由得心癢難搔，回顧李力世等人，說道：「咱們去把吳三桂抓了來，弄他個平西親王做做，倒也開胃得很。」衆人齊聲稱是。張勇等武將均想：「吳三桂兵多將廣，要抓到他談何容易？」李力世等心想：「我們要殺吳三桂，是爲了他傾覆漢人江山，難道眞是爲韃子皇帝出力？但如韋香主做了平西親王，在雲南帶兵，再來造反，倒也不錯。」

韋小寶聽完詔書，下令立即啓程，要儘快趕回北京，討差出征，以免給人趕在頭裏，先把吳三桂抓到了，搶去了平西親王的封爵。

這一日來到香河，離京已近，韋小寶吩咐張勇率領大隊，就地等候，嚴密看守欽犯毛東珠，自己帶同雙兒和天地會羣雄，押了吳之榮，折向西南，去莊家大屋，要親自交給莊家三少奶，以報答她相贈雙兒這麼個好丫頭的厚意。

傍晚時分，來到一處鎭上，離莊家大屋尙有二十餘里，一行人到一家飯店打尖。這時各人已換了便服，將吳之榮點了啞穴和身上幾個穴道，卻不綁縛，以免駭人耳目。衆人圍坐在兩張板桌之旁。無人願和吳之榮同桌，雙兒怕他逃走，獨自和他坐了一桌，嚴加監視。

飯菜送上，各人正吃間，十幾個官兵走進店來，爲首一人是名守備，店外馬嘶聲不絕，兩名兵士自行打水飼馬。一名把總大聲吆喝，吩咐趕快殺鷄做飯，說道有緊急公事，要趕去京裏報訊。掌櫃的諾諾連聲，催促店伴侍候官老爺，親自替那守備揩抹桌椅。

一批官兵剛坐定，鎭口傳來一露車輪馬蹄聲，在店前停車下馬，幾個人走進店來。當先二人是精壯大漢。第三人卻是個癆病鬼模樣的中年漢子，又矮又瘦，兩頰深陷，顴骨高聳，臉色蠟黃，沒半分血色，隱隱現出黑氣，走得幾步便咳嗽一聲。他身後一個老翁、一個老婦並肩而行，看來都已年過八旬。那老翁也是身材瘦小，但精神矍鑠，一部白鬚飄在胸口，滿臉紅光。那老婦比那老翁略高，腰板挺直，雙目炯炯有神。最後兩個都是二十來歲的少婦。瞧這七人的打扮，那病漢衣着華貴，是個富家員外，兩男兩女是僕役、僕婦。翁媼二人身穿青布衣衫，質料甚粗，但十分乾淨，瞧不出是甚麼身分。

那老婦道：「張媽，倒碗熱水，侍候少爺服藥。」一名僕婦應了，從提籃中取出一隻瓷碗，提起店中銅壺，在碗中倒滿了熱水，盪了幾盪傾去，再倒了半碗水，放在病漢面前。那老婦從懷中取出一個瓷瓶，打開瓶塞，倒出一粒紅色藥丸，拿到病漢口邊。病漢張開嘴巴，那老婦將藥丸放在他舌上，拿起水碗餵着他吞了藥丸。病漢服藥後喘氣不已，連聲咳嗽。

老翁、老婦凝視着病漢，神色間又是關注，又是擔憂，見他喘氣稍緩，停了咳嗽，兩人都長長吁了口氣。病漢皺眉道：「爹，媽，你們老是瞧着我幹麼？我又死不了。」老翁哼了一聲，轉開了頭。老婦笑道：「說甚麼死啊活啊的，我孩兒長命百歲。」

韋小寶心想：「這傢伙就算吃了玉皇大帝的靈丹，也活不了幾天啦。原來這老頭兒、老婆子是他爹娘，這癆病鬼定是從小給寵壞了，爹娘多瞧他幾眼，便發脾氣。」

那老婦道：「張媽、孫媽，你們先去熱了少爺的參湯，再做飯菜。」兩名僕婦答應了，各提一隻提籃，走向後堂。

官兵隊中那守備向掌櫃打聽去北京的路程。掌櫃道：「衆位老爺今日再趕二三十里路，到前面鎭上住店。明兒一早動身，午後準能趕到京城。」那守備道：「我們要連夜趕路，住甚麼店？掌櫃的，打從今兒起一年內，包你生意大旺，得多備些好酒好菜，免得到時候手忙脚亂。」那掌櫃笑道：「老爺說得好。小店生意向來平常，像今天這樣的生意，一個月中難得有幾天，那是衆位老爺和客官照顧。哪能天天有這麼多貴人光臨呢？」

那守備笑道：「掌櫃的，我教你一個乖。吳三桂造反，已打到了湖南，我們是趕到京裏去呈送軍文書的。這一場大仗打下來，少說也得打他三年五載。稟報軍情的天天要打從這裏經過，你這財是有得發了。」掌櫃連聲道謝，心裏叫苦不迭：「你們總爺的生意有甚麼好做？大吃大喝下來，大方的隨意賞幾個小錢，兇惡的打人罵人之後，一拍屁股就走。別說三年五載，就只一年半載，我也得上吊了。」

韋小寶和李力世等聽說吳三桂已打到了湖南，都是一驚：「這廝來得好快。」錢老本低聲道：「我去問問？」韋小寶點點頭。

錢老本走到那守備身前，滿臉堆笑，抱拳道：「剛才聽得這位將軍大人說，吳三桂已打到了湖南。小人的家眷在長沙，很是掛念，不知那邊打得怎樣了？長沙可不要緊嗎？」

那守備聽他叫自己爲「將軍大人」，心下歡喜，說道：「長沙要不要緊，倒不知道。吳三桂派了他手下大將馬寶，從貴州進攻湖南，沅州是失陷了，總兵崔世祿被俘。吳三桂部下的張國柱、龔應麟、夏國相正分頭東進。另一名大將王屏藩去攻四川，聽說兵勢很盛。川湘一帶的百姓都在逃難了。」

錢老本滿臉憂色，說道：「這……這可不大妙。不過大清兵很厲害，吳三桂不見得能贏罷？」那守備道：「本來大家都這麼說，但沅州這一仗打下來，吳三桂的兵馬挺不易抵擋，唉，局面很是難說。」錢老本拱手稱謝，回歸座上。天地會羣雄有的心想：「別讓吳三桂這大漢奸做成了皇帝。」有的心想：「最好吳三桂打到北京，跟滿清韃子鬥個兩敗俱傷。」

衆官兵匆匆吃過酒飯。那守備站起身來，說道：「掌櫃的，我給你報了個好消息，這頓酒飯，你請了客罷。」掌櫃哈腰陪笑，道：「是，是。當得，當得。衆位大人慢走。」那守備笑道：「慢走？那可得坐下來再吃一頓了。」掌櫃神色尷尬，只有苦笑。

那守備走向門口，經過老翁、老婦、和病漢的桌邊時，那病漢突然一伸左手，抓住了他胸口，說道：「你去北京送甚麼公文？拿出來瞧瞧。」那守備身材粗壯，但給他一抓之下，登時蹲了下來，身子矮了半截，怒喝：「他媽的，你幹甚麼？」脹紅了臉用力掙扎，卻半分動彈不得。那病漢右手嗤的一聲，撕開守備胸口衣襟，掉出一隻大封套來。那病漢左手輕輕一推，那守備直摔出去，撞翻了兩張桌子，乒乒乓乓一陣亂響，碗碟碎了一地。

眾官兵大叫：「反了，反了！」紛紛挺槍拔刀，向那病漢撲去。病漢帶來的兩名僕役抬拳踢腿，當着的便摔了出去。頃刻之間，眾兵丁躺了一地。

那病漢撕開封套，取出公文來看。那守備嚇得魂不附體，顫聲大叫：「這是呈給皇上的奏章，你……你膽敢撕毀公文，這……這……這不是造反了嗎？」那病漢看了公文，說道：「湖南巡撫請韃子皇帝加派援兵去打平西王，哼，就算派一百萬兵去，還不是……咳咳……還不是給平西王掃蕩得乾乾淨淨。」一面說話，一面將公文團成一團，捏入掌心，幾句話說完，攤開手掌一揚，無數紙片便如蝴蝶般隨風飛舞，四散飄揚。

天地會雄羣見了這等內力，人人變色，均想：「聽他語氣，竟似是吳三桂手下的。」

那守備掙扎着爬起，拔出腰刀，道：「你毀了公文，老子反正也活不成了，跟你拚了！」提刀躍前，猛力向病漢頭頂劈下。那病漢仍是坐着，右手伸出，在守備小腹上微微一推，似乎要他別來滋擾。那守備舉起了刀的手臂忽然慢慢垂將下來，跟着身子軟倒，坐在地下，張大了口，只有出氣，沒有進氣了。被打倒了的兵丁有的已爬起身來，站得遠遠地，有氣沒力的吆喝幾句，誰也不敢過來相救長官。

一名僕婦捧了一碗熱湯出來，輕輕放在病漢之前，說道：「少爺，請用參湯。」老翁、老婦二人對適才這一場大鬧便如全沒瞧見，毫不理會，只是留神着兒子的神色。

徐天川低聲道：「這幾人挺邪門，咱們走罷。」高彥超去付了飯錢，一行逕自出門。只見那老婦端着參湯，輕輕吹去熱氣，將碗就到病漢嘴邊，餵他喝湯。

韋小寶等走出鎮甸，這才紛紛議論那病漢是甚麼路道。徐天川道：「這人撕爛那武官的衣衫，功力這等厲害，當眞……當眞少見。」玄貞道人道：「他在那武官肚子上這麼一推，似乎稀鬆平常，可是要閃避擋格，卻眞不容易。風兄弟，你說該當如何？」風際中道：「不該走近他身邊三尺。」羣雄一想，都覺有理，對這一推，不論閃避還是擋格，至少在他三尺之外方能辦到，既已欺得這麼近，再也避不開、擋不住了。

徐天川忽道：「我抓他手腕……」一句話沒說完，便搖了搖頭，知道以對方內勁之強，就算抓住了他手腕，他手掌一翻一扭，自己指骨、腕骨難保不斷。

衆人明知這病漢是吳三桂一黨，但眼見他行兇傷人，竟然誰也不敢出手阻攔，雖然被害的是韃子軍官，終究不是衆人平素的俠義豪傑行逕，心有愧意，不免興致索然，談得一會，便均住口。行出數里，忽聽得背後馬蹄聲響，兩騎馬急馳而來。當地已是通向莊家大屋的小道，不能兩騎並行。羣雄正沒好氣，雖聽蹄聲甚急，除了風際中和雙兒勒馬道旁之外，餘人誰也不肯讓道。

轉眼間兩乘馬已馳到身後，羣雄一齊回頭，只見馬上乘者竟是那病漢的兩名男僕。一名僕人叫道：「我家少爺請各位等一等，有話向各位請問。」這句話雖非無禮，但目中無人之意卻再也明白不過。羣雄一聽，盡皆有氣。玄貞道人喝道：「我們有事在身，沒功夫等。大家素不相識，有甚麼好問？」那僕人道：「是我家少爺吩咐的，各位還是等一等的好，免得大家不便。」言語中更是充滿了威嚇。

錢老本道：「你家主人，是吳三桂手下的嗎？」那僕人道：「呸！我家主人何等身分，怎能是平西王的手下？」羣雄均想：「他不說吳三桂而稱平西王，定是跟吳賊有些淵源。」便在此時，車輪聲響，一輛大車從來路馳至。那僕人道：「我家主人來了。」勒轉馬頭，迎了上去。羣雄此時倘若縱馬便行，倒似是怕了那病漢，當下一齊駐馬等候。

大車馳到近處，一名僕婦駕車，另一名僕婦掀起車帷，只見那病漢坐在正中，他父母坐在其後。那病漢向羣雄瞪了一眼，問道：「你們爲甚麼點了這人的穴道？」說着向吳之榮一指，又問：「你們是甚麼人？要上那裏去？」聲音尖銳，語氣十分倨傲。

玄貞道人說道：「尊駕高姓大名？咱們素不相識，河水不犯井水，幹麼來多管閒事？」那病漢哼了一聲，說道：「憑你也還不配問我姓名。我剛才問的兩句話，你聽見了沒有？怎不回答？」玄貞怒道：「我不配問你姓名，你也不配問我們的事。吳三桂造反作亂，是個大大的奸賊，你口口聲聲稱他平西王，定是賊黨。我瞧尊駕已經病入膏肓，還是及早回家壽終正寢，免得受了風寒、傷風咳嗽，一命嗚呼。」

天地會羣雄哈哈大笑聲中，突然間人影幌動，拍的一聲，玄貞左頰已重重吃了記巴掌，跟着左脅中掌，摔下馬來。這兩下迅捷無倫，待他倒地，羣雄才看清楚出手的原來竟是那老婦。她兩掌打倒了玄貞，雙足在地下一頓，身子飛起，倒退着回坐車中。

羣雄大譁，齊向大車撲去。那病漢抓住趕車的僕婦背心，輕輕一提，已和她換了位子，將僕婦抓入車中，自己坐了車把式的座位。

這時正好錢老本縱身雙掌擊落，那病漢左手一拳打出，和他雙掌相碰，竟是無聲無息。錢老本只覺一股強勁的大力湧到，身不由主的兩個觔斗，倒翻出去，雙足着地後待要立定，突覺雙膝無力，便要跪倒，大駭之下，急忙用力後仰摔倒，才免了向敵人跪倒之辱。

錢老本剛摔倒，風際中跟着撲至。那病漢又是一拳擊出。風際中不跟他拳力相迎，右掌中途變向，突然往他頸中斬落。那病漢「咦」的一聲，似覺對方武功了得，頗出意料之外，右手拇指扣住中指，向他掌心彈去。風際中立卽收掌，右脚踏上騾背。

高彥超和樊綱分向兩名男僕進攻。二僕縱馬退開，叫道：「讓少爺料理你們。」高樊二人均想和對方僕從動手，勝之不武，見二僕退開，正合心意，當卽轉身，雙雙躍起，攻那病漢左側。突然那騾子長聲嘶叫，軟癱在地，帶動大車跟着傾側。原來風際中踏上騾背，足底暗運重力，一踹之下，騾子脊骨便斷。

那病漢足不彈、身不起，在咳嗽聲中已然站在地下。車中老翁、老婦分別提着一名僕婦從車中躍出。這三人行動似乎並不甚快，但都搶着先行離車，大車這才翻倒。

錢老本和徐天川向老翁、老婦搶去。那老婦左手搖搖，右手向病漢一指，笑道：「你們過去，陪我孩兒玩玩。」言中之意，竟是要二人去挨她兒子的拳頭，好讓他高興高興。

徐天川右拳向那老翁頭頂擊落，只是見他年紀老邁，雖知他武功不弱，還是生怕一拳打死了他，喝道：「看拳！」手上也只使了三成力。他自從失手打死白寒松，和沐王府鬧出不少糾紛後，已然深自戒惕。

那老翁伸手一把揑住了他拳頭。這老翁身材瘦小，手掌竟然奇大，揑住他拳頭後，說道：「到那邊玩去！」徐天川年紀雖比這老翁小得多，卻也已是個白髮老頭，這老翁這句話，卻如是對頑童說話的語氣。徐天川右手用力回奪，左拳跟着擊出。這一招「靑龍白虎」本是相輔相成的招式，左拳並非眞的意在擊中對方，只是要迫敵鬆手，但若對方不肯鬆手，這一拳便正中鼻樑。

那老翁展臂一送，鬆開了手。徐天川只覺一股渾厚之極的大力推動過來，再加上自己左拳正用力打出，右力向後，左力向前，登時身如陀螺急轉，一直向那病漢轉了過去。

那病漢正和風際中、高彥超、樊綱、李力世四人相鬥，見徐天川轉到，拍手笑道：「有趣，有趣！」四人的拳脚正如疾風驟雨般向他身上招呼，他竟有餘裕拍手歡呼，跟着伸手一撥。徐天川忽然反了個方向，本是右轉，卻變成左轉，急速向那老翁旋轉將過去。那病漢笑道：「爹，好玩得很，你再把這陀螺旋過來！」玄貞奮力衝上。那病漢隨手一撥一推、一撥一推，竟將玄貞、高彥超、樊綱、李力世四人也都轉成了陀螺。只風際中沒給帶動，但也已胸口氣血翻湧，急忙躍退三步，雙掌護身。

五位天地會的豪傑都轉個不停，想運力凝住，卻說甚麼也定不下來。那一人轉的勢道稍緩，那病漢便搶過去一撥一推，旋轉的勢道登時又急了。這情景便如是孩童在桌上旋銅錢一般，五個銅錢在桌上急轉，直立不倒，那一個轉得緩了，勢將傾倒，那孩童又用手指去轉上一轉。

韋小寶只瞧得目瞪口呆，驚駭不已。雙兒站在他身前，提心吊膽的護住了他。韋小寶低聲道：「咱們三十六着。」雙兒道：「快到莊家去。」韋小寶道：「對，一到莊家，大吉大利。做莊家的可以吃夾棍，大殺三方。」一轉身便走。雙兒拉了吳之榮，跟在後面。

那病漢轉陀螺轉得興高采烈。一對老夫婦臉帶微笑，瞧着兒子。四名僕人拍手喝采，在旁爲小主人助興。

那病漢見風際中站穩馬步，左掌高，右掌低，擺成個「古松矯立勢」，當即欺身上前，伸手往他右肩撥去。風際中右足退了一步，側肩讓開，卻不敢出掌還手。那病漢怒道：「你這壞人，你不轉陀螺？」伸手又往他右肩撥去。風際中又再後退，不料左肩後突然一股大力推到，登時身不由主，在那病漢大笑聲中急速旋轉，待要使「千斤墜」定住身子，被那病漢在後腰用力一撥，又轉了起來。

吳之榮見那病漢和對頭爲難，陡然間現出生機，當下一步一跌的行得幾步，假裝脚下一絆，摔倒在地。雙兒用力拉扯，他只不肯起身。韋小寶大急，生怕他向敵人說出眞相，左手托住他下顎，使勁一揑，吳之榮便張開口來。韋小寶從靴筒中拔出匕首，往他口中一絞，將他舌頭割去了大半截。吳之榮痛得暈了過去。

雙兒只道韋小寶已將這奸賊殺死，叫道：「相公，快走！」兩人向前飛奔。

兩人奔不到一里，便聽得身後馬蹄聲響，有人騎馬追來。韋小寶向左首的亂石岡一指，兩人離開小路，奔入亂石堆中。

那病漢和一名僕人騎馬追到，眼見得馬匹不能馳入亂石岡中，那僕人躍下馬來，叫道：「兩個小孩別怕。我家少爺叫你們陪他玩，快回來。」韋小寶道：「轉陀螺的事，老子可不幹。」逃得更加快了。那僕人追入亂石堆，韋小寶和雙兒腳下甚快，那僕人追趕不上。那病漢叫道：「捉迷藏麼？有趣，有趣！」下了馬背，咳嗽不停，從南抄將過來。

韋小寶和雙兒轉身向東北角奔逃，反向那僕人奔去。那僕人撲過來要捉韋小寶。韋小寶使出九難所授的「神行百變」功夫，身子一側，那僕人便撲了個空。雙兒反手一掌，打向他後腰。那僕人見她小小年紀，毫沒放在心上，竟不招架，伸手去扭她右臂。雙兒左掌疾落，擦的一聲，已斬中他後腰。那僕人吃痛，「啊」的一聲叫了出來，便在這時，雙兒已抓住他右手手腕，反過來一扭，喀喇一響，扭斷了他手肘關節。

那病漢「咦」的一聲，從一塊巖石跳到另一塊巖石，幾個起落，縱到雙兒身前，左手揮出，雙兒頭上帽子落地，滿頭青絲散了開來。那病漢笑道：「是個姑娘！」伸手抓住了她長髮。雙兒「啊」的一聲大叫，一招「雙迴龍」，雙肘後撞，那病漢笑道：「好！」左手自左而右一掠，抓住她兩隻手掌，反在背後，跟着右手將她長髮在她雙手手腕繞了兩轉，再打個結，哈哈大笑。

雙兒急得哭了出來，叫道：「相公，快逃，快逃！」那病漢伸指在她腰裏輕輕一戳，點了穴道，笑道：「他逃不了的。」撇下雙兒，向韋小寶追去，片刻間便已追近。

韋小寶在亂石中東竄西走，那病漢幾次要抓到了，都被他用「神行百變」功夫逃開。那病漢笑道：「你捉迷藏的本事倒好啊。」韋小寶內力不足，奔跑了這一陣，已然氣喘吁吁，知道再過一會非給他抓到不可，叫道：「你捉我不到，現下輪到我捉你了。你快逃，我來捉你了。」說着轉過來，向那病漢撲去。

那病漢嘻嘻一笑，果眞轉身便逃，也在亂石堆中轉來轉去。韋小寶早瞧出他武功雖高，爲人卻痴痴呆呆，四十幾歲年紀，行事仍如孩童一般，可是他在亂石堆中倏來倏往，剛見他在東邊，眼睛一霎，身形已在西邊出現，神速直如鬼魅。韋小寶又是駭異，又是佩服，叫道：「我定要捉住你，你逃不了的。」假裝追趕，奔到雙兒身邊，一把將她抱起，大聲叫道：「喂，我就算抱了一個人，也追得上你。」

那病漢哈哈大笑，叫道：「嗚嘟嘟，吹法螺，咳咳……嗚哩哩，吹牛皮！」

韋小寶抱着雙兒，裝着追趕病漢，卻越走越遠。那病漢叫道：「沒用的小東西，你還捉不住我……咳咳……」向着他搶近幾步。韋小寶叫道：「這一下還不捉住你？你咳得逃不動了。」說着作勢向他一撲。

那老婦在遠處怒喝：「小鬼！你膽敢引我孩兒咳嗽！」嗤的一聲，一粒石子破空飛來。石子雖小，聲響驚人。韋小寶叫聲：「啊喲！」蹲下身子躲避，還是慢了一步。那石子正中腿彎，撲地倒了，和雙兒滾成了一團。那老婦道：「抓過來！」另一名男僕縱身過來，抓住韋小寶和雙兒的背心，提到那老婦面前，拋在地下。

那病漢嘻嘻而笑，拍手唱道：「不中用，吃胡葱，咳咳……跌一交，撲隆通！」

韋小寶又驚又怒，只見徐天川、風際中等人都已被長繩縛住，排成了一串，一名僕婦手中拉着長繩，連吳之榮也縛在一串之末。每人頭垂胸前，雙目緊閉，似乎都已失了知覺。

那老婦道：「這女娃娃女扮男裝，哼，你的分筋錯骨手，是那裏學的？那男孩子，你的『神行百變』功夫跟誰學的？」

韋小寶吃了一驚，心想：「這老婆子的眼光倒厲害，知道我這門功夫的名字。」想到人家竟然認了出來，那麼自己的「神行百變」功夫顯然已練得頗爲到家，又不禁有些得意，笑道：「甚麼神行百變？你說我會『神行百變』的功夫？」那老婦道：「呸！你這幾下狗跳不像狗跳，蟹爬不像蟹爬，也算是神行百變了？」韋小寶坐起身來，說道：「是你自己說的神行百變，又不是我說的。我怎知是『神跳百變』呢，還是『神爬百變』？」

那病漢拍手笑道：「你會神跳百變，又會神爬百變，哈哈，有趣。」俯身在韋小寶背上點了一指。韋小寶只感一股炙熱的暖氣直透入身，酸麻的下肢登時靈活，站起身來，說道：「你解穴道的本事，可高明得很哪。」那病漢道：「你快爬，爬一百樣變化出來，又要烏龜爬，又要蛤蟆爬，這才叫得神爬百變。」

韋小寶道：「我不會神爬百變，你如會，你爬給我看。」那病漢道：「我也不會。我爹說的，武學大師不單是學人家的，還要能別出心裁，獨創一格，才稱得上『大師』。爹，武學之中，有沒『神爬百變』這門功夫？」那老翁皺着眉頭，搖了搖頭。

韋小寶道：「你是武學大師，天下既沒這門功夫，你自己就去創了出來，立一個『神爬門』……」話未說完，屁股上已吃了那老婦一脚，只聽她喝道：「別胡說八道！」那老婦向兒子橫了一眼，臉上微有憂色，似乎生怕兒子聽了這少年的攛掇，眞去創甚麼「神爬百變」

的新功夫。她不願兒子多想這件事，又問韋小寶：「你叫甚麼名字？你師父是誰？」

韋小寶心想：「這兩個老妖怪，一個小妖怪……不，中妖怪，武功太強，老子是鬥不過的。好漢不吃眼前虧，只好騙騙他們。老子倘若冒充是吳三桂的朋友，諒他們就不敢難爲我了。」向吳之榮瞥了一眼，靈機一動，說道：「我姓吳，名叫吳之榮，字顯揚，揚州府高郵縣人氏。辣塊媽媽，我的伯父平西王不久就要打到北京來。你們要是得罪了我，平西王可要對你們不客氣了！」

老夫婦和那病漢都大爲驚訝，互相望了一眼。那病漢道：「假的！平西王怎會有你這樣的姪兒？」韋小寶道：「怎會是假？平西王家裏的事，你不妨一件件問我。只要我有一件說錯了，你殺我的頭就是。」那病漢道：「好！平西王最愛的是甚麼東西？」韋小寶道：「你說是東西呢，還是人？他最愛的人，從前是陳圓圓，後來陳圓圓年紀大了，他就喜歡了一個叫做『四面觀音』的美人，現今他最心愛的美人，叫做『八面觀音』。」

那病漢道：「美人有甚麼好愛？我說他最愛的東西。」韋小寶道：「平西王有三件寶貝，他是最愛的了。第一是一張白老虎皮，第二是一顆鷄蛋大的紅寶石，第三是一面老虎花紋的大理石屏風。」那病漢笑道：「哈哈，你倒眞的知道，你瞧！」解開衣扣，左手抓住長袍的大襟往外一揚，露出裏面所穿的皮裘來。那皮裘白底黑章，正是白老虎皮所製。

韋小寶大奇，道：「咦，咦！這是平西王第一心愛的白老虎皮哪，你……你……怎麼偷了得來？」那病漢得意洋洋的道：「甚麼偷了得來？是平西王送我的。」

韋小寶搖頭道：「這個我可不信了。我聽我姊夫夏國相說……」那病漢道：「夏國相是你姊夫？」韋小寶道：「是，是堂姊夫，我堂姊吳之……吳之芳，是嫁給他做老婆的。我姊夫很會打仗，是平西王麾下十大總兵之一。」那病漢點頭道：「這就是了。平西王請我爹媽和我喝酒，我爹媽不去，我獨自去了。平西王親自相陪。他手下的十大總兵都來了。你姊夫排在第一個。」韋小寶道：「是啊，還有馬寶馬大哥、王屏藩王大哥、張國柱張大哥，那都是頂括括的戰將，好威風啊，好殺氣！」那病漢道：「你姊夫說我這張白老虎皮怎樣？」

韋小寶一意討他歡心，信口開河：「我姊夫說，當年陳圓圓最得寵之時，受了風寒，有點兒傷風咳嗽，聽人說，只要拿這張白老虎皮當被蓋，蓋得三天，立刻就好了。她向吳……向平西王討這張白老虎皮。平西王言道：『借你蓋幾天是可以的，賜給你就不行了。這是天下最吉祥的寶貝，八百年只出一隻白老虎，就算出了，也打不到，剝不到皮。這張白老虎皮放在屋裏，邪鬼惡魔一見到，立刻就逃得遠遠地。身上有病，也不用吃藥，只須將白老虎皮當被蓋，蓋不了幾天就皮到病除。人家賭牌九，左門叫作青龍，右門叫作白虎。青龍皮、白虎皮，都是無價之寶。』」

那老婦聽他說得活靈活現，兒子身上有病，那是她唯一關心的事，聽說白虎皮當被蓋可治咳嗽，雖不甚信，卻亟盼當眞如此，說道：「孩兒，平西王將這件寶貝送了給你，你面子可不小啊。你做了皮袍子穿，眞聰明，倘若這白虎皮眞能治病……」那病漢皺眉道：「我又沒病，你儘提幹麼？」那老婦笑道：「是，是。你生龍活虎一般，這幾個都是江湖好漢，卻給你轉陀螺、耍流星，玩了個不亦樂乎。」那病漢哈哈大笑，笑聲中夾着幾聲咳嗽。那老婦道：「你晚上睡覺之時，咱們記得把皮袍子蓋在被上。」病漢轉過了頭不理。

那老翁一指風際中等人，問道：「這些都是平西王的手下？」韋小寶心想：「我冒充是老漢奸的姪子，也不打緊。要徐三哥他們認是吳三桂的手下，那可一萬個不願意了。他們骨頭硬，別要言語中露出了馬脚。」說道：「他們都是我的手下。我們聽說平西王起義，額駙和公主留在京裏，逃不出來。這吳應熊哥哥跟我最說得來，交情再好不過，我帶這批朋友想到北京去救額駙。這件事雖然凶險，可是大家義氣爲重，這叫赴湯蹈火，在所不辭，明知是刀山劍林，也要去闖了。」這幾句話，可說得慷慨激昂之至。

那老翁點了點頭，走過去雙手幾下拉扯，登時將縛住風際中等人的長繩拉斷，跟着在每人背心輕拍兩記，推拿數下，解開了各人被封的穴道。一名僕婦去解開了雙兒縛住兩手的頭髮。那老翁對韋小寶道：「單憑你這一面之辭，也不能全信，這事牽連重大，你說是平西王的姪子，可有甚麼證據？」

韋小寶笑道：「老爺子，這可爲難了。我的爹娘卻不是隨身帶的。這樣罷，咱們去北京見額駙，倘若他已給皇帝拿了，咱們就去見建寧公主。公主定會跟你們說，我是貨眞價實、童叟無欺的吳之榮。」心想一到北京，那裏還怕你們胡來，就算當眞給他們扭了去見建寧公主，自己就冒充是天上的玉皇大帝，公主也必點頭稱是。

那老翁和老婦對望了一眼，沉吟未決。韋小寶突然想起，笑道：「啊，有了，我身上有一封平西王寫的家書，這封信給旁人見到了，我不免滿門抄斬。你們既是平西王的朋友，瞧一瞧倒也不妨。」說着伸手入懷，取出查伊璜假造的那封書信，交給老翁。

那老翁抽出書箋，在沉沉暮色之中觀看。韋小寶還怕他們不懂，解說道：「斬白蛇、唱大風歌甚麼的，是說朱元璋……」他不解說倒好，一解便錯，將劉邦的事說成了朱元璋，幸好那老翁、老婦正在凝神閱信，沒去留意他說些甚麼。那老婦看了信後，說道：「那是沒錯的了。平西王要做漢高祖、明太祖，請他去做張子房、劉伯溫。二哥，平西王說起義是爲了復興明室，瞧這信中的口氣，哼，他……他自己其志不小哇。」向韋小寶瞧了一眼，說道：「你年紀輕輕……」心中自然是說：「你這小娃兒，也配做張子房、劉伯溫麼？」

那老翁將信摺好，套入信封，還給韋小寶，道：「果然是平西王的令姪，我們適才多有得罪。」韋小寶笑道：「好說，好說。不知者不罪。」這時徐天川等均已醒轉，聽韋小寶自稱是吳三桂的姪兒，對方居然信之不疑，無不大爲詫異，但素知小香主詭計多端，當下都默不作聲。韋小寶心想：「老子曾對那蒙古大鬍子罕帖摩冒充是吳三桂的兒子，兒子都做過，再做一次姪兒又有何妨？下次冒充是吳三桂的爸爸便是，只要能翻本，就不吃虧。」

這時天色已甚爲昏暗，衆人站在荒郊之中，一陣陣寒風吹來，那病漢不住咳嗽。

韋小寶問道：「請問老爺子、老太太貴姓？」那老婦道：「我們姓歸。」韋小寶心道：「甚麼姓不好姓，卻去姓個烏龜的『龜』，眞正笑話奇談。」那老婦瞧着兒子，說道：「這就天黑了，得找個地方投宿，別的事慢慢再商量。」韋小寶道：「是，是。剛才我在山岡之上，見到那邊有烟冒起來，有不少人家，咱們這就借宿去。」說着向莊家大屋的方向一指。其實此處離莊家大屋尙有十來里地，山丘阻隔，瞧得見甚麼炊烟？

那男僕牽過兩匹馬來，讓病漢、老翁、老婦乘坐。老婦和病漢合乘一騎，她坐在兒子身後，伸手摟住了他。韋小寶等本來各有坐騎，一齊上馬，四名僕役步行。

行了一陣，韋小寶對雙兒大聲道：「你騎馬快去，瞧前面是市鎮呢還是村莊，找一兩間大屋借宿，趕快先燒熱水，歸家少爺要暖參湯喝。大夥兒熱水先了脚，再喝酒吃飯。多賞些銀子。」他說一句，雙兒答應一聲。他從懷中摸出一大錠銀子，連着一包蒙汗藥一起遞過。雙兒接過，縱馬疾馳。那老婦臉有喜色，韋小寶吩咐煮熱水、暖參湯，顯然甚合她心意。

又行出數里，雙兒馳馬奔回，說道：「相公，前面不是市鎮，也不是村莊，是家大屋。屋裏的人說他家男人都出門去了，不能接待客人。我給銀子，他們也不要。」韋小寶罵道：「蠢丫頭，管他肯不肯接待，咱們只管去便是。」雙兒應道：「是。」

那老婦也道：「咱們只借宿一晚，他家沒男子，難道還搶了他、謀了他家的不成？」

一行人來到莊家。一名男僕上去敲門，敲了良久，才有一個老年僕婦出來開門，耳朵半聾，纏夾不清，翻來覆去，只是說家裏沒男人。

那病漢笑道：「你家沒男子，這不是許多男子來了嗎？」一閃身，跨進門去，將那老僕婦擠在一邊。衆人跟着進去，在大廳上坐定。那老婦道：「張媽、孫媽，你們去燒水做飯，主人家不喜歡客人，一切咱們自己動手便是。」兩名僕婦答應了，逕行去找厨房。

徐天川來過莊家大屋，後來曾聽韋小寶說起個中情由，眼見他花言巧語，將這三個武功深不可測的大高手騙得自投羅網，心下暗暗歡喜，當下和衆兄弟坐在階下，離得那病漢和韋小寶遠遠地，以免露出了馬脚。

那老翁指着吳之榮問道：「這個嘴裏流血的漢子是甚麼人？」韋小寶道：「這傢伙是朝

廷裏做官的，我們在道上遇見了，怕他去向官府出首告密，因此……因此便割去了他的舌頭。」那老翁當時離得甚遠，卻瞧在眼裏，心中一直存着個疑團，這時聽韋小寶說了，仍有些將信將疑，走到吳之榮身前，問道：「你是朝廷的官兒，是不是？」

吳之榮早已痛得死去活來，當下點了點頭。那老翁又問：「你知道人家要造反，想去出首告密，是不是？」吳之榮心想要抵賴是不成了，只盼這老翁能救得自己一命，於是連連點頭。韋小寶道：「他得知南方有一位手握兵權的武將要造反，這位武將姓吳，造起反來就不得了。」那老翁問吳之榮道：「這話對嗎？」吳之榮又點頭不已。

那老翁再不懷疑，對韋小寶又多信得幾分。他回坐椅上，問韋小寶：「吳兄弟的武功，是那位師父教的？」韋小寶道：「我師父有好幾位，一、二、三，一共是三位。不過我……我又笨又懶，甚麼功夫也沒學好。」那老翁心想：「你武功沒學好，難道我不知道了。」但於他的「神行百變」輕功總是不能釋懷，雖然韋小寶所使的只是些皮毛，然而身法步伐，確是「神行百變」上乘輕功無疑，又問：「你跟誰學的輕功？」

韋小寶心想：「他定要問我輕功是誰教的，必是跟我那位師太師父有仇，那可說不得。他是吳三桂一黨，多半跟西藏喇嘛有交情。」便道：「有一位西藏大喇嘛，叫作桑結，在昆明平西王的五華宮裏見到了我，說我武功太差，跟人打架是打不過的，不如學些逃走的法子罷，就教了我幾天。我練得很辛苦，自以爲了不起啦，那知道一碰上你老公公、老婆婆，還有這位身強力壯、精神百倍的歸少爺，卻一點也不管用。」

那老婦聽他稱讚兒子「身強力壯，精神百倍」，這八字評語，可比聽到甚麼奉承話都歡喜，不由得眉花眼笑，向兒子瞧了幾眼，從心底裏樂上來，說道：「二哥，孩兒這幾天精神倒健旺。」那老翁微微點頭，然見兒子半醒半睡的靠在椅子，實是萎靡之極，心中不由得難過，向韋小寶道：「原來如此，這就是了。」

那老婦問道：「桑結怎麼會鐵劍門的輕功？」那老翁道：「鐵劍門中有個玉眞子，在西藏住過很久。」那老婦道：「啊，是了，他是木桑道長的師弟。多半是他當年在西藏傳了給人。」轉頭問雙兒：「小姑娘，你的武功又是跟誰學的？」一對老夫婦都凝視着她，似乎她的師承來歷是件要緊之極的大事。

雙兒給二人瞧得有些心慌，道：「我……我……」她不善說謊，不知如何回答才是。韋小寶道：「她是我的丫頭，那位桑結喇嘛，也指點過她的武功。」

老翁、老婦一齊搖頭，齊聲道：「決計不是。」臉上神色十分鄭重。

這時那病漢忽然大聲咳嗽，越咳越厲害。老婦忙過去在他背上輕拍。老翁也轉頭瞧着兒子。兩名僕婦從廚下用木盤托了參湯和熱茶出來，站在病漢身前，待他咳嗽停了，服侍他喝了參湯，才將茶碗分給衆人，連徐天川等也有一碗。

那老翁喝了茶，要待再問雙兒，卻見她已走入後堂。那老翁忽地站起，問孫媽道：「沖茶的熱水那裏來的？」韋小寶大吃一驚，心中怦怦亂跳，暗叫：「糟糕，糟糕！這老不死的知道了。」孫媽道：「是我和張媽一起燒的。」老翁問道：「用的甚麼水？」孫媽道：「就是廚房缸裏的。」張媽跟着道：「我們仔細看過了，很乾淨……」話猶未了，咕咚、咕咚兩聲，兩名男僕摔倒在地，暈了過去。

那老婦跳起身來，幌了一幌，伸手按頭，叫道：「茶裏有毒！」徐天川等並未喝茶，各人使個眼色，一齊摔倒，假裝暈去，乒乒乓乓，茶碗摔了一地。

韋小寶叫道：「啊喲！」也摔倒在地，閉上了眼睛。

只聽張媽和孫媽齊道：「水是我們燒的，廚房裏又沒來過別人。」那老婦道：「缸裏的水下了藥。孩兒，你覺得怎樣？」那病漢道：「還好，還……」頭一側，也暈了過去。孫媽道：「參湯裏沒加水。參湯是我們熬了帶來的。」老翁道：「隔水燉熱，水汽也會進去。」

老婦道：「對！孩兒身子虛弱，這……這……」忙伸手去摸那病漢額頭，手掌已不住顫抖。

那老翁強運內息，壓住腹內藥力不使散發，說道：「快去挹兩盆冷水來。」

張媽、孫媽沒喝茶，眼見奇變橫生，都嚇得慌了，忙急奔入內。

那老婦道：「這屋子有古怪。」她身上不帶兵刃，俯身去一名男僕腰間拔刀，一低頭，只覺一陣天旋地轉，再也站立不定，一交坐倒，手指碰到了刀柄，卻已無力抯住。那老翁左手扶住椅背，閉目喘息，身子微微搖幌。

韋小寶躺在地下，偷眼察看，見雙兒引了一羣女子出來。那老翁突然揮掌劈出，將一名白衣女子擊得飛出丈許，撞塌了一張椅子。徐天川等大聲呼喝，躍起身來，搶到老翁身前，卻見他已然暈倒。風際中出指點了他穴道，又點了那老婦和病漢的穴道。

韋小寶跳起身來，哈哈大笑，叫道：「莊三少奶，你好！」向一個白衣女子躬身行禮。

那女子正是莊家三少奶，急忙還禮，說道：「韋少爺，你擒得我們的大仇人到來，眞不知如何報答才是。老天爺有眼，讓我們大仇得報。韋少爺，請你來見過我們的師父。」引着他走到一個黃衫女子之前。

這女子伸手在那被老翁擊傷的女子背上按摩。那傷者哇的一聲，吐出一大口鮮血，跟着又是一大口血。那黃衫女子微笑道：「不要緊了。」聲音柔美動聽。

韋小寶見這女子年紀已然不輕，聲音卻如少女一般。她頭上戴了個金環，赤了雙足，腰間圍着條繡花腰帶，裝束甚是奇特，頭髮已然花白，一張臉龐卻又白又嫩，只眼角間有不少皺紋，到底多大年紀，實在說不上來，瞧頭髮已有六十來歲，容貌卻不過三十歲上下。他想這人既是三少奶的師父，當即上前跪倒磕頭，說道：「婆婆姊姊，韋小寶磕頭。」

那女子笑問：「你這孩子叫我甚麼？」韋小寶站起身來，說道：「你是三少奶的師父，我該叫你婆婆，不過瞧你相貌，最多不過做得我姊姊，因此叫你婆婆姊姊。」那女子格格而笑，說道：「最多做你姊姊？難道還能做你妹子嗎？」韋小寶道：「倘若我隔壁聽見你的聲音，那要叫你婆婆妹妹了。」那女子笑得身子亂顫，笑道：「你這小滑頭好有趣，一張嘴油腔滑調，眞會討人歡喜，難怪連我歸師伯這樣的大英雄，也會着了你道兒。」

她此言一出，衆人無不大驚。

韋小寶指着那老翁道：「這……這老公公，是你婆婆姊姊的師伯？」那女子笑道：「怎麼不是？我跟他老人家有四十年不見了，起初還眞認不出來，直到見到他老人家出手，這一掌『雪橫秦嶺』如此威猛，中原再沒第二個人使得出，才知是他。」韋小寶愁道：「既然是自己人，那怎麼辦？」那女子搖頭笑道：「我可也不知道怎麼辦了。我師父知道了這事，非把我罵個臭死不可。」眼見幾名僕婦已手持粗索在旁侍候，笑道：「你如吩咐要綁人，你自己發號令罷，可不關我事。師伯我是不敢綁的，不過如果不綁，他老人家醒了轉來，我卻打他不過。小弟弟，你打得過嗎？」

韋小寶大喜，笑道：「我更加打不過了。」知她這麼說，只是要自脫干係，卻無迴護師伯之意，忙向徐天川等道：「這幾個人跟吳三桂是一黨，不是好人。咱們天地會綁他起來，跟婆婆姊姊半點也不相干。」徐天川等適才受那病漢戲弄，實是生平從所未經的奇恥大辱，早已恨得牙癢癢地，當卽接過繩索，將老翁、老婦、病漢和兩個男僕都結結實實的綁住。

那黃衫女子問道：「我歸師伯怎會跟吳三桂是一黨？你們又怎麼幹上了的？」韋小寶於是將如何與那老翁在飯店相遇的情形說了，徐天川等爲那病漢戲耍一節，自然畧過了不說，只說這癆病鬼武功厲害，大家不是他敵手。那女子道：「歸家小師弟的性命，還是我師父救的。他從小就生重病，到現在身子還是好不了。他是歸師伯夫婦的命根子。」看了那老翁一眼，說道：「歸師伯爲人很正派，怎會跟吳三桂那大漢奸是一黨？倘若眞是這樣，我師父就不能罵人，嘻嘻！」聽她言語，似乎對師父着實怕得厲害。

韋小寶道：「誰幫了吳三桂，那就該殺。你師父知道了這事，還會大大稱讚你呢。」

那女子笑道：「是嗎？」瞧着那老翁、老婦，沉思片刻，過去探了探那病漢的鼻息，說道：「三少奶，待會我師伯醒來，定要大發脾氣。咱們又不能殺了他。這樣罷，讓他們留在這裏，咱們大夥兒溜之大吉，教他們永遠不知道是給誰綁住的，你說好不好？」

三少奶道：「師父吩咐，就這麼辦好了。」但想在此處居住多年，突然立刻要走，心中固是捨不得，又覺諸物搬遷不易，不禁面有難色。

一個白衣老婦人說道：「仇人已得，我們去祭過了諸位相公，靈位就可焚化了。」三少奶奶道：「婆婆說得是。」

當下衆人來到靈堂，將吳之榮拉過來，跪在地下。三少奶奶從供桌上捧下一部書來，拿到吳之榮跟前，說道：「吳大人，這部是甚麼書，你總認得罷？」吳之榮對這部書早已看得滾瓜爛熟，一見這書的厚薄、大小、册數，便知是自己賴以升官發財的「明史」，再看題簽，果然是「明書輯畧」，便點了點頭。

三少奶又道：「你瞧得仔細些，這裏供的英靈，當年你都認得的。」吳之榮凝目向靈牌上的名字瞧去，只見一塊塊靈牌上寫的名字是莊允城、莊廷鑨、李令晳、程維藩、李煥、王兆楨、茅元錫……一百多塊靈牌上的名字，個個是因自己舉報告密、爲「明史」一案而被朝廷處死的。吳之榮只看得八九個名字，已然魂飛天外。他舌頭被割，流血不止，本已三成中死了二成，這時全身一軟，坐倒在地，撲簌簌的抖個不住。

三少奶道：「你爲了貪圖功名富貴，害死了這許多人。列位相公有的在牢獄中受苦折磨而亡，有的慘遭凌遲，身受千刀萬剮之苦。我們若不是天幸蒙師父搭救，也早已給你害死。今日如一刀殺了你，未免太也便宜了你。只不過我們做事，不像你們這樣殘忍，你想死得痛快，自己作個了斷罷。」說着解開了他身上穴道，噹的一聲，將一柄短刀抛在地下。

吳之榮全身顫抖，拾起刀來，可是要他自殺，又如何有這勇氣？突然轉身，便欲向靈堂外衝出逃命，只跨出一步，但見數十個白衣女子擋在身前。他喉頭荷荷數聲，一交摔倒，扭曲了幾下，便一動也不動了。

三少奶扳過他身子，見他呼吸已停，滿臉鮮血，睜大了雙眼，神情可怖，說道：「惡有惡報，這奸賊終於死了。」跪倒在靈前，說道：「列位相公，你們大仇得報，在天之靈，便請安息罷。」衆女子一齊伏地大哭。

韋小寶和天地會羣雄都在靈前行禮。那黃衫女子卻站在一旁，秀眉微蹙，默然不動。

衆女子哭泣了一會，又齊向韋小寶叩拜，謝他擒得仇人到來。韋小寶忙磕頭還禮，說道：「小事一樁，何必客氣？倘若你們再有甚麼仇人，說給我聽，我再去給你們抓來便是。」三少奶道：「奸相鰲拜是韋少爺親手殺了，吳之榮已由韋少爺捉來處死。我們的大仇已報了十足，再也沒仇人了。」當下衆女子撤了靈位，火化靈牌。

那黃衫女子見她們繁文縟節，鬧個不休，不耐煩起來，出去瞧那被擒的數人。韋小寶和天地會羣雄跟了出去。只見那老翁、老婦、病漢兀自未醒。

那黃衫女子微笑道：「小娃娃，你要下毒害人，可着實得好好的學學呢。」韋小寶道：「是，是，晚輩下藥迷人，實在是沒法子。他們武功太強，我如不使分詭計，非給扭斷脖子不可。這些下作手段，江湖上英雄好漢是很瞧不起的。我知錯了，下次不敢了。」那黃衫女子微微一笑，說道：「甚麼下作上作？殺人就是殺人，用刀子是殺人，用拳頭是殺人，下毒用藥，還不一樣是殺人？江湖上的英雄好漢瞧不起？哼，誰要他們瞧得起了？像那吳之榮，他去向朝廷告密，殺了幾千幾百人，他不用毒藥，難道就該瞧得起他了？」

這番話句句都教韋小寶打從心坎兒裏歡喜出來，不禁眉花眼笑，說道：「婆婆姊姊，你這話可眞對極了。我小時候幫人打架，用石灰撒敵人眼睛，我幫他打贏了架，救了他性命，可是這人反而說我使的是下三濫手段，狠狠打我耳光。可惜那時婆婆姊姊不在身邊，否則也好教訓教訓他。」

那黃衫女子道：「不過你向我歸師伯下毒，我也得狠狠打你幾個耳光。」韋小寶忙道：「那時候我可不知他是你的師伯哪。」那女子道：「要是你知道他是我師伯，他又要扭斷你的脖子，你有毒藥在手，下不下他的毒？」韋小寶嘻嘻一笑，說道：「性命交關，那也只好得罪了。」那女子道：「算你說老實話。人家要你的命，你怎能不先要人家的命？我說要打你耳光，只因你太也不知好歹。人家是大名鼎鼎的『神拳無敵』歸辛樹歸二爺，功力何等深厚？你對他使這吃了頭不會暈、眼不會花的狗屁蒙汗藥，他老人家只當是胡椒粉。」

韋小寶道：「可是他……他……」那女子道：「你這不上台盤的蒙汗藥混在茶裏，人家八十年的老江湖，會胡裏胡塗的就喝了下去？那是開黑店的流氓痞棍玩意兒。要下毒，就得下第一流的。」韋小寶又驚又喜，說道：「原來……原來婆婆姊姊給換上了第一流的。」那女子道：「胡說！我沒換。歸師伯他們自己累了，頭痛發燒，暈了過去。跟我有甚麼相干？一個是癆病鬼，兩個是八十多歲的老公公、老婆婆，忽然之間自己暈倒了，有甚麼希奇？」

她嘴裏說得一本正經，眼光中卻露出玩鬧的神色。

韋小寶知她怕日後師父知道了責罵，是以不認，心中對這女子說不出的投緣佩服，突然跪倒在地，說道：「婆婆姊姊，我拜你爲師，你收了我這徒兒，我叫你師父姊姊。」

那女子格格嘻笑，伸出右臂，將手掌擱在他頦下。韋小寶只覺得頦下有件硬物，絕非人手，垂首看去，大吃一驚，只見那物竟是一把黑黝黝的鐵鈎，鈎尖甚利，閃閃發光。

那女子笑道：「你再瞧仔細了。」左手捋起右手衣袖，露出一段雪白的上臂，但齊腕而斷，並無手掌，那隻鐵鈎竟是裝在手腕上的。那女子道：「你要做我徒兒，也無不可，這就來割去了手掌，我給你裝隻鐵鈎。」

這黃衫女子，便是當年天下聞名的五毒教教主何鐵手。後來拜袁承志爲師，改名爲何惕守。明亡後她隨同袁承志遠赴海外，那一年奉師命來中原辦事，無意中救了莊家三少奶等一羣寡婦，傳了她們一些武藝。此番重來，恰逢雙兒拿了蒙汗藥前來，說起情由，她雖不知對方是誰，但武功既如此高強，尋常蒙汗藥絕無用處，於是另行用些藥物放入水缸之中。何惕守使毒本領當世無雙，自歸華山派後，不彈此調已久，忽然見到有人要在水缸中下毒，不禁技癢，牛刀小試，天下何人當得？若非如此，歸辛樹內力深厚，尙在她師父袁承志之上，韋小寶這包從御前侍衞手中得來的尋常蒙汗藥，如何迷得他倒？

那病漢歸鍾在娘胎之中便已得病，本來絕難養大，後來服了珍貴之極的靈藥，這條性命才保了下來，但身體腦力均已受損，始終不能如常人壯健。歸辛樹夫婦只有這個獨子，愛逾性命，因他自幼病苦纏綿，不免嬌寵過度，失了管教。歸鍾雖然學得一身高強武功，但人到中年，心智性情，卻還是如八九歲的小兒一般。

何惕守下藥之時，不知對方是誰，待得發覺竟是歸師伯一家，不由得心中惴惴，然而事已如此，也就置之度外，聽得韋小寶說話討人歡喜，對他很是喜愛，心想域外海島之上，那有這等伶俐頑皮的少年？

韋小寶聽說要割去一隻手，才拜得師父，提起手掌一看，既怕割手疼痛，又捨不得，神色甚是躊躇。何惕守笑道：「師父是不用拜了，我也沒時候傳你功夫。我有一件很好玩的暗器，這就送了給你，免得你心裏叫冤，白磕了頭，又叫了一陣『師父姊姊』。」韋小寶道：「師父姊姊，那決不是白叫的。你就是不傳我功夫，不給我物事，像你這般美貌姑娘，我多叫得幾聲師父姊姊，心裏也快活得很。」

何惕守格格而笑，說道：「小猴子油嘴滑舌，跟你婆婆沒上沒下的瞎說。」她是苗家女子，於漢人的禮法規矩向來不放在心上，韋小寶讚她美貌，她非但不以爲忤，反而開心，又笑道：「小猴子，你再叫一聲。」韋小寶笑道：「姊姊，好姊姊！」

何惕守笑道：「啊喲，越來越不成話啦。」突然左手抓住他後頸，將他提在左側，但聽得嗤嗤嗤聲響，桌上三枝燭火登時熄滅，對面板壁上拍拍之聲密如急雨般響了一陣。韋小寶又驚又喜，問道：「這是甚麼暗器？」何惕守笑道：「你自己瞧瞧去。」鬆手放他落地。

韋小寶從茶几上拿起一隻燭台，湊近板壁看時，只見數十枚亮閃閃的鋼針，都深深釘入了板壁。他佩服之極，說道：「姊姊，你一動也不動，怎地發射了這許多鋼針？這等暗器，天下又有誰躲得過？」何惕守笑道：「當年我曾用這『含沙射影』暗器射我師父，他就躲過了，一枚針兒也射他不中。不過除了我師父之外，躲得過的只怕也沒幾個。」

韋小寶道：「你師父定是要你試着射他，先有了防備，倘若突然之間射出去，他老人家武功再強，這種來無影、去無蹤的暗器，又怎閃躲得了？」何惕守道：「那時候我跟師父是對頭，正在惡鬥。他不是叫我試射，事先完全沒知道。」韋小寶道：「這就是了。你師父正在全神貫注的防你，這才避過了。倘若那時候你向東邊一指，轉頭瞧去，叫道：『咦，誰來了？』你師父必定也向東瞧上一眼，那時你忽然發射，只怕非中不可。」何惕守歎了口氣，說道：「或許你說得不錯。這鋼針上餵了劇毒，我師父那時倘若避不過，便已死了。那時我可並不想殺他。」韋小寶道：「你心中愛上了師父，是不是？」

何惕守臉上微微一紅，呸了一聲，道：「沒有的事，快別胡說八道，給我師娘聽見了，非割了你半截舌頭不可。」

韋小寶可萬萬料想不到，那時何惕守所暗中愛上的，卻是這個女扮男裝的師娘。

少年往時事驀地裏兜上心來，雖已事隔數十年，何惕守臉上仍不禁發燒，她取出兩隻鹿皮小指套，戴在左手拇指和食指之上，將板壁上鋼針一枚枚拔下，跟着伸手從衣襟內解了一根鐵帶出來，帶上裝了着一隻鋼盒，盒蓋上有許多小孔。

韋小寶恍然大悟，拍手叫道：「姊姊，這暗器當眞巧妙，原來你裝在衣衫裏面，只消一掀鐵帶上機括，鐵盒中就射了鋼針出去。」心想她答應送一件暗器給自己，多半便是此物，不禁心花怒放。

何惕守微笑道：「不論多厲害的暗器，發射時總靠手力準頭。你武功也太差勁，除了這『含沙射影』，別的暗器也用不來。」當下將鋼針一枚枚插回盒中，要他捋起長袍，將鐵帶縛在他身上，鋼盒正當胸口，教了他掀動機括之法，又傳了配製針上毒藥和解藥的方子，說道：「盒中鋼針一共可用五次，用完之後就須加進去了。我師父一再叮囑，千萬不可濫傷無辜。

這暗器本來是淬上劇毒的，現下餵的並不是要人性命的毒藥，只叫人中了之後，痲癢難當，全身沒半點力氣。但你仍然千萬不可亂使。」韋小寶沒口子的答應，又跪下拜謝。

何惕守道：「你把他們三位扶起坐好。」韋小寶答應了，先將歸辛樹扶起坐入椅中，又去扶歸鍾時，碰到他腰間圓鼓鼓的似有一個葫蘆，拉起他長袍一看，卻是個革囊。韋小寶好奇心起，拉開囊上革索，探眼一看，突然大叫起來：「啊喲，是個死人頭，他……他……瞪着眼在瞧我呢。」何惕守也覺奇怪，說道：「他不知殺了甚麼要緊人物，卻巴巴的將首級掛在腰裏。你拿出來瞧瞧。」

韋小寶道：「死人，死人！我拿你出來，你不可咬我。」慢慢伸手入囊，抓住那首級的辮子，提了出來，放在桌上。燭火下瞧得明白，這首級怒目圓睜，虬髯戟張，韋小寶大叫一聲，連退三步，驚叫：「是……是吳大哥……」

何惕守微微一驚，問道：「你認得他？」

韋小寶道：「他……他是我們會裏的兄弟，吳六奇吳大哥！」心下悲痛，放聲大哭。

天地會羣豪聽得他的狂叫大哭，奔上廳來，見到吳六奇的首級，盡皆驚詫悲憤。各人手按刀柄，凝視何惕守，只道吳六奇是她殺的。跟着雙兒也奔了出來。韋小寶拉着她手，指着首級，叫道：「雙……雙兒，這是你義兄吳大哥，他……他給這惡賊害死了！」說着搶到歸鍾之前，在他身上狠狠踢了幾脚，向徐天川等道：「吳大哥的首級，這惡賊掛在身上。」

衆人再細看那首級時，只見血漬早乾，頸口處全是石灰，顯是以藥物和石灰護住，不使腐爛。雙兒撫着首級，放聲大哭。李力世道：「咱們用冷水淋醒這惡賊，問明端詳，再殺他為吳大哥抵命。」羣雄齊聲稱是。

何惕守道：「這人是我師弟，你們不能動他一根寒毛！」說着伸出右手鐵鈎，向着桌上一枝蠟燭揮了幾揮，飄然入內。

玄貞道人怒道：「就算是你師父，也要把他斬爲肉醬……」突然風際中「咦」的一聲，左手兩根手指拿了七八分長的一截蠟燭，舉起手來。燭台上的蠟燭本來尚有七八寸長，但這時已割成六七截，每截長不逾寸，整整齊齊的叠在一起，並不倒塌。這手武功，當眞驚世駭俗。天地會羣豪無不變色。

玄貞刷的一聲，拔出佩刀，說道：「我殺了這廝爲吳大哥報仇，讓那女人殺我便了。」

李力世道：「且慢，先問個明白，然後這三人一起都殺。」

韋小寶道：「對！這位婆婆姊姊只怕她師伯，只消連她師伯、師伯老婆一起都殺了，反而沒事。雙兒，你去打一盆冷水來，可不要那厨房裏下過藥的。」

雙兒進去打了一盆冷水出來，徐天川接過，在歸鍾頭上慢慢淋下去。只聽他連打了幾個噴嚏，慢慢睜開眼來。他身子一動，發覺手足被縛，腰間又被點了穴道，怒道：「誰？誰跟我鬧着玩？」玄貞將刀刃在他臉上輕輕一拍，罵道：「你祖宗跟你鬧着玩。」指着吳六奇的首級，問：「這人是你害死的嗎？」

歸鍾道：「不錯！是我殺的。媽媽、爹爹，你們在那裏？」轉頭見到父母也都已被綁，嚇得險些哭了出來。他一生跟隨父母，事事如意，從未受過些少挫折，幾時又經歷過這等情景？哭喪着臉道：「你……你……你們幹甚麼？你們打我不過，怎麼……怎麼綁住了我？綁住了我爹爹、媽媽？」

徐天川反過手掌，拍的一聲，打了他一個耳光，喝道：「這人你怎麼殺的？快快說來，若有半句虛語，立時戳瞎了你眼睛。」說着將刀尖伸過去對準他的右眼。

歸鍾嚇得魂不附體，不住咳嗽，說道：「我……我說……你別戳瞎我眼睛。瞎了眼睛，可看不見……看不見……咳咳……咳咳……平西王說道，韃子皇帝是個大大的壞蛋，霸佔……霸佔我們……我們大明江山，求我去……去殺了韃子皇帝……」

羣豪面面相覷，均想：「這話倒也不錯。」

韋小寶卻大大的不以爲然，罵道：「辣塊媽媽，吳三桂是他媽的甚麼好東西了？」

歸鍾道：「平西王是你伯父，他……他……不是好東西，你也不是好東西。」韋小寶在他身上重重踢了一脚，罵道：「胡說八道！吳三桂是大漢奸，怎麼會是老子的伯父？吳三桂是你伯父！」歸鍾叫道：「是你自己說的，啊喲，你說過了話要賴，我不來，我不來！」

李力世見他纏夾不清，問道：「吳三桂要你去殺韃子皇帝，怎麼你又去害死了他？」說着又向吳六奇的首級一指。

歸鍾道：「這人是廣東的大官，平西王說他是大漢奸，保定了韃子皇帝。平西王要起兵打廣東，非先殺了他不可。平西王送了我很多補藥，吃了治咳嗽的，又送了我白老虎皮。我媽說的，大漢奸非殺不可。咳咳，這人武功很好，我……我跟媽兩個一起打他，才殺了的。你們快放開我，放開我爹爹媽媽。我們要上北京去殺韃子皇帝，那是大大的功勞……」

韋小寶罵道：「要殺皇帝，也輪不到你這癆病鬼。衆位哥哥，把這三個傢伙都殺了，婆婆姊姊那裏，由我來擔當好了。」

忽聽得莊外數十人齊聲大叫：「癆病鬼，快滾出來，把你千刀萬剮，爲吳大哥報仇！」莊前莊後都是人聲，連四處屋頂上都有人吶喊，顯是將莊子四下圍住了。

天地會羣豪聽得來人要爲吳六奇報仇，似乎是自己人，都是心中一喜。錢老本大聲叫道：「明復清反，母地父天。外面的朋友那一路安舵？」天地會的口號是「天父地母，反淸復明」，但當遇上身分不明之人，先將這八個字顚倒來說，倘若是會中兄弟，便會出言相認，如是外人，對方不知所云，也不致洩漏了身分。

莊外和屋頂上有十七八人齊聲叫道：「地振高岡，一派溪山千古秀。」廳中羣豪叫道：「門朝大海，三河合水萬年流。」屋頂有人道：「那一堂的兄弟在此？」錢老本道：「靑木堂做兄弟的迎接衆家哥哥。那一堂的哥哥到了？」

廳門開處，一人走了進來，叫道：「小寶，你在這裏？」這人身材高瘦，神情飄逸，正是天地會總舵主陳近南。

韋小寶大喜，搶上拜倒，連叫：「師父，師父。」陳近南道：「大家好！只可惜……」見到桌上吳六奇的首級，搶上前去，扶桌大慟，眼淚撲簌簌的直洒下來。

廳門中陸續走進人來，廣西家后堂香主馬超興、貴州赤火堂香主古至中等都在其內。衆人一見歸鍾，紛紛拔刀。還有二十餘人是廣東洪順堂屬下，更是恨極。

歸鍾眼見衆人這般兇神惡煞的情狀，只咳得兩聲，便暈了過去。

陳近南轉過身來，問道：「小寶，你們怎地擒得這三名惡賊？」韋小寶說了經過，但徐天川等如何爲歸鍾戲耍、自己冒充吳之榮等等醜事，自然不提，最後道：「這三名惡賊武功厲害，我們是打不過的。幸好有一個婆婆姊姊幫手，才擒住了。可是這婆婆姊姊又說這老頭兒是她師伯，不許我們殺他爲吳大哥報仇。」陳近南皺眉道：「甚麼婆婆姊姊？」韋小寶道：「她年紀是婆婆，相貌是姊姊，因此我叫她婆婆姊姊。」陳近南道：「她人呢？」韋小寶道：「她躱在後面，不肯跟她師伯會面。師父、古大哥，馬大哥，你們怎麼都到了這裏？」陳近南道：「這惡賊害了吳大哥，我們立傳快訊，四面八方的追了下來。」

青木堂衆人與來人相見，原來山東、河南、湖北、湖南、安徽各堂的兄弟也有參與，大部份監守在莊外各處。古至中、馬超興都道：「韋兄弟又立此大功，吳大哥在天之靈，也必深感大德。」韋小寶道：「吳大哥待我再好不過，替他報仇，那是該當的。」

李力世道：「啓稟總舵主：這惡賊適才說道，他們要上北京去行刺韃子皇帝，又說了些反淸復明的言語，不知內情到底如何。」韋小寶道：「有甚麼內情？他怕我們殺他，就順口胡說。他身上這件白老虎皮袍子，就是吳三桂送給他的。吳三桂的豬朋狗友，有甚麼好東西了？咱們把這三個惡賊開膛剜心，爲吳大哥報仇就是。」

陳近南道：「把這三人都弄醒了。好好問一問。」雙兒去提了一桶冷水，又將歸辛樹夫婦和歸鍾一一淋醒。

歸二娘一醒，立卽大罵，說道下毒迷人，實是江湖上卑鄙無恥的勾當。歸辛樹卻一言不發。陳近南道：「瞧你們身手，並非平庸之輩。你們叫甚麼名字？跟我們吳六奇吳大哥有甚麼冤仇？幹麼下毒手害他性命？」歸二娘怒道：「你們這等使悶香、下迷藥的無恥小賊，也配來問老娘姓名？」古至中揚刀威嚇，歸二娘性子極剛，更加罵得厲害。

韋小寶道：「師父，他們姓歸，烏龜的龜，兩隻老烏龜，一隻小烏龜。我先殺了小烏龜再說。」拔出匕首，指向歸鍾的咽喉。

歸二娘見韋小寶要殺她兒子，立時慌了，叫道：「小鬼，你有種的就來殺老娘好了，可不許碰我孩兒一根寒毛。」韋小寶道：「我偏偏只愛殺小烏龜。」將刀尖在歸鍾咽喉輕輕一戳。匕首極利，雖然一戳甚輕，但歸鍾咽喉立時迸出鮮血。他大聲叫道：「媽呀，他……他殺死我了。」歸二娘大叫：「別……別殺我孩兒！」

韋小寶道：「我師父問一句，你乖乖的答一句，那麼半個時辰之內，暫且不殺你的癆病鬼兒子。」歸二娘怒道：「我孩兒沒生病，你才是癆病鬼。」但聽韋小寶答應暫且不殺她兒子，畧覺寬心。

韋小寶假裝連聲咳嗽，學着歸鍾的語氣，說道：「媽呀，我……我……咳咳……快要死了……好媽媽，你快快實說了罷……咳咳……咳咳……我沒生癆病，我生的是鋼刀斷頭病，咳咳，又是尖刀穿喉病，全身斬成肉醬病哪，咳咳……」他學得甚像，歸二娘毛骨悚然，叫道：「別學，別學我孩兒說話！」韋小寶繼續學樣：「媽呀，你再不回答人家的話，我……我……咳咳，又得生肚子剖開病，肚腸流出病了哪……」說着拉起歸鍾的衣衫，將匕首尖在他瘦骨嶙嶙的胸膛上比劃。

歸二娘再也忍耐不住，說道：「好！我們是華山派的，我們當家的神拳無敵歸二俠，當年威震中原之時，你們這些小毛賊還沒轉世投胎啦。」

陳近南聽得這二人竟然便是大名鼎鼎的神拳無敵歸辛樹夫婦，不由得肅然起敬，又想吳六奇武功何等了得，據當時親眼見到他被害情景的洪順堂兄弟言道，只一個老婦和一個癆病鬼出手，便打倒了十幾名洪順堂好手，兩人合攻吳六奇，將他擊斃，割了他首級，對方自非冒名。神拳無敵歸辛樹成名已久，近數十年來不聞在江湖上走動，不知何以竟會牽入這件慘禍，中間必有重大緣由，當卽上前向歸辛樹恭恭敬敬的抱拳行禮，說道：「原來是華山神拳無敵歸二俠夫婦。小人陳近南，多有失禮。」伸手一扯，拉斷了縛在歸辛樹身上的繩索，接着又在他背心和腰間推拿數下，解開他穴道，轉身又拉斷歸二娘和歸鍾身上的繩索。

韋小寶大急，又道：「師父，這三個人厲害得很，放他們不得。」陳近南微微一笑，說道：「歸二娘罵我們下迷藥，是江湖上下三濫的卑鄙行逕。我們天地會並沒下迷藥，就算當眞下了，歸二俠內功深厚，下三濫的尋常蒙汗藥，又如何迷得倒他老人家……」

韋小寶道：「不錯，不錯，我們天地會沒下蒙汗藥。」心想這藥是婆婆姊姊的，也是她自己換上的，不能算在我們天地會帳上，何況這藥又不是蒙汗藥。

歸辛樹左手在妻子和兒子背心上一拂，已解開了二人穴道，手法比陳近南快得多了，點了點頭，說道：「不是尋常蒙汗藥，是極厲害的藥物。」伸手去搭兒子脈搏。歸二娘凝神瞧着丈夫臉色，問道：「怎樣？」歸辛樹道：「眼前似乎沒事。」想起自己暈倒之前，曾和人對了一掌，此人武功甚淺，但所習內功法門，顯然是華山派的，又想起雙兒在亂石岡中奔跑的身法，也是華山派輕功，一瞥之間，已在人叢中見到了她。

雙兒見到他精光閃閃的眼光，不由得害怕，縮在韋小寶身後。歸辛樹道：「小丫頭，你過來，你是華山派的不是？」雙兒道：「我不過來！你殺了我義兄吳大哥，我要爲他報仇。我……我也不是甚麼華山派的。」何惕守當日對莊三少奶、雙兒等傳了些武功，並非正式收她們爲徒，也沒向她們說自己的門戶派別，「華山派」三字，雙兒今日還是首次聽聞。

歸辛樹也不去和這小姑娘一般見識，突然氣湧丹田，朗聲說道：「馮難敵的徒子徒孫，都給我出來。」這句話聲音並不甚響，但氣流激盪，屋頂灰塵簌簌而落。他想同門師兄弟三人，袁承志門下均在海外，大師兄黃眞逝世已久，華山派門戶由黃眞的大弟子馮難敵執掌，莊中既有華山派門人，自必是馮難敵一系。那知隔了良久，內堂竟寂然無聲。

陳近南道：「年前天下英雄大會河間府，歃血爲盟，決意齊心合力誅殺大漢奸吳三桂。令師姪馮難敵前輩，正是河間府殺龜大會的主人。何以歸前輩反而跟吳三桂攜手，殺害敝會義士吳六奇兄弟？這豈不爲親者所痛、仇者所快嗎？」話是說得客氣，辭鋒卻咄咄逼人。

歸二娘向他橫了一眼，說道：「曾聽人說：『平生不識陳近南，就稱英雄也枉然。』當尊駕尚未出世之時，我夫婦已然縱橫天下。如此說來，定要等尊駕出世之後，我們才稱得英雄。嘿嘿，可笑啊可笑。」

陳近南道：「在下才具武功，都是不值歸二俠賢夫婦一笑。江湖上朋友看得起在下，也不過是說在下明白是非，還不致胡作非爲、結交匪人而已。」

歸二娘怒道：「你譏刺我們胡作非爲、結交匪人？」陳近南道：「吳三桂是大漢奸！」

歸二娘道：「這吳六奇爲虎作倀，做韃子的大官，欺壓我漢人百姓。你們又怎麼口口聲聲稱他爲大哥？這還不是胡作非爲、結交匪人嗎？」

馬超興大聲道：「吳大哥身在曹營心在漢，他是天地會洪順堂的紅旗香主，手握廣東兵權，一朝機緣到來，便要起兵打韃子。洪順堂衆位兄弟，你們說是也不是？」洪順堂屬下二十餘人齊聲說道：「正是！」馬超興道：「你們袒開胸膛，給這兩位大英雄瞧瞧。」二十餘人雙手拉住衣襟，向外一分，各人胸前十餘顆扣子登時迸開，露出胸膛，只見每人胸前都刺了「天父地母，反淸復明」八個字，深入肌理。

歸鍾一直默不作聲，這時見二十餘人胸口都刺了八個字，拍手笑道：「有趣，有趣！」天地會羣雄一齊向他怒目而視。

陳近南向歸辛樹道：「令郎覺得有趣，歸二俠夫婦以爲如何？」

歸辛樹懊喪無比，搖了搖頭，向歸二娘道：「殺錯人了。」歸二娘道：「殺錯人了！上了吳三桂這奸賊的當。」左手一伸，從馬超興腰間拔出單刀，往自己脖子中抹去。

陳近南叫道：「使……」疾伸右手，抓住了她左腕。歸二娘右掌拍出，陳近南出左掌相抵，兩人身子都是一幌。陳近南左手兩根手指伸過去挾住了刀背。歸二娘右手又是一掌，拍向他胸口。陳近南倘若退避，那刀就奪不下來，只怕她又欲自盡，適才跟她對了一掌，知她年紀老邁，內力已不如己，但出手如電，拳掌功夫精絕，自己只要退得一步，空手再也奪不了她手中兵刃，當下硬挺胸膛，砰的一聲，受了她一掌。

歸二娘一呆，陳近南左手雙指已將她單刀奪過，退後兩步，哇的一聲，吐出一口鮮血。

當歸二娘橫刀自盡之時，歸辛樹倘若出手，自能阻止，但他錯殺了吳六奇，既慚且悔，已起了自盡以謝的念頭，因此並不阻擋妻子，待見陳近南不惜以身犯險，才奪下歸二娘手中鋼刀，更是愧感交集。他拙於言辭，只道：「陳近南當世豪傑，名不虛傳。」

陳近南扶着桌子，調勻氣息，半晌才道：「不知者不罪。害死吳大哥的罪魁禍首，乃是吳……吳三……」說着又吐了口鮮血。歸二娘年紀雖老，昔年功力仍有大半，陳近南為了奪她兵刃，無法運氣防護，這一掌挨得着實不輕。

歸二娘道：「陳總舵主，我如再要自盡，辜負了你一番盛情。我夫婦定當去殺了韃子皇帝，再殺吳三桂這奸賊。」說着跪倒在地，向吳六奇的首級拜了三拜。

陳近南道：「吳六奇大哥行事十分隱秘，江湖上英雄多有唾罵他的為人，賢夫婦此番出手，用意原為誅殺漢奸，只可惜……只可惜……」說着忍不住掉下淚來。

歸辛樹夫婦心中都是一般的念頭，決意去刺殺康熙和吳三桂，然後自盡以謝吳六奇，但此刻也不必多說，同時向陳近南抱拳道：「陳總舵主，這便告辭。」陳近南道：「兩位請留步，在下有一言稟告。」歸氏夫婦攜了兒子的手，正要出外，聽了這話便停步轉身。

陳近南道：「吳三桂起兵雲南，眼見天下大亂，正是恢復我漢家河山的良機。尚有不少英雄，日內都要聚集京師商議對策。大家志同道合，請兩位前輩同去北京會商如何？」

歸辛樹心中有愧，不願與旁人相見，搖了搖頭，又要邁步出外。

韋小寶聽他二人說要去行刺皇帝，心想這三個姓「龜」的傢伙武功極高，小皇帝未曾防備，別要給他們害死，叫道：「這是天下大事，你們這位公子，做事很有點兒亂七八糟，這一次如果再壞了事，你們三位就算一古腦兒的自殺，也不免臭……臭氣萬年。」他聽人說過「遺臭萬年」的成語，一時說不上來，說成了「臭氣萬年」。

成語雖然說錯，歸氏夫婦卻也明白他意思。歸辛樹自知武功高強，見事卻不如何明白，否則也不會只憑吳三桂的一面之辭，便鑄下這等大錯，聽了韋小寶這句話，不禁心中一寒，尋思：「行刺皇帝，確是有關國家氣運的大事。」韋小寶又道：「現下的皇帝年紀小，不大懂事，搞得吳三桂造反，一塌裏胡塗。你們如果殺了他，換上一個年紀大的厲害韃子來做皇帝，咱們漢人的江山，就壞在你們手上了。」歸辛樹緩緩點頭，回過身來。

陳近南道：「兩位前輩，這孩子年紀小，話說沒上沒下，衝撞莫怪。」說着拱手致歉，又道：「但他的顧慮似乎也可從長計議。如此大事，咱們謀定而後動如何？」歸辛樹心想一錯不可再錯，自己別因一時愧憤，以致成爲萬世罪人，便道：「好！謹聽陳總舵主吩咐。」陳近南道：「吩咐兩字，萬萬不敢當。明日上午，大夥兒同到北京，晚間便在這孩子的住處聚會，共商大事。兩位以爲怎樣？」歸辛樹點點頭。

陳近南問韋小寶：「你搬了住所沒有？」韋小寶道：「弟子仍在東城銅帽子胡同住。」陳近南道：「兩位前輩，明晚在下在北京東城銅帽子胡同這孩子的子爵府恭候大駕。」韋小寶道：「師父，你別生氣，現下叫作伯爵府。」陳近南道：「嘿，又升了官。」

歸二娘瞪眼瞧着韋小寶，問道：「你是吳三桂的姪子，也是身在曹營心在漢，要大義滅親嗎？」韋小寶笑道：「我不是吳三桂的姪子，吳三桂是我灰孫子。」陳近南斥道：「前輩跟前，不得無禮。快磕頭謝罪。」韋小寶道：「是。」作勢欲跪，卻慢吞吞的延挨。

歸辛樹一揚手，帶了妻兒僕從，逕自出門，明知外邊並無宿處，卻寧可挨餓野宿，實是無顏與天地會羣豪相對。

歸鍾自幼並無玩伴，見韋小寶言語伶俐，年紀又小，甚是好玩，向他招手，說道：「小娃娃，你跟我去，陪我玩兒。」韋小寶道：「你殺我朋友，我不跟你玩。」

突然間呼的一聲響，人影一幌，歸鍾躍將過來，一把將韋小寶抓住，提到門口。這一下出手極快，陳近南適才受傷不輕，隔得又遠，其餘天地會羣雄竟沒一人來得及阻止。

歸鍾哈哈大笑，叫道：「你再跟我去捉迷藏，咱們玩個痛快！」歸辛樹臉一沉，喝道：「孩兒，放下他。」歸鍾不敢違拗父言，只得放下了韋小寶，嘴巴卻已扁了，便似要哭。歸二娘安慰道：「孩兒，咱們去買兩個書僮，陪你玩耍。」歸鍾道：「書僮不好玩，就是這小娃娃好玩，咱們買了他去。」歸辛樹見兒子出醜，拉住他手臂，快步出門。

羣雄面面相覷，均覺吳六奇一世英雄，如此胡裏胡塗的死在一個白痴手裏，實是太寃。

韋小寶道：「師父，我去請婆婆姊姊出來，跟大家相見。」和雙兒走到後堂，那知何惕守早已離去。三少奶說道婦道人家，不便和羣雄會見，只吩咐僕婦安排酒飯，欵待賓客。

註：本回回目中，「漁陽鼓動」是安祿山造反的典故，喻吳三桂起兵；「督亢圖窮」是荊軻刺秦王的典故，本書借用，指歸辛樹等誤刺吳六奇，後悔不及，又要去行刺康熙，其實只字面相合，含義並不貼切。

韋小寶掌成虎爪之形，指運擒拿之力，一把抓起筆桿，飽飽醮上了墨，筆順自右至左，畫了一個「小」字，在其下畫了一個圓圈，再畫一條既似扁擔、又似硬柴的一橫。

第四十二回　九重城闕微茫外　一氣風雲吐納間

次日韋小寶拜別了主人，和陳近南等分道赴京。

陳近南道：「小寶，歸二俠夫婦要去行刺皇帝，他們已答應大家商量之後，再作定論。你到北京之後，可不能通知皇帝，讓他有了防備。」韋小寶本有此意，卻給師父一語道破，忙道：「這個自然。他韃子佔了我們漢人江山，我在朝中做官，是奉了師父你老人家之命，怎能眞的向着他？」陳近南道：「這就是了，你如言不由衷，做了對不起大夥的事，我第一個就饒不得你。」韋小寶道：「師父你放一百二十個心。」心道：「放一百一十九個心罷！我自己就有點不大放心。」帶了雙兒、徐天川等人，去和張勇、趙良棟等人相會，押了毛東珠，回到北京。

他一回銅帽子胡同，立即便想去見康熙，尋思：「小皇帝是我的好朋友，怎能讓他死在這三隻烏龜手裏？有了，我去宮裏分派侍衛，大大戒備，嚴密守衛。我答應了師父，不跟皇帝說，大丈夫言而有信，說就不說，可是仍能叫三隻烏龜不能得手。」剛要出門，陳近南已帶了古至中和馬超興到來。韋小寶暗暗叫苦，心道：「你們怎地來得這麼快？」只得強打精神，設宴接待。

不久天地會羣雄分批陸續來到。跟着沐劍聲帶同鐵背蒼龍柳大洪、搖頭獅子吳立身、聖手居士蘇岡等一行人也來了。沐王府衆人早在北京，得到訊息後齊來聚會。

衆人用畢酒飯，又等了良久，歸家三人這才到來。韋小寶吩咐另開筵席，歸二娘淡淡的道：「我們吃過飯了。」歸鍾東張西望，見府第中堂皇華貴，說道：「小娃娃，你家裏的模樣，跟平西王的五華宮倒也相差不遠。你沒說謊，吳三桂果然是你伯父。」

韋小寶道：「對，吳三桂是你的……」說到這「的」字，突然住口，心想這一句順口便宜討過去，師父必定生氣，當即改口：「三位既已用過飯了，請到東廳喝茶。」

衆人來到東廳，獻上清茶點心，韋小寶遣出僕役。陳近南又派了十餘名會衆出去，在廳周及屋頂把守，這才關門上閂，商議大事。陳近南替歸氏夫婦和沐王府衆人引見，卻不提吳六奇之事。歸氏夫婦雖退隱已久，柳大洪、吳立身等還是好生仰慕，對之十分恭敬。

歸二娘單刀直入，說道：「吳三桂起兵後攻入湖南、四川，兵勢甚鋭，勢如破竹。吳三桂當年雖然投降韃子，斷送了大明天下，實是罪大惡極，但他畢竟是咱們漢人。依我們歸二爺之見，我們要進皇宮去刺殺韃子皇帝，好讓韃子羣龍無首，亂成一團。衆位高見如何？」

沐劍聲道：「韃子皇帝固然該殺，但這麼一來，豈不是幫了吳三桂這奸賊一個大忙？」

歸二娘道：「吳三桂當年害死沐王爺，沐公子自然放他不過。可是滿漢之分，那是頭等大事。咱們先殺盡了韃子，慢慢再來收拾吳三桂不遲。」

柳大洪道：「吳三桂倘若起兵得勝，他自己便做皇帝，再要動他，便不容易了。依晚輩之見，咱們先讓韃子跟吳三桂自相殘殺，拚個你死我活。咱們再來漁翁得利。因此晚輩以為眼前不宜去行刺韃子皇帝。」他雖滿頰白鬚，但歸氏夫婦成名已久，他自稱晚輩；沐王府跟吳三桂深仇似海，定要先見他覆滅，這才快意。

歸二娘道：「吳三桂打的是興明討虜旗號，要輔佐朱三太子登基。這裏有一張吳三桂起兵的檄文，大家請看。」從身邊取了一大張紙出來，攤在桌上。

陳近南便即誦讀：

「原鎮守山海關總兵、今奉旨總統天下水陸大元帥、興明討虜大將軍吳，檄天下文武官吏軍民人等知悉：本鎮深叨大明世爵，統鎮山海關……」

陳近南知道羣豪大都不通文墨，讀幾句，解說幾句，解明第一段後，接着又讀下去，下面說李自成如何攻破北京，崇禎歸天，他為了報君父之仇，不得已向滿清借兵破賊，其後說道：

「幸而渠魁授首，方欲擇立嗣君，繼承大統，封藩割地，以酬滿酋。不意狡虎虜逆天背盟，乘我內虛，雄據燕京。竊我先朝神器，變我中國冠裳；方知拒進狼之非，莫挽抱薪救火之誤。」

歸二娘道：「他後來就知道向滿洲借兵是錯了，可惜已來不及啦。」柳大洪哼了一聲，道：「這奸賊說得好聽，全是假話。」歸二娘道：「陳總舵主，請你讀下去。」

陳近南道：「是！」接續讀道：

「本鎮刺心嘔血，追悔靡及，將卻返戈北返，掃蕩腥羶，適遇先皇之三太子。太子年甫三歲，刺股爲記，寄命託孤，宗社是賴。姑飲血隱忍，養晦待時，選將練兵，密圖興復，迄於今日，蓋三十年矣！」

柳大洪聽到這裏再也忍耐不住，拍案道：「放屁！放屁！這狼心狗肺、天地不容的奸賊，倘若他眞有半分興復大明之心，當年爲甚麼殺害永曆皇帝、永曆太子？此事天下皆知，又如何抵賴得？」

羣雄見了柳大洪鬚眉戟張的情狀，無不心佩他的忠義，均想吳三桂十二年前在昆明市上絞殺永曆皇帝父子，決計無可狡辯。

歸二娘道：「柳大哥這話不錯，吳三桂決非忠臣義士，這是連三歲孩童也知道的。咱們要去行刺韃子皇帝，是爲了反淸復明，絕不是幫吳三桂做皇帝。」

陳近南道：「我把這檄文讀完了，大家從長計議。」讀道：

「茲者，虜酋無道，奸邪高張，道義之儒，悉處下僚；斗筲之輩，咸居顯職……」

讀到這句，向韋小寶笑了笑，說道：「小寶，這句話是說你了。」韋小寶聽着師父誦讀文章，只覺抑揚頓挫，倒也好聽，忽聽說吳三桂的文章中提到自己，不禁又驚又喜，忙問：「師父，他說我甚麼？這傢伙定是不說我的好話。」陳近南道：「他說有學問道德的好人，只做芝蔴綠豆小官，毫無本事的傢伙，卻都做了大官。這不是說你嗎？」韋小寶道：「他自己呢？他的官比我做得還大，豈不是比我更不中用？」

衆人都笑了起來，說道：「不錯！韃子朝廷中的官職，可沒比平西親王更大的。」

檄文最後一段是：「山慘水愁，婦號子泣；以致彗星流隕，天怒於上；山崩土裂，地怨於下。本鎮仰觀俯察，是誠伐暴救民、順天應人之日。爰卜甲寅之年正月元旦，恭奉太子，祭告天地，敬登大寶。建元周啓。」陳近南讀完後，解說了一遍。

衆人之中，除了陳近南和沐劍聲二人，都沒讀過甚麼書，均覺這道檄文似乎說得頭頭是道，卻總有些甚麼不對，可也說不上來。

沐劍聲沉吟片刻，說道：「陳總舵主，他既奉朱三太子敬登大寶，爲甚麼不恢復大明國號，卻要改國號爲周？這中間實是個大大的破綻。何況朱三太子甚麼的，也不知是眞是假，誰也沒聽說過，忽然之間，沒頭沒腦的鑽了出來。多半吳三桂去找了個不懂事的孩子出來，說是朱三太子，號召人心，其實是把他當作傀儡。」衆人都點頭稱是。

歸二娘道：「吳三桂把朱三太子當作傀儡，自然絕無可疑。這人是眞是假，也沒多大分別。不過朱三太子不是小孩子，先皇殉國已三十年，如果朱三太子是眞，至少也有三十幾歲了。」

韋小寶道：「三十幾歲的不懂事小娃娃，也是有的，嘻嘻。」說着向歸鍾瞧了一眼。羣雄中有幾人忍不住笑了出來。歸二娘雙眉一豎，便要發作，但轉念一想，韋小寶的話倒也不假，自已的寶貝兒子活了三十幾歲，果然仍是個不懂事的小娃娃，不禁輕輕歎了口氣。

衆人商議良久，有的主張假手康熙，先除了吳三桂，再圖復國；有的以爲吳三桂雖然奸惡，終究是漢人，應當助他趕走韃子，恢復了漢人江山，再去除他。議論紛紛，難有定論。說到後來，衆人都望着陳近南，人人知他足智多謀，必有高見。

陳近南道：「咱們以天下爲重。倘若此刻殺了康熙，吳三桂聲勢固然大振，但是台灣鄭王爺也可渡海西征，進兵閩浙，直攻江蘇。如此東西夾擊，韃子非垮不可。那時吳三桂倘若自己想做皇帝，鄭王爺的兵力，再加上沐王府、天地會和各路英雄，也可制得住他。」

蘇岡冷冷的道：「陳總舵主這話，是不是有些爲台灣鄭王爺打算呢？」陳近南凜然道：「鄭王爺忠義之名，著於天下，蘇兄難道信不過嗎？」蘇岡道：「陳總舵主忠勇俠義，人人欽服。可是鄭王爺身邊，奸詐卑鄙的小人可也着實不少。」

韋小寶忍不住說道：「這話倒也不錯。好比那『一劍無血』馮錫範，還有鄭王爺的小兒子鄭克塽，都不是好人。」陳近南聽他並不附和自己，微感詫異，但想他的話也非虛假，不禁嘆了口氣。

歸二娘道：「趕走韃子，那是一等一的大事，至於誰來做皇帝，咱們可管不着，反清是一來要反的，復不復明，不妨慢慢商量。大明的崇禎皇帝，就不是甚麼好東西。」

陳近南和沐王府羣雄向來忠於朱明，一聽所言，都是臉上變色。

沐劍聲道：「咱們如不擁朱氏子孫復位，難道還擁吳三桂這大奸賊不成？」

歸鍾突然說道：「吳三桂這人很好啊，他送了我一張白老虎皮做袍子，你們可瞧見過沒有？」說着翻開皮袍下襟，露出白虎皮來，大是洋洋得意。

歸二娘道：「小孩子家，別在這裏胡說八道。」

蘇岡冷笑道：「在歸少爺眼中，一件皮袍子可比咱們漢人的江山更加要緊了。」

歸二娘怒道：「孩子，把皮袍子脫下來！」歸鍾愕然道：「幹甚麼？」歸辛樹一伸手，從兒子腰間拔出長劍，白光閃動，嗤嗤聲響，歸辛樹手中長劍的劍尖在兒子身前、身後、肩頭、手臂不住掠過。衆人大吃一驚，都從椅中跳起身來，只道歸辛樹已將兒子殺死，卻見歸鍾所穿的那件皮袍已裂成十七八塊，落在身周，露出一身絲棉短襖褲。歸辛樹這數劍出手準極，割裂皮袍，卻沒割破絲棉襖褲。羣雄待得看清楚時，盡皆喝采。

歸鍾嚇得呆了，連聲咳嗽，險些哭了出來，說道：「爹，咳咳……咳咳……爹……咳，我……」歸辛樹一揮手，長劍入鞘，跟着解下自己身上棉袍，披在兒子身上，說道：「穿上了！」歸二娘拾起地下白虎皮碎塊，投入燒得正旺的火爐中，登時火光大盛，一陣焦臭，白虎皮漸漸燒成灰燼。韋小寶連稱：「可惜，可惜。」

歸辛樹道：「走罷！」牽了兒子的手，向廳門走去。陳近南道：「歸二俠去幹謀大事，我們謹依驅策。」歸辛樹道：「不敢當！不用了！」說着走向廳門。

韋小寶知他立時便要動手，已來不及去告知皇帝，心想須得使個緩兵之計，阻他一阻，大聲道：「皇宮裏的屋子沒一萬間，也有五千間，你可知韃子皇帝住在那裏？」

歸辛樹一怔，覺得此言甚是有理，回頭問道：「你知道嗎？」

韋小寶搖頭道：「沒人知道。韃子皇帝怕人行刺，晚晚換地方睡。有時睡在長春宮，有時睡在景陽宮，有時又在咸福宮、延禧宮睡，說不定又睡在麗景軒、雨花閣、毓慶宮。」他一口氣說了七八個宮閣的名字，歸辛樹只聽得皺起了眉頭。韋小寶又道：「就算是皇帝貼身的太監、侍衞，也不知他今晚睡在甚麼地方。」歸辛樹道：「那麼怎樣才能找到皇帝？」

韋小寶道：「皇帝上朝，文武百官就見到了。待他一進大內，只有他來找你，旁人就永遠找他不到。」其實情形並非如此，康熙也不經常掉換寢處，但歸辛樹夫婦是草莽布衣，怎知皇宮內院的規矩？聽了韋小寶一番胡謅，心想皇帝嚴防刺客，原該如此，不禁大為躊躇。

韋小寶見歸辛樹臉有難色，心中得意，問道：「歸老爺子，你可知皇帝有多少妃子？」歸辛樹哼的一聲，瞪目不語。韋小寶道：「說書人說皇帝有三宮六院，後宮美女……美麗三千人。韃子皇帝的老婆沒這麼多，三千個倒也沒有，八九百個是有的。他夜夜做新郎，今天在第三百五十一個妃子那裏睡，明天到第六百三十四個妃子那裏睡。就算是皇帝的妃子，也不知皇帝今晚宿在那裏，等上三年、四年，也不知皇帝來是不來。」

陳近南道：「小寶，你在宮裏日久，必定知道找到皇帝的法子。」韋小寶道：「白天還容易找，晚上就說甚麼也找不到了。」陳近南道：「那麼明日白天咱們都喬裝改扮，由你帶領，混進宮去行事。這位錢兄弟和吳二哥，你不是帶進宮裏去過嗎？」說着向錢老本和吳立身二人一指。

韋小寶道：「錢大哥只到過御厨房。吳二哥他們一進皇宮，就給衞士……給衞士們發覺了，要見皇帝的面，可還差着十萬八千里呢。錢大哥、吳二哥，你們兩位說是不是？」錢吳二人都點點頭。他二人進過皇宮，都知要在宮裏找到皇帝的所在，確似大海撈針一般。

韋小寶道：「弟子倒有個法子。」陳近南問道：「甚麼法子？」韋小寶道：「弟子明日去見皇帝，他必定要說吳三桂造反，如何派兵去打，弟子攛掇他出來瞧試演大炮。只要他一出宮門，下手就容易多了，行刺成功也罷，不成功也罷，咱們脚底抹油，溜之大吉，也少了許多凶險。」

歸二娘冷笑道：「皇帝就這麼聽你這小娃娃的話？他三年不出宮來，咱們難道就等他三年？你推三阻四，總之是不肯帶領去幹事就是了。」

沐劍聲道：「進宮去行刺皇帝的事，兄弟也是幹過的，說來慚愧，我們沐王府死了好幾位兄弟。舍妹和一位方師妹，還有這位吳師叔以及兩個師弟，都失陷在宮裏，幾遭不測，幸蒙韋香主仗義相救，那才脫險。不是我們膽小怕死，這件事可當眞不易成功。」

歸二娘冷冷的瞧着韋小寶，說道：「憑你就能救得他們脫險？」吳立身忙道：「這位韋香主年紀雖小，可是仁義過人，機智聰明，兄弟的性命，全仗他相救。」歸二娘道：「沐王府辦不成的，未必姓歸的也一定辦不成。」

柳大洪霍地站起身來，說道：「歸氏夫婦神拳無敵，當然勝過我們小小沐王府百倍。這就請啓駕動身，我們在這裏靜候好音。」

天地會洪順堂的一名兄弟說道：「韋香主，你還是一起進宮去的好，等到歸家三位大俠給韃子的衞士拿住了，你好設法相救啊。」他惱恨歸家三人殺了吳六奇，雖在總舵主之前，也忍不住要出言譏刺幾句。

韋小寶心中暗罵：「你們三隻烏龜，進宮去給拿住了，殺了我頭也不會來救。」笑道：「歸家三位大俠怎會給衞士拿住？皇宮裏衞士有八千多名，歸少爺只須咳嗽幾聲，就把這八千多名衞士一古腦兒都震死了。」天地會和沐王府羣豪中有不少人都笑了出來。

歸鍾笑道：「眞有這等事？那可有趣得很啊。他們怕聽我的咳……咳咳嗎？咳咳……咳咳……」歸氏夫婦大怒，一人執着兒子的一條臂膀，三人並肩向外。

陳近南道：「歸二俠，請息怒。兄弟倒有個計較。」

歸二娘素知陳近南足智多謀，轉身候他說下去。陳近南道：「歸二俠賢夫婦武藝高強，當世無敵。但深入險地，畢竟是敵衆我寡。咱們還是商議一個萬全之策爲是……」歸二娘道：「我道是陳總舵主當眞有甚麼高見，哼！」轉過身來，走向廳門。

柳大洪和吳立身突然快步搶過，攔在門口。柳大洪道：「二位要相助吳三桂，我們沐王府萬萬不允。」歸二娘道：「怎麼？要動手麼？」柳大洪道：「二位儘可先殺我師兄弟，再出此門，去幫吳三桂的忙。」歸二娘道：「誰說我們是幫吳三桂的忙？」柳大洪道：「二位雖無相助吳賊之意，但此事若成，吳賊聲勢大盛，再也制他不了。」

歸辛樹低聲道：「讓開！」踏上一步。柳大洪張開雙手，攔在門前。歸辛樹左手前探，便去抓他胸口。柳大洪伸手擋格，拍的一聲，雙掌相交，柳大洪身子幌了兩下，一張臉登時變得慘白。歸辛樹道：「我只使了五成力道。」

吳立身搖頭道：「你不妨使十成力道，把我師兄弟都斃了。」

歸鍾道：「十成就十成。」兩手一縮一伸。吳立身伸臂相格。歸鍾兩手又是一縮，吳立身便格了個空。歸鍾乘他雙臂正要縮回之際，雙手快如電閃，已拿住了他胸口要穴。

陳近南搶上前去，勸道：「大家都是好朋友，不可動武。」

韋小寶道：「大家爭個不休，終究不是了局。這樣罷，咱們擲一把骰子，碰一碰運氣，倘若歸老爺子贏呢，我們非但不阻三位進宮，晚輩還將宮裏情形，詳細說與兩位知道。」歸二娘道：「如果是你贏呢？」韋小寶道：「那麼這件事就擱上一擱。等吳三桂死了之後，咱們再向皇帝下手。」

歸二娘心想：「倘若自己人先幹了起來，沐家多半會去向韃子報訊，這件事終究難辦，不如聽他的。」問丈夫道：「二爺，你說呢？」歸辛樹向韋小寶道：「你輸了可不能賴。」

韋小寶笑道：「男子漢大丈夫，一言既出，死馬難追。韃子小皇帝又不是我老子，我幹麼要迴護他？只不過贏要贏得英雄，輸要輸得光棍。不論誰贏誰輸，都不會傷了和氣。」

陳近南覺得他最後這句話頗爲有理，說道：「此事牽涉重大，到底於我光復大業是禍是福，實難逆料。古人占卦決疑，我們來擲一把骰子，也是一般意思。大家不用爭執，就憑天意行事罷。」

歸二娘道：「孩兒，放開了手。」歸鍾道：「我不放。」歸二娘道：「這位小兄弟要跟你擲骰子玩兒呢。」歸鍾大喜，立即鬆手，放開吳立身胸口的穴道。吳立身胸口酸痛難當，內息不暢，不住搖頭。

韋小寶道：「歸少爺，請你將骰子拿出來，用你們的。」歸鍾道：「骰子？我沒有啊，你有沒有？」韋小寶道：「我也沒有，那一位身上帶有骰子？」衆人都緩緩搖了搖頭，均想：「又不是爛賭鬼，那有隨身帶骰子的？」歸二娘道：「沒有骰子，咱們來猜銅錢好了。」韋小寶道：「還是擲骰子公平。貨眞價實，童叟無欺。我是童，歸二爺是叟，可見非擲骰子不可。親兵之中總有人有的。我去問問。」說着拔閂開門出廳。

他出了東廳，走進大廳，便從袋中摸出六粒骰子來，這是他隨身携帶的法寶，但若當場從懷中取出，歸氏夫婦定有疑心，在大廳上坐了片刻，回到東廳，笑道：「骰子找到了。」

歸二娘道：「怎麼賭輸贏？」韋小寶道：「擲骰子的玩意，我半點也不懂。歸少爺，你說怎麼賭法？」歸鍾拿起兩粒骰子，道：「我跟你比準頭。」手指彈處，嗤嗤兩聲，兩粒骰子飛起，打滅兩枝蠟燭，跟着噗噗兩聲，兩粒骰子嵌入板壁。羣雄齊讚：「好功夫！」

韋小寶道：「我見人家擲骰子，是比點子大小，可不是比暗器功夫。」歸二娘道：「是了！你們兩個各擲一把，誰擲出的點子大，誰就贏了。」韋小寶心想：「只一把，說不定他運氣眞好，一下子擲了個三十六點。」說道：「這樣罷，咱們各擲三把，三贏兩勝。」歸鍾是擲的次數越多，越是高興。說道：「咱們每人擲三百次，勝了兩百次的算贏。」歸二娘道：「那有這麼麻煩的，各擲三把夠了。」

徐天川將嵌入板壁的兩粒骰子挖了出來，放在桌上。韋小寶道：「歸少爺，你先擲。」歸鍾拿起骰子，笑嘻嘻的正要擲下，歸二娘道：「且慢！」轉頭問柳大洪、沐劍聲：「這場賭賽如是我們勝了，沐王府算不算數？」

柳大洪適才和歸辛樹對了一掌，胸口氣血翻湧，此刻兀自尚未平，心想對方還說只使了五成力，此人是前輩英雄，自無虛言，他眞要去皇宮行刺，單憑沐王府又怎阻他得住？便點了點頭。沐劍聲道：「天意如何，全憑兩位擲骰決定便了。」

歸二娘道：「好！」向歸鍾道：「擲罷！擲的點子越大越好。」

歸鍾細看六粒骰子，說道：「最多的是六點，最少的是兩點，還有一個大凹洞兒。」歸二娘道：「大凹洞兒是一點。」歸鍾道：「古裏古怪，四點卻又是紅的。」右掌一揮，拍的一聲響，六粒骰子都嵌入桌面，向上的盡是六點。原來他在掌中將骰子放好了，六粒骰子都是一點向下，這一擲下來，自然都是六點向上了。

衆人又是吃驚，又是好笑。這癆病鬼看來弱不禁風，內力竟如此深厚，可是天下擲骰子那有這麼擲法的？

歸二娘道：「孩兒，不是這樣的。」伸掌在桌上一拍，六粒骰子都跳了起來。衆人齊聲喝采。歸二娘拿起骰子，隨手一滾，說道：「滾出幾點，便是幾點，可不能憑自己意思。」

歸鍾道：「原來這樣。」學着母親的模樣，拿起骰子，輕輕擲在桌上，骰子滾動，定下來時共是二十點。六粒骰子擲成二十點，贏面畧高。

韋小寶拿起骰子，小指撥了幾撥，暗使花樣，叫道：「通吃！」一把擲了出去，五粒骰子滾出了十七點，最後一粒不住滾動，依着他作弊的手法，這粒骰子非滾成六點不可，二十三點，便贏了第一把。那知這骰子滾將過去突然陷入了桌面的一個小孔，那正是歸鍾適才用骰子擲出來的。那骰子微微一顫，不能再滾，向天的卻是一點，十八點便輸了。

韋小寶道：「桌面上有洞，這不算。」拿起骰子，卻待再擲。陳近南搖頭道：「這是天意，輸了第一把。」韋小寶心想：「還有兩把，我非贏了你不可。」將骰子交給歸鍾。

歸鍾贏了第一把，得意非凡，輕輕一擲，卻只有九點。沐家衆人見這一把是輸定了，不禁歡呼起來。韋小寶走到方桌的另一角，遠離桌面的六個小洞，一把擲去，竟是四粒六點，兩粒五點，三十四點，任何兩粒骰子也都贏了。勝得無驚無險。

雙方各勝一把，這第三把便決最後輸贏。歸鍾一把擲下，六骰轉動良久，轉出了三十一點，贏面已是甚高。沐家衆人均臉有憂色，心想要贏這三十一點，當眞要極大運氣才成。

韋小寶卻並不擔心，心道：「我還是照適才的法子，擲成三十四點贏你便了。」小指在掌心暗撥，安好了骰子的位置，輕輕滾了出去。

但見六粒骰子在桌上逐一轉定，六點、五點、五點、六點，四粒轉定了的都是大點，已有二十二點。第五粒又轉了個六點出來，一共二十八點。最後一粒骰子不住的溜溜轉動。若是三點，雙方和局，須得再擲一次；一點或兩點是輸了，四五六點便贏。贏面佔了六成。

韋小寶心想：「就算是三點和局，再擲一次，你未必能再有這麼好運氣。」這粒骰子轉個不休，眼見要定在六點上，他大叫一聲：「好！」忽然骰子翻了個身，又轉了過去。

他大吃一驚，叫道：「有鬼了！」一瞥眼間，只見歸辛樹正對着骰子微微吹氣，便在此時，那骰子停住不轉，大凹洞兒仰面朝天，乃是一點。衆人齊聲大叫。

韋小寶又是吃驚，又是氣惱，擲骰子作弊的人見過無數，吹氣轉骰子之人卻是第一次遇上，以前也從未聽見過。這老翁內功高強之極，聚氣成綫，不但將這粒骰子從六點吹成一點，只怕適才歸鍾擲成三十一點也非全靠運氣，是他老子在旁吹氣相助。他脹紅了臉，大聲道：「歸老爺子，你……你……呼，呼，呼！」說着撮唇吹氣。

歸辛樹道：「二十九點，你輸了！」伸手拿起那第六粒骰子，夾在拇指和中指間一揑，喀的一聲，骰子碎裂，流出少些水銀，散上桌面，登時化爲千百粒細圓珠，四下滾動。

歸鍾拍手道：「好玩，好玩！這是甚麼東西？又像是水，又像是銀子。」

韋小寶見他拆穿了骰子中灌水銀的弊端，也不能再跟他辯論吹氣的事了，假作驚異，說道：「原來骰子裏有放水銀。老爺子，你可教了晚輩一個乖。骰子是牛骨做的，我今日才知水銀是從牛骨頭裏生出來的，從前還道是銀子加水調成的呢。黃牛會耕田，又會造水銀，了不起，了不起！」

歸二娘不去理會他胡說八道，說道：「大夥兒再沒話說了罷？韋兄弟，皇宮裏的情形，請你詳細說來。」

韋小寶眼望師父。陳近南點點頭道：「天意如此，你老老實實的向二位前輩說罷。」他明知這徒弟甚是狡獪，特別加上「老老實實」四字。

韋小寶心念一轉，已有了主意，說道：「既然輸了，賭帳自然是不能賴的。大丈夫偷搶拐騙，都沒甚麼，賭帳卻不可不還。皇宮裏的屋子太多，說也說不明白。我去畫張圖出來。徐三哥、錢大哥，請你們陪客人，我去畫圖。」向衆人拱拱手，轉身出廳，走進書房。

這伯爵府是康親王所贈，書房中圖書滿壁，桌几間筆硯列陳，韋小寶怕賭錢壞了運氣，書輸二字同音，這「輸房」平日是半步也不踏進來的。這時間來到案前坐下，喝一聲：「磨墨！」早有親隨上來侍候。

伯爵大人從不執筆寫字，那親隨心中納罕，臉上欽佩，當下抖擻精神，在一方王羲之當年所用的蟠龍紫石古硯中加上清水，取過一錠褚遂良用賸的唐朝松烟香墨，安腕運指，屏息凝氣，磨了一硯濃墨，再從筆筒中取出一枝趙孟頫定造的湖州銀鑲斑竹極品羊毫筆，鋪開了一張宋徽宗敕製的金花玉版箋，點起了一爐衞夫人寫字時所焚的龍腦溫麝香，恭候伯爵大人揮毫。這架子擺將出來，有分教：

鍾王歐褚顏柳趙　皆慚不及韋小寶

韋小寶掌成虎爪之形，指運擒拿之力，一把抓起筆桿，飽飽的蘸上了墨，忽地拍的一聲輕響，一大滴墨汁從筆尖上掉將下來，落在紙上，登時將一張金花玉版箋玷汚了。

那親隨心想：「原來伯爵大人不是寫字，是要學梁楷潑墨作畫。」卻見他在墨點左側一筆直下，畫了一條彎彎曲曲的樹幹，又在樹幹左側輕輕一點，既似北宗李思訓的斧劈皴，又似南宗王摩詰的披麻皴，實集南北二宗之所長。

這親隨常在書房伺候，肚子裏倒也有幾兩墨水，正讚歎間，忽聽伯爵大人言道：「我這個『小』字，寫得好不好？」那親隨嚇了一跳，這才知伯爵大人寫了個「小」字，忙連聲讚好，說道：「大人的書法，筆順自右至左，別創一格，天縱奇才。」

韋小寶道：「你去傳張提督進來。」那親隨答應了出去，尋思：「不知伯爵大人下面寫一個甚麼字。」可是他便猜上一萬次，卻也決計猜不中。

原來韋小寶在「小」字之下，畫了個圓圈。在圓圈之下，畫了一條既似硬柴，又似扁擔的一橫，再畫一條蚯蚓，穿過扁擔。這蚯蚓穿扁擔，乃是一個「子」字。三個字串起來，是康熙的名字「小玄子」。「玄」字不會寫，畫個圓圈代替。

想當日他在清涼寺中爲僧，康熙曾畫圖傳旨，韋小寶欣慕德化，恭效聖行，今日事勢緊急，便畫圖上奏。寫了小玄子的名字後，再畫一劍，劍尖直刺入圓圈。這一把刀不似刀，劍不像劍之物，只畫得他滿頭是汗，剛剛畫好，張勇已到。

韋小寶摺好金花玉版箋，套入封套，密密封好，交給張勇，低聲道：「張提督，這道要緊奏章，你立刻送進宮去呈給皇上。你只須說是我的密奏，侍衞太監便會立刻給你通報。」

張勇答應了，雙手接過，正要放入懷內，聽得書房外兩名親兵齊聲喝問：「甚麼人？」房門砰的一聲推開，闖進三個人來，正是歸氏夫婦和歸鍾。

歸二娘一眼見到張勇手中奏章，夾手搶過，厲聲問韋小寶：「你去向韃子皇帝告密？」韋小寶驚得呆了，只道：「不……不是……不是……」歸二娘撕開封套，抽出紙箋，見了箋上的古怪圖形，愕然道：「你看！」交給歸辛樹，問韋小寶道：「這是甚麼？」

韋小寶道：「我吩咐他去廚房，去做……做……做那個湯糰，請客人們吃，要小糰子不要大糰子，糰子上要刻花。他……他弄不明白，我就畫給他看。」歸辛樹和歸二娘都點了點頭，神色頓和，這紙箋上所畫的，果然是用刀在小糰子上刻花，絕非向皇帝告密。

韋小寶向張勇揮手道：「快去，快去！」張勇轉身出書房。韋小寶道：「要多多的預備，多派人手，趕着辦！大家馬上要吃，這可是性命交關的事，片刻也躭擱不得。」張勇又在門口答應了一聲。

歸二娘道：「點心的事，不用忙。韋兄弟，你畫的皇宮地圖呢？」韋小寶取過一張玉版箋，鋪在桌上，將筆交向歸二娘，說道：「我畫來畫去畫不好，我來說，請你來畫。」歸二娘接過筆，坐了下來，道：「好，你說罷。」

韋小寶心想這也不必相瞞，於是從午門說起，向北到金水橋，折而向西，過弘義閣，經太和、中和、保和三大殿，經隆宗門到御膳房，這是韋小寶出身之所；由此向東，經乾清門至乾清宮、交泰殿、坤寧宮、御花園、欽安殿；從御膳房向北是南庫、養心殿、永壽宮、翊坤宮、體和殿、儲秀宮、麗景軒、漱芳齋、重華宮。由此向南是咸福宮、長春宮、體元殿、太極殿；向西是雨花閣、保華殿、壽安宮、英華殿；再向南是西三所、壽康宮、慈寧宮、慈寧花園、武英殿；出武英門過橋向東，過熙和門，又回到午門，這是紫禁城的西半部。

歸氏夫婦聽他說了半天，還只皇宮的西半部，宮殿閣樓已記不勝記，不由得倒抽了一口涼氣。歸二娘挨次將宮殿和門戶的名稱記下。韋小寶又把東半部各處宮殿門戶說了，虧得他記心甚好，平日在皇宮到處遊玩，極是熟悉。歸二娘寫了良久，才將皇宮內九堂四十八處的方位寫完。她擱下筆噓了口氣，微笑道：「難爲韋兄弟記得這般明白，可多謝你了。」她聽韋小寶將每處宮殿門戶的名稱方位說來，如數家珍，絕無窒滯，料想是實，他要揑造杜撰，也沒這等本事。

韋小寶笑道：「這是歸少爺擲骰子贏了的采頭，你們不用謝我。」又道：「皇帝的御前侍衞，平時大都在東華門旁的鑾輿衞一帶侍候，不過眼下跟吳三桂打仗，韃子皇帝一定嚴加戒備，想來禁城四十八處之中，到處有侍衞守禦了。」心想：「我先安上一句，免得小玄子接到我密奏後加派衞士，這三隻烏龜疑心我通風報信。」歸二娘道：「這個自然。」韋小寶道：「宮裏侍衞雖多，也沒甚麼大高手，就一味人多。滿洲人射箭的本事倒是很厲害的。不過三位當然也不放在心上。」歸二娘道：「多承指教。咱們就此別過。」

韋小寶道：「三位吃了糰子去，才有力氣辦事。」走到門邊，大聲道：「來人哪，送點心來。」門外侍僕高聲答應。歸二娘道：「不用了。」携着兒子的手，和歸辛樹並肩出了書房。夫婦二人均想：「你在這刻花糰子之中，多半又做了甚麼手脚。糰子又何必刻花？上了一次當，可不能上第二次。」他三人在韋小寶府中，自始至終，連清茶也沒喝上半口。

韋小寶送到門口，拱手而別，說道：「晚輩眼望捷報至，耳聽好消息。」

歸辛樹伸手在大門口的石獅子頭上一掌，登時石屑紛飛，嘿嘿冷笑，揚長而去。

韋小寶呆了半晌，心想：「這一掌倘若打在老子頭上，滋味可大大的差勁。他是向我警告，不可壞他們大事，否則就是這麼一掌。」伸手也是在獅子頭上一掌，「啊」的一聲，跳了起來，手掌心好不疼痛。石獅頭頂本來甚是光滑，但給歸辛樹適才一掌拍崩了不少石片，已變得尖角嶙嶙。韋小寶提起手來，在燈籠下一看，幸好沒刺出血。

他回到東廳，只見陳近南等正在飲酒。他告知師父，已將紫禁城中詳情說與歸氏夫婦知道，剛才送了三人出去。陳近南點了點頭，歎道：「歸氏夫婦就算能刺殺韃子皇帝，只怕也回不來了。」羣雄默默飲酒，各想心事，偶爾有人說上一兩句，也沒旁人接口。

過了大半個時辰，門外有人說道：「啓稟爵爺，張提督有事求見。」韋小寶心中一喜，說道：「深更半夜的，有甚麼要緊事了。你就說我已經睡了，有事明天再說。」那人應道：「是。」陳近南低聲道：「或許是皇宮裏有消息，你去問問。」韋小寶答應了，來到大廳，只見趙良棟、王進寶、孫思克三人站在大廳上，神色間甚是驚惶，卻不見張勇。

韋小寶一怔，低聲問道：「張提督呢？」王進賢道：「啓稟大人，張提督出了事，暈倒在府門外，已抬在那邊廂房裏。」韋小寶大吃一驚，問道：「怎……怎麼暈倒了？」搶進廂房，只見張勇雙目緊閉，臉色慘白，胸口起伏不已。韋小寶叫道：「張提督，你怎麼了？」張勇緩緩睜眼，道：「卑……卑……」雙眼一翻，又暈了過去。韋小寶忙伸手到他懷中，摸了自己那道奏章出來，抽出紙箋，果是自己「落筆如雲烟」的書畫雙絕，不由得暗暗叫苦。

孫思克道：「剛才巡夜的兵丁前來稟報，府門外數百步的路邊，有名軍官暈倒在地，有人過去一瞧，認出是張提督，這才抬回來。張提督後腦撞出的血都已結了冰，看來暈倒已有不少時候。」

韋小寶尋思：「他暈倒已久，奏章又未送出，定是一出府門便遭了毒手，難道這三隻烏龜派人在府門外埋伏，怕我遣人向皇帝告密，因此向張提督下手？」心下焦急萬分。

這時張勇又悠悠醒轉。王進寶忙提過酒壺，讓他喝了幾口燒酒，孫思克和趙良棟分別用燒酒在他兩隻手掌上摩擦。張勇精神稍振，說道：「卑職該死，走出府門……還沒……幾百步，突然間胸口……胸口痛如刀割，再……再挨得幾步，眼前登時黑了，沒……沒能辦大人交代的事，卑職立刻……立刻便去……」說着支撐着便要起身。

韋小寶忙道：「張大哥請躺着休息。這件事請他們三位去辦也是一樣。」將奏章交給王進寶，命他和趙良棟、孫思克三人帶同侍衛，趕去皇宮呈遞，心下焦急：「歸家三人已去了大半個時辰，只怕小玄子已性命不保，咱們只好死馬當活馬醫。」王進寶等三人奉命而去。

張勇道：「大人書房裏那老頭……那老頭的武功好不厲害，我走出書房之時，他在我背上……背上……咳咳……輕輕推了一把，當時也不覺得怎樣，那知道已受內傷，一出府門，立刻……立刻發作……誤了大人的大事……」

韋小寶這才恍然，原來歸辛樹雖見這道奏章並非告密，還是起了疑心，暗使重手，叫張勇辦不了事，見他神色慚愧，忙道：「張大哥，你安心靜養，這半點也怪不得你。他媽的，這老烏龜向你暗算，咱們不能算完。」又安慰了幾句，吩咐親隨快煎參湯，喚醫生來診治。

他回到東廳，說道：「不是宮裏的消息。張提督給歸二爺打得重傷，只怕性命難保。」衆人都是一驚，忙問：「怎麼打傷了張提督？」韋小寶搖頭道：「張提督在府外巡查，見到他們三人出府，上前查問，歸二爺就是一掌。」衆人點頭，均想：「一個尋常武官，怎挨得起神拳無敵的一根小指頭動？」

韋小寶好生後悔：「倘若早知張提督遭了毒手，奏章不能先送到小玄子手裏，那麼宮內的情形，就決不能說得這等清楚，該當東南西北來個大抖亂才是。老子給他移山倒海，將皇極殿搬到壽安宮，重華宮搬去文華殿，讓三隻烏龜在皇宮裏團團亂轉，爬個暈頭轉向。」

衆人枯坐等候，耳聽得的篤的篤鏜鏜鏜鏜，廳外打了四更。又過一會，遠處胡同中忽然羣犬大吠，衆人手按刀柄，站起身來，側耳傾聽，羣犬吠了一會，又漸漸靜了下來。

過得良久，一片寂靜之中，隱隱聽得鷄鳴，接着鷄啼聲四下裏響起，窗格子上隱隱現出白色。韋小寶道：「天亮啦，我去宮裏打聽打聽。」陳近南道：「歸家夫婦父子倘若不幸失手，你務須想法子搭救。吳六奇大哥的事出於誤會，須怪他們不得。要知道大義爲重，私交爲輕。他們對我們的侮慢，也不能放在心上。」

韋小寶道：「師父吩咐，弟子理會得。只不過……只不過他們倘若已殺了小皇帝，弟子就算拚了小命，也救他們不出了。」想到小皇帝這當兒多半被歸家三人刺死，不禁心中一陣難過，登時掉下淚來，哽咽道：「只可惜吳大哥……」乘機便哭出聲來。

沐劍聲道：「歸氏夫婦此去不論成敗，今日北京城中，定有大亂，兄弟在外面有不少朋友，須得趕着出去安排，要大家分散了躲避，待過了這風頭再說。」陳近南道：「正是。敝會兄弟散在城內各處的也很不少，大家分頭去通知，所有相識的江湖上朋友，人人都得小心些，可別遭了禍殃。今晚酉正初刻，咱們仍在此處聚會，商議今後行止。」衆人都答應了。當下先派四名天地會兄弟出去察看，待得回報附近並無異狀，這才絡續離府。

韋小寶將要出門，恰好孫思克回來，稟稱奏章已遞交宮門侍衛，那侍衛的統帶一聽說是副總管韋大人的密奏，接了過來，立即飛奔進去呈遞。他三人在宮門外等候，直到五鼓，那統帶還是沒出來。現下王進寶、趙良棟二人仍在宮門外候訊，因怕韋大人掛念，他先回來稟告。韋小寶道：「好，你照料着張提督。」憂心忡忡，命親兵押了假太后毛東珠，坐在一乘小轎之中，進宮見駕。

來到宮門，只見四下裏悄無聲息，十多名宮門侍衛上前請安，都笑嘻嘻的道：「副總管辛苦了，這揚州地方，可好玩得緊哪。」韋小寶心中畧寬，尋思：「宮裏若是出了大亂子，他們定沒心情來跟我說揚州甚麼的。」微笑着點了點頭，問道：「這些日子，大夥兒都沒事罷？」一名侍衛道：「托副總管的福，上下平安，只是吳三桂老小子造反，可把皇上忙得很了，三更半夜也常常傳了大臣進宮議事。」韋小寶心中又是一寬。

另一名侍衛笑道：「總管大人一回京，幫着皇上處理大事，皇上就可清閒些了。」韋小寶笑道：「你們不用拍馬屁。我從揚州帶回來的東西，好兄弟們個個有份，誰也短不了。」衆侍衞大喜，一齊請安道謝。

韋小寶指着小轎道：「那是太后和皇上吩咐要捉拿的欽犯，你們瞧一瞧。」隨從打開轎簾，讓宮門侍衞搜檢。衆侍衞循例伸手入轎，查過並無兇器等違禁物事，笑道：「副總管大人這次功勞不小，咱們又好討升官酒喝了。」

韋小寶進得宮來，一問乾清門內班宿衞，得知皇上在養心殿召見大臣議事，從昨兒晚上議到此刻，還未退朝。韋小寶一聽大喜，心想：「原來皇上忙了一晚沒睡，召見大臣之時，自然四下裏戒備得好不嚴緊。養心殿四下裏千百盞燈籠點得明晃晃地，歸家那三隻烏龜又怎近得了皇上？倘若小玄子早早上床睡了覺，烏燈黑火，只怕昨晚已經糟了糕啦。可見他做皇帝，果然洪福齊天。幸好吳三桂這老小子打仗得勝，皇上才心中着急，連夜議事。」

當下來到養心殿外，靜靜的站着伺候。他雖得康熙寵幸，但皇帝在和王公大臣商議軍國大事，卻也不敢擅自進去。

等了大半個時辰，內班宿衞開了殿門，只見康親王傑書、明珠、索額圖等一個個出來。衆大臣見到韋小寶，都是微笑着拱拱手，誰也不敢說話。太監通報進去，康熙即刻傳見。

韋小寶上殿磕頭，站起身來，見康熙坐在御座之中，精神煥發。韋小寶一陣喜歡，說道：「皇上，奴才見到你，可……可眞高興得很了。」他擔了一晚的心事，眼見康熙無恙，忍不住眼淚奪眶而出。康熙笑問：「好端端的哭甚麼了？」韋小寶道：「奴才是喜歡得哭了。」

康熙見他眞情流露，笑道：「很好，很好！吳三桂這老小子果眞反了。他打了幾個勝仗只道我見他怕了，不敢殺他兒子。他媽的，老子昨天已砍了吳應熊的腦袋。」

韋小寶吃了一驚，「啊」的一聲，道：「皇上已殺了吳應熊？」

康熙道：「可不是嗎？衆大臣都勸我不可殺吳應熊，說甚麼倘若王師不利，還可跟吳三桂講和，許他不削藩，永鎭雲南。又說甚麼一殺了吳應熊，吳三桂心無顧忌，更加兇狠了。呸！這些膽小鬼。」

韋小寶道：「皇上英斷。奴才看戲文『羣英會』，周瑜和魯肅對孫權說道，我們做臣子好投降曹操，主公卻投降不得。咱們今日也是一般，他們王公大臣及跟吳三桂講和，皇上卻萬萬不能講和。」

康熙大喜，在桌上一拍，走下座來，說道：「小桂子，你如早來得一天，將這番道理跟衆大臣分說分說，他們便不敢勸我講和了。哼，他們投降了吳三桂，一樣的做尙書將軍，又吃甚麼虧了？」心想韋小寶雖然不學無術，卻不似衆大臣存了私心，只爲自身打算，拉着他手，走到一張大桌之前。桌上放着一張大地圖。

康熙指着地圖，說道：「我已派人率領精兵，一路由荆州赴常德把守，一路由武昌赴岳州把守，派了順承郡王勒爾錦做寧南靖寇大將軍，統率諸將進剿。剛才我又派了刑部尙書莫洛做經略，駐守西安。吳三桂就算得了雲貴四川，攻進湖南，咱們也不怕他。」

韋小寶道：「皇上，你也派奴才一個差使，帶兵去幹吳三桂這老小子！」

康熙笑了笑，搖頭道：「行軍打仗的事，可不是鬧着玩的。你就在宮裏陪着我好了。再說，這次派出去的，都是滿洲將官滿洲兵，只怕他們不服你調度。」韋小寶道：「是。」心想：「吳三桂要天下漢人起來打韃子。我是假滿洲人，皇上自然信不過我。」

康熙猜到了他心意，說道：「你對我忠心耿耿，我不是信不過你。小桂子，吳三桂的兵馬厲害得很，沒三年五載，甚至是七八年，是平不了他的。頭上這幾年，咱們非打敗仗不可。這一場大戰，咱們是先苦後甜，先敗後勝。你愛打敗仗呢，還是打勝仗？」韋小寶道：「自然是愛打勝仗。拋盔甩甲，落荒而逃，味道不好！」康熙笑道：「你對我忠心，我也不能讓你吃虧。頭上這三年五載的敗仗，且讓別人去打。直累得吳逆精疲力盡、大局已定的時候，我再派你去打雲南，親手將這老小子抓來。你可知我的討逆詔書中答允了甚麼？」

韋小寶大喜，說道：「皇上恩德，眞是天高地厚。」康熙笑道：「我布告天下，答允了的，那一個抓到吳三桂的，吳三桂是甚麼官，就封他做甚麼官。小桂子，這可得瞧你的造化了。他媽的，你這副德性，可像不像平西親王哪？哈哈，哈哈！」側過頭端相他片刻，笑道：「現今是猴兒崽子似的，半點兒也不像，過得六七年，你二十來歲了，那時封個王爺，只怕就有點譜了，哈哈。」

韋小寶笑道：「平西親王甚麼的大官，奴才恐怕沒這個福份。不過皇上如派我做個大將軍，帶兵到雲南去抓吳三桂，大將軍八面威風，奴才手執丈八蛇矛，大喝一聲：『吳三桂，來將通名！』可眞挺美不過了。謝天謝地，吳三桂別死得太早，奴才要親手揪他到這裏來，跪在這裏向皇上磕頭。」

康熙笑道：「很好，很好！」隨即正色道：「小桂子，咱們頭上這幾年的仗，那是難打得很的。打敗仗不要緊，卻要雖敗不亂。必須是大將之才，方能雖敗不亂，支撐得住。你是福將，可不是勇將、名將，更加不是大將。唉，可惜朝廷裏卻沒甚麼大將。」

韋小寶道：「皇上自己就是大將了。皇上已認定咱們頭幾年一來要輸的，那麼就算敗，也一定不會亂。好比賭牌九，皇上做莊，頭上賠他七副八副通莊，一點也不在乎。咱們本錢厚，泰山石敢當，沉得住氣，輸了錢，只當是借給他的。到得後來，咱們和牌對、人牌對、地牌對、天牌對、至尊寶，一副副好牌殺將出去，通吃通殺，只殺得吳三桂這老小子人仰馬翻，輸得乾乾淨淨，兩手空空，袋底朝天，翻出牌來，副副都是鱉十。」

康熙哈哈大笑，心想：「朝廷裏沒大將，我自己就是大將，這句話倒也不錯。『雖敗不亂，沉得住氣』這八個字，除了我自己，朝廷裏沒一個將帥大臣做得到。」從御案上取過韋小寶所上的那道密奏，說道：「你說有人要行刺，要我小心提防？」

韋小寶道：「正是。當時局面緊急，奴才又讓人給看住了，不能叫師爺來寫奏章，只得畫這一副圖畫兒。皇上聰明得緊，一瞧就明白了。那刺客眼睜睜瞧着，就不知道是甚麼玩意兒。萬歲爺洪福齊天，反叛逆賊，枉費心機。」康熙道：「是怎麼樣的逆賊？」韋小寶道：「是吳三桂派來京城的。」康熙點頭道：「吳逆一起兵，我就加了三倍侍衞。昨晚收到你的奏章，又加了內班宿衞。」

韋小寶道：「這次吳逆派來的刺客，武功着實厲害。雖然聖天子有百神呵護，咱們還須加倍小心，免得皇上受了驚嚇。」忽然想起一事，說道：「皇上，奴才有一件寶貝背心，穿在身上，刀槍不入。奴才就脫下來，請皇上穿上了。」說着便解長袍扣子。

康熙微微一笑，問道：「是鰲拜家裏抄來的，是不是？」

韋小寶吃了一驚，他臉皮雖然甚厚，這時出其不意，竟也難得脹了個滿臉通紅，跪下說道：「奴才該死，甚麼也瞞不了皇上。」

康熙笑道：「這件金絲背心，是在前明宮裏得到的，當時鰲拜立功很多，又衝鋒陷陣，身上刀槍矢石的傷受了不少，因此上攝政王賜了給他。那時候我派你去抄鰲拜的家，抄家清單上可沒這件背心。」韋小寶只有嘻嘻而笑，神色尷尬。康熙笑道：「你今日要脫給我穿，足見你挺有忠愛之心。但我身在深宮，侍衛千百，諒來刺客也近不了我的身。這背心是不用了。你在外面給我辦事，常常遇到兇險，這件背心，算是我今日賜給你的。這賊名兒從今起可就免了。」韋小寶又跪下謝恩，已出了一身冷汗，心想：「我偷四十二章經的事，皇上可別知道才好。」

康熙道：「小桂子，你對我忠心，我是知道的。可是你做事也得規規矩矩才是。你身上這件背心，日後倘若也叫人抄了出來，給人隱瞞吞沒了去，那可不大妙了。」韋小寶道：「是，是。奴才不敢。」額上汗水不由得涔涔而下，又磕了幾個頭，這才站起。

康熙說道：「揚州的事，以後再回罷。」說着打了個呵欠，一晚不睡，畢竟有些倦了。韋小寶道：「是。托了太后和皇上的福，那個罪大惡極的老婊子，奴才給抓來了。」康熙一聽，叫道：「快帶進來，快帶進來。」

韋小寶出去叫了四名侍衛，將毛東珠揪進殿來，跪在康熙面前。

康熙走到她面前，喝道：「抬起頭來。」毛東珠略一遲疑，抬起頭來，凝視着康熙。

康熙見她臉色慘白，突然之間心中一陣難過：「這女人害死我親生母親，害得父皇傷心出家，使我成爲無父無母之人。她又幽禁太后數年，折磨於她，世上罪大惡極之人，實無過此了，可是……可是……我幼年失母，一直是她撫育我長大。這些年來，她待我實在頗有恩慈，就如是我親生母親一般。深宮之中，眞正待我好的，恐怕也只有眼前這個女人，還有這個狡猾胡鬧的小桂子。」內心深處，又隱隱覺得：「若不是她害死了董鄂妃和董妃之子榮親王，以父皇對董鄂妃寵愛之深，大位一定是傳給榮親王。我非但做不成皇帝，說不定還有性命之憂。如此說來，這女人對我還可說是有功了。」

在數年之前，康熙年紀幼小，只覺人世間最大恨事，無過於失父失母，但這些年來親掌政事，深知大位倘若爲人所奪，那就萬事全休，在他內心，已覺帝皇權位比父母親的慈愛爲重，只是這念頭固然不能宣之於口，連心中想一下，也不免罪孽深重。

毛東珠見他臉色變幻不定，歎了口氣，緩緩道：「吳三桂造反，皇上也不必太過憂急，總要保重身子。你每天早晨的茯苓燕窩湯，還是一直在吃罷？」康熙正在出神，聽她問起，順口答道：「是，每天都在吃的。」毛東珠道：「我犯的罪太大，你……親手殺了我罷。」

康熙心中一陣難過，搖了搖頭，對韋小寶道：「你帶她去慈寧宮朝見太后，說我請太后聖斷發落。」韋小寶右膝一屈，應了聲：「喳！」康熙揮揮手，道：「你去罷。」

韋小寶從懷中取出葛爾丹和桑結的兩道奏章來，走上兩步，呈給康熙，說道：「皇上大喜。西藏和蒙古的兩路兵馬，都已跟吳三桂翻了臉，決意爲皇上出力。」

康熙連日調兵遣將，深以蒙藏兩路兵馬響應吳三桂爲憂，聽得韋小寶這麼說，不由得驚喜交集，道：「有這等事？」展開奏章一看，更是喜出望外，揮手命侍衛先將毛東珠押出殿去，問韋小寶道：「這兩件大功，你怎麼辦成的？他媽的，你可眞是個大大的福將哪。」其時西藏、蒙古兩地，兵力頗強，康熙既知桑結、葛爾丹暗中和吳三桂勾結，已部署重兵，預爲之所，這時眼見兩道奏章中言辭恭順懇切，反而成爲伐討吳三桂的強助，如何不教他心花怒放？只是此事來得太過突兀，一時之間還不信是眞。

韋小寶知道每逢小皇帝對自己口出「他媽的」，便是龍心大悅，笑嘻嘻的道：「托皇上的洪福，奴才跟他們拜了把子，桑結大喇嘛是大哥，葛爾丹王子是二哥，奴才是三弟。」

康熙笑道：「你倒眞神通廣大。他們幫我打吳三桂，你答應了給他們甚麼好處？」

韋小寶笑道：「皇上聖明，知道這拜把子是裝腔作勢，當不得眞的，他們一心一意是在向皇上討賞。桑結是想當活佛，達賴活佛、班禪活佛之外，想請皇上開恩，再賞他一個桑結活佛做做。那葛爾丹王子，卻是想做甚麼『整個兒好』，這個奴才就不明白了。」

康熙哈哈大笑，道：「整個兒好？啊，是了，他想做準噶爾汗。這兩件事都不難，又不花費朝廷甚麼，到時候寫一道敕文，蓋上個御寶，派你做欽差大臣去宣讀就是了。你去跟你大哥、二哥說，只要當眞出力，他們心裏想的事我答應就是。可不許兩面三刀，嘴裏說的是一套，做的又是一套，見風使舵，瞧那一邊打仗佔了上風，就幫那一邊。」

韋小寶道：「皇上說得是。我這兩個把兄，人品不怎麼高明。皇上也不能全信了，總還得防着一些。皇上說過，咱們頭幾年要打敗仗，那要防他二人非但不幫莊，反而打霉莊，儘在天門落注。」心想得把話說在頭裏，免得自己擔的干係太大。康熙點頭道：「這話說得是。但咱們也不怕，只要他們敢打，天門、左青龍、右白虎，通吃！」韋小寶哈哈大笑，心中好生佩服，原來皇上於賭牌九一道倒也在行。（按：後來葛爾丹和桑結分別作亂，爲康熙分別平定。葛爾丹死於康熙三十六年，桑結死於康熙四十四年。）

韋小寶押了毛東珠，來到慈寧宮謁見太后。太監傳出懿旨，命韋小寶帶同欽犯進見。韋小寶心想：「以前我是太監，自可出入太后寢殿。現下我是大臣了，怎麼還叫我進寢殿去？想來太后聽得捉到了老婊子，喜歡得很了，忘了我已不是太監。」於是由四名太監押了毛東珠，一同進去。

只見寢殿內黑沉沉地，仍與當日假太后居住時無異。太后坐在床沿，背後床帳低垂。韋小寶跪下磕頭，恭請聖安。

太后向毛東珠瞧了一眼，點了點頭，道：「你抓到了欽犯，嗯，你出去罷！」

韋小寶磕頭辭出，將毛東珠留在寢宮之中。他從慈寧宮出來，心下大爲不滿：「我抓到老婊子，立了一場大功，可是太后似乎一點也不歡喜，連半句稱讚的話也沒有。他奶奶的，誰住在慈寧宮，誰就是母混蛋，眞太后也好，假太后也好，都是老婊子。」

他肚裏暗罵，穿過慈寧花園石徑，經過一座假山之側。突然間人影一晃，假山背後轉出三個人來，其中一人一伸手，便抓住了韋小寶左手，笑道：「你好！」韋小寶吃了一驚，見是個老太監，正待喝問，已看清楚這老太監竟然是歸二娘。

這一驚當眞非同小可，再看她身旁兩人，赫然是歸辛樹和歸鍾，兩人都穿一身內班宿衞服色，韋小寶暗暗叫苦：「你們三人原來躲在這裏。」左手給歸二娘抓住了，半身酸麻，知道只要一聲張，歸辛樹輕輕一掌，自己的腦袋非片片碎裂不可，料想自己的腦袋，不會有伯爵府外那石獅子頭這般堅硬，當下苦笑道：「你老人家好！」心下盤算脫身之計。

歸二娘低聲道：「你叫他們在這裏別動，我有話說。」韋小寶不敢違拗，轉頭對跟在身後的幾名侍衞道：「你們在這裏等着。」歸二娘拉着他手，向前走了十幾步，低聲道：「快帶我們去找皇帝。」

韋小寶道：「三位昨兒晚上就來了，怎麼還沒找到皇帝麼？」歸二娘道：「問了幾名太監和侍衞，都說皇帝在召見大臣，一晚沒睡。我們沒法走近，下不了手。」韋小寶道：「剛才我就想去見皇帝，要探探口氣，想知道你們三位怎麼樣了。可是皇帝已經睡了，見不着。三位已換了束裝，當眞再好也沒有，咱們這就出宮去罷。」歸二娘道：「事情沒辦成，怎麼就出宮去？」韋小寶道：「白天是幹不得的，三位倘若興致好，不妨今晚再來耍耍。」歸二娘道：「好容易進來了，大事不成，決不出去。他在那裏睡覺，快帶我們去。」韋小寶道：「我也不知他睡在那裏，得找個太監問問。」

歸二娘道：「不許你跟人說話！你剛才說去求見皇帝，怎會不知他睡在那裏？哼，想在老娘跟前弄鬼，那可沒這麼容易。」說着手指一緊。韋小寶只覺奇痛徹骨，五根手指如欲斷裂，忍不住哼了一聲。

歸辛樹伸過手來，在他頭頂輕輕摸一下，說道：「很好！」

韋小寶知道無法違抗，心念一動：「我帶他們去慈寧宮，大呼小叫一番，小皇帝得知訊息，就有防備了。他們要是下手害死了太后，也不關我事。」便道：「剛才我是到慈寧宮去的，說不定皇帝在向太后請安，咱們再去找找看。」

歸二娘望見他適才確是從慈寧宮出來，倒非虛言，說道：「我們三人既然進得宮來，就沒想活着出去了。只要你有絲毫異動，只好要你陪上一條小命。咱們四個一起去見閻王，路上也不寂寞。我孩兒挺喜歡你作伴兒的。」韋小寶苦笑道：「要作伴兒，倒也不妨，咱們就在這御花園裏散散心罷！那條陰世路，我看是不必去了。」歸二娘道：「你愛去見閻王呢，還是愛去見韃子皇帝？這兩個傢伙，今日你總是見定了其中一個。」

韋小寶歎道：「那還是去見皇帝罷。咱們話說在前頭，一見到皇帝，你們三位自管自動手，我可是不能幫忙的。」歸二娘道：「誰要你幫忙？只要你帶我們見到了皇帝，立刻就放你。以後的事，不跟你相干。」韋小寶道：「好！就是這樣。」

韋小寶給三人挾着走向慈寧宮。歸鍾見到花園中的孔雀、白鶴，大感興味。韋小寶指指點點，跟他談個不休，只盼多挨得一刻好一刻。歸二娘雖然不耐，但想兒子一生纏於苦疾，在這世上已活不到二時三刻，臨死之前便讓他稍暢心懷，也不忍阻他的興頭。

遠遠望見慈寧宮中出來了一行人，抬着兩頂轎子，歸二娘一手拉着韋小寶，一手拉了兒子，閃在一座牡丹花壇之後。歸辛樹避在她身側。

這行人漸漸走近，韋小寶見當先一人是敬事房太監，後面兩乘轎子一乘是皇太妃的，一乘是皇太后的，轎側各有太監扶着轎桿，轎後太監擧着黃羅大傘，跟着數十名太監宮女，還有十餘名內班宿衞。本來太后在宮中來去並無侍衞跟隨，想來皇帝得到自已報訊後加派了侍衞。他靈機一動，低聲道：「小心！前面轎中就是韃子皇帝，後面轎中是皇太后。」

歸氏夫婦見了這一行人的排場聲勢，又是從慈寧宮中出來，自然必是皇帝和太后，不由得都心跳加劇，兩人齊向兒子瞧去，臉上露出溫柔神色。歸二娘低聲道：「孩兒，前面轎中坐的就是皇帝，待他們走近，聽我喝一聲『去！』咱三人就連人帶轎，打他個稀巴爛！」歸鍾笑道：「好，這一下可好玩了！」

眼見兩乘轎子越走越近，韋小寶手心中出汗，耳聽得那敬事房太監口中不斷發出「吃！吃！吃！」之聲，叫人迴避。歸二娘低喝一聲：「去！」三人同時撲出。

這三人去勢好快，直如狂風驟至，只聽得砰的一聲巨響，三人六掌，俱已擊在第一乘轎子之上。歸辛樹和歸二娘怕打不死皇帝，立即抽出腰間長劍，手起劍落，剎那間向轎中連刺了四五劍，每一劍拔出時，劍刃上都是鮮血淋漓，轎中人便有十條性命，也都已了帳。

隨從侍衛大驚，紛紛呼喝，抽出兵刃上前截攔。歸二娘叫道：「得手了！」左手拉住兒子，逕向北闖。歸辛樹長劍急舞，向前奪路。衆侍衛那裏擋得住？眼見三人衝向壽康宮西側的花徑而去。衆宮女太監驚呼叫嚷，亂成一團。

四下裏鑼聲響起，宮中千百扇門戶紛紛緊閉上門，內班宿衛、宮門侍衛嚴守各處要道通路。接着宮牆外內府三旗護軍營、前鋒營、驍騎營官兵個個弓上弦，刀出鞘，密密層層，嚴加把守。

韋小寶見歸家三人刺殺了皇太妃，便以爲得手，逕行逃走，心中大喜，當即從花壇後閃了出來，大聲喝道：「大家不得慌亂，保護皇太后要緊！」

衆侍衛正亂得猶似沒頭蒼蠅相似，突見韋小寶現身指揮，心中都是一定。韋小寶喝道：

「大家圍住皇太后御轎，若有刺客來犯，須得拚命擋住！」衆侍衞手齊聲應道：「得令！」韋小寶從侍衞中搶過一把刀來，高高舉起，大聲道：「今日是咱們盡忠報國，爲皇太后、皇太妃拚命的時候，管他來一千一萬刺客，大夥兒也要保護太后聖駕！」衆侍衞又齊應：「得令！」眼見侍衞副總管伯爵大人威風凜凜，指揮若定，忠心耿耿，視死如歸，無不打從心底裏佩服出來，均想：「他年紀雖小，畢竟高人一等！」十餘名侍衞團團圍定皇太后御轎。

韋小寶又向衆太監宮女呼喝：「你們亂些甚麼？快在外邊圍成一個圈子，保護太后，倘若刺客犯駕，好先砍了你們這些不値錢的腦袋。」衆太監宮女心想自己的腦袋雖不値錢，胡亂給人砍了，倒也不大捨得，但見他執刀揮舞，神色威嚴，誰也不敢違抗，只得戰戰兢兢的在衆侍衞外又圍了個圈子，有幾人已嚇得屎尿齊流。

韋小寶這才放下鋼刀，走到皇太后御轎之前，說道：「奴才韋小寶救駕來遲，驚動了太后聖駕。恭請太后聖安，刺客已經殺退。」太后在轎中說道：「很好！」韋小寶伸手掀開轎帷一角，見太后臉色蒼白，卻滿面笑容，連連點頭，說道：「韋小寶，你很好，很好！又救了我一次。」韋小寶道：「太后萬福聖安，奴才喜歡得緊。」輕輕放下轎帷。

他回頭指着兩名侍衞，說道：「你們快去奏告皇上，太后聖躬平安，請皇上不必掛念。你們說奴才韋小寶恭請皇上聖安，衆侍衞奮勇護駕，刺客已然殺退。」兩名侍衞領命而去。

忽聽得太后低聲叫道：「韋小寶！」韋小寶應道：「喳！奴才在。」太后低聲問道：「前面轎裏那兩人死了？」韋小寶道：「兩人？」太后道：「你去瞧瞧，小心在意。」韋小寶答應了，心中大奇：「怎麼是兩人？又爲甚麼小心在意？」走到第一乘轎子之前，揭開轎帷，不由後「啊」的一聲大叫，放下轎帷，倒退了幾步，只覺雙膝酸軟，險些坐倒在地。

轎中血肉模糊，果然死了兩人！兩人身上都有好幾個劍創，兀自汩汩流血。一個是假太后毛東珠，另一個是矮矮肸胖的男子，五官已給掌力打得稀爛，但瞧這身形，赫然便是瘦頭陀。兩人相摟相抱而死。

毛東珠死在轎中倒也不奇，她是韋小寶押到慈寧宮去呈交太后的，可是這瘦頭陀卻從何而來？這二人居然坐了皇太妃的轎子，由皇太后相陪，卻要到那裏去？

他定了定神，走到太后轎前，低聲道：「啓稟太后，那兩人已經死了，死得一塌胡塗，死得不能再死了。」

太后一笑，說道：「很好！咱們回慈寧宮。那乘轎子也抬了去，不許旁人啓轎觀看。」

韋小寶答應了，傳下令去，自己扶着太后御轎到了慈寧宮，打開轎帷，扶着太后出來。太后又向他一笑，說道：「你很好！」韋小寶報以一笑，心道：「我有甚麼好了？太后年紀雖然不小，相貌倒挺標緻哪。」

太后招招手，叫他隨進寢殿，吩咐宮女太監都出去，要韋小寶關上了門。

韋小寶心中怦怦而跳，不禁臉上紅了起來，心道：「啊喲，乖乖不得了！太后不住讚我很好，莫非要我做老皇爺的替身？假太后有個師哥假扮宮女，又有個瘦頭陀鑽在她被窩裏。這眞太后如果要我也假扮宮女，鑽進她被窩去，那便如何是好？」

太后坐在床沿，出神半晌，說道：「這件事當眞好險，又是全仗你出力。」韋小寶道：「奴才受太后和皇上的大恩，粉身碎骨也不能報答。」太后點了點頭，說道：「你很忠心。

皇上用了你，也是咱們的神氣。」韋小寶道：「那是太后和皇上的恩典。奴才只知道盡忠爲主子出力罷了。」心中只道：「玉皇大帝、觀世音菩薩保祐，你可別叫我假扮宮女。」

太后又是向他一笑，只笑得韋小寶心中直發毛，只聽她道：「你打死的那兩個反賊，去連人帶轎一起用火燒了，不能洩漏半句言語。剛才在場的侍衞和宮女太監……」說到這裏，沉吟不語。韋小寶道：「太后聖安。奴才有法子叫他們連屁也不敢放半個。」太后聽他說話粗俗，微一皺眉，說道：「這件事你給我辦得妥妥當當的，自有你的好處。」韋小寶請了個安，說道：「奴才用心去辦，倘若有人漏出半點消息，太后砍奴才的腦袋好了。」太后道：「這樣我就放心了。你去罷！」韋小寶大喜，磕頭辭出。

出得慈寧宮來，只見康熙的御轎正向這邊而來，數百名宿衞前後左右擁衞，衞士比平日增了數倍，韋小寶避在道旁。康熙在轎中見到了他，叫道：「小桂子，你在這裏等着。」韋小寶答應了，知道康熙是去向太后請安，苦苦思索：「瘦頭陀怎麼會躲在太妃的轎裏？眞是奇哉怪也！」

突然間砰砰砰響聲大作，跟着伯爵府上空黑烟瀰漫，樹木磚瓦在空中亂飛。羣豪只覺脚底下土地震動。大炮聲隆隆不絕，伯爵府上空血紅的火燄直沖向天，高達十餘丈。

第四十三回　身作紅雲長傍日　心隨碧草又迎風

康熙從慈寧宮出來。韋小寶跟着回養心殿，在殿外候傳。過了良久，見前鋒營統領阿濟赤從殿中出來，韋小寶心道：「皇上定是調動前鋒營，加緊嚴防刺客。」接着太監傳韋小寶進見。康熙屏退侍衞、太監，命他關上了殿門。

康熙蹙起了眉頭，在殿上踱來踱去，顯是心中有個難題，好生委決不下。韋小寶見狀，心下惴惴。小皇帝年歲漸長，威勢日盛，韋小寶每見到他一次，總覺親昵之情減了一分，畏懼之心加了一分，再也不是當時互相扭打時那麼肆無忌憚。

過了一會，康熙說道：「小桂子，有一件事，可不知道怎麼辦才好。」韋小寶道：「皇上聰明智慧，諸葛亮甘拜下風，想出來的主意，一定是高的。」康熙道：「這一回可連諸葛亮也沒法子了。你有三件大功勞，我一件都沒賞你。擒獲毛東珠是第一件。說得蒙古、西藏兩路兵馬歸降，是第二件。剛才又派人擊斃反賊，救了太后，那是第三件了。你年紀小小，已封了伯爵，我總不能封你爲王哪！」說到這裏，哈哈大笑。

韋小寶才知道皇上跟自己開玩笑，喜道：「這幾件事都托賴太后和皇上洪福，所有功勞都是皇上自己的。可惜皇上不能封自己的官，否則的話，皇上該當自己連升三級才是。」

康熙又是一陣大笑，說道：「皇帝雖不能升自己的官，可是自古以來，不知有多少皇帝愛給自己加尊號。有件甚麼喜慶事，打個小小勝仗，就加幾個尊號，雖然說是臣子恭請，其實還不是皇帝給自己臉上貼金。眞正好皇帝這麼自稱自讚，已然頗爲好笑，何況許多暴君昏君，也是聖仁文武、憲哲睿智甚麼的一大串。皇帝越胡塗，頭銜越長，當眞恬不知恥。古來聖賢君主，還有強得過堯舜禹湯的麼？可是堯就是堯，舜就是舜，後人心中崇仰，最多也不過稱一聲大舜、大禹。做皇帝的若有三分自知之明，也不會尊號加到幾十字那麼長了。」

韋小寶道：「原來鳥生魚湯是不加自己尊號的。皇上是鳥生魚湯，自然也不加了。不過照奴才看來，打平吳三桂之後，皇上倘若不加幾個頭銜風光風光，未免太也吃虧。」

康熙笑道：「吃甚麼虧？」韋小寶道：「打平吳三桂之後，皇上大封功臣，犒賞三軍，大家都要升官發財。皇上自己非但升不了官，反而要大開庫房，黃澄澄的金子、白花花的銀子，一箱箱搬出去花差花差，豈不大大破財？」康熙笑道：「你就是沒學問，沒出息。掃除吳逆，天下太平，百姓安居樂業，那就是你主子的升官發財。」韋小寶道：「原來如此。」

康熙道：「不過蕩平吳逆之後，羣臣一定是要上尊號的。這些馬屁大王，有事的時候不能爲朕出力分憂，一待大功告成，他們就來檢現成便宜，大拍馬屁了。」韋小寶道：「皇上事事有先見之明。咱們那時候靜靜的瞧着，那幾個官兒請皇上加尊號，誰就是馬屁大王。」

康熙笑道：「對！那時候老子踢他媽的狗屁股。」君臣相對大笑。

果然不出康熙所料，吳三桂平後，羣臣便上尊號，歌功頌德，大拍馬屁。康熙下諭道：「賊雖已平，瘡痍未復，君臣宜加修省，恤兵養民，布宣德化，務以廉潔爲本，共致太平。若遂以爲功德，崇上尊稱，濫邀恩賞，實可恥也。」這已說得十分嚴峻，但羣臣兀自不悟，以爲康熙不過假意推辭，又再請上尊號。康熙頒諭：「朕自幼讀書，覺古人君行事，始終一轍者甚少，嘗以爲戒。惟恐幾務或曠，鮮有克終，宵衣旰食，祁寒盛暑，不敢少間。偶有違和，亦勉出聽斷。中夜有幾宜奏報，披衣而起，總爲天下生靈之計。今更鮮潔清之效，民無康阜之庥，君臣之間，全無功績可紀。倘復上朕尊號，加爾等官秩，則徒有負愧，何尊榮之有？」羣臣拍馬屁拍在馬脚上，鬧得灰頭土臉，這才不敢再請。此是後話，按下不表。

康熙笑道：「皇帝自己加尊號，那是多得很的，不算希奇。明朝有個正德皇帝，那才叫奇了。」韋小寶道：「這個皇帝，奴才見過他好幾次。」康熙奇道：「你見過他好幾次？做夢麼？」韋小寶道：「不是。奴才在戲台上見過的。有一齣戲叫做『梅龍鎮』，正德皇帝遊江南，在梅龍鎮上見到一個賣酒姑娘李鳳姐，生得美貌，跟她勾勾搭搭。」

康熙笑道：「正德皇帝喜歡微服出遊，李鳳姐的事，說不定眞是有的。這皇帝不加自己尊號，卻愛封自己的官，他封自己爲『總督軍務威武大將軍總兵官』，遇到甚麼風吹草動，就下一道上諭：『北寇犯邊，特命總督軍務威武大將軍總兵官朱壽率六軍往征。』朱壽就是他的名字。後來打了一仗，其實是敗仗，他卻說是勝仗，功勞很大，下一道聖旨，加封自己爲鎭國公，加俸祿米五千石。」

韋小寶哈哈大笑，說道：「這人皇帝不做，卻去做鎭國公，眞是胡塗得很了。」

康熙笑道：「當時大臣一齊反對，說若是封鎭國公，就要追封祖宗三代。皇上自己稱鎭國公還不打緊，皇上的祖宗三代都是皇帝，他們一定不肯降級。正德皇帝不理，定要做鎭國公，後來又說立了功勞，加封自己爲太師。幸虧他死得早，否則官越封越大，到後來只好自己篡自己的位，索性做皇帝了。」韋小寶聽到「篡位」兩字，不敢多言，只乾笑幾聲。

康熙道：「正德皇帝做了許多胡塗事，害得百姓很苦。固然他自己不好，但一半也是太監和臣子教壞他的。」韋小寶道：「是，是。壞皇帝愛用壞太監和奸臣，好皇帝用的就是好太監和忠臣。」康熙微微搖頭，說道：「那也不然。好皇帝身邊，壞太監和奸臣也是有的，只不過皇帝倘若不胡塗，就算給人蒙蔽得一時，到後來終於能揭穿奸臣的陰險狡猾。」

韋小寶道：「是，是。」一顆心不由得怦怦亂跳。

康熙問道：「毛東珠那賤人的奸夫，叫甚麼名字啊？」韋小寶道：「他叫瘦頭陀，眞的名字叫甚麼，奴才就不知道了。」康熙道：「他這樣胖，像是一個肉球，怎麼叫瘦頭陀？」韋小寶道：「聽說他本來是很高很瘦的，後來服了神龍教教主的毒藥，便縮成一團，變成個矮胖子了。」康熙又問：「你怎知他跟毛東珠躱在愼太妃的轎中，脅迫太后送他們出宮？」

韋小寶心念電轉：「皇上先說我派人擊斃反賊，救了太后，功勞很大。此刻又說他二人躱在太妃轎中，脅逼太后送他們出宮。那麼歸家三人行刺之事，皇上還不知道。不過歸家三人這時逃走了也罷，給活捉了也罷，給打死也罷，終究是瞞不過的。我又怎麼說才好？」

康熙見他遲疑不答，問道：「怎麼？有甚麼忌諱的事嗎？」韋小寶道：「不，不！奴才心裏奇怪，怎麼這兩名反賊會坐在太妃的轎中，當眞是想破了腦袋也想不通，還要請皇上開導。」康熙道：「我先問你，你怎知轎裏坐的不是太妃，因而指揮侍衞襲擊御轎？」

韋小寶心想：「原來皇上還以爲是宮中侍衞殺了瘦頭陀和毛東珠，這件事終究是要揭穿的，我還是直說罷。」便道：「奴才罪該萬死，皇上恕罪。」說着跪了下來。

康熙皺眉道：「甚麼事？」韋小寶道：「奴才奉皇上諭旨，將反逆毛東珠押去慈寧宮，經過御花園，忽然假山後面豁喇一響，跳出三個穿了侍衞和太監服色的人來，將奴才一把抓住，要我帶他們來尋皇上。這三人的武功是極高的，奴才的手指都險些給他們揑斷了。」說着提起左手，果然五根手指都瘀黑粗腫。

康熙道：「他們尋我幹甚麼？」韋小寶道：「這三人定是吳三桂派來的刺客，奴才就算給他們揑死了，也決計不肯帶他們來犯駕的，正好……不，不是正好，是剛巧，剛巧太后和太妃鑾駕來到，這三個刺客胡裏胡塗，以爲太妃轎中坐的是皇上聖駕，就衝出來行兇。那是太后和皇上的洪福齊天，竟是反賊殺了反賊。那三個刺客這當兒不知是給衆侍衞格斃了，還是擒獲了，奴才這就去查明回奏。」

康熙道：「三個刺客未必會胡裏胡塗，多半是你指點的，是不是？你想與其刺客向我犯駕，不如去害太妃，他們只要一動手，宮中大亂，就傷我不到了，你這條小命也保住了，是不是？」韋小寶給康熙說穿了心事，知道抵賴不得，只有連連磕頭。

康熙道：「你指點刺客去危害太妃，本來是該當砍頭的，總算你對我還有這麼三分忠愛之心……」韋小寶忙道：「不是三分，是十分，一百分，一千分，一萬分的忠愛之心。」康熙微笑道：「不見得罷？」韋小寶道：「見得，見得，大大的見得！」

康熙伸足在他額頭輕輕一踢，笑道：「他媽的，站起來罷。」韋小寶已嚇得滿頭是汗，磕了個頭站起。康熙笑道：「你立了三件大功，我本來想不出法子賞你，現下想到了。你指點刺客，犯上行兇，有不臣之心，我卻也不來罰你。將功贖罪，咱們乾折了罷。」

韋小寶道：「好極，好極。好比皇上推牌九，前道是奴才贏了，後道是皇上贏了，大家扯直。皇上不吃我的，也不賠我的。」心想：「不升官就不升官。難道你還能封我做威武大將軍、鎮國公嗎？就算封太師，也沒甚麼了不起。當年唐伯虎點秋香，華太師的兩個兒子華大、華二是傻的。我韋太師生兩個兒子韋大、韋二，也這麼亂七八糟，可眞倒了大霉啦。」

康熙道：「這矮胖賊子，用心也當眞奸險。他的相好給你抓住之後，難以奪回，料到你定會送進宮來，呈給太后發落，竟然鋌而走險，又闖進慈寧宮去，犯上作亂，脅迫太后。這當兒宮中侍衛加了數倍，戒備森嚴，他再也不能如上次那樣乘人不備，踰牆遁逃，他只盼坐在慎太妃轎中，由太后親自陪到宮門口，就可雙雙逃走。他萬萬料想不到，鬼使神差，你竟會指點刺客去攻打太妃的鸞轎，將兩名叛賊殺了。」

韋小寶恍然大悟，說道：「原來如此。太后和皇上洪福齊天，果然半點也不錯。」心想：「無怪我送老婊子去時，太后一副晦氣臉孔，倒像我欠了她三百萬兩銀子不還似的。原來那時瘦頭陀早已躲在寢殿裏，多半就藏在床上。瘦頭陀在慈寧宮住過不少日子，熟門熟路，這張大床也不知睡過多少晚了，也眞虧他想得出這條巧計來。不知他在太后寢殿中已等了多久？說不定有好幾天了。啊喲，不好！瘦頭陀和太后一男一女躲在房裏，接連幾天，不知幹了甚麼花樣出來沒有？五台山老皇爺頭上的和尙帽，只怕有點兒綠油油了。」
康熙自猜不到他心中的齷齪念頭，笑道：「太后和我福氣大，你的福氣可也不小。」
韋小寶道：「奴才本來是沒有福氣的，跟得皇上久了，就沾了些皇上的福氣。」
康熙哈哈大笑，問道：「那歸辛樹外號『神拳無敵』，武功果然厲害得很麼？」
康熙在大笑聲中問出這句話來，韋小寶耳邊便如起了個霹靂，身子連幌，只覺兩條腿中便似灌滿了醋一般，又酸又軟，說道：「這……這……」
康熙冷笑道：「天父地母，反淸復明！韋香主，你好大的膽子哪！」
韋小寶但覺天旋地轉，腦海中亂成一團，第一個念頭便想伸手去靴筒中拔匕首，但立即想起：「他甚麼都知道了！既然問到這句話，就是翻牌跟我比大小。他武功比我高，我一劍刺他不死的。就算能殺了他，我也決計不殺！」當下更無遲疑，立即跪倒，叫道：「小桂子投降，請小玄子饒命！」
這「小玄子」三字入耳，康熙心頭登時湧起昔日和他比武玩耍的種種情事，不由得長嘆一聲，說道：「你……一直瞞得我好。」
韋小寶磕頭道：「奴才雖然身在天地會，可是對皇上忠心耿耿，沒做過半點對不起皇上的事。」康熙森然道：「你若有分毫反意，焉能容得你活到今日？」韋小寶聽他口氣有些鬆動，忙又磕頭說道：「皇上鳥生魚湯，賽過諸葛之亮。奴才盡忠爲主，好似關雲之長。」
康熙忍俊不禁，心中暗罵：「他媽的，甚麼諸葛之亮，關雲之長？」只是在這要緊的當口，倘若稍假以詞色，這小丑插科打諢，順着桿兒爬上來，再也收服他不住，喝道：「你給我從頭至尾，一一招來！只消有半句虛言，我立刻將你斬成狗肉之醬！」說到最後四字，嘴角邊不由得露出笑意。

韋小寶爬在地上，瞧不見他神色已和，但聽語意嚴峻，忙磕頭道：「是，是。皇上一切都已知道了，奴才怎敢再有絲毫瞞隱？」當下將如何去康親王府殺鰲拜而為天地會所擄，如何拜陳近南為師，如何被迫入會做了青木堂香主等情，一一照實說了，最後述說如何遇到歸家三人，如何擲骰子輸給歸鍾，如何繪圖密奏，如何在慈寧花園為歸二娘所擒，如何指引三人襲擊太妃鑾轎以求皇帝得警等等，至於盜四十二章經等等要緊關節，自然略過不提。他說了這般長篇大論，居然謊言甚少而眞話極多，一生之中算是破題兒第一遭了。

康熙不住詢問天地會的情形，韋小寶便也據實稟告。康熙聽了一會，點了點頭，說道：「五人分頭一首詩，身上洪英無人知。」韋小寶一怔，「皇上連我會中兄弟相認的切口也知道了。」接着唸道：「自此傳得衆兄弟，後來相認團圓時。」康熙道：「初進洪門結義兄，當天明誓表眞心。」韋小寶道：「松柏二枝分左右，中節洪花結義亭。」康熙道：「忠義堂前兄弟在，城中點將百萬兵。」韋小寶唸道：「福德祠前來誓願，反清復明我洪英。」

按照天地會中規矩，他這兩句詩一唸完，對方便當自報姓名，述說所屬堂口，在會中的職份，康熙卻只微微一笑。韋小寶喜道：「原來皇上也是我會中兄弟，不知是甚麼堂口？燒的是幾炷香……」說到這裏，立知自己胡塗透頂，他是滿清皇帝，怎會來「反清復明」？連說：「打你這胡塗小子，打你這胡塗小子！」拍拍有聲，輕輕打了自己兩個嘴巴。

康熙站起身來，在殿上踱來踱去，說道：「你做的是我滿洲的官兒，吃的是我大清的祿米，心中卻存着反清復明的念頭。若不是念着你有過一些微功，你便有一百顆腦袋，也早砍下來了。」韋小寶道：「是，是！皇上寬洪大量，奴才的腦袋才保得到今天。奴才即刻去退會，這天地會的香主說甚麼也不幹了。今後決不反清復明，專門反明復清。」康熙肚裏暗暗好笑，罵道：「我大清又沒亡國，要你來復甚麼？滿口子胡說！」韋小寶忙道：「是，是！奴才保定我主江山萬萬年。皇上要我復甚麼，我就復甚麼，要我反甚麼，奴才就反甚麼。」

康熙低沉着聲音，一字一字慢慢的說道：「好！我要你反天地會！」

韋小寶道：「是，是！」心中暗暗叫苦，臉上不自禁的現出難色。

康熙道：「你滿嘴花言巧語，說甚麼對我忠心耿耿，也不知是眞是假。」韋小寶忙道：「十足眞金，十足眞金，再眞也沒有了。」康熙道：「我細細查你，總算你對我還沒甚麼大逆不道的惡行。倘若你聽我吩咐，這一次將天地會挑了，斬草除根，將一衆叛逆殺得乾乾淨淨，那麼將功贖罪，就赦了你的欺君大罪，說不定還賞賜些甚麼給你。如你仍然狡猾欺詐，兩面三刀，哼哼，難道我殺不了天地會的韋香主嗎？」

韋小寶只嚇得全身冷汗直流，連說：「是，是。皇上要殺奴才，只不過是好比捏死一隻螞蟻。不過……不過皇上是鳥生魚湯，不殺忠臣的。」康熙哼了一聲，說道：「你是甚麼忠臣了？你是大白臉奸臣。」韋小寶道：「皇上明鑒：奴才瞞了皇上，有些事情不說，那是有的。不過的的確確不是大白臉奸臣。董卓、曹操，我是決計不做的。」康熙道：「好！就算你不是大白臉奸臣，你是白鼻子小丑。」韋小寶得皇帝如此分派他這樣一個角色，登時鬆了口氣，忙道：「小丑就小丑罷，好比……好比時遷、朱光祖，也能給皇上立功。」

康熙微微一笑，道：「哼，你總是硬把要自己說成好人，這樣罷，你點齊兵馬，去把天地會、沐王府、歸辛樹一干反賊，一古腦兒的都拿了來。若是走掉了一個，砍你一隻手，走掉了四個，一雙手一雙脚都砍下來。要是走掉了五個，那再砍你的甚麼？」韋小寶道：「這個……這個……奴才只好眞的做太監了。」康熙忍不住哈哈大笑，罵道：「他媽的，你倒會打如意算盤。」韋小寶愁眉苦臉道：「皇上砍了我兩隻手兩隻脚，奴才多半是活不成了，脖子上這個腦袋，砍不砍也差不多。」心想：「他連沐王府也知道了，當眞消息靈通。」

康熙伸手入袖，取出一張紙來，唸道：「天地會總舵主陳近南，青木堂香主韋小寶，屬下李力世、徐天川、玄貞道人、錢老本、高彥超、風際中等等。沐家的沐劍聲、柳大洪、吳立身等等，三名進宮的刺客是歸辛樹、歸二娘、歸鍾。一、二、三、四、五……一共是四十三名反賊，除了你自已暫且不算，一共四十二名。」

韋小寶又即跪下，磕了兩個頭，說道：「皇上，這干人雖然說要反淸復明，不過他們也沒能反成功、復成功。讓我去跟他們說，皇上上知天文，下知地理，過去未來，甚麼都知道了。皇上說過大淸江山萬萬年，那定然不錯。反淸是反不成的，大家不如散了夥罷。」

康熙伸手在桌上重重一拍，厲聲道：「你是一意抗命，不肯去捉拿反賊了？」

韋小寶心想：「江湖上好漢，義氣爲重。我如把師父他們都捉了來，皇上一定砍他們的頭。這樣一來，韋小寶出賣朋友，變成吳三桂啦。唉，當時甚麼人不好冒充，偏偏去冒充小桂子。小桂子，小桂子，可不是吳三桂的小兒子嗎？我這伯爵大人也不要做了，想法子通知師父他們大家逃走，滾他媽的臭鴨蛋罷。」

康熙見他不答，心中更怒，喝道：「到底怎樣？你難道不知自己犯了大罪？我給了你改過自新、將功贖罪的良機，卻還在跟我討價還價？」

韋小寶道：「皇上，他們要來害你，我拚命阻擋，奴才對你是講義氣的。皇上要去拿他們，奴才夾在中間，難以做人，只好向你求情，那也是講義氣。」

康熙怒道：「你心中向着反賊，那是順逆不分，目無君上，還說講義氣？」頓了一頓，說道：「你救過我性命，救過父皇，救過太后，今日我如殺了你，你心中定然不服，要說我對你不講義氣，是不是？」到此地步，韋小寶索性硬了頭皮，說道：「是的。從前皇上答應過的，奴才就算做錯了事，皇上也饒我性命。萬歲爺的金口，說了可不能反悔。」康熙道：「好啦，你倒深謀遠慮，早就伏下了這一着棋子，哼，其心可誅。」

韋小寶不懂「其心可誅」這四字是甚麼意思，料想決不是好話，自從識得康熙以來，從沒見過他發這樣大的脾氣，心想：「我這顆腦袋，那是砍下了一大半啦。小皇帝的脾氣，向他求情也沒有用，只有跟他講理。」說道：「皇上，我拜過你爲師，你答應收我爲徒弟的。那陳近南，也是我的師父。我如心存害你，那是欺師滅祖。我如去害那個師父，也是欺師滅祖。再說……再說，皇帝砍奴才的腦袋，當然稀鬆平常。可是師父砍徒弟的腦袋，卻有點兒不大對頭了。」

康熙心想：「收他爲徒的戲言，當時確是說過的。這小子恃寵而驕，無法無天，居然將我跟天地會的匪首相提並論，實在胡鬧之至……」正想到這裏，忽聽得遠處隱隱人聲喧嘩，乒乒乓乓的，又有兵刃相交之聲。

韋小寶跳起身來，說道：「好像有刺客。師父請坐着別動，讓徒兒擋在你身前。」

康熙哼了一聲，心想：「這小子便有千般不是，對我畢竟有忠愛之心。」說道：「你以後再也不可叫我師父。你不守本門的門規，本師父將你開革了。」說着不禁有些好笑。

只聽得脚步聲響，有數人奔到殿門外，停住不動。韋小寶奔到殿門之後，立刻拿起門上了門，這是性命攸關的大事，手脚之快，無與倫比，喝道：「甚麼人？」

外邊有人大聲道：「啓奏皇上：宮中闖進來三名刺客，內班宿衛已團團圍住，不久便可擒獲。」韋小寶心道：「歸家三人終於逃不出去。」喝道：「皇上知道了。即速加調一百名侍衞，到養心殿前後護駕，屋頂上也得站三十名。」殿外的侍衞首領應命而去。

康熙心想：「他倒想得周到。那日在五台山遇險，那白衣尼姑從屋頂破瓦而下，果是難以防備，幸虧這小子奮不顧身的在我身前擋了一劍。」

過了一會，吆喝聲漸輕，但不久兵刃撞擊又響了起來。康熙皺起眉頭，說道：「連三名刺客也拿不住。倘若來的是三百名、三千名，那怎麼辦？」韋小寶道：「皇上不用煩惱。像歸辛樹這等脚色，世上是很少的，最多也不過四五個罷了。」

再過一會，只聽得脚步聲響，又有刀劍響動，加調的內班宿衞到了殿外，又聽得殿頂四周屋瓦發出響聲，上高的宿衞躍上了殿頂，衆衞士知道皇帝便在殿內，都把守在殿簷殿角，不敢走到屋頂，否則站在皇帝頭頂，那可是大大的不敬。

康熙知道單是養心殿周遭，便至少有四五百名侍衞把守，決計無虞，不再理會刺客，說道：「你瞧瞧這是甚麼？」從衣袖內又抽出一張紙來，鋪在桌上。

韋小寶走近一看，見是一幅圖畫，中間畫的是一座大屋，屋前有旗桿石獅，有些像是自己的伯爵府；屋子四周排列着十幾門大炮，炮口都對準了大屋。再仔細看時，那屋子越看越像是自己的屋子。

康熙道：「你認得這屋子嗎？」韋小寶道：「倒有點兒像奴才的狗窩。」康熙道：「你認得就好。」指着圖中門額上的四字，問道：「這『忠勇伯府』四字，都認得嗎？」

韋小寶聽得果然便是自己的屋子，又不禁冷汗直冒。自己住處四周排列了這許多大炮，自然大事不妙。他曾親眼見到兩個外國鬼子湯若望、南懷仁操炮，大炮一發，轟的一聲，只炸得火焰沖天，泥石濺起十幾丈高，自己身上就算穿了一百件護身寶衣，那也是炸成狗肉之醬了，想到大炮轟擊之威，不由得身子打戰。

康熙緩緩的道：「今兒晚上，你們天地會、雲南沐家、華山派姓歸的，還有王屋派門下司徒鶴一干人，都要在你家聚會。我這十二門大炮，這會兒已在你屋子四周的民房中架好，炮彈火藥也早就上好了，只消拉開窗子，露出炮口，一點藥綫，只怕沒一個反賊能逃得了性命。就算大炮轟不死，逃了出來，圍在外面的幾隊前鋒營兵馬，總也不能吃飯不管事。剛才你見到前鋒營統領阿濟赤了罷？他已去點兵預備動手了。前鋒營向來跟你統帶的驍騎營不大和睦，未必肯放你走罷？」

韋小寶顫聲道：「皇上甚麼都算到了，此刻對奴才明言，就是饒了奴才一條性命。奴才以前的一點兒微功，就此將功折罪，都折得乾乾淨淨，半點兒也不賸了。」

康熙微微一笑，道：「你明白就好，好比咱兩人賭牌九，你先贏了不少銀子，可是在一注之中都輸還了給我，以前贏的，一下子都吐了出來，從此沒了輸贏。我們如要再玩，就得從頭來過。」

韋小寶吁了一口氣，說道：「眞正多謝皇上龍恩，奴才今後只專心給皇上當差，別說天地會，就算是天九會的香主，奴才也不幹了。」心中暗暗着急：「師父他們約好了今晚在我屋裏聚會，怎生通知他們別去才好？」又道：「皇上吩咐我去擒拿這一干反賊，只不過是試試奴才的心，其實皇上早就神機妙算，甚麼甚麼之中，甚麼千里之外。」

只聽得殿門外有人朗聲說道：「回皇上：反賊拿到！」康熙臉有喜色，喝道：「帶進來！」韋小寶道：「是！」轉身過去拔了門閂，打開殿門。

數十名侍衛擁了歸家三人進來，齊喝：「叩見皇上，下跪！」數十名侍衛一齊跪倒。

歸辛樹、歸二娘、歸鍾三人滿身血汚，到處是傷，卻昂然直立。三人都給粗索綁住了，身畔各地兩名侍衛牽住。

侍衛的領班喝道：「下跪！下跪！」歸家三人那去理睬。只聽得殿上嗒嗒聲響，歸家三人和受傷的侍衛身上鮮血不住下滴。歸二娘怒目瞪視韋小寶，喝道：「小漢奸，你……你這臭賊！」韋小寶眼見三人的慘狀，心中不禁難過，任由她辱罵，也不回答。

康熙點點頭，說道：「神拳無敵歸辛樹，卻原來是這麼個糟老頭兒！咱們的人死傷了多少？」侍衛領班道：「回皇上：反賊兇悍之極，侍衛殉職的三十多人，傷了四十來人。」康熙「嘿」的一聲，擺了擺手，心中暗讚：「了不起！」侍衛領班吩咐手下將三人帶出。

突然間歸辛樹大喝一聲，運起內力，右肩向身旁侍衛一撞。那侍衛「啊」的一聲大叫，身子飛了出去，腦袋撞在牆上，登時斃命。歸辛樹抓住綁在歸鍾身上的繩索，一繃一扯，拍的一聲，繩索立斷，抓住他身子，喝道：「孩兒快走，我和媽媽隨後便來。」向外一送，歸鍾便從殿門口飛了出去。便在此時，歸氏夫婦雙雙躍起，向康熙撲將過去。

韋小寶見變故斗生，大驚之下，搶上去一把抱住了康熙，滾到了桌子底下，自己背脊向外，護住康熙。只聽得拍拍兩聲響，跟着便有幾名侍衞搶過，扶起康熙和韋小寶。看歸氏夫婦時，只見均已倒在血泊之中，背上插了七八柄刀劍，眼見是不活了。

歸辛樹力殺數十名侍衞後，身受重傷，最後運起內力，扯斷了兒子身上的綁縛，立即向康熙撲去。歸二娘明白丈夫的用意，一來只盼臨死一擊，能傷了韃子皇帝的性命，二來好讓兒子在混亂之中脫逃。兩人手脚都爲繩索牢牢綑縛，再也無力掙斷，還是一齊躍起，向康熙衝擊。但兩人力戰之餘，已然油盡燈乾，都是身在半空，便即狂噴鮮血，再也支持不住，摔下地來。衆侍衞就算不再砍斫，兩人也早斃命了。

康熙驚魂稍定，皺眉道：「拉出去，拉出去。」

侍衞齊聲答應，正要抬出二人屍首，突然殿門口人影一幌，竄進一個人來，身法奇快，撲在歸氏夫婦的屍身上，大叫：「媽，爹！」正是歸鍾。數名侍衞兵刃斫將下去，歸鍾竟不知閃避，兵刃盡數中在他身上，只聽他喘氣道：「媽，你……你不陪着我怎麼辦？我不認得路……」咳嗽兩聲，垂首而死。

他一生和母親寸步不離，事事由母親安排照料，此刻離開了父母，竟是手足無措，雖然逃出了養心殿，終究還是回來依附父母身畔。

侍衛總管多隆奔進殿來，跪下道：「回皇上：宮裏刺客已全部……全部……肅清……」見到殿上滿地是血，心下惶恐，磕頭道：「刺客驚了聖駕，奴才……奴才該死！」

康熙適才給韋小寶這麼一抱一滾，雖然甚是狼狽，有損尊嚴，但此人捨命護駕，忠君之心卻確然無疑，對多隆道：「外面還有人要行刺韋小寶，你要好好保護他，不得離開出步，更加不能讓他出宮。明日早晨，再另聽吩咐。」多隆忙應道：「是，是。奴才盡心保護韋都統。」韋小寶暗暗叫苦：「皇上今晚要炮轟天地會，怕我通風報訊，吩咐多隆看住我。」

康熙走到殿門口，又想：「小桂子狡獪得緊，多隆這老粗不是他對手。」轉頭道：「多隆，你多派人手，緊緊跟着韋小寶，不能讓他跟人說話，也不能讓他傳遞甚麼東西出宮。總而言之，局勢危險，你就當他是欽犯辦好了。」多隆應道：「是，是。皇上恩待臣下，無微不至。」只道皇上愛惜韋小寶，不讓刺客有危害他的機會。韋小寶道：「皇上恩典，奴才粉身碎骨也難以報答。」心知皇帝這麼說，是顧住自己面子，日後還有用得着自己的地方。

康熙微微一笑，說道：「你又贏了一注。咱們打從明兒起再來玩過罷。你那隻金飯碗，可得牢牢捧住，別打爛了！」說着出了殿門。

康熙這兩句話，自然只有韋小寶明白。適才自己抱住康熙護駕，他又算自己立了一功。今晚殺了師父陳近南等一干人後，自己跟天地會再不相干，皇帝又會重用。那隻金飯碗上刻着「公忠體國」四字，皇帝是要自己對他忠心耿耿，不得再有二心。

韋小寶想到師父和天地會中一干兄弟血肉橫飛的慘狀，自己就算再加官進爵，於心如何能安？心道：「做人不講義氣，不算烏龜王八蛋算甚麼？」

尋思：「皇上消息這麼靈通，是那個王八蛋跟他說的？今兒早我第一次見到皇上，他對我好得很，說要派我去打勝仗，盼望我拿到吳三桂，封我爲平西王。那時候皇上一定還不知道天地會韋香主的事。他得知訊息，是我押了老婊子去呈給太后這當口。卻是那個狗賊通風報信？哼，多半是沐王府的人，要不然是王屋派司徒鶴的手下。否則我偷盜四十二章經，在神龍教做白龍使這些事，皇上又怎麼不知道？」

多隆見他愁眉苦臉，神情恍惚，拍拍他肩膀，笑道：「韋兄弟，皇上這般寵愛你，眞不知你前世是幾生修來的？朝裏不論那一位親王、貝勒、將軍、大臣，皇上從來不曾派御前侍衛保護過他。大家都說，韋都統不到二十歲，就封會公封王了。你不用擔心，只要不出宮門一步，反賊就有千軍萬馬，也傷不到你一根寒毛。」

韋小寶只有苦笑，說道：「皇上恩德，天高地厚。咱們做奴才的，自該盡心竭力，報答皇上的恩典。」眼見數十名侍衛站在前後左右，要給天地會兄弟傳個信，那眞是千難萬難，心想：「甚麼封王封公，老子是不想了。寧可小皇帝在我屁股上踢一脚，大喝一聲：『滾你媽的臭鴨蛋！從此不許你再見我的面。』這般保護，可眞的保了我的老命啦。」

多隆道：「韋兄弟，皇上吩咐你不可隨便走動，是到你從前的屋子去歇歇呢，還是去侍衛班房，大夥兒陪你耍幾手？」他知跟韋小寶擲骰子、推牌九，最能投其所好。

韋小寶突然心念一動，說道：「太后吩咐我有一件要緊事情，須得立即辦妥，請多大哥一起去罷。」多隆臉有難色，道：「太后交下來的差使，當然立刻得辦，不過……不過……

皇上嚴旨，要韋兄弟千萬不要出宮……」韋小寶笑道：「這是在宮裏辦的事兒，多大哥不必擔心。」多隆當即放心，笑道：「只要不出宮門，那便百無禁忌。」

韋小寶吩咐侍衛，將愼太妃的鑾轎立刻抬到神武門之西的火燒場去，說道：「有誰打開了轎簾，太后吩咐立刻砍了腦袋。」

刺客襲擊太妃鑾轎之事，多隆和衆侍衛均已知悉，雖不明其中眞相，卻均知是太后的一件隱事，一直惴惴不安，聽韋小寶說要抬去火燒場焚化，那是去了一個天大的禍胎，各人心頭都放下了一塊大石。當下多隆隨着韋小寶，押了鑾轎去火燒場，一路之上，轎中兀自滴出血來。至於轎中死人是誰，自然無人多敢問半句。到得火燒場，蘇拉雜役堆起柴枝，圍在鑾轎四周燒了起來。

韋小寶檢根木條，拿焦炭畫了隻雀兒，雙手拱了木條，對着轎子喃喃祝告：「瘦頭陀、老婊子，你們在世上做不成夫妻，到陰世去做千年萬年的夫妻罷。殺死你們的歸家三位，這當兒也已死了。你們前脚走，他們後脚跟來。倘若在奈何橋上、望鄉台邊碰到，大夥兒親近親近罷。」多隆等見他嘴唇微動，料想是祝告死者陰魂早得超生，只見他搬起幾塊石子，堆成一個小堆，將木條插入，便如是一柱香相似，那料到是他和陶紅英通傳消息的記號？

眼見轎子和屍體都燒成了焦炭，韋小寶回到自己從前的住處，早有奉承他的太監過來打掃乾淨，送上酒菜點心。

韋小寶給了賞錢，和多隆及侍衛用了些，說道：「多大哥，你們各位請隨便寬坐。兄弟昨晚整晚給皇上辦事，實在倦得很了。」多隆道：「兄弟不用客氣，快請去睡，做哥哥的給你保駕。」韋小寶道：「那眞是一千個、一萬個不敢當。多大哥，你想要皇上賞你甚麼？你跟我說了，兄弟記在心裏，見到皇上高興之時，幫你求求，只怕有八分能成。」多隆大喜，道：「韋兄弟肯代我求皇上，那還有不成的嗎？」

韋小寶道：「多大哥的事，便是兄弟自己的事，那有不出力之理？」多隆笑道：「做哥哥的在京裏當差，有些兒膩了，就是想到外省去調劑調劑。」韋小寶一拍大腿，笑道：「大哥說得不差，在北京城裏，高過咱們的王公大官可不知有多少，實在顯不出威風，只要一出京，那可自由自在得很了。就是要幾兩銀子使使，只須這麼咳嗽一聲，人家立刻就乖乖的雙手捧了上來。」兩人相對大笑。

韋小寶回到房中，斜倚在床上，心想：「多大哥得了皇上旨意，看得我好緊，我要出宮去給師父報訊，那決計辦不到。待會陶姑姑到來，自可請她去傳信，就怕她來得太晚，倘若她半夜三更才來相會，那邊人炮已經轟了出去，這便如何是好？」出了一會，尋思：「眼下只有想個法子，派些侍衞去打草驚蛇。」

計較已定，合眼睡了一個多時辰，醒來時見日影稍斜，已過未時，走出房去，問多隆道：「多大哥，你可知那批要向我下手的反賊，是甚麼來頭？」多隆道：「這可不知道了。」韋小寶道：「一批是天地會，一批是沐王府的。」多隆伸了伸舌頭，道：「這兩夥反賊都很厲害，怪不得皇上這麼擔心。」韋小寶道：「我想在宮裏躲得了一日，躲不得一世。今天雖有多大哥保護，但反賊不除，總是後患無窮。」多隆道：「皇上明日召見，必有妙策，韋兄弟倒也不必擔心。」

韋小寶道：「是。不瞞大哥說，兄弟家裏，有幾個如花如玉的小妞兒，兄弟很是喜愛。看來今晚反賊會到我家裏行刺，他們害不到兄弟，多半要將這幾個小妞兒殺了，那……那是可惜得很。」

多隆笑着點了點頭，想起那日韋小寶要自己裝模的跟鄭克塽爲難，便是爲了一個小美人兒，這個小兄弟風流好色，年紀雖小，家中定已收羅了不少美貌姬妾，便道：「這個容易，我便派人到兄弟府上去保護。」

韋小寶大喜，拱手稱謝，說道：「兄弟家裏的小妞兒，我最寵愛的共有三人，一個叫雙兒，一個叫曾柔，還有一個叫……叫劍屏（心想若是說出沐劍屏這個「沐」字來，只怕引起疑心），相貌都是挺不錯的，兄弟實在放心不下。請大哥這就派人去保護，跟她們說，今晚有天地會和沐家刺客到來，要她們趕快躲了出來。最好大哥多派些人去，守在兄弟家裏，刺客到來，正好一古腦兒抓他奶奶的。那一位兄弟出了力的，自當重重酬謝。」

多隆一拍胸膛，笑道：「這件事容易辦。是韋伯爵府上的事，哪一個不拚命向前？」當即吩咐侍衛領班，命他出去派人。衆侍衛都知韋小寶出手豪濶，平時沒事，也往往千兒八百的打賞，這一次去保護他的寵姬愛妾，那更是厚厚的賞賜了，當下盡皆欣然奉命，輪不到的不免唉聲歎氣，抱怨運氣欠佳。

韋小寶心下稍慰，暗想：「雙兒她們聽了衆侍衛的言語，說是宮裏派人來保護，等候捉拿天地會和沐王府的刺客，自會通知我師父他們躲避。但若我師父他們倒躲開了，雙兒、曾姑娘、小郡主三個卻給大炮轟死，那可糟糕！不過大隊御前侍衛在我屋裏，外面的炮手一定不會胡亂開炮。」

轉念又想：「要是炮手奉了皇帝嚴旨，不管三七廿一，到時非開炮不可，那又如何？」小郡主和曾柔也還罷了，雙兒對自己情深義重，那是心頭第一等要緊人，決不能讓她送了性命。只是事在兩難，如要侍衞將雙兒她們先接了出來，便沒人留下給師父和衆兄弟傳訊；只救雙兒，不救師父，重色輕友，那又是烏龜王八蛋了。一時繞室徬徨，苦無妙策。

過了大半個時辰，率隊去忠勇伯府的侍衞領班回來稟報：他們還沒走近伯爵府，便給前鋒營的官兵擋住，帶隊的前鋒參領說道，他們奉旨保護伯爵府，不用衆位侍衞大人費心了。衆侍衞要進府保護內眷，前鋒營說甚麼也不讓過去，說道皇上一切已有安排。到後來連前鋒營的阿統領也親自過來阻攔，衆侍衞拗不過，只得回來。

韋小寶一聽，心中只連珠價叫苦。多隆笑道：「兄弟，皇上待你當眞周到，竟派了前鋒營去保護你的小美人兒，那你還擔心甚麼？哈哈，哈哈！」

韋小寶只得跟着乾笑幾聲，心想：「小皇帝甚麼甚麼之中，甚麼千里之外，這一番我師父他們可眞是大禍臨頭了。前鋒營定是奉了嚴旨，在我伯爵府四處把守，見到尋常百姓，就放他們進府，以便晚上一起轟死，若是文武官員，便攔住了不許進去。」

又想：「我突然發出『含沙射影』暗器，要結果多大哥的性命不難，可是這許多侍衞，又怎能一個個盡數殺了？可惜我身邊的蒙汗藥，在莊家一下子都使完了。」眼見日頭越來越低，他便如熱鍋上的螞蟻一般，全身發燙，拉了一泡尿又是一泡，卻想不出半點主意。

過得一個多時辰，天色漸漸黑下來，韋小寶推窗向外看去，只見七八名侍衞在窗外踱來踱去，守衛嚴密之極。他東張西望，那裏有陶紅英的影子？長歎一聲，頹然倒在床上，心想這當兒只怕已有不少朋友進了伯爵府，多耽擱得一刻，衆兄弟便向陰世路走近了一步。

一瞥眼間，見到屋角落裏的那隻大水缸，那是海大富遺下來的，當日自己全靠了這隻水缸，才殺了瑞棟，心想：「我何不把多大哥騙進房來，發暗器殺了他，再在房中放起火來，混亂之中便可逃出。多大哥待我十分不錯，平白無端的傷他性命，實在對他不住。可是義氣有大有小，我師父他們幾十條性命，總比他一條性命要緊些。」想了一會，心意已決，取火刀、火石打了火，點着了蠟燭，心想：「帳子着火最快，一殺了多大哥，便燒帳子。」

正在這時，聽得多隆在外房叫道：「韋兄弟，酒飯送了來啦，出來喝酒。」韋小寶道：「咱哥倆在房裏吃罷！」多隆道：「好！」吩咐送酒菜的太監提了飯盒子進來。

那太監是個十六七歲少年，進房後向韋小寶請了安，打開飯盒子，取出酒飯。韋小寶腦中靈光一閃，想起了個主意，說道：「你在這裏侍候喝酒。」那小太監十分歡喜，素知韋伯爵從前是御膳房的頭兒，對下人十分寬厚，侍候他吃喝定有好處，喜孜孜的擺設碗筷。

多隆跟着走進房來，笑道：「兄弟，你早不在宮裏當差了，皇上卻不撤了你這間屋子。就算是親王貝勒，皇上也不會這麼優待。」韋小寶道：「倒不是皇上優待，皇上要管多少天下大事，那來理會這等不相干的小事？說實在的，兄弟再在這裏住，可十分不合規矩。」

多隆笑道：「別人不合規矩，你兄弟卻不打緊。」他知宮裏的總督太監要討好韋小寶，誰也不會另行派人來住這間屋子，宮裏屋子有的是，海大富這間住屋又不是甚麼好地方，接管御膳房的太監自然另有住處。韋小寶笑道：「大哥不提，兄弟倒也忘了，明日該得通知總管太監，把這間屋子繳回。咱們做外臣的再住在宮裏，給外面御史大人知道了，參上一本，可不是味兒。」多隆道：「皇上喜歡你，誰又管得了？」

韋小寶道：「請坐，請坐。這間屋子也沒甚麼好，只是兄弟住得慣了，反而覺得外面的伯爵府沒這裏舒服。」慢慢走到他身後，拔了匕首在手，笑道：「這八碗菜，都是兄弟愛吃的，膳房裏倒還記得，大哥試試這碗蟹粉獅子頭怎樣？」多隆道：「兄弟愛吃的菜，定是最好……」一句話沒說完，突覺左邊後心一涼，伏在桌上便不動了。

原來韋小寶已對準他後心，一匕首刺了進去。

這一刀無聲無息，那小監絲毫不覺，仍在斟酒。韋小寶走到他背後，又是輕輕一匕首將他刺死，立即轉身，在門後上了門，快手快脚除下衣帽鞋襪，只賸內衣襪和護身背心，改穿上小太監的衣帽，將自己的衣帽都穿戴在那小太監身上。兩人高矮相若，衣衫倒也合身。然後將小監的屍身抱到椅邊坐下，提起匕首，在小監的臉上一陣亂剁，將五官剁得稀爛。

他手中忙碌，心裏說道：「多大哥，你是韃子，我天地會靠殺韃子吃飯，不殺你不行。今日傷你性命，實在對不住之至。好在你總免不了要死的。我今晚逃走，皇上明日定要砍你的腦袋，你也不過早死了半日，不算十分吃虧。何況我殺了你，你是因公殉職。但如皇上砍你的頭，你勢必要抄家，老婆兒女都要受累，不如早死半日，換得家裏的撫邮贈蔭。打起算盤來算一算，你實在是佔了大大的便宜啦。」但多隆平素對自己着實不錯，迫不得已的殺了他，心中終究十分難受，忍不住流下淚來。

拭了拭眼淚，轉身瞧那小監，心道：「你這位小兄弟，身上穿了黃馬褂，可有多神氣。

你本來便投胎十世，也挨不上黃馬褂的半分邊兒，頭上這頂伯爵大人的頂帽，單是那一顆紅寶石，便夠你使上七八世的了，嘿嘿，你升官發財，可交上大運啦。我韋小寶當年冒充小桂子，從此飛黃騰達，做了大官。你今日冒充韋小寶，今後是不是能飛黃騰達，那得瞧你的本事了。」又想：「我先前冒充小太監，今日讓一個小太監冒充回去，欠下的債，還得一清一爽，乾乾淨淨。小玄子啊小玄子，我可沒對你不起。」

整理一下自身的衣帽，見已無破綻，大聲說道：「小娃兒，你這就出去罷，這裏不用你侍候了。這五兩銀子，給你買糖吃。」跟着含含糊糊的說了聲：「多謝伯爵大人。」又提高嗓子說道：「我跟多總管在這裏喝酒談心，誰也不許來打擾了！」

太監在宮裏本來只服侍皇帝、皇后、妃嬪、皇子和公主，但有職司的大太監要小太監服侍，卻也向來如此。韋小寶雖已不做太監，他從前卻是宮中聲威赫赫、大紅大紫的太監，要一名小太監侍候再打賞銀子，實在平常不過。門外衆侍衞聽了，誰也不加理會，只見房門開處，那小太監提了飯盒出來，低着頭，回身帶上了門。

韋小寶提了食盒，低頭走向門口。見衆侍衞正在搬飯斟酒，誰也沒有留意，韋小寶暗暗歡喜，心想：「衆侍衞至少要一個時辰之後，才會發見房裏兩人已經死了，只道韋伯爵和多總管都被刺客刺死，這一下可得嚇他們個屁滾尿流。」

跨出大門，忽見數名太監宮女提着燈籠前導，抬了一乘轎子到來。這乘轎子以野鷄尾毛爲飾，稱爲「翟轎」。領先的太監喝道：「公主駕到。」

韋小寶大吃一驚：「公主遲不到，早不到，卻在這當兒到來，一進屋去，立即見到我韋小寶給人殺死了。宮中還不吵得天翻地覆？要出去可千難萬難了。」一時手足無措，只見轎子停下，建寧公主從轎裏跨了出來，叫道：「小桂子在裏面罷？」

韋小寶硬起頭皮，走上前去，低聲說道：「公主，韋爵爺喝醉了，奴才領公主進去。」燈籠不甚明亮，公主沒認出他來，眼見衆侍衞一齊從屋中出來迎接，心想：「怎麼這許多人？」皺起了眉頭，左手一擺，道：「大家在外面侍候。」踏步進屋。韋小寶跟了進去。

他一進屋子，反手便帶上了門。公主道：「你也出去。」韋小寶道：「是，韋伯爵在內房。」公主快步過去，推開房門，只見「韋小寶」和多隆二人伏在桌上，顯是喝得大醉，秀眉一蹙，喝道：「還不快出去？」韋小寶低聲笑道：「我如出去，便燒不成藤甲兵了。」

公主一驚，回過頭來，燭光下赫然見到韋小寶站在身後，不由得又驚又喜，「啊」的一聲，叫了出來，道：「你……你幹甚麼？」韋小寶低聲道：「別作聲！」公主瞧瞧他，又瞧伏在桌上的「韋小寶」，低聲問道：「搗甚麼鬼？」韋小寶拉着她進房，又關上了房門，低聲道：「大事不妙，皇上要殺我！」公主道：「皇帝哥哥已殺了額駙，怎麼連你也要殺？他……他……他如殺了你，我跟他拚命。」

韋小寶伸出雙臂，一把抱住了她，在她面頰上吻了一下，說道：「咱們快逃出宮去。皇上知道了我跟你的事，要砍我腦袋。」公主給他一抱一吻，登時全身酸軟，昵聲道：「皇帝哥哥殺了額駙，我只道便可嫁給你了，怎麼……怎麼又弄出這等事來？他怎會知道的？」韋小寶道：「定是你露了口風，是不是？」公主臉上一紅，道：「我沒有。我只問過幾次，你甚麼時候回來。」韋小寶道：「那還不是嗎？那也不打緊，反正咱倆這夫妻是做定了。這就快逃出宮去罷。」

公主遲疑道：「我明兒去求求皇帝哥哥，他不會殺你的。他殺了額駙，跟我說很對我不住，答應另外給我找一個好額駙。他向來很喜歡你的……」說到這裏，只覺房中的血腥氣越來越濃，嗅了兩下，問道：「甚麼……」突然間胸口一陣煩惡，哇的一聲，扶着椅背大吐起來，喉頭不住作嘔，卻只吐出了些清水。

韋小寶輕輕拍她背脊，輕輕安慰：「怎麼？吃壞了東西？好一些沒有？」公主又嘔了兩下，忽地反過手掌，啪的一聲，重重打了他一個耳朵，罵道：「我吃壞了東西？都是你不好，都是你不好！」雙拳在他胸口不住搥打。

公主向來橫蠻，此時突然發作，韋小寶也不以為奇，但眼前事勢緊迫，多耽擱得一刻，跟大炮齊轟的時候便近了一刻，實不能跟她無謂糾纏，說道：「好，好，都是我不好。」

公主扭住他耳朵，喝道：「你跟我去見皇帝哥哥，咱倆馬上要拜堂做夫妻。」韋小寶大急，求道：「拜堂做夫妻的事，包在我身上。可是一見皇上，你的老公就變成沒腦袋的額駙了。咱們快快逃出宮去要緊。」公主重重一拉，韋小寶耳朵吃痛，忍不住叫了一聲。公主罵道：「你沒腦袋，打甚麼緊？你這小鬼，你本來就是沒腦子的。我肚子裏的小小桂子卻怎麼辦？」說到這裏，哇的一聲，哭了出來。

韋小寶大吃一驚，問道：「甚……甚麼……小小桂子？」

公主飛起一脚，正中他小腹，哭道：「我肚子裏有了你的臭小小桂子，都是你不好。咱們若不馬上做夫妻，我肚子……我肚子一天天大起來……皇上知道吳應熊是太監，不成的，我……我可不能做人了。」

韋小寶臉色慘白，正在這千鈞一髮的緊急當口，偏生又遇上了這樁尷尬事，忙道：「咱們如不趕快出宮，小小桂子就沒爹爹了。逃了出去之後，咱們立刻拜堂成親，你生下小小桂子後，那……那可不是皇上的外甥？皇上做了便宜舅舅，他成了我的大舅子，總不好意思殺了妹夫罷？」公主道：「有甚麼不好意思？吳應熊是他妹夫，他還不是一刀殺了？」韋小寶道：「皇上知道吳應熊是假妹夫，我韋小寶才是貨眞價實。假妹夫殺得，眞妹夫殺不得。好公主，咱們的小小桂子出世之後，摟住了你的脖子叫媽媽，可不是挺美嗎？」說着便伸手摟住了她脖子。

公主噗哧一笑，喜道：「美你個王八蛋，我才不要小王八蛋叫媽媽呢。」話是這麼說，扭住韋小寶耳朶的手卻也放開了，昵聲道：「這麼久沒見你了，你想我不想？」說着便撲在他懷裏。

韋小寶道：「想啊，我日日想，晚晚想，時時刻刻都想。」心中暗罵：「這當兒糾纏不清，眞是他媽的死婊子。」眼見她情意纏綿，紅暈上臉，這時實在不能跟她親熱，可是不敢得罪了她，低聲道：「咱們一逃出宮去，以後白天黑夜都是在一塊，再也不分開了。這就走罷。」公主身子扭了幾扭，說道：「不成！咱們今晚就要做夫妻。」韋小寶道：「好，好！今晚就今晚，可總得逃出宮去再說。」公主道：「逃甚麼！皇帝哥哥最喜歡我的，他是你師父，也是最喜歡你的。咱們明兒求求他，他就甚麼氣也沒了。皇帝哥哥最恨吳三桂，你請旨帶兵去打吳三桂，我陪你同去。我做兵馬大元帥，你就做副元帥，把吳三桂打得落花流水，皇帝哥哥還封你做王爺呢。」說着緊緊摟住了他。

韋小寶正在狼狽萬狀之際，突然間窗格上有人輕輕敲了三下，一停之後，又敲了兩下。韋小寶大喜，低聲道：「是陶姑姑嗎？」輕輕推開公主，搶過去開了窗子。人影一幌，一人跳了進來，正是陶紅英。

兩個女人一對面，都是吃了一驚。陶紅英低聲叫道：「公主。」公主怒道：「你是甚麼人，來幹甚麼？」一轉念間，登時醋意勃發，心想深更半夜的，這宮女從窗子跳進小桂子的屋裏，那還有甚麼好事幹了，定是他的相好無疑，雖見陶紅英年紀已老，但想小桂子連這樣又老又醜的宮女也要勾勾搭搭，更不可恕，她正自情熱如火，給這女人撞破了好事，越加的怒發若狂，大聲叫道：「來……」

韋小寶早已防到，那容她將「來人哪」三字喊出口來，一伸手便按住了她嘴巴。公主用力掙扎，反手拍的一聲，打了韋小寶一個耳光。韋小寶驚慌焦躁之下，右手扣住她的頭頸，出力收緊，罵道：「死婊子，我扼死你！」公主登時呼吸艱難，手足亂舞。韋小寶左手反過來，在她頭上捶了兩拳。

陶紅英見他膽敢毆打公主，大吃一驚，隨即知道這件事反正鬧大了，伸出手指，在公主腰間和胸口連點三下，封了她上身數處穴道。韋小寶這才放開了手，低聲道：「姑姑，大事不好，皇帝要殺我，這就得趕快逃出去。」陶紅英道：「外邊侍衞很多。我早就到了，在花壇後面等了大半個時辰，才得鑽空子過來。你瞧。」輕輕推進窗格一綫。

韋小寶湊眼望出去，果見七八名侍衞提了燈籠來回巡邏，一轉念間，想起瘦頭陀和毛東珠的法子，心想：「他兩個運氣不好，撞到了歸辛樹夫婦。老子就學學他們的樣。總不成歸家這三人借屍還魂，又來打公主的轎子。」對公主道：「公主，你別喝醋。她是我的姑姑，就是我爹爹的妹子，我媽媽的姊姊。你不用亂發脾氣。」

公主給陶紅英點了穴道後，氣得幾欲暈去，聽了韋小寶這幾句話，心意登和，也沒想到「爹爹的妹子」和「媽媽的姊姊」不能是同一個人，總之這女人不是小桂子的相好，那沒事了，當下臉上露出笑容，說道：「那麼快放開我。」韋小寶要討她歡喜，說道：「你是我老婆，快叫姑姑。」公主很是高興，居然便叫了聲：「姑姑！」

陶紅英莫名其妙，眼見兩人剛才還在打大架，怎麼公主居然叫起自己「姑姑」來？

韋小寶道：「你去吩咐把轎子抬進屋來，然後叫人出去，關上了門，我和你一起坐在轎裏。咱們混出宮去，立即拜堂成親。拜堂的時候一定得有個長輩在旁瞧着，這才算數。我們的姑姑就是長輩了，你說好不好？」公主大喜，臉上一紅，低聲道：「很好！」韋小寶推她背心，催道：「快去，快去！」

公主給他催得緊了，也不等上身穴道解開，便走到門口吩咐：「把轎子抬進屋來！」一衆太監宮女都感奇怪，但這位公主行事向來匪夷所思，平日吩咐下來甚麼事，總是合乎常情的極少，異想天開的甚多，當即齊聲答應，抬轎過來。慎太妃鸞轎可抬進慈寧宮，悄悄將瘦頭陀和毛東珠抬出去。韋小寶這住屋數尺濶的門口，公主的翟轎怎抬得進門？只進了兩條轎桿，轎身塞在門口，便進不來了。公主罵道：「不中用的東西，通統給我滾出去。」在轎前抬轎的兩名太監均想：「門口就這麼寬，又怎怪得我們？」當下從轎畔鑽了出去。

韋小寶在公主身邊低聲道：「你吩咐衆侍衛不要進來。」公主大聲道：「小桂子，你給我好好在屋裏耽着，不許出來。」韋小寶大聲道：「是，時候不早了，請公主殿下早回休息罷。」公主罵道：「我偏偏要出去逛逛，你管得着嗎？」韋小寶大聲道：「宮裏鬧刺客，公主殿下還是小心些爲是。」公主道：「皇上養了這一大批侍衛，淨會吃飯不管事。大家給我站在屋子外面，不許進去。」衆侍衛齊聲答應。

韋小寶鑽進轎子坐下，招了招手。陶紅英解開公主身上穴道，公主也進轎去，坐在他身前懷裏。韋小寶左手摟住了她，低聲對陶紅英道：「姑姑，請你陪我們出宮罷。」心想她武功了得，有她在轎旁護送，倘若給人拆穿西洋鏡，也好幫着打架殺人。

陶紅英當即答允，她穿的是宮女服色，站在公主轎邊，誰也不會起疑。公主喝道：「抬了轎子走。」兩名在前抬轎的太監又從轎側鑽入門裏，和在轎後抬轎的太監一齊提起轎槓，將轎子倒退數步，轉過身來，抬起來走了，心中都大爲奇怪：「怎麼轎子忽然重了？」

公主聽着韋小寶的指點，吩咐從神武門出宮。翟轎來到神武門，宮門侍衛見公主翟轎要深夜出宮，上前盤問。公主從轎中一躍而出，喝道：「我要出宮，快開門。」

這晚神武門當值的侍衛領班是趙齊賢，當即躬身行禮，陪笑道：「啓稟殿下，宮裏今晚鬧刺客，不大平靜，請殿下等天亮了再出宮罷。」公主怒道：「我有急事，怕甚麼刺客？」趙齊賢本來不敢違拗，但知額駙吳應熊已誅，公主黑夜出宮，說不定跟吳三桂的造反有甚麼牽連，明日查究起來，脫不了重大干係，接連請了幾個安，只是不肯下令開門，實在給公主逼得急了，便道：「既是如此，待奴才去請示多總管，請公主稍待，奴才請示之後，立即飛奔回來開啓宮門。」

韋小寶在轎中聽得公主只是發脾氣，趙齊賢卻說甚麼也不肯開門，他要去找多隆，那是大糟而特糟了，危急之中便道：「趙齊賢，你知我是誰？」趙齊賢跟隨他辦事已久，自然認得他聲音，又驚又喜，問道：「是韋副總管？」韋小寶笑道：「正是。」從轎中探頭出來，招了招手。趙齊賢忙走近身去。韋小寶低聲道：「我奉皇上密旨，去辦一件機密大事，我只要一露面，就會壞事，因此皇上吩咐我坐在公主的轎子裏，請公主遮掩了出去。」趙齊賢素知他深得皇上寵幸，行事神出鬼沒，更無懷疑，忙道：「是，是。卑職這就開門。」

韋小寶靈機一動，低聲道：「你想不想升官發財？」趙齊賢跟着他辦事，數年間官已升了兩級，財已發了二萬多兩銀子，一聽「升官發財」四字，知道韋副總管既問到這句話，那又是在提拔栽培自己了，心花怒放之下，忙屈膝請安，說道：「多謝副總管栽培。副總管有甚麼差遣，卑職粉身碎骨，在所不辭。」

韋小寶心想：「這句話是你自己說的。大炮轟來，炸得你粉身碎骨，你說過在所不辭，須怪不得我。」低聲道：「有一批反賊跟吳三桂勾結。皇上定下妙計，這當兒已騙得他們聚在我伯爵府中。皇上派我帶領前鋒營人馬，前去擒拿。前鋒營素來跟我的驍騎營不對，你可知皇上爲甚麼派我去帶領前鋒營？」趙齊賢道：「卑職笨得很，這個可不知道了。」韋小寶壓低了嗓子，說道：「前鋒營的阿統領跟吳三桂勾結，皇上要乘機一網打盡。公主是吳三桂的媳婦，他們一見到公主，就不起疑了。」趙齊賢恍然大悟，道：「原來如此。想不到阿統領竟敢大逆不道。這件事多半也是給韋副總管查出來的，立了大功。」

韋小寶道：「這件功勞，是皇上自己安排好了，交在我手裏的。咱們是好兄弟，有官同升，有財同發，你帶四十名侍衛，跟我一起去立功罷。」

趙齊賢大喜，連聲謝謝，忙請公主升轎，點了四十名素日大拍自己馬屁的侍衛，說道奉了密旨辦事，大開神武門，護送公主翟轎出宮，吩咐餘下的六十名衛士嚴加守衛。韋小寶道：「這宮門今晚無論如何是不可開了，除非有多總管和我的命令，否則甚麼人都不能放出宮去。」趙齊賢轉傳韋小寶的號令，餘下六十名宮門侍衛齊聲答應。韋小寶暗暗好笑：「老子這一去，那是再也不會回來了，就不知多總管的鬼魂，會不會來傳令開啓宮門？」

銅帽兒胡同離皇宮並不甚遠，一行人不多時已行近忠勇伯府。一路上韋小寶一顆心跳個不住，只怕行到半路，前面已炮火連天，幸好始終靜悄悄地並無動靜。

將到胡同口，前鋒營統領阿濟赤已得報公主翟轎到來，上前迎接。

公主在轎中一面給韋小寶在身上揉揉搓搓，一面已得他詳細囑咐，如何行事，聽得阿濟赤通名迎接，當即從轎簾後探頭出來，說道：「阿統領，皇上密旨，今晚交辦的事情十分要緊，你一切都預備好了？」

阿濟赤躬身道：「是，都預備好了。」公主低聲道：「那些大炮，也都已安排定當。」阿濟赤道：「是，是南懷仁南大人親自指揮。」韋小寶在轎中聽得分明，心道：「皇上果然沒騙我。南懷仁這洋鬼子在這裏親自瞄準，那還有打不中的？」公主道：「皇上吩咐，要我進伯爵府去辦一件事，你跟着我進去罷。」

阿濟赤道：「回殿下：時候緊迫，這時候不能進去了。」公主怒道：「甚麼不能進去？

這是聖旨，你也敢違抗嗎？」阿濟赤道：「奴才不敢。不過……不過，實在很危險。殿下萬金之體……」

韋小寶在轎中一聲咳嗽，陶紅英搶上一步，出指如風，已在阿濟赤左右腰間和脅下三處要穴各點一指。阿濟赤一聲輕呼，上身已動彈不得，隨覺背心一涼，跟着一陣劇痛，一把利刃已在他背上劃破了一道長長的口子，這一下只嚇得魂飛天外，全然不明所以。

公主道：「皇上的密旨，你如不奉旨，立刻砍了，還將你滿門抄斬。」阿濟赤顫聲道：「是，是。」韋小寶心念一動：「這些御前侍衛跟着我辦事，一向聽話，何必要他們送命？不如讓前鋒營去做替死鬼。」在公主耳邊低聲道：「要他點五十名前鋒營官兵，跟了咱們進去。」公主喝道：「你帶五十名手下軍士，跟咱們進去辦事。」阿濟赤顫聲應道：「是……是……」當即傳下號令，點了五十名軍士，跟在公主轎後，直進伯爵府中。韋小寶吩咐趙齊賢率領御前侍衛，守在門外。

轎子抬到第進二廳前，公主和韋小寶都下了轎，吩咐五十名軍士在天井中列隊等候。陶紅英押着阿濟赤，四人走進花廳。

一推開廳門，只見陳近南、沐劍聲、徐天川諸人都在廳上。衆人見韋小寶帶進來一位貴婦、一個宮女、還有一名武官，都是大感詫異。

韋小寶招招手，衆人都聚了攏來。他低聲道：「皇帝知道了咱們在這裏聚會，胡同外已圍滿了官兵，還有十幾門大炮，對準了這裏。」羣豪大吃一驚，盡皆變色。柳大洪道：「大夥兒衝殺出去。」韋小寶搖頭道：「不成！外面官兵很多，大炮更是厲害。我已帶來了幾十名官兵。大家剝了他們的衣服，這才混出去。」羣豪齊稱妙計。

韋小寶回過身來，向公主說了，公主點點頭，對阿濟赤道：「傳二十名軍士進來。」阿濟赤早見情勢不妙，只是鋼刀格在頸中，那敢違抗，只得傳出號令。

天地會和沐王府的羣豪守在門口，等前鋒營二十名軍士一進花廳，立即拳打脚踢、肘撞指戳，將二十人打倒在地。第二次叫進十五名，第三次又叫進十五名，五十名軍士盡數打倒後，剝下衣衫，羣豪換在自己身上。連公主也都換上了。

韋小寶見沐劍屏和曾柔跟着衆人更換衣衫，卻不見雙兒，忙問曾柔。曾柔道：「雙兒妹子見你進宮這麼久不回來，歸二俠他們進宮去行刺，又沒半點消息，好生放心不下，隨同風大爺出去打探消息。」沐劍屏道：「他二人吃過中飯就出去了，怎麼這時候還不回來？」韋小寶皺起了眉頭，好生記掛，雖想風際中武藝高強，當能護得雙兒周全，但他二人不知皇帝的布置，倘若衆人逃走之後，他二人卻又回來，剛好大炮轟到，豈不糟糕？微一凝思，對錢老本道：「錢大哥，風大哥和雙兒出去打探消息，還沒回來，須得在這裏多做記號，好讓他們見到之後，立即離去。」

錢老本答應了，時勢緊迫，便拔出短刀，在兩名清兵大腿上戳了兩刀，割下衣衫，在兩人傷口中蘸了鮮血，在各處門上寫下「快逃」兩個大血字。一連寫了八道門戶，各人換衣也已完畢。

韋小寶帶領衆人，到馬廐中牽了坐騎。四名天地會的部屬假扮太監，抬了公主的翟轎，押着阿濟赤從伯爵府出來，那五十名軍士或穴道被封，或手脚被縛，都留在伯爵府中。

韋小寶仍是坐在公主轎中，出府之後，歎了口氣，心想：「府裏服侍我的那些門房、馬伕、厨子、親兵、男女僕役，可都不免給大炮轟死了，但如叫他們一起出來，非給外面的官兵瞧出破綻不可。」又想：「那日在五台山大家假扮喇嘛，救了老皇爺的性命，今天用的還是這條計策。這一條烏龜脫殼之計，先救老皇爺，再救小桂子，倒大大的有用。」

羣豪擁着公主和阿濟赤來到胡同外，但見官兵來去巡邏，戒備森嚴之極，但大炮排在何處，一時卻瞧不到。

韋小寶身離險地，吁一口長氣，眼見師父和衆位朋友都免了炮火之災，甚感喜慰，對趙齊賢道：「這阿統領犯上作亂，大逆不道，你去把他押在牢裏，除非皇上親自要提審，否則等我回來再發落好了。」趙齊賢答應了。韋小寶又道：「這人是欽犯，皇上恨他入骨，一聽到他名字就要大發脾氣。你跟衆兄弟說，大家小心些，別讓皇上聽到這反賊的名字。」趙齊賢接了號令，帶領四十名御前侍衛，押着阿濟赤而去。阿濟赤陷身天牢，此後何時得脫，韋小寶也不費心去理會了。

羣豪默不作聲，只往僻靜處行去。走出里許，韋小寶捨轎乘馬。陳近南問他：「歸二俠他們入宮行刺，後來怎樣了？」韋小寶道：「他們三個……」

突然間只聽得砰、砰、砰響聲大作，跟着伯爵府上空黑烟瀰漫，遠遠望去，但見樑木磚瓦在空中亂飛。羣豪只覺脚底下土地震動，這時大炮聲兀自隆隆不絕，伯爵府中血紅的火燄向上升起，高達十餘丈。羣豪和銅帽兒胡同相距已遠，仍覺到一陣陣熱氣撲面而來。衆人相顧駭然，都想不到大炮的威力竟如此厲害，倘若遲走了片刻，那裏還有命在？

柳大洪罵道：「他奶奶的，這麼驚天動地的……」只聽得又是砰砰炮響，將他下面的話聲都淹沒了。遠望伯爵府，但見火光一暗，跟着火燄上沖雲霄，燒得半邊天都紅了。

韋小寶心想：「這炮聲小皇帝一定也聽見了，要是他派人來叫我去說話，西洋鏡立刻拆穿。」走出轎裏，對陳近南道：「師父，咱們得趕緊出城。等到訊息一傳開，城門口盤查嚴密，就不容易出去了。」陳近南道：「不錯，這就走罷。」公主當即躍出轎來。

韋小寶轉頭對公主道：「你先回宮去，等得事情平靜之後，我再來接你。」公主又驚又怒，喝道：「你說甚麼？」韋小寶又說了一遍。公主叫道：「你過橋抽板，這就想撇下我不理了麼？」韋小寶道：「不，不是……」一言未畢，拍的一聲，臉上已重重吃了個耳光。

羣豪盡皆愕然。適才炮火震撼天地，人人都想若非韋小寶設計相救，各人這當兒早已化為飛灰，絕無逃生之機，因此即使平日對這少年香主並不如何瞧得起的，此刻也不由得不感激佩服，突然見到公主出手便打，當下便有人搶過來將她推開，更有人出言呼叱。

公主大哭大叫：「你說過要跟我拜天地的，我才聽你的話，把你從皇宮裏帶出來，又叫那前鋒營統領去救你朋友，你……你這臭賊，你想抵賴，咱們可不能算完。我肚子裏……」韋小寶怕她口沒遮攔，當衆說出醜事，忙道：「好，好！你跟我去就是。大家出城再說。」公主破涕為笑，翻身上了馬鞍。

一行人來到東城朝陽門。韋小寶叫道：「奉皇上密旨，出城追拿反賊，快快開城。」驍騎營、護軍營、前鋒營三營官兵是皇帝的御林軍親兵，在北京城裏橫衝直撞，文武百官誰都忌憚他們三分。守門官兵見是一隊前鋒營的軍士，那敢違拗？何況剛才聽見炮聲隆隆，城裏確是出了大事，當即打開城門。

衆人出得城來，向東疾馳。韋小寶和陳近南並騎而馳，將歸辛樹一家如何行刺失手、皇帝如何發覺自己的隱秘等情簡畧說了。陳近南讚道：「小寶，我平時見你油腔滑調，很不老實，可是遇到這要緊關頭，居然能以義氣爲重，不貪圖富貴、出賣朋友，實是難得。」韋小寶笑道：「別的朋友也還罷了，大義滅師的事，卻萬萬做不得的。」陳近南道：「甚麼叫做『別的朋友也還罷了』？只要是朋友，那就誰也不能出賣。『大義滅師』這四個字，也用得不對。」韋小寶伸了伸舌頭，道：「弟子沒學問，說錯了話，師父別怪。」想到往昔跟小皇帝胡言亂語，甚是快樂，經過今日這一番，此後再也不能和他見面了，不由得心下黯然。

陳近南道：「咱們冒充前鋒營的軍士出來，過不了半天，韃子就知道了。須得趕快更換裝束才是。」韋小寶道：「正是，一到前面鎮上，這就買衣服改裝罷。」

衆人向東馳出二十餘里，來到一座市鎮，可是鎮上卻沒舊衣鋪。陳近南於行軍打仗、政事興革等事極具才畧，於這類日常小事，一時卻感束手無策，見無處買衣更換，便道：「只有到前面市鎮再說，只盼能找到一家舊衣店才好。」

一行人穿過市鎮，見市梢頭有家大戶人家，高牆朱門，屋宇宏偉。韋小寶心念一動，說道：「師父，咱們到這家人家去借幾件衣服換換罷。」陳近南遲疑道：「只怕他們不肯。」韋小寶笑道：「咱們是官兵啊。官兵不吃大戶、着大戶，卻又去吃誰的、着誰的？」跳下馬來，提起門上銅環，噹噹亂敲。

男僕出來開門，衆人一擁而入，見人便剝衣服。戶主是個告老回鄉的京官，見這羣前鋒營官兵如狼似虎，連叫：「衆位總爺休得動粗，待兄弟吩咐安排酒飯，請各位用了，再奉上盤纏使用……」一言未畢，已給人一把揪住，身上長袍、襪子當即給人剝了下來。他嚇得大叫：「兄弟年紀老了，這調調兒可不行……」

羣豪嘻嘻哈哈，頃刻間剝了上下人等的數十套衣衫。那官兒和內眷個個魂不附體，幸喜這一隊前鋒營官兵性子古怪，只剝男人衣衫，卻不戲侮女眷，剝了男人衣衫之後，倒也不再幹別的勾當，一鬨而出，騎馬去了。那大戶全家男人赤身露體，相顧差愕。

羣豪來到僻靜處，分別改裝。公主、沐劍屏、曾柔三人也換上了男裝。各人上馬又行。

韋小寶只是記掛着雙兒，說道：「風大哥和我的一個小丫頭，不知在京裏怎樣了，我想請那一位外省來的面生兄弟，回京去打聽打聽。」兩名來自廣西的天地會兄弟接令而去。

羣豪見並無官兵追來，畧覺放心。又行了一程，沐劍屏「啊」的一聲驚呼，跟着格格笑了起來。原來曾柔所騎的那匹馬突然拉了一大泡稀屎，險些濺在沐劍屏脚上。

行不多時，又有幾匹馬拉了稀屎，跟着玄貞道人所騎的那馬一聲嘶叫，跪倒在地，再也不肯起來。錢老本道：「道長，咱哥兒倆合騎一匹罷！」玄貞道：「好！」縱身上馬，坐在他身後。

韋小寶突然省覺，不由得大驚，叫道：「師父，報應，報應！這下可糟了。」陳近南問道：「甚麼？」韋小寶道：「吳……吳應熊的鬼魂找上我啦。他恨我……恨我抓了他回去，又搶了他的……他的……」下面「老婆」二字，實在不好意思說出口來。

他想到那日奉旨追人，只因吳應熊一行人所騎的馬匹都給餵了大量巴豆，沿途不停的拉稀屎，跟着紛紛倒斃，這才無法遠逃，給他擒回。倘若吳應熊那次逃去了雲南，皇帝當然殺他不得，追究起來，是自己派人向他的馬匹下毒之故。現下輪到自己逃跑，一匹匹馬也這般瀉肚倒斃，卻不是吳應熊的鬼魂作怪是甚麼？何況自己帶了他的妻子同逃，吳應熊做鬼之後，頭上還戴一頂碧綠翡翠頂子的一品大綠帽，定然心中不甘。他越想越害怕，不由得身子發顫，只聽得幾聲嘶鳴，又有兩匹馬倒將下來。

陳近南也瞧出情形不對，忙問端詳。韋小寶說了當日捉拿吳應熊的情形，顫聲道：「吳應熊陰魂不散，今日報仇來啦。這……這……」公主怒道：「吳應熊這小子，活着的時候是窩囊廢，死了之後也是個膿包鬼，你怕他幹麼？」陳近南皺眉道：「青天白日的，那有甚麼鬼了？那日你毒了吳應熊的馬匹，韃子皇帝知不知道？」韋小寶道：「知道的，他還讚我是福將呢。」陳近南點頭道：「是了。韃子皇帝即以福將之道，還治福將之身。他怕你逃走，早就派人給你的馬匹餵了巴豆。」

韋小寶立時省悟，連說：「對，對。那日拿到吳應熊，小皇帝十分開心，賞了個小官兒給我的馬伕做，派他去兵部車駕司辦事。這一次定是叫他來毒我的馬兒。」

陳近南道：「是啊，他熟門熟路，每匹馬的性子都知道，要下毒自然百發百中。」韋小寶怒道：「下次抓到了這馬伕兒，這裏許多爛屎，都塞進他嘴裏去……」一言未畢，突覺胯下的坐騎向前一衝，跪了下去，韋小寶一躍而下，見那匹馬掙扎着要待站起，幾下掙扎，卻連後腿也跪了下來。

陳近南道：「牲口都不中用了。須得到前面市集去買過。」柳大洪道：「一下子買幾十匹馬可不容易。」陳近南道：「正是。大夥兒還是暫且分散罷。」

正說話間，忽然得來路上隱隱有馬蹄之聲。玄貞喜道：「是官兵追來了。咱們殺他個媽巴羔子的，正好搶馬。」陳近南叫道：「天地會的兄弟們伏在大路左首，沐王府和王屋山的兄弟們伏在右首。等官兵到來，攻他個出其不意。啊喲，不對……」

但聽得蹄聲漸近，地面隱隱震動，追來的官兵少說也有一二千人，羣豪不必問他這「啊喲，不對」四字是何用意，都不禁臉上變色。羣豪只數十人，武功雖然不弱，但大白天在平野上和大隊騎兵交鋒，敵軍重重叠叠圍上來，武功高的或能脫身，其餘大半勢必送命。

陳近南當機立斷，叫道：「官兵人數不少。咱們不能打硬仗，大家散入鄉村山林。」只說得這幾句話，蹄聲又近了些。放眼望去，來路上塵頭高揚，有如大片烏雲般湧來。

韋小寶大叫：「糟糕，糟糕！」發足便奔。公主叫道：「喂，你去那裏？」緊緊跟來。韋小寶叫道：「你還是回宮去罷，跟着我沒好處。」公主罵道：「臭小桂子，你想逃走嗎？可沒這麼容易。」

註：本回回目中，「紅雲傍日」指陪伴帝皇，「心隨碧草」指有遠行之念。

洪教主右肩中刀，小腹中給插入一根判官筆，吼叫連連，連發數掌。韋小寶躲開兩掌，第三掌終於躲避不了，砰的一響，正中後心，兩個觔斗翻了出去。

第四十四回　人來絕域原拚命　事到傷心每怕眞

韋小寶不住叫苦，心想：「要躲開公主，可比躲開追兵還難得多。」眼見東北角上長着一排高粱，高已過人，當下沒命價奔去。奔到臨近，見高粱田後有兩間農舍，此外更無藏身之處，心想追兵馬快，轉眼便到，當急向高粱叢中鑽將進去。

忽覺背心上一緊，已被人一把抓住，跟着聽見公主笑道：「你怎麼逃得掉？」韋小寶無奈，只得回身，苦笑道：「你去躲在那邊，等追兵過了再說。」公主搖頭道：「不行！我要跟你在一起。」當即爬進高粱田，偎倚在他身旁。兩人還沒藏好，只聽脚步聲響，曾柔叫道：「韋香主，韋香主！」韋小寶探頭看去，見是曾柔和沐劍屏並肩奔來。韋小寶道：「我在這裏，快躲進來。」二女依言鑽進。

四人走入高粱叢深處，枝葉遮掩，料想追兵難以發見，稍覺放心。過不多時，便聽得一隊隊騎兵從大路上馳過。韋小寶心想：「那日我和阿珂，還有師太師父和那鄭克塽臭小子，也是四個人，都躲進了麥稈堆中。唉，倘若身邊不是這潑辣公主，卻是阿珂，那可要快活死我了。阿珂這時不知在那裏，多半做了鄭克塽的老婆啦。雙兒又不知怎樣了？」

忽聽見遠處有人吆喝傳令，跟着一隊騎兵勒馬止步，馬蹄雜沓，竟向這邊搜索過來。公主驚道：「他們見到咱們了。」韋小寶道：「別作聲，見不到的。」公主道：「他們這不是來了麼？」只聽得一人叫道：「反賊的坐騎都倒斃在這裏，一定逃不遠。大家仔細搜查。」公主心道：「原來如此。這些死馬眞害人不淺。」伸手緊緊握住了韋小寶的手。

遼東關外地廣人稀，土地肥沃，高粱一種往往便是千畝百頃，一望無際，高粱一長高，稱爲「青紗帳起」，藏身其中，再也難以尋着。但北京近郊的高粱地卻稀稀落落。韋小寶等四人躲入的高粱地只二三十畝，大隊官兵如此搜索過來，轉眼便會束手成擒。

耳聽得官兵越逼越近，韋小寶低聲道：「到那邊屋子去。」一拉沐劍屏的衣袖，當先向兩間農舍走去。三個女子隨後跟來。過了籬笆，推開板門，見屋內無人，屋角裏堆了不少農具。韋小寶搶過去提起幾件簑衣，分別交給三女，道：「快披上。」自己也披了一件，頭上戴了斗笠，坐在屋角。公主笑道：「咱們都做了鄉下人，倒也好玩。」沐劍屏噓了一聲，低聲道：「來了！」

板門砰的一聲推開，進來了七八名官兵。韋小寶等忙轉過了頭。隔了一會，只聽一人大聲道：「這裏沒人，鄉下人都出門種莊稼去了。」韋小寶聽這人口音好熟，從斗笠下斜眼看去，原來正是趙良棟，心中一喜。一名軍士道：「總兵大人，這四個人……」趙良棟喝道：「大家通統出去，我來仔細搜查，屋子這樣小，他媽的，你們都擠在這裏，身子也轉不過來了。」衆軍士連聲稱是，都退了出去。

趙良棟大聲問道：「這裏沒面生的人來過？」走到韋小寶身前，伸手入懷，掏出兩隻金元寶、三錠銀子，輕輕放在他脚邊，大聲道：「原來那些人向北逃走了！他們知道皇上大發脾氣，捉住了定要砍頭，因此遠遠逃走了，逃得越快越好，這一次可眞正不得了！」俯下身來，抱住韋小寶輕輕搖幌幾下，轉身出門吆喝道：「反賊向北逃跑了，大夥兒快追！」

韋小寶歎了口氣，心想：「趙總兵對我總算挺有義氣。這件事給人知道了，他自己的腦袋可保不住。」只聽得蹄聲雜沓，衆官兵上馬向北追去。公主奇道：「這總兵明明已見到了我們，怎麼說……啊，他還送你金子銀子，原來是你的朋友。」韋小寶道：「咱們從後門走罷！」將金銀收入懷中，走向後進。

跨進院子，只見廊下坐着八九人，韋小寶一瞥之間，大聲驚呼了出來，轉身便逃，只邁出兩步，後領一緊，已被人抓住，提了起來。那人冷冷的道：「還逃得了嗎？」這人正是洪教主。其餘衆人是洪夫人、胖頭陀、陸高軒、青龍使許雪亭、赤龍使無根道人、黑龍使張淡月、黃龍使殷錦，神龍教的首腦人物盡集於此。還有一個少女則是方怡。

公主怒道：「你拉着他幹麼？」飛脚便向洪教主踢去。洪教主左手微垂，中指在她脚背上一彈。公主「啊」的一聲叫，摔倒在地。

韋小寶身在半空，叫道：「教主和夫人仙福永享，壽與天齊。弟子韋小寶參見。」洪教主冷笑道：「虧你還記得這兩句話。」韋小寶道：「這兩句話，弟子時刻在心，早晨起身時唸一遍，洗臉時唸一遍，吃早飯時唸一遍，吃中飯時唸一遍，吃晚飯時唸一遍，晚上睡覺時又唸一遍。從來不曾漏了一遍。有時想起教主和夫人的恩德，常常加料，多唸幾遍。」

洪教主自從老巢神龍島被毀，教衆死的死，散的散，身畔只賸下寥寥幾個老兄弟，江湖奔波，大家於「仙福同享，壽與天齊」的頌詞也說得不怎麼起勁了，一天之中，往往難得聽到一次，這時聽得韋小寶諛詞潮湧，不由得心中一樂，將他放下地來，本來冷冰冰的臉上露出了一絲笑容。

韋小寶道：「手下今日見到教主，渾身有勁精神大振。只是有一件事實在不明白。」洪教主問道：「甚麼？」韋小寶道：「那天和教主同夫人別過，已隔了不少日子，怎麼教主倒似年輕了七八歲，夫人更像變成了我的小妹妹，眞正奇怪了。」洪夫人格格嬌笑，伸手在他臉上扭了一把，笑道：「小猴兒，拍馬屁的功夫算你天下第一。」公主大怒，喝道：「你這女人好不要臉，怎地動手動脚？」洪夫人笑道：「我只動手，可沒動脚。好罷！這就動動脚。」左足提起，拍的一聲，在公主臀上重重踢了一脚。公主痛得大叫起來。

只聽得馬蹄聲響，頃刻間四面八方都是，不知有多少官兵已將農舍團團圍住。大門推開，十幾名官兵湧了進來。當先兩人走進院子，向各人瞧瞧，一人說道：「都是些不相干的莊稼人。」韋小寶聽說話聲音是王進寶，心中一喜，轉過頭來，見王進寶身邊的是孫思克。兩人使個眼色，揮手命衆軍士出去。孫思克大聲道：「就只幾個老百姓，喂，你們見到逃走的反賊沒有？沒有嗎？好，我們到別地方查去。」

韋小寶心念一動：「我這番落入神龍教手裏，不管如何花言巧語，最後終究性命難保，還是跟了王三哥他們去，先脫了神龍教的毒手，再要他二人放我。」見王進寶和孫思克正要轉身出外，叫道：「王三哥、孫四哥，我是韋小寶，你們帶我去罷。」

孫思克道：「你們這些鄉下人，快走得遠遠的罷。」王進寶道：「這鄉下小兄弟說沒錢使，問你身邊有沒有錢。」孫思克道：「要錢嗎？有，有，有！」從懷裏掏出一疊銀票，交給韋小寶，說道：「北京城裏走了反賊，皇上大大生氣，派了幾千兵馬出來捉拿，捉到了立刻就要砍頭。小兄弟，這地方危險得緊，倘若給寃枉捉了去，送了性命，可犯不着了。」

韋小寶道：「你們捉我去罷，我……我寧可跟了你們。」

王進寶道：「你想跟我們去當兵吃糧？可不是玩的。外面有皇上親派的火器營，帶了火銃，砰砰嘭嘭的轟將起來，憑你武功再高，那也抵擋不住。」韋小寶心想：「有火器營，那更加妙了，料來洪教主不敢亂動。」忙道：「我有話要回奏皇上，你們帶我去罷。」王進寶道：「皇上一見了你，立刻殺你的頭。皇上也不過兩隻眼睛，一張嘴巴，有甚麼好見？唔，我們留下十三匹馬，派你們十三個鄉下人每人看守一匹，過得十年八年，送到北京來繳還，死了一匹，可是要賠的。千萬得小心了。」說着便向外走去。

韋小寶大急，上前一把拉住，叫道：「王三哥，你快帶我去。」突然之間，一隻大手按上了他頂門，只聽洪教主說道：「小兄弟，這位總爺一番好心，他剛從京城出來，知道皇上的心思，你別胡思亂想。」孫思克大聲道：「不錯，我們快追反賊去。」韋小寶知道此刻已命懸洪教主之手，他只須內勁一吐，自己立時腦漿迸裂，但此時不死，過不多久總之還是非死不可，大聲叫道：「你們快拿我去，我就是韋小寶！」

衆人一呆，停住了脚步。孫思克哈哈大笑，說道：「韋小寶是個十幾歲的少年，你這位老公公快八十歲啦，尖起了嗓子開玩笑，豈不笑歪了人嘴巴？」一扯王進寶的衣袖，兩人大踏步出去。只聽吆喝的傳令之聲響起：「留下十三匹馬在這裏，好給後面的追兵通消息。把兩間茅屋燒了，以免反賊躲藏。」衆軍士應道：「得令！」便有人放火燒屋，跟着蹄聲響起，大隊人馬向北奔馳。

韋小寶歎了口氣，心道：「這一番可死定了。王三哥、孫四哥怕我逗留不走，再有追兵到來，就不會給情面了。」只見屋角的茅草已着火焚燒，火燄慢慢逼近。

洪教主冷笑道：「你的朋友可挺有義氣哪，給了銀子，又給馬匹。大家走罷。」沐劍屏扶起公主，衆人從後門出來，繞到屋前，果見大樹下繫着十三匹駿馬。其中兩匹鞍轡鮮明，自是王進寶和孫思克二人的坐騎。

各人上馬向東馳去，韋小寶等四人給夾在中間。韋小寶只盼有追兵趕來，將自己擒回，小皇帝對自己情義深厚，這次雖然大大得罪了他，未必便非砍頭不可，洪教主陰險毒辣，落入他的手中，可不知有多少苦頭吃了。但一路行去，再也聽不到追兵的蹄聲。衆人所乘坐騎都是王進寶所選的良駒，奔馳如飛，後面就有追兵，也無法趕及，何況趙、王、孫三總兵早將追兵引得向北而行。

一路上除了公主的叫罵之外，誰也默不作聲，後來殷錦點了公主的啞穴，她雖有滿腔怒氣，卻也罵不出聲了。

洪教主率領衆人，儘在荒野中向東南奔行，晚間也在荒野歇宿。韋小寶幾番使計想要脫逃，但洪教主機智殊不亞於他，每次都不過教他身上多挨幾拳，如何能脫卻掌握？

數日之後，來到海邊。陸高軒從韋小寶身邊掏出一錠銀子，去僱了一艘大海船。韋小寶心中只是叫苦，想到僱海船的銀子也要自己出，更是不忿。

上船之後，海船張帆向東行駛。韋小寶心想：「這一次自然又去神龍島了，老烏龜定是要把老子拿去餵蛇。」想到島上一條條毒蛇繞上身來，張口齊咬，不由得全身發抖，尋思：「怎地想法子在船底鑿個大洞，大家同歸於盡。」

可是神龍教諸人知他詭計多端，看得極緊，又怎有機可乘？韋小寶想起以前去過神龍島兩次，第一次和方怡在船上卿卿我我，享盡溫柔；第二次率領大軍，威風八面；這一次卻給人拳打脚踢，命在旦夕，其間的苦樂自是天差地遠。自從在北京郊外農舍中和方怡相會，陸行並騎，海上同舟，她始終無喜無怒，木然無語，雖不來折磨自己，但一直不向自己瞧上一眼，有時心想她在洪教主淫威之下，儘管對自己一片深情，卻不敢稍假辭色；有時又想多次上了這小婊子的當，陰險狡猾，天下女子以她爲最，卻又不禁恨得牙癢癢地。

舟行多日，果然是到了神龍島。陸高軒和胖頭陀押着韋小寶、公主、沐劍屏、曾柔四人上岸。殷錦脅迫衆舟子離船。一名舟子稍加抗辯，殷錦立即一刀殺了。其餘衆舟子只嚇得魂飛天外，那裏還敢作聲，只得乖乖跟隨。

但見島上樹木枯焦，瓦礫遍地，到處是當日炮轟的遺跡。樹林間腐臭沖鼻，路上一條條都是死蛇骸骨。來到大堂之前，只見牆倒竹斷，數十座竹屋已蕩然無存。

洪教主凝立不語。殷錦等均有憤怒之色，有的向韋小寶惡狠狠地瞪視。

張淡月縱聲大呼：「洪教主回島來啦！各路教衆，快出來參拜教主！」他中氣充沛，提氣大叫，聲聞數里。過了片刻，他又叫了兩遍。但聽得山谷間回聲隱隱傳來：「回島來啦！

參拜教主！回島來了！參拜教主！」

過了良久，四下裏寂靜無聲，不但沒見教衆蜂湧而至，連一個人的回音也沒有。

洪教主轉過頭來，對韋小寶冷冷的道：「你炮轟本島，打得偌大一個神龍教瓦解冰銷，這可稱心如意了嗎？」

韋小寶見到他滿臉怒毒的神色，不由得寒毛直豎，顫聲道：「舊的不去，新的不……不來。洪教主重振雄風，大……大展鴻圖，再……再創新教，開張發財，這叫做越燒越發，越轟越旺，教主與夫人仙福永享……」

洪教主道：「很好！」一脚將他踢得飛了起來，撻的一聲，重重摔在地下，周身筋骨欲斷，爬不起身。曾柔眼見洪教主如此兇惡，雖然害怕，還是過去將韋小寶扶起。

殷錦上前躬身道：「啓稟教主，這小賊罪該萬死，待屬下一刀一刀，將他零零碎碎的剮了。」洪教主哼了一聲，道：「不忙！」隔了一會，又道：「這小子心中，藏着一個重大機密，本教興復，須得依仗這件大事，暫且不能殺他。」殷錦道：「是，是。教主高瞻遠矚，屬下愚魯，難明其中奧妙。」

洪教主在一塊大石上坐了下來，凝思半晌，說道：「自來成就大事，定然多災多難。本教一時受挫，也不足爲患。眼下教衆星散，咱們該當如何重整旗鼓，大家不妨各抒所見。」

殷錦道：「教主英明智慧，我們便想上十天十晚，也不及教主靈機一動，還是請教主指示良策，大家奉命辦理。」

洪教主點了點頭，說道：「眼前首要之務是重聚教衆。上次韃子官兵炮轟本島，教衆雖然傷亡不少，但也不過三停中去了一停，餘下二停，定是四下流散了。現下令陸高軒升任白龍使，以補足五龍使之數。」陸高軒躬身道謝。洪教主又道：「青黃赤白黑五龍使即日分赴各地，招集舊部，倘若見到資質可取的少男少女，便收歸屬下，招舊納新，重興神教。」殷錦、張淡月、陸高軒三人躬身道：「謹遵教主號令。」赤龍使無根道人和青龍使許雪亭卻默不作聲。洪教主斜睨二人，問道：「赤龍使、青龍使二人有甚麼話說？」許雪亭道：「啟稟教主，屬下有兩件事陳請，盼教主允准。」洪教主哼了一聲，問道：「甚麼事？」許雪亭道：「屬下等向來忠於本教和教主，但教主卻始終信不過衆兄弟，未免令人心灰。第一件事，懇請教主恩賜豹胎易筋丸解藥，好讓衆兄弟心無牽掛，全心全意爲教主効勞。」

洪教主冷冷的道：「假如我不給解藥，你們辦事就不全心全意了？」

許雪亭道：「屬下不敢。第二件事，那些少男少女成事不足，敗事有餘，一遇上大事，個個逃得乾乾淨淨。本教此時遭逢患難，自始至終追隨在教主與夫人身邊的，只是我們幾個老兄弟。那些少年弟子平日裏滿嘴忠心不二，甚麼赴湯蹈火，萬死不辭，事到臨頭，哪一個眞能出力的？屬下愚見，咱們重興本教，該當招羅有擔當、有骨氣的男子漢大丈夫。那些口是心非、胡話八道的少男少女，就像叛徒韋小寶這類小賊，也不用再招了。」他說一句，洪教主臉上的黑氣便深一層。許雪亭心中慄慄危懼，還是硬着頭皮將這番話說完。

洪教主眼光射到無根道人臉上，冷冷的道：「你怎麼說？」無根道人退了兩步，說道：「屬下以爲青龍使之言有理。前車覆轍，這條路不能再走。不經一事，不長一智，既是犯過了毛病，教主大智大慧，自會明白這些少男少女既不管用，又靠不住。便似……便似……」

說着向沐劍屏一指，道：「這小姑娘本是我赤龍門屬下，教主待她恩德非淺，但一遇禍患，立時便叛教降敵。這種人務須一個個追尋回來，千刀萬剮，爲叛教者戒。」

洪教主的眼光向陸高軒等人一個個掃去，問道：「這是大夥兒商量好了的意思嗎？」衆人默不作聲。過了好一會，胖頭陀道：「啓稟教主：我們沒商量過，不過……不過屬下以爲青龍使、赤龍使二位的話，是很有點兒道理的。」洪教主眼望張淡月，等他說話。張淡月戰戰兢兢的道：「本教此次險遭覆滅之禍，罪魁禍首，自然是韋小寶這小賊。屬下對這種人，是萬萬信不過的。」洪教主點點頭，說道：「很好，你也跟他們是一夥。陸高軒，你呢？」陸高軒道：「屬下得蒙教主大恩提拔，升任白龍使重職，自當出力爲教主盡忠効勞。青龍使他們這番心意，也是爲了本教和教主着想，決無他意。」

殷錦大聲道：「你們這些話，都大大的錯了。教主智慧高出我們百倍。大夥兒何必多說多話，只須聽着教主和夫人的指揮就是了。韃子兵炮轟本島，是替本教盪垢去汚，所有不忠於教主的叛徒，就此都轟了出來。若非如此，又怎知誰忠誰奸？我們屬下都是井底之蛙，眼光短淺，只見到一時的得失，那能如教主這般洞矚百世？」

許雪亭怒道：「本教所以一敗塗地，一大半就是壞在你這種馬屁鬼手裏。你亂拍馬屁，於本教有甚麼好處？於教主又有甚麼好處？」殷錦道：「甚麼馬屁鬼？你……你……你這可不是反了嗎？」許雪亭怒道：「你這無恥小人，敗壞本教，你才是反了。」說着手按劍柄。殷錦退了一步，說道：「當日你作亂犯上，背叛教主，幸得教主和夫人寬洪大量，這才不咎既往，今日……今日你又要造反嗎？」

許雪亭、無根道人、張淡月、陸高軒、胖頭陀五人一起瞪視教主，含怒不語。

洪教主轉過頭去瞧向殷錦，眼中閃着冷酷的光芒。殷錦吃了一驚，又退了一步，說道：「教主，他……他們五人圖謀不軌，須當一起斃了。」洪教主低沉着嗓子道：「剛才你說甚麼來？」殷錦見他神色不善，更是害怕，顫聲道：「屬下忠……忠……忠於教主，跟這些反賊勢……勢不兩立。」洪教主道：「咱們當日立過重誓，倘若重提舊事，追究算帳，那便如何？」殷錦只嚇得魂飛天外，說道：「教……教主開恩，屬下只是一片忠心，別……別無他意。」洪教主道：「當日我和夫人曾起了誓，倘若心中記着舊怨，那便身入龍潭，爲萬蛇所噬，這件事早已一筆勾銷，人人都已忘得乾乾淨淨，就只你還念念不忘，一有機會，便來挑撥離間，到底是何用意？有何居心？」

殷錦臉上已無半點血色，雙膝一屈，便即跪倒，說道：「屬下知錯了，以後永遠不敢再提。」洪教主森然道：「本教中人起過的毒誓，豈可隨便違犯？這誓若不應在你身上，便當應在我身上。你說該當是你身入龍潭呢？還是我去？」殷錦大叫一聲，倒退躍出丈許，轉身發足狂奔。洪教主待他奔出數丈，俯身拾起一塊石頭擲出，呼的一聲，正中殷錦後腦。他長聲慘呼，一躍而起，重重摔了下來。扭了幾下，便即斃命。

洪教主眼見許雪亭等五人聯手，雖然憑着自己武功，再加上夫人和殷錦相助，足可克制得住，但教中元氣大傷之後，已只賸下寥寥數人，殷錦只會奉承諂諛，並無多大眞實本事，若再將這五人殺了，自己部屬盪然無存。他於頃刻間權衡輕重利害，便即殺了殷錦，以平許雪亭等五人的怒氣。

張淡月和陸高軒躬身說道：「教主言出如山，誅殺奸邪，屬下佩服之至。」許雪亭、無根道人、胖頭陀三人也齊道：「多謝教主。」這五人平素見殷錦一味吹牛拍馬，人品低下，對他十分鄙視，此刻見教主親自下手將他處死，都是大感痛快。

洪教主指着韋小寶道：「非是我要饒他性命，但這小子知道遼東極北苦寒之地，有一個極大寶藏。若不是由他領路，無法尋到。得了這寶藏之後，咱們重建神教就易如反掌了。」頓了一頓，又道：「適才你們五人說道，那些少男少女很不可靠，勸我不可重蹈覆轍。本座仔細想來，也不無道理。這就依從你們的主張，今後本教新招教衆之時，務當特別鄭重，以免奸徒妄入，混進教來。」許雪亭等臉有喜色，一齊躬身道謝。

洪教主從身邊摸出兩個瓷瓶，從每個瓶中各倒出五顆藥丸，五顆黃色，五顆白色。他還瓶入懷，將藥丸托在左掌，說道：「這是豹胎易筋丸的解藥，你們每人各服兩顆。」許雪亭等大喜，先行稱謝，接過藥來。洪教主道：「你們即刻就服了罷。」五人將藥丸放入口中，吞嚥下肚。

洪教主臉露微笑，道：「那就很好……」突然大喝：「陸高軒，你左手裏握着甚麼？」陸高軒退了兩步，道：「沒……沒甚麼。」左手下垂，握成了拳頭。洪教主厲聲道：「攤開左手！」這一聲大喝，只震得各人耳中嗡嗡作響。

陸高軒身子微幌，左手緩緩打開，嗒的一聲輕響，一粒白色藥丸掉在地下。

許雪亭等四人均各變色，素知陸高軒識見不凡，頗有智計，他隱藏這顆白丸不肯服食，必有道理，可是自己卻已吞下了肚中，那便如何是好？

洪教主厲聲道：「這顆白丸是強身健體的大補雪參丸，何以你對本座存了疑心，竟敢藏下不服？」陸高軒道：「屬下……不……不敢。屬下近來練內功不妥，經脈中氣血不順，因此……因此教主恩賜的這顆大補藥丸，想今晚打坐調息之後，慢慢服下，以免賤體經受不起。」洪教主臉色登和，說道：「原來如此。你何處經脈氣血不順？那也容易得緊，我助你調順內息便是了。你過來。」

陸高軒又倒退一步，說道：「不敢勞動教主，屬下慢慢調息，就會好的。」洪教主歎了口氣，道：「如此說來，你終究信不過我？」陸高軒道：「屬下決計不敢。」洪教主指着地下那顆白丸，道：「那麼你即刻服下罷，要是服下後氣息不調，我豈會袖手不理？」

陸高軒望着那顆藥丸，呆了半晌，道：「是！」俯身拾起，突然中指一彈，嗤的一聲響，藥丸飛過天空，遠遠掉入了山谷，說道：「屬下已經服了，多謝教主。」

洪教主哈哈大笑，說道：「好，好，好！你膽子當眞不小。」陸高軒道：「屬下忠心爲教主出力，教主既已賜服解藥，解去豹胎易筋丸的毒性，卻又另賜這顆毒性更加厲害的百涎丸。屬下無罪，不願領罰。」許雪亭等齊問：「百涎丸？那是甚麼毒藥？」陸高軒道：「教主採集了百種毒蛇、毒蟲的唾涎，調製而成此藥。是否含有劇毒，倒不大清楚，說不定眞有大補之效，也未可知。只不過我膽子很小，不敢試服。」

許雪亭等驚惶更甚，同時搶到陸高軒身邊，五人站成一排，凝目瞪視洪教主。

洪教主冷冷的道：「你怎知這是百涎丸？一派胡言，挑撥離間，擾亂人心。」

陸高軒向方怡一指，說道：「那日我見到方姑娘在草叢裏捉蝸牛，我問她幹甚麼，她說奉教主之命，捉了蝸牛來配藥。教主那條百涎丸的單方，我也無意之中見到了。雖說這百涎丸的毒性要在三年之後才發作，但一來，這百涎丸只怕教主從未配過，也不知是否眞的三年之後毒性才發；二來，屬下還想多活幾年，不願三年之後便死。」

洪教主臉上黑氣漸盛，喝道：「我的藥方，你又怎能瞧見？」

陸高軒斜眼向洪夫人瞧了一眼，說道：「夫人要屬下在教主的藥箱中找藥給她服食，這條單方，便在藥箱之中。」洪教主厲聲道：「胡說八道！夫人就算身子不適，難道不會問我要藥，何必要你來找？我這藥箱向來封鎖嚴固，你何敢私自開啓？」陸高軒道：「屬下並未私自開啓。」洪教主喝道：「你沒私自開啓？難道是我吩附你開的……」一轉念間，問洪夫人：「是你開給他的？」

洪夫人臉色蒼白，緩緩點了點頭。洪教主道：「你要找甚麼藥？爲甚麼不跟我說？」洪夫人突然滿臉通紅，隨即又變慘白，身子顫了幾下，忽然撫住小腹，喉頭喔喔作聲，嘔了不少清水出來。洪教主皺起眉頭，溫言問道：「你甚麼不舒服了？坐下歇歇罷！」

建寧公主突然叫道：「她有了娃娃啦。你這老混蛋，自己要生兒子了，卻不知道？」

洪教主大吃一驚，縱身而前，抓住夫人手腕，厲聲道：「她這話可眞？」洪夫人彎了腰不住嘔吐，越加顫抖得厲害。洪教主冷冷的道：「你想找藥來打下胎兒，是不是？」

除陸高軒外，衆人聽了無不大奇。洪教主並無子息，對夫人又十分疼愛，如果夫人給他生下一個孩兒，不論是男是女，都是極大美事，何以她竟要打胎？料想洪教主這一下定是猜錯了。那知洪夫人慢慢點了點頭，說道：「不錯。我要打下胎兒。快殺了我罷。」

洪教主左掌提起，喝道：「是誰的孩子？」人人均知他武功高極，這一掌落將下來，洪夫人勢必立時斃命，不料她反而將頭向上一挺，昂然道：「叫你快殺了我，爲甚麼又不下手？」洪教主眼中如欲噴出火來，低沉着嗓子道：「我不殺你，是誰的孩子？」洪夫人緊緊閉了嘴，神色甚是倔強，顯是早將性命豁出去了。

洪教主轉過頭來，瞪視陸高軒，問道：「是你的？」陸高軒忙道：「不是，不是！屬下敬重夫人，有如天神，怎敢冒犯？」洪教主的眼光自陸高軒臉上緩緩移向張淡月、許雪亭、無根道人、胖頭陀，一個個掃視過去。他眼光射到誰的臉上，誰便打個寒戰。

洪夫人大聲道：「誰也不是，你殺了我就是，多問些甚麼。」公主叫道：「她是你老婆，這孩子自然是你的，又瞎疑心甚麼？眞正胡塗透頂。」洪教主喝道：「閉嘴！你再多說一句，我先扭斷了你脖子。」公主不敢再說，心中好生不服。她那裏知道，洪教主近年來修習上乘內功，早已不近女色，和夫人伉儷之情雖篤，卻無夫婦之實，也正因如此，心中對她存了歉仄之意，平日對她加倍疼愛。

這時他突然聽得夫人腹中懷了胎兒，霎時之間，心中憤怒、羞愧、懊悔、傷心、苦楚、憎恨、愛惜、恐懼諸般激情紛至沓來，一隻手掌高高舉在半空，就是落不下去，一轉頭間，見許雪亭等人臉上露出惶恐之意，心想：「這件大丟臉事，今日都讓他們知道了，我怎還有臉面做他們教主？這些人都須殺得乾乾淨淨，不能留下一個活口。只消洩漏了半點風聲，江湖上好漢人人恥笑於我，我還逞甚麼英雄豪傑？」他殺心一起，突然右手放開夫人，縱身而前，一把抓住了陸高軒，喝道：「都是你這反教叛徒從中搗鬼！」

陸高軒大叫：「你想殺人滅……」一個「口」字還沒離嘴，腦門上拍的一聲，已被洪教主重重擊了一掌，登時雙目突出，氣絕而死。

許雪亭等見了這情狀，知道洪教主確是要殺人滅口，四人一齊抽出兵刃，護在身前。許雪亭叫道：「教主，這是你的私事，跟屬下可不相干。」

洪教主縱聲大呼：「今日大家同歸於盡，誰也別想活了。」猛向四人衝去。

胖頭陀挺起一柄二十來斤重的潑風大環刀，當頭砍將過去，勢道威猛之極。洪教主側身讓開，右掌向張淡月頭頂拍落。許雪亭一對判官筆向洪教主背心連遞兩招，同時無根道人的雁翎刀也已砍向他腰間。洪教主大喝一聲，躍向半空，仍向張淡月撲擊下來。

張淡月手使鴛鴦雙短劍，霎時之間向上連刺七劍，這一招「七星聚月」，實是他生平的力作，七劍刺得迅捷淩厲之極。洪教主右掌略偏，在他左肩輕輕一按，借勢躍開。張淡月大叫一聲，在地下一個打滾，翻身站，但覺左邊半身酸痛難當，叫道：「今日不殺了他，誰都難以活命。」四人各展兵刃，又向洪教主圍攻上去。

這四人都是神龍教中的第一流人物，尤以胖頭陀和許雪亭更是了得。胖頭陀大環刀上九個鋼環噹啷啷作響，走的純是鋼猛路子。許雪亭的判官雙筆卻是綿密小巧之技，招招點向對方周身要穴。無根道人將雁翎刀舞成一團白光，心想今日服了百涎丸後，性命難久，在臨死之前定當先殺了這奸詐兇狠的大仇人，是以十刀中倒有九刀是進攻招數，只盼和敵人同歸於盡。張淡月想起當日因部屬辦事不力，取不到「四十二章經」，若不是得無根道人和許雪亭之助，早已為洪教主處死，自己已多活了這些時候，這條命其實是撿來的，這時左臂雖然劇痛，仍是奮力出劍。

洪教主武功高出四人甚遠，若要單取其中一人性命，並不為難，但四人連環進擊，殺得一人，自己難免受傷。鬥得四十回合後，胸中一股憤懣難當之氣漸漸平息下來，心神一定，出招更是得心應手，一雙肉掌在四股兵刃的圍攻中盤旋來去，絲毫不落下風，眼見張淡月左劍刺出時漸漸無力，心想這是對方最弱之處，由此着手，當可摧破強敵。

韋小寶見四人鬥得激烈，悄悄拉了拉曾柔和沐劍屏的衣袖，又向公主打個手勢，要她不可作聲。四人轉過身來，躡手躡脚的向山下走去。洪教主等五人鬥得正緊，誰也沒見到，就算見到了，也無人緩得出手來阻攔。

四人走了一回，離洪教主等已遠，心下竊喜。韋小寶回頭一望，見那五人兀自鬥狠，刀光閃爍，掌影飛舞，一時難分勝敗，說道：「咱們走快些。」四人加緊脚步，忽聽得身後脚步聲響，兩人飛奔而來，正是洪夫人和方怡。四人吃了一驚，苦於身上兵刃暗器都已在被擒之時給搜檢了去，方怡也還罷了，洪夫人卻甚是厲害，料想抵敵不過，只得拚向奔逃。

奔出數十步，公主脚下被石子一絆，摔倒在地，叫出聲來，韋小寶心想：「她肚子裏有我的孩兒，可不能不救。」回身來扶。卻見洪夫人幾個起落，已躍到身前，叉腰而立，說道：「韋小寶，你想逃嗎？」韋小寶笑道：「我們不是逃，這邊風景好，過來玩耍玩耍。」洪夫人冷笑道：「好啊，你們來賞玩風景，怎不叫我？」說話之間，方怡也已趕到。

沐劍屏和曾柔見韋小寶已被洪夫人截住，轉身回來，站在韋小寶身側。

沐劍屏對方怡道：「方師姊，你和我們一起走罷。他……他……」說着向韋小寶一指，說道：「……一直待你很好的，你從前也起過誓，難道忘了嗎？」方怡道：「我只忠心於夫人，唯夫人之命是從。」沐劍屏道：「你不過服了夫人的藥，我以前也服過的……」

韋小寶恍然大悟，才知方怡過去一再欺騙自己，都是受了洪夫人的挾制，不得不然，心中對她惱恨之意登時釋然，說道：「怡姊姊，你同我們一起去罷。」這「怡姊姊」三字，是上次他和方怡同來神龍島、在舟中親熱纏綿之時叫慣了的，方怡乍又聽到，不禁臉上一紅。

突然之間，只聽得洪教主大聲叫道：「夫人，夫人！阿荃，阿荃！你……你到那裏去了？」呼聲中充滿着驚惶和焦慮，顯是怕洪夫人棄他而去。

但洪夫人恍若不聞。洪教主又叫了幾聲，洪夫人始終不答。

韋小寶等五人都瞧着洪夫人，均想：「你怎麼不答應？教主在叫你，爲甚麼不回去？」只見洪夫人臉上一陣暈紅，搖了搖頭，低聲道：「咱們快走，坐船逃走罷！」韋小寶又驚又喜，問道：「你……你也同我們一起走？」洪夫人道：「島上只一艘船，不一起走也不成。教主要殺我，你不知道嗎？」臉上又是一紅，當先便走。

衆人向山下奔出數丈，只聽得洪教主又大聲叫了起來：「夫人，夫人！阿荃，阿荃！快回來！」突然有人長聲慘叫，顯是臨死前的叫嚷，只不知是許雪亭等四人中的那一個。

洪教主大叫：「你瞧，你瞧！張淡月這老傢伙給我打死了。他一生一世都跟在我身邊，臨到老來，居然還要反我，眞是胡塗透頂。阿荃，阿荃！你怎不回來？我不怪你，這件事我原諒你了。啊！他媽的，你砍中我啦！哈哈，胖頭陀，這一掌還不要了你的狗命？你腦筋不靈，怎麼跟着人家，也來向我造反，這可不是死了嗎？哈哈。」

洪夫人停住脚步，臉上變色，說道：「他已打死了兩個。」

韋小寶急道：「咱們快逃。」發足便奔。

猛聽得洪教主叫道：「你這兩個反賊，我慢慢再收拾你們。夫人，夫人，快回來！」聲音愈叫愈近，竟是從山上追將下來。韋小寶回頭一看，只見洪教主披頭散髮，疾衝過來，這一嚇只嚇得魂飛魄散，沒命價逃跑。

許雪亭大叫：「截住他，截住他。他受了重傷，今日非殺了他不可。」無根道人叫道：「他跑不了的。」兩人手提兵刃，追將下去。不多時韋小寶等已奔近海灘，但洪教主、許雪亭、無根道人三人來得好快，前脚接後脚，都已奔到山下，三人身上臉上濺滿了鮮血。

洪教主大喝：「夫人，你爲甚麼不答應我？你要去那裏？」許雪亭叫道：「夫人不要你啦！她有了個又年輕又英俊的相好。」洪教主大怒，叫道：「你胡說！」縱身過去，左掌向許雪亭頭頂猛力擊落。許雪亭左手還了一筆，無根道人也已趕到，揮刀向洪教主腰間砍去。此時洪教主的對手已只賸下兩人，但他左腿一跛一拐，身手已遠不如先前靈活。

洪教主叫道：「阿荃，你瞧我立刻就將這兩個反賊料理了。那四個小賤人，你都先殺了罷。只留下那小賊不殺，讓他帶我們去取寶。」他口中叫嚷，出掌仍是雄渾有力。許雪亭和無根道人難以近身。

洪夫人微微冷笑，向沐劍屏等人逐一瞧去。

韋小寶叫道：「夫人，這四個小妞，你只要傷得一人，我立刻自殺，做了鬼也不饒你。

大丈夫一言既出，甚麼……甚麼馬難追。」情急之下，連「死馬難追」也想不起來了。

突然間拍的一聲響，許雪亭腰間中掌，他身子連幌，摔倒在地。洪教主哈哈大笑，飛足踢去。許雪亭躍起急撲，這一脚正中他胸口，喀喇聲響，胸前肋骨登時斷了數根，可是洪教主的右腿卻已牢牢被他抱住。洪教主出力掙扎，竟然摔他不脫。無根道人飛快搶上，揮刀砍落。洪教主側頭避過，反手出擊，噗的一響，無根道人小腹中掌，但這一刀也已砍入洪教主右肩。無根道人口中鮮血狂噴，都淋在洪教主後頸，待要提刀再砍，雁翎刀已斬入了洪教主肩骨，手上無力，再也拔不出來。

洪教主叫道：「快……快來……拉開他。」洪夫人也不知是嚇得呆了，還是有意不出手相助，眼看三人糾纏狠鬥，竟站在當地，一動也不動。許雪亭抓起地下一根判官筆，奮力上送，揷入了洪教主腰間。洪教主狂呼大叫，左脚踢出，將許雪亭踢得直飛出去，跟着左肘向後猛撞，無根道人身子慢慢軟倒。

洪教主哈哈大笑，叫道：「這些……反賊，那……那一個是我敵手？他們……他們想造反，咳咳……咳咳，還不是……還不是都給我殺了。」轉過身來，向着洪夫人道：「你……你爲甚麼不幫我？」

洪夫人搖搖頭，說道：「你武功天下第一，何必要人幫？」洪教主大怒，叫道：「你也反我？你也是本教的叛徒？」洪夫人冷冷的道：「不錯，你就只顧自己。我如幫你，終究還是不免給你殺了。」洪教主叫道：「我扠死你，我扠死你這叛徒。」說着向洪夫人撲來。

洪夫人「啊」的一聲，急忙閃避。洪教主重傷之餘，行動仍是迅捷之極，左手抓住了她右臂，右手便扠在她頸中，喝道：「你說，你說，你反不反？你說不反，我就饒了你。」

洪夫人緩緩道：「很久很久以前，我心中就在反你了。自從你逼我做你妻子那一天起，我就恨你入骨。你……你扠死我好了。」洪教主身上鮮血不斷的流到她頭上、臉上，洪夫人瞪眼凝視他，竟是目不稍瞬。洪教主大叫：「叛徒，反賊！你們個個人都反我，我……我另招新人，重組神龍教！」右手運勁，洪夫人登時透不過氣來，伸出了舌頭。

韋小寶在旁瞧得害怕之極，眼見洪夫人立時便要給他扠死，從沙灘上拾起一塊大圓石，用力向洪教主背上擲去，噗的一聲，正中背心。洪教主眼前一黑，扠在洪夫人頸中的手便鬆了，轉身叫道：「你……你這小賊，我寶藏不要了，殺了你再說。」揮掌向韋小寶打去。

韋小寶飛步便逃。洪教主發足追來，身後沙灘上拖着一道長長的血迹。

韋小寶知道這一次給他抓住了，決難活命，沒命價狂奔。突然間嗤的一聲響，背上衣衫被洪教主扯去了一塊，若不是韋小寶身穿護身寶衣，說不定背上肌肉也被扯去了一條，他大驚之下，奔得更加快了，施展九難所授的「神行百變」輕功，在沙灘上東一彎、西一溜的亂轉，洪教主幾次伸手可及，都給他在千均一髮之際逃了開去。

他如筆直奔逃，畢竟內力有限，早就給抓住了。但這「神行百變」是鐵劍門絕技，再加上木桑當年另創新變，實是精奇奧妙之至。韋小寶「神行」是決計說不上，那「百變」兩字和他天性相近，倒也學得了三四成。因此雖非武功高手，卻也算得是當世武林中數一數二逃命的「高脚」。

洪教主吼叫連連，連發數掌。韋小寶躲開了兩掌，第三掌終於閃躲不了，砰的一響，正中後心，兩個觔斗翻了出去。幸好洪教主重傷之餘，掌力大減，韋小寶又有寶衣護身，雖然給打得昏天黑地，卻也並未受傷。他正要爬起，突覺肩頭一緊，已被洪教主雙手揪住。

這一來，他一顆心當眞要從胸腔中跳了出來，大駭之下，當眞是飢不擇食，慌不擇路，一低頭，便從洪教主胯下鑽了過去，驀地想到，這正是洪教主當年所教「救命三招」之一的上半截，這招叫做「貴妃騎牛」還是「西施騎羊」，這當兒那裏還記得起？奮力縱躍，翻身騎上了洪教主的頭頸。

這一招本來他並未練熟，就算練得精熟，要使在洪教主這一等一的大高手身上，那也絕無可能。但洪教主奮戰神龍教四高手，在發見夫人捨己而去之時，心神慌亂，接連受傷，此時肩頭雁翎刀深砍入骨，小腹中又揷入了一枝判官筆，急奔數百丈後流血無數，內力垂盡，雙手揪住韋小寶時早已酸軟無力，被他一掙便即掙脫，騎入了頸中。

韋小寶騎上了他肩頭，生怕掉將下來，自然而然的便伸手抱住他頭，雙手中指正好按在他眼皮上。洪教主腦海中陡然如電光般一閃，記得當年自己教他這一招，一騎上敵人項頸，立即便須挖出敵人眼珠，想不到自己一世英雄，到頭來竟命喪這小頑童之手，而他所使的招數，卻又是自己所授，當眞是報應不爽了，想起自己一生殺人無算，受此果報也不算冤枉，不禁長歎一聲，垂下了雙手。這口氣一鬆，再也支持不住，仰天便倒。

韋小寶還道他使甚麼厲害家數，急忙躍出逃開。只聽得洪教主喘息道：「阿荃，阿荃，你……你過來。」洪夫人向他走近幾步，但離他身前一丈多遠便站住了。洪教主道：「你肚裏……的孩子，究竟……究竟是誰的？」洪夫人搖頭道：「你何必定要知道。」說着忍不住斜眼向韋小寶瞧了一眼，臉上一陣暈紅。

洪教主又驚又怒，喝道：「難道……難道是這小鬼？」洪夫人咬住下唇，默不作聲，那顯然便是默認了。洪教主大叫：「我殺了這小鬼！」縱身向韋小寶撲去。

但見洪教主滿臉是血，張開大口，露出殘缺不全的焦黃牙齒，雙手也滿是鮮血淋漓，這般撲將過來，韋小寶只嚇得魂不附體，縮身一竄，又從洪夫人胯下鑽了過去，躲在她身後。

洪夫人雙臂張開，正面對着洪教主，淡淡的道：「你威風了一世，也該夠了！」

洪教主身在半空，最後一口眞氣也消得無影無蹤，拍撻一聲，摔在洪夫人脚邊，惡狠狠的道：「我是教主，你們……你們都該聽我……聽我的話，爲甚麼……爲甚麼……都反我？你們……你們都不對，只有……只有我對。我要把你們一個個都殺了，只有我一人才……才仙福永享……壽……與天……天……天……」最後這個「齊」字終於說不出口，張大了口，就此氣絕，雙目仍是大睜。

韋小寶爬開幾步，翻身躍起，又逃開數丈，這才轉身，只見洪教主躺在地下毫不動彈，過了良久，走上兩步，擺定了隨時發足奔逃的姿式，問道：「他死了沒有？」洪夫人嘆了口氣，輕聲道：「死了。」韋小寶又走上兩步，問道：「他……他怎麼不閉上眼？」

突然間拍的一聲響，臉上重重吃了個耳光，跟着右耳又被扭住，正是建寧公主。她又在韋小寶屁股上踢了一脚，罵道：「你這小王八蛋，他不閉眼，因爲你偷了他老婆。你……你怎麼又跟這不要臉的女人勾搭上了。」

洪夫人哼了一聲，伸手提起建寧公主後頸，拍的一聲，也重重打了她個耳光，一揮手，公主向後便跌。這一來韋小寶可就苦了，公主右手仍是扭住他耳朵，她身子後跌，只帶得韋小寶耳朵劇痛，撲在她身上。洪夫人喝道：「你說話再沒規矩，我立刻便斃了你。」

公主大怒，跳身起來，便向洪夫人衝去。洪夫人左足一勾，公主又撲地倒了。公主第三次衝起再打，又給摔了個觔斗，終於知道自己武功跟人家實在差得太遠，坐在地下，又哭又罵。她可不敢罵洪夫人，口口聲聲只是：「小王八蛋！死太監！小畜生！臭小桂子！」

韋小寶撫着耳朵，只覺滿手是血，原來耳朵根已被公主扯破了長長一道口子。

洪夫人低聲道：「我跟他總是夫妻一場，我把他安葬了，好不好？」語聲溫柔，竟是向韋小寶懇求准許一般。韋小寶又驚又喜，忙道：「好啊，自該將他葬了。」拾起地下的一根判官筆，和洪夫人兩人在沙灘上掘坑，方怡和沐劍屏過來相助，將洪教主的屍體埋入。

洪夫人跪下磕了幾個頭，輕聲說道：「你雖然強迫我嫁你，可是……可是成親以來，你自始至終待我很好。我卻從來沒眞心對你。你死而有知，也不用再放在心上了。」說着站起身來，不禁淚水撲簌簌的掉了下來。

她怔怔的悄立片刻，拭乾了眼淚，問韋小寶道：「咱們就在這裏住下去呢，還是回中原去？」韋小寶搔頭道：「這地方萬萬住不得，洪教主、陸先生他們的惡鬼，非向我們索命不可，當眞乖乖不得了。不過回去中原，小皇帝又要捉我殺頭，最好……最好是找個太平的地方躲了起來。」突然間想到一個所在，喜道：「有了。咱們去通吃島，那裏既沒惡鬼，小皇帝又找我不到。」洪夫人問道：「通吃島在那裏？」韋小寶向西一指，笑道：「那邊這個小島，我叫它通吃島。」洪夫人點頭道：「你既喜歡去，那就去罷。」不知如何，對他竟是千依百順。

韋小寶大樂，叫道：「去，去，大家一起都去！」過去扶起公主，笑道：「大夥兒上船罷！」公主揮手便是一掌，韋小寶側頭躲過。公主怒道：「你去你的，我不去！」韋小寶道：「這島上有許許多多惡鬼，無頭鬼，斷脚鬼，有給大炮轟出了腸子的拖腸鬼，有專摸女人大肚子的多手鬼……」公主聽得害怕之極，頓足道：「還有你這專門胡說八道的嚼蛆鬼。」左足飛出，在韋小寶屁股上重重一脚。韋小寶「啊」的一聲，跳起身來。

洪夫人緩步走過去。公主退開幾步。洪夫人道：「以後你再打韋公子一下，我打你十下，你踢他一脚，我踢你十脚。我說過的話，從來算數。」公主氣得臉色慘白，怒道：「你是他甚麼人，要你這般護着他？你……你自己老公死了，就來搶人家的老公。」方怡插口道：「你自己的老公，還不也死了？」公主怒極，罵道：「小賤人，你老公也死了。」

洪夫人緩緩的道：「以後你再敢說一句無禮的言語，我叫你一個人在這島上，沒一個人陪你。」公主心想這潑婦說得出做得到，當眞要自己一個人在這島上住，這許多拖腸鬼、多手鬼擁將上來，那便如何是好？她一生養尊處優，頤指氣使，這時只好收拾起金枝玉葉的橫蠻脾氣，乖乖的不再作聲。韋小寶大喜，心想：「這個小惡婆娘今天遇到了對頭，從此有人制住她，免得她一言不合，伸手便打。」舉手摸摸自己被扯傷的耳朵，兀自十分疼痛。

洪夫人對方怡道：「方姑娘，請你去吩咐船夫，預備開船。」方怡道：「是。」又道：「夫人怎地對屬下如此客氣，可不敢當。」洪夫人微笑道：「咱們今後姊妹相稱，別再甚麼夫人屬下的了。你叫我荃姊姊，我就叫你怡妹妹罷。那毒丸的解藥，上船後就給你服，從此以後，再也不用擔心了。」方怡和沐劍屏都歡喜之極。

一行人上得船來，舟子張帆向西。韋小寶左顧右盼，甚是得意。洪夫人果然取出解藥，給方怡服了，又打開船上鐵箱，取出韋小寶的匕首、「含沙射影」暗器、銀票等物，還給了他。曾柔等人的兵刃也還了。

韋小寶笑道：「今後我也叫你荃姊姊，好不好？」洪夫人喜道：「好啊。咱們排一排年紀，瞧是誰大誰小。」各人報了生日年月，自然是洪夫人蘇荃最大，其次是方怡，更其次是公主。曾柔、沐劍屏和韋小寶三人同年，曾柔大了他三個月，沐劍屏小了他幾天。

蘇荃、方怡等四女姊姊妹妹的叫得甚是親熱，只公主在一旁含怒不語。蘇荃道：「她是公主殿下，不願跟我們平民百姓姊妹相稱，大家還是稱她爲公主殿下罷。」公主冷冷的道：「我可不敢當。」一想到她們聯羣結黨，自己孤零零的，而這沒良心的死太監小桂子，看來也是向着她四人的多，向着自己的少，傷心之下，忍不住放聲大哭。

韋小寶挨到她身邊，拉着她手安慰，柔聲道：「好啦，大家歡歡喜喜的，別哭……」公主揚起手來，一巴掌打了過去，猛地裏想起蘇荃說過的說來，這一掌去勢甚重，無法收住，只得中途轉向，拍的一聲，卻打在自己胸口，「啊」的一聲，叫了出來。衆人忍不住都哈哈大笑。公主更是氣苦，伏在韋小寶懷裏大哭。韋小寶笑道：「好啦，好啦。大家不用吵架，咱們來賭，我來做莊。」

可是在洪教主的鐵箱中仔細尋找，韋小寶那兩顆骰子卻再也找不到了，自是陸高軒在搜查他身體之時，將兩顆骰子隨手拋了。韋小寶悶悶不樂。蘇荃笑道：「咱們用木頭來雕兩粒骰子罷。」韋小寶道：「木頭太輕，擲下去沒味道的。」

曾柔伸手入懷，再伸手出來時握成了拳頭，笑道：「你猜這是甚麼？」韋小寶道：「猜銅錢嗎？那也好。總勝過了沒得賭。」曾柔笑道：「你猜幾枚？」韋小寶笑道：「三枚。」曾柔攤開手掌，一隻又紅又白的手掌中，赫然是兩粒骰子。韋小寶「啊」的一聲大叫，跳起身來，連問：「那裏來的？那裏來的？」曾柔輕笑一聲，把骰子放在桌上。

韋小寶一把搶過，擲了一把又一把，興味無窮，只覺這兩枚骰子兩邊輕重時時不一，顯是灌了水銀的假骰子，心想曾柔向來斯文靦覥，怎會去玩這假骰子騙人錢財？一凝思間，這才想起，心下一陣歡喜，反過左手去摟住了她腰，在她臉上一吻，笑道：「多謝你啦，柔姊姊，多虧你把我這兩顆骰子一直帶在身邊。」

曾柔滿臉通紅，逃到外艙。原來那日韋小寶和王屋派衆弟子擲骰賭命，放了衆人，曾柔臨出營帳時向他要了這兩顆骰子去。韋小寶早就忘了，曾柔卻一直貼身而藏。

骰子雖然有了，可是那幾個女子卻沒一個有賭性，雖然湊趣陪他玩耍，但賭注既小，輸贏又是漫不在乎，玩不到一頓飯功夫，大家就毫不起勁，比之在揚州的妓院、賭場、宮中、軍中等處的濫賭狠賭，局面實有天壤之別。韋小寶意興索然，嚷道：「不玩了，不玩了，你們都不會的。」一想起今後在通吃島避難，雖有五個美人兒相陪，可是沒錢賭，沒戲聽，這日子可也悶得很。再說，在島上便有千萬兩金子、銀子，又有何用？金銀既同泥沙石礫一般，贏錢也就如同泥沙石礫了。而雙兒生死如何，阿珂又在何處，時時掛在心頭，豈能就此撇下她兩個不理？

他越想越沒趣，說道：「咱們還是別去通吃島罷。」蘇荃道：「那你說去那裏？」韋小寶想了想，道：「咱們都去遼東，去把那個大寶藏挖了出來。」蘇荃道：「大家安安穩穩的在的在荒島上過太平日子，不很好嗎？就算掘到了大寶藏，也沒甚麼用。」韋小寶道：「金銀珠寶，成千成萬，怎會沒用？」方怡道：「韃子皇帝一定派了兵馬到處捉你，咱們還是躲起來避避風頭，過得一兩年，事情淡了下來，你愛去遼東，那時大夥兒再去，也還不遲。」

韋小寶問曾柔和沐劍屏：「你兩個怎麼說？」沐劍屏道：「我想師姊的話很是。」曾柔道：「你如嫌氣悶，咱們在島上就只躲幾個月罷。」見韋小寶臉有不豫之色，又道：「我們天天陪你擲骰子玩兒，輸了的罰打手心，好不好？」韋小寶心道：「他媽的，打手心有甚麼好玩？」但見她臉帶嬌羞，神態可愛，不禁心中一蕩，說道：「好，好，就聽你們的。」

方怡站起身來，微笑道：「過去我對你很不住，我去做幾個菜，請你喝酒，算是向你陪罪，好不好呢？」韋小寶更是高興，忙道：「那可不敢當。」方怡走到後梢去做菜。

方怡烹飪手段着實了得，這番精心調味，雖然舟中作料不齊，仍教人人吃得讚聲不絕。

韋小寶叫道：「咱們來猜拳。」沐劍屏、曾柔和公主三人不會猜拳，韋小寶教了她們，「哥倆好」、「五經魁首」、「四季平安」的猜了起來。公主本來悶悶不樂，猜了一會拳，喝得幾杯酒，便也有說有笑起來。

在船中過得一宵，次日午後到了通吃島。只見當日清軍紮營的遺迹猶在，當日權作中軍帳的茅屋兀自無恙，但韋小寶大將軍指揮若定的風光，自然盪然無存了。

韋小寶也不在意下，牽着方怡的手笑道：「怡姊姊，那日就是在這裏，你騙了我上船，險些兒將這條小命，送在羅剎國。」方怡吃吃笑道：「我跟你陪過不是了，難道還要向你叩頭陪罪不成？」韋小寶道：「那倒不用。不過好心有好報，我吃了千辛萬苦，今日終究能眞正陪着你了。」沐劍屛在後叫道：「你們兩個在說些甚麼，給人家聽聽成不成？」方怡笑道：「他說要捉住你，在你臉上彫一隻小烏龜呢。」

蘇荃道：「咱們別忙鬧着玩，先辦了正經事要緊。」當即吩咐船夫，將船裏一應糧食用具，盡數搬上島來，又吩咐將船上的帆篷、篙槳、繩索、船尾木舵都拆卸下來，搬到島上，放入懸崖的一個山洞之中。韋小寶讚道：「荃姊姊眞細心，咱們只須看住這些東西，這艘船便開不走，不用擔心他們會逃走。」

話猶未了，忽聽得海上遠處砰的一響，似是大炮之聲，六人都吃了一驚，向大海望去。只見海面上白霧瀰漫，霧中隱隱有兩艘船駛來，跟着又是砰砰兩響，果然是船上開炮。

韋小寶叫道：「不好了！小皇帝派人來捉我了。」曾柔道：「咱們快上船逃罷。」蘇荃道：「帆舵都在岸上，來不及裝了，只好躲了起來，見機行事。」六人中除了公主，其餘五人都是多歷艱險，倒也並不如何驚慌。蘇荃又道：「不管躲得怎麼隱秘，終究會給官兵搜出來。咱們躲到那邊崖上的山洞裏，官兵只能一個個上崖進攻，來一個殺一個，免得給他們一擁而上。」韋小寶道：「對，這叫做一夫當關，甕中捉鼈。」蘇荃微笑道：「對了！」公主卻忍不住哈哈大笑。韋小寶瞪眼道：「有甚麼好笑？」公主抿嘴笑道：「沒甚麼。

你的成語用得眞好，令人好生佩服。」韋小寶這三分自知之明倒也有的，料想必是自己成語用錯了，向公主瞪了一眼。

六人進了山洞。蘇荃揮刀割些樹枝，堆在山洞前遮住身形，從樹枝孔隙間向外望去。只見兩艘船一前一後，筆直向通吃島駛來。後面那艘船還在不住發炮，炮彈落在前船四周，水柱衝起。韋小寶道：「後面這船在開炮打前面那艘。」蘇荃道：「正是。原來兩艘船互相打仗。」韋小寶喜道：「那麼這兩艘船，恐怕不是來捉我們的。」蘇荃道：「但願如此。只不過他們來到島上，見到船夫，一問就知，非來搜尋不可。就算我們搶先殺了船夫，也來不及掩埋屍首了。」韋小寶道：「前面的船怎地不還炮？眞是沒用。最好你打我一炮，我打你一炮，大家都打中，兩艘船一起沉入海底。」

前面那船較小，帆上吃滿了風，駛得甚快。突然一炮打來，桅桿斷折，帆布燒了起來。韋小寶等忍不住驚呼。前船登時傾側，船身打橫，跟着船上放下小艇，十餘人跳入艇中，舉槳划動。其時離島已近，後船漸漸追近，水淺不能靠岸，船上也放下小艇，卻有五艘。

前面一艘逃，後面五艘追。不多時，前面艇中十餘人跳上了沙灘，察看周遭情勢。有人縱身呼道：「那邊懸崖可以把守，大家到那邊去。」

韋小寶聽這呼聲似是師父陳近南，待見這十餘人順着山坡奔上崖來。奔到近處，一人手執長劍，站在崖邊指揮，卻不是陳近南是誰？

韋小寶大喜，從山洞中躍出，叫道：「師父，師父！」陳近南一轉身，見是韋小寶，也是驚喜交集，叫道：「小寶，怎麼你在這裏？」韋小寶飛步奔近，突然一呆，只見過來的十餘人中一個姑娘明眸雪膚，竟是阿珂。

他大叫一聲：「阿珂！」搶上前去。卻見她身後站着一人，赫然是鄭克塽。

既見阿珂，再見鄭克塽，原是順理成章之事，但韋小寶大喜若狂之下，再見到這討厭傢伙，登時一顆心沉了下來，呆呆站定。

旁邊一人叫道：「相公！」另一人叫道：「韋香主！」他順口答應一聲，眼角也不向二人斜上一斜，只是痴痴的望着阿珂。忽覺一隻柔軟的雙手伸過來握住他左掌，韋小寶身子一顫，轉頭去看，只見一張秀麗的面龐上滿是笑容，眼中卻淚水不住流將下來，卻是雙兒。韋小寶大喜，一把將她抱住，叫道：「好雙兒，這可想死我了。」一顆心歡喜得猶似要炸開來一般，刹時之間，連阿珂也忘在腦後了。

陳近南叫道：「馮大哥，風兄弟，咱們守住這裏通道。」兩人齊聲答應，各挺兵刃，並肩守住通上懸崖的一條窄道，原來一個是馮錫範，一個是風際中。

韋小寶突然遇到這許多熟人，只問：「你們怎麼會到這裏？」雙兒道：「風大爺帶着我到處尋你，遇上了陳總舵主，打聽到你們上了船出海，於是……於是……」說到這裏，喜歡過度，喉頭哽着說不下去了。

這時五艘小艇中的追兵都已上了沙灘，從崖上俯視下去，都是清兵，共有七八十人。當先一人手執長刀，身形魁梧，相隔遠了，面目看不清楚，那人指揮清兵布成了隊伍。一隊人遠遠站定，那將軍一聲令下，衆兵從背上取下長弓，從箭壺裏取出羽箭，搭在弓上，箭頭對準了懸崖。

陳近南叫道：「大家伏下！」遇上這等情景，韋小寶自不用師父吩咐，一見清兵取弓在手，早就隱隱妥妥的縮在一塊巖石之後。只聽那將軍叫道：「放箭！」登時箭聲颼颼不絕。懸崖甚高，自下而上的仰射，箭枝射到時勁力已衰。

馮錫範和風際中一挺長劍，一持單刀，將迎面射來的箭格打開去。

馮錫範叫道：「施琅，你這不要臉的漢奸，有膽子就上來，一對一跟老子決一死戰。」韋小寶心道：「原來下面帶兵的是施琅。行軍打仗，這人倒是一把好手。」只聽施琅叫道：「你有種就下來，單手獨鬥，老子也不怕你。」馮錫範道：「好！」正要下去，陳近南道：「馮大哥，別上他當。這人卑鄙無恥，甚麼事都做得出。」馮錫範只走出一步，便即住足，叫道：「你說單打獨鬥，幹麼又派五艘小艇……他媽的，是六艘，連我們的艇子也偷去了，臭漢奸，你叫小艇去接人，還不是想倚多為勝嗎？」

施琅笑道：「陳軍師，馮隊長，你兩位武功了得，施某向來佩服。常言道識時務者為俊傑，還是帶了鄭公子下來，一齊投降了罷。皇上一定封你二位做大大的官兒。」

施琅當年是鄭成功手下的大將，和周全斌、甘煇、馬信、劉國軒四人合稱「五虎將」。陳近南是軍師。馮錫範武功雖強，將略卻非所長，乃是鄭成功的衞士隊長。施琅和陳馮二人並肩血戰，久共患難，這時對二人仍以當年的軍銜相稱。懸崖和下面相距七八丈，施琅站得又遠，可是他中氣充沛，一句句話送上崖來，人人聽得清楚。

鄭克塽臉上變色，顫聲道：「馮師父你……你不可投降。」馮錫範道：「公子放心。馮某只教有一口氣在，決不能投降韃子。」陳近南雖知馮錫範陰險奸詐，曾幾次三番要加害自己，要保鄭克塽圖謀延平郡王世子之位，但此時聽他說來大義凜然，好生相敬，說道：「馮大哥，你我今日並肩死戰，說甚麼也要保護二公子周全。」馮錫範道：「自當追隨軍師。」鄭克塽道：「軍師此番保駕有功，回到台灣，我必奏明父王，大大的……大大的封賞。」陳近南道：「那是屬下份所當爲。」說着走向崖邊察看敵情。

韋小寶笑道：「鄭公子，大大的封賞倒也不必。你只要不翻臉無情，害我師父，就多謝你啦。」鄭克塽向他瞪了一眼。

韋小寶低聲道：「師姊，咱們不如捉了鄭公子，去獻給清兵罷。」阿珂啐道：「一見了面，就不說好話。你怎麼又來嚇他？」韋小寶笑道：「嚇幾下玩兒，又嚇不死的。就算嚇死了，也不打緊。」阿珂呸了一聲，突然間臉上一紅，低下頭去。

韋小寶問雙兒：「大家怎麼在一起了？」雙兒道：「陳總舵主帶了風大爺和我出海找你。我想起你曾到這通吃島來過，跟陳總舵主說了，便到這裏來瞧瞧。途中湊巧見到清兵炮船追趕鄭公子，打沉了他座船，我們救了他上船，逃到這裏。謝天謝地，終於見到了你。」說到這裏，眼圈兒又紅了。

韋小寶伸手拍拍她肩頭，說道：「好雙兒，這些日子中，我沒一天不記着你。」這句話倒不是口是心非，阿珂和雙兒兩個，他每天不想上十次，也有八次，倒還是記掛雙兒的次數多了些。

陳近南叫道：「衆位兄弟，乘着韃子援兵未到，咱們下去衝殺一陣。否則再載得六艇韃子兵來，就不易對付了。」衆人齊聲稱是。這次來到島上的十餘人中，除了陳、馮、鄧、風以及阿珂、雙兒外，尚有天地會會衆八人，鄭克塽的衛士三人。陳近南道：「鄭公子、陳姑娘、小寶、雙兒，你們四個留在這裏。餘下的跟我衝！」長劍一揮，當先下崖。馮錫範、風際中和其餘十一人跟着奔下，齊聲吶喊，向清兵隊疾衝而前。清兵紛紛放箭，都給陳、馮、風三人格打開了。

先前乘船水戰，施琅所乘的是大戰船，炮火厲害，陳近南等只有挨打的份兒。這時近身接戰，清兵隊中除了施琅一人以外，餘下的都武功平平，怎抵得住陳、馮、風三個高手？天地會兄弟和鄭府衛士身手也頗了得，這十四人一衝入陣，清兵當者披靡。

韋小寶道：「師姊，雙兒，咱們也下去衝殺一陣。」阿珂和雙兒同聲答應。鄭克塽道：「我也去！」眼見韋小寶拔了匕首在手，衝下崖去，雙兒和阿珂先後奔下。鄭克塽只奔得幾步，便停步不前，心想：「我是千金之體，怎能跟這些下屬同去犯險？」叫道：「阿珂，你也別去罷！」阿珂不應，緊隨在韋小寶身後。

韋小寶武功隨然平平，但身有四寶，衝入敵陣之中，卻是履險如夷。那四寶？第一寶，匕首鋒銳，敵刃必折；第二寶，寶衣護身，刀槍不入；第三寶，逃功精妙，追之不及；第四寶，雙兒在側，清兵難敵。持此四寶而和高手敵對，固然仍不免落敗，但對付清兵卻綽綽有餘，霎時間連傷數人，果然是威風凜凜，殺氣騰騰，心想：「當年趙子龍長坂坡七進七出，那也不過如此。說不定還是我韋小寶……」

衆人一陣衝殺，清兵四處奔逃。陳近南單戰施琅，一時難解難分。馮錫範和風際中卻將衆兵將殺得猶如砍瓜切菜一般，不到一頓飯時分，八十多名清兵已死傷了五六十人，殘兵敗將紛紛奔入海中。衆水軍水性精熟，忙向大船游去。這一邊天地會的兄弟死了二人，重傷一人，餘下的將施琅團團圍住。

施琅鋼刀翻飛，和陳近南手中長劍鬥得甚是激烈，雖然身陷重圍，卻絲毫不懼。韋小寶叫道：「施將軍，你再不拋刀投降，轉眼便成狗肉之醬了。」施琅凝神接戰，對旁人的言行不聞不見。

鬥到酣處，陳近南一聲長嘯，連刺三劍，第三劍上已和施琅的鋼刀黏在一起。他手腕抖動，急轉了兩個圈子，只聽得施琅「啊」的一聲，鋼刀脫手飛出。陳近南劍尖起處，指住了他喉頭，喝道：「怎麼說？」施琅怒道：「你打贏了，殺了我便是，有甚麼話好說？」陳近南道：「這當兒你還在自逞英雄好漢？你背主賣友，英雄好漢是這等行逕嗎？」

施琅突然身子一仰，滾倒在地，這一個打滾，擺脫了喉頭的劍尖，雙足連環，疾向陳近南小腿踢去。陳近南長劍豎立，擋在腿前。施琅這兩脚倘若踢到，便是將自己雙足足踝送到劍鋒上去，危急中左手在地下一撐，兩隻脚硬生生的向上虛踢，一個倒翻觔斗向後躍出，待得站起，陳近南的劍尖又已指在他喉頭。

施琅心頭一涼，自知武功不是他對手，突然問道：「軍師，國姓爺待我怎樣？」這句話問出來，卻大出陳近南意料之外。刹那之間，鄭成功和施琅之間的恩怨糾葛，在陳近南腦海中一幌而過，他歎了口氣，說道：「平心而論，國姓爺確有對你不住的地方。可是咱們受國姓爺的大恩，縱然受了寃屈，又有甚麼法子？」

施琅道：「難道要我學岳飛含寃而死？」

陳近南厲聲道：「就算你不能做岳飛，可也不能做秦檜，你逃得性命，也就是了。男子漢大丈夫，豈能投降韃子，去做豬狗不如的漢奸？」施琅道：「我父母兄弟、妻子兒女又犯了甚麼罪，為甚麼國姓爺將他們殺得一個不賸？他殺我全家，我便要殺他全家報仇！」陳近南道：「報仇事小，做漢奸事大。今日我殺了你，瞧你有沒有面目見國姓爺去。」

施琅腦袋一挺，大聲道：「你殺我便了。只怕是國姓爺沒臉見我，不是我沒臉見他。」

陳近南厲聲道：「你到這當口，還振振有詞。」欲待一劍刺入他咽喉，卻不由得想到昔日戰陣中同生共死之情。施琅在國姓爺部下身先士卒，浴血苦戰，功勞着實不小，若不是董夫人干預軍務，侮慢大將，此人今日定是台灣的干城，雖然投敵叛國，絕無可恕，但他全家無辜被戮，實在也是其情可憫，說道：「我給你一條生路。你若立誓歸降，重歸鄭王爺麾下，今日就饒了你性命。今後你將功贖罪，盡力於恢復大業，仍不失為一條堂堂漢子。施兄弟，我良言相勸，盼你回頭。」最後這句話說得極是懇切。

施琅低下了頭，臉有愧色，說道：「我若再歸台灣，豈不成了反覆無常的小人？」

陳近南回劍入鞘，走近去握住他手，說道：「施兄弟，為人講究的是大義大節，只要你今後赤心為國，過去的一時胡塗，又有誰敢來笑你？就算是關王爺，當年也降過曹操。」

突然背後一人說道：「這惡賊說我爺爺殺了他全家，我台灣決計容他不得。你快快將他殺了。」陳近南回過頭來，見說話的是鄭克塽，便道：「二公子，施將軍善於用兵，當年國姓爺軍中無出其右。他投降過來，於我反淸復明大業有極大好處。咱們當以國家為重，過去的私人恩怨，誰也不再放在心上罷。」

鄭克塽冷笑道：「哼，此人到得台灣，握了兵權，我鄭家還有命麼？」陳近南道：「只要施將軍立下重誓，我以身家性命，擔保他決無異心。」鄭克塽冷笑道：「等到他殺了我全家性命，你的身家性命賠得起嗎？台灣是我鄭家的，可不是你陳軍師陳家的。」

陳近南只氣得手足冰冷，強忍怒氣，還待要說，施琅突然拔足飛奔，叫道：「軍師，你待我義氣深重，兄弟永遠不忘。鄭家的奴才，兄弟做不了……」

陳近南叫道：「施兄弟，回來，有話……」突然背心上一痛，一柄利刃自背刺入，從胸口透了出來。

這一劍卻是鄭克塽在他背後忽施暗算。憑着陳近南的武功，便十個鄭克塽也殺他不得，只是他眼見施琅已有降意，卻被鄭克塽罵走，知道這人將才難得，只盼再圖挽回，萬萬料不到站在背後的鄭克塽竟會陡施毒手。

當年鄭成功攻克台灣後，派兒子鄭經駐守金門、廈門。鄭經很得軍心，卻行止不謹，和乳母通姦生子。鄭成功得知後憤怒異常，派人持令箭去廈門殺鄭經。諸將認爲是「亂命」，不肯奉命，公啓回稟，有「報恩有日，候闕無期」等語。鄭成功見部將拒命，更是憤怒，不久便即病死，年方三十九歲。台灣統兵將領擁立鄭成功的弟弟鄭襲爲主。鄭經從金廈回師台灣，打垮台灣守軍而接延平王位。鄭成功的夫人董夫人以家生禍變，王爺早逝，俱因乳母生子而起，是以對乳母所生的克壓十分痛恨，極立主張立嫡孫克塽爲世子。鄭經卻不聽母言。陳近南一向對鄭經忠心耿耿，他女兒又嫁克壓爲妻，董夫人和馮錫範等暗中密謀，知道要擁立克塽，必須先殺陳近南，以免他從中作梗，數次加害，都被他避過。不料他救得鄭克塽性命，反遭了此人毒手。這一劍突如其來，誰都出其不意。

馮錫範正要追趕施琅，只見韋小寶挺匕首向鄭克塽刺去。馮錫範迴劍格擋，嗤的一響，手中長劍斷爲兩截。但他這一劍內勁渾厚，韋小寶的匕首也脫手飛出。馮錫範跟着一脚，將韋小寶踢了個觔斗，待要追擊，雙兒搶上攔住。風際中和兩名天地會兄弟上前夾攻。

韋小寶爬起身來，拾起匕首，悲聲大喊：「這惡人害死了總舵主，大夥兒跟他拚命！」向鄭克塽衝去。

鄭克塽側身閃避，挺劍刺向韋小寶後腦。他武功遠較韋小寶高明，這一劍頗爲巧妙，眼見韋小寶難以避過，忽然斜刺裏一刀伸過來格開，卻是阿珂。她叫道：「別傷我師弟！」跟着兩名天地會兄弟攻向鄭克塽。

馮錫範力敵風際中和雙兒等四人，兀自佔到上風，拍的一掌，將一名天地會兄弟打得口噴鮮血而死。忽聽得鄭克塽哇哇大叫，馮錫範拋下對手，向鄭克塽身畔奔去，揮掌又打死了一名天地會兄弟。他知陳近南既死，這夥人以韋小寶爲首，須得先行料理這小鬼，即即伸掌往韋小寶頭頂拍落。

雙兒叫道：「相公，快跑！」縱身撲向馮錫範後心。

韋小寶道：「你自己小心！」拔足便奔。

馮錫範心想：「我如去追這小鬼，公子無人保護。」伸左臂抱起鄭克塽，向着韋小寶追來。他雖抱着一人，還是奔得比韋小寶快了幾分。

韋小寶回頭一看，嚇了一跳，伸手便想去按「含沙射影」的機括，這麼脚步稍緩，馮錫範來得好快，右掌已然拍到。這當兒千均一髮，如等發出暗器，多半已給他打得腦漿迸裂，只得斜身急閃，使上「神行百變」之技，逃了開去。

馮錫範這一下衝過了頭，急忙收步，轉身追去。韋小寶叫道：「我師父的鬼魂追來了！來摸你的頭了！」說得兩句話，鬆得一口氣，馮錫範又趕近了一步。後面雙兒和風際中啣尾急追，只盼截下馮錫範來。韋小寶東竄西奔，變幻莫測，馮錫範抱了鄭克塽，身法究竟不甚靈便，一時追他不上。雙兒和風際中又在後相距數丈。

追逐得一陣，韋小寶漸感氣喘，情急之下，發足便往懸崖上奔去。馮錫範大喜，心想你這是自己逃入了絕境，眼見這懸崖除了一條窄道之外，四面臨空，更無退路，反而追得不這麼急了。只是韋小寶在這條狹窄的山路上奔跑，「神行百變」這功夫便使不出來，他剛踏上崖頂，馮錫範也已趕到。韋小寶大叫：「大老婆、中老婆、小老婆，大家快來幫忙啊，再不出來，大家要做寡婦了。」

他逃向懸崖之時，崖上五女早已瞧見。蘇荃見馮錫範左臂中挾着一人，仍是奔躍如飛，武功之強，比之洪教主也只稍遜一籌而已，早已持刀伏在崖邊，待馮錫範趕到，刷的一刀，攔腰疾砍。

馮錫範先前聽韋小寶大呼小叫，只道仍是擾亂人心，萬料不到此處果然伏得有人，但見這一刀招數精奇，着實了得，微微一驚，退了一步，大喝一聲，左足微幌，右足突然飛出，正中蘇荃手腕。蘇荃「啊」的一聲，柳葉刀脫手，激飛上天。

韋小寶正是要爭這頃刻，身子對準了馮錫範，右手在腰間「含沙射影」的機括上力揿，嗤嗤嗤聲響，一篷絕細鋼針急射而出，盡數打在馮錫範和鄭克塽身上。

馮錫範大聲慘叫，鬆手放開鄭克塽，兩人骨碌碌的從山道上滾了下去。雙兒和風際中正奔到窄道一半，見兩人來勢甚急，當即躍起避過。

鄭馮兩人滾到懸崖腳邊，鋼針上毒性已發，兩人猶似殺豬似的大叫大嚷，不住翻滾。總算何惕守入華山派門下之後，遵從師訓，一切陰險劇毒從此摒棄不用，這「含沙射影」鋼針上所餵的只是麻藥，並非致命劇毒，否則以當年五毒教教主所傳的餵毒暗器，見血封喉，中人立斃，馮鄭二人滾不到崖底，早已氣絕。饒是如此，鋼針入體，仍是麻癢難當，兩人全身便似有幾百隻蠍子、蜈蚣一齊咬噬一般。馮錫範雖然硬朗，卻也忍不住呼叫不絕。

韋小寶、雙兒、風際中、蘇荃、方怡、沐劍屏、公主、曾柔、阿珂等先後趕到，眼見馮鄭二人的情狀，都相顧駭然。

韋小寶微一定神，喘了幾口氣，搶到陳近南身邊，只見鄭克塽那柄長劍穿胸而過，兀自揷在身上，但尚未斷氣，不由得放聲大哭，抱起了他身子。

陳近南功力深湛，內息未散，低聲說道：「小寶，人總是要死的。我……我一生爲國爲民，無愧於天地。你……你……你也不用難過。」

韋小寶只叫：「師父，師父！」他和陳近南相處時日其實甚暫，每次相聚，總是擔心師父查考自己武功進境，心下惴惴，一門心思只是想如何搪塞推委，掩飾自己不求上進，極少有甚麼感激師恩的心意。但此刻眼見他立時便要死去，師父平日種種不言之教，對待自己恩慈如父的厚愛，立時充塞胸臆，恨不得代替他死了，說道：「師父，我對你不住，你……你傳我的武功，我……我……我一點兒也沒學。」

陳近南微笑道：「你只要做好人，師父就很喜歡，學不學武功，那……那並不打緊。」

韋小寶道：「我一定聽你的話，做好人，不……不做壞人。」陳近南微笑道：「乖孩子，你向來就是好孩子。」

韋小寶咬牙切齒的道：「鄭克塽這惡賊害你，嗚嗚，嗚嗚，師父，我已制住了他，一定將他斬成肉醬，替你報仇，嗚嗚，嗚嗚……」邊哭邊說，淚水直流。

陳近南身子一顫，忙道：「不，不！我是鄭王爺的部屬。國姓爺待我恩重如山，咱們無論如何，不能殺害國姓爺的骨肉……寧可他無情，不能我無義，小寶，我就要死了，你不可敗壞我的忠義之名。你……你千萬要聽我的話……」他本來臉含微笑，這時突然面色大為焦慮，又道：「小寶，你答應我，一定要放他回台灣，否則，否則我死不瞑目。」

韋小寶無可奈何，只得道：「既然師父饒了這惡賊，我聽你……聽你吩咐便是。」

陳近南登時安心，吁了口長氣，緩緩的道：「小寶，天地會……反清復明大業，你好好幹，咱們漢人齊心合力，終能恢復江山，只可惜……可惜我見……見不着了……」聲音越說越低，一口氣吸不進去，就此死去。

韋小寶抱着他身子，大叫：「師父，師父！」叫得聲嘶力竭，陳近南再無半點聲息。

蘇荃等一直站在他身畔，眼見陳近南已死，韋小寶悲不自勝，人人都感悽惻。蘇荃輕撫他肩頭，柔聲道：「小寶，你師父過去了。」

韋小寶哭道：「師父死了，死了！」他從來沒有父親，內心深處，早已將師父當成了父親，以彌補這個缺陷，只是自己也不知道而已，此刻師父逝世，心中傷痛便如洪水潰堤，難以抑制，原來自己終究是個沒父親的野孩子。

蘇荃要岔開他的悲哀之情，說道：「害死你師父的兇手，咱們怎生處置？」

韋小寶跳起身來，破口大罵：「辣塊媽媽，小王八蛋。我師父是你鄭家部屬，我韋小寶可沒吃過你鄭家一口飯，使過鄭家一文錢。你奶奶的臭賊，你還欠了我一萬兩銀子沒還呢。師父要我饒你性命，好，性命就饒了，那一萬兩銀子，趕快還來，你還不出來嗎？我割你一刀，就抵一兩銀子。」口中痛罵不絕，執着匕首走到鄭克塽身邊，伸足向他亂踢。

鄭克塽身上的毒針遠較馮錫範為少，這時傷口痛癢稍止，聽得陳近南饒了自己性命，當眞大喜過望，可是債主要討債，身邊卻沒帶着銀子，哀求道：「我……我回到台灣，一定加十倍，不，加一百倍奉還。」韋小寶在他頭上踢了一脚，罵道：「你這狼心狗肺、忘恩負義的臭賊，說話有如放屁。這一萬刀非割不可。」伸出匕首，在他臉頰上磨了兩磨。

鄭克塽嚇得魂飛天外，向阿珂望了一眼，只盼她出口相求，突然想到：「不對，不對！這小賊最心愛的便是阿珂，此刻她如出言為我說話，這小賊只有更加恨我，這一萬刀就一刀也少不了。」說道：「一百萬兩銀子，我一定還的。韋香主，韋相公如果不信……」

韋小寶又踢他一脚，叫道：「我自然不信！我師父信了你，你卻害死了他！」心中悲憤難禁，伸匕首便要往他臉上刺落。

鄭克塽叫道：「你既不信，那麼我請阿珂擔保。」韋小寶道：「擔保也沒用。她保過你的，後來還不是賴帳。」鄭克塽道：「我有抵押。」韋小寶道：「好，把你的狗頭割下來抵押，你還了我一百萬銀子，我把你的狗頭還你。」鄭克塽道：「我把阿珂抵押給你！」

霎時之間，韋小寶只覺天旋地轉，手一鬆，匕首掉落，嗤的一聲，插入泥中，和鄭克塽的腦袋相距不過數寸。鄭克塽「啊喲」一聲，急忙縮頭，說道：「我把阿珂押給你，你總信了，我送了一百萬兩銀子來，你再把阿珂還我。」韋小寶道：「那倒還可商量。」

阿珂叫道：「不行，不行。我又不是你的，你怎能押我？」說着哭了出來。

鄭克塽急道：「我此刻大禍臨頭，阿珂對我毫不關心，這女子無情無義，我不要了。韋香主如肯要她，我就一萬兩銀子賣斷了給你。咱們兩不虧欠，你不用割我一萬刀了。」

韋小寶道：「她心裏老是向着你，你賣斷了給我也沒用。」

鄭克塽道：「她肚裏早有了你的孩子，怎麼還會向着我？」韋小寶又驚又喜，顫聲道：「你……你說甚麼？」鄭克塽道：「那日在揚州麗春院裏，你跟她同床，她有了孩子……」

阿珂大聲驚叫，一躍而起，掩面向大海飛奔。雙兒幾步追上，挽住她手臂拉了回來。阿珂哭道：「你……你答應不說的，怎麼……怎麼又說了出來？你說話就如是放……放……」雖在羞怒之下，仍覺這「屁」字不雅，沒說出口來。

鄭克塽見韋小寶臉上神色變化不定，只怕他又有變卦，忙道：「韋香主，這孩子的的確確是你的。我跟阿珂清清白白，她說要跟我拜堂成親之後，才好做夫妻。你……你千萬不可多疑。」韋小寶問道：「這便宜老子，你又幹麼不做？」鄭克塽道：「她自從肚裏有了你的孩子之後，常常記掛着你，跟我說話，一天到晚總是提到你。我聽着好生沒趣，我還要她來做甚麼？」

阿珂不住頓足，臉上一陣紅，一陣白，怒道：「你就甚麼……甚麼都說了出來。」這麼說，自是承認他的說話不假。

韋小寶大喜，道：「好！那就滾你媽的臭鴨蛋罷！」鄭克塽也是大喜，忙道：「多謝，多謝！祝你兩位百年好合，這份賀禮，兄弟……兄弟日後補送。」說着慢慢爬起身來。

韋小寶呸了一聲，在地下吐了口唾沫，罵道：「我這一生一世，再也不見你這臭賊。」心想：「我答應師父今日饒他性命，日後卻不妨派人去殺了他，給師父報仇。只要派的人不是天地會的，旁人便怪不到師父頭上。」

三名鄭府衞士一直縮在一旁，直到見韋小寶饒了主人性命，才過來扶住鄭克塽，又將躺在地下的馮錫範扶起。鄭克塽眼望海心，心感躊躇。施琅所乘的戰船已然遠去，岸邊還泊着兩艘船，自己乘過的那艘給清兵大炮轟得桅斷帆毀，已難行駛，另一艘則算完好，那顯是韋小寶等要乘坐的，決無讓給自己之理。他低聲問道：「馮師父，咱們沒船，怎麼辦？」馮錫範道：「上了小艇再說。」

一行人慢慢向海邊行去。突然身後一人厲聲喝道：「且慢！韋香主饒了你們性命，我可沒饒。」鄭克塽吃了一驚，只見一人手執鋼刀奔來，正是天地會好手風際中。鄭克塽顫聲道：「你……你是天地會的兄弟，天地會一向受台灣延平王府節制，你……你……」風際中厲聲道：「我怎麼樣？給我站住！」鄭克塽心中害怕，只得應了聲：「是。」

風際中回到韋小寶身前，說道：「韋香主，這人害死總舵主，是我天地會數萬兄弟不共戴天的大仇人，決計饒他不得。總舵主曾受國姓爺大恩，不肯殺他子孫。韋香主又奉了總舵主的遺命，不能下手。屬下可從來沒見過國姓爺，總舵主的遺命也不是對我而說。屬下今日要手刃這惡賊，爲總舵主報仇。」

韋小寶右手手掌張開，放在耳後，側頭作傾聽之狀，說道：「你說甚麼？我耳朵忽然聾了，甚麼話也聽不見。風大哥，你要幹甚麼事，不妨放手去幹，不必聽我號令。我的耳朵生了毛病，唉，定是給施琅這傢伙的大炮震聾了。」這說再也明白不過，風際中要殺鄭克塽，儘可下手，他決不阻止。

眼見風際中微有遲疑之意，韋小寶又道：「師父臨死之時，只是叫我不可殺鄭克塽，可並沒吩咐我保護他一生一世啊。只要我不親自下手，也就是了。天下幾萬萬人，個個可以殺他，又有誰管得了？」

風際中一拉韋小寶的衣袖，道：「韋香主借一步說話。」兩人走出十餘丈，風際中停了脚步，說道：「韋香主，皇上一直很喜歡你，是不是？」韋小寶大奇，道：「是啊，那又怎樣？」風際中道：「皇上要你殺總舵主，你不肯，自己逃了出來，足見你義氣深重。江湖上的英雄好漢，人人都是十分佩服。」

韋小寶搖了搖頭，凄然道：「可是師父終究還是死了。」風際中道：「總舵主是給鄭克塽這小子害死的，不過皇上交給韋香主的差使，那也算是辦到了……」韋小寶大是詫異，問道：「你……你爲甚麼說這……這等話？」

風際中道：「皇上心中，對三個人最是忌憚，這三人不除，皇上的龍庭總是坐得不穩。

第一個是吳三桂，那不用說了。第二個便是總舵主，天地會兄弟遍布天下，反清復明的志向從不鬆懈，皇上十分頭痛。現今總舵主死了，除去了皇上的一件大心事……」

韋小寶聽到這裏，腦海中突然靈光一閃：「是你，是你，原來是你！」

海中浮起一頭大海龜，昂起了頭，口吐人言：「東海龍王特遣小將前來，恭請韋爵爺到水晶宮赴宴，宴後大賭，龍王以紅珊瑚、夜明珠下注，陸上銀票一概通用！」

第四十五回　尚餘截竹爲竿手　可有臨淵結網心

韋小寶在天地會的所作所爲，康熙無不備知底細，連得天地會中的暗語切口，也能背誦如流，但韋小寶偷盜四十二章經，在神龍教任白龍使等情，康熙卻全然不知。韋小寶仔細想來，定是天地會中出了奸細，而且這人必是自己十分親密之人。但青木堂這些朋友個個赤膽忠心，義氣深重，決計不會去做奸細，出賣朋友。因此他心中雖然一直存了老大一個疑團，卻沒半點端倪可尋，只覺此事十分古怪、難以索解而已。

此刻風際中這麼一說，韋小寶驀地省悟，心道：「我眞該死，怎麼會想不到此人身上。那日小皇帝要我炮轟伯爵府，天地會衆人之中，就只他一個不在府裏。這事早已明白不過，在伯爵府裏的，決不會是奸細，否則大炮轟去，有誰逃得性命？只因他事先已經得悉，因此先行避開。唉，我眞是大傻瓜一個，他此刻倘若不說，我還是蒙在鼓裏。」

風際中沉默寡言，模樣老實之極，武功雖高，舉止卻和一個呆頭木腦的鄉巴佬一般。韋小寶偶爾猜測這奸細是誰，只想到口齒靈便、市儈一般的錢老本；舉止輕捷、精明乖巧的徐天川；辦事周到、能幹練達的高彥超；脾氣暴躁、好酒貪杯的玄貞道人，連對見多識廣、豪爽慷慨的樊綱，以及近年來衰老體弱的李力世、說話尖酸刻薄的祁清彪，也都曾猜疑過，就是對這個半點不像奸細的風際中，從來不曾有過絲毫疑心。

突然又想：「那時候雙兒也不在伯爵府，難道她……她也是奸細，也對我不住嗎？」想到此節，不由得心中一酸，但隨即明白：「雙兒是風際中故意帶出去的。他知道這小丫頭是我的命根子，倘若轟死了她，此後事情拆穿，我定會恨他一世。他不過是皇上所派的一個奸細，暗中通報此消息而已，天地會一滅，皇上便用不着。我如在皇上面前跟他爲難，他就擋不住，因此不敢當眞得罪了我。」

這些推想說來話長，但在當時韋小寶心中，只靈機一閃之間，便即明白，說道：「風大哥，多謝你把雙兒帶出伯爵府，免得大炮轟死了她。」

風際中「啊」的一聲，登時臉色大變，退後兩步，手按刀柄，道：「你……你……」韋小寶笑道：「你我心照不宣，皇上早就甚麼都跟我說了。」風際中知道皇帝對他甚是寵愛，此言自必不假，問道：「那你爲甚麼不遵聖旨？」這句話一問，那便是一切直承其事。

韋小寶微笑道：「風大哥，那你何必明知故問？這叫做忠義不能兩全。皇上待我，那是沒得說的了，果眞是皇恩浩蕩，可是師父待我也不錯啊。現下師父已經死了，我還有甚麼顧慮的。就不知皇上肯不肯赦我的死罪。」

風際中道：「眼下便有個將功贖罪的良機，剛才我說皇上決意要除去三個眼中釘，除了吳三桂、陳近南之外，第三個便是盤踞台灣的鄭經。咱們把鄭經的兒子拿了，解去北京，說不定便可逼得鄭經歸降。皇上這一歡喜，韋都統，你便有天大的死罪，皇上也都赦免了。」

他對韋小寶既不再隱瞞，口中也便改了稱呼，叫他為「韋都統」，對總舵主也直斥其名。

韋小寶心下惱怒：「你這沒義氣的奸賊，居然叫我師父的名字。」但想到能和康熙言歸於好，卻也當眞開心，做不做官，那也罷了，時時能和小皇帝談談講講，實有無窮樂趣。

風際中又道：「韋都統，咱們回到北京，仍是不可揭穿了。天地會那些人得知陳近南死了，多半會推你做總舵主。你義氣深重，甘心拋卻榮華富貴，伯爵不做，都統不做，只為了要救天地會衆朋友的性命，這當兒早已傳遍天下。這些時候來，江湖上沸沸揚揚，說的都是這件事，那一個不佩服韋都統的英雄豪氣？」

韋小寶大是得意，問道：「大家當眞這麼說？你這可不是騙人？」風際中道：「不，不……卑職決計不敢欺騙都統大人。」韋小寶心想：「他自稱卑職，不知做的是甚麼官？」雖然好奇，卻不敢問，一問便露出了馬脚，「皇上早就甚麼都跟我說了」這話就不對，轉念又想：「卻不妨問他升了甚麼官。」微笑道：「你立了這場大功，皇上一定升了你的官，現下是甚麼官兒了？」風際中道：「皇上恩典，賞了卑職當都司。」

韋小寶心想：「原來是個芝蔴綠豆小武官，跟老子可差着他媽的十七廿八級。」清朝官制，伯爵是超品大官，驍騎營都統是從一品。漢人綠營武官最高的提督是從一品，總兵正二品，此下是副將、參將、游擊，才輪到都司。但瞧風際中的模樣，臉上雖然仍是一副老實之極的神氣，眼光中已忍不住露出得意之色，便拱手笑道：「恭喜，恭喜。這是皇上親手提拔的，與衆不同。」

風際中請了一個安，道：「今後還仗大人多多栽培。」韋小寶笑道：「咱們是自己人，那有甚麼說的？給皇上辦事，你本事大過我啊。」風際中道：「卑職那及大人的萬一？回大人：皇上吩咐卑職，若是見到大人，無論如何要大人回京，不可抗命違旨。卑職聽皇上的口氣，對大人着實看重，可說是十分想念。這番立了大功，將台灣鄭逆的兒子逮去北京，皇上一歡喜，定然又會升大人的官。」

韋小寶嗯了一聲，道：「那你是該升游擊了。」風際中道：「卑職只求給皇上出力，皇上見到大人，心裏歡喜，咱們做奴才的也歡喜得緊了。升不升官，那是皇上的恩典。」

韋小寶心想：「我一直當你是老實人，原來這麼會打官腔。」

風際中又道：「大人當上了天地會總舵主，將十八省各堂香主、各處重要頭目通統調在一起，說是爲陳近南開喪，那時候一網打盡，教這些圖謀不軌、大逆不道的反賊一個都逃不了。這場大功勞，可比當日炮轟伯爵府更加大上十倍了。大人你想，當日你如遵旨殺了陳近南、李力世這一干人，天地會的反賊各省都有，殺了一個總舵主，又會立一個總舵主，總是殺不乾淨。只有大人自己當了總舵主，那才能斬草除根，永遠絕了皇上的心腹大患。」

這一番言語，只聽得韋小寶背上出了一陣冷汗，暗想：「這條毒計果然厲害之極，料想你自己也未必想得出，十九是小皇帝的計策。我回去北京，小皇帝多半會赦免我的大罪，可是定要我去撲滅天地會。這一番他定有對付我的妙法，再也逃不出他手掌心了。」越想越寒心：「小皇帝要我投降，要打我屁股，那都不打緊，但逼我去做天地會總舵主，將所有兄弟一古腦兒殺了，這件事可萬萬幹不得。這件事一做，普天下好漢個個操我的十八代祖宗，死了之後也見不得師父。這裏的大妞兒、小妞兒們，都要打從心底裏瞧我不起。就算旁人不理會，韋小寶良心雖然不多，總還有這麼一丁點兒。」

他向風際中瞧了一眼，口中「哦哦」連聲，心想：「我如不答應，他立時便跟我翻臉。動起手來，我們這許多人打他一個，未必便輸了。只是這廝武功挺高，我這些大妞兒、小妞兒要是給他殺了一兩個，那可乖乖不得了。咱們不妨再來玩一下『含沙射影』。」沉吟道：「去見皇上，我倒也是很高興，只不過……只不過要殺了天地會這許多兄弟，未免太也不講義氣，不夠朋友，可得好好的商量商量。」

風際中道：「大人說得是。可是常言道得好：量小非君子，無毒不丈夫。」

韋小寶道：「對，對！無毒不丈夫……咦，啊喲，怎麼鄭克塽這小子逃走了？」

風際中吃了一驚，回頭去瞧。韋小寶胸口對準了他，伸手正要去按毒針的機括，卻見雙兒搶上前來，叫道：「相公，甚麼事？」

原來她見二人說之不休，一直關心，早在慢慢走近，忽聽得韋小寶驚呼「啊喲」，當即縱身而前。韋小寶這「含沙射影」一射出，風際中固然打中，卻也勢須波及雙兒，這時手指雖已碰到了機括，可就不敢按下去。

風際中一轉頭間，見鄭克塽和馮錫範兀自站在岸邊，並無動靜，立知不妙，身子一矮，反手已抓住了雙兒，將她擋在自己身前。以雙兒的武功，風際中本來未必一抓便中，只是突然出手，雙兒全無提防，當下給他抓中了手腕脈門，上身酸麻，登時動彈不得。風際中沉聲道：「韋大人，請你舉起手來。」

偷襲的良機既失，雙兒又被制住，韋小寶登落下風，便笑嘻嘻的道：「風大哥，你開甚麼玩笑？」

風際中道：「韋大人這門無影無蹤的暗器太過厲害，卑職很是害怕，請你舉起雙手，否則的話，卑職只好得罪了。」說着推雙兒向前，自己躲在她身後，教韋小寶發不得暗器。

蘇荃、方怡、阿珂、曾柔等見這邊起了變故，紛紛奔來。風際中心想：「這小子心愛這小丫頭，不敢動手，那些女人卻不會愛惜她的性命。她們只愛惜這小子。」左手從腰間拔出鋼刀，手臂一長，刀尖指在韋小寶的喉頭，喝道：「大家不許過來！」

蘇荃等見韋小寶身處險境，當即停步，人人都是又焦急，又奇怪，這風際中明明是韋小寶的朋友，剛才還並肩抗敵，怎麼一轉眼間，一言不合，便動起手來？料想定是韋小寶要放鄭克塽，風際中卻要殺了他爲陳近南報仇。

刀尖抵喉，韋小寶微微向後一仰，風際中刀尖跟着前進，喝道：「韋大人，請你別動，鋼刀不生眼睛，得罪莫怪，還是舉起手來罷。」韋小寶無奈，雙手慢慢舉起，笑道：「風大哥，你想升大官，發大財，還是對我客氣一點兒好。」

風際中道：「升官發財固然要緊，第一步還得保全性命。」突然身子微側，搶到韋小寶身後，伸手從他靴桶中拔出匕首，指住他後心，說道：「韋大人，你這把匕首鋒利得很，卑職曾見你使過幾次。」

韋小寶只有苦笑，但覺背心上微痛，知道匕首劍尖已刺破了外衣，雖然穿着護身寶衣，卻擋不住這柄寶劍。風際中喝道：「你們大家都轉過身去，抛下兵刃。」

蘇荃等見此情勢，只得依言轉身，拋下兵器。風際中見尚有六名天地會兄弟站在一旁，向着他們叫道：「大家都過來，我有話說。」那六人不明所以，走了過來。

風際中右肘一抬，拍的一聲，手肘肘尖撞正韋小寶背心「大椎穴」，左手鋼刀揮出，擦擦、啊啊、拍拍、哎唷幾下聲響，六名天地會兄弟已盡數中刀斃命。他在頃刻間連砍六人，每一刀分別砍中了一人要害。出刀之快，砍殺之狠，實是罕見。蘇荃等聽得慘呼之聲，一齊回過身來，眼見六人屍橫就地，或頭、或頸、或胸、或背、或腰、或脅，傷口中都是鮮血泉湧，衆女無不驚呼失聲，臉無人色。

原來風際中眼見已然破面，動起手來，自己只孤身一人，因此上搶先殺了這六名天地會兄弟，一來立威鎮懾，好教韋小寶及衆女不敢反抗；二來也是少了六個敵人。這麼一來，對方人數雖多，卻只剩下一個少年，七個女子。他左手長刀回過，又架在韋小寶頸中，說道：「韋大人，咱們下船罷。」他想只須將韋小寶和鄭克塽二人擒去呈獻皇上，便是立了奇功。這七個女人還是留在島上，以免到得船中多生他患，自己手下留情，不殺七女，那也是預留地步，免得和韋小寶結怨太深。皇上日後對這少年如何處置，那是誰也料想不到之事。

衆女見韋小寶受他挾制，都是心驚膽戰，不知如何是好。建寧公主卻大聲怒罵：「你是甚麼東西，膽敢如此無禮？快快拋下刀子！」風際中哼了一聲，並不理會。他曾隨同韋小寶護送她去雲南就婚，識得公主，不敢出言挺撞。

公主見他不睬，更是大怒，世上除了太后、皇帝、韋小寶、蘇荃四人之外，她是誰也不放在眼內，俯身拾起地下一柄單刀，縱身而前，向風際中當頭劈落。

風際中側身避過。公主呼呼呼連劈三刀，風際中左右避讓。倘若換作別個女人，他早已飛腿將她踢倒。但提刀砍來的是皇帝御妹、金枝玉葉的公主，他心中所想的只是立功升官、報効皇家，如何敢得罪了公主？當下只是閃避。公主罵道：「你這臭王八蛋奴才，站着不許動！我要砍你的腦袋，怎麼你這臭頭轉來轉去，老教是我砍不中？我跟皇帝哥哥去說，把你千刀萬剮！」風際中大吃一驚，心想這女人說得出，做得到，她跟皇帝是兄妹之親，自己只是個芝蔴綠豆小武官，怎鬥得過公主？可是要聽她吩咐，將自己的臭頭穩擺不動，讓她公主殿下萬金之體的貴手提刀來砍，似乎總有些難以奉命。

公主口中亂罵，鋼刀左一刀、右一刀的不住砍削。風際中身子微側畧斜，輕輕易易的就避過了，雖然每一刀相差總不過數寸，卻始終砍他不着。公主焦躁起來，橫過鋼刀，攔腰揮去。風際中叫道：「小心！」縱身躍起，眼見她這一刀收勢不住，砍向韋小寶肩頭，他身在半空，左脚踹出，將韋小寶踹倒在地，同時借勢躍出丈餘。

雙兒向前一撲，將韋小寶抱起，飛步奔開。

風際中大驚，提刀趕來。雙兒武功了得，畢竟力弱，她比韋小寶還矮了半個頭，橫抱着他只奔出數丈，風際中已然追近。韋小寶背心穴道被封，四肢不聽使喚，只道：「放下我，讓我放暗器。」可是風際中來得好快，雙兒要將韋小寶放下，讓他發射「含沙射影」暗器，其勢已然不及，危急之中，奮力將他身子抛了出去。

風際中大喜，搶過去伸手欲接，忽聽得背後嗒的一聲輕響，似是火刀、火石相撞，跟着砰的一聲巨響，他身子飛了起來，摔倒在地，扭曲了幾下，就此不動了。

韋小寶摔倒在沙灘上，倒未受傷，一時掙扎着爬不起身，但見雙兒身前一團烟霧，手裏握着一根短銃火槍，正是當年吳六奇和她結義爲兄妹之時送給她的禮物。那是羅刹國的精製火器，實是厲害無比。風際中雖然武功卓絕，這血肉之軀卻也經受不起。

雙兒自己也嚇得呆了，這火槍一轟，只震得她手臂酸麻，手一抖，短槍掉在地下。

韋小寶惟恐風際中還沒死，搶上幾步，胸口對準了他，按動腰間機括，一叢鋼針射將出去，盡數釘在他身上。但風際中毫不動彈，火槍一轟，早已死得透了。

衆女齊聲歡呼，擁將過來。七個女人再加上一個韋小寶，當眞是七張八嘴，不折不扣，你一言，我一語，紛紛詢問原由。韋小寶簡畧說了。

雙兒和風際中相處甚久，一路上他誠厚質樸，對待自己禮數周到，實是個極本份的老好人，那知城府如此之深，越想越是害怕。她轉身拾起短槍，突然間，明白了當年吳六奇與自己義結兄妹的深意：這位武林奇人盼望韋小寶日後娶自己爲妻，不過自己乃是丫鬟，身分不配，作了天地會紅旗香主的義妹之後，便大可嫁得天地會青木堂的香主了。她念及這位義兄的好意，又見人亡槍在，不禁掉下淚來。

韋小寶轉過身來，只見鄭克塽等四人正走向海邊，要上小艇，心想：「就這麼讓他殺了師父，太太平平的離去，未免太便宜了。」當下手持匕首追上，叫道：「且慢！」鄭克塽停步回頭，面如土色，說道：「韋……韋香主，你已答應放我……放我們走了。」韋小寶冷笑道：「我答應不殺你，可是沒答應不砍下你一條腿。」馮錫範大怒，待要發作，但只是手一提，便全身酸軟，再也使不出半分力道。這時鄭克塽已然心膽俱裂，雙膝一軟，跪倒在地，說道：「韋……韋香主，你砍了我一條腿，我……我定是活不成的了。」

韋小寶搖頭道：「活得成的。你欠了我一百萬兩銀子，說是用阿珂來抵押。但她跟我拜過天地，是我明媒正娶的老婆，肚裏又有了我的孩子，自願跟我。你怎能用我的老婆來向我抵押？天下有沒這個道理？」

這時蘇荃、方怡、曾柔、公主等都已站在韋小寶身旁，齊聲笑道：「豈有此理！」

鄭克塽腦中早已一片混亂，但也覺此理欠通，說道：「那……那怎麼辦？」韋小寶道：「我砍下你一條手臂、一條大腿作抵。你將來還了我一百萬兩銀子，我把你的斷臂、斷腿還你。」鄭克塽道：「剛才你說阿珂賣斷給你，一萬兩……一萬兩銀子的欠帳已一筆勾銷。」

韋小寶大搖其頭，說道：「不成，剛才我胡裏胡塗，上了你的大當。阿珂是我的老婆，你怎能將我老婆賣給我自己？好！我將你的母親賣給你，作價一百萬兩，又將你的父親賣給你，作價一百萬兩，再將你的奶奶賣給你，作價一百萬兩，還將你的外婆賣給你，作價一百萬兩……」鄭克塽道：「我外婆已經死了。」韋小寶道：「死人也賣。我將你外婆的屍首賣給你，死人打八折，作價八十萬兩，棺材奉送，不另收費。」

鄭克塽聽他越說越多，心想連死人也賣，自己的高祖、曾祖、高祖奶奶、曾祖奶奶一個個都賣過來，那還了得，就算死人打八折，甚至七折六折，那也決計吃不消，這時不敢說不買，只得哀求：「我……我實在買不起了。」韋小寶道：「好啊。你買不起了，就饒了你。可是已經買了的，卻不能退貨。你欠我三百八十萬兩銀子，怎麼歸還？」

公主笑道：「是啊，三百八十萬兩銀子，快快還來。」

鄭克塽哭喪着臉道：「我身邊一千兩銀子也沒有，那裏拿得出三百八十萬兩？」韋小寶道：「也罷！沒有銀子，准你退貨。你快快將你的父親、母親、奶奶、死外婆，一起交還給我。少一根頭髮也不行。」鄭克塽料想如此胡纏下去，終究不是了局，眼望阿珂，只盼她來說個情，可是她偏偏站得遠遠地，背轉了身，決意置身事外。他心中大急，瞧韋小寶這般情勢，定是要砍去自己一手一足，不由得連連磕頭，說道：「韋香主，我……我害了陳軍師，的確是罪該萬死，只求你寬洪大量，饒了小人一命。就算是我欠了你老人家三百八十萬兩銀子，我……我一定設法歸還。」

韋小寶見折磨得他如此狼狽，憤恨稍洩，說道：「那麼你寫下一張欠據來。」鄭克塽大喜，忙道：「是，是。」轉身向衞士道：「拿紙筆來。」可是在這荒島之上，那裏有甚麼紙筆？那衞士倒也機靈，當即撕下自己長衫下襬，說道：「那邊死人很多，咱們蘸些血來寫便是。」說着便要去拖風際中的屍首。韋小寶左手一伸，抓住了鄭克塽右腕，白光一閃，揮匕首割下了他右手食指的一節。鄭克塽大聲慘叫。韋小寶道：「用你指上的血來寫。」

鄭克塽痛得全身發抖，一時手足無措。韋小寶道：「你慢慢寫罷，要是血乾了不夠用，我再割你第二根手指。」鄭克塽忙道：「是，是！」那裏還敢遲延，咬牙忍痛，將斷了半截的食指在衣裾上寫道：「欠銀三百八十萬兩正。鄭克塽押。」寫了這十三個字，痛得幾欲暈去。

韋小寶冷笑道：「虧你堂堂的王府公子，平日練字不用功，寫一張欠據，幾個字歪歪斜斜，全是敗筆，沒一個勝筆。」將衣裾接了過來，交給雙兒，道：「你收下了。瞧瞧銀碼沒短寫了罷？這人奸詐狡猾，別少寫了幾兩。」

雙兒笑道：「三百八十萬兩銀子，倒沒少了。」說着將血書欠據收入懷中。

韋小寶哈哈大笑，對鄭克塽下頦一脚踢去，喝道：「滾你死外婆的罷！」鄭克塽一個觔斗，滾了出去。衞士搶上扶起，包了他手指傷口。兩名衞士分別負起鄭克塽和馮錫範，上了一艘小艇，向海中划去。韋小寶笑聲不絕，忽然想起師父慘死，忍不住又放聲大哭。

鄭克塽待小艇划出數十丈，這才驚魂略定，說道：「咱們去搶了大船開走，料得這羣天殺的狗男女追趕不上。」可是駛近大船，卻見船上無舵，一應船具全無。馮錫範恨恨的道：「這批狗男女收起來了。」眼見大海茫茫，波浪洶湧，小艇中無糧無水，如何能夠遠航？鄭克塽道：「咱們回去再求求那小賊，向他借船，最多又寫三百八十萬兩欠據。」馮錫範道：「他們也只有一艘船，怎能借給咱們？我寧可葬身魚腹，也不願再去向這小賊哀求。」

鄭克塽聽他說得斬截，不敢違拗，只得歎了口氣，吩咐三名衞士將小艇往大海中划去。

韋小寶等望着鄭克塽的小艇划向大船，發見大船航行不得，這才划船遠去，都忍不住好笑。蘇荃見韋小寶又哭又笑，總是難泯喪師之痛，要說些話引他高興，便道：「這鄭家二公子奸詐之極，明明是想搶咱們的大船。小寶，你這三百八十萬兩銀子的帳，我瞧他是非賴不可。」韋小寶道：「料來這傢伙也是不會還的。」蘇荃笑道：「你做甚麼都精明得很，可是剛才這傢伙把你自己的老婆賣給你，一萬兩銀子就算清帳，你想也不想，就沒口子答應，定是你愛阿珂妹子愛得胡塗了。那時候，他就是要你倒找一百萬兩銀子，我瞧你也會答應。」

韋小寶伸袖子抹了抹眼淚，笑了起來，說道：「管他三七二十一，答應了再說，慢慢再跟他算帳。」方怡問道：「後來怎麼才想起原來是吃了大虧？」

韋小寶搔了搔頭，道：「殺了風際中之後，我心裏再沒甚麼擔憂的事，忽然間腦子就清楚起來了。」他本來也並沒對風際中有絲毫懷疑，只是內心深處，總隱隱覺得身邊有個極大的禍胎，到底是甚麼禍胎，卻又說不出來，只是沒來由的害怕着甚麼，待得風際中一死，立時如釋重負，舒暢之極，心想：「說不定我早就在害怕這賊，只是連自己也不知道而已。」

衆人迭脫奇險，直到此刻，所有強敵死的死，逃的逃，島上才得太平。人人都感心力交瘁。韋小寶這時雙脚有如千斤之重，支持不住，便躺在沙灘上休息。蘇荃給他按摩背上被風際中點過的穴道。

夕陽返照，水波搖幌，海面上有如萬道金蛇競相竄躍，景色奇麗無方。衆女一個個坐了下來。過不多時，韋小寶鼾聲先作，不久衆女先後都睡着了。

直到一個多時辰之後，方怡先行醒來，到韋小寶舊日的中軍帳茅屋裏去弄了飯菜，叫衆人來吃。大堂上燃了兩根松柴，照得通屋都明。八人團團圍坐，吃過飯後，方怡和雙兒將碗收拾下去。

韋小寶從蘇荃、方怡、公主、曾柔、沐劍屏、雙兒、阿珂七女臉上一個個瞧過去，但見有的嬌艷，有的溫柔，有的沽潑，有的端麗，各有各的好處，不由得心中大樂，此時倚紅偎翠，心中和平，比之當日麗春院中和七女大被同眠的胡天胡帝，另有一番平安豐足之樂，笑道：「當年我給這小島取名為通吃島，原來早有先見之明，知道你們七位姊姊妹妹都要做我老婆，那是冥冥中自有天意，逃也逃不掉的了。從今而後，我們八個人住在這通吃島上壽與天齊，仙福永享。」

蘇荃道：「小寶，這八個字不吉利，以後再也別說了。」韋小寶立時省悟，知她不願聽到任何和洪教主有關之事，忙道：「對，對！是我胡說八道。」蘇荃道：「施琅和鄭克塽回去之後，多半會帶了兵來報仇，咱們可不能在這島上長住。」眾人齊聲稱是。方怡道：「荃姊姊，你說咱們到那裏去才是？」蘇荃眼望韋小寶，笑道：「還是聽至尊寶的主意罷。」韋小寶笑道：「你叫我至尊寶？」蘇荃笑道：「若不是至尊寶，怎能通吃？」

韋小寶哈哈大笑，道：「我名字中有個寶字，本來只道是小小的寶一對，甚麼一對五，板櫈兩張，原來是至尊寶。」眼見眾女一齊望自己，微一沉吟，說道：「中原是去不得的。神龍島離這裏太近，那也不好。總得去一個又舒服、又沒人的地方。」

可是沒人的荒僻之處一定不舒服，舒服的地方一定人多。何況韋小寶心目中的舒服，既要賭博，又要看劇文、聽說書，諸般雜耍、唱曲、菜餚、點心、美貌姑娘，無一不是越多越好。除了美貌姑娘身邊已經頗為不少之外，其餘各項，若不是北京、揚州這等天下一等一的繁華之地，那是決計難以住得開心的了。他一想到這些風流熱鬧，孝心忽動，說道：「我們在這裏相聚，也算得十分有趣，只不知我娘一個人孤苦伶仃的，又是怎樣？」

眾女從來沒聽他提過自己的母親，均想他有此孝心，倒也難得，齊問：「你娘這時候在那裏？」有的更想：「你娘便是我的婆婆，自該設法相聚，服侍她老人家。」

韋小寶歎了口氣，說道：「我娘在揚州麗春院。」

衆女一聽到「揚州麗春院」五字，除了公主一人之外，其餘六人登時飛霞撲面，有的轉過臉去，有的低下頭來。

公主道：「啊，揚州麗春院，你說過的，那是天下最好玩的地方，你答應過要帶我去玩的。」方怡微笑道：「他損你呢，別信他的。那是個最不正經的所在。」公主道：「爲甚麼不正經？你去玩過嗎？爲甚麼你們個個神情這樣古怪？」方怡忍住了笑不答。公主摟住沐劍屛的肩頭，說道：「好妹子，你說給我聽。」沐劍屛脹紅了臉，說道：「那……那是一家妓院。」公主兀自不解，問道：「他媽媽在妓院裏幹甚麼？聽說那是男人玩的地方啊。」方怡笑道：「他從來就愛胡說八道，你只要信了他半句話，就夠你頭痛的了。」

那日在麗春院中，韋小寶和七個女子大被同眠，除了公主掉了老婊子毛東珠之外，其餘六女此刻都在跟前。公主的兇蠻殊不下於毛東珠，只是旣不如她母親陰毒險辣，又年輕貌美得多。韋小寶暗自慶幸，這一下掉包大有道理，倘若此刻陪着自己的不是公主而是她母親，可不知如何是好了，說不定弄到後來，自己也要像老皇爺那樣，又到五台山去出家做和尙，倘若非做和尙不可，這七個老婆是一定要帶去的。

眼見六女神色忸怩，自是人人想起了那晚的情景，他想：「那一晚黑暗之中，我亂攪一起，也弄不清是誰。阿珂和荃姊姊肚裏懷了我的孩子，那是兩個了，記得還有一個，這可不知是誰，慢慢的總要問了出來。」笑吟吟的道：「咱們就算永遠住在這通吃島上，那也不寂寞啊。荃姊姊、公主、阿珂，你們三個肚子裏已有了我的孩兒，不知還有那一個，肚子裏是有了孩兒的？」

此言一出，方怡等四女的臉更加紅了。沐劍屏忙道：「我沒有，我沒有。」曾柔見韋小寶的眼光望向自己，便白了他一眼，說道：「沒有！」韋小寶道：「好雙兒，一定是咱們大功告成了。」雙兒一躍而起，躲入了屋角，說道：「不，不！」韋小寶對方怡笑道：「怡姊姊，你呢？你到麗春院時，肚皮裏塞了個枕頭，假裝大肚子，一定有先見之明。」方怡忍不住噗哧一聲，笑了出來，啐道：「死太監，我又沒跟你……怎麼會有……」

沐劍屏道：「是喲。師姊、曾姊姊、雙兒妹子和我四個，又沒跟你拜天地成親，怎麼會有孩子呢？小寶你壞死了，你跟荃姊姊、公主、阿珂姊姊幾時拜了天地，也不跟我說，又不請我喝喜酒。」在她想來，世上都是拜天地結了親，這才會生孩子。

衆人聽她說得天眞，都笑了起來。方怡一面笑，一面伸臂摟住了她腰，說道：「小師妹，那麼今兒晚上你就跟他拜天地做夫妻罷。」沐劍屏道：「不成的。這荒島上又沒花轎。我見做新娘子都要穿大紅衣裙，還要鳳冠霞帔，咱們可都沒有。」蘇荃笑道：「將就着一些，也不要緊的。咱們去採些花兒，編個花冠，就算是鳳冠了。」

韋小寶聽她們說笑，心下卻甚惶惑：「還有一個是誰？難道是阿琪？我記得抱着她走來走去，後來放着她坐在椅上，沒抱她上床。不過那晚妞兒們太多，我胡裏胡塗的抱了她上床可也說不定，倘若她肚子裏有了我的孩子，這小傢伙將來要做蒙古整個兒好的王子。啊喲，不好，難道是老婊子？如果是她，歸辛樹他們可連我的兒子也打死了。」

只聽沐劍屏道：「就算在這裏拜天地，那也是方師姊先拜。」方怡道：「不，你是郡主娘娘，當然是你先拜。」沐劍屏道：「我們是亡國之人，還講甚麼郡主不郡主。」方怡微笑道：「那麼雙兒妹子先跟他拜天地罷。你跟他的時候最久，一起出死入生的，患難之交，與衆不同。」雙兒紅着臉：「你再說，我要走了。」說着奔向門口，卻被方怡笑着抱住。蘇荃向韋小寶笑道：「小寶，你自己說罷。」

韋小寶道：「拜天地的事，慢慢再說。咱們明兒先得葬了師父。」

衆女一聽，登時肅然，沒想到此人竟然尊師重道，說出這樣一句禮義兼具的話來。

那知他下面的話卻又露出了本性：「你們七人，個個是我的親親好老婆，大家不分先後大小。以後每天晚上，你們都擲骰子賭輸贏，那一個贏了，那一個就陪我。」說着從懷裏取出那兩顆骰子，吹一口氣，骨碌碌的擲在桌上。公主呸了聲，道：「你好香麼？那一個輸了才陪你。」韋小寶笑道：「對，對！好比猜拳行令，輸了的罰酒一杯。那一個先擲？」

這一晚荒島陋屋，春意融融，擲骰子誰贏誰輸，也不必細表。自今而後，韋家衆女擲骰子便成慣例。韋小寶本來和人擲骰賭博，賭的是金銀財寶，患得患失之際，樂趣盎然，但他作法自斃，此後自身成爲衆女的賭注，被迫置身局外，雖有溫柔之福，卻無賭博之樂了。可見花無常開，月有盈缺，世事原不能盡如人意。

次日八人直睡到日上三竿，這才起身。韋小寶率領七女，掩埋陳近南的遺體，眼見黃土蓋住了師父的身子，忍不住又放聲大哭。衆女一齊跪下，在墳前行禮。

公主心中甚是不願，暗想我是堂堂大清公主，怎能向你這反賊跪拜？然而心下明白，自己雖是金枝玉葉，可是在韋小寶心目之中，只怕地位反而最低，親厚不及雙兒、美貌不及阿珂、武功不及蘇荃、機巧不及方怡、天眞純善不及沐劍屏、溫柔斯文不及曾柔，差有一日之長者，只不過橫蠻潑辣而已，若是不拜這一拜，只怕韋小寶從此要另眼相看，在骰子中弄鬼作弊，每天晚上賭擲之時，使自己場場大勝。當下委委屈屈的也跪了下去，心中祝告：「反賊啊反賊，我公主殿下拜了你這一拜，你沒福消取受，到了陰世，只怕要多吃苦頭。」

衆人拜畢站起，轉過身來。方怡突然叫道：「啊喲，船呢？船到那裏去了？」

衆人聽她叫得驚惶，齊向海中望去，只見停泊着的那艘大船已不見了影蹤，無不大吃一驚，極目遠眺，唯見碧海無際，遠遠與藍天相接，海面上數十頭白鳥上下飛翔。蘇荃奔上懸崖，向島周瞭望，東南西北都不見那船的蹤迹。方怡奔向山洞，去查看收藏着的帆舵船具，不出所料，果然已不知去向。

衆人聚在一起，面面相覷，心下都不禁害怕。昨晚八人說笑玩鬧，直至深宵方睡，忘了輪値守夜，竟給船夫偷了船具，將船駛走，從此困於孤島，再也難以脫身。韋小寶想到施琅和鄭克塽定會帶兵前來復仇，自己八人如何抵敵？就算蘇荃、公主、阿珂趕緊生下三個孩兒，也不過十一人而已。

蘇荃安慰衆人：「事已如此，急也無用。咱們慢慢再想法子。」

回到屋中，衆人自是異口同聲的大罵船夫，但罵得個把時辰，也沒甚麼新鮮花樣罵出來了。蘇荃對韋小寶道：「眼下得防備清兵重來。小寶，你瞧怎麼辦？」韋小寶道：「清兵再來，人數定然不少，打是打不過的。咱們只有躱了起來，只盼他們一下子找不到，以爲咱們早已乘船走了。」蘇荃點頭道：「這話很是。淸兵決計猜不到我們的船會給人偷走。」韋小寶高興起來，說道：「倘若我是施琅，就不會再來。他料想我們當然立即脚底抹油，那有傻不哩嘰的呆在這裏，等他前來捉拿之理？」

公主道：「倘若他稟告了皇帝哥哥，皇帝哥哥就會派人來瞧瞧，就算我們已經逃了，也好尋些綫索，瞧我們去了那裏。」韋小寶搖頭道：「施琅不會稟告皇上的。」公主瞪眼道：「爲甚麼？」韋小寶道：「他如稟告了，皇上自然就問：爲甚麼不將我們抓去。他只好承認打了敗仗，豈不是自討苦吃？」

蘇荃笑道：「很是，很是。小寶做官的本事高明。瞞上不瞞下，是做官的要緊訣竅。」韋小寶笑道：「荃姊姊倘若去做官，包你升大官，發大財。」蘇荃微微一笑，心想：「神龍教中那些人幹的花樣，還不是跟官場中差不多？」

韋小寶道：「施琅一說出來，皇上怪他沒用，那也罷了，必定還派他帶兵前來捉拿。施琅料想我們早已逃走，那裏還捉得着？這豈不是自己找自己痲煩？還不如悶聲大發財罷。」

衆女一聽都覺有理，憂愁稍解。

公主道：「鄭克塽那小子呢？他這口氣只怕嚥不下去罷？」說着向阿珂望了一眼。衆人都知道她這話含意，那自是說：「這個如花似玉的阿珂，他怎肯放手，不帶兵來奪回去？」

阿珂滿臉通紅，低下了頭，說道：「他要是再來，我……我便自盡，決計不跟他去。」語氣極是堅決。

韋小寶大喜，心想阿珂對自己向來無情，是自己使盡詭計，偷搶拐騙，才弄到了手，此刻聽了這句話，眞比立刻弄到十艘大船還要歡喜，情不自禁，便一把抱住了她，在她臉上嗒的一聲，親了一下，說道：「好阿珂，他不敢來的，他還欠了我三百八十萬兩銀子。他有天大的膽子，來見債主？」

公主道：「哎唷，好肉麻！他帶了兵來捉住了你，將借據搶了過去，又將阿珂奪了去，再將你的爹爹、媽媽、奶奶、外婆賣給你，一共七百六十萬兩銀子，割下你的指頭，叫你寫一張借據，算欠了他的。」

韋小寶越聽越惱，如果這些事他能對付得了，也就不會生氣，但鄭克塽倘若如此這般，依樣葫蘆，將他的爹爹、媽媽、奶奶、外婆硬賣給他，媽媽倒也罷了，他爹爹是誰卻從來不知，不知爹爹是誰，自然更不知奶奶是誰，要將兩個連他自己也不知是誰的人賣給他，又坐地起價，漲了一倍，如何承受得落？他大怒之下，厲聲道：「別說了！鄭克塽這小子倘若領兵到來，我別的誰都不賣，就將一個天下最値錢的皇帝御妹賣給他，附送肚裏孩兒一個，作價一千萬兩。他還要找我二百四十萬兩銀子！這筆生意倒做得過。」

公主哇的一聲，哭了出來，掩面而走。沐劍屏忙追上去安慰，說料想韋小寶決無此意，不過是嚇嚇她的，不必難過。

韋小寶發了一會脾氣，卻也是束手無策。衆人只得聽着蘇荃指揮，在島中密林之內找到一個大山洞，打掃布置，作爲安身起居的所在，那茅屋再也不涉足一步，只盼施琅或鄭克塽重來之時，眼見島上人迹杳然，只道他們早已遠走，不來細加搜索。

初時各人還提心吊膽，日夜輪流向海面瞭望，過得數月，別說並無清廷和台灣的艦隻，連漁船也不見一艘，大家漸漸放下心來，料想施琅不敢多事，而鄭克塽坐了小艇，定是在大海中遇風浪沉沒了。八人在島上捕魚打獸，射鳥摘果，整日價忙忙碌碌，倒也太平無事。好在島上鳥獸不少，海中魚蝦極豐，八人均有武功，漁獵甚易，是以糧食無缺。

秋去冬來，天氣一日冷似一日。蘇荃、公主、阿珂三人的肚子也一日大似一日。方怡和雙兒忙着剝製獸皮，替八人縫製冬衣，三個嬰兒的衣衫也一件件做了起來。又過得半月，忽然下起大雪來，只一日一夜之間，滿島都是皚皚白雪。八人早就有備，醃魚鹹肉、柴草乾果等物在洞中藏得甚是充足，日常閒談，話題自是不離那三個即將出世的孩兒。

這一晚雪已止了，北風甚勁，寒風不住從山洞板門中透進來。雙兒在火堆中加了乾柴，韋小寶取出骰子，讓衆女擲骰。五女擲過後，沐劍屏擲得三點最小，眼見她今晚是輸定了。曾柔笑道：「是劍屏妹子輸了，我不用擲啦。」沐劍屏笑道：「快擲，快擲！說不定你擲個兩點呢。」曾柔拿了骰子在手，學着韋小寶的模樣，向着掌中兩粒骰子吹了一口氣，正要擲出，一陣北風吹來，風聲中隱隱似有人聲。

衆人登時變色。蘇荃本已睡倒，突然坐起，八人你瞧瞧我，我瞧瞧你，刹那間人人臉無血色。沐劍屏低呼一聲，將頭鑽入了方怡懷裏。

過得片刻，風聲中傳來一股巨大之極的呼聲，這次聽得甚是清楚，喊的是：「小桂子，小桂子，你在那裏？小玄子記掛着你哪！」

韋小寶跳起身來，顫聲道：「小……小玄子來找我了。」公主道：「小玄子是誰？」韋小寶道：「是……是……」「小玄子」三字，只他一人知道就是康熙，他從來沒跟誰說過，康熙自己更加不會讓人知道，忽然有人叫了起來，而聲音又如此響亮？他全身顫抖，只覺此事實在古怪之極，定是康熙死了，他的鬼魂記掛着自己，找到了通吃島來。霎時之間，不禁熱淚盈眶，從山洞中奔了出去，叫道：「小玄子，小玄子，你找我麼？小桂子在這裏！」

只聽那聲音又叫：「小桂子，小桂子，你在那裏？小玄子記掛着你哪！」聲音之巨，直不似出自一人之口，倒如是千百人齊聲呼叫一般，但千百人同呼，不能喊得這般整齊，而一人呼叫，任他內力如何高強，也決不能這般聲若雷震，那定是康熙的鬼魂了。

韋小寶心中難過已極，眼淚奪眶而出，心想小玄子對我果然義氣深重，死了之後，鬼魂還來找我。他平日十分怕鬼，這時卻說甚麼也要和小玄子的鬼魂會上一面，當下發足飛奔，直向聲音來處奔去，叫道：「小玄子，你別走，小桂子在這裏！」滿地冰雪，溜滑異常，他連摔了兩個觔斗，爬起來又跑。

轉過山坡，只見沙灘邊火光點點，密若繁星，數百人手執燈籠火把，整整齊齊的排着。韋小寶大吃一驚，叫道：「啊喲！」轉身便逃。

人叢中搶出一人，叫道：「韋都統，這可找到你啦！」韋小寶跨出兩步，便已明白眼下情勢，自己蹤迹既已給人發見，對方數百人搜將過來，在這小小的通吃島上決計躲藏不了，聽那人聲音似乎有些熟悉，當即停步，硬着頭皮，緩緩轉過身來。

那人叫道：「韋都統，大夥兒都想念你得緊。謝天謝地，終於找着你了。」聲音中充滿喜悅不勝之情。那人手執火把，高高舉起，快步過來，走到臨近，認出原來是王進寶。

韋小寶和故人相逢，也是一陣歡喜，想起那日在北京郊外，他奉旨前來捉拿，卻故意裝作不見，拚着前程和性命不要，放走了自己，的是義氣深重，今日是他帶隊，縱有凶險，也有商量餘地，當下微笑道：「王三哥，你的計策妙得很啊，可騙了我出來。」

王進寶抛擲火把在地，躬身說道：「屬下決計不敢相欺，實不知都統是在島上。」韋小寶微笑道：「這是皇上御授的錦囊妙計，是不是？」王進寶道：「那日皇上得知都統避到了海外，便派屬下乘了三艘海船，奉了聖旨，一個個小島挨次尋來。上島之後，便依照皇上的聖旨，這般呼喊。」

這時雙兒、蘇荃等都已趕到，站在韋小寶身後，又過一會，方怡、公主、阿珂三人也都到了。韋小寶回頭向公主道：「你皇帝哥哥本事眞好，終於找到咱們啦。」

王進寶認出了公主，跪下行禮。公主道：「皇上派你來抓我們去北京嗎？」王進寶忙道：「不，不是。皇上只派小將出海來尋訪韋都統，全不知公主殿下也在這裏。」公主低頭瞧了一眼自己凸起的大肚子，臉上一陣紅暈。

王進寶向韋小寶道：「屬下是四個多月前出海的，已上了八十多個小島呼喊尋訪，今晚終於得和都統相遇，實是歡喜得緊。」韋小寶微笑道：「我是犯了大罪之人，早就不是你上司了，這都統、屬下的稱呼，咱們還是免了罷。」王進寶道：「皇上的意思，都統聽了宣讀聖旨之後，自然明白。」轉身向人羣招了招手，說道：「溫公公，請你過來。」

人羣中走出一個人來，一身太監服色，卻是韋小寶的老相識，上書房的太監溫有方。他走近身來，朗聲道：「有聖旨。」

溫有方是韋小寶初進宮時的賭友，擲骰子不會作弊，是個「羊牯」，已不知欠了他多少銀子。韋小寶青雲直上之後，每次見到，總還是百兒八十的打賞。韋小寶聽得「有聖旨」三字，當即跪下。溫有方道：「這是密旨，旁人退開。」

王進寶一聽，當即遠遠退開。蘇荃等跟着也退了開去。公主卻道：「皇帝哥哥的聖旨，我也聽不得嗎？」溫有方道：「皇上吩咐的，這是密旨，只能說給韋小寶一人知道，倘若洩漏了一字半句，奴才滿門抄斬。」公主哼了一聲，道：「這麼厲害！你就滿門抄斬好了。」料想自己在旁，他決不肯頒旨，只得退了開去。

溫有方從身邊取出兩個黃紙封套，韋小寶當即跪下，說道：「奴才韋小寶接旨。」溫有方道：「皇上吩咐，這一次要你站着接旨，不許跪拜磕頭，也不許自稱奴才。」

韋小寶大是奇怪，問道：「那是甚麼道理？」溫有方道：「皇上這麼吩咐了，我就跟你這麼說，到底是甚麼道理，你見到皇上時自己請問罷。」韋小寶只得朗聲道：「是，謝皇上恩典。」站起身來。溫有方將一個黃紙封套遞了給他，說道：「你拆來瞧罷。」韋小寶雙手接過，拆開封套，抽出一張黃紙來。溫有方左手提起燈籠，照着黃紙。

韋小寶見紙上畫了六幅圖畫。第一幅畫的是兩個小孩滾在地下扭打，正是自己和康熙當年摔角比武的情形。第二幅圖畫是眾小孩捉拿鰲拜，鰲拜撲向康熙，韋小寶刀刺鰲拜。第三幅畫着一個小和尚背負一個老和尚飛步奔逃，後面有六七名喇嘛持刀追趕，那是他在清涼寺相救老皇爺的情狀。第四幅白衣尼凌空下撲，挺劍行刺康熙，韋小寶擋在他身前，代受了一劍。第五幅畫的是韋小寶在慈寧宮寢殿中將假太后踏在地下，從床上扶起眞太后。第六幅畫的是韋小寶和一個羅剎女子、一個蒙古王子、一個老喇嘛，一齊揪住一個老將軍的辮子，瞧那老將軍的服色，正是平西親王，自是說韋小寶用計散去吳三桂的三路盟軍。

康熙雅擅丹青，六幅畫繪得甚爲生動，只是吳三桂、葛爾丹王子、桑結喇嘛、蘇菲亞公主四人他沒見過，相貌不像，其餘人物卻是個個神似，尤其韋小寶一幅憊懶頑皮的模樣，更是維妙維肖。六幅畫上沒寫一個字，韋小寶自然明白，那是自己所立的六件大功。和康熙玩鬧比武本來算不得是甚麼功勞，但康熙心中卻是念念不忘。至於炮轟神龍教、擒獲假太后、捉拿吳應熊等功勞，相較之下便不足道了。

韋小寶只看得怔怔發呆，不禁流下淚來，心想：「他費了這麼多功夫畫這六幅圖畫，記着我的功勞，那麼心裏是不怪我了。」

溫有方等了好一會，說道：「你瞧清楚了嗎？」韋小寶道：「是。」溫有方拆開第二個黃紙封套，道：「宣讀皇上密旨。」取出一張紙來，讀道：

「小桂子，他媽的，你到那裏去了？我想念你得緊，你這臭傢伙無情無意，可忘了老子嗎？」

韋小寶喃喃的道：「我沒有，眞的沒有。」中國自三皇五帝以來，皇帝聖旨中用到「他媽的」三字，而皇帝又自稱爲「老子」，看來康熙這道密旨非但空前，抑且絕後了。

溫有方頓了一頓，又讀道：

「你不聽我話，不肯去殺你師父，又拐帶了建寧公主逃走，他媽的，你這不是叫我做你的便宜大舅子嗎？不過你功勞很大，對我又忠心，有甚麼罪，我都饒了你。我就要大婚啦，你不來喝喜酒，老子實在不快活。我跟你說，你乖乖的投降，立刻到北京來，我已經給你另外起了一座伯爵府，比先前的還要大得多……」

韋小寶心花怒放，大聲道：「好，好！我立刻就來喝喜酒。」

溫有方繼續道：

「咱們話兒說在前頭，從今以後，你如再不聽話，我非砍你的腦袋不可了，你可別說我騙了你到北京，又來殺你。你姓陳的師父已經死了，天地會跟你再沒甚麼干係，你得出點力氣，把天地會給好好滅了。我再派你去打吳三桂。建寧公主就給你做老婆。日後封公封王，升官發財，有得你樂子的。小玄子是你的好朋友，又是你師父，鳥生魚湯，說過的話死馬難追，你給我快快滾回來罷！」

溫有方讀完密旨，問道：「你都聽明白了？」韋小寶道：「是，都聽明百了。」溫有方將密旨伸入燈籠，在蠟燭上點燃了，取出來燒成了一團灰燼。韋小寶瞧着那道密旨着火後燒成火燄，又火滅成灰，心中思潮起伏，蹲下身來，撥弄那堆灰燼。

溫有方滿臉堆笑，請了個安，笑道：「韋大人，皇上對你的寵愛，那眞是沒得說的。小的今後全仗你提拔了。」

韋小寶黯然搖頭，尋思：「他要我去滅天地會。這件事可太也對不起朋友。要是我這種事也幹，豈不是跟吳三桂、風際中一般無異，也成了大漢奸、烏龜王八蛋？小玄子這碗飯，可不是容易吃的。這一次他饒了我不殺，話兒卻說得明明白白，下一次可一定不饒了。但我如不肯回去，不知他又怎樣對付我？」問道：「我要是不回北京，皇上要怎樣？叫你們抓我回去，還是殺了我？」

溫有方滿臉詫異之色，說道：「韋大人不奉旨？那……那有這等事？這……這不是……唉，違旨的事，那是說也說不得的。」

韋小寶道：「你跟我說老實話，我要是不奉旨，那就怎樣？」溫有方搔了搔頭，說道：「皇上只吩咐小的辦兩件事，一件是將一道密旨交給韋大人，另一件是待韋大人看了第一道密旨之後，再拆閱另一道密旨宣讀。這密旨裏說的甚麼話，小的半點不懂。其餘的事，那是更加不知道了。」

韋小寶點點頭，走到王進寶身前，說道：「王三哥，皇上的密旨，是要我回京辦事，可是……可是你瞧，公主的肚子大得很了，我當眞走不開。要是不奉旨回京，皇上要你怎樣對付我？」心想：「先得聽聽對方的價錢。倘若說是格殺勿論，我就投降，否則的話，不妨討價還價。」

王進寶道：「皇上只差屬下到各處海島尋訪韋都統，尋到之後，自有溫公公宣讀密旨。以後的事，屬下自然一切聽憑韋都統差遣。」

韋小寶大喜，道：「皇上沒有叫你捉我、殺我？」王進寶忙道：「沒有，沒有，那有此事？皇上對韋都統看重得很。韋都統一進京，定然便有大用，不做尙書，也做大將軍。」韋小寶道：「王三哥，不瞞你說，皇上要我回京，帶人去滅了天地會。我是天地會的香主，這等殺害朋友的事，是萬萬幹不得。」王進寶爲人極講義氣，對韋小寶之事也早已十分淸楚，聽他這麼說，不禁連連點頭，心想爲了升官發財而出賣朋友，那可豬狗不如。

韋小寶又道：「皇上待我恩重如山，可是吩咐下來的這件事，我偏偏辦不了。我不敢去見皇上的面，只好來世做牛做馬，報答皇上的大恩了。你見到皇上，請你將我的爲難之處，分說分說。本來嘛，忠義不能兩全，做戲是該當自殺報主，雖然割脖子痛得要命，我無可奈何，也只好盡忠報國了。」

王進寶將心比心，自己倘若遇此難題，也只有出之以自殺一途，既報君皇知遇之恩，亦不負朋友相交之義，急忙勸道：「韋都統不可出此下策，咱們慢慢的想法子。待屬下將都統這番苦衷回稟皇上。張提督、趙總兵、孫副將幾位，這幾個月來都立了些功勞，很得皇上看重，大夥兒拚着前程不要，無論如何要爲韋都統磕頭求情。」

韋小寶見他一副氣急敗壞的模樣，心中暗暗好笑：「要韋小寶自殺，那眞是日頭從西天出了。別說自殺，老子就割自己一個小指頭兒也不會幹。再說，小玄子要殺我就殺，要饒我就饒，他自己可不知道多有主意，憑你們幾個人磕幾個響頭，又管甚麼用？」但見他義氣深重，心下也自感激，握住了他手，說道：「既是如此，就煩王三哥奏告皇上，說韋小寶左右爲難，橫劍自刎，幸蒙你搶救，才得不死。」

王進寶道：「是，是！」心想溫太監就在旁邊，一切親眼目覩，如此欺君，只怕要拆穿西洋鏡，不由得露出爲難之色。韋小寶哈哈大笑，說道：「王三哥不必當眞，我是說笑呢。皇上深知韋小寶的爲人，自殺是挺怕痛的。你一切據實回奏罷。」王進寶這才放心。

韋小寶心想倘若坐他船隻回歸中原，再逃之夭夭，皇上定要降罪，多半會殺了他頭，自己如出言求懇，他在勢不能拒絕，可是那未免太對不起人了，說道：「咱們正事說完啦。王三哥，兄弟在這荒島上，很久沒賭錢了，實在沒趣之極，咱們來擲兩把怎樣？」

王進寶大喜，他賭性之重，絕不下於韋小寶，當沒有對手之時，往往左手和右手賭，當下連聲稱好，迫不及待，命手下兵士搬過一塊平整的大石，六名兵士高舉燈籠在旁照著，呼么喝六，便和韋小寶賭了起來。不久溫有方，以及幾名參將、游擊也加入一起擲骰，圍在大石旁的越來越多。

沐劍屏看得疑竇滿腹，悄悄問方怡道：「師姊，他們為甚麼擲骰子？難道輸了的便……可是他們都是男人啊。」方怡噗哧一聲，笑了出來，低聲道：「那個輸了，那個便來陪你。」沐劍屏雖不明白世務，卻也知決無此事，伸手到方怡胺窩裏呵癢，二女笑成一團。

一場賭博，直到天明方罷。韋小寶面前銀子堆了高高的三堆，一來手氣甚旺，二來大出花樣，眾官兵十個中倒有九個輸了。韋小寶興高采烈，一轉頭間，只見公主、阿珂、沐劍屏三女已倚在石上睡着了，蘇荃、方怡、雙兒、曾柔四人睡眼惺忪，強自支撐着在旁相陪，不由得心感歉仄，將面前三大堆銀子一推，說道：「王三哥，這裏幾千兩銀子，請你代為賞了給眾兄弟罷。各位來到荒島之上，沒甚麼款待的，實在不好意思。」

眾官兵本已輸得個個臉如土色，一聽之下，登時歡聲雷動，齊聲道謝。王進寶吩咐官兵划了小艇回船，將船上的米糧、豬羊、好酒、藥物，以及碗筷、桌椅、鍋鑊、菜刀等物一艇艇的搬上島來。又指揮官兵在林中搭了幾大間茅屋。人多好辦事，幾百名官兵落力動手，數日之間，通吃島上諸事燦然齊備，這才和韋小寶別過。

溫有方臨別之時，才知這島名叫通吃島，不由得連連跺脚歎氣，說道早知如此，定要請韋小寶讓他推幾鋪莊，在通吃島上做閒家打莊，豈有不給通吃之理？

過得十餘日，阿珂先產下一子，次日蘇荃又產下一子。公主卻隔了一個多月，才生下一女，她見人家生的都是兒子，自己卻偏偏生了個女兒，心中生氣，連哭了幾日。韋小寶不住安慰，說自己只喜歡女兒，不愛兒子，這才哄得她破涕爲笑。

三個嬰兒倒有七個母親，雖然人人並無育嬰經驗，七手八脚，不免笑話百出，但三個嬰兒倒也都甚壯健活潑。衆女恭請韋小寶題名。韋小寶笑道：「我瞎字不識，要我給兒子、姑娘取名字，可爲難得很了。這樣罷，咱們來擲骰子，擲到甚麼，便是甚麼。」

當下拿起兩粒骰子，口中唸唸有詞：「賭神菩薩保祐，給取三個好聽點兒的名字。」第一個！擲了下去，一粒六點，一粒五點，是個「虎頭」。韋小寶笑道：「阿大的名字不錯，叫作韋虎頭。」第二次擲了個一點和六點，湊成個「銅鎚么六」，老二叫作「韋銅鎚」。

第三次擲下去，第一粒骰子滾出兩點，第二粒骰子轉個不停，終於也是個兩點，湊成一張「板凳」。韋小寶一怔之下，哈哈大笑，說道：「咱們大姑娘的名字可古怪了，叫作『韋板凳』！」衆女無不愕然。

公主怒道：「難聽死了！好好的閨女，怎能叫甚麼板凳、板凳的，快另擲一個。」

韋小寶道：「賭神菩薩給取的名字，怎能隨便亂改？」將女嬰抱了過來，在她臉上嗒的一聲，親了個吻，笑道：「韋板凳親親小寶貝兒，這名字挺美啊。」

公主怒道：「不行，不行！說甚麼也不能叫板凳。孩子是我生的，這樣難聽的名字，我可不要。」韋小寶道：「哼，孩子是你生的，你一個人生得出嗎？」公主搶過骰子，說道：「我來擲，擲了甚麼，就叫甚麼。」韋小寶無奈，只得由她，說道：「好罷，這一次可不許賴！倘若也擲了虎頭、銅鎚呢？」公主道：「跟她哥哥一樣，也叫虎頭、銅鎚好了。」一把骰子在掌中不住搖動，說道：「賭神菩薩，你如不給我閨女取個好聽名兒，我砸爛了你這兩粒臭骰子。」

一把擲下，兩粒骰子滾了幾滾，定將下來，天下事竟有這般巧，居然又都是兩點，仍是一張「板凳」。公主口瞪目呆之餘，哇的一聲，大哭起來。

衆人又是驚訝，又是好笑。蘇荃笑道：「妹子你別着急！兩點是雙，兩個兩點是雙雙。咱們閨女叫作『韋雙雙』，你瞧好不好呢？」公主破涕爲笑，登時樂了，笑道：「好，好！這名字挺有趣的，跟雙兒妹子差不多。」雙兒也很喜歡，將韋雙雙接過去抱在懷裏，着實親熱。沐劍屏笑道：「雙兒妹妹，你這樣愛她，快餵她吃奶呀。」雙兒紅着臉啐了一口，道：「還是你餵！」伸手去解她衣扣。沐劍屏急忙逃走。衆女笑成一團。

通吃島上添了三個嬰兒，日子過得更加熱鬧。自從王進寶送了大批糧食用具之後，諸物豐足，不必日日漁獵，只是興之所至，想吃些新鮮魚蝦野味，才去動手。初時大家也還擔心康熙呼召韋小寶不至，天威不測，或有後患，但過得數月，一無消息，也就漸漸不將這事放在心上了。

到得這年夏天，王進寶忽又率領大船數艘到來，宣讀聖旨。這次的聖旨卻是駢四驪六，文辭深奧。韋小寶一句不懂，全仗蘇荃解說。

原來康熙於前事一句不提，卻派了一名參將，率兵五百，駐島保護公主。此外還有十六名男僕、八名女僕、八名丫環，諸般用具、食物，滿滿的裝了三大船。

韋小寶暗暗發愁：「小玄子賞了我這許多東西，只怕是要叫我在這通吃島上長住一世了。」他生性好動，島上歲月雖然無憂無慮，又有七個如花似玉的夫人相伴，可是太平日子過得久了，實在乏味無聊，有時回憶往事，反覺在麗春院中給人揪住了小辮子又打又罵，來得精神爽利。

這年十二月間，康熙差了趙良棟前來頒旨，皇帝立次子允礽為皇太子，大赦天下，韋小寶晉爵一級，封為二等通吃伯。

韋小寶設宴請趙良棟吃酒，席上趙良棟說起討伐吳三桂的戰事，說道吳三桂兵將厲害，王師諸處失利。韋小寶道：「趙二哥，請你回去奏知皇上，說我在這裏實在悶得無聊，還是請皇上派我去打吳三桂這老小子罷。」趙良棟道：「皇上早料到爵爺忠君愛國，得知吳逆猖獗，定要請纓上陣。皇上說道，韋小寶想去打吳三桂，那也可以，不過他先得給我滅了天地會。否則的話，還是在通吃島上釣魚捉烏龜罷。」

韋小寶眼圈紅了，險些哭了出來。

趙良棟道：「皇上說，從前漢朝漢光武年輕的時候，有個好朋友叫做嚴子陵。漢光武做了皇帝之後，這嚴子陵不肯做大官，卻在富春江上釣魚。皇上又說，從前周武王的大臣姜太公，也在渭水之濱釣魚。周武王、漢光武都是古時候的好皇帝，可見凡是好皇帝，總得有個大官釣魚。皇上說道，皇上要做鳥生魚湯，倘若韋爵爺不給他捉鳥釣魚，皇上怎做得成鳥生魚湯呢？韋爵爺，屬下是粗人，爲甚麼皇上要派爵爺在這裏捉鳥釣魚，實在不大明白。不過皇上英明得很，想來其中必有極大的道理。」

韋小寶道：「是，是！」只有苦笑。明知康熙是開自己的玩笑，看來自己如果不答應去滅天地會，皇帝是要自己在這裏釣一輩子的魚了。這五百名官兵說是在保護公主，其實是獄官獄卒，嚴加監視，不許自己離島一步。他越想越悲苦，一席酒筵草草終場，竟然酒後賭錢也不賭了，回到房中，怔怔的落下淚來。

七位夫人見韋小寶哭泣，都感驚訝，齊來慰問。他將康熙這番話說了。公主怒道：「是啊！皇帝哥哥眞要升你的官爵，從三等伯升爲二等伯就是了，那有甚麼『二等通吃伯』的道理。咱們大淸只有昭信伯、威毅伯，要不然是襄勤伯、承恩伯，你本來是三等忠勇伯，那就挺好，這『通吃伯』三字，明明是取笑人。他……他……一點也不把我放在心上。」

韋小寶道：「通吃伯倒也沒甚麼，這通吃島的名字是我自己取的，也不能怪皇上。我是通吃島島主，自然是通吃伯了，總是比『通賠伯』好得多。荃姊姊，你怎生想個法子，咱們逃回中原去，我……我實在想念我媽媽。」

蘇荃搖頭道：「這件事可實在難辦，只有慢慢等機會罷。」

韋小寶拿起茶碗，嗆啷一聲，在地下摔得粉碎，怒道：「你就是不肯想法子，好，我將來一個人悄悄溜了，大家可別怪我。我……我……我寧可去麗春院提大茶壺做王八，也不做這他媽的通吃伯，這可把人悶都悶死了。」

蘇荃也不生氣，微笑道：「小寶，你別着急，總有一天，皇上會派你去辦事。」

韋小寶大喜，站起來深深一揖，道：「好姊姊，我跟你陪不是了。快說，皇上會派我去辦甚麼事？只要不是打天地會，我……我甚麼事都幹。」

公主道：「皇帝哥哥要是派你去倒便壺、洗馬桶呢？」

韋小寶怒道：「我也幹。不過天天派你代做。」公主見他脾氣很大，不敢再說。

沐劍屏道：「荃姊姊，你快說，小寶當眞着急得很了。」

蘇荃沉吟道：「做甚麼，我是不知道。但推想皇帝的心思，總有一日會叫你去北京的。他在逼你投降，要你答應去滅天地會。你一天不答應，他就一天跟你耗着。小寶，你要做英雄好漢，要顧全朋友義氣，這一點兒苦頭總是要吃的。又要做英雄，又想聽粉頭唱十八摸，這英雄可也太易做了。」

韋小寶一想倒也有理，站起身來，笑道：「我又做英雄，自己又唱十八摸，這總可以了罷？」跟着便唱了起來：「一呀摸，二呀摸，摸到荃姊姊的頭髮邊……」伸手向蘇荃頭上摸去。衆人嘻笑聲中，一場小風波消於無形。

此後日復一日，年復一年，韋小寶和七女便在通吃島上躭了下去。每年臘月，康熙必派人前來頒賞，賞賜韋小寶的水晶骰子、翠翡牌九、諸般鑲金嵌玉的賭具不計其數。幸好通吃島上多了五百名官兵，韋小寶倒也不乏賭錢的對手。

這一年孫思克到來頒賞。韋小寶見他頭戴紅寶石頂子，穿的是從一品武官的服色，知道是升了提督，忙向他恭喜：「孫四哥，恭喜你又升了官啦！」

孫思克滿臉笑容，向他請安行禮，說道：「那都是皇上恩典，韋爵爺的栽培提拔。」

開讀聖旨，卻原來是朝廷平定三藩，雲南平西王吳三桂、廣東平南王尚之信、福建靖南王耿精忠先後削平。康熙論功行賞，以二等通吃伯韋小寶擧薦大將，建立殊勛，甚可嘉尙，特晉爵爲一等通吃伯，蔭長子韋虎頭爲雲騎尉。韋小寶謝恩畢，收了康熙所賞的諸般賜物，其中竟有一座大理石屏風，便是當年在吳三桂五華宮的書房中所見，是吳三桂的三寶之一。張勇、趙良棟、王進寶、孫思克等也各有厚禮。

當晚筵席之上，孫思克說起平定吳三桂的經過。原來張勇在甘肅、寧夏一帶大破吳三桂大軍，屢立大功，現下已封了一等侯，加少傅，兼太子太保，官爵已遠在韋小寶之上。孫思克說張侯爺當年給歸辛樹打了一掌之後，始終不能復原，騎不得馬，也不是站立，打仗時總是在坐轎子中指揮大軍。韋小寶嘖嘖稱奇，說道：「抬轎子的可也得是勇士才行，否則張老哥大叫衝鋒，四名轎夫卻給他來個向後轉，豈不糟糕？」孫思克道：「是啊。張侯爺臨陣之時，轎子後面一定跟着刀斧手，抬轎的倘若要向後轉，大刀斧頭就砍將下來了。」

孫思克又說到趙良棟如何取陽平關、定漢中、克成都、攻下昆明，功勞甚大，皇上封他爲勇畧將軍、兼雲貴總督，加兵部尚書銜。王進寶和他自己，也各因力戰而升爲提督。

韋小寶見他說得眉飛色舞，自己不得躬逢其盛，不由得怏怏不樂，但想四個好朋友都立大功、封大官，又好生代他們歡喜。

孫思克道：「我們幾個人常說，這幾年打仗，那是打得十分痛快，飲水思源，都是全仗皇上知遇之恩，韋爵爺擧薦之德，倘若是韋爵爺做平西大元帥，帶着我們四人打吳三桂，那才是十全十美了。趙二哥和王三哥常常吵架，吵到了皇上御前，連張大哥也壓他們不下。皇上幾次提到韋爵爺，說如此吵架，怎對得起你，他們兩個才不敢再吵。」

韋小寶微笑道：「他二人本來一見面就吵架，怎麼做了大將軍之後，這脾氣還不改？」孫思克道：「可不是嗎？兩個人分別上奏章，你說我的不是，我說你的不是。幸好皇上寬洪大量，概不追究，否則的話，只怕兩個都要落個處份呢。」

韋小寶道：「吳三桂那老小子怎麼了？你有沒有揪住他辮子，踢他媽的幾脚？」孫思克搖頭道：「這老小子的運氣也眞好……」韋小寶驚道：「給他逃走了？」孫思克道：「那倒不是。他到處吃敗仗，佔了的地方一處處失掉，眼看支持不住了，就想在臨死之前過一過皇帝癮，於是穿起黃袍，身登大寶，定都衡州。咱們聽得他做了皇帝，更是唏哩花啦的狠打，他幾個大敗仗一吃，又驚又氣，就嗚呼哀哉了。」韋小寶道：「原來如此。倒便宜了這老小子。」孫思克道：「吳逆死後，他部下諸將擁立他孫子吳世璠繼位，退到昆明。趙二哥打到昆明，把吳逆的大將夏國相、馬寶他們都抓來斬了。吳世璠自殺，天下就太平了。」

韋小寶道：「昆明有一件國寶，卻不知怎樣了？」孫思克道：「甚麼國寶？屬下倒沒聽說過。」韋小寶道：「那是件活國寶，便是天下第一美人陳圓圓了。」孫思克笑道：「原來是陳圓圓，可沒聽到她的下落。不知是在亂軍中死了呢，還是逃走了。」韋小寶連稱：「可惜，可惜！」心想：「阿珂是我老婆，陳圓圓是我貨眞價實的岳母大人。趙二哥要是俘虜了她，知道是我岳母，自然要送到通吃島來，讓她和阿珂母女團聚。她母女團聚也不打緊，我們岳母女壻團聚，可大大的不同。別的不說，單是聽她聽她彈起琵琶，唱唱圓圓曲、方方歌，當眞非同小可。丈母娘通吃是不能吃的，不過『女壻看丈母，饞涎呑落肚』，那總可以罷？」

宴後回到內堂，向七位夫人說起。阿珂聽說母親不知所蹤，雖然她自幼爲九難盜去，不在母親身邊，但母女親情，不免也感傷心。

韋小寶勸阿珂不必擔心，說她母親不論到了甚麼地方，那「百勝刀王」胡逸之一定隨侍在側，寸步不離，說道：「阿珂，這胡大哥的武功高得了不得，你是親眼見過的了，要保護你母親一人，那是易如反掌。」阿珂心想倒也不錯，愁眉稍展。

韋小寶忽然一拍桌子，叫道：「啊喲，不好！」阿珂驚問：「甚麼？你說我娘有危險麼？」韋小寶道：「你娘倒沒危險，我卻有大大的危險。」阿珂奇道：「怎麼危險到你身上了？」韋小寶道：「胡大哥跟我八拜之交，是結義兄弟。倘若他在兵荒馬亂之中，卻跟你娘摟摟抱抱，勾勾搭搭，可不是做了我的岳父嗎？這輩份是一塌胡塗了。」阿珂啐了一口，白眼道：「這位胡伯伯是最規矩老實不過的，你道天下男子，都像你這般，見了女人便摟摟抱抱、勾勾搭搭嗎？」

韋小寶笑道：「來來來，咱們來摟摟抱抱、勾勾搭搭！」說着張臂向她抱去。

韋小寶升爲「一等通吃伯」之後，島上厨子、侍僕、婢女又多了數十人。韋虎頭身在襁褓之中，便有了「雲騎尉」的封爵。荒島生涯，竟然也是錦衣玉食，榮華富貴，只不過太也安逸無聊，韋小寶千方百計想要惹事生非，搞些古怪出來，須知不作荒唐之事，何以遣有涯之生？只可惜七位夫人個個一本正經，日日夜夜，看管甚緊，連公主這等素愛胡鬧之人，也不肯追隨他興風作浪，這位一等通吃伯縛手縛脚，只有廢然長歎。

想起孫思克所說征討吳三桂大小諸場戰事，有時驚險百出，有時痛快淋漓，自己卻置身事外，不能去大顯身手，實是遺憾之極；自己若在戰陣之中，決計不能讓吳三桂如此一死了之，定會想個法子，將他活捉了來，關入囚籠，從湖南衡州一路遊到北京，看一看收銀子五錢，向他吐一口唾沫收銀子一兩，小孩減半，美女免費。天下百姓恨這大漢奸切骨，我韋小寶豈有不花差不差哉？

吳三桂已平，仗是沒得打的了，但天下除了打仗之外，好玩之事甚多，只要到了人多之處，自有生發熱鬧，總而言之，須得先離開通吃島；但七個夫人、兩個兒子、一個女兒，寸步不離的跟着，便如是十塊大石頭吊在頸中，要想一齊偷偷離開通吃島，委實難之又難，不如撇下這十個人，自己想法子溜了罷。自從送走孫思克後，每日裏就在盤算這個主意。有時坐在大石上垂釣，想像坐在大海龜背上，乘風破浪，悠然而赴中原，不亦快哉？

這一日將近中秋，天時仍頗炎熱，韋小寶釣了一會魚，心情煩躁，倚在石上正要朦朧入睡，忽聽得有聲音說道：「啓稟韋爵爺：海龍王有請！」

韋小寶大奇，凝神看時，只見海中浮起一頭大海龜，昂起了頭，口吐人言：「東海龍王他老人家在水晶宮中寂寞無聊，特遣小將前來恭請韋爵爺赴宴，宴後豪賭一場。海龍王以珊瑚、水晶下注，陸上的銀票一概通用。」韋小寶大喜，叫道：「妙極、妙極！這位高隣如此客氣，自然是要奉陪的。」那大龜道：「水晶宮中有一部戲班子，擅做羣英會、定軍山、鍾尷嫁妹、白水灘諸般好戲。有說書先生擅說大明英烈傳、水滸傳諸般大書。又有無數歌女，各種時新小調，歎五更、十八摸、四季相思無一不會。海龍王的七位公主個個花容月貌，久慕韋爵爺風流伶俐，都盼一見。」

韋小寶只聽得心癢難搔，連稱：「好，好，好！咱們這就去罷。」那大龜道：「就請爵爺坐在小的背上，擺駕水晶宮去者。」

韋小寶縱身一躍，坐上大龜之背。那大龜分開海波，穩穩遊到了水晶宮。東海龍王親自在宮外迎接，携手入宮。南海龍王已在宮中相候。

歡宴之間，又有客人絡繹到來，有豬八戒和牛魔王兩個妖精，張飛、李逵、牛皋、程咬金四位大將，紂王、楚霸王、隋煬帝、明正德四位皇帝。這四帝、四將、一豬一牛二龍四位神魔，個個都是古往今來、天上地下兼海底最胡塗的大羊牯。

宴後開賭，韋小寶做莊，隨手抓牌，連連作弊，每副牌不是至尊寶，就是天一對，只贏得那十二人哇哇大叫，金銀財寶輸盡皆堆在韋小寶身前，最後連紂王的妲己、正德皇帝的李鳳姐，以及豬八戒的釘扒、張飛的丈八蛇矛也都贏了過來。

待得將李逵的兩把板斧也贏過來時，李逵賭性不好，一張黑臉只脹得黑裏泛紅，大喝一聲：「賊廝鳥，做人見好就該收了。你贏了人家婆娘，也不打緊，卻連老子的吃飯傢伙也贏了去，太也沒有義氣。」一把抓住韋小寶胸口，提起醋鉢大的拳頭，打將下來，砰的一聲，打在他耳朵之上，只震得他耳中嗡嗡作響。

韋小寶大叫一聲，雙手一提，一根釣絲甩了起來，釣魚鈎鈎在他後領之中，猛扯之下，魚鈎入肉，全身跟着跳起。

霎時之間，甚麼李逵、張飛、海龍王全都不知去向，待得驚覺是南柯一夢，卻又聽得砰的一聲大響，起自海上。

「陳軍師率領水師，圍住紅毛鬼的兩艘主力大艦，開炮猛轟，殺聲大作，海面上滿是硝烟火焰。猛地裏轟隆隆幾聲大響，紅毛鬼一艘主力艦給我軍擊沉了。」

第四十六回　千里帆檣來域外　九霄風雨過城頭

抬頭向海上看時，只見十來艘艨艟巨艦，張帆乘風，正向島上疾駛而來，韋小寶見勢頭不對，一扯之下，沒能將魚鈎扯脫，反而鈎得後頸好不疼痛，當即拔步飛奔，讓那釣魚桿拖在身後，心想定是鄭克塽這小子帶兵還債來了，還債本來甚好，可是欠債的上門，先開上幾炮，來勢洶洶，必非好兆。

他還沒奔到屋前，彭參將已氣急敗壞的奔到，道：「韋……韋爵爺……大……大事不好，台灣兵船打過來了。」韋小寶問道：「你怎知是台灣兵船？」彭參將道：「卑職剛……剛才用千里鏡照過了，船……尾巴……不，不，船頭上漆著一個太陽，一個月亮，那是台灣鄭逆的徽號，一艘船要是裝五百名兵將，兩艘一千，十三艘那就有七八千……」

韋小寶接過他手中千里鏡，對來船望去，一數之下，共有十三艘大船，再細看船頭，果然依稀畫得有太陽和月亮的徽記，喝道：「快去帶兵登防，守在岸邊，敵人坐小艇發陸，這就放箭！」彭參將連聲答應，飛奔而去。

蘇荃等都聞聲出來，只聽得來船又砰砰砰的放炮。公主道：「阿珂妹子，你去台灣時，帶不帶虎頭同去？」阿珂頓足怒道：「你……你開甚麼玩笑？」

韋小寶更加惱怒，罵道：「讓公主這臭皮帶了她的雙雙去台灣……」

蘇荃忽道：「咦，怎地炮彈落海，沒濺起水柱？」只聽得砰砰兩響，炮口烟霧瀰漫，卻沒炮打上岸來，也沒落入海中。韋小寶一怔，哈哈大笑，道：「這是禮炮，不是來跟咱們為難的。」公主道：「先禮後兵！」韋小寶怒道：「雙雙小丫頭呢？快過來，老子要打她屁股。」公主嗔道：「好端端的為甚麼打女兒？」韋小寶道：「誰教她的娘這麼討厭！」

來船漸近，從千里鏡中看得清楚，船上升起的竟是大清黃龍旗，並非台灣日月旗，韋小寶又驚又喜，將千里鏡交給蘇荃道：「你瞧瞧，這可奇了。」

蘇荃看了一會，微笑道：「這是大清水師，不是台灣的。」

韋小寶接過來又看，笑道：「對啦！果眞是大清水師。哎啊，幹甚麼？他媽的好痛！」回過頭來，原來抱在阿珂懷中的韋虎頭抓住了釣桿，用力拉扯，魚鈎還鈎在韋小寶頸中，自然扯得他好生疼痛。阿珂忍住了笑，忙輕輕替他把魚鈎取下，笑道：「對不住，別生氣。」韋小寶笑道：「乖兒子，年紀小小，就有姜太公的手段，了不起！」

公主哼了一聲，罵道：「偏心鬼！」

只見彭參將快速奔來，叫道：「韋爵爺，船上打的是大清旗號，只怕有詐。」韋小寶道：「不錯！只許一艘小艇載人上島，問明白了再說。」彭參將接令而去。

公主道：「定是鄭克塽這小子假打大清旗號，這些明明是台灣船嘛！」韋小寶道：「很好，很好。公主，你近來相貌美得很啊。」公主一怔，聽丈夫稱讚自己，卻也忍不住喜歡，微笑道：「還不是一樣，有甚麼美了？」韋小寶道：「你唇紅面白，眉毛彎彎，好像月裏嫦娥下凡，鄭克塽見了一定喜愛得緊。」公主呸的一聲。

不多時來船駛近，下錨停泊，六七名水兵划了一艘小艇，駛向岸邊，彭參將指揮士兵，彎弓搭箭，對住了小艇。小艇駛到近處，艇中有人拿起話筒放在口邊，叫道：「聖旨到！水師提督施軍門向韋爵爺傳旨。」

韋小寶大喜，罵道：「他媽的，施琅這傢伙搞甚麼古怪，卻坐了台灣的戰船來傳旨。」蘇荃道：「想是他在海遇到了台灣水師，打了勝仗，將台灣的戰船捉了過來。」韋小寶道：「定是如此。荃姊姊料事如神。」

公主兀自不服氣，嘀咕道：「我猜是施琅投降了台灣，鄭克塽派他假傳聖旨。」韋小寶心中一歡喜，也就不再斥罵，在她屁股上扭了一把，拍了一記，興匆匆地趕到沙灘上去接旨。

小艇中上來的果然是施琅。他在沙灘上一站，大聲宣旨。原來康熙派施琅攻打台灣，澎湖一戰，鄭軍水師大敗，施琅乘勝入台。明延平郡王鄭克塽不戰而降，台灣就此歸於大清版圖。康熙論功行賞，以施琅當年閒居北京不用，得韋小寶保薦而立此大功，特升韋小寶爲二等通吃侯，加太子太保銜，長子韋虎頭蔭一等輕車都尉。

韋小寶謝恩已畢，茫然若失，想不到台灣居然已給施琅平了。

他和鄭克塽一見面就結怨，師父陳近南爲其所害，更是恨之切骨，但台灣一平，大明天下從此更無寸土，也不禁有些惆悵。他年紀幼小，從未讀書，甚麼滿漢之分，國族之仇，向來不放在心上，只是在天地會日久，平日聽會中們兄弟說得多了，自然而然也覺滿洲人佔我漢人江山十分不該。這時聽說施琅將鄭克塽抓了去北京，並不覺得喜歡。又想師父一生竭盡心力，只盼恢復大明天下，就算這件大事做不成功，也要保住海外大明這一片土，那知師父被害不久，鄭克塽便即投降，師父在陰世得知，也必痛哭流涕。

韋小寶想到那日師父被害，也是因和施琅力戰之後，神困力疲，才會被鄭克塽在背後施了暗算，眼見施琅一副得意洋洋的神氣，不由得一肚子都是氣，說道：「施大人立此大功，想來定是封了大官啦。」施琅微笑道：「蒙皇上恩典，賜封卑職爲三等靖海侯。」韋小寶道：「恭喜，恭喜。」心想：「我本來是一等通吃伯，升一級是三等通吃侯，小皇帝卻連升我兩級，原來要我蓋過了施琅，免得大家都做三等侯，滋味不太好。」但想到施琅大戰平台，何等熱鬧風光，自己卻在這荒島上發悶，既妬且惱，不由得更對他恨得牙癢癢地。

施琅請了個安，恭恭敬敬的道：「皇上召見卑職，溫言有加，着實勉力了一番，最後說道：『施琅你這次出師立功，可知是得了誰的栽培提拔？從前你在北京，誰都不來睬你，是誰保薦你的？』卑職回道：『回皇上：那是韋爵爺的保奏提拔，皇上加恩。』皇上說道：『你不忘本，這就是了。你即去通吃島向韋小寶宣旨，加恩晉爵，奬他有知人之明，爲朝廷立功。』是以卑職專程趕來。」

韋小寶歎了口氣，心想：「我提拔的人個個立功，就只我自己，卻給監禁在這荒島上寸步難行。小皇帝不住加我官爵，其實我就算封了通吃王，又有甚麼希罕了？」說道：「施大人，你坐了這些台灣的戰船到來，倒嚇了我一跳，還道是台灣的水師打過來了呢，那想得到是你來耀武揚威。」

施琅忙請安謝罪，說道：「不敢，不敢，卑職奉了聖旨，急着要見爵爺，台灣戰船打造得好，行駛起來快得多，因此乘了台灣船來。」

韋小寶道：「原來台灣戰船行駛得快，是爲了船上漆得有太陽月亮的徽號。我先前心中嘀咕，只道施大人自己想在台灣自立爲王，可着實有些擔心呢。」

施琅大吃一驚，忙道：「卑職胡塗得緊，大人指點得是。卑職辦事疏忽，沒將台灣戰船的徽號去了。」其實這倒不是他的疏忽，只是他打平台灣，得意萬分，坐了俘獲的台灣戰船北上天津，又南來通吃島，故意不鏟去船頭台灣的徽號，好讓人見了指指點點，講述戰船的來歷，那是炫耀戰功之意。不料韋小寶卻說疑心他意欲在台灣自立爲王，這是最大的犯忌事，不由得滿背都是冷汗；心想小皇帝對這少年始終十分恩寵，自己血戰而平台灣，他舒舒服服的在島上閒居，功勞竟然還是他大，他封了一等侯，自己卻不過是三等侯。倘若他回到北京，在皇上面前說幾句閒話，自己這可大大糟糕了。

施琅心中這一惶恐，登時收起初上岸時那副趾高氣揚的神氣，命隨同前來屬官上前拜見。其中一人卻是韋小寶素識，是當年跟着陳近南而在柳州見過的地堂門好手林興珠。韋小寶心中一怔：「他是台灣的將領，怎麼會在施琅手下？」聽他自報頭銜是水師都司。

林興珠自上岸來見到韋小寶後，早就驚疑不定：「他是陳軍師的小徒弟，怎麼做了朝廷大官，連施提督見了他都那麼恭敬？」

施琅指着林興珠，以及一個名叫洪朝的水師守備，說道：「林都司和洪守備本來都在台灣軍中，隨着鄭克塽爵爺和劉國軒大人歸降朝廷的。他二人熟悉海事，因此卑職這次帶同前來，讓他兩人照料台灣的船隻。」

韋小寶「哦」了一聲，道：「原來如此。」一見林興珠和洪朝都低下了頭，臉有愧色。

台灣自鄭成功開府後，和日本、呂宋、暹羅、安南各地通商，甚為殷富。施琅平台，取得外洋珍寶異物甚多，自己一介不取，盡數呈繳朝廷。康熙命他帶了一些來賜給韋小寶。此外施琅自己也有禮物，卻是些台灣土產，竹箱、草蓆之類，均是粗陋物事。韋小寶一見，更增氣惱，心道：「張大哥、趙二哥、王三哥、孫四哥打平吳三桂，送給我的禮物何等豐厚，你卻送些叫化子的破爛東西給我，可還把我放在眼裏嗎？」

當晚韋小寶設宴款待，自是請施琅坐了首席，此外是四名水師高級武官，以及林興珠及洪朝二人。酒過三巡，韋小寶問道：「林司都，台灣延平郡王本來是鄭經鄭王爺，怎麼變成鄭克塽這小子了？聽說他是鄭王爺的第二個兒子，該輪不到他做王爺啊？」

林興珠道：「是。回爵爺：鄭王爺於今年正月廿八去世，遺命大公子克壓接位。大公子英明剛毅，台灣軍民向來敬服。可是太夫人董國太卻不喜歡他，派馮錫範行刺，將他殺了，立二公子克塽接位。大公子的陳夫人去見董國太，說大公子無罪。董國太大怒，叫人趕了出來，陳夫人抱着大公子的屍體哭了一場，就上吊死了。那位陳夫人，便是陳……陳軍師的大小姐。這件事台灣上下人心都很不服。」

韋小寶聽說師父的女兒給人逼死，想起師父，心下酸痛，一拍桌子，罵道：「他媽的，鄭克塽這小子昏庸胡塗，會做甚麼屁王爺了？」

林興珠道：「是。二公子接位後，封他岳父馮範錫爲左提督，一應政事都歸他處理。這人處事不公，很有私心。有人大膽說幾句公道說，都給他殺了，因此文武百官都是敢怒不敢言。大公子和陳夫人的鬼魂又常常顯靈，到四月間，董國太就給鬼魂嚇死了。」

韋小寶道：「痛快，痛快！這董國太到了陰間，國姓爺可不能放過了她。」林興珠道：「誰說不是呢。董國太給鬼魂嚇死的事一傳出來，人心大快，全台灣從北到南，大家連放了三天爆竹，說的是趕鬼，其實是慶祝這老虔婆死得好！」韋小寶連說：「有趣，有趣！」

施琅道：「鬼魂的事也未必眞有。想來董國太殺了大孫兒、逼死大孫媳後，心中不安，老年人疑心生暗鬼，就日夜見鬼了。」韋小寶正色道：「惡鬼是當眞有的，尤其是寃死屈死之人，變了鬼後，定要討命報仇。施大人，你這次平台殺人很多，這些台灣戰船中，惡鬼必定不少，施大人還是小心爲妙。」施琅微微變色，隨即笑道：「上陣打戰，免不了要殺人。倘若敵人陣亡的兵將都變了鬼來討命，做武將的個個不得好死了。」

韋小寶搖頭道：「那倒不然。施大人本來是台灣國姓爺部下的大將，回過頭來打死台灣的兵將，死了的寃鬼自然心中不服。這可跟別的將軍不同。」

施琅默語，心下甚是恚怒。他是福建晉江人，台灣鄭王的部屬十之八九也都是福建人，尤以閩南人爲多。他打平台灣後，曾聽到不少風言風語，罵他是漢奸、閩奸，更有人匿名寫了文章，做了詩來斥罵他諷刺他的。他本就內心有愧，只是如此當面公然譏刺，韋小寶卻是第一人。他對韋小寶無可奈何，登時便牽怒於林興珠，向他瞪了一眼，心道：「一離此島，老子要你的好看。」

韋小寶說道：「施大人，你運氣也眞好，倘若陳軍師沒有被害，在台灣保護鄭克塽，董國太、鄭克塽他們就不篡位了。陳軍師統率軍民把守，台灣上下一心，你未必就能成功。」

施琅默然，心想自己才能確是遠不如陳近南，此人倘若不死，局面自然大不相同。

洪朝忽然插口：「韋爵爺說得是。台灣的兵將百姓也都這麼說。人人怨恨鄭克塽殺害忠良，自壞長城，眞是國姓爺的不肖子孫。」施琅怒道：「洪守衞，你既降了大清，怎敢再說這等大逆不道的言語？」洪朝急忙站起，說道：「卑職胡塗，大人包涵。」

韋小寶道：「洪老兄，你說的是老實話，就算皇上親耳聽到了，也不能怪罪。坐下喝酒罷。」洪朝道：「是。」戰戰兢兢的坐下，捧起酒杯，雙手不住的發抖，將酒潑出了大半杯。

韋小寶道：「陳軍師被鄭克塽害死，台灣人都知道了，是不是？」洪朝道：「是。鄭克塽回到台灣後，他……他說陳軍師……是……是……」向施琅瞧了一眼，不敢再說下去了。韋小寶道：「只要你說的是實話，誰也不會怪你。」洪朝道：「是，是。鄭克塽和馮錫範二人帶着幾名衞士，坐了小艇在大海裏飄流，遇到漁船，將他們救回台灣。鄭克塽說，陳軍師是給施將軍殺死的。鄭王爺得知之後，痛哭了好幾天。後來鄭克塽篡了位，自己才當衆說出來，說陳軍師是他殺的，還大吹自己武功了不起。陳軍師的部下許多人不服，去質問他陳軍師犯了甚麼罪，都給馮錫範派人抓起來殺了。」

韋小寶將酒杯在桌上重重一放，罵道：「操他奶奶的！」忽然哈哈大笑，說道：「咱們平日罵人奶奶，這人的奶奶實在有些寃枉。只有操鄭克塽的奶奶，那才叫天造地設，丁三配二四，再配也沒有了。」

這幾句話施琅聽在耳裏，卻也十分受用。他所以得罪鄭成功，全家被殺，都因董國太而起，說道：「韋爵爺這話對極，咱們操他奶奶的。國姓爺英雄豪傑，甚麼都好，就是娶錯了一個老婆。」

韋小寶搖頭道：「旁人都好操鄭克塽的奶奶，天下就是施將軍一個人操不得。施將軍的功名富貴，都是從這老虔婆身上而來。你父母妻兒雖然都讓他殺了，可是換了個水師提督，三等靖海侯，這筆生意還是做得過啊。」

施琅登時滿臉通紅，心中怒罵：「老子操你韋小寶的奶奶。」強自抑制怒氣，端起酒杯來大大喝了一口，可是氣息不順，酒一入喉，猛地裏劇烈咳嗽起來。

韋小寶心道：「瞧你臉色，心中自然在大操我的奶奶，可是我連爹爹是誰也不知道，奶奶是誰更加不知道，你想操我奶奶，非操錯了人不可。你心中多半還想做我老子，那麼我奶奶便是你媽，你操我奶奶，豈不是你跟自己老娘亂七八糟，一塌胡塗？」笑吟吟的瞧着他。

座上一名姓路的水師副將生怕他二人鬧將起來，說道：「韋爵爺，施軍門這次平台，那是全憑血戰拚出來的功勞。施軍門奉了聖旨，於六月初四率領戰船六百餘號，軍士六萬餘人征台，在海上遇到逆風，行了十一天才到澎湖，十六就和劉國軒率領的台灣兵大戰，這一仗當眞打的昏天黑地，日月無光，連施軍門自己也掛了彩……」

韋小寶見林興珠和洪朝都低下了頭，臉有怒色，料想他兩人也曾參與澎湖之役，心想這一仗當然是施琅打了勝仗，不想聽路副將說他的得意事蹟，問道：「施將軍，當日國姓爺取台灣，也是從澎湖攻過去的嗎？」施琅道：「正是。」韋小寶道：「那時你在國姓爺部下，不知是當時打澎湖是怎麼打的？」施琅道：「紅毛鬼子沒派兵守澎湖。」

韋小寶問林興珠：「當年國姓爺跨海東征，聽說林大哥帶領籐牌兵斬鬼脚，不知怎樣斬法？」林興珠心想：「籐牌兵斬鬼脚的事，我早說給你聽過了。這時你又來問，自然是不想聽施琅平台的臭史，要我講國姓爺和陳軍師的英雄事蹟。我自己的事是不能多說的，施琅心中一懷恨，定要對付我，還是捧捧他爲妙。」說道：「施軍門兩次攻台灣，功勞實在大得很。當年國姓爺會集諸將，商議要不要跨海東征，很多將官都說台灣天險難攻，海中風浪既大，紅毛鬼又炮火厲害，這件事實在危險。但陳軍師和施將軍極力贊成，終於立了大功。」

施琅聽他這麼說，臉有得色。

林興珠又道：「那是永曆十五年二月……」

施琅道：「林都司，前明的年號，不能再提了，那是大清順治十八年。」

林興珠道：「是，是。這年二月國姓爺大營移駐金門城。三月初一全軍誓師祭海。初十那天，國姓爺和陳軍師統帶親軍右武衛、左右虎衛、驍騎鎮、左先鋒、中衝、後衛鎮、宣毅前後鎮、援勦後鎮各路船艦，齊集料羅灣候風。那時軍心惶惶，很多人都怕出洋，國姓爺和陳軍師、施將軍分到各鎮去激勵軍心。一直等到廿三中午，天才放晴，風浪止息，於是大軍開出，廿四下午就到了澎湖。但到了澎湖之後，大風又起，海上風浪作大，好幾天不能開船。澎湖各島沒糧食，軍中缺糧，大家只好吃蕃薯度日，軍心又慌亂起來。等到三十，實在不能再等了，國姓爺下令出發，不管大風大浪，都要出征。這天半夜一更後，國姓爺的中軍艦上豎起帥字大旗，發炮三聲，金鼓齊鳴，戰船張帆向東。當時烏雲滿天，海上波濤就像一座座小山般撲上船頭，風大雨大，人人身上都濕透了。國姓爺站在船頭，手執長劍，大叫：『盡忠報國，不怕風浪！』數萬兵將跟着齊聲大叫：『盡忠報國，不怕風浪！』喊聲幾乎把狂風巨浪的聲音也壓下去了。」

韋小寶向施琅道：「那時施將軍自然也這般大叫了？」施琅道：「那一次卑職奉命駐守厦門，沒去台灣。」韋小寶道：「原來如此，可惜，可惜！」

路副將道：「鄭王爺到澎湖，遇到的不過是大風大浪，可是施軍門在澎湖這場血戰，那才驚心動魄。劉國軒統帶的水師在澎湖牛心灣、鷄籠嶼布防，沿岸二十里都築了土壘，每隔一壘便有一門大炮。大清水師開到時，岸上大炮齊發，又有火箭、噴筒，乖乖不得了……」

韋小寶笑道：「路副將，我瞧你的膽子跟我差不多。」路副將道：「不敢，卑職怎及得上爵爺？」韋小寶問道：「你不及我？」路副將道：「自然不及。」韋小寶道：「這倒奇了。我以爲我膽小如鼠，算得是差勁之至了，原來你比我還要沒用，哈哈，奇怪，奇怪。」路副將脹紅了臉，不敢作聲。

韋小寶問林興珠：「國姓爺統帶大軍出海之後，那又怎樣？」

林興珠道：「戰船在大風浪中駛了兩個更次，到三更時分，忽然風平浪靜，烏雲消散，又過一會，更轉爲順風，衆軍歡聲雷動，都說老天保祐，此去必勝。初一早晨，戰船到了鹿耳門外，用竹篙測水，不料沙高水淺，無法前駛。國姓爺甚是焦急，擺下香案，向天禱祝，過不多時，忽然潮水大漲，各戰船一齊湧進鹿耳門。岸上的紅毛兵開大炮轟擊。紅毛鬼在那裏築了兩座城池，一座叫做熱蘭遮城，一座叫做普羅民遮城……」

韋小寶笑道：「鬼子的地方名字也起得古裏古怪，甚麼熱來遮，冷來遮，南無波羅密多觀世音菩薩遮。」

林興珠微笑道：「當時國姓爺用千里鏡察看，見紅毛鬼有主力大艦兩艘，巡洋艦兩艘，還有夾艦和小艇等數百艘，於是傳下將令，命宣毅前鎮鎮督陳澤率領船隊，在鹿耳門島登陸，扼守住北汕尾，以防另有紅毛艦隊來援；派黃昭帶領銃手五百名，連環炮二十門，分為三隊，參到鯤身尾列陣，堵住敵軍南下；派卑職帶籐牌手五百名，從鬼仔埔後繞過鯤身之左截殺；又派蕭拱宸帶快哨二十艘，一見紅毛艦隊過七鯤身攻來，便假裝登陸攻城，大聲吶喊，以為牽制。衆將得令，分頭出發，船上大炮也開炮還擊。那一邊陳軍師率領水師，圍住了紅毛鬼的兩艘主力大艦猛打。殺聲大作，海上滿是硝烟火焰，打了一個多時辰，轟隆一聲大響，紅毛鬼一艘主力艦給我軍擊沉了，後來才知那是貝克德亞號，是紅毛鬼水師的精銳。另一艘馬利亞號受了重傷，向東邊大海中逃得不知去向。兩艘紅毛洋巡艦也退了回去。那時陳澤所帶的兄弟遇上了紅毛鬼陸軍，個個爭先，紅毛鬼槍械雖然厲害，但見我軍衝殺勇敢，嚇得沒了鬥志，敗退回城。我軍登陸赤嵌，直搗普羅民遮城。」（按：鄭成功自澎湖攻台，從今日的台南附近登陸，當時荷蘭重兵都也駐紮在台南一帶。）

韋小寶斟了一杯酒，雙手捧給林興珠，道：「林大哥，打得好，我敬你一杯。」

林興珠站起來接了，謝過飲盡，續道：「我軍在赤嵌登陸後，當地的中國人紛紛奔來歡迎，許多人都歡喜得哭了起來，都說：『這一下我們的救星可到了。』韋爵爺，國姓爺的老太爺鄭太師，本來是在海上做沒本錢買賣的，台灣是他老人家的老巢。後來他老人家帶了手下弟兄回到中原，台灣就分別給荷蘭鬼和西班牙鬼派兵佔據。荷蘭鬼在南，西班牙鬼在北。兩鬼相爭，西班牙鬼打了敗戰，台灣全境都給荷蘭鬼佔了。島上我們中國人慘受荷蘭紅毛鬼的虐殺。鄭太師的舊部有位弟兄，叫做郭懷一，是個好漢。他留在島上不走，眼見中國人給紅毛鬼實在欺侮得狠了，暗中約集弟兄，通知各地中國人，定八月十五中秋一齊起事，殺光全島紅毛鬼。不料有個漢奸，名叫普仔，竟去向紅毛鬼告密……」

韋小寶拍桌罵道：「他奶奶的，中國人的事，就是讓漢奸壞了。」

林興珠道：「是啊。郭懷一大哥一見普仔逃走，知道事情要糟，立即率領一萬六千多名中國人攻進普羅民遮城，把紅毛鬼的官署和店鋪都放火燒了。紅毛鬼調集大軍反攻，炮火厲害。我們中國人除了有幾枝火龍槍外，都是用大刀、鐵槍、鋤頭、木棍當武器，在赤嵌一直打了十五天，郭懷一大哥不幸給紅毛鬼大炮轟死……」韋小寶叫道：「哎啊，那可糟了。」

林興珠道：「正是。郭大哥一死，蛇無頭不行，中國人就敗出城來，在大湖邊血戰了七天七夜，中國人在大湖邊被打死的共有四千多人，婦女孩子也寧死不屈，給殺了五百多人。凡是給紅毛鬼捉去了的，女的被迫做營妓，男的不是五馬分屍，就是用烙鐵慢慢的烙死……」

韋小寶大怒，叫道：「紅毛鬼這般殘忍，比大清兵在我們揚州屠城還要狠毒！」

施琅和路副將面面相覷，唯有苦笑，均想：「這少年說話當真不知輕重。」

林興珠道：「那是永曆六年，八月裏的事……」洪朝屈指數道：「永曆六年，就是大清順治七……八……九……順治九年。」林興珠道：「是罷？自從這一場大殘殺之後，台灣的中國人和紅毛鬼勢不兩立，紅毛鬼一有小小的因頭，便亂殺中國人。因此大家一見國姓爺大軍，那眞是救命皇菩薩到了，男女老幼，紛紛向我們訴苦。就在這天晚上，紅毛鬼的太守揆一大敗之後，遷怒中國人，將住在一鯤身的中國人，不論老幼捉來通統殺了，一共殺了五百多人。次日國姓爺派兵攻遮普羅民城。陳軍師定下計策，練了籐牌兵着地滾過去斬鬼子兵的脚，就此將普羅民遮城攻了下來。」

韋小寶道：「這是老兄的功勞了。」林興珠道：「那全是陳軍師的妙計，卑職沒甚麼功勞。」又道：「國姓爺跟着揮兵進攻紅毛太守揆一所駐的熱來遮城。城上炮火猛烈，我軍傷亡很重。但馬信將軍和劉國軒將軍還是奮勇攻下了一鯤身。國姓爺見兄弟們陣亡的太多，於是在熱來遮城外堆土築起長圍，在圍上架起了大炮向城裏猛轟。不久我軍第二路水師左衝、前衝、智武、英兵、遊兵、殿兵各鎭的船艦也都開到，聲勢更是大振。國姓爺一面派兵開墾種田，一面加緊圍城。圍到五月間，忽然紅毛鬼的援兵從巴達維亞來到，城中紅毛鬼出來夾攻。水陸大戰，我軍奮勇衝殺，海水都被鮮血染得紅了。」

韋小寶拍桌讚歎：「厲害，厲害！」向施琅道：「可惜施將軍那時在厦門，不然的話，能趕上這幾場大戰，殺得他媽的幾百名紅毛鬼，那才算是眞正的英雄好漢。」施琅默然。

韋小寶問洪朝：「洪大哥，那時你打的是那一路？」

洪朝道：「卑職那時是在劉國軒劉將軍的麾下，和陳澤陳將軍統領的水師合兵圍攻紅毛援兵，在北汕尾一帶大戰。紅毛鬼兵艦很大，槍砲犀利，我們槍砲的子彈打到紅毛大艦上，都給鐵甲彈了下來，傷他不得。宣毅前陣的林進紳林將軍眼見支持不住，親身率領二百名敢死隊，身上帶了火藥包，冒死跳上紅毛鬼大艦，炸壞了艦上大炮。紅毛鬼見我們如此不怕死的猛攻，都亂了起來，我們打死紅毛鬼一名艦長，俘獲兩艘主力艦，紅毛鬼水師潰不成軍。陸上陳軍師帶兵大戰，也大獲全勝，後來陳軍師身上一共挖出了七顆紅毛鉛彈。」

韋小寶道：「嘿，我師父不死在紅毛鬼的槍炮之下，卻死在他奶奶的鄭克塽這小子的劍下，施將軍，男子漢大丈夫，總要打外國鬼子才了不起。中國人殺中國人，殺得再多，也不算好漢。你說是不是？」施琅哼了一聲，並不作答。

林興珠道：「紅毛鬼接連打了幾個敗仗，就想來燒我軍糧食，可是每次都給陳軍師識破了，總是偷鷄不到蝕把米。紅毛太守揆一困守孤城，束手無策，便派人渡海，去和大清閩浙總督李率泰聯絡，請他派兵來救。那李大人倒也有趣，覆信請紅毛鬼先去福建，掃平國姓爺在金門、厦門一帶的駐軍，大清兵就到台灣來內外夾攻。那時候紅毛鬼自身難保，像烏龜般縮在熱來遮城裏，說甚麼派兵去打金門、厦門？」

韋小寶道：「紅毛鬼說話如同放屁，他們始終沒來攻打金門、厦門，是不是？我們大清說過的話，卻總是算數的，後來可不是派兵攻台灣了嗎？只不過遲了這麼二三十年，那也不打緊啊！施將軍領兵打到台灣之時，不知有沒有紅毛鬼裏應外合？」

施琅再也忍耐不住，霍地站起，怒道：「韋爵爺，兄弟跟你一殿爲臣，做的都是大清的官，爲甚麼你冷言冷語，總是諷刺兄弟？」

韋小寶奇道：「咦！這可奇了，我幾時敢諷刺施將軍了？施將軍沒裏通外國，那好得很啊。但如要裏通外國，我看也還來得及。施將軍手握重兵，紅毛鬼、西班牙鬼、葡萄牙鬼、羅剎鬼都會喜歡跟你結交。」

施琅心中一凜：「不好，這小鬼要是向皇上告我一狀，誣陷我裏通外國，我這一生可就毀在他手裏了。」適才一時冒火，出口無禮，不由得大是懊悔，忙陪笑道：「兄弟喝多了幾杯，多少衝撞，還請韋爵爺恕罪。」

韋小寶見他發怒，本來倒也有些害怕，待見他改顏陪禮，知他忌憚自己，便笑道：「施將軍倘若當眞想在台灣自立爲王，還是先把兄弟殺了滅口的好，免得我向皇上告密。如果只不過是大聲嚷嚷，發發脾氣，兄弟膽子雖小，倒也是不怕的。」

施琅臉色慘白，離座深深一揖，說道：「韋爵爺，大人不記小人過，卑職荒唐，甘領責罰。不過自立爲王、裏通外國甚麼的，卑職決無此意。卑職一心一意的爲皇上出力，忠字當頭，決無二心。」

韋小寶笑道：「請坐，請坐。咱們走着瞧罷。」轉頭向林興珠道：「你說的比說書先生還好聽，這一回『國姓爺血戰台灣，紅毛鬼屁股尿流』後來怎樣？」

林興珠道：「這時候，國姓爺率領大軍打到台灣的消息傳到了內地，黃梧黃大人就向朝廷獻議，提出了所謂『堅壁淸野平海五策』。」韋小寶道：「那黃梧是誰？」林興珠向施琅瞧了一眼，咳嗽幾聲，卻不立時便答。施琅道：「這位黃大人，本來也是國姓爺麾下的，職居總兵，他歸順朝廷後，官運亨通，逝世之時，已封到一等海澄公。」韋小寶道：「嘿，原來也是個大漢……」最後一個「奸」字，終於硬生生嚥住了。施琅臉上一紅，心想：「你罵我漢奸，我瞧你這滿洲人也是假冒的，大家還不是彼此彼此。」

韋小寶道：「這黃梧有甚麼拍皇上馬屁的妙策，一下子就封到公爵？本事可不小哇！這法兒咱們可得琢磨琢磨，好生學學。」

林興珠道：「這黃梧，當年國姓爺派他防守海澄，他卻將海澄拿去投了朝廷，不敢歸降的將士都給他殺了。當時朝廷正拿國姓爺沒法子，忽然有對方這樣一員大將率領軍隊，連同城市一起歸降，朝廷十分喜歡，因此封賞特別從優。」韋小寶道：「原來如此。他獻的又是甚麼計策？」林興珠嘆了口氣，說道：「這位黃大人，害苦的百姓當眞多得很了。他這平海五策，第一條是將沿海所有百姓一概遷入內地，那麼金門、厦門和台灣就得不到接濟。第二條是將沿海所有船隻一概燒毀，今後一寸木板也不許下海。第三條是殺了國姓爺的父親鄭太師。第四條是挖掘國姓爺祖宗的墳墓，壞了他的風水。第五條是將國姓爺舊部投誠的官兵，一概遷往內地各省墾荒，以免又生後患。」

韋小寶道：「嘿，這傢伙的計策當眞毒得很哪。」

林興珠道：「可不是嗎？那時順治皇爺剛駕崩，皇上接位，年紀幼小，鰲拜大權獨攬。鰲拜這奸賊見到黃梧的平海五策，以爲十分有理，下令從遼東經直隸、江蘇、浙江、福建、以及廣東，沿海三十里內不准有人居住，所有船隻盡數燒毀。那時沿海千千萬萬百姓，無不流離失所，過不了日子。」

施琅搖頭道：「黃梧這條計策，也實在太過份了些。直到今上親政，韋大人拿了鰲拜，禁海令方才取消。可是沿海七省的百姓，已然受盡荼毒。當時朝廷嚴令，凡是犯界的百姓，捉到了立刻斬首。許多貧民過不了日子，到海邊捉魚，不知被殺了多少。鄭太師也是那時被殺的。鰲拜特地派遣兵部尚書蘇納海，到福建泉州南安縣，去挖了鄭家的祖墳。」

韋小寶道：「鰲拜自稱是勇士，這樣幹法可無聊得很。有本事的，就跟國姓爺眞刀眞槍的打一仗。將沿海百姓遷入內地，不是擺明怕了人家麼？皇上愛惜百姓，黃梧的計策倘若呈到了皇上手裏，非砍了他腦袋不可。」施琅道：「正是。黃梧死得早，算是他運氣。」

林興珠道：「鄭太師去逝的消息傳到台灣，國姓爺怕動搖軍心，說道這是謊言，不得輕信，可是據親兵說，國姓爺常常半夜裏痛哭。國姓爺又對陳軍師和幾位大將說，黃梧這幾條計策果眞毒辣厲害，幸好是東征台灣，否則十餘萬大軍終究不能在金門、廈門立足。那時我們圍攻已久，紅毛兵幾次想突圍，都給打了回去。於是國姓爺傳令下去，過年之前定要攻下熱來遮城。」轉頭問洪朝：「是十一月廿三日那天總攻，是不是？」

洪朝道：「是，那天大風大雨，我軍各處土壘的大炮一齊猛轟，打壞了城牆一角，城東城西的碉堡也被打破了。紅毛鬼拚命衝出，死了幾百人後還是退了回去。於是紅毛太守揆一豎起白旗投降。那時台灣的中國人都要報仇，要將紅毛鬼殺乾乾淨淨。國姓爺向衆百姓開導，我們中國是禮儀之邦，敵人投降了就不能再殺，准許紅毛太守簽署降書一十四欵，率領殘兵敗將上船離台，逃去巴達維亞。紅毛鬼自明朝天啓四年佔據台灣，一共佔了三十八年，到這一年永曆十五年……也就是大清順治十八年十一月廿九，台灣重回中國版圖。」

林興珠道：「國姓爺下了將令，不許殺投降了的紅毛兵，但中國百姓實在氣不過，紛紛向他們唾口沫，投石子。小孩子還編了歌兒來唱。紅毛兵個個斷手斷脚，垂頭喪氣，一句鬼話也不敢說了。他們兵船開走的時候，升起了旗又降下，再放禮炮，說是向國姓爺拜謝不殺之恩。」韋小寶道：「好！我們中國人眞是大大的威風。紅毛鬼炮火這麼厲害，打下台灣，那實在不容易，不容易！」洪朝道：「那熱來遮城，國姓爺改名爲安平鎭，普羅民遮城改名爲承天府，自此永爲台灣的重鎭。」

路副將軍揷嘴道：「施軍門取台灣，走的也是當年國姓爺的老路，從鹿耳門進去……」

韋小寶揮手攔住他的話頭，打了個大大呵欠，說道：「中國人打得紅毛鬼落海而逃，那才聽得過癮，自己人打自己人嘛，左右也不過是這麼一回事。施將軍，咱們酒也喝得差不多了，這就散了罷。」施琅站了起來，說道：「是。多謝爵爺賜飯，卑職告辭。」

韋小寶回入內堂，說起如何攔住施琅的話頭，總之是不讓他自誇取台的戰功，六位夫人聽了都感好笑。只有阿珂默默無言，心想當年若是嫁了鄭克塽，勢須隨他一同被俘，去了北京，亡國妾婦，難免大受屈辱。當日見鄭克塽乘小艇離開通吃島，於他生死存亡就已渾不關心，此時聽到他失國降敵，更不在意下，回憶前塵，自己竟能如此爲他風采容貌所迷，明知此人是個沒骨頭、沒出息的紈袴子弟，自己偏生就如瞎了眼睛一般，對他一往情深，此刻想來，兀自深感羞慚。

公主道：「皇帝哥哥待人太也寬厚，鄭克塽這傢伙投降了，居然還封他個一等公，爵位還在小寶之上，可教人好生不服氣。」

韋小寶搖手道：「不打緊，不打緊。國姓爺是位大大的英雄好漢，皇上瞧在國姓爺的面上，才封他孫子做個一等公。單憑鄭克塽自己的本事，只好封個一等毛毛蟲罷了。」

次日中午，韋小寶單請林興珠、洪朝二人小宴，問起施琅取台的經過。

原來清軍台軍在澎湖牛心灣、鷄籠嶼血戰數日，施琅第一天打了敗戰，後來清軍水師援兵開到，又再大戰，台灣船隻被焚大敗，將士死傷萬餘人，戰艦或沉或焚，損失三百餘艘。劉國軒率殘兵退回台灣。

施琅率水師攻台，鹿耳門水淺，戰船不能駛入，在海中泊了十二日，正自無計可施，忽然大霧瀰天，潮水大漲，清軍戰船一起湧入。台灣上下無不大驚，都說：「當年國姓爺因鹿耳門潮漲而得台，現今鹿耳門潮水又漲，天險已失，這是天意使然，再打也沒用了。」

鄭克塽得知清軍舟師開進鹿耳門，早嚇得慌了手脚，馮錫範勸他投降，自然一口答應，只是生怕施琅要報私仇，爲難鄭氏子孫，好生躊躇。當下劉國軒致書施琅，說道投降可以，但國姓爺的子孫必須保全，否則全台軍民感念國姓爺的恩義，寧可戰至最後一人。施琅立即答覆，保證決不計較舊怨，否則天人共棄，絕子絕孫。於是鄭克塽、馮錫範、劉國軒率領台灣文武百官投降。

明朝宗室寧靖王朱術桂自殺殉國，妻五人同殉死節，明祀至此而絕。

韋小寶心想：「這位明朝皇帝的末代子孫自殺殉國，有五個老婆跟着他一起死。我韋小寶如果自殺，我那七個老婆中不知有幾個相陪？雙兒是一定陪的，公主是一定恕不奉陪的。其餘五個，多半要擲擲骰子，再定死活了。方怡擲骰子時定要作弊，叫我這死人做羊牯。」

林興珠又說，施琅帶兵登陸後，倒也守信，並不爲難鄭氏子孫，還親自到鄭成功的延平郡王廟去致祭，痛哭了一場。洪朝道：「他祭文中有幾句話說：『自同安侯入台，台地始有居人。逮賜姓啓土，始爲巖疆，莫敢誰何？今琅賴天子威靈，將帥之力，克有茲土，不辭滅國之誅，所以忠朝廷而報父兄之職份也。獨琅起卒伍，與賜姓有魚水之歡，中間微嫌，釀成大戾。琅與賜姓翦爲仇讎，情猶臣主。蘆中窮士，義不所爲。公義私恩，如此而已。』這幾句話倒也傳誦一時。」韋小寶問：「他嘰哩咕嚕的說些甚麼？」洪朝道：「『蘆中窮士』就是伍子胥，當年伍子胥滅了楚國，將楚平王的屍體從墳裏掘出來，鞭屍三百，以報殺父殺兄之仇。施琅說他決不幹這種事。」

韋小寶冷笑道：「哼，他敢麼？國姓爺雖已死了，他還是怕得要命。他敗了鄭家基業，只怕國姓爺的英魂找他爲難，於是去國姓爺廟裏磕頭求情。這人奸猾得很，你們別上了他的當。」林洪二人齊聲稱是。

韋小寶道：「伍子胥的故事，我倒在戲文裏看過的，有一齣戲伍子胥過昭關，一夜之間把頭髮嚇得白了，是不是？」洪朝道：「是，是。爵爺記性眞好。」韋小寶很久沒聽人說故事了，當下問起伍子胥的前後事蹟。難得這洪朝當年考過秀才，雖然沒考上，肚子裏卻着實有些墨水，於是一五一十的詳細說了。韋小寶聽得津津有味，說道：「我在這荒島上，實在無聊得緊，幸虧兩位前來給我說故事解悶。最好你們多住幾天，不忙便去。」

林興珠道：「我們是台灣降將，昨天說話中可得罪了施將軍。施將軍要對付我們，便如揑死兩隻螞蟻，只須隨便加一個心懷反覆、圖謀不軌的罪名，立刻便可先斬後奏。就算斬了不奏，也不會有人追問。韋大人，請你跟施將軍說說，就留了我們兩人服侍你罷。」韋小寶大喜，問道：「洪大哥你以爲如何？」洪朝道：「昨兒晚上卑職和林大哥仔細商量，若不得韋大人救命，我二人勢必死無葬身之地。」韋小寶道：「二人跟了我，一切可得聽我的。」林洪二人一齊躬身，說道：「韋大人無論吩咐甚麼，卑職唯命是從。」

韋小寶甚喜，心想：「有了這兩個好幫手，就有法子離開這鬼地方了。」

康熙派那彭參將派兵守衞通吃島，事先曾有嚴旨，決不能讓韋小寶及其家人離島一步。彭參將腦筋並不甚靈，也無多大本事，但對皇上的聖旨，卻是連殺他十七八次頭也不敢有絲毫違背。康熙要他牢牢的看守，他便牢牢的看守。韋小寶要取他生命，只是一舉手之勞，但是就算將這五百零一名看守的兵將殺得乾乾淨淨，沒有船隻，終究不能離島。洪林二人是水師宿將，弄船航行，必有本事。

當晚又宴請施琅，這次只邀林興珠、洪朝兩人作陪。說了一些閒話，韋小寶道：「施將軍，你在這裏總還得住上一兩個月罷？」施琅道：「卑職原想多住些日子，好常常聽大人教誨。不過台灣初定，不能離開太久，明天就要向大人告辭了。」韋小寶道：「你說想多些日子跟我在一起，好常常聽我教誨，不知是眞話呢，還是說來討我歡喜的？」施琅道：「自然千眞萬確，是卑職打從心坎裏說出來的話。當年卑職追隨大人，兵駐通吃島，炮轟神龍教，每日裏恭聆大人教導，跟着大人一起喝酒賭錢說笑話，那樣的日子，可開心得很了。」

韋小寶笑道：「如果能再過那樣的日子，你開不開心？」施琅道：「那自然開心啊。日後皇上派了大人軍國重任的大差使，卑職還是要討令跟隨大人的。」韋小寶點頭道：「那很容易，你要追隨我，聽我說笑話，半點兒也不難。咱們明天就一起去台灣罷。」

施琅大吃一驚，站起身來，顫聲道：「這……這……這件事未奉皇上聖旨，卑職不敢奉命。還請……還請大人原諒。」

韋小寶笑道：「我又不是去台灣想幹甚麼，只是聽你們說得熱鬧，國姓爺在台南、台北開疆闢土，新造了一個花花世界，我想親眼去瞧瞧。到了台灣，你不是可以常常聽到我的教誨麼？這話是你自已親口說的。我不過看你爲人很好，從前又跟過我，咱們是老上司、老部下，交情非同尋常，這才勉強想個法子，來答應你的請求。我去台灣玩玩，一兩個月就回來了，神不知鬼不覺的，只要你不說、我不說，皇上也不會知道。」

施琅神色極是尷尬，躬身道：「韋大人，這件事實在難爲得很了。大人有命，卑職本當遵奉，只不怪倘花皇上怪罪下來，實有大大的不便。卑職如果不奏告，那是犯了欺君大罪，卑職是萬萬不敢的。」

韋小寶笑道：「請坐，請坐，施將軍，你既不肯，那也是小事一樁，不用再說了。」施琅如釋重負，連聲稱是，坐回席中。韋小寶笑道：「說到欺君之罪，不瞞你說，我欺瞞皇上的事倒也作過幾樁，不過皇上寬洪大量，知道之後也不過罵上幾句，沒甚麼大不了的。」施琅道：「是，是。大家都說，皇上對待韋大人深恩厚澤，眞是異數。君臣如此投緣，實是曠古未有。但像卑職這種沒福份的小將外臣，那是萬萬不敢跟韋大人學的。」

韋小寶微笑道：「施將軍嘴裏說得好像十分膽小，其實我瞧啊，你的膽子倒是很大的。聽說施將軍攻下台灣後，做了一篇祭文去祭國姓爺，可是有的？」

施琅道：「回大人：『國姓爺』三字，是說不得的了，現下的國姓是愛新覺羅。咱們提到鄭成功時，要是說得客氣些，只能說是『前明賜姓』。因此卑職的那篇祭文中，只說『賜姓』二字，決計不敢大膽犯忌。」他料知不答應帶同韋小寶去台灣，這小鬼必定鷄蛋裏找骨頭，硬要尋自己的岔子。「國姓爺」三字是大家都說慣了的，可是鄭成功得明朝賜姓為朱，他的國姓是明朝的國姓，不是清朝的國姓，韋小寶倘若扣住這三個字大作文章，說他念念不忘姓朱是國姓，申報朝廷，這件事可大可小，說不定會釀成大禍，因此上搶先辯白。

其實韋小寶沒半點學問，這些字眼上的關節，他說甚麼也想不到，經施琅一辯，反而抓到了把柄，說道：「施將軍曾受明朝的爵祿，念念不忘前朝的賜姓，那也怪不得。倘若眞是忠於我大清，應當稱鄭成功為『逆姓』、『偽姓』、『匪姓』、『狗姓』才是。」

施琅低頭不語，心中雖十二分的不以為然，但覺不宜就此事和他多辯論，稱鄭成功為「賜姓」，果然還是不免有不忘前朝之意。

韋小寶道：「施將軍那篇祭文，定是做得十分好的了，唸給我聽聽成不成？」

施琅只會帶兵打戰，那裏會甚麼祭文，這篇祭文是他幕僚中一名師爺所做的。這師爺頗有才情，這篇祭文做得情文並茂，辭意懇切，施琅曾聽不少人讚揚，心中得意，將其中許多句子熟記在胸，向人炫耀，當下便道：「卑職胡謅了幾句，倒教韋大人見笑了。」於是將祭文中的幾段要緊文字背了出來。

韋小寶聽他背完了「獨琅起卒伍，與賜姓有魚水之歡，中間微嫌，釀成大戾。琅與賜姓翦為仇讎，情猶臣主，蘆中窮士，義所不為。公義私恩，如此而已。」那一段，點頭讚道：「好文章，好文章。這篇文章，別說殺了我頭也做不出來，就是人家做好了要我背上一背，只怕也得讀他十天八天。施將軍文武全才，記性極好，佩服，佩服。」

施琅臉上微微一紅，心道：「你明知我做不出，是別人做的，我讀熟了背出來的。這般譏諷於我，那也不必跟你多說。」

韋小寶道：「其中『蘆中窮士，義所不爲』這八個字，是甚麼意思？我學問差得很，這可不懂了。」

施琅道：「蘆中窮士，說的是伍子胥。當年他從楚國逃難去吳國，來到江邊，一個漁翁渡他過江，去拿飯給他吃，伍子胥怕追兵來捉拿，躲在江邊的蘆葦叢裏。漁翁回來，見蘆中躲有得人，便叫道：『蘆中人，蘆中人，豈非窮士乎？』後來伍子胥帶領吳兵，攻破楚國，將楚平王的屍首從墳墓裏掘了出來，鞭屍三百，以報殺他父兄之仇。賜姓……鄭成功曾殺我父兄妻兒，台灣人怕我破台之後，也會掘屍報仇。卑職這篇祭文中說，這種事我是決計不做的，鄭成功在天之靈可以放心，台灣軍民也不必顧慮。」

韋小寶道：「原來如此，施將軍是在自比伍子胥。」

施琅道：「伍子胥是大英雄、大豪傑，卑職如何敢比？只不過伍子胥全家遭難，他孤身一人逃了出去，終於帶兵回來，報了大仇。這一節，跟卑職的遭遇也差不多罷了。」

韋小寶點頭道：「但願施將軍將來的結局，和伍子胥大大不同，否則可眞正不妙了。」

施琅登時想到，伍子胥在吳國立了大功，後來卻爲吳王所殺，不由得臉色大變，握着酒杯的一隻手不由得也顫抖起來。

韋小寶搖頭道：「聽說伍子胥立了大功，便驕傲起來，對吳王很不恭敬。施將軍，你自比伍子胥，實在是非常不妥當的。你那篇祭文，當然早已傳到了北京城裏，皇上也必已見到了，要是沒人跟你向皇上分說分說，我瞧，嘿嘿，唉，可惜，可惜，一場大功只怕要付諸於流水……」施琅忙道：「大人明鑒：卑職說的是不做伍子胥，可不敢說要做伍子胥，這……中間是完……完全不同的。」

韋小寶道：「你這篇祭文到處流傳，施將軍自比伍子胥，那是天下皆知的了。」

施琅站起身來，顫聲道：「皇上聖明，恩德如山，有功的臣子盡得保全。卑職服侍了一位好主子，比之伍子胥，運氣是好得多了。」

韋小寶道：「話是不錯的。伍子胥到底怎樣居心，我是不大明白。不過我看過戲文，吳王殺他之時，伍子胥說，將我的眼睛挖出來嵌在城門上，好讓我見到越兵打進京城來，見到吳國滅亡，後然好像吳國果然是給滅了。施將軍文武全才，必定知道這故事，是不是啊？」

施琅不由得一股涼意從背脊骨上直透下去，他起初只想到伍子胥立大功後爲吳王所殺的不詳史事，已然大爲不安，還沒想到伍子胥臨死時的那幾句話。自己那篇祭文說「蘆中窮士，義所不爲」，雖說是不做伍子胥之事，但自比伍子胥之意，卻是昭昭在人耳目，祭文中提到伍子胥，說的只是「鞭屍報仇」，那料到韋小寶竟會拉扯到「詛咒亡國」件事上去，如此大大犯忌的罪名，一給人加到了自己頭上，當眞糟不可言。韋小寶這番言語，只要傳進了皇帝耳裏，就算皇上聖明，並不加罪，心裏一定不痛快，自己再盼加官晉爵，從此再也休想了。要是皇帝的親信如韋小寶之流再火上加油，挑撥一番，說自己心存怨望，譏刺朝廷誅殺功臣，項頸上這一顆人頭，可實在難保之極。

一時思如潮湧，自恨千不該、萬不該，不該去祭鄭成功，更不該叫師爺做這篇祭文，以致給這精靈古怪的小鬼抓住了痛脚。他呆呆的站着發獃，不知說甚話來分辯才好。

韋小寶道：「施將軍，皇上親政之後，所做的第一件大事是甚麼？」施琅道：「是誅殺奸臣鰲拜。」韋小寶道：「是啊。鰲拜固然是奸臣，可是他是顧命大臣，當年攻城破敵，於我大清大大有功。皇上曾說：『我殺了鰲拜，只怕有人說我不體卹功臣，說甚麼鳥、甚麼弓的。』那是甚麼話啊？我可說不上來了。」施琅道：「是鳥盡弓藏。」韋小寶道：「對了，連你也這麼說……」施琅忙道：「不，不，我不是說皇上，說的是一句成語。」韋小寶道：「你是說一句成語，來形容皇上殺鰲拜。」施琅急道：「大人問我是一句甚麼成語，卑職不過回答大人的問話，可萬萬不敢……不敢訕謗皇上。」

韋小寶雙目凝視看他，只瞧得施琅心慌意亂。

自古以來，做臣子的倘若自以爲功大賞薄，皇帝必定甚是痛恨，臣子不必出口怨言，只要「心存怨望」四字，就是殺頭的罪名。施琅心意徬徨之際，給韋小寶誘得說出了「鳥盡弓藏」四字，話一出口，立知不妙，可是已經收不回了，何況除韋小寶外，尚有林興珠、洪朝二人在側，要想抵賴，也無從賴起。

韋小寶道：「施將軍說『鳥盡弓藏』，這句話是不是訕謗皇上，我是不懂的。朝廷裏有學問的大學士、尚書、翰林很多，咱們不妨請他們去評評。不過我跟着皇上的日子不少，好像皇上愛聽人說他是鳥生魚湯，卻不愛聽人說他是鳥盡弓藏。同是兩隻鳥，這中間恐怕大不相同，一隻是好鳥，一隻是惡鳥。是不是啊？」

施琅又驚又怒，心想一不做，二不休，你如此誣陷於我，索性將你三人盡數殺了，也免得留下了禍根；言念及此，不由得眼中露出兇光。

韋小寶見他突然面目猙獰，心中不禁一寒，強笑道：「施將軍一言既出，死馬難追。你眼前有兩條路可走。第一條，立即將我跟林洪二人殺了，再將我衆夫人和兒子都殺了，然後兵發台灣，自立爲王。只是你所帶的都是大清官兵，不見得肯跟隨你一起造反，台灣的軍民也未必服你。」

施琅心中正在盤算這件事，聽得他一語道破，兇焰立斂，忙道：「卑職絕無此意，大人不可多疑，加重卑職的罪名。但不知大人所說的第二條路是甚麼，還請大人開恩指點。」

韋小寶聽他口氣軟了，登時心中一寬，架起了脚搖上幾搖，說道：「第二條路，那就須得兄弟和林洪二位幫個忙才成。剛才施將軍說到皇上之時，確是說了個『鳥』字，恭頌皇上鳥生魚湯，那好得很啊。兄弟日後見到皇上，定說施將軍忠字當頭，念念不忘皇恩浩蕩，閒談之中，常說伍子胥忘恩負義，吳王發兵幫他報了殺父之仇，以後差他不論幹甚麼，自該火裏火裏去，水裏水裏去，如何可以口出怨言，心懷不滿？當年施將軍倘若做了伍子胥，不但保得吳王江山萬萬年，別說西施這樣的美人能保住，連東施、南施、北施、中施，也一古腦兒都搶了來獻給吳王。伍子胥念念不忘的只是自己，施將軍念念不忘的，卻是我大清聖明天子。好心有好報，皇上論功行賞，施將軍自然也是公侯萬代了。」

這一番話只把施琅聽心花怒放，急忙深深一揖，說道：「若得大人在皇上跟前如此美言，卑職永遠不敢忘了大人的恩德。」

韋小寶起身還禮，微笑道：「這些話說來惠而不費，要是我心情好，自然也會奏知皇上的。」

施琅心想：「若不讓你去台灣走一遭，你這小子的心情怎會好得起來？」坐回椅中，說道：「台灣初平，人心未定。卑職想奏明皇上，差遣一位位尊望重的大員，前去宣示聖上的德音，安撫百姓。這一位大員，自然以韋大人最為適宜。卑職立刻拜表，奏請皇上降旨，委派大人前去台灣安撫。」

韋小寶搖頭道：「你拜表上京，待得皇上旨意下來，這麼一來一往，幾個月的時候拖了下來，只怕傳入皇上耳中的閒言閒語，沒有一千句，也有八百句了。這種事情，是差不得一時三刻的。最好施將軍立刻請一位皇上親信的大員，同去台灣徹查，方能證明你絕無在台灣自立為王的用心。外邊傳說你連名號也定下了，叫作甚麼『大明台灣靖海王』，是不是？」

施琅聽到「大明台灣靖海王」七字，不由得嚇了一跳，心想你在荒島之上，聽得到甚麼流言，自然是你信口編出來的，但這話一傳到北京，朝廷定是寧可信其有，不會信其無，自己這可死無葬身之地了，忙道：「這是謠言，大人萬萬不可聽信。」

韋小寶淡淡的道：「是啊。我和你相識已久，自然是不信的。不過施將軍平台，殺的人多，冤家一定結了不少。你的仇人要中傷你，我看也是防不勝防，難以辨白。常言道得好：朝裏無人莫做官。不知朝裏大老，那一位是肯拚了身家性命，全力來維護施將軍的？」

施琅心中更是打了個突，自己在朝中並無有力之人撐腰，否則當年也不會在北京投閒置散，到處鑽營而無門路可走，眞能給自己說得了話的，也只有眼前這位韋大人，當下咬了咬牙，說道：「大人指點，卑職感激不盡。既然事勢緊迫，卑職斗膽請大人明日起程，前赴台灣查明眞相。」

韋小寶大喜，但想是你來求我，不妨刁難刁難，說道：「憑着咱哥兒倆的交情，爲了替施將軍辨冤，辛苦一趟也沒甚麼。就是在我島上住得久了，再出海只怕會暈船。同時我的妻子兒女天天都在身邊，也不捨得跟他們分離。」

施琅肚裏暗罵：「你不知出過多少次海了，也從沒見你暈過他媽的甚麼船！」陪笑道：「大人的眾位夫人、公子和小姐，自然陪同一起前往。卑職挑選最大的海船請大人乘坐，這些日子海上並無風浪，大人儘可放心。」韋小寶皺眉道：「既然如此，兄弟也只好勉爲其難，爲施將軍走一遭了。」施琅連連稱謝。

次日韋小寶帶同七位夫人，兩個兒子虎頭、銅鎚，一個女兒雙雙，上了施琅的旗艦。彭參將待要阻攔，施琅當即下令，將他綁在一棵大樹之上。眾船啓碇開行。

韋小寶望着居住數年的通吃島，笑道：「莊家已經離島，這裏不能再叫通吃島了，漢光武有嚴子陵釣魚，凡是聖明天子，必有個忠臣釣魚。皇上派了我在這裏釣魚，咱們得改個名才成。」施琅道：「正是。大人請看改甚麼名字最好？」韋小寶想了想，說道：「皇上曾派人來傳旨，說周文王有姜太公釣魚，咱們就叫它爲『釣魚島』罷。」施琅鼓掌稱善，說道：「大人這名字取得再好也沒有了，一來恭頌皇上好比周文王、漢光武，二來顯得大人既如姜太公這般文武全才，又如嚴子陵這般清風高雅。對，對，咱們以後就叫它爲釣魚島。」

韋小寶笑道：「只不過我這通吃侯要改爲釣魚侯了，日後再晉升官爵，叫作甚麼釣魚公，口采就不怎麼好了。」施琅笑道：「漁翁得利，大有所獲，口采好得很啊。」韋小寶點頭道：「皇上封了我做通吃伯、通吃侯，我覺得倒也好聽，我的幾位夫人卻不大樂意。日後奏請皇上改名為釣魚侯，說不定大家都高興了。」

施琅肚裏暗暗好笑，心想：「甚麼通吃伯、通吃侯，都是皇上跟你尋開心的，只當你是個弄臣，全無尊重之意。就算改為釣魚侯，又有甚麼好聽了？」口中卻道：「自古道漁樵耕讀，漁翁排名第一，讀書人排在第四。釣魚公、釣魚王的封號，可比狀元翰林尊貴得多。」

至於這釣魚島是否就是後世的釣魚台島，可惜史籍無從稽考。若能在島上找得韋小寶的遺迹，當知在康熙初年，該島即曾由國人長期居住，且曾派兵五百駐紮。

不一日，韋小寶乘坐施琅的旗艦，來到台灣，在安平府上岸。沿途林興珠和洪朝指點當年鄭成功如何進兵，如何大破紅毛兵，韋小寶聽得津津有味。施琅既帶了他來台灣，他言語之中也就不再譏諷了。

施琅在將軍府中大張筵席，隆重欵待。飲酒之際，忽報京中有諭旨到來。

施琅忙出去接旨，回來臉色有異，說道：「韋大人，上諭要棄守台灣，這可糟了。」韋小寶道：「那為甚麼？」施琅道：「上諭令卑職籌備棄守台灣事宜，將全台軍民盡數遷入內地，不許留下一家一口。卑職向傳旨的使臣請問，原朝中大臣建議，台灣孤懸海外，易成盜賊淵藪，朝廷控制不易，若派大軍駐守，又多費糧餉，因此決意不要了。」

韋小寶沉吟半晌，問道：「施將軍可知朝中諸位大老眞正的用意是甚麼？」施琅一驚，顫聲道：「難道……難道伍子胥甚麼的話，已傳到了北京？」韋小寶微笑道：「常言有道：好事不出門，惡事傳千里。朝廷擔心將軍眞要做甚麼『大明台灣靖海王』，那也是有的。」

施琅道：「那……那怎麼辦？台灣百姓數十萬人，在這裏安居樂業已有數十年，一古腦兒遷去內地，叫他們如何過日子？倘若勒逼遷移，必生大變。何況大清官兵一走，紅毛兵跟着又佔了，咱們中國人辛辛苦苦經營的基業，拱手送給紅毛鬼，怎叫人甘心？」

韋小寶沉吟半晌，說道：「這件事兒，我瞧也不是全無法挽回的法子。皇上最體卹百姓的，將軍只須爲百姓請命，說不定皇上就准許了。」施琅畧覺寬心，說道：「不過倘若朝廷裏已有了甚麼風言風語，卑職這般向皇上請陳，似乎不肯離台，顯得……顯得忠誠之心有點兒不大夠。」韋小寶道：「這當兒你只有立即前赴北京，將這番情由面奏皇上。你旣到了北京，甚麼意圖在台灣自立爲王的謠言，自然再也沒有人相信了。」

施琅一拍大腿，說道：「對，對！大人指教得是，卑職明天就動身。」突然靈機一動，說道：「台灣的文武官員，就請大人暫且統帶。皇上對大人是最信任不過的，只要是大人坐鎭台灣，朝中大臣誰也不敢有半句閒話。」

韋小寶大喜，心想在台灣過過官癮，滋味着實不錯，笑道：「你不得聖旨，擅自將兵馬大權交了給我，皇上怪罪起來，卻又如何？」

施琅一聽，又大爲躊躇，尋思：「他是陳近南的弟子，反逆天地會的同黨。皇上雖對他寵幸，這些年來卻一直將他流放在通吃島上，不給他掌權辦事。他一得兵馬大權，要是聯同天地會造反作亂，我……我這可又死罪了。」轉念一想，已有了計較：「我只須將全部的水師帶去，他就不敢動彈。他如大膽妄為，竟敢造反，水師回過頭來，立即將他平了。」當即笑道：「兵馬大權如交給別人，說不定皇上會怪責，交給大人，那是百無禁忌的。」

當下酒筵草草而終。施琅連夜傳令，將台灣文武大員召來參見韋小寶，由他全權指揮，便宜行事；又請師爺為韋小寶寫一道奏章，說是憂心國事，特來台灣暫為坐鎮，俾朝廷無東顧之慮，請赦擅專之罪；又說台灣百姓安居已久，以臣在台親眼所見，似以不撤為宜。

諸事辦畢，已是次日清晨，鄭克塽便要上船。韋小寶問道：「有一件大事，你預備好了沒有？」施琅道：「不知是甚麼大事？」韋小寶笑道：「花差花差！」施琅不解，問道：「花差花差？」

韋小寶道：「是啊。你這次平台功勢不小，朝中諸位大臣，每一個送了多少禮啊？」施琅一怔，道：「這是仗着天子威德，將士用命，才平了台灣，朝中大臣可沒出甚麼力。」韋小寶搖頭道：「老施啊，你一得意，老毛病又發作了。你打平台灣，人人都道你金山銀山，一個兒獨吞，發了大財。朝裏作官的，那一個不眼紅？」施琅急道：「大人明鑒，施琅要是私自取了台灣一兩銀子，這次教我上北京給皇上千刀萬剮，凌遲處死。」韋小寶道：「你自己要做清官，可不能人人跟着你做清官啊。你越清廉，人家越容易說你壞話，說你在台灣收買人心，意圖不軌。這麼說來，你這次去北京，又是兩手空空，甚麼禮物也不帶了？」施琅道：「台灣的土產，好比木雕、竹籃、草蓆、皮箱，那是帶了一些的。」

韋小寶哈哈大笑，只笑得施琅先是面紅耳赤，繼而恍然大悟，終於決心補過，當下向韋小寶深深一揖，說道：「多謝大人指點。卑職這次險些兒又闖了大禍。」

韋小寶召集文武官員，說道：「施將軍這次上京，是爲衆百姓請命，假如不成功，大夥入都要家破人亡。這請命費，難道要施將軍一個人墊出來不成？各位老兄，大家趕緊去籌措籌措、攤派攤派罷！」

施琅居官清廉，到台後不曾向民間取過金銀。此刻韋小寶接手，第一道命令卻便是大徵「請命費」。台灣百姓聽到內遷的消息後，正自人心惶惶，得知施琅依了韋爵爺之計，上京爲百姓請命，求不內遷，這筆「請命費」倒是誰都出的心甘情願。好在台灣民間富貴，只半天功夫，已籌到三十餘萬兩銀子。韋小寶命官庫墊欵六十餘萬，湊成一百萬兩，又指點他何人必須多送，何人不妨少送。施琅感激不盡，到當晚初更時分，這才開船。

次日韋小寶升堂，向衆官員道：「昨晚施將軍啓程赴京，這請命費算來算去，總是還差了一百多萬。兄弟爲了全台百姓着想，只好將歷年私蓄，還有七位夫人的珠寶首飾，一古腦兒又湊了一百萬兩銀子，交施將軍帶去使用打點。唉，在台灣做官，可眞不容易，兄弟只不過暫且署理，第一天便虧空了一百萬。我這可是傾家蕩產，全軍覆沒了。」

台灣府知府躬身說道：「大人愛護百姓，爲民父母，眞是萬家生佛。除了公庫墊欵六十多萬要還之外，韋大人這一百萬兩銀子，自然也要全台的百姓奉還的。」

韋小寶點頭道：「你們每個人也都墊了銀子，個個都弄得兩袖清風甚麼的，這個我也不是不知道。你們官大的墊了成萬兩，官小的也墊了數千兩、數百兩不等，大家齊心合力，爲來爲去，都是爲了衆百姓。這些墊欵，自然也是要地方上歸還的。咱們做父母官的，也不能向老百姓算利息，大家吃虧些，拿回本錢，也就算了，這叫做愛民如子。」

眾官大喜，一齊稱謝，均覺得這位韋大人體貼下情，有財大家發，果然是一位好上司。

韋小寶第一天署官，便刮了一百萬兩銀子，此後財源滾滾，花巧多端，不必細表。

過得數日，韋小寶吩咐備下祭品，到鄭成功祠堂去上祭，要瞧瞧這位名鎮天下的國姓爺到底是怎麼一副模樣。

來到祠中，抬頭看時，只見鄭成功的塑像端坐椅中，臉形橢圓，上唇、下唇及下顎均有短短黑鬚，雙耳甚大，但眼睛細小，眉毛彎彎，頗有慈祥之意，並無威猛豪邁的英雄氣概，韋小寶頗為失望，問從官道：「國姓爺的相貌，當眞就是這樣嗎？」林興珠道：「這塑像和國姓爺本人是挺像的。國姓爺是讀書人出身，雖然是大英雄大豪傑，相貌卻文雅得很。」韋小寶道：「原來如此。」見塑相兩側各有一座較小塑像，左女右男，問道：「那兩個是甚麼人？」林興珠道：「女的是董太妃，男的是嗣王爺。」韋小寶道：「甚麼嗣王爺？」林興珠道：「就是國姓爺的公子，繼任為王爺的。」韋小寶點頭道：「啊，就是鄭經了，跟鄭克塽這小子倒也有些相像。我師父陳軍師的像呢？」林興珠道：「陳軍師沒有像。」韋小寶道：「這董太妃壞得很，快把她拉下來，趕緊叫人去塑陳軍師的像，放在這裏陪伴國姓爺。」

林興珠大喜，親自爬入神龕，將董太妃的塑像搬了下來。韋小寶向鄭成功的神像跪下，磕了幾個頭，說道：「國姓爺，你是英雄豪傑，我向你磕頭，想來你也受得起。這老虔婆壞了你的大事，每天陪着你，你必定生氣，我幫你趕走，讓我師父陳軍師來陪你。」一想到師父慘亡，不禁流下淚來。

全台百姓對董太妃恨之入骨，而陳永華屯田辦學、興利除弊，有遺愛於民，百姓稱他為「台灣諸葛亮」。鄭克塽當國之時，誰不敢說董太妃一句壞話，不敢說陳永華一句好話。此時韋小寶下了「除董塑陳」的命令，人心大快，又聽說他在國姓爺像前磕頭流淚，衆百姓更是感激。雖然這位韋大人要錢未免厲害了些，但一來他是陳軍師的弟子，台灣軍民不免推愛，二來施琅帶領清兵取台，滅了大明留存在海外的一片江山，因此上雖然「施清韋貪」，衆百姓反覺這位韋大人和藹可親，寧可他鎮守台灣，最好施琅永遠不要回來。

可是事與願違，過得一個多月，施琅帶了水師又回到台灣。

韋小寶在岸邊相迎，只見施琅陪同一位身穿一品大員服色的大官從船中出來。那大官還在跳板之上，便大聲叫道：「韋兄弟，你好嗎？這可想煞做哥哥的了。」原來是索額圖。韋小寶大喜，搶上前去。兩人在跳板上拉住了手，哈哈大笑。

索額圖笑道：「兄弟，大喜，大喜。皇上降旨，要你上北京。」

韋小寶心中一喜一憂，尋思：「我如肯去北京，早就去了。小皇帝很是固執，他決不會向我投降的。我不答應打天地會，他就不會見我的面。」

施琅笑嘻嘻道：「皇恩浩蕩，眞是沒得說的，皇上已答允撤消台民內遷的旨意。」台灣衆軍民這一個多月來，日日夜夜都在擔憂，生怕皇帝堅持要棄台灣，大家都說，皇帝的口是「金口」，說過了的話，決無反悔之理。施琅這句話一出口，岸上衆官員聽到了，忍不住大聲歡呼，一齊叫了起來：「萬歲，萬歲，萬萬歲。」

消息不脛而走，到處是歡呼之聲，跟着劈劈拍拍的大放爆竹，比之過年還熱鬧得多。

索額圖傳下旨意，對韋小寶頗有獎勉，命他剋日赴京，另有任用。韋小寶謝恩畢，兩人到內堂摒衆密談。

索額圖道：「兄弟，你這一次面子可實在不小，皇上怕你尚有顧慮，因此欽命我前來促駕。你可知皇上要派你個甚麼差使？」韋小寶搖頭道：「皇上的神機妙算，咱們做奴才的可萬萬猜不透了。」索額圖將嘴巴湊到他耳邊，低聲說道：「打羅剎鬼！」

註：據史籍所載，當時清廷決心棄台，已有成議，全仗施琅力爭，大學士李雷又從中斡旋，這才決定設立官府，派置駐軍。在當時似是小事，於後世卻有莫大影響。當年施琅若不力爭，清廷平服鄭氏後即放棄台灣，將全台軍民盡數遷入內地，則荷蘭人勢必重來，台灣從此不屬於中國版圖。因此其時雖有人指施琅爲漢奸，但於中華民族而言，其力排棄台之議，保全此一大片土地於中國版圖，功勞也可說極大。

施琅曾奏減台灣地租田賦，康熙從其議，頗有惠於全台百姓。施琅次子施世綸，居官清廉，平民百姓和官員縉紳爭執，施世綸必袒護平民，因此民間稱爲「施青天」，即後世說部「施公案」的主角。施琅第六子施世驃，爲福建水師提督，康熙六十年駐台，史稱「八月十三，怪風暴雨相逼爲災，兵民多死。世驃終夜露立，遂病，九月，卒於軍中，下旨悼恤，贈太子太保。」此人在颶風襲台時通宵在外指揮救災，因而病死，也可說是個愛民好官。

韋小寶一怔之下，跳起身來，大叫：「妙極！」

索額圖道：「皇上說你得知之後，一定十分喜歡，果然不錯。兄弟，羅剎鬼自順治年間起，就佔我黑龍江一帶，勢道十分猖獗。先帝和皇上寬洪大量，不予計較。那知羅剎鬼得寸進尺，佔地越來越多。遼東是我大清的根本所在，如何能容鬼子威逼？現在三藩叛逆和台灣鄭氏都已蕩平，天下無事，皇上就決意對羅剎用兵了。」

韋小寶在通吃島閒居數年，悶得便如推牌九連抓十副彆十，這時聽得這消息，開心得合不攏嘴來。

索額圖又道：「皇上為了息事寧人，曾向羅剎國大汗下了幾道諭旨，對方卻始終沒有答覆。後來荷蘭國使臣轉告，說羅剎國雖大，卻是蠻夷之邦，通國無一人懂得中華上國文字，接到皇上的諭旨，全然莫名其妙，因此只好不答。可是羅剎兵東來佔地，始終不止。皇上說道，我中華上國講究仁義，不能對蠻夷不教而誅，總是要先令他們知錯，有個幡然悔改的機會，要是訓諭之後，仍然強項不服教化，那時便只有加以誅戮了。朝中大臣，精通羅剎國言語的，卻只有韋兄弟一人。」（按：當時中俄交涉，互相言語文字不通，確為事實。史載俄國沙皇致書康熙，有云：「皇帝在昔所賜之書，下圖無通解者，未循其故。」）

韋小寶心想：「原來為了我懂得羅鬼剎話，小皇帝才向我投降。」不禁手舞足蹈，大為得意。

索額圖笑道：「兄弟精通羅剎話，固然十分了不起，可是還有一樁大本事，更是人所莫及。聽說羅剎國的攝政女王，是大汗的姊姊，這位女王乃是兄弟的老相好，是不是啊？」韋小寶哈哈大笑，說道：「羅刹女人全身都是金毛，這個蘇菲亞攝政女王相貌倒挺不錯，她身上的皮膚，摸上去卻粗糙得很。」索額圖笑道：「皇上就是要兄弟出馬，勉為其難，再去摸她幾摸。」韋小寶笑着搖頭，說道：「沒胃口，沒胃口。」索額圖道：「兄弟一摸之下，兩國交好，從此免了刀兵之災，這是安邦定國的一樁奇功啊。」

韋小寶笑道：「原來皇上不是派我去帶兵打仗，是要我施展『十八摸神功』，哈哈！」嘴裏唱了起來：「一啊摸，二啊摸，摸到羅刹國女王的頭髮邊。女王的頭髮像黃金，索大哥和韋小寶花差花差哉！」兩人相對大笑。

韋小寶問起羅刹國侵佔黑龍江的詳情，索額圖細加述說。

原來在明朝萬曆年間，羅刹人便決意東侵。（羅刹即俄羅斯，「清史稿．郎坦等傳」云：「俄羅斯之為羅刹，譯言緩急異耳。」緩讀為俄羅斯，急讀為羅刹。以俄語本音讀之，羅刹更為相近。）先後在西伯利亞的托木斯克、葉尼塞斯克、雅庫次克、鄂霍次克等地築城。順治六年，羅刹人在鹿鼎山築城，稱阿爾巴靑（中國則稱為雅克薩城），同時順流東下，沿途剽掠。順治九年，滿淸寧古塔都統海色率兵兩千，在黑龍江岸將羅刹兵擊退。後來又在松花江口交兵，滿淸都統明安達哩奮勇作戰，大破羅刹軍。羅刹兵西退，在尼布楚築城，並遣使往莫斯科乞援。使者沿途散布流言，說黑龍江一帶金銀遍地，牛馬成羣，居民房屋皆鑲嵌黃金。羅刹人夢想大發洋財，結隊東來，沿路刦掠，殘害百姓，哥薩克騎兵尤為殘暴。滿淸寧古塔都統沙爾呼達、寧古塔將軍巴海率兵禦敵，於順治十六年、十七年間連勝數仗，打死了羅刹兵的統軍大將，將哥薩克騎兵斬殺過半。於是羅刹人不敢再到黑龍江畔。

到康熙初年，羅刹軍民又大舉東來，以雅克薩城爲根據地。康熙年紀漸長後，知道羅刹人野心極大，嚴加防守，並移吉林水師到黑龍江駐防。羅刹軍也不斷增兵，將雅克薩城建築得十分牢固，同時在通往羅刹國本部的交通要道沿途設站，決意將黑龍江一帶廣大土地席捲而有之。那時康熙正在全力對付吳三桂，無力分兵抗禦羅刹的侵畧，直到三藩削平，台灣鄭氏歸降，更無後顧之憂，這才專心應付。想起韋小寶曾去過莫斯科，不但熟悉彼邦情勢，且和羅刹國掌握大權的攝政女王關係不同尋常，曾獻計助她脫困奪權，受過她的封爵，這是手中的一着厲害棋子，如何不用？得知他到了台灣，當即命索額圖前往宣召。

韋小寶帶了妻子兒女，命伕役抬了在台灣所發的「請命財」，兩袖金風，上船北行。臨行時向施琅要了原來台灣鄭氏的將領何佑、林興珠、洪朝，以及五百名籐牌兵。施琅知他這次赴京，定得重用，自己在朝廷裏正要他鼎力維持，自然沒口子的答應，對他和索額圖又都送了一份重禮。

台灣百姓知道朝廷所以撤消舉台內遷旨意，這位少年韋大人厥功甚偉，人人感激，萬民傘、護民旗等送了無數。韋小寶上船之際，兩名耆老脫下他的靴子，高高捧起，說是留爲去思。這「脫靴」之禮，本是地方官清正，百姓愛戴，才有此儀節。韋小寶這「贓官」居然也享此殊榮，非但前無古人，恐怕也是後無來者了。歡送的鞭炮大放特放，更不在話下。

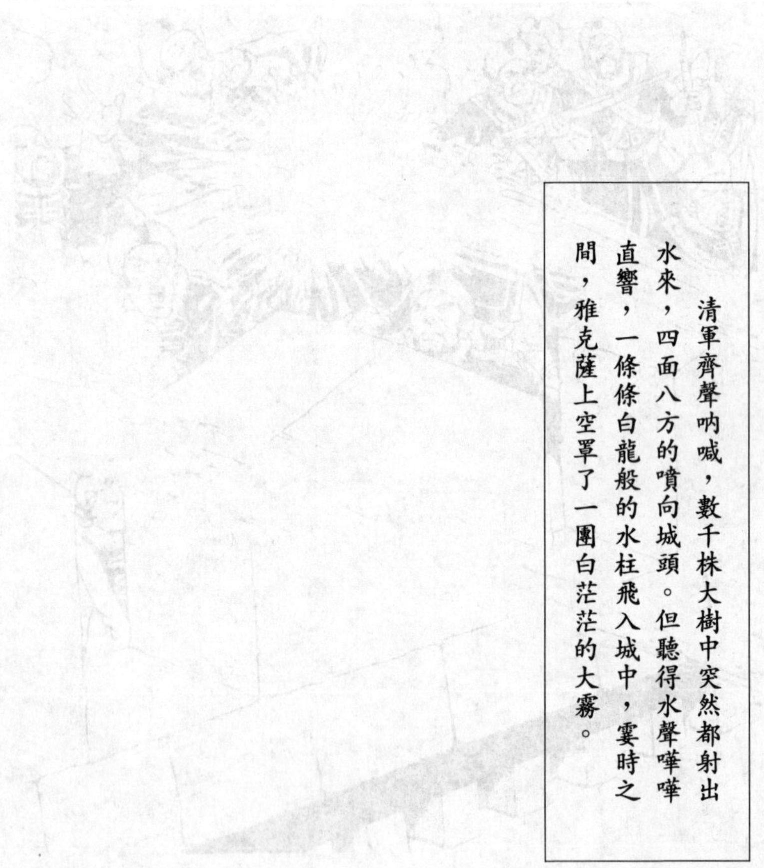

清軍齊聲吶喊，數千株大樹中突然都射出水來，四面八方的噴向城頭。但聽得水聲嘩嘩直響，一條條白龍般的水柱飛入城中，霎時之間，雅克薩上空罩了一團白茫茫的大霧。

第四十七回　雲點旌旗秋出塞　風傳鼓角夜臨關

不一日船到塘沽，韋小寶、索額圖等一行人登岸陸行，經天津而至北京。韋小寶重入都門，當眞是恍如隔世，心花怒放，飄飄欲仙，立刻便去謁見皇帝。

康熙在上書房傳見。韋小寶走到康熙跟前，跪下磕頭，還沒站直身子，心下猛地裏悲喜交集，忍不住伏在地下放聲大哭。

康熙見韋小寶到來，心中有一大半歡喜，也有一小半惱怒，心想：「這小子無法無天，竟敢一再違旨。這次雖派他差使，卻也要好好懲戒他一番，免得這小子恃寵而驕，再也管束他不住。」豈知韋小寶一見面竟會大哭，康熙心腸卻也軟了，笑道：「他媽的，你這小子見了老子，怎麼哭將起來？」

韋小寶哭道：「奴才只道這一生一世，再也見不着皇上了。今日終於得見，實在是歡喜得緊。」康熙笑道：「起來，起來！讓我瞧瞧你。」韋小寶爬起身來，滿臉的眼淚鼻涕，嘴角邊卻已露着微笑。

康熙笑道：「他媽的，你這小子倒也長高了。」童心忽起，走下御座，說道：「咱們比比，到底是你高還是我高。」走過去和他貼背而立。韋小寶眼見跟他身高相若，但皇上要比高矮，豈能高過了皇上，當即微微彎膝。

康熙伸手在兩人頭上一比，自己高了約莫一寸，笑道：「咱們一般的高矮。」轉身走開幾步，笑問：「小桂子，你生了幾個兒子女兒？」韋小寶道：「奴才不中用，只生了兩個兒子，一個女兒。」康熙哈哈大笑，說道：「這件事我可比你行了。我已有四個兒子，三個女兒。」韋小寶道：「皇上雄才大畧，自然……自然這個了不起。」康熙笑道：「幾年不見，你學問還是沒半點長進。生兒女的事，跟雄才大畧有甚麼干係？」

韋小寶道：「從前周文王有一百個兒子，凡是好皇帝，兒子也必定多的。」康熙笑問：「你又怎麼知道了？」韋小寶道：「皇上派奴才去釣魚，咱倆個好比周文王和姜太公。周文王的事，奴才自然要問問清楚，免得見到皇上之時，回不上話。」

這幾年來康熙忙於跟吳三桂打仗，晝夜辛勞，策劃國事，身邊少了韋小寶這個少年臣子說笑話解悶，有時着實無聊，此時君臣重逢，甚是開心，說了好一會閒話，問了他在通吃島上的生涯，又問起台灣的風土民情。

韋小寶道：「台灣土地肥美，氣候溫暖，出產很多，百姓日子過得挺快活，得知皇上准許他們在台灣住下去，個個感激皇恩浩蕩，都說皇上是不折不扣的鳥生魚湯。」康熙點頭道：「施政以不擾民爲先。百姓既然在台灣安居樂業，強要他們遷入內地，實是大大擾民。朝中大臣不明台灣實情，妄發議論，險些誤了大事。你和施琅力加勸諫，功勞不小。」

韋小寶噗的一聲跪倒，磕頭道：「奴才多次違旨，殺十七八次頭都是應該的，不論有甚麼功勞，皇上都不必放在心上。只求皇上開恩，饒了奴才性命，准許我在你身邊服侍。」

康熙微笑道：「你也知道殺十七八次頭也是應該，就可惜你沒十八顆腦袋，否則的話，我定要砍下十七顆來。」韋小寶道：「是，是。奴才腦袋也不要多，只要留得一顆，有張嘴巴說話吃飯，也就心滿意足了。」康熙道：「這顆腦袋留不留，那得瞧你今後忠心不忠心，是不是還敢違旨。」韋小寶道：「奴才忠字當頭，忠心耿耿，赤膽忠心，盡忠報國。」

康熙笑道：「你這忠字的成語，心裏記得倒多，還有沒有？」韋小寶道：「奴才心裏只有一個忠字，自然記得多些，還有……還有忠君愛國，忠臣不怕死，怕死不忠臣，還有忠厚老實……」康熙道：「起來罷！你如忠厚老實，天下就沒一個刁頑狡猾之徒了。」

韋小寶站起身來，說道：「回皇上：我只對你一個人忠心。對於別人，就不那麼忠了，有時說不定還奸他一奸。奴才的性子是有點小滑頭的，這個皇上也明白得很。不過我對皇上講究『忠心』，對朋友講究『義氣』，忠義不能兩全之時，奴才只好縮頭縮腦，在通吃島上釣魚了。」

康熙道：「你不用擔心，把話兒說在前頭，我可沒要你去打天地會。」負手背後，踱了幾步，緩緩的道：「你對朋友講義氣，那是美德，我也不來怪你。聖人講究忠恕之道，這個忠字，也不單是指事君而言，對任何人盡心竭力，那都是忠。忠義二字，本來是一而二二而一的。你寧死不肯負友，不肯為了富貴榮華而出賣朋友，也算十分難得，很有古人之風。你既不肯負友，自然也不會負我了。小桂子，我赦免你的罪愆，不全是為了你以前的功勞，不全是為了你我兩個自幼兒十分投緣，也為了你重視義氣，並非壞事。」

一番話說得韋小寶感激涕零，哽咽道：「奴才……奴才是甚麼都不懂的，只覺得別人真心待我好，實在……實在不能……不能對他們不住。」

康熙點點頭，說道：「那羅剎國的攝政女王，對你也挺不錯啊。我派你去打她，卻又怎樣？」

韋小寶嗤的一聲，笑了出來，說道：「她給人關了起來，險些兒性命不保，奴才教她鼓動火槍手作亂，奪到了大位，也算對得住她了。她派兵想來奪皇上的錦繡江山，可萬萬容她不得。這女人水性楊花，今天勾搭這個男人，明天勾搭那個，那是當不得真的。就可惜羅剎國實在太遠，否則奴才帶一枝兵去，把這女王擒了來請皇上瞧瞧，倒也有趣。」

康熙道：「『羅剎國太遠』，這五個字很要緊，只憑着這五個字，咱們這一戰可操必勝。羅剎國雖然火器犀利，騎兵驍勇，但他們遠，咱們近。他們萬里迢迢的東來，兵員、馬匹、火器、彈藥、糧草、被服，甚麼接濟都不容易。現下我已派了戶部尙書伊桑阿前赴寧古塔，構築璦琿、呼瑪爾二城，廣積糧草彈藥，又設置了十個驛站，使得軍需糧餉供應暢通，源源不絕。日前又傳旨蒙古，不許跟羅剎人貿易。再派黑龍江將軍薩布素廣遣騎兵，見到羅剎人的糧草車輛，就放火燒他媽的，見到羅剎兵的馬匹，立刻就宰他媽的。」

韋小寶大喜，說道：「皇上如此調派，當眞是甚麼甚麼之中，甚麼千里之外，這一戰已經勝了七八成。」

康熙道：「那也不然，羅剎是大國，據南懷仁說，幅員還大過了我們中國，決計不可輕敵。我們如打了敗仗，遼東一失，國本動搖。他們敗了卻無關大局，只不過向西退卻而已。因此這一戰只許勝不許敗。你倘若敗了，我就領兵出關親征。第一件事，便是砍你的腦袋。」說這句話時聲色俱厲。

韋小寶道：「皇上望安。奴才項上人頭若是不保，那也是給羅剎兵砍下來的，決不能讓皇上來砍。」康熙道：「你明白這一節便好。兵凶戰危，誰也難保必勝。我只是要你萬萬不可輕忽，打仗可不是油腔滑調之事。」韋小寶恭恭敬敬的道：「是。」

康熙又道：「倘若單是行軍打仗，本來也不用你去。不過這次跟羅剎國開仗，並不是想滅了他，只是要他知難而退，不敢來侵我疆土，也就是了。因此須得恩威並濟，要他們感恩戴德，兩國永遠和好。如果一味殺戮，羅剎國君主老羞成怒，傾國來攻，我們就算得勝，那也是兵禍連結，得不償失。能和則和，不戰而屈人之兵，才算上上大吉。你如能說得羅剎國攝政女王下令退兵，兩國講和，才是大大的功勞。」

韋小寶道：「奴才見到羅剎兵的將軍之後，將皇上的聖諭向他們開導，再要他們帶話去給羅剎國攝政女王。」

康熙道：「我曾傳了好幾名西洋傳教士來，詳細詢問羅剎國的歷朝故實、風土地理、軍政人事……」韋小寶道：「對，對。皇上這是知他又知自己，百戰百勝。」康熙微微一笑，說道：「那些教士都說，羅剎人欺善怕惡，如一味跟他說好話，他們得寸進尺，越來越兇，須得顯點顏色，讓他們知道咱們不好惹。因此咱們一面出動大軍，諸事齊備，要打就打，另一面卻又顯得咱們是禮義之邦，中華上國，並不隨便逞強欺人。」

韋小寶道：「奴才理會得。咱們有時扮紅臉，拔刀子幹他媽的，有時又扮白臉，笑嘻嘻的摸他幾下。就好比諸葛亮七擒孟獲，要叫他輸得服服貼貼，從此不敢造反。」

康熙嘿嘿一笑，道：「這就是了。」韋小寶見他笑容古怪，一轉念間，已明其理，笑道：「就好比萬歲爺七擒小桂子，叫奴才又感激又害怕，從此再也不敢玩甚麼花樣，小桂子又好比是孫悟空，總之是跳不出萬歲爺這如來佛的手掌心。」

康熙笑道：「你年紀大了幾歲，可越來越謙了。你如要跳出我的手掌心，我可還眞的抓你不住。」韋小寶道：「奴才在皇上的手掌心裏舒服得很，又何必跳出去？」

康熙道：「平吳三桂的事，說來你功勞也是不小，那一趟事你沒能趕上。現下我派你統帶水陸三軍，出征羅剎。雅薩克城築於鹿鼎山，我封你爲三等鹿鼎公、撫遠大將軍。武的由都統朋春、黑龍江將軍薩布素、寧古塔將軍巴海助你，文的由索額圖助你。咱們先出馬步四萬，水師五千，倘若不夠，再要多少有多少。一應馬匹軍需，都已齊備。璦琿、寧古塔所積軍糧，可支大軍三年之用。野戰炮有三百五十門，攻城炮五十門。這可夠了嗎？」

康熙說一句，韋小寶謝一句恩，待他說完，忙跪下連連磕頭。

康熙道：「羅剎國在雅薩克和尼布楚的騎兵步兵不過六千。咱們以七八倍兵力去對付，那是雷霆萬鈞之勢了，只盼你別墮了我堂堂中華的國威才好。」韋小寶道：「這一仗是奴才代着皇上去打的，咱們只消有一點小小挫折，也讓羅剎國人給小看了。皇上儘管放心。」康熙道：「很好。你還有甚麼需用沒有？」韋小寶道：「奴才從台灣帶來了五百名籐牌兵來京，他們曾跟紅毛兵開過仗，善於抵禦火器，奴才想一併帶去進剿羅剎。」

康熙喜道：「那好得很啊。鄭成功的舊部打敗過荷蘭紅毛兵，你帶了去打羅剎兵，咱們又多了三分把握。我本來擔心羅剎兵火器厲害，只怕我軍將士傷亡太多。」韋小寶道：「籐牌能擋住鳥槍子彈，這些籐牌兵着地滾將過去，用大刀斬鬼子兵的鬼脚。」康熙大喜，連稱：「妙得很，妙得很！」

韋小寶道：「奴才有個小妾，當年隨着同去莫斯科，精通羅剎鬼話。想請皇上恩准，讓她隨軍辦事。」清朝規定，出師時軍中携家帶眷，乃是大罪，因此須得先行陳請。

康熙點了點頭，道：「知道了。你好好立功去罷！」

韋小寶磕頭辭出，退到門口時，康熙問道：「聽說你的師父陳永華，是給鄭克塽殺的，是不是？」韋小寶一怔，應道：「是。」康熙道：「鄭克塽已歸降朝廷。我答應過他，鄭氏子孫一體保全。你別去跟他爲難。」韋小寶只得答應。

他此番來京，早就預擬去尋鄭克塽的晦氣，那知道康熙先行料到，如此吩咐下來，倘若再去動他，那便是違旨了，尋思：「難道這小子害死我師父的大仇，就此罷休不成？」低了頭緩緩步走出，忽聽得有人說道：「韋兄弟，恭喜你啊。」

韋小寶聽得聲音好熟，抬起頭來，只見眼前一人身高膀寬，笑吟吟的望着自己，正是御前侍衛總管多隆。這一驚當眞非同小可。那日他逃出宮去，明明在自己屋中已將多隆一劍刺死，這可不是他鬼魂索命來嗎？霎時之間，只嚇得全身發抖，旣想轉身奔逃，又想跪下哀求饒命，可是兩條腿便如釘在地下一般，再也難以移動半步，下身前後俱急，只差這麼一點兒便要屎尿齊流。

多隆走近身來，拉住了他手，笑道：「好兄弟，多年不見，做哥哥的想念得緊，別來想必諸事如意。聽說你在通吃島上爲皇上釣魚，皇上時時升你的官爵，我聽了也是喜歡。」

韋小寶覺得他的手甚是溫暖，日光照進走廊，他身旁也有影子，似乎不是鬼魂，驚怖之念稍減，喃喃應道：「是，是。」又怕他念着前仇，要算那筆舊帳，只是那一匕首明明對準了他心臟戳入他背心，如何會得不死，慌亂之際，那裏想得明白？

多隆又道：「那日在兄弟屋裏，做哥哥的中了暗算，幸蒙兄弟趕走刺客，我這條性命才得保全。這件事一直沒能親口向你道謝，心中可常常記着。你卻又託施琅從台灣帶禮物來給我，當眞生受不起。」

韋小寶見他神色誠摯，決非在說反話，心想：「他是御前侍衛總管，皇上身邊的近臣。施琅這次來送禮，自然有他的份。想來他向施琅問起了我，施琅便賣個順水人情，說禮物之中有一部份是我送的，以便顯得他跟我交情很深，別人衝着我的面子，不會跟他爲難。只是怎麼說我趕走了刺客，這件事可弄不懂了。」

多隆見他臉色白裏泛青，一副神不守舍的模樣，只道他是受了康熙的斥責，安慰他道：「皇上近來脾氣有時不大好，多半是爲了羅刹國欺人太甚，兄弟不必擔心。待會下了班，咱們去好好的吃他一頓，敍上一敍。」韋小寶道：「皇上恩德天高地厚，剛才又升了我的官。兄弟心中感激，眞不知怎樣才報得了君恩。」多隆笑道：「恭喜，恭喜。兄弟辦事能幹，能給皇上分憂，加進官爵，那是理所當然。」艷羨之意見於顏色。

韋小寶見他語氣和神色之間，對自己又是親熱，又是羨慕，素知他是直爽漢子，不會作僞，心中驚懼之意盡去，笑道：「多大哥，請你等一等，兄弟尿急得很。皇上傳見，吩咐叮囑的話很多，兄弟忍尿忍到這時候，可實在忍不住了。」

多隆哈哈大笑，知道皇上召見臣子，若不示意召見已畢，臣子決不敢告退。做臣子的當眞尿急起來，倒是一件大人的難事。只不過也只有像韋小寶這等寵臣，皇上才會跟他說話這麼久。別的大臣三言兩語，即命起去，也輪不到他尿急尿急。多隆和韋小寶向來親厚，今日久別重逢，心中着實高興，當即拉着他手，送他到茅房門口，站在門口等他解完了手出來。

那日韋小寶爲了要救師父及天地會衆兄弟性命，無可奈何，劍刺多隆，想起平日他對自己很是不錯，內心也着實歉仄，想不到他居然沒死，對自己又無絲毫見怪之意，這一泡尿就撒得加倍痛快，出得茅房來，便以言語套問當日的情景。

多隆說道：「那日我醒轉來時，已在床上躺了三日四夜。關太醫說，幸虧我的心生得偏了，刺客這一刀只刺傷了我的肺，沒傷到心。他說像我這種心生偏了的人，十萬個人中也沒一個。」韋小寶心道：「慚愧，原來如此。」笑道：「我一向只道大哥是個直心腸的好漢，那知大哥是個偏心人。大哥偏心，是特別寵愛小姨太呢，還是對小兒子偏心？」多隆一楞，笑道：「兄弟不提，我倒也沒想起。我對第八房小妾加意寵愛些，想來便是偏心之故了。」

兩人笑了一陣。韋小寶笑道：「這刺客武功很高，他來暗算大哥，兄弟事先竟也沒有察覺。」多隆道：「是啊。」壓低了聲音道：「剛巧那時建寧公主殿下來瞧兄弟。這種事情，咱們做奴才的是不敢多問一句的。我養了三個月的傷，這才痊愈。皇上諭示，是韋兄弟奮勇救了我的性命，親手格斃了刺客。這中間的詳細經過，兄弟也不必提了，總而言之，做哥哥的極承你的情。」

韋小寶的臉皮之厚，在康熙年間也算得是數一數二，但聽了這幾句話，臉上居然也不禁爲之一紅，才知還是皇帝替自己隱瞞了。一來是皇上親口說的，多隆自然信之不疑；二來其中涉及公主的隱私，宮中人人明白，這種事越少過問越好，便有天大的疑竇，也只好深藏心底。若非如此，要編造一套謊話來掩飾過去，倒也須煞費苦心。

韋小寶內心有愧，覺得對這忠厚老實之人須得好好補報一番，說道：「兄弟在台灣帶了些土儀，回頭差人送到大哥府上。」多隆連連搖手，道：「不用了，不用了。咱們自己人，何必再鬧這一套？上次施琅帶來了兄弟的禮物，那已經太多了。」

韋小寶突然想起一事：「這件事倒惠而不費，皇上就算知道了，也不能怪我違旨。」問道：「多大哥，鄭克塽這小子歸降之後，在北京怎麼樣？」多隆道：「皇上待他很不差，封了他一個一等公。這小子甚麼都不成，托了祖宗的福，居然爵位比你兄弟還高。」

韋小寶道：「那日咱們鬧著玩兒，誣賴他欠了衆侍衛一萬兩銀子，由兄弟拿出來歸還。這件事大哥還記得嗎？」多隆哈哈大笑，說道：「記得，記得。兄弟那個相好的姑娘，後來怎樣了？倘若還是跟着鄭克塽，咱們這就去奪她回來。」韋小寶微笑道：「這姑娘早已做了我的老婆，兒子也生下了。」

多隆笑道：「恭喜，恭喜。否則的話，鄭克塽這小子在京師之中，管他是一等公、二等公，終究是個無權無勢的空頭爵爺，咱們要欺上門去，諒這小子屁也不敢多放一個。這種投降歸順的藩王，整日裏戰戰兢兢，生怕皇上疑心他心中不服，又要造反。」

韋小寶道：「咱們也不用欺侮他。只不過殺人償命，欠債還錢，那是天公地道的事。別說他不過是個一等公，就算是親王貝勒，也不能欠了債賴着不還哪。」多隆道：「對，對，那日他欠了兄弟一萬兩銀了，我們御前侍衞不少人都是見證，咱們討債去。」韋小寶微笑道：「這小子可不長進得很。單是一萬兩銀子，那是小意思。他後來這就陸陸續續又向我借了不少債，有親筆借據在我手裏。他鄭家三代在台灣做王爺，積下的金銀財寶還少得了？定是都帶來了北京。鄭成功和鄭經是好人，料想不會搜刮百姓，可是鄭克塽這小子難道還會客氣麼？他做一天王爺，少說也刮上一百萬，兩天就是二百萬，三天三百萬。他一共做了幾天王爺，你倒給算算這筆帳看！」多隆張口結舌，說道：「厲害，厲害。」

韋小寶道：「兄弟回頭將借據送來給大哥，這一筆錢，兄弟自己是不要的……」多隆忙道：「這個萬萬不可，做哥哥的給你包討債，保管你少不了一錢銀子。我帶了手下的侍衞去登門坐討，他便有天大的膽子，也不敢不還。」韋小寶道：「這筆債是大了些，這小子當年花天酒地，花銀子就像流水一般。一下子要還清，還眞不容易。這樣罷，大哥帶人去討，他要是十天八天還不出，就讓他化整爲零，分寫借據，債主兒都寫成侍衞兄弟們的名字。每張借據一千兩一張也好，二千兩一張也好。那一個侍衞討到了手，就是他的。」

多隆道：「那不成！衆侍衞個個是你的老部下，給老上司辦一點討債小事，還能要賞，那算甚麼話？」韋小寶道：「他們都是我老部下，是好兄弟、好朋友。這幾年來，兄弟快馬加鞭的加官進爵，可一直沒甚麼好處給大家，想想也不好意思。這幾百萬兩銀子，衆位侍衞兄弟們就分了罷。」

多隆大吃一驚，顫聲道：「甚……甚麼有幾……幾百萬兩銀子？」韋小寶微笑道：「本錢嘛，也沒這許多，其中有些是花帳，有些是虛頭，利上加利的滾上去，數目就不小了。這一筆錢，大哥自己多分幾成。」多隆兀自不信，喃喃的道：「幾百萬兩？這……這未免太多了罷？」韋小寶道：「所以啊，要他分開來寫借據，討起來方便些。」壓低了嗓子道：「這件事可別牽扯我在內。倘若給御史們知道了，奏上一本，說兄弟交結外藩，放債圖利，不大不小也是個罪名。但如御前侍衞們向他討賭債，每人一千二千銀子的事，那就全不相干。大哥要是怕御前侍衞獨吃，干係太大，不妨約些驍騎營的軍官同去。他們也都是我的老部下，也該分得些好處。」多隆連聲稱是，打定了主意，這筆債討了來，至少有一大半要還給韋小寶，他雖慷慨大方，可不能讓他血本無歸。

韋小寶十分得意，暗想多隆帶了這羣如狼似虎的御前侍衞和驍騎營軍官去討債，鄭克塽這下子可有得頭痛了。雖然碍於皇上吩咐在先，不能親自去跟鄭克塽爲難，以報殺師大仇，但這麼一搞，少說也得敗了他一半家產。這件事鄭克塽多半還是啞子吃黃蓮，不敢聲張，就算給人知道了，那也是御前侍衞和驍騎營軍官追討賭債的私事，別人只會說鄭克塽是紈袴子弟，立身不謹，來到京師，仍然賭博胡鬧，誰也不會怪到他韋小寶頭上。

出得宮來，康親王傑書、李霨、明珠、索額圖、勒德洪、杜立德、馮溥、圖海、王熙、黃機、吳正治、宗德宜等滿漢大臣都候在宮門外，紛紛上前道喜，擁着他前去銅帽兒胡同。來到巷前，只見一座宏偉的府第聳立當地，比之先前的伯爵府更大了許多。大門上一塊朱漆的匾額，卻空蕩蕩地並無一字。韋小寶識得的字，西瓜大的還沒一擔，但匾上有沒有字終究還分得出來，不禁一怔。

康親王笑道：「韋兄弟，皇上對你的恩澤，眞是天高地厚。那一年你伯爵府失火焚毀，你又不在京裏，皇上得知之後，便派做哥哥的給你另起一座府第。聖旨中沒吩咐花多少錢，只說一應費用，內庫具領。這是皇上賞你的，做哥哥的何必給皇上省銀子？自然是從寬裏花錢，兄弟，你瞧瞧，這可還合意嗎？」說着捋鬚微笑。

韋小寶急忙道謝。從大門進去，果然是美輪美奐，跟康親王府也差不了多少，衆官嘖嘖稱讚，盡皆艷羨。

康親王道：「這座府第起好很久，一直等着兄弟你來住。只是不知皇上如何加恩，要封你甚麼官爵，因此府上那一塊匾額便空着不寫。這『鹿鼎公府』四個字，便請咱們的李大學士大筆一揮罷。」

李霨是保和殿大學士兼戶部尚書，各大學士中資歷最深，是爲首輔，當下也不推辭，提筆恭楷寫了「鹿鼎公府」四個大字。從吏捧了下去，命工匠鑄成金字，鑲在匾上。

當晚鹿鼎公府中大張筵席，欵待前來賀喜的親貴大臣。鄭克塽、馮錫範等台灣降人也送了禮來，卻沒親身道賀。

送走賓客後，韋小寶又開家宴，七位夫人把盞慶賀。韋小寶說起要帶雙兒隨同北征，其餘六位夫人一齊不依，說他太過偏心。韋小寶只得花言巧語，說是皇上降旨，知道雙兒到過羅刹國，懂得羅刹言語，是以派她隨軍効力。六位夫人只得罷了。好在雙兒爲人溫柔謙和，和六位夫人個個情誼甚好，大家也不妬忌於她。只建寧公主自忖以皇上御妹的身分，金枝玉葉，居然還及不上一個出身微賤的小丫頭，心中着實氣惱。不過七位夫人平時若有紛爭，其餘六人一定聯盟對付公主。建寧公主人孤勢單，韋小寶又不對她迴護，近年來氣燄已大為收斂，輕易不敢啓釁。

次日韋小寶命雙兒取出鄭克塽當年在通吃島上血書的借據，請了多隆來，交給了他。多隆大喜，說道：「既有親筆借據，咱們石頭裏也要榨出他油來。鄭克塽這小子要是膽敢賴債不還，咱們御前侍衞和驍騎營軍官不用在京裏混了。」

此後數日之中，康熙接連宣召韋小寶進宮，給了他一張極大的地圖，如何進軍、如何接仗、如何圍城、如何打援，一一詳細指示，用朱筆在圖上分別繪明。

韋小寶道：「這一仗是皇上親自帶兵打的，奴才甚麼也不敢自作主張，總之是遵照皇上的吩咐辦事就是。否則的話，就算打了勝仗，皇上也不喜歡。」

康熙微笑點頭，韋小寶這一番話深合他心意。他小時學了武藝，無法施展，只有與韋小寶扭打為樂，其後不斷派遣韋小寶出外辦事，在內心深處，都是以他為自己替身之意。韋小寶年紀比自己小，武功智謀，學問見識，無一及得上自己，他能辦得成功，自己自然更是游刃有餘。想起明朝正德皇帝自封為威武大將軍鎮國公，親自領兵出征，也只是不甘寂寞、要一顯身手而已。康熙作事自不會如正德皇帝這般胡鬧，卻從派遣韋小寶辦事之中，內心得到了滿足。當年吳三桂造反，他是身經百戰的猛將，非同小可，必須以大臣宿將對付，倘若讓韋小寶領兵，必定敗事。這一仗打了數年，康熙雖不親赴前敵，但每一場戰役都詢問詳明，其中利弊得失，無不瞭若指掌，於實戰之中學會了兵法。此時和羅刹國開仗，事無巨細，均已籌劃妥善，大軍未出都門，便已料到此戰必勝，比之當年對付吳三桂時的戰戰兢兢，那是不可同日而語了。

韋小寶出征在即，不敢再去招惹天地會的兄弟，心想：「皇上不叫我去滅天地會，那是他向我投降，已給足了我面子。我如不識相，又去跟李力世、徐天川他們聚會，給皇上知道了，卻來舊事重提，這是韋小寶搬了石頭來砸自己的脚，做人既蠢笨無比，又太不光棍。」

欽天監擇定了黃道吉日，大軍北征。是日康熙在太和門賜宴。午門外具鹵簿，陛下張黃幄，設御座，陳敕印，王公百官會集。康熙升座。撫遠大將軍鹿鼎公韋小寶率出征官朋春、薩布素、郎坦、林興珠等，運糧官索額圖等上前跪倒。內院大臣奉宣滿蒙漢三體敕書，授大將軍敕印，頒賜衣馬弓刀。出征將官分坐金水橋北，左右奏樂，陳百戲。康熙命大將軍進御前，面授方畧，親賜御酒。大將軍跪受叩飲，都統、副都統等繼進，皇帝命侍衞賜飲，然後命百官遍飲衆軍，賜金錢布疋。百官衆軍謝恩，大軍開拔。康熙親送出午門。大將軍及衆官跪請回鑾。然後水陸大軍首途北征。

衆大臣眼見韋小寶身穿戎裝，嬉皮笑臉，那裏有半分大軍統帥的威武模樣？素知此人不學無術，是個市井無賴，領兵出征，多半要壞了大事，損辱國家體面，但知康熙對他寵幸，又有誰敢進諫半句？不少王公大臣滿臉堆歡，心下暗歎。正是：

丞相魚魚工擁笏　　將軍躍躍儼登壇

韋小寶奉皇帝之命辦事，從來沒此次這般風光，心中的得意，那也不用說了，知道這一次事關重大，在軍中強自收斂，居然不敢開賭，途中無聊之際，也不過邀了幾名大將來擲幾把骰子，輸了喝酒而已。

不一日，大軍出山海關，北赴遼東。這是韋小寶舊遊之地，只是當年和雙兒在森林中捕鹿為食，東躲西藏，狼狽不堪，那有今日出關北征的威風？

其時秋高氣爽，晴空萬里，大軍漸行漸北，朔風日勁。這一日離雅克薩城尚有百餘里，前鋒何佑至大營稟報：斥堠兵得當地百姓告知，羅剎兵四出擾民，殺人放火，姦淫擄掠，無惡不作，每過十餘日便來一次，預料再過數日，又會出來刦掠。

韋小寶早得康熙指示機宜，吩咐大軍紮營不進，命何佑統率十個百人隊，在離雅克薩城三十里外分頭埋伏。如羅剎軍大隊到來，便深伏不出，避不交兵，遇到小隊敵軍，則或殺或捉，盡數殲滅，一個都不許放了回城。何佑接令而去。

過得數日，這天上午，隱隱聽得遠處有火槍轟擊之聲，此起彼伏，良久不絕，料得先鋒已在和羅剎兵交戰。到得下午，何佑派人至大營報捷，說道殲滅羅剎兵二十五人，俘擄十二個。韋小寶得報大喜。傍晚時分，前鋒將所俘擄的十二名羅剎兵送到大營來。

韋小寶升帳，親自審問。那十二名羅剎兵聽得韋小寶居然會說羅剎話，大為駭異，然而人人都十分倔強，說道中了埋伏，清兵人多，勝得毫不光采。

韋小寶大怒，叫過兩名羅剎兵來，從懷中取出骰子，說道：「你們兩個擲骰子！」

這擲骰之戲，西洋自古便有，埃及古墓中所發掘出來的，和中國骰子即無分別，羅剎兵倒也是玩慣了的。兩名羅剎兵相顧愕然，不知這淸兵的少年將軍搞甚麼花樣，便依言擲骰。兩粒骰子，一個擲了七點，一個擲了五點。

韋小寶指着那擲了五點的羅剎兵道：「你輸了，死蠻基！」羅剎語中，「死蠻基」是「死亡」之意。他轉頭吩咐親兵：「拉出去砍了！」四名親兵將那羅剎兵押到帳口，一刀殺死，呈上首級。餘下十一名羅殺兵一見，無不臉色大變。

韋小寶指着另外兩名羅剎兵道：「你們兩個來擲骰子。」那兩名那裏還肯擲骰，不約而同的道：「我不擲！」韋小寶道：「好，你們不擲。」對親兵道：「兩個都拉出去砍了！」頃刻間又殺了兩人。

韋小寶又指着兩名羅剎兵道：「你們兩個來擲。」兩人知道倘若不擲，立時便死，擲一把骰子，倒還有一半逃生的機會。一人戰戰兢兢的拿起骰子，正待要擲，另一名羅剎兵伸手搶了過去，對韋小寶道：「我跟你擲！」神色極爲傲慢。

韋小寶笑道：「好啊，你竟膽敢向我挑戰。你先擲。」那兵擲了個七點，韋小寶擲了十點，笑問：「怎麼樣？」那兵神色慘然，說道：「我運氣不好，沒甚麼好話。」韋小寶道：「你來到我們中國，殺過多少中國人？」那兵昂然道：「記不淸了，少說也有十七八個。你殺我好了，我反正也不吃虧。」韋小寶吩咐將他砍了，指着另一名羅剎兵道：「你來擲。」

那兵拿了骰子，手臂只發抖，兩粒骰子一先一後跌在桌上，竟是十一點，贏面已很大。韋小寶想玩花樣擲個十二點，那知疏於練習，手法不靈，兩粒骰子的六點不是向上，卻一齊向下，變成只有兩點。他一怔之下，哈哈大笑，說道：「我贏了！」那兵忙道：「我是十一點，你只兩點，怎麼是你贏？」韋小寶道：「這次點子小的贏，點子大的輸。」那兵不服，說道：「自然是點子大的贏，我們羅剎國向來的規矩是這樣的。」韋小寶扳起了臉，說道：「這裏是中國地方，還是羅剎地方？」那兵道：「是……是中國地方。」韋小寶道：「既然是中國地方，自然照中國規矩。誰叫你們到中國來的？下次我到羅剎地方的時候，再跟你擲骰子，就照羅剎規矩好了。你死蠻基！」轉頭對親兵說：「拉出去砍了！」

他又叫了一名羅剎兵出來。那兵倒也精細，先要問個明白：「按照中國規矩，這一次是點子大的贏，還是點子小的贏？」韋小寶道：「按照中國規矩，是中國人贏。中國人的點子大，就算大的贏；中國人點子小，就算小的贏。」那兵氣忿忿的道：「你橫蠻得很，不講道理。」韋小寶道：「你們羅剎兵到中國來，殺人搶劫，不是我們中國人到羅剎來殺人搶劫。到底是羅剎人橫蠻呢，還是中國人橫蠻？」那兵默然。韋小寶道：「快擲，快擲！」那兵道：「反正是我輸，還擲甚麼？」韋小寶道：「不擲，死蠻基！死蠻基！」

他再叫一名羅剎兵出來。那兵身材魁梧，長了滿臉鬍子，大聲道：「中國小子，你不用玩鬼花樣，爽爽快快將我殺了便是。這一次你們人多，埋伏在雪地裏，突然湧將出來，贏了也不光采。我們羅剎國大兵到來，將你們一個個都殺了。」韋小寶道：「你給我們捉住，輸得不服，是不是？」那兵道：「自然不服！」韋小寶道：「倘若咱們人數一樣，面對面的交鋒打仗，你們一定贏的，是不是？」

那兵傲然道：「這個自然。我們羅剎人一個打得贏五個中國人，否則的話，我們也不到中國來了。我跟你賭，你們派五個人出來跟我打。你們贏了，就殺我的頭，倘若我贏，立刻放了我。」這人是羅剎軍中著名的勇士，生具神力，眼見韋小寶帳中的將軍親兵個個比他至少要矮一個頭，以一敵五，自己贏面也是甚高。

雙兒一直坐在一旁，這時聽得他言語傲慢，便道：「羅剎人，沒用。中國女人，也勝了你。」說着走過來，站在韋小寶身邊。那兵見她身材纖小，容貌美麗，忍不住笑了出來，說道：「你要跟我比武？」韋小寶吩咐親兵割斷綁住他雙手的繩索，微笑道：「好雙兒，叫他見識見識中國女人的厲害。」那兵道：「中國女人，會講羅剎話，很好，很好。」

雙兒的羅剎話比之韋小寶差得遠，說起來辭不達意，不願跟他多講，左手揮出，向他臉上虛幌一掌。那兵急忙仰頭，伸手來格。雙兒右腿飛出，拍的一聲，踢中了他小腹。那兵吃痛，大吼一聲，雙拳連發。他是羅剎國的拳擊好手，出拳迅速，沉重有力。雙兒看出厲害，閃身躍到他背後，一招「左右逢源」，拍拍兩聲，在他左右腰眼裏各踢一脚。那兵痛得蹲下來，叫道：「你用脚，犯規，犯規！」原來羅剎人比拳，規定不得出脚。

韋小寶笑道：「這是中國地方，打架也講中國規矩。」

雙兒叫道：「羅剎的，我也贏。」一閃身轉到那兵身前，右拳往他小腹擊去。那兵伸手擋格。雙兒這一拳乃是虛招，不等他擋到，右拳縮回，左拳已向他胸口。那兵又伸臂來格。雙兒左一拳、右一拳，連發十二拳，拳拳皆是虛招，這在中國武術中有個名目，叫作「海市蜃樓」，意謂盡皆虛幻。只因每一招既不打實，又不用老，自比平常拳法快了數倍。

那兵連擋數下，都擋了個空，哈哈大笑，說道：「女孩子的玩意，不中用……」一言未畢啪啪兩聲，左右雙頰已連吃了兩掌。那兵大聲叫喊，雙臂直上直下的猛攻過來。

雙兒側身避過，右手食指倏出，已點中那兵右邊太陽穴。那兵一陣暈眩，幌了兩幌。雙兒躍身起來，手掌斬出，已中那兵後腦的「玉枕穴」，這是人身大穴，那兵雖然粗壯，卻也支持不住，撲地倒下，再也爬不起來。

韋小寶大喜，携住雙兒的手，在那兵腦門上踢了一脚，問道：「你服不服了？」那兵迷迷糊糊的道：「中國女人……使妖法……是女巫……」韋小寶罵道：「臭豬，甚麼妖法？拉出去砍了！你們這些羅刹兵，那一個不服的，再出來比武？」

餘下五名羅刹兵面面相覷，眼見這大力士都已輸了，自己絕非對手，誰都不敢說話。韋小寶道：「你們認輸投降，就饒了不殺，否則就來跟我擲骰子。大家按照中國規矩，贏得我的就活，輸了的就死蠻基！」說着右手一揮，作個砍頭手勢。五兵均想：「按照中國規矩，不管擲出甚麼點子都是你贏。」便有一兵躬身道：「投降！」韋小寶喜道：「很好！拿酒肉來，賞他吃。」親兵去後帳端出一大碗酒、一大碗肉，鬆開了那兵綁縛，讓他吃喝。

羅刹國氣候嚴寒，人人好酒。韋小寶雖不喜飲，軍中所備卻是極品高粱，一端出來便滿帳皆香。餘下四名羅刹兵一聞到酒香，早已饞涎欲滴，待見那兵喝得眉花眼笑，更是心癢難搔，一個個說道：「投降，投降！要喝酒。」

韋小寶吩咐將四兵鬆綁，令親兵取出四份酒肉分給他們。羅刹兵吃喝過後，猶未饜足，韋小寶吩咐各人再賞一份。五名羅刹兵喝得醉醺醺地，手挽着手唱起歌來，唱了一會，想到死裏逃生之餘，居然有此大吃大喝之樂，都向韋小寶躬身道謝。

此後數日，先鋒何佑不斷解來虜獲的羅剎兵，多則十六七名，少則一兩名。這些俘虜和最先投降的五名唔談之後，得知若和大清將軍擲骰子必死無疑，投降了卻有酒肉欵待，當下人人降服。這些羅剎兵來本都是亡命無賴，不是小偷盜賊，便是被判流刑的罪犯，十之八九是無惡不作之徒，東來冒險，誰都不存好心。初時殺害中國平民，十分順利，便均存了鄙視華人之意，是以雖被俘，仍然傲慢自大。直到韋小寶斬了數兵立威，其餘的才知道厲害。這些蠻橫之輩欺善怕惡，眼見對方更蠻更惡，便只有乖乖的投降了。

這時總督高里津已奉蘇菲亞公主之召，回莫斯科升任高職。雅克薩的統兵大將名叫圖爾布青(Alexi Tolbusin)。羅剎兵小隊出外刦掠，連日不知所蹤。圖爾布青派人打探，始終不見回報，情知不妙，當下點起城中一半兵馬，共二千餘衆，親自率領，出來察看。

圖爾布青一路行來，不見敵蹤，見到中國人的農舍住宅，便下令燒毀，男女百姓，一概殺了。行出二十餘里，忽聽得馬蹄聲響，一隊軍馬衝來。

圖爾布青喝令隊伍散開，只見一隊清軍騎兵縱馬奔到，約有五百來人，紛紛放箭。圖爾布青哈哈大笑，說道：「中國蠻子只會放箭，怎敵得我們羅剎人的火槍厲害？」一聲令下，衆槍齊發，十餘名清兵摔下馬來。

清軍中鑼聲響起，清軍掉轉馬頭，向南奔馳。圖爾布青下令追趕，這隊清軍騎兵所乘的都是精選良馬，奔行甚遠，一時追趕不上。追出七八里，只見前面樹林旁豎立一面黃龍旗，羅剎兵疾追過去，見是清軍的七八座帳營。羅剎兵火槍轟擊，營帳中逃出數十名清軍，射了幾箭，便騎馬向南。羅刹兵前鋒衝入營帳，見清軍已逃得乾乾淨淨。

圖爾布青下馬入帳，只見桌上擺着酒肉菜餚，兀自熱氣騰騰，地下抛滿了金錠、銀錠、錦衣、珠寶。圖爾布青大喜，說道：「這是中國蠻子的大將，匆匆忙忙逃走，連金銀也不及盡數携帶。大家上馬快追！捉到蠻子大將，重重有賞。蠻子大將身邊携帶的金銀珠寶一定極多，大家去搶啊！」

衆兵將見了金銀珠寶，便即你搶我奪，有的拿起桌上酒肉便吃，聽得主帥下令，大聲歡呼，湧出帳外，紛紛上馬，循着蹄印向東南方追去，沿途只見金錠、銀錠、刀槍、弓箭散在道旁。衆兵都說中國兵見到羅刹大軍到來，已嚇得屁滾尿流，連兵器也都抛下不要了。

又追一陣，只見道上棄着幾雙靴子，幾頂紅纓帽。圖爾布青叫道：「中國蠻子的元帥將軍改裝逃命，多半扮成了小兵。可別讓他們瞞過了。」隨從道：「將軍料事如神，定是如此。」圖爾布青吩咐收起靴帽，說道：「抓到了中國蠻子，不管他是小兵還是火伕，叫他們都來試戴帽子，試穿靴子，試得合式的，多半便是大將。」部屬又一齊稱讚將軍聰明智慧，人所莫及。

再追出數里，又奪到清軍一座營帳，只見地下除了金銀兵器之外，更有許多紅紅綠綠的女子衣裙，顏色鮮艷，營帳邊又有胭脂水粉、手帕釵環等女子飾物。衆兵將色心大動，齊叫：「快追，快追，中國蠻子帶着女人。」

如此一路追去，連奪七座營帳，隱隱聽得前面呼喊驚叫之聲大起。圖爾布青站上馬鞍，取出千里鏡望去，只見數里外一隊中國兵正狼狽奔逃，旗幟散亂，隊伍不整。圖爾布青大喜，叫道：「追到了！」拔出馬刀，在空中連連虛劈，叫道：「衝啊！殺啊！」帶領兵將，疾衝而前，沿途見二十餘匹清軍馬匹倒斃在路。衆兵將喜叫：「蠻子的坐騎沒力氣逃了！」拚命催馬，愈追愈遠，眼見清兵從兩山間的一條窄道中逃了進去。

圖爾布青追到山口，見地勢險惡，微微一怔：「敵人若在此處設伏，那可不妙。」忽聽得前面山谷中有人以羅刹話叫道：「中國蠻子，你們投降了，很好，很好！」又有人叫道：「哈哈，這次中國蠻子可敗得慘啦。」正是本國官兵的語音，絕無岔錯。圖爾布青大喜，當下更無疑慮，縱馬直入，後面二千餘名騎兵跟進山谷。圖爾布青叫道：「前面是那一隊的？你們在那裏？」只聽得山壁後十餘人齊聲應道：「我們在這裏！中國蠻子兵投降啦！」圖爾布青叫道：「好極！」剛一提馬韁，猛聽得背後槍聲砰砰大作。

圖爾布青吃了一驚，轉過身來，只見山谷口烟霧瀰漫，左右兩邊山壁樹林中火光閃動，火槍一排排的放將下來。衆羅刹官兵齊聲驚呼。圖爾布青叫道：「掉轉馬頭，退出山谷。」只聽得兩旁山壁上數千人大聲吶喊：「羅刹兵，投降，投降！」無數大石、擂木滾落，頃刻間便將山道塞住了。羅刹官兵擠在一條窄窄的山道之中，你推我擁，人喧馬嘶，亂成一團。清兵居高臨下，弩箭火槍，不住發射。

圖爾布青暗暗叫苦，知道已中了敵人詭計，眼見後路已斷，只得拉轉馬頭，叫道：「大夥兒向前衝！」只衝出數丈，忽聽得砰砰巨響，炮彈轟將過來，打死了十餘名士兵。圖爾布青只嚇得魂飛天外，那料到清兵火器如此犀利，而在這崎嶇的山道中又竟伏得有大炮。他急躍下馬，叫道：「棄了坐騎，集中火力，從來路衝出去。」

羅剎兵紛紛下馬，從阻住山口的巨石大木上爬過去，後隊便向兩邊山壁放槍掩護。羅剎兵火槍的火力犀利，射程又遠，倒也打死了不少清兵。但清兵大炮不住轟來，勢道猛烈。數百名羅剎兵將剛爬出阻道的山石，突然轟隆一聲巨響，地底炸了上來，數百名將兵有的彈上十餘丈，有的斷首折肢，血肉橫飛，僥倖不死的慌忙爬回。

圖爾布青見前後均無退路，束手無策。一名軍官極是勇悍，率領了數十名敢死隊從北邊山壁上爬去，企圖殺出一條通路。但山壁陡削，又光溜溜地無容足之處，只爬上數丈，有數十餘名士兵摔將下來，非死即傷。山頂上清兵投擲石塊，將餘下數十人盡數打落。那軍官摔得腦漿迸裂，立時斃命。這時清軍大炮又不住轟來，山壁間盡是羅剎兵慘呼之聲。

眼見再過得一會，勢將全軍覆沒，圖爾布青叫道：「不打了，停火，停火！」但炮聲和衆兵將的呼叫將他聲音淹沒了。他身旁官兵齊聲大叫：「停火，停火！」餘兵跟着叫喚。

清軍停了炮火，有人以羅剎話叫道：「抛下火槍、刀劍，全身衣服脫光！」圖爾布青大怒，叫道：「只抛武器，不脫衣服！」清軍中有人叫道：「抛下火槍、刀劍，全身衣服脫光的，赫拉笑！出來喝酒。不脫衣服的，死蠻基！」圖爾布青叫道：「不脫衣服！」

這句話一出口，隆隆聲響，清軍大炮又轟了過來。羅剎兵中有些怕死的，當即紛紛抛下刀槍，開始脫衣。圖爾布青舉起短銃，射死了一名正在脫衣的士兵，喝道：「脫衣服的都處死刑！」但在清軍猛烈的炮火轟擊之下，將軍的嚴令也只好不理了，十餘名士兵全身脫得赤條條地，從阻路的山石上爬過去。兩邊山上清軍拍手大笑，大呼：「快脫衣服！」脫衣逃生的士兵越來越多，圖爾布青短銃連發，又打死了兩名，卻怎阻止得住？

清軍大炮暫止，山壁頂上有人叫道：「要性命的，快快脫光衣服過來。」這時羅刹兵將那裏還有鬥志，十之八九都在解扣除靴。

圖爾布青長歎一聲，舉起短銃對準了自己太陽穴，便欲自殺。他身旁的副官夾手將他短銃搶下，說道：「將軍，不可以，老鷹留下翅膀，才可飛越高山。」這句羅刹成語，便是中國話中「留得青山在，不怕沒柴燒」之意。

只聽得清軍中有人以羅刹話叫道：「大家把圖爾布青的衣服脫光了，一起出來，否則又要開炮了。」這句羅刹話說得正腔字圓，正是投降了的羅刹兵被脅迫而說的。

圖爾布青怒不可抑，但見數名部屬瞪瞧着自己，顯然是不懷好意，伸手便去拔腰間佩刀。他手指剛到刀碰柄，背後一兵撲將上來，摟住他頭頸，五六名士兵一齊擁上，將他按倒在地，七手八脚，登時把他全身衣服剝得乾淨，抬了出去。

羅刹兵將每出去一名，便有兩名清兵上來，將他兩手反綁在背後，押着行出數里，來到一片空曠的平原上。這一役，二千餘名羅刹官兵，除了打死和重傷的六七百人之外，其餘一千八百餘名都是雙手反綁，赤條條的列成了隊伍，秋風吹來，不禁簌簌發抖。

清軍將圖爾布青押在羅刹兵隊伍之前站定。羅刹衆兵將本來人人垂頭喪氣、心驚膽戰，突然間見到這位平素威嚴苛酷的將軍變成這般模樣，都覺好笑，其中數十人見到主將光溜溜的屁股，忍不住笑了出來。笑聲越來越響，不多時千餘官兵齊聲大笑。

圖爾布青大怒，轉過身來，大聲喝道：「立——正！笑甚麼？」他身上一絲不掛，兀自裝出這副威嚴神態，更是滑稽無比。衆官兵平日雖對他極爲畏懼，這時卻又如何忍得住笑？

大笑聲中，突然炮銃砰砰砰的響了八下，號鼓齊奏，一隊清兵從後山出來，打着黃旗，列於東方，跟着又有三隊清兵，分打紅、白、藍三色旗號，分列南、西、北三方，將羅刹官兵圍在其間。羅刹官兵見清兵或執長槍、或執大刀、或彎弓搭箭、或平端火槍，盔甲鮮明，兵器犀利，自己身上光無寸縷，更感到敵軍武器的脅迫，人人不再發笑，心中大感恐懼。

清軍列隊已定，後山大炮開了三炮，絲竹悠揚聲中，兩面大旗招展而出，左面大旗上寫着「撫遠大將軍韋」，右面大旗上寫着「大清鹿鼎公韋」，數百名砍刀手擁着一位少年將軍騎馬而出。這位將軍頭戴紅頂子，身穿黃馬褂，眉花眼笑，賊忒兮兮，左手輕搖羽扇，宛若諸葛之亮，右手倒拖大刀，儼然關雲之長，正乃韋公小寶是也。

他縱馬出隊，「哈哈哈」，仰天大笑三聲，學足了戲文中曹操的模樣，只可惜旁邊少了個湊趣的，沒人問一句：「將軍爲何發笑？」

其時圖爾布青滿腔憤怒，無可發洩，早已橫了心，將生死置之度外，大聲罵道：「中國小鬼，你使詭計捉住了我，不算英雄。要殺便殺，幹麼這般侮辱我？」韋小寶笑道：「我怎麼侮辱你了？」圖爾布青怒道：「我……我如此模樣，難道……難道還不是侮辱？」韋小寶笑問：「你的褲子，是誰脫下的？」圖爾布青登時語塞，自己的衣服褲子都是給部屬硬剝下來的，似乎不能怪在這小鬼將軍頭上。他狂怒之下，滿臉脹得通紅，疾衝而上，便要和韋小寶拚命。韋小寶身邊四名親兵搶出，挺起長槍，明晃晃的槍尖對準了他身子。圖爾布青只得停步，不自禁的雙手擋在自己下體之前，雙方官兵眼見之下，笑聲大作。

韋小寶道：「你既已投降，便當歸順大清，這就到北京去向中國皇帝磕頭罷！」圖爾布青道：「不降，把我斬成肉醬，我也不降。」韋小寶提高聲音，問衆羅剎官兵：「你們投不投降？」衆官兵都低頭不語。韋小寶指着西邊的白旗，叫道：「投降的軍官士兵，站到那邊去！」衆官兵呆立不動，有些官兵心下想降，但見無人過去，便也不敢先去。

韋小寶道：「好，你們誰都不降。廚子出來！」親兵隊後走出十名廚子，上身赤膊，手執尖刀鐵籤，上前躬身聽命。韋小寶對圖爾布青道：「你們羅剎國有一味菜『霞舒尼克』，當年我在莫斯科吃過，滋味很是不錯，現下我又想吃了！」轉頭對十名廚子道：「做『霞舒尼克』！」十名廚子應道：「得令！」便有二十名士兵推了十隻大鐵爐出來，爐中炭火燒得通紅。羅剎官兵面面相覷，不知這中國將軍搗甚麼鬼。

韋小寶手一揮，便有二十名親兵過去拉了十名羅剎兵過來。韋小寶以羅剎話喝道：「割下他們身上的肉來，燒『霞舒尼克』！」

「霞舒尼克」是以鐵籤穿了牛肉條，在火上燒烤，是羅剎國的第一名菜。

十名廚子走到十名羅剎兵身前，將手中閃亮的尖刀高高舉起，落將下來。十名羅剎兵齊聲慘叫。親兵將那十名羅剎兵拉到山坡之後，但見地下鮮血淋漓。十名廚子左手的鐵籤上這時已串上一條條肉條，拿到炭爐上燒烤起來。羅剎官兵相顧駭然，一片寂靜之中，但聽得炭火必剝作響，肉上脂油滴入火中，發出嗤嗤之聲。

韋小寶叫道：「再拉十名羅剎兵過來，做『霞舒尼克』！」二十名親兵又過去拉人。被拉到的十名羅剎兵中，有四人叫了起來：「投降，投降！」韋小寶道：「好，投降的拉到那邊。」親兵將降兵拉到白旗之下，便有人送上酒肉。親兵又去隊裏另拉四名。那四兵眼見投降的有酒肉享受，不降的身上被割下肉來，燒成「霞舒尼克」，雖沒見到所割的是何部位，但見清兵的眼光老是在自己的下體瞄來瞄去，徵兆不妙之至，心驚膽戰之下，不由得也大呼：「投降！」先前倔強不屈的六兵這時氣勢也餒了，都叫：「投降。」

既有人帶頭投降，餘下衆兵也就不敢再逞剛勇，有的不等親兵來拉，便走到白旗之下。片刻之間，一千八百餘名羅刹官兵都降了，只剩下圖爾布青一人，直挺挺的站在當地。

韋小寶道：「你降是不降？」圖爾布青道：「寧死不降！」韋小寶道：「好！我放你回雅克薩。」吩咐洪朝率兵五百，護送他回雅克薩城。圖爾布青只道自己如此倔強，這清軍將軍必定要殺，居然肯予釋放，大出意料之外，說道：「你既放我，還了我衣服！」韋小寶笑道：「衣服是不能還的。」吩咐洪朝：「你將他送到雅克薩城下，傳我將令，暫停攻城，牽了這光屁股的羅刹將軍繞着城牆走上三圈，再放他入城。」

洪朝接了將令，於清軍衆兵將吆喝笑鬧聲中，帶兵押着全身赤條條的圖爾布青而去。

林興珠道：「請問大帥，既捉了這羅刹將軍，何必又放了他？這中間奧妙，還請大帥開導。」韋小寶笑道：「今日咱們打了這大勝仗，你可知用的甚麼計策？」林興珠道：「那是大帥的神機妙算，屬下佩服得五體投地。」韋小寶搖頭道：「這不是我的神機妙算，是皇上安排下的巧計。皇上說道，當年諸葛亮七擒孟獲，計策很好，吩咐我學上一學。你看過『七擒孟獲』的戲沒有？就算沒看過戲，總聽過說書罷？諸葛亮叫魏延出戰，只許敗，不許勝，連敗一十五陣，讓孟獲奪了七座營寨，引他衝進盤蛇谷，然後火燒籐甲兵。咱們今日使的，就是諸葛亮的計策。」諸將盡皆欽服。

韋小寶又道：「皇上心地仁慈，說諸葛亮火燒籐甲兵太過殘忍，以致折了壽算。羅剎兵倘若投降，就饒了他們性命。」副都統郎坦道：「若不是大帥使那『霞舒尼克』之計，割了十名羅剎兵的肉來燒烤，嚇得他們魂飛魄散，這些羅剎兵強悍之極，只怕也不肯投降。這條計策，可勝過諸葛亮了。」韋小寶笑道：「十名廚子身上早藏好了十條生牛肉，只不過在十名羅剎兵大腿上割了幾刀，割得他們大叫大嚷。炭爐子裏燒烤的卻是上等牛肉，滋味如何，衆位不妨嚐嚐。」衆將縱聲大笑，吩咐廚子呈上十條牛肉「霞舒尼克」，割切分食，果然又香又嫩，甚是美味。

衆將又問：「大帥既已捉到敵酋，卻又放他回去，是不是也要七擒七縱，叫他從此不敢再反？」韋小寶道：「那倒不是。這件事我在北京時也請問過皇上。我說皇上是鳥生魚湯，寬大爲懷，咱們要不要也學諸葛亮，捉到了羅剎元帥，放他七次？皇上說道：這就不對了。學諸葛亮須得活學活用，不能死學死用。孟獲是蠻子的酋長，他說不反，就永遠不反了。咱們捉到的只是羅剎元帥將軍，他說不反，是不管用的。羅剎國的沙皇和攝政女王又會另派元帥，提兵來侵犯我疆界。」衆將點頭稱是。韋小寶道：「雅克薩守兵兇悍，炮火厲害。咱們倘若殺了羅剎元帥，城中官兵會另推統帥，更加狠打。現下我們剝光了這羅剎元帥，牽着他繞城三周，城裏的羅剎兵從此瞧他不起。他沒了威風，以後發號施令，就不大靈光了。」

諸衆將齊聲稱是，林興珠問：「是皇上吩咐，要剝光了那敵酋的衣服褲子嗎？」韋小寶哈哈大笑，說道：「皇上那能這麼胡鬧？皇上只要我想法子長咱們自己官兵的志氣，滅羅剎兵的威風。皇上說道：羅剎兵長得又高又大，全身是毛，好似野人一般，火器又十分犀利。上陣交鋒之時，我軍見到他們的蠻樣，多半心中害怕，銳氣一失，打勝仗就難了。皇上說：『小桂子，你花樣多，總之要我軍上下，大家瞧不起蠻子兵。』我想來想去，也沒甚麼好法子，有一晚，忽然想到了我小時候賭錢的事。」

諸將均想：「你小時候賭錢，怎麼跟羅剎兵有關了？」

韋小寶微笑道：「我小時候在揚州跟人家賭錢，賭品不好，贏了銀子落袋，輸了只管混賴，要打架就打，我也不怕。有一次卻給人整得慘了，那贏家捉住了我，剝下我褲子抵數，讓我光着屁股回家，大街之上人人拍手嘻笑。從此以後，我的賭品便長進了不少。」諸將一齊大笑。韋小寶笑道：「皇上說，打仗之道要靈活變化，皇上只能指示方略大計，眞的幹起來要我自己動腦筋。我想當年我小小年紀，也怕人家剝褲子，這些羅剎兵豈有不怕之理？果然褲子一剝，大家都乖乖的投降了。」諸將齊聲稱讚，大爲佩服。有的人心想：「這剝褲子的法子，連『孫子兵法』中也沒有的。這一條『韋子兵法』，倒也厲害。」

當下韋小寶命羅剎降兵穿戴清兵衣帽，派一名參將帶領兩千清兵，押解降兵到北京去向皇帝獻俘。營中留下二十名大嗓子降兵，以備喊話之用。大營中的師爺寫了一道表章，說道撫遠大將軍韋小寶遵依皇上御授方略，旗開得勝，羅剎兵仰慕中華上國，洗心歸順，實乃我皇聖德格天，化及蠻夷云云。

當晚韋小寶大犒三軍。次晨親率諸軍，來到雅克薩城。但見城頭煙火瀰漫，城內城外雙方軍士喊聲震天，槍炮聲隆隆不絕。

攻城主將朋春入營稟報：城中炮火猛烈，我軍攻城士卒傷亡不少。韋小寶道：「咱們架起大炮，轟他媽的。」朋春傳下令去，不多時東南西北炮聲齊響，一炮炮打進城去。但羅剎人經營雅克薩已久，工事構築十分堅固，兵將都躲在堅壘之中。清軍大炮雖多，炮火轟坍了不少房屋，然羅剎兵堅守不出，倒也奈何他們不得。

攻得數日，何佑率領一千勇士，迫近爬城，城頭上火槍一排排打將下來，清兵登時給打死了三四百人。朋春眼見不利，鳴金收兵。羅剎兵站在城頭拍手大笑，更有數十名羅剎兵拉開褲子向城下射尿，極盡傲慢。

黑龍江將軍薩布素大怒，親自率軍攻城。城頭上一排槍射下，薩布素中槍落馬，清軍登時亂了。城門開處，數百名羅剎兵衝將出來。林興珠率領籐牌手滾地而前，大刀揮舞。羅剎兵忙縱躍閃避。這隊籐牌兵是林興珠親手教練的，練熟了「地堂刀法」，在地下滾動而前，左手以籐牌擋住敵人的火槍鉛子，右手大刀將羅剎兵的腿一條條斬將下來。圖爾布青見情勢不妙，忙下令收兵。林興珠將薩布素救了回來。薩布素右額中彈，幸好未深入頭腦，受傷雖重，性命無礙。這一仗雙方各有損折，還是清軍死傷較多。

韋小寶帶了軍醫，親去薩布素帳中慰問療傷，又重賞林興珠。下令退軍五里安營，當晚在帳中會聚諸將，商議攻城之法。

諸將有的說籐牌兵今日立了大功，明日再誘鬼子兵出城，以籐牌兵砍其鬼脚；有的說鬼子兵折了銳氣，只怕不敢出戰，不如築起長壘，四下圍困，將他們活活餓死；更有人說大可挖掘地道，從地底進攻。

地道攻城原是中國古法，這句話卻提醒了韋小寶，想起雅薩克城本有地道，當年自己便曾在地道之中，抱住赤裸裸的蘇菲亞公主，如今她已貴爲攝政女王，執掌羅剎國軍政大權，自己卻在這裏跟她部下的兵馬打仗。又想：「倘若這時候她在雅克薩城中親自指揮，我從地道裏鑽進城去，爬上她床，一呀摸，二呀摸，摸得她全身酸軟，這騷貨非大叫投降不可。」

衆將眼見韋小寶沉吟不語，臉露微笑，只道他已有妙計，當即住口，靜候大帥吩咐，那料得到他此時卻在想如何撫摸蘇菲亞公主全身金毛的肌膚。只見他雙目似閉非閉，喃喃道：「騷得很，有勁，吃她不消。」衆將面面相覷，又聽大帥道：「他媽的，一脚把我從床上踢了下來。」衆將更摸不着頭腦，只聽他又道：「這羅剎騷貨雖然厲害，老子總有對付她的法子。」朋春道：「大帥說得是。羅剎鬼子再厲害，咱們總有對付的法子。」

韋小寶一怔，睁開眼來，奇道：「咱們，你也來摸？」隨即哈哈大笑，說道：「對啦，對！那地道太窄，只能容一個人爬進去，出口又在將軍房裏，料來這時候也早給堵死了。咱們須得另外挖過。」衆將更不知所云。韋小寶站起身來，說道：「衆位將軍的計策都很妙，咱們青龍、白虎、天門通吃。明兒一早，大家分別去築長圍、挖地道，同時又放大炮，誘他們出戰，派籐牌兵去斬鬼脚。」衆將見自己所建議的計策都爲大帥採納，欣然出帳。

次晨拂曉，衆將各領部屬，分頭辦事。朋春督兵挑土築圍，郎坦指揮放炮，巴海挖掘地道。洪朝率領五百士卒，向羅剎降兵學了些罵人的言語，在城下大聲叫罵。只可惜羅剎人鄙陋無文，罵人的辭句有限，衆兵叫罵聲雖響，含義卻殊平庸，翻來覆去也不過幾句「你是臭豬」、「你吃糞便」之類，那及我中華上國罵辭的多采多姿，變化無窮？韋小寶聽了一會，甚感無聊。

羅剎兵昨日吃了斬脚的苦頭，眼見淸兵勢盛，堅守不出，躱在城頭土牆之後回罵。淸軍大炮的炮彈射入城中，卻也損傷不大。當時的大炮火藥裝於炮筒之中，點火燃放，只是將鐵彈鉛彈射出，直接命中固能打得人筋折骨斷，但如落在地下，便不足爲患。

附近百姓十多年來慘遭羅剎兵虐殺，家破人亡不的知凡幾，得知皇上發兵，來打羅剎鬼子，無不大喜若狂，這時有的提了酒食來慰問官軍，有的拿了鋤頭扁擔，相助構築土圍。訊息傳將出去，連數百里外的百姓也都來助攻。

圖爾布青在城頭上望將下來，但見人頭如蟻，紛紛挑土築圍，城外一條長圍越築越高，其勢已非被困死不可，只盼西方尼布楚城中的羅剎兵前來援救，內外夾攻，才有勝望。他那知康熙早料到了這一着，已另遣一隊騎兵向尼布楚的羅剎兵佯攻，作爲牽制。尼布楚城的守將，每日裏也在盼望圖爾布靑帶兵來援。

羅剎兵槍可以及遠，淸兵不敢逼近攻城。雅克薩是羅剎經營東方的基地，羅剎人野心勃勃，準擬佔了黑龍江、松花江一帶廣大土地後，更向南侵，將整個中國都收歸版圖，要千千萬萬人盡皆臣服，成爲農奴，因此雅克薩城牆堅厚，城中彈藥充足，糧草堆積如山，就是困守三年五載，也不虞匱乏。城中開鑿深井，飲水無缺。圖爾布青怕城裏的中國人作亂內應，將中國男人都拉到城牆上殺了，將屍首抛下城來。城外中國軍民見了，無不憤恨叫罵。

這時地道已漸漸掘到城邊。韋小寶心想鹿鼎山是皇帝的龍脈所在，要是掘斷龍脈，害死了康熙，可大大不妥，下令地道不可掘進城中，只須在地牆下埋藏炸藥，炸毀城牆，大軍便可衝入。這一日城中幾口井忽然水涸，圖爾布青善於用兵，得報後凝神一想，料知敵軍在挖掘地道，以致地下水源從地道中流了出去，當下測定了方位，在清兵地道上施放炸藥，轟的一聲大響，將挖掘地道的清兵炸死了百餘人，地道也即堵死。

雅克薩城一時攻打不下，天氣卻一天冷似一天。這極北苦寒之地，一至秋深，便已冷得非同小可，到得冬季，更是滴水成冰，稍一防護欠周，鼻子耳朵往往便凍得掉了下來，至於指頭僵落，手脚凍腐，尤爲常事。下得數天大雪，助攻的衆百姓已然抵受不住，紛向官兵告別，說道明年初夏開凍，再來助攻，又勸官軍南退，以免凍僵在冰天雪地之中。

薩布素、巴海等軍官久駐北地，均知入冬之後局面十分凶險，倘若晚間遇上寒潮侵襲，一夜之間官兵凍死一半也非奇事。羅刹兵住在房屋之中，牆垣擋得住寒氣，清軍卻宿於野外營帳，縱然生火，也無濟於事。於是向韋小寶建議暫行南退避寒。

韋小寶心想皇上派我出征，連一個城池也攻不下，卻要退兵，未免太過膿包，猶疑得數天，始終拿不定主意。部將來報，有數十名傷卒受不住寒冷而凍死了。韋小寶正自氣沮，忽有聖旨到來。

康熙上諭說道：「撫遠大將軍韋小寶出師得利，殊堪嘉尙。今已遣羅刹降將奉領大清敕書，前赴莫斯科宣諭羅刹君主，囑其罷兵退師，兩國永遠和好，比來天時嚴寒，兵將勞苦，露宿冰雪，朕心惻然。韋小寶可率師南退，駐璦琿、呼瑪爾二城休卒養士，來春羅刹兵如仍頑抗，不服王化，再行進軍，一舉蕩平。茲賜撫遠大將軍暨所屬將軍、都統、副都統以下官兵衣被、金銀、酒食有差。諸統兵將軍須適體朕意，愛護士卒，不貪速功。王師北征，原爲護民，而兵亦民也。欽此。」

韋小寶和諸將接旨謝恩。諸將都說萬歲爺愛惜將士，皇恩浩蕩，只是想到這一撤圍，不免前功盡棄，又都感可惜。傳旨的欽差到各營去宣旨頒賞，士卒歡聲雷動。

次日韋小寶下令薩布素率兵先退，又令巴海與林興珠率軍斷後，羅剎兵如敢出城來追，便殺他個落花流水。

羅剎兵見淸兵撤退，城中歡呼之聲大作，千餘名羅剎兵又站在城頭，向下射尿。韋小寶大怒，下令衆軍一齊向着城頭小便。淸軍萬尿齊發，倒也壯觀。城上城下，轟笑聲叫罵聲響成一片。只是羅剎兵居高臨下，尿水能射到城下，淸軍卻射不上去，這一場尿仗卻是輸了。城下遍地是尿，寒風一吹，頃刻間結成一層黃澄澄的尿冰。

韋小寶這口氣嚥不下去，指着城頭大罵。前來宣旨的欽差勸道：「羅剎兵野獸一般，大帥不必跟他們一般見識。」韋小寶道：「不行，輸得太失面子！」吩咐取水龍來。

那水龍是救火之具，軍中防備失火，行軍紮營，必定携帶。親兵拉了十餘架水龍到來，韋小寶吩咐拖上土壘，其時江水結冰，無水可用，於是下令火伕在大鍋中燒融冰雪，將熱水倒入水龍。韋小寶拉開褲子，在熱水中撒了一泡尿，喝令親兵：「向城頭射去！」

衆親兵見主帥想出了這條妙計，俱都雀躍，一齊奮勇，扳動水龍上的槓桿，一放一壓，水管中的熱水便筆直向城頭射去。衆親兵大叫：「韋大帥賜羅剎鬼子喝尿！」

熱水沖到，羅剎兵紛紛叫罵閃避。諸將有的暗叫：「胡鬧。」有的要討好大帥，在旁大聲叱喝助威。只是天時實在太冷，水龍中的熱水過不多時便結成了冰，又得再加熱水。

韋小寶興高采烈，自誇自讚：「諸葛亮火燒盤蛇谷，韋小寶尿射鹿鼎山。那是一般的威風！」一副統郎坦在旁讚道：「大帥這一泡尿，大大折了羅剎鬼子的銳氣。」

韋小寶突然一怔，雙目瞪視，呆呆的出神，「哇」的一聲大叫，跳了起來，哈哈大笑，叫道：「妙極，妙極！」

韋小寶吩咐擊鼓升帳，聚集衆將，問道：「咱們營裏共有多少水龍？」掌管軍需的參將稟道：「啓稟大帥：共有一十八架。」韋小寶皺眉道：「太少，太少！怎麼不多帶一些？」那參將道：「是！」心想：「軍營失火，並非常有，一十八架水龍也已夠了。」韋小寶道：「我要一千架水龍應用，即刻差人去附近城鎭徵補，幾時可以齊備？」

當地是極北邊陲，地廣人稀，最近的城鎭也在數百里外，每處城鎭寥寥數百戶人家，居民貧窮困乏，未必就有水龍，要徵集一千架水龍，那是決計無法辦到。那參將臉有難色，說道：「啓稟大帥：一千架水龍，在關外恐怕找不到，得進關去，到北京、天津趕運過來。」韋小寶怒道：「放屁！去北京、天津調運水龍，那得多少時候？打仗的事，半天也耽擱不起！」那參將喏喏連聲，臉色大變，心想：「這一下我的腦袋可要搬家了。」

那欽差坐在一旁，忍不住勸道：「大帥，你的貴尿已經射上了羅剎人城頭。這個……這個貴精不貴多，咱們這一仗已經贏了。以兄弟淺見，似乎可以窮寇……窮寇莫射了。」

韋小寶搖頭道：「不成！沒一千架水龍，辦不了這件大事。」那欽差心想：「你這大帥忒也胡鬧，這射尿鬥氣之事，偶一爲之，鬧鬧玩笑，那也無傷大雅，豈能大張旗鼓的來幹？少年皇帝愛用少年將軍，他們君臣投緣，旁人也不敢多嘴。但如鬧得太過不成體統，未免貽笑天下。」欲待再勸，卻聽韋小寶道：「衆位將軍，那一位能想出妙計，即刻調到一兩千架水龍，那是莫大的功勞。」

朋春道：「請問大帥，要這一千架水龍，是用來……用來射尿上城嗎？」韋小寶笑道：「咱們有了一千架水龍，如用來射尿上城，又怎有這許多人來拉尿？一百萬兵也不夠啊。」朋春道：「正是。屬下愚蠢得緊，要請大帥指點。」

韋小寶道：「剛才我見本帥的貴尿射上城頭，立即便結成了冰。倘若咱們用一兩千架水龍，連日連夜的將熱水射進城去，那便如何？」

衆將一怔之下，腦筋較靈的數人先歡呼了起來，跟着旁人也都明白了，大帳之中，歡聲如雷。衆將齊叫：「妙計，妙計！水漫雅克薩，冰凍鹿鼎山！」

過得片刻，歡聲漸止，有人便道：「就算要到北京、天津去調，那一千架水龍也要連夜趕運過來。」當時便有數名副將、佐領自告奮勇，討令去徵集水龍。

洪朝職位低微，排班站在最後，這時躬身說道：「啓稟主帥：末將有個淺見，請主帥定奪。」韋小寶道：「你說罷！」洪朝道：「末將是福建人，家鄉地方很窮，造不起水龍，鄉村中失了火，大家便用竹筒水槍救火。那竹筒水槍，是用一根毛竹打通了，末端開一個銅錢大的小孔，另一端用一條木頭活塞揷在竹筒之中。救火之時，將水槍的小孔浸在水裏裏，活塞後拉，竹筒裏便吸滿了水，再用力推動活塞，水槍裏的水就射出去了。」

韋小寶嗯了一聲，凝思這水槍之法。

何佑道：「啓稟主帥，這水槍可大可小。卑職小時候跟同伴玩耍，用水槍射人，倒也有趣。就可惜這一帶沒大毛竹，要做大水槍，這等大竹筒也得過了長江才有。」

韋小寶問洪朝：「你有甚麼法子？」洪朝道：「末將心想，這一帶大毛竹是沒有的，大松樹、大杉樹卻多得很。咱們將大樹砍了下來，把中間剜空了，就可做成大水槍。」韋小寶道：「要剜空大松樹的心子，可不大容易罷？」

一名姓班的副將是山西木匠出身，說道：「啓稟主帥：這事倒不難辦。先將大木材鋸成兩個半爿，每一爿中間挖成半圓的形狀，打磨光滑，然後將兩個半爿合了起來，木材中間就是一個空心的圓洞了。兩個半爿拼湊之時，若要考究，就用筍頭，如果是粗功夫，那麼用大鐵釘釘起來也成了。」韋小寶大喜，叫道：「妙極！做這麼一枝大水槍，要多少時候？」班副將道：「小將自己動手，一天可以造得一枝，再趕夜工，可以造得兩枝。」韋小寶皺眉道：「太慢，太慢。你到各營去挑選幫手，一起來幹，你做師父，即刻便教徒弟。這是粗活，既不是新娘子的紅漆馬桶，也不是財主家的楠木棺材。水槍外的樹皮也不用剝去，只要能射水入城，那就行了。衆將官，馬上動手，伐木造水槍去者！」

衆將得令，分帶所屬士兵，即時出發，去林中砍伐木材。同時分遣快馬，去向百姓徵借斧鑿鋸刨等木工用具。

關外遍地都是松杉，額爾古納河一帶處處森林，百年以上的參天喬木也是不計其數。清軍大軍出動，不到半天便伐了數千株大木材。軍中士兵本來做過木匠的有一百多人，班副將調集在一起，再找了四五百名手藝靈巧的士兵相助，連夜開工，趕造水槍。

班副將將先造一枝示範，那水槍徑長二尺，槍筒有一丈來長，活塞末端裝了一條橫木，六名士兵分站左右，握住橫木一齊拉推。從水槍口倒入熱水後，班副將一聲令下，六名士兵出力推動活塞，熱水從水槍中激射而出，直射到二百餘步之外。

韋小寶看了試演，連聲喝采，說道：「這不是水槍，是水炮，咱們給取個好聽的名字，叫作……叫作白龍水炮。」取出金銀，犒賞班副將和造炮官兵，吩咐連日連夜趕造。

圖爾布青見清軍退而復回，站在城頭瞭望，見清軍營中，堆積了無數木材，心想：「中國蠻子砍伐木材，要生火取暖，如此看來，那是要圍城不去了。哼，再過得半個月，大風雪颳來，可有得你們受的了，火燒得再旺，也擋不了這地獄裏出來的陰風寒氣。」他下得城來，命親兵燒旺了室中爐火，斟上羅刹烈酒，叫兩名擄掠而來的中國少女服侍飲酒。

朋春、何佑等分遣騎兵，將數百里方圓內百姓的鐵鑊鐵鍋都調入大營，掘地為灶，木柴堆、冰雪堆如一座座小山相似，一尊尊造好的白龍水炮上都蓋了樹枝，以免給羅刹士兵發覺。

過得幾日，班副將稟報三千尊白龍水炮已然造就。次日是黃道吉日，韋小寶即時升帳，擊鼓聚將，下令將水炮抬上長壘，炮口對準城中。軍中號角齊鳴，號炮砰砰砰的連發九下。各營將士一齊動手，將冰雪鏟入鐵鑊鐵鍋，燒將起來。

圖爾布青正在熱被窩中沉沉大睡，忽聽得城外炮聲大作，急忙跳起，匆匆穿上衣服，披上貂裘，到城頭察看。其時風雪正大，天色昏暗，朦朧中見到清軍長壘上擺滿了一棵棵大樹，正疑惑間，猛聽得清軍齊聲吶喊，有如山崩地裂一般，數千株大樹中突然射出水來，四面八方的噴射入城。

圖爾布青大驚，只叫得一聲：「啊喲！」一股熱水當胸射到。總算天時實在太冷，熱水射到時已不甚燙，卻衝得他立足不牢，一個踉蹌，倒在城頭，身旁親兵急忙扶起。但聽得四下裏都是喊聲，頭頂水聲嘩嘩直響，一條條白龍般的水柱飛入城中。霎時之間，雅克薩城上罩了一團茫茫大霧，卻是水汽遇冷凝結而成。

圖爾布青心中亂成一團，叫道：「中國蠻子又使妖法！」大樹中竟會噴出水來，自然是妖法無疑。他惶急之下，大叫：「大家放槍，別讓中國蠻子衝上城來。」

自從那日他被清軍剝光衣褲、牽着繞城三匝之後，威信大失，發出來的號令，部屬已不如先前之凜遵不誤。只是清軍圍城甚急，羅刹兵將俱恐城破後無一倖免，這才勉力守禦，這時忽見巨變陡起，數千股水柱射入城來，衆兵將四散奔逃，那裏還有人理睬於他？

幸喜清軍只是射水，倒不乘機攻城。羅刹兵亂了一陣，驚魂甫定，但見地下積水成冰，頭頂一條條水柱兀自如注如灌，潑將下來。

雅克薩城內中國男子早已被殺得清光，只剩一些年輕女子，作爲營妓，供其淫樂。城中除了羅刹兵將外，尚有莫斯科派來的文職官員，傳教的教士，隨軍做買賣的商人，想到東方來大發洋財的無賴亡命、小偷大盜。頃刻之間，人人身上淋得落湯鷄相似，初時水尚溫熱，不多時濕衣漸冷，又過一會，濕衣開始結冰。衆人大駭，紛紛脫下衣褲皮靴，各人均知濕衣一經結冰，黏連肌膚，那時手指僵硬，再也無法解脫，就算有人相助，往往將皮膚連着衣褲鞋襪一齊撕下，實是危險不過。

地下積水漸高，慢慢凝固，變成稀粥一般，羅刹人赤脚踏在其中，冰冷徹骨，忍不住雙脚亂跳，大叫：「凍死啦，凍死啦。」衆人紛紛搶到高處，有些人索性爬上了屋頂。

人叢中有人叫了起來：「投降，投降！再不投降，大夥兒都凍死啦。」

圖爾布青身披貂裘，左手撑傘，騎着一匹高頭大馬來回巡視，聽得有人大叫「投降」，大聲怒喝：「誰在這裏擾亂軍心？奸細！拉出來槍斃！」

衆人見他貂裘可以防水，身上溫暖，在這裏呼喝叱罵，旁人卻都凍得死去活來，人人心中不忿，當下便有人拾起冰塊雪團，向他投去。圖爾布青舉起短銃，轟隆一聲，向人叢中射去，登時打死了兩人。餘人向他亂擲冰塊雪團，更有人撲了上去，將他拉下馬來。衛兵舞刀砍殺，卻那裏止得住？

正大亂間，一小隊騎兵奔到，羅刹亂民才一鬨而散。圖爾布青從地下爬起，恰好頭頂兩股水柱淋下，登時將他全身潑濕。他雙脚亂跳，大聲咒罵，只得命衛兵相助脫衣除靴。

清軍望見城中羅刹兵狼狽的情狀，土壘上歡聲雷動，南腔北調，大唱俚歌，其中自也少不了韋小寶那「一呀摸，二呀摸」的「十八摸」。

朋春等軍官忙碌指揮。班副將所帶的木匠隊加緊修理壞炮。燒水隊加柴燒火，將冰雪鏟入鍋中，運水隊將熱水一桶桶的自炮口倒入。炮筒中水一倒滿，「一、二、三，放！」六名炮手奮力向前推動活塞，一股水箭從炮口衝出，射入城中。

清軍水炮中射出熱水時筆直成柱，有的到了城頭上空便散作水珠，如大雨般紛紛洒下，有的射得較低，卻凝聚不散，對準了人身直衝。水炮精粗不一，有的力道甚大，可以及遠，有的卻射程甚近，更有許多射得幾次便炮筒散裂，反而燙傷了不少清軍「炮手」。

三千尊水炮射了一個多時辰，已壞了六七百尊。同時燒煮冰雪而成熱水，不及水炮發射之快，「彈藥」到後來已然接濟不上。又射得大半個時辰，壞炮愈多，熱水更缺，只剩下八九百尊水炮還在發射，威力大減。

韋小寶正感沮喪，忽見城門大開，數百名羅剎兵湧了出來，大叫：「投降，投降！」薩布素其時頭上槍傷已好了大半，當即率領一千騎兵上前，喝道：「降人坐在地下！」羅剎人面面相覷，不明其意。一名清軍把總往地下一坐，叫道：「坐下，坐下！」

便在此時，城門又閉，城頭上幾排槍射了下來，將羅剎降人射死了數十人。其餘羅剎降人四散奔逃。清軍水炮瞄準城上放槍的羅剎兵將，水柱激射過去，羅剎兵紛紛摔下城頭。

這時候城內積水二尺有餘，都已結成了冰，若要將全城灌滿了水，凍成一座大冰城，至少也得十天半月。但羅剎兵無衣無履，又生不了火，人人凍得簌簌發抖，臉色發青。有的數兵擁抱在一起，互藉體溫取暖。

圖爾布青兀自在大聲叱喝，督促衆兵將守城。衆兵都轉過了頭，不加理睬。圖爾布青大怒，伸掌去打一名軍官。那軍官轉身避開，圖爾布青追將過去，忽然脚下在冰上一滑，摔倒在地。旁邊一名士兵伸手一推，將他推入地下一個積水的窟窿之中。圖爾布青出力掙扎，但手足麻木，爬不上來，大叫：「救我，救我！」衆兵將人人臉現鄙夷之色，聚在那水窟旁圍觀。過不多時，窟中積水凝結成冰，將圖爾布青活活的凍結在內，他上身在冰窟之外，兀自喘氣不已，胸膛以下卻陷在冰內，便似活埋了一般。

這時人人心意相同，打開城門，大叫：「投降！」蜂湧而出。

韋小寶狂喜之下，手舞足蹈，胡言亂語，所發的號令早已全然莫名其妙。好在清軍帶兵將領均是久經戰陣的宿將，口中大叫：「得令！」卻自行去辦理受降、入城、繳械、清理諸般手續，一切井井有條，卻和韋大帥所發的號令全不相干。

先前射水入城，唯恐不多，此刻要將城中積冰燒融，化水流出城外，卻也難以辦到，只好順其自然。郎坦督率衆兵，先將總督府清理妥善，請韋小寶、索額圖和欽差住入，然後再去將火藥庫、槍械庫、金銀庫等要地一一封存，派兵看守。其時清朝國勢方強，軍中紀律森嚴。大官如韋小寶、索額圖等不免乘機大發橫財，軍官士兵卻是一物不敢妄取。

城內城外殺牛宰羊，大舉慶祝。索額圖等自是諛詞潮湧，說韋大帥用兵如神，古時孫吳復生，也所不及。那欽差道：「兄弟這次出京，皇上一再囑咐，要韋大帥不可殺傷太多。今日韋大帥攻克堅城，固是奇功，更加難得的是，居然刀槍劍戟、弓箭火器，一概不用，我軍竟沒一兵一卒陣亡。一日之內摧大敵，克名城，而不損一名將士，古往今來，唯韋大帥一人而已。這不但空前，也一定是絕後了。」

韋小寶得意洋洋，大吹牛皮：「要打破雅克薩城，本來也非難事。難在皇恩浩蕩，體惜將士，不能傷亡太大。因此上兄弟要等到今天，才使這條計策，好讓欽差大臣親眼見到。咱們給皇上辦事，打場勝仗，那也罷了，人人都會的，不算希奇。總是要仰尊皇上聖意，打勝仗而不死人，這就難一些了。」

衆將均覺他雖然自吹自擂，但要打一個大勝仗而己方不死一人，也確是天大的難事，當下人人點頭。

索額圖道：「這是皇上的洪福，韋大帥的奇才。」韋小寶道：「今日自上到下，人人都有很大功勞。若不是欽差大人和索大人親臨前敵，奮勇督戰，咱們也不能勝得這麼容易。」欽差和索額圖大喜，感激無比，適才對陣之時，他兩個文官躲得遠遠地，唯恐受了火器矢石之傷，那有半點「親臨前敵，奮勇督戰」之事？但韋小寶既這麼說，在報捷的摺子之中，自也有自己的一份大功了。滿清軍功之賞，最是豐厚，遠非其他功勞之可比。

常言道：「花花轎子人人抬」。韋小寶深通做官之道，奉送欽差這一份大功，自己惠而不費，一無所損。欽差這一回到北京，在皇帝面前一定會替自己大加吹噓，將五分功勞說成了十分，自己在軍中便有甚麼逾規越份之事，欽差和索額圖也必盡力包瞞，守口如瓶。

衆人吃喝了一會，薩布素的部下得羅刹兵舉報，將圖爾布青從冰窟中挖了出來，抬到階下。這時圖爾布青早已凍斃，全身發青。韋小寶歎道：「這人的名字取得不好，倘若不叫圖爾布青，叫作圖爾布財，那就不會發青，只會發財了。」命人取棺木將他收殮。

待得降兵人數、城中財物器械等大致查點就緒，韋小寶與索額圖、欽差三人聯名上奏，遣飛騎馳往北京，向皇帝報捷。

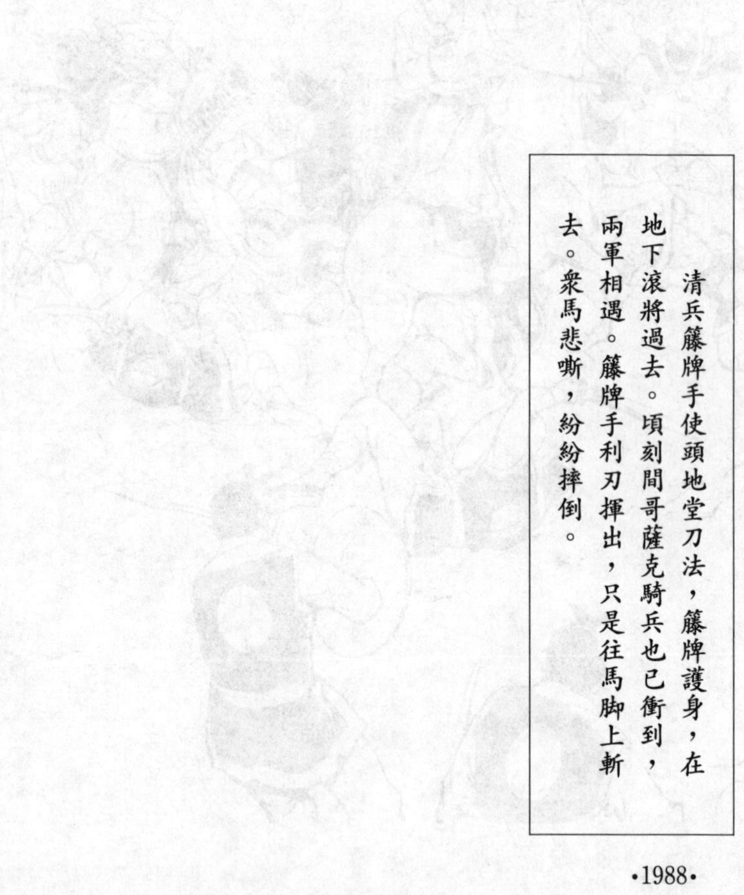

清兵籐牌手使頭地堂刀法，籐牌護身，在地下滾將過去。頃刻間哥薩克騎兵也已衝到，兩軍相遇。籐牌手利刃揮出，只是往馬脚上斬去。衆馬悲嘶，紛紛摔倒。

第四十八回　都護玉門關不設　將軍銅柱界重標

當晚韋小寶和雙兒在總督府的臥房中就寢，爐火生得甚旺，狐被貂褥，一室皆春。

這是他的舊遊之地，掀開床邊大木箱的蓋子一看，箱中放的卻是軍服和槍械。雙兒微笑道：「相公盼望箱子裏又鑽出個羅剎公主來，是不是？」韋小寶笑道：「你是中國公主，比羅剎公主好得多。」雙兒笑道：「可惜你的中國公主在北京，不在這裏。」韋小寶道：「好雙兒，咱們今日算不算『大功告成』？」雙兒嫣然一笑，雙頰暈紅。她雖和韋小寶做夫妻已久，聽得丈夫調笑，卻仍有羞澀之意。

韋小寶摟住了她腰，兩人並坐床沿。韋小寶道：「你拼湊地圖，花了不少心血，咱們終於拿到了鹿鼎山，皇上封我為鹿鼎公，這座城池，多半是讓我管了。這山底下藏得有無數金珠寶貝，咱們慢慢掘了出來，我韋小寶可得改名，叫做『韋多寶』。」雙兒道：「相公已有了許多金子銀子，幾輩子也使不完啦，珠寶再多，也是無用。我瞧還是做韋小寶的好。」

韋小寶在她臉上輕輕一吻，說道：「對，對！這些日來，我一直拿不定主意，要是掘寶罷，只怕挖斷了滿洲龍脈，害死了皇帝。皇上向來待我不錯，害死了他，未免對不住他。不掘寶罷，又覺得可惜。這麼着，咱們暫且不掘這寶藏，等到皇上御駕升天，咱們又窮得要餓飯了，那時候再掘不遲。」

剛說到這裏，忽聽得木箱中輕輕咯的一響。兩人使個眼色，注視木箱，過了好一會，卻更無動靜。韋小寶雙掌輕輕拍了三下，雙兒過去開了房門，守在門外的四名親兵躬身聽令。韋小寶指着木箱，低聲道：「裏面有人！」

四名親兵吃了一驚，搶到箱邊，揭開箱蓋，卻見箱中盛滿了衣物。韋小寶打個手勢，親兵搬開衣物，揭開箱底，露出一個大洞，便在此時，砰的一聲巨響，洞中放了一槍出來。一名親兵「啊」的一聲，肩頭中彈，向後便倒。

雙兒忙將韋小寶一拉，扯到了自己身後。韋小寶指指炭燒，作個傾倒的手勢。一名親兵過去端起炭爐，便往洞中倒了下去。

只聽得洞中有人以羅刹話大叫：「別倒火，投降！」跟着咳嗽不止。韋小寶以羅刹話叫道：「先把火槍拋上來，再爬出來。」洞中拋出一桿短銃，跟着一名羅刹兵探頭出來。一名親兵抓住他頭髮一拉，另一名親兵伸刀架在他頸中，那兵鬍子着了火，兀自未熄，只痛得哇哇大叫，狼狽異常的爬了出來。韋小寶道：「下面還有人沒有？」洞內有人叫道：「還有一個！投降！投降！」韋小寶喝道：「拋槍上來！」洞口白光一閃，拋上來一柄馬刀，跟着一團火燒了出來，原來這名羅刹兵燒着了頭髮。

在門外守衛的親兵聽得大帥房中有警，又奔進數人。七八名親兵揪住了兩名羅刹兵，撲滅了兩人頭髮鬍子上的火燄，反綁了縛住。

韋小寶突然指着一名羅剎兵叫道：「咦，你是王八死鷄。」那兵臉露喜色，道：「是，是，中國小孩大人，我是華伯斯基。」另一名羅剎兵也叫了起來：「中國小孩大人，我……我是齊洛諾夫。」韋小寶向他凝視半晌，見他鬍子燒得七零八落，臉上也熨得又紅又腫，但終於認了出來，笑道：「對啦！你是豬玀懦夫！」齊洛諾夫大喜，叫道：「對，對！中國小孩大人，我是你的老朋友。」

華伯斯基和齊洛諾夫都是蘇非亞公主的衞士。當年在雅克薩城和韋小寶同去莫斯科。兩人在獵宮隨同火槍手造反，着實立了些功勞。蘇非亞公主掌執國政後，酬庸從龍之士，將身邊衞士都升了隊長。其中四人東來想立功刦掠。當兵敗城破之時，一人戰死，一人凍死。餘下這兩人悄悄躲入地道，想出城逃走，那知城外地道出口早已堵死，兩人進退不得，終於形迹敗露。當年韋小寶分別叫他們為「王八死鷄」和「豬玀懦夫」，兩人那知其意，只道中國小孩發音不正，便即答應。聽公主叫他為「中國小孩」，初時也跟着一般稱呼，待得韋小寶立功，公主封了他爵位，衆衞士便稱之為「中國小孩大人」。

韋小寶問明來歷，命親兵鬆綁，帶出去取酒食款待。

衆親兵生怕地道中尚有奸細，鑽進去搜索了一番，查知房中此外更無地道複壁，這才退出。親兵隊長心下惶恐，連聲告罪，心想管是僥天之倖，倘若這兩名羅剎兵半夜裏從地道中鑽將出來，刺死了韋大帥，自己非滿門抄斬不可。

次日韋小寶叫來華伯斯基和齊洛諾夫二人，問起蘇非亞公主的近況。二人說公主殿下總理朝政，羅刹全國的王公大臣、將軍主教，誰也不敢違抗，兩位沙皇年紀幼小，一切也都聽姊姊的。齊洛諾夫道：「公主殿下很想念中國小孩大人，吩咐我們來打聽你的消息，要我們見到你後，請你再去莫斯科玩玩，公主重重有賞。」華伯斯基道：「公主殿下不知道是中國小孩大人帶兵來打仗，否則的話，大家是親愛的甜心，是好朋友，這仗也不用打了。」韋小寶道：「你們胡說八道，騙人！」兩人賭咒發誓，說道千眞萬確，決計不假。

韋小寶尋思：「皇上本是要我設法跟羅刹國講和，不妨便叫這兩個傢伙去跟蘇非亞公主說說。」說道：「我要寫一封信，你們送去給公主，不過我不會寫羅刹蚯蚓字，你們代我寫罷。」華伯斯基和齊洛諾夫面面相覷，均有難色，他二人只會騎馬放槍，說到提筆寫字，卻也是一竅不通。齊洛諾夫道：「中國小孩大人要寫情書，我們兩個是幹不來的。我們……我們去找個教士來寫。」韋小寶答應了，命親兵二人去帶羅刹降人中找尋。

過不多時，兩人帶來一名大鬍子教士到來。其時羅刹軍人大都不識字，隨軍教士除了祈禱上帝、激勵士氣之外，還有一門重要職司，便是替兵將代寫家書。那教士穿了清兵裝束，衣服太小，緊緊綳在身上，顯得十分可笑。他嚇得戰戰兢兢，隨着兩名隊長參見韋小寶，說道：「上帝賜福中國大將軍，大爵爺，願中國大將軍一家平安。」

韋小寶要他坐下，說道：「你給我寫封信，給你們的蘇非亞公主。」那教士連聲答應。親兵早已在桌上擺好了文房四寶。那教士手執毛筆，鋪開宣紙，彎彎曲曲的寫起羅刹字來，但覺那毛筆柔軟無比，筆劃忽粗忽細，說不出的別扭，卻不敢有半句話評論中國筆墨，只怕惹了這位中國將軍生氣。

韋小寶道：「你這麼寫：自從分別之後，常常想念公主，只盼娶了公主做老婆……」那教士嚇了一跳，手一顫，毛筆在紙上塗了一團墨迹。齊洛諾夫道：「這位中國小孩大人，是蘇非亞公主殿下的甜心。公主殿下很愛他的，常說中國情人勝過羅刹情人一百倍。」他要討好韋小寶，不免張大其詞。那教士諾諾連聲，道：「是，是，勝過一百倍，一百倍。」他心神不定，文思窒滯，卻又不敢執筆沉吟，只得將平日用慣的陳腔濫調都寫了上去，盡是羅刹士兵寫給故鄉妻子、情人的肉麻辭句，甚麼「親親好甜心」、「我昨晚又夢見了你」、「吻你一萬次」之類，不一而足。

韋小寶見他筆走如飛，大為滿意，說道：「你們羅刹兵來佔我中國地方，殺了許多中國百姓。中國大皇帝十分生氣，派我帶兵前來，把你們的兵將都捉住了。我要將他們割成一條一條，都燒成霞舒尼克……」那教士大吃了一驚，「啊」的一聲，說道：「我的上帝！」韋小寶續道：「不過瞧在你公主的面上，暫時不割不燒。如果你答應以後羅刹兵再也不來犯我中國疆界，中國和羅刹國就永遠是好朋友。要是你不聽話，我派兵來殺光你們的羅刹男人，你就再也沒有羅刹男人陪着睡覺了。你要男人陪着睡覺，天下只有中國人了。」

那教士心中大不以為然，暗道：「天下除了羅刹男人，並非只有中國男人，這句話太也沒有道理。」又覺這種無禮的言語決不能對公主說，決意改寫幾句單恭謹又親密的話，料想這中國將軍也不識得。但他為人謹細，深怕給瞧出了破綻，將這幾行文字都寫成了拉丁文，寫畢之後，不由得臉露微笑。

韋小寶又道：「現下我差王八死鷄和豬玀懦夫送這封信給你，又送給你禮物。你願意做我情人，還是做我敵人，你自己決定罷。」

那教士又將最後這句話改得極盡恭敬，寫道：「中國小臣思慕殿下厚恩，謹獻貢物，以表忠忱。小臣有生之年，皆殿下不二之臣也。企盼兩國和好，俾羅剎被俘軍民重歸故國，實出殿下無量恩德。」最後這句話卻是出於他的私心，料想兩國倘若和議不成，自己和其餘的羅剎降人勢必客死異鄉，永遠不得歸國。

韋小寶待他寫完，道：「完了。你唸一遍給我聽聽。」那教士雙手捧起信箋誦讀，唸到自己改寫之處，卻仍照韋小寶的原義讀出。韋小寶會講的羅剎話本就頗爲有限，聽來似乎大致不錯，那料得他竟敢任意竄改？便點點頭，道：「很好！」取出「撫遠大將軍韋之印」的黃金印信，在信箋上蓋了朱印。這封情書不像情書、公文不似公文的東西就搞成了。

韋小寶命那教士下去領賞，吩咐大營的師爺將信封入封套，在封套上用中國文字寫上蘇非亞公主的名字。那師爺磨得濃墨，蘸得飽筆，第一行寫道：「大清國撫遠大將軍鹿鼎公韋奉書」，第二行寫道：「鄂羅斯國攝政女王蘇飛霞固倫長公主殿下」。「羅剎」兩字，於佛經意爲「魔鬼」，以之稱呼「俄國」，頗含輕侮，文書之中便稱之爲「鄂羅斯」。那師爺又覺「蘇非亞」三字不甚雅馴，這個「菲」字令人想起「芳草菲菲」，似乎譏諷她全身是毛，於是寫作了「蘇飛霞」，既合「落霞與孤鶩齊飛」之典，又有「飛霞撲面」之美；「固倫長公主」是清朝公主最尊貴的封號，皇帝的姊妹是長公主，皇帝的女兒是公主，此女貴爲攝政，又是兩位並肩沙皇的姊姊，自然是頭等公主了。待聽得韋小寶笑道：「這個羅剎公主跟我是有一手的，幾年不見，不知她怎樣了？」那師爺在封套上又寫上兩行字：「夫和戎狄，國之福也。如樂之和，無所不諧，請與子樂之。」心想這是「左傳」中的話，只可惜羅剎乃戎狄之邦，未必能懂得中華上國的經傳，其中雙關之意，更不必解，俏眉眼做給瞎子看，難免有「明珠暗投」之歎了。

其實不但「鄂羅斯國固倫長公主蘇飛霞」決計不懂這幾個中國字的含義，連「大清國撫遠大將軍鹿鼎公韋」，除了識得自己的名字和兩個「人」字之外，也是隻字不識，見那師爺在封套正反面都寫了字，說道：「夠了，夠了。你的字寫得很好，勝過羅剎大鬍子。」

他吩咐師爺備就一批貴重禮物，好在都是從雅克薩城中俘獲而得，不用花他分文本錢。再將華伯斯基、齊洛諾夫兩名隊長傳來，叫他兩人從羅剎降兵挑選一百人作為衛隊，立即前往莫斯科送信。兩名隊長大喜過望，不住鞠躬稱謝，又拿起韋小寶的手，在他手背上連連親吻。韋小寶的手背被二人的鬍子擦得酸癢，忍不住哈哈大笑。

雅克薩城小，容不下大軍駐紮，當下韋小寶和欽差及索額圖商議了，派郎坦、林興珠二人率兵二千，在城中防守，大軍南旋，協駐璦琿、呼瑪爾二城候旨。韋小寶臨行之際，鄭重叮嚀郎坦、林興珠二人，決不可在雅克薩城開鑿水井，挖掘地道。

大軍南行。韋小寶、索額圖、朋春等駐在璦琿，薩布素另率一軍，駐在呼瑪爾。韋小寶命羅剎降兵改穿清軍裝束，派人教授華語，命他們將「我皇萬歲萬萬歲」、「聖天子萬壽無疆」、「中國皇帝德被四海、皇恩浩蕩」等句子背得爛熟，然後派兵押向北京，要他們在京師大街上一路高呼，朝見康熙時更須大聲吶喊，說道越是喊得有勁，皇上賞賜越厚。

匆匆數月，冬盡春來。韋小寶在瑷琿雖住得舒服，卻記掛着阿珂、蘇荃等幾個妻子和虎頭等兒女，曾連遣親兵，送物回家。六位夫人也各有衣物用品送來，大家知他不識字，家書卻兩兔了，只是命親兵帶個口信，說家中大小平安，盼望大帥早日凱旋歸來。

過得二十多天，康熙頒來詔書，對出征將士大加嘉奬，韋小寶升為二等鹿鼎公，其餘將士各有升賞。傳旨的欽差將一隻用火漆印封住的木盒交給韋小寶，乃是皇上御賜。韋小寶磕頭謝恩，打開木盒，不禁一呆。盒裏是一隻黃金飯碗。碗中刻着「公忠體國」四字，依稀便是當年施琅送給他的，只是花紋字迹俱有破損，卻又重行修補完整。

韋小寶記得當年這隻金飯碗放在銅帽兒胡同伯爵府中，那晚倉惶逃走，並未携出，一凝思間，已明其理。定是那晚炮轟伯爵府後，前鋒營軍士將府中殘損的贜物開具清單，呈交給皇帝。這隻金飯碗已打爛了一次，這一次可得好好捧住，別再打爛了。韋小寶心想：「小皇帝對我倒講義氣，咱們有來有往，我也不掘他的龍脈。」當晚大宴欽差，諸將相陪，宴後開賭。

再過月餘，康熙又有上諭到來，這一次卻是大加申斥，說韋小寶行事胡鬧，要羅刹降兵大呼「萬壽無疆」，實在無聊之至。上諭中說：「為人君守牧者，當上體售天心，愛護黎民。羅刹雖蠻夷化外之邦，其小民亦人也，既已降服歸順，不應復侮弄屈辱之。汝為大臣，須諫君以仁明愛民之道。朕若有惠於衆，雖不壽亦為明君，若驕妄殘虐，則萬壽無疆，徒苦天下而已。大臣諂諛邪佞，致君於不德，其罪最大，切宜為誡。」

韋小寶這次馬屁拍在馬脚上，碰了一鼻子灰，好在臉皮甚厚，也不以為意，對着傳旨的欽差大罵自己該死，心想：「天下那有人不愛戴高帽的？定是這些羅刹兵中國話說得不好，把皇上聽得胡裏胡塗，惹得他生氣。」將教授羅刹兵華語的幾名師爺叫來，痛罵一頓。罵完之後，拉開桌子便和他們賭錢，擲得幾把骰子，早將康熙的訓誡抛到九霄雲外。

這日京中又有上諭頒來，欽命韋小寶和索額圖爲議和大臣，與羅刹國議訂和約，又派來鑲黃旗漢軍都統一等公佟國綱、護軍統領馬喇、尙書阿爾尼、左都御史馬齊四人相助。佟國綱宣讀上諭已畢，又取出一通公文宣讀，卻是羅刹國兩位沙皇給康熙的國書，這時已由在北京的荷蘭國傳教士譯成了漢文。國書中說道：

「謹奉上撫遠華夏、洋溢寰宇、率賢臣共圖治理、分任疆土、滿淸兼統、聲名遠播、大聖皇帝曰：向者父阿列克席米汗羅爲汗，曾使尼果來等賫書至天朝通好，以不諳中國典禮，語言舉止，陋鄙無文，望寬宥之。至頌揚　皇帝，舛謬失禮，亦因地處荒遠，典禮素昧所致，幸無見罪。　皇帝在昔所賜之書，下國無通解者，未循其故。及尼果來等歸問之，但述天朝大臣以不還逋逃人根特木爾等、並騷擾邊境爲詞。近聞　皇帝興師，辱臨境上，有失通好之意。如果下國邊民構釁作亂，天朝遣使明示，自當嚴治其罪，何煩動輒干戈？今奉詔旨，始悉端委，遂令下國所發將士，到時切勿交兵。恭請明察我國作亂之人，發回正法，除嗣遣使臣議定邊界外，先令末起、佛兒魏牛高、宜番、法俄羅瓦等星馳賫書以行。乞撤雅克薩之圍，仍詳悉作書，曉諭下國。則諸事皆寢，永遠輯睦矣。上國大臣韋小寶閣下，昔年曾知於我皇姊攝政女王蘇非亞殿下，遠臨我京師莫斯科，撥亂反正，有大功於下國，此上國之惠也，下國君臣，不敢有忘。謹奉重禮，獻於大聖 皇帝陛下，以次重禮奉於韋小寶大臣閣下，以示下國誠信修睦之衷。」（按：此通俄羅斯國國書錄自史籍，正確無誤，惟最後一段關於韋小寶者，恐係小說家言，或未可盡信云。）

佟國綱讀了國書後，師爺將書中意思向韋小寶及衆將詳細解釋。這是軍中通例，文書來往，文字有時頗爲艱深，帶兵將官不識字者固多，就算讀過幾年書的，所識也頗有限，軍中來文去件關涉軍機大事，如有誤解，干係重大，因此滿洲軍制有師爺解釋文書的規定。

佟國綱笑道：「這位羅刹國攝政女王，對韋大帥頗念舊情，送來的禮物着實不少。皇上吩咐兄弟一併帶了來，交韋大帥收納。」韋小寶拱手道：「多謝，多謝。」又道：「羅刹不懂禮節，不說自己的禮物很輕，卻自吹自擂，說禮物很重，送給皇上的是重禮，送給我的是甚麼次重禮，也不怕人笑話。」

佟國綱道：「是。韋大帥獻到京城去的羅刹降人，皇上親加審訊，發現小兵之中，混有一個羅刹大官……」韋小寶「啊」的一聲，叫道：「有這等事？」佟國綱道：「這人十分狡猾，混在小兵之中，絲毫不動聲色。那日皇上逐批審訊降人，一名荷蘭傳教士做通譯，審到後來，皇上對那傳教士說了幾句拉丁話。羅刹降人中有一名小兵，忽然臉露詫異神色。皇上問他是不是懂得拉丁話，那個小兵不住搖頭。皇上便用拉丁話說道：『將這個小兵拉出去砍頭。』那小兵臉色大變，跪下求饒，供認懂得拉丁話。」

韋小寶問道：「拉丁話是甚麼話？他們羅刹人拉壯丁挑軍糧之時說的話，皇上怎麼會說？」佟國綱道：「皇上聰明智慧，無所不曉。羅刹人拉壯丁時說的話，那也會說的。」韋小寶道：「為甚麼羅剎人平時說的話，皇上不懂，拉壯丁時說的話，卻又會說？」

佟國綱無法回答，笑道：「這中間的理由，咱們可都不懂了。下次大帥朝見皇上之時，自己磕頭請問罷。」韋小寶點點頭，問道：「那個羅剎人後來怎樣？」佟國綱道：「皇上細細審問，那人終於無法隱瞞，一點點吐露了出來。原來這人名叫亞爾青斯基，是尼布楚、雅克薩兩城的都總督。」

衆人一聽，都不自禁的「啊」的一聲。韋小寶道：「這傢伙的官可不小哪。」佟國綱道：「可不是嗎？羅剎國派在東方的官兒，以他為最大。雅克薩城破之日，定是他改穿了小兵的服色，以致給他瞞過了。」韋小寶搖頭笑道：「攻破雅克薩城那天，羅剎的將軍、小兵、大官、小官，個個脫得精光，瞧來瞧去，每一個都是這麼一回事，實在沒甚麼分別。不見得官做得大了，那話兒也大些。兄弟的……這個大官認他不出，倒也不是我們的錯處。」

衆將哈哈大笑，向佟國綱解說當日攻破雅克薩城的情景。

佟國綱笑道：「原來如此，這也難怪。皇上說道：韋小寶擒獲羅剎國尼布楚、雅克薩二城都總管，功勞不小，不過他以為此人只是尋常小兵，辦事也太胡塗了，將功折罪，此事無罪無罰。」韋小寶站起身來，恭恭敬敬的道：「皇上恩典，奴才感激之至。」

佟國綱道：「皇上審問這亞爾青斯基，接連問了六天，羅剎國的軍政大事，疆域物產，甚麼都盤問備細。皇上當眞是天縱英明，又從這亞爾青斯基身上，發見了一個秘密。依韋大帥說，這人被擒之時，身上一絲不掛，那知他竟有法子暗藏秘密文件。」

韋小寶罵道：「他奶奶的，這阿二揪死鷄實在鬼計多端，下次見到了他，非要他的好看不可。這秘密文件，又藏在甚麼地方？難道藏在屁……屁……」

佟國綱道：「羅刹降人朝見皇上之前，自然全身都給御前侍衞仔細搜過，頭髮、鬍子都要摸過，褲子和靴子更要脫下來瞧過明白。番邦之人心懷叵測，倘若身懷利器，那還了得？這個亞爾青斯基當然也曾細細搜過，身上更無別物。可是皇上洞察入微，見他右肩上凸起了一塊，又時時斜眼去瞧，便問他手臂上是甚麼東西。亞爾青斯基拉起袖子，手臂上綁了厚厚的繃帶，說是在雅克薩城受的傷。皇上叫他走上前來，用力在他手臂上揑了一把。亞爾青斯基『哎唷』一聲叫，聲音中卻不顯得如何疼痛。」

韋小寶笑道：「有趣，有趣！這羅刹鬼受傷是假的。」

佟國綱道：「可不是嗎？皇上當即吩咐侍衞，將他手臂上的繃帶解下。亞爾青斯基面如土色，只嚇得全身發抖。韋大帥你猜繃帶之中，藏着些甚麼？」韋小寶道：「你剛才說秘密文件，難道就是這調調兒嗎？」佟國綱拍手笑道：「正是。難怪皇上時時讚你聰明，果然一猜便着。那亞爾青斯基繃帶中所藏的，赫然是一份文件，是羅刹國沙皇給他的密諭。皇上叫荷蘭傳教士譯了出來，抄得有副本在此。」從封套中取出一份公文，大聲讀了出來：

「汝應向中國皇帝說知：領有全部大俄羅斯、小俄羅斯、白俄羅斯獨裁大君主皇帝及大王兼多國之俄皇陛下，皇威遠屆，已有多國君王歸依大皇帝陛下最高統治之下。彼中國皇帝亦應求得領有全部大俄羅斯、小俄羅斯、白俄羅斯獨裁大君主皇帝陛下恩惠，歸依大皇帝陛下最高統治之下。大皇帝陛下必將愛護中國皇帝於其皇恩浩蕩之中，並保護之，使免於敵人之侵害，彼中國皇帝可獨得歸依大君主陛下，處於俄皇陛下最高統治之下，永久不渝，並向大君主納入貢賦，大君主皇帝陛下所屬人等，應准在中國及兩境內自由營商，爲此彼中國皇帝應准將大皇帝陛下之使臣放行無阻，並向大皇帝陛下致書答覆。」（按：此爲眞實文件，當年康熙逮捕俄國使臣，將其監禁半月後遞解回國，沒收此文件，存於宮中檔案。原件攝影見「故宮俄文史料」）

佟國綱讀一句，韋小寶罵一聲：「放屁！」待他讀完，韋小寶已罵了幾十句「放屁」。

佟國綱道：「皇上聖諭：羅剎人野心勃勃，無禮已極。下這道密諭的羅剎皇帝，是現今兩位沙皇的父親，已經死了。那時他還不知道我們中國人的厲害。現下羅剎人吃了苦頭，想來已不敢像從前那麼放肆了。不過跟他們議和之時，還得軟硬兼施，不能輕忽。」韋小寶道：「正是。皇上吩咐了的，咱們狠狠的打他們幾個嘴巴，踢他們幾脚，又在他們肩上拍拍，背上摸摸。」佟國綱道：「那個甚麼攝政女王就狡猾得很，她假裝不知道雅克薩已經給我們攻下，說已下令羅剎兵不可跟我們交鋒。可是國書之中卻又露出了馬脚，請皇上將抓住的羅剎人發回給他們正法。」韋小寶笑道：「那有這麼便宜的事？她送給我幾張貂皮、幾塊寶石的次重禮，就想我們放了她的官兵。」

佟國綱道：「皇上吩咐：羅剎人既然求和，跟他們議和也是不妨，不過咱們須得帶了大軍過去，跟他們訂個城下之盟。」韋小寶問道：「甚麼叫訂城下之盟？」佟國綱道：「兩國交兵，咱們大軍圍了番邦的城池，番邦求和，在他城下訂立和約，那就叫作城下之盟。這番邦雖然不算投降，總也是認輸了。」韋小寶道：「原來如此。其實咱們出兵去把尼布楚拿了下來，也不是甚麼難事。」

佟國綱道：「皇上聖諭：再打幾個勝仗，本來也是挺有把握的。不過羅剎是當世大國，屬下統轄的小國很多。他們在東方如果敗得一塌胡塗，威風大失，屬下各小國就要不服。這樣一來，羅剎非點起大軍來報仇不可，那就兵連禍結，不知打到何年何月方了。皇上盤問了那亞爾青斯基，得知羅剎國的西方另有一個大國，叫做瑞典，和羅剎國之間的大戰有一觸即發之勢。羅剎倘若東西兩邊同時打仗，很是頭痛。咱們乘此機會跟他訂立和約，必定可以大佔便宜，至少可以保得北疆一百年太平。」

韋小寶大勝之餘，頗想一鼓作氣，連尼布楚也攻了下來，聽得皇上答允羅剎求和，很覺沒癮，但這是皇上的決策，他要搞甚麼甚麼之中，甚麼千里之外，自也難以違旨，轉念又想：「你是皇上的舅舅，也是我老婆的舅舅，排起來算是我的長輩。你是一等公，我只是剛升的二等公。這次跟羅剎人議和，皇上卻派你來做我副手，皇上給我的面子可也不小了。」

佟國綱的父親佟圖賴，是康熙之母孝康皇后的父親，乃是漢人，因此康熙的血統是半滿半漢。佟圖賴此時已死，佟國綱襲封爲一等公。佟圖賴早年在關外便歸附滿清，屬鑲黃旗，軍功甚著，名氣很大，韋小寶卻覺得他的名字太也差勁，圖賴、圖賴，話明賭輸了想賴，堂堂國丈，算甚麼玩意兒？當晚張宴接風之後，衆大臣在韋大帥倡議之下，賭了幾手。佟國綱果然輸了，但六百兩銀票推了出去，漫不在乎，毫無圖賴之意。韋小寶見他輸得爽快，並無父風，不禁頗爲詫異，回到房中，上床睡下，這才恍然大悟：「他名叫佟骨光，話明要在骨牌上輸清光的。此人賭品極好，可以跟他交個朋友。」

次日韋小寶和衆大臣商議，大家說既要和對方訂城下之盟，不妨就此將大軍開去，以逸待勞。韋小寶點頭稱是，傳下將令，瑷琿和呼瑪爾城兩軍齊發，到尼布楚城下會師。其時已是夏季，天暖雪溶，軍行甚便。

這日行至海拉爾河畔，前鋒來報，有羅刹兵一小隊，帶兵隊長求見大帥。韋小寶傳見隊長，原來是華伯斯基和齊洛諾夫二人。韋小寶喜道：「很好，很好！原來是王八死鷄和豬玀懦夫。」兩人躬身行禮，呈上蘇非亞公主的覆書。

那名羅刹傳教士這時仍留在清軍大營，以備需用。康熙爲了議和簽訂文書，又遣來一名荷蘭傳教士相助。韋小寶傳兩名教士入帳，吩咐他們傳譯公主的覆信。

那羅刹教士那日竄改韋小寶的情書原意，這時心中大爲惴惴，惟恐的公主回信中露出了馬脚，忙取過信來看了一遍，這才放心。那荷蘭傳教士當下將羅刹文字譯成華語。

信中說道：分別以來，時時思念，盼和約簽成之後，韋小寶赴莫斯科一行，以敍故人之情。韋小寶得兩國君主寵愛，須當從中說明種種誤會，消除隔閡，樹立兩國萬世和好之基。信中又說：中華和羅刹分居東西，爲並世大國，聯手結盟，即可宰制天下，任何國家均不能抗。若和議不成，長期戰爭，不免兩敗俱傷。因此盼望韋小寶促成此事，於中華固爲建立大功，羅刹國亦必另有重酬。又請韋小寶向中國皇帝進言，放還被俘的羅刹國將士，俾得和其家人甜心相聚云云。

荷蘭教士傳譯已畢，韋小寶見華伯斯基和齊洛諾夫二人連使眼色，知道另有別情，於是命兩名傳教士退出，問道：「你們還有甚麼話說？」華伯斯基道：「公主殿下要我們對中國小孩大人說，公主殿下很想念你，羅刹男人不好，中國小孩大人天下第一，一定要請你去莫斯科。」韋小寶哼了一下，心道：「這是羅剎迷湯，可萬萬信不得。」

齊洛諾夫道：「公主殿下另外有幾件事，要請中國小孩大人辦理。這是公主殿下送給你的。」說着從項頸中取下一條銅鏈，鏈條下繫着一隻革囊。華伯斯基也是如此。想是二人長途跋涉，怕有失落，因此用銅鏈繫在頸中。兩隻革囊的囊口都用銅鎖鎖住。華伯斯基又從腰帶解下一枚鑰匙，去開了齊洛諾夫的銅鎖。齊洛諾夫也用自己的鑰匙他開了華伯斯基所携革囊革囊的銅鎖。兩人恭恭敬敬的將革囊放在韋小寶面前桌上。

韋小寶倒轉革囊，玎璫聲響，傾出數十顆寶石來，彩色繽紛，燦爛輝煌，都是極大的紅寶石、藍寶石、黃寶石。另一隻革囊中盛的則是鑽石和翡翠。登時滿帳寶光，耀眼生花。

韋小寶生平珠寶見過無數，但這許許多多大顆寶石聚在一起，卻也是從未所見，笑道：「公主送給我這樣的重禮，可當眞受不起。」（按：據燕京學報廿五期劉選民著「中俄早期貿易考」，俄國派大使費要多羅．果羅文和中國談判分疆修好、通商事務。果羅文東來途中，又接獲朝廷秘密訓令，鄭重指示：如能獲得中國通商之利，雅克薩城不妨讓與中國，並在不損俄皇威嚴範圍內，可秘密予中國代表以相當禮物賄賂。）

華伯斯基道：「公主殿下說，如大中國小孩大人辦成大事，還有更貴重的禮物送給你：又有大俄羅斯、小俄羅斯、白俄羅斯、哥薩克、韃靼、瑞典、波斯、波蘭、日耳曼、丹麥十國美女，每國一名，個個年輕貌美，都是處女，決非寡婦，一齊送給中國小孩大人。」

韋小寶哈哈大笑，說道：「我七個老婆已經應付不了，再有十個美女，中國小孩大人立刻就一命嗚呼了。」華伯斯基連稱：「不會的，不會的。這十個美貌的處女，公主殿下已經備好，我們親眼見過，個個像玫瑰花一樣的相貌，牛奶一樣的皮膚，夜鶯一樣的聲音。」韋小寶怦然心動，問道：「公主殿下要我辦甚麼事？」

齊洛諾夫道：「第一件，兩國和好，公平劃定疆界，從此不再交兵。」

韋小寶心想：「小皇帝正要如此，這一件辦得到。」說道：「你們羅剎國西邊，有一個瑞……瑞甚麼國的，派來了使者，要和我們一起出兵，東西夾攻羅剎，把你們的國家平分了。那時候甚麼大俄羅斯、小俄羅斯、不大不小中俄羅斯、黑俄羅斯、白俄羅斯、五顏六色花俄羅斯，各種美女要多少，有多少，也不用你們公主殿下送了。何況每樣只送一名，太也寒蠢小氣！」

兩名羅剎隊長一聽，都大吃一驚。其時瑞典國王查理十一世在位，也是個英明有爲的少年君主，整軍經武，頗有意東征羅剎，日來大隊兵馬源源向東開拔。莫斯科朝廷中文武大臣正以此爲憂，不料瑞典竟會想要和中國聯盟。羅剎雖強，但如腹背受敵，那就大勢去矣。

韋小寶見了兩人臉色，知道自己虛幌一招，已然生效，便道：「可是我和公主殿下是甜心好朋友，怎能答應瑞甚麼國的蠻子？現下我們中國皇帝還沒拿定主意，如果羅剎國確然誠心求好，我可以趕瑞甚麼國的使者回國。」

兩名隊長大喜，連稱：「羅剎國十分誠意，半點不假。請中國小孩大人快快把瑞典國的使者趕出去，最好是一刀砍了他的頭。」

韋小寶搖頭道：「使者的頭是砍不得的。何況他已送了我許多寶石、十幾個美女，這一刀也砍不下去啊，是不是？」兩位隊長連聲稱是，心想：「原來瑞典國加意遷就，先送貨，後收錢，這一手可比我們漂亮了。」又想：「幸虧中國小孩大人是我們公主的甜心，否則的話，這件事當眞大大的糟糕。」

韋小寶問道：「公主殿下還要我辦甚麼事？」華伯斯基微笑道：「公主殿下眞正想要中國小孩大人辦的事，是要請你去莫斯科克里姆林宮公主寢室裏去辦的。」韋小寶嘿的一聲，心道：「這是羅剎迷湯，簡稱羅剎湯，可喝不可信。」笑道：「原來你們羅剎男人都不中用。」齊洛諾夫道：「也不是羅剎男人不中用，不過公主殿下特別想念中國小孩大人。」韋小寶心道：「又是一碗羅剎湯。」說道：「既是這樣，公主沒別的事了？」

華伯斯基道：「公主殿下要請中國皇帝陛下准許，兩國商人可以來往兩國國境，自由通商。」齊洛諾夫道：「兩國商人來往密了，公主就時時可以寫信送禮給大人。」韋小寶心道：「他媽的，又是一碗。」說道：「這麼說來，兩國通商，公主是爲私不爲公？」齊洛諾夫道：「是，是，完全是爲了中國小孩大人。」韋小寶道：「現下我不是小孩子了，你們不可再叫甚麼中國小孩大人。」兩人一齊深深鞠躬，說道：「是，是！中國大人閣下。」韋小寶微微一笑，道：「好了，你們下去休息。我們要去尼布楚，你們隨着同去便是。」

兩人都是一驚，相互瞧了一眼，心想：「中國大軍到尼布楚去幹甚麼？難道是去攻城嗎？」韋小寶道：「你們放心。我答應了公主，兩國和好，不再打仗就是了。」兩人又一齊鞠躬，說道：「多謝中國小……不……大人閣下。」

華伯斯基又道：「公主聽說中國的橋樑造得很好，不論多寬的大江大河，都可以用大石頭造橋，下面不用石柱橋墩。公主心愛中國大人閣下，也愛上了中國的東西，因此請大人派幾名造橋的工匠技師去莫斯科，造幾座中國的神奇石橋。公主殿下天天見到中國石橋，在橋上走來走去散步，就好像天天見到大人閣下一般。」

韋小寶心想：「羅刹湯一碗一碗的灌來，再喝下去我可要嘔了。公主特別看中了我們中國的石橋，那是甚麼緣故？其中必有古怪，可不能上這個羅刹狐狸精的當。」說道：「公主想念我，石橋是不用造了，工程太大。我送她幾條中國絲棉被、幾個中國枕頭便是，讓她抱住了睡覺，就好像每天晚上有中國大人閣下陪着她。」

兩名羅刹隊長對望了一眼，臉上均有尷尬之色。齊洛諾夫道：「這個……好像……」華伯斯基腦筋較靈，說道：「大人閣下的主意極高，中國絲棉被、中國枕頭就由我們帶去，公主抱不到中國大人閣下，抱一抱中國絲棉被、中國枕頭也是好的。不過絲棉被、枕頭過得幾年就破爛了，不及石橋牢固，因此建造石橋的技師，還是請大人派去。」

韋小寶聽他二人口氣，羅刹朝廷對造橋技師需求殷切，料想必有陰謀詭計。他不知中國造橋技師當時甲於天下，外國人來到中國，一見到建構宏偉的石橋，必定嘖嘖稱異，讚賞不止，何以拱橋能橫越江面，其下不需支柱，更覺神奇莫測。羅刹人盼望學到這門造橋方法，倒是出於艷羨中國科學技術之心，並無其他陰謀。（按：康熙十五年，俄國派斯巴塔雷 N. G. Spatnary為欽差，率同寶石專家、藥材專家來北京，提出多項要求，其中一條為：「中國准許俄國借用築橋技師。」該欽差因不肯向康熙磕頭，被清廷驅逐回國。）韋小寶心想：「你們越想要的東西，老子越是不能給你。」說道：「知道了，下去罷！」

兩名隊長不敢再說，行禮退出。

不一日，羅刹欽差大臣費要多羅在尼布楚城得報清軍大至，忙差人送信，請清軍在原地駐紮，他立即過來相會。（按：羅刹國議和欽差的姓名是費要多羅．果羅文 Fedor A. Golovin，當時不知西人名先姓後之習，故中國史書稱之爲費要多羅。）

韋小寶道：「不用客氣了，還是我們來拜客罷！」清軍浩浩蕩蕩開抵尼布楚城下。薩布素、朋春、馬喇分統人馬，繞到尼布楚城北、城南、城西把守住了要道，既截住了尼布楚羅刹軍的退路，又阻住西來援軍。韋小寶親統中軍屯駐城東。中軍流星炮射上天空，四面號炮齊響。

尼布楚城中羅刹大臣、軍官、士卒望見清軍雲集圍城，軍容壯盛，無不氣爲之奪。費要多羅當即備了禮物，派人送到清軍軍中，並致書中國欽差大臣，說道兩國皇帝已決定罷兵議和，此次會晤專爲簽訂和約，雙方軍隊不宜相距過近，以免引起衝突，有失兩國交好之意。

韋小寶和衆大臣商議。衆人都說中華上國不宜橫蠻，須當先禮後兵。韋小寶於是下令退兵數里，駐在甚耳喀河以東；又令尼布楚城北、西、南三面的清軍退入山中候令。

費要多羅見清軍後撤，略爲寬心，又再寫了一通文書，提出四點相會的條件：一、會見之所設於尼布楚城與甚耳喀河之間的中央；二、會見之日，兩國欽差各帶隨員四十人；三、兩國各出兵五百，俄軍列於城下，清軍列於河邊；四、兩國使節之護衞親兵各以二百六十人爲限，除刀劍外，不准携帶火器。他所以提這四個條件，因清軍勢大，俄軍人少，倘若雙方不限人數，俄軍必處下風。但羅刹兵火器厲害，如雙方兵員相等，俄兵即佔優勢，料想對方不允，因此先行提出，規定衛兵只可携帶刀劍。文書中又建議次日相會。

韋小寶和衆人臣商議後，認爲可行，當即接納，連夜派兵搭起篷帳，作爲會所。

次日清晨，韋小寶、索額圖、佟國綱等欽差帶同隨員，率了二百六十名籐牌手，來到會所。只見尼布楚城城門開處，二百餘騎哥薩克兵手執長刀，擁簇着一羣羅刹官員馳來。這隊騎兵人高馬大，威風凜凜，清軍的籐牌手都是步兵，相形之下，聲勢大爲不如。

佟國綱罵道：「他奶奶的，羅刹鬼狡猾得很，第一步咱們便上了當。說好大家只帶二百六十名衛兵，就只忘了說騎兵步兵。他們便多了二百六十四馬。」索額圖道：「這件事提醒了咱們跟羅刹鬼打交道，可得從起了十二萬分的精神，只疏忽得半分，便着了道兒。」

說話之間，羅刹兵馳到近前。佟國綱道：「咱們遵照皇上囑咐，事事要顧全中華上國是禮儀之邦，大家下馬罷。」韋小寶道：「好，大家下馬。」衆人一齊下馬，拱手肅立。羅刹欽差費要多羅見狀，一聲令下，衆官員也俱下馬，鞠躬行禮。雙方走近。

費要多羅說道：「俄羅斯國欽差費要多羅，奉沙皇之命，敬祝大清國皇帝聖躬安康。」韋小寶學着他的說話，也道：「大清國欽差韋小寶，奉大皇帝之命，敬祝羅刹國沙皇聖躬安康。」再加上一句：「又祝攝政女王蘇非亞公主殿下美麗快樂。」費要多羅微微一笑，心想：「大清皇帝祝我們公主美麗快樂，這句頌詞倒也希奇古怪，不過公主倘若聽到了，想必喜歡。」兩人互致頌詞，介紹副使。雙方譯員譯出。

韋小寶見羅刹官員肅立恭聽，倒也禮貌周到，但二百六十名哥薩克騎兵昂然騎在馬背，手持長刀，列成隊形，一副居高臨下的神情，隱隱有威脅之勢，越看越有氣，說道：「你們的衛兵太也無禮，見了中國大人閣下，怎不下馬？」他說羅刹話文法顛倒，詞句錯落，但在惱怒之下，不及等譯官譯述，羅刹話衝口而出。費要多羅道：「敝國的規矩，騎兵在部隊之中，就是見到了沙皇陛下，也不用下馬的。」

韋小寶道：「這是中國地方，到了中國，就得行中國規矩。」費要多羅搖頭道：「對不起，閣下錯了。這是俄羅斯沙皇的領地，不是中國的地方。」韋小寶道：「這明明是中國地方，是你們強行佔去的。」費要多羅道：「對不起，中國欽差大臣閣下誤會了。這是俄國沙皇的領地。尼布楚城是俄羅斯人築的。」

兩國此次會議，原是劃界爭地，當地屬中屬俄，便是關鍵的所在。兩個欽差大臣剛一見面，還沒入帳開始談判，就起了爭執。

韋小寶道：「你們羅刹人在中國地方築了一座城池，這地方就算是你們的了，天下那有這個道理？」費要多羅道：「這是俄國地方，俄羅斯人在這裏築城，中國人不在這裏築城，這就證明這是俄國地方。中國欽差大臣閣下說這是中國地方，不知有甚麼證據？」

尼布楚一帶向來無所管束，中俄兩國疆界也迄未劃分，到底屬中屬俄，本來誰也沒有證據。韋小寶聽他問到這句話，不禁爲之語塞，待要強辯，苦於說羅刹話辭不達意，尋常應答已感艱難，要巧言舌辯，如何能夠？心中一怒，說道：「這是中國地方，證據多得很。」跟着便以揚州話罵道：「辣塊媽媽，我入你鬼子十七八代老祖宗。」這一句話出口，揚州的罵人粗話便流水價滔滔不絕，將費要多羅的高祖母、曾祖母、以至祖母、母親、姊妹、外婆、姨媽、姑母，人人罵了個狗血淋頭。羅刹國費家女性，無一倖免。

中俄雙方官員見中國欽差大臣發怒，無不駭然。只是他說話猶似一長串爆竹一般，別說費要多羅莫名其妙，連中國官員和雙方譯員也是茫然不解。韋小寶這些罵人說的話，全是揚州市井間最粗俗低賤的俗話，揚州的紳士淑女就未必能懂得二三成，索額圖、佟國綱等或為旗人，或為久居北方的武官，卻如何理會得？

韋小寶大罵一通之後，心意大暢，忍不住哈哈大笑。

費要多羅雖然不懂他言語，但揣摩神色語氣，料想必是發怒，忽見他又縱聲大笑，更加摸不着頭腦，問道：「請問貴使長篇大論，是何指教？貴使言辭深奧，敝人學識淺陋，難以通解，請你逐句慢慢的再說一遍，以便領教。」韋小寶道：「我剛才說，你太也不講道理。我要你的祖母來做甜心，做老婆。」

費要多羅微笑道：「我祖母是莫斯科城出名的美人兒，她是彼得洛夫斯基伯爵的女兒。原來中國大人閣下也聽到過我祖母的艷名，敝人實在不勝榮幸之至。只可惜我祖母已死了三十八年啦。」韋小寶道：「那麼我要你母親做我的甜心，做我老婆。」

費要多羅眉花眼笑，更是喜歡，說道：「我的媽媽出於名門望族，皮膚又白又嫩，她會做法國詩。莫斯科城裏有不少王公將軍很崇拜她。我們俄國有一位大詩人，寫過幾十首詩讚揚我的媽媽。她今年雖然已六十三歲了，相貌還是和三十幾歲的少年婦人一樣。中國大人閣下將來去莫斯科，敝人一定介紹你和我媽媽相識。要結婚恐怕不成，做甜心嗎，只要我媽媽答應，那是可以的。」原來洋人風俗，如有人讚其母親、妻子貌美，非但不以為忤，反而深感榮幸，比稱讚他自己還要高興。

韋小寶卻道此人怕了自己，居然肯將母親奉獻，有意拜自己爲乾爹，滿腔怒火登時化爲烏有，笑道：「很好，很好。以後如來莫斯科，定是你府上常客。」拉着他手，走入帳中。雙方副使隨員跟着都進了營帳。韋小寶等一行坐在東首，費要多羅等一行坐在西首。

費要多羅說道：「敝國攝政女王公主殿下吩咐，這次劃界談和，我們有極大誠意，雙方必須公平，誰也不能欺了對方。因此敝國提出，兩國以黑龍江爲界，江南屬於中國，江北屬於俄羅斯。劃定疆界之後，俄羅斯兵再也不能渡江而南，中國兵也不能渡到江北。」韋小寶問道：「雅克薩城是在江南還是江北？」費要多羅道：「是在江北。該城是我們俄羅斯人所築，可見黑龍江江北之地，都是屬於俄國的。」

韋小寶一聽，怒氣又生，問道：「雅克薩城內有座小山，你可知叫甚麼名字？」費要多羅回頭問了隨員，答道：「叫高助畧山。」韋小寶懂得羅刹語中「高助畧」即爲「鹿」，說道：「我們中國話叫做鹿鼎山。你可知我封的是甚麼爵位？」費要多羅道：「閣下是鹿鼎公，用我們羅刹話說，就是高助畧山公爵。」韋小寶道：「這樣一來，你是存心跟我過不去了。明知我是鹿鼎公，卻要把我的鹿鼎山佔了去，豈不是要我做不成公爵麼？」費要多羅忙道：「不，不，決無此意。」

韋小寶問道：「你是甚麼爵位？」費要多羅道：「敝人是洛莫諾沙伕侯爵。」韋小寶道：「好，那麼洛莫諾沙伕是屬於中國的地方。」費要多羅吃了一驚，隨即微笑道：「敝人的封邑洛莫諾沙伕尚在莫斯科之西，怎能是中國的地方？」

韋小寶道：「你說你的封邑叫作老貓拉屎法……」費要多羅道：「洛莫諾沙伐。」韋小寶不理他，繼續說道：「從我們的京城北京，到老貓拉屎法一共有幾里路？要走幾天？」費要多羅道：「從洛莫諾沙伐到莫斯科，一共五百多里路，五天的路程。從莫斯科到北京，總得走三個月罷。」韋小寶道：「這樣說來，從北京到老貓拉屎法，得走三個月零五天，路程是遠得很了。」費要多羅道：「很遠，很遠！」韋小寶道：「這樣的路程，老貓拉屎法當然不會是屬於中國的了。」費要多羅微笑道：「公爵說得再對沒有了。」

韋小寶舉起酒杯，道：「請喝酒。」羅刹人嗜酒如命，酒杯放在費要多羅面前已久，酒香陣陣沖鼻，主人沒舉杯，他不敢便飲，這時見韋小寶舉杯，心中大喜，忙一飲而盡。

清方隨員又給他斟上酒，從食盒中取出菜餚，均是北京名厨的烹飪。羅刹國其時開化未久，要到日後彼得大帝長大，與其姊蘇非亞公主奪權而勝，將蘇非亞幽禁於尼庵之中，然後大舉輸入西歐文化。當韋小寶之時，羅刹國一切器物制度、文明教化，俱與中國相去甚遠，至於烹飪之精，迄至今日，俄國仍和中國相差十萬八千里。當年在尼布楚城外，費要多羅初嚐中華美食，自然是目瞪口呆，幾乎連自己的舌頭也呑下肚去了。韋小寶陪着他嚐遍每碟菜餚，解釋何謂魚翅，何謂燕窩，如何令鴨掌成席上之珍，如何化鷄肝爲盤中之寶，只聽得費要多羅歡喜讚歎，欣羨無已。

韋小寶隨口問道：「貴使這一次是那一天離開莫斯科的？」費要多羅道：「敝人於四月十二日奉了公主殿下的諭示，從莫斯科出發。」韋小寶道：「很好。來，再乾一杯。我們這位佟公爺，酒量很好，你們兩位對飲幾杯。」當下佟國綱向費要多羅敬酒，對飲三杯。

韋小寶道：「貴使是本月到尼布楚的罷？」費要多羅道：「敝人是上個月十五到的。」韋小寶道：「嗯，從四月十二行到七月十五，路上走了三個多月。」費要多羅道：「是，走了三個多月。幸好天時已暖，道上倒也並不難走。」韋小寶大拇指一翹，讚道：「很好！貴使這一番說了眞話，終於承認尼布楚不是羅剎國的了。」

費要多羅喝了十幾杯酒，已微有醉意，愕然道：「我……我幾時承認了？」韋小寶笑道：「從北京到老貓拉屎法，得走三個多月，路程很遠，因此老貓拉屎法不是中國的地方。從莫斯科到尼布楚，你也走了三個多月，路程可也不近，尼布楚自然不是羅剎國的了。」

費要多羅睜大了眼睛，一時無辭可對，呆了半晌，才道：「我們俄羅斯地方大得很，那是不同的。」韋小寶道：「我們大淸國地方也可不小哪。」費要多羅強笑道：「貴使愛開玩笑，這……這兩件事，是……是不能一概而論的。」

韋小寶道：「貴使定要說尼布楚是羅剎國地方，那麼咱們交換一下。我到莫斯科去，請公主封你爲尼布楚伯爵，封我爲老貓拉屎法公爵。這老貓拉屎法城就算是中國地方了。」

費要多羅滿臉脹得通紅，急道：「這……這怎麼可以？」不禁大爲擔憂，心想公主是他情人，倘若給他在枕頭邊灌了大量中國迷湯，竟爾答應交換，那就糟糕透頂了。又想：「我那洛莫諾沙伐是祖傳的封邑，物產豐富，如果給公主改封到了尼布楚，這裏氣候寒冷，人丁稀少，可要了我的老命啦。何況我現下是侯爵，改封爲尼布楚伯爵，豈不是降級？」

韋小寶見他一副憂心忡忡的模樣，笑道：「你想連我的封地雅克薩也佔了去，叫我做不成鹿鼎公。我有甚麼法子？只好去做老貓拉屎法公爵了。雖然你這封邑的名字太難聽，甚麼老貓拉屎、小狗拉尿的，可也只得將就將就了。」

費要多羅尋思：「你中國想佔我的洛莫諾沙伐，那是決無可能。不過你韋小寶已受過我俄羅斯帝國的封爵，倘若來謀我的封邑，倒也麻煩。我們也不是眞的要雅克薩，這雅克薩已經給你們打下來了，再要你們退出來，自然不肯。」於是臉露笑容，說道：「旣然雅克薩城是貴使的封邑，我們就退讓一步，兩國仍以黑龍江爲界，不過雅克薩城和城周十里之地，屬於中國。這完全是看在貴使份上，最大的讓步了。」

韋小寶心想：「你們打敗了仗，還這麼神氣活現。倘若這一戰是你們羅剎人勝的，只怕連北京城也要劃給你們了。」說道：「咱們打過一仗，不知是你們勝了，還是我們勝了？」費要多羅皺起眉頭道：「小小接仗，也不能說誰勝誰敗。我們公主殿下早有嚴令，爲了顧全跟貴國和好，不許開仗，因此貴國軍隊進攻之時，敝國將士都沒有還手。否則的話，局面就大大不同了。」韋小寶一聽大怒，說道：「原來羅剎兵槍炮齊放，不算還手？」費要多羅道：「他們不過是守禦本國土地，不算還手。羅剎人眞的打起仗來，不會只守不攻的。兩國要是大戰，羅剎火槍手和哥薩克騎兵就會進攻北京城了。」

韋小寶怒極，心道：「你奶奶的，你這黃毛鬼說大話嚇人。我要是給你嚇倒了，我跟你姓，做你兒子，我不叫韋小寶，叫作『小寶費要多羅』。」他到過莫斯科，知道羅剎人習慣是名前姓後，但費要多羅是名非姓，他卻又不知，說道：「那很好，大大的好！侯爵大人，你可知道我心中最盼望的是甚麼事？」

費要多羅道：「這倒不知道，請你指教。」韋小寶道：「我現下是公爵，心中只盼望加官進爵，封爲郡王、親王。」費要多羅心想：「加官進爵，哪一個不想？」微笑道：「公爵大人精明能幹，深得貴國皇帝寵信，只要再立得幾件功勞，加封爲郡王、親王，那是確定無疑的。敝人誠心誠意，恭祝你早日成功。」韋小寶低聲道：「這件事可得你幫忙才成，否則就怕辦不成。」費要多羅一愣，說道：「敝人當得効勞，只不知如何幫法？」

韋小寶俯嘴到他耳邊，輕輕說道：「我們大清國的規矩，只有打了大勝仗，立下軍功，才能封王。現下我國太平無事，反叛都已撲滅，再等二三十年，恐怕也沒仗打。我想封王，那就爲難得很了。這次劃定議和，你甚麼都不要讓步，最好派兵向我們挑戰，將我們這裏的大臣殺死一個兩個。咱們兩國就大戰一場。你派火槍手、哥薩克騎兵去進攻北京。我們和瑞典國聯盟，派兵來打莫斯科。只殺得沙塵滾滾，血流成河，那時候我就可以封王了。拜託，拜託，千萬請你幫這個大忙。說話悄聲些，別讓別人聽見了。」

費要多羅越聽越驚，心想這少年膽大妄爲，爲了想封王，不惜挑起兩國戰火，還要和瑞典國聯盟，這一仗打了起來，將來誰勝誰負雖然不知，但此時彼衆我寡，雙方軍力懸殊，這眼前虧是吃定了的；心下好生後悔，實不該虛聲恫嚇，說甚麼火槍隊和哥薩克騎兵攻打北京城，這少年信以爲眞，非但不懼，反而歡天喜地，這一下當是眞弄巧成拙了，但如露出怯意，不免又給他看得小了，一時不由得徬徨失措。

韋小寶又道：「莫斯科離這裏太遠了，大清兵開去攻打，實在沒有把握，說不定吃個敗仗，皇上反要怪我……」費要多羅一聽有了轉機，臉現喜色，忙道：「是，是。奉勸閣下還是別冒險的好。」韋小寶道：「我只是想立功封王，又不想滅了羅刹國。貴國地方很大，我也決計沒本事滅得了。」費要多羅又連聲稱是。韋小寶低聲道：「這樣罷，你發兵去打北京，我就發兵打尼布楚，咱們哥倆各打各的。打下了北京，是你是功勞，打下了尼布楚，是我的功勞。你瞧這計策妙是不妙？」

費要多羅暗暗叫苦，自己手邊只二千多人馬，要反攻雅克薩也無能為力，卻說甚麼去攻打北京城，心想再不認錯，說不定這少年要弄假成眞，只得苦笑道：「請公爵大人不必介意。剛才我說火槍手和哥薩克騎兵攻打北京城，那是當不得眞的，是我說錯了，全部收回。」

韋小寶奇道：「話已說出了口，怎麼收回？」費要多羅道：「敝人向公爵大人討個情，請你忘了這句話。」韋小寶道：「這麼說來，你們羅刹兵是不去攻打北京的了？」費要多羅道：「不會，決計不會。」韋小寶道：「你們也不想強佔我的雅克薩城了？」費要多羅搖頭道：「不會，不會了。」韋小寶道：「這尼布楚城，你們也決計不敢要了？」

費要多羅一怔，說道：「這尼布楚城，是我們沙皇的領地，請公爵大人原諒。」

韋小寶心想：「蘇州人說『漫天討價，着地還錢。』我向他要尼布楚，是要不到手的。且向他要尼布楚以西的地方，瞧他怎麼說？」說道：「咱們這次和議，一定要公平交易，童叟無欺，誰也不能吃虧，是不是？」費要多羅點頭道：「正是。兩國誠意劃界，樹立永久和平。」韋小寶道：「那好得很。這邊界倘若劃得太近莫斯科，是你們羅刹人吃了虧；劃得太近了北京，是我們中國人吃了虧。最好的法子，是劃在中間，二一添作五。」

費要多羅問道：「甚麼叫二一添作五？」韋小寶道：「從莫斯科到北京，大約是三個月路程，是不是？」費要多羅道：「是。」韋小寶道：「三個月分為兩份，是多少時候？」費費要多羅不解其意，隨口答道：「是一個半月。」韋小寶道：「對了。咱們也不用多談了，大家各回本國京城。然後你從莫斯科出發東行，我從北京出發西行。大家各走一個和月，自然就碰頭了，是不是？」費要多羅道：「是。不知大人這麼幹是甚麼用意？」

韋小寶道：「這是最公平的劃界法子啊。我們碰頭的地方，就是兩國的邊界。那地方離莫斯科是一個半月路程，離北京也是一個半月路程。你們沒佔便宜，我們也沒佔便宜。但我們這一場勝仗，就算白打了。算起來還是你們佔了便宜，是不是？」

費要多羅滿臉脹得通紅，說道：「這……這……這……」站起身來。

韋小寶笑道：「你也覺得這法子非常公平，是不是？」費要多羅連忙搖手，道：「不，不！絕對不可以。如此劃界，豈不是將俄羅斯帝國的一半國土劃給了你？」韋小寶道：「不會是一半啊。你們在莫斯科以西，還有很多國土，那些土地就不用跟中國二一添作五。又何必這樣客氣？」

費要多羅只氣得直吹鬍子，隔了好一會，才道：「公爵大人，你如誠心議和，該當提些通情達理的主張出來。這樣……這樣的法子，要將我國領土分了一半去，那……那太也欺人太甚。」說着氣呼呼的往下一坐。騰的一聲，只震得椅子格格直響。

韋小寶低聲道：「其實議和劃界，沒甚麼好玩，咱們還是先打一仗，你說好不好？」

費要多羅不住喘氣，忍不住便要拍案而起，大喝一聲：「打仗便打仗！」但想到這一仗打下去，後果實在太過嚴重，己方又全無勝望，只得強行忍住，默不作聲。

韋小寶突然伸手在桌上一拍，笑道：「有了，有了，我另外還有個公平法子。」伸手入懷，取出兩粒骰子，吹一口氣，擲在桌上，說道：「你不想打仗，又不願二一添作五，咱們來擲骰子，從北京到莫斯科，算是一萬里路程，咱們分成十份，每份一千里。我跟你擲骰子賭十場，每一場的賭注是一千里國土。如果你運氣好，贏足十場，那麼一直到北京城下的土地，都算羅刹國的。」費要多羅哼了一聲，道：「要是我輸足十場呢？」韋小寶笑道：「那你自己說好了。」費要多羅道：「難道莫斯科以東的萬里江山，就通統都是中國的了？」韋小寶道：「我猜你運氣也不會這樣差，十場之中連一場也贏不了。你只消贏得一場，就保住了一千里土地，兩場二千里，贏得六場，就有便宜了。」費要多羅怒道：「有甚麼便宜？莫斯科以東六千里，本來就是俄國地方。七千里、八千里，也都是俄國的地方。」

韋小寶與費要多羅二人不住口的交涉，作翻譯的荷蘭敎士在旁不斷低聲譯成中國話。佟國綱、索額圖等聽在耳裏，初時覺得費要多羅橫蠻無理，竟然要以黑龍江爲界，直逼中國遼東，那是滿洲龍興之地，如何可受夷狄之逼？心中都感惱怒；後來聽得韋小寶說渴欲打仗立功，以求裂土封王，俄使便顯得色厲內荏，不敢接口；再聽得韋小寶東拉西扯，甚麼交換封邑、二一添作五、又是甚麼擲骰子劃界，每注一千里土地，明知是胡說八道，對方是決計不會答應，但費要多羅的氣燄卻已大挫，均想：「羅刹人橫蠻，確是名不虛傳，要是跟他們一本正經的談判，非處下風不可。皇上派韋公爵來主持和議，果眞大有知人之明。這番邦鬼子是野蠻人，也只有韋公爵這等不學無術的市井流氓，才能跟他針鋒相對，以蠻制蠻。」

佟國綱、索額圖等大臣面子上對韋小寶雖都十分恭敬客氣，心底裏卻着實瞧他不起，均覺他不過是皇上寵幸的一個小丑弄臣，平日言談行事，往往出醜露乖，卻偏偏又恬不知恥，自鳴得意，此番與外國使臣折衝樽俎，料想難免貽笑外邦，失了國家體面。那知皇上量材器使，竟然大收其用，若不派這個憊懶人物來辦這樁差使，滿朝文武大臣之中，還眞找不出第二個來。衆大臣越聽越佩服，更覺皇上英明睿智，非衆臣所及。

索額圖聽到這裏，突然插口道：「莫斯科本來是我們中國的地方。」

荷蘭敎士將這句話傳譯了。費要多羅大吃一驚，心想：「這少年胡言亂語，也還罷了。怎地你這老頭兒也這樣不要臉的瞎說？竟說我國京城莫斯科是你們中國地方？」

索額圖又道：「按照貴使的說法，只要是羅刹人暫時佔據過的土地，就算是羅刹國的土地了，是不是？」費要多羅道：「本來就是這樣嘛！貴使卻說莫斯科是中國地方，嘿嘿，那……那太笑話奇談了。」索額圖道：「羅刹國的人民有大俄羅斯、小俄羅斯、白俄羅斯，又有哥薩克、韃靼等等，那都是羅刹人。」費要多羅道：「一點不錯，我國土地廣大，治下人民衆多。」索額圖道：「我國百姓的種類也很多啊，有滿洲人、蒙古人、漢人、苗人、回人、藏人等等。」費要多羅道：「正是。俄國是大國，中國也是大國。咱們這兩國，是當世最大的大國。」

索額圖道：「貴使這次帶來的衞兵，好像都是哥薩克騎兵。」費要多羅微微一笑，說道：「哥薩克騎兵英勇無敵，是天下最厲害的勇士。」索額圖道：「哥薩克騎兵比俄羅斯人是厲害得多了？」費要多羅道：「話不能這麼說。哥薩克是羅刹百姓，俄羅斯也是羅刹百姓，毫無分別。好比滿洲人是中國人，蒙古人、漢人也是中國人，毫無分別。」索額圖點頭道：「那就是了。因此莫斯科是我們中國人的地方。」

韋小寶聽他二人談到這裏，仍不明白索額圖的用意，他明知莫斯科離此有萬里之遙，決非中國地方，但聽索額圖說得像煞有其事，而費要多羅額頭青筋凸起，臉色一時鐵青，一時通紅，顯是心中發怒如狂，便插口道：「莫斯科是中國地方，那是半點也不錯的。中國皇帝寬洪大量，給你們劉備借荊州，一借之後就永世不還。」

費要多羅自然不知劉備借荊州是甚麼意思，只覺得這些中國蠻子不講理性，說話完全不像文明人，冷笑道：「我從前聽說中國歷史悠久，中國人很有學問，那知道……嘿嘿，就是專愛不憑證據的瞎說。」

索額圖道：「貴使是羅剎國大臣，就算沒甚麼學問，但羅剎國的歷史總是知道的？」費要多羅道：「我國的歷史都有書爲證，清清楚楚的寫了下來，決不是憑人隨口亂說的。」索額圖道：「那很好，中國從前有一位皇帝，叫做成吉思汗……」

費要多羅聽到「成吉思汗」四個字，不由得「哎唷」一聲，叫了出來，心中暗叫：「糟糕，糟糕！怎麼我胡裏胡塗，竟把這件大事忘了？」

索額圖繼續道：「這位成吉思汗，我們中國叫做元太祖，因爲他們我們中國創建元朝的太祖。他是蒙古人。貴使剛才說過，滿洲人、蒙古人、漢人都是中國人，毫無分別。那時候蒙古騎兵西征，曾和羅剎兵打過好幾次大仗。貴國歷史有書爲證，一切都清清楚楚的寫了下來，決不是憑人隨口說。這幾場大仗，不知是我們中國人贏了，還是貴國羅剎人贏了？」

費要多羅默然不語，過了良久，才道：「是蒙古人贏了。」索額圖道：「蒙古人是中國人！」費要多羅瞪目半晌，緩緩點頭。

韋小寶不知從前居然有這樣的事，一聽之下，登時精神大振，說道：「中國人和羅剎人打仗，羅剎人是必輸無疑的。你們的本事確是差了些，下次再打，我們只用一隻手好了。否則的話，雙方相差太遠，打起來沒甚麼味兒。」

費要多羅怒目而視，心想：「若不是公主殿下頒了嚴令，這次只許和、不許戰，憑你說這些侮辱我們羅剎人的話，我便要跟你決鬥。」

韋小寶笑嘻嘻的問索額圖道：「索大哥，成吉思汗是怎樣打敗羅剎兵的？」

索額圖道：「當年成吉思汗派了兩個萬人隊西征，一共只有二萬人馬，便殺得羅剎聯軍十餘萬人大敗虧輸。成吉思汗的孫子拔都，也是一位大英雄，率領軍隊將羅剎兵打得落花流水，佔領了莫斯科，一直打到波蘭、匈牙利，渡過多瑙河。此後幾百年中，羅剎的王公貴族都要聽我們中國人的話。那時我們中國的蒙古英雄，住在黃金鑲嵌的篷帳裏。莫斯科大公爵時時來向中國人磕頭。中國人說要打屁股就打屁股，要打耳光就打耳光，羅剎人還笑嘻嘻的大叫打得好，否則的話，他就當不成公爵。」（按：蒙古大將拔都於公元一二三八年攻陷莫斯科及基輔，蒙古人於一二四〇年至一四八〇年的二百四十年間，統治俄羅斯廣大土地，建立「金帳汗國」。「大英百科全書」於「俄羅斯」條中有如下記載：「莫斯科的王子公爵，必須去伏爾加河口薩萊城朝見黃金帳中的蒙古可汗，接受封號。他們通常要忍受諸般屈辱。朝拜已畢而回到莫斯科後，便能向韃靼人收稅，欺壓鄰近的諸侯小邦。」）

韋小寶聽得眉飛色舞，擊桌大讚：「乖乖龍的東！原來莫斯科果然是屬於中國的。」

費要多羅臉上一陣青、一陣白，索額圖所述確是史實，絕無虛假，只是羅剎向來不認蒙古人爲中國人。此時蒙古屬於中國，由此推論，說莫斯科曾屬於中國人，也非無稽之談。

韋小寶道：「侯爵閣下，我看劃界的事，我們也不必談了，請你回去問問公主，甚麼時候將莫斯科還給中國。我也要趕回北京，採購牛皮和黃金，以便精製一頂黃金篷帳，然後拆平克里姆林宮，豎立金帳，請蘇非亞公主來睡覺。哈哈，哈哈！」

費要多羅聽到這裏，再也忍耐不住，霍地站起，衝出帳外，只聽得他怒叫如雷，大聲吆喝，傳呼命令，跟着馬蹄聲響，兩百多匹馬一齊衝將過來。

韋小寶大吃一驚，叫道：「啊喲，這毛子要打仗，咱們逃命要緊。」

佟國綱久經戰陣，很沉得住氣，喝道：「韋公爺別慌，要打便打，誰還怕了他不成？」只聽得帳外哥薩克騎兵齊聲大呼。韋小寶嚇得全身發抖，一低頭，便鑽入了桌子底下。

佟國綱和索額圖面面相覷，心下也不禁驚慌。

帳門掀開，一將大踏步進來，正是帶領籐牌兵的林興珠，朗聲說道：「啓稟大帥……」卻不見大帥到了何處。韋小寶在桌子底下說道：「我……我……我在這裏，大夥兒快……快逃命罷。」林興珠蹲下身來，對着桌子底下的韋大帥說道：「啓稟大帥：羅刹兵聲勢洶洶，咱們不能示弱，要幹就幹他媽的。」

韋小寶聽他說得剛勇，心神一定，當即從桌子底下爬了出來，適才起事倉卒，以致躲入桌底，其實他倒也不是一味膽怯，一拍胸口，說道：「對，要幹就幹他奶奶的，老子身先士卒，勇往……勇往不……不前。不對！勇往値錢（他想勇往才値錢，不勇往就不値錢）。」拉住林興珠的手，走向帳外。

一出帳外，只見二百六十名哥薩克騎兵高舉長刀，騎了駿馬，圍着帳篷耀武揚威，一圈圈的不停疾馳。費要多羅一聲令下，衆騎兵遠遠奔了開去，在二百餘丈之外，列成了隊伍，二十六騎一行，十行騎兵排得整整齊齊，突然間高聲呼叫，向着韋小寶急衝過來。

韋小寶叫道：「我的媽啊！」便要鑽進營帳，轉念一想：「羅刹鬼如要殺我，躲入營帳還是給他們揪了出來，這個臉可丟不得。」當下全身發抖，臉如土色，居然挺立不動。

林興珠喝道：「籐牌手保衞大帥！過來！」

二百六十名籐牌手齊聲應道：「是。」快步奔來，站在韋小寶等衆大臣之前。

韋小寶從靴桶中拔出匕首，心想：「倘若羅刹鬼眞要動蠻，大家便拚鬥一場，義氣可不能不顧。」搶過去站在索額圖面前，叫道：「索大哥別怕，我護住你。」

索額圖是文官，早已嚇得魂不附體，說道：「全……全仗兄弟了。」

只見十排哥薩克騎兵急衝過來，衝到離清兵五丈外，當先的隊長長刀虛劈，一聲吆喝，衆騎兵挺身勒馬，二百六十匹馬同時間停住了脚步站定。那隊長又一聲吆喝，衆騎兵從中分爲兩隊，一百三十騎折而向北，一百三十騎折而向南，奔出數十丈，兜了個圈子，又回到離帳篷二百餘丈處站定，隊形絲毫不亂。二百六十騎人馬便如是一人一騎，果然是訓練有素的精兵。

費要多羅哈哈大笑，高聲叫道：「公爵大人，你瞧我們的羅刹兵怎樣？」

韋小寶這時才知他不過是炫武示威，心中大怒，叫道：「那是馬戲班耍猴子的玩意兒，打起仗來，半點用處也沒有的。」

費要多羅怒道：「咱們再來！」心想：「這一次直衝到你跟前，瞧你逃不逃走。」叫道：「把中國兵的帽子都削下來。」哥薩克騎兵隊長叫出號令，二百六十名騎兵又疾馳過來。

韋小寶叫道：「砍馬脚！」林興珠叫道：「得令！砍馬脚！別傷人！」

但聽得蹄聲如雷，二百六十四馬漸奔漸近，哥薩克騎兵的長刀在太陽下閃閃發光，眼見奔到身前三十丈、二十丈、十丈……仍未停步，又奔近了四五丈，林興珠叫道：「滾堂刀，上前！」二百六十名籐牌手一躍而前，在地下滾了過去。這二百六十人都是林興珠親手教練出來的地堂刀好手，身法刀法皆盡嫻熟，翻滾而前，籐牌護身，卻不露出半點刀光。

哥薩克騎兵突見清兵滾着地來，都是大爲詫異。雅克薩城守軍曾吃過籐牌手的苦頭，但那些守軍死的死，俘的俘，早已全軍覆沒。這隊哥薩克騎兵新從莫斯科護送費要多羅東來，從未見過籐牌兵的打法，均想你們在地下打滾，太也愚蠢，給馬踏死了可怪不得人。

頃刻之間，第一列騎兵已和籐牌兵碰在一起，猛然間衆馬齊嘶，紛紛摔倒。籐牌兵利刃揮出，一刀便斬下一兩條馬脚，籐牌護身，毫不停留的斬將過去。羅刹兵人喊馬嘶聲中，籐牌兵已滾過十行騎兵，斬下一百七八十條馬脚，在哥薩克騎兵陣後列成了隊伍。林興珠率領籐牌兵快步奔回，又排在韋小寶之前。二百六十人中只十餘人被馬踹傷壓傷，傷勢均輕，傷者強忍痛楚，仍然站在隊中。

二百六十名哥薩克騎兵大半摔下馬來，有的給坐騎壓住，躺在地下呻吟呼號，只有數十人縱騎遠遠逃開，大部份站在地上，手足無措。這些騎兵一生長於馬背，只有騎在馬上，才剽悍驍勇，雙足一着地，便如是游魚出水，無所憑藉了。

韋小寶叫道：「分兵一半，圍住羅刹大官。」林興珠喝出號令，便有一百名籐牌手將費要多羅等十餘名官員圍住，一百柄大刀組成了一個刀圈，刀鋒向着圈內，只須一聲令下，這一百柄大刀擠將進去，費要多羅等還不成爲羅刹肉餅子？

哥薩克騎兵的正副隊長見狀，飛步奔來，大叫：「不可傷人，不可傷人！」

韋小寶轉頭對穿着親兵裝束的雙兒道：「過去點了他們的穴道。」雙兒道：「好！」縱身而出，欺到哥薩克騎兵隊長身後，伸指點了他後腰穴道，跟着又點了副隊長的穴道。一名小隊長伸手入懷，拔出一枝短槍，叫道：「不許動！」雙兒抓住身畔一名羅刹兵，擋在身前，推着他走前幾步。那小隊長便不敢開槍，又叫：「不許動！」雙兒抓起那羅刹兵向他擲去。那小隊長一驚，閃身相避，雙兒已縱身過去，點了他胸口和腰間的穴道，夾手搶過他手中短槍，朝天砰的一聲，放了一槍。

韋小寶大聲道：「好啊，雙方說好不得携帶火器，你們羅刹鬼子太也不講信用。」走前幾步，對費要多羅道：「喂，你叫手下人拋下刀槍，一起下馬，排好了隊，身上携帶火器的都繳出來。」費要多羅眼見無可抗拒，便傳出令去。

哥薩克騎兵只得拋下刀劍，下馬列隊。韋小寶吩咐一百六十名籐牌手四下圍住，搜檢羅刹兵。二百六十人身上，倒抄出了二百八十餘枝短槍。有的一人帶了兩枝。

尼布楚城下羅刹兵望見情勢有變，慢慢過來。東邊清軍也拔隊而上。兩鄰相距數百步，列陣對峙。羅刹兵望見主帥被圍，只有暗暗叫苦，不敢再動。

韋小寶問費要多羅道：「侯爵大人，你帶了這許多火器來幹甚麼啊？」費要多羅垂下了頭，說道：「對不起得很，我的衞兵不聲命令，暗帶火器，回去我重重責罰。」韋小寶叫道：「籐牌手，解開自己衣服，給他們瞧瞧，有沒有携帶火器？」二百六十名籐牌手拋下籐牌，以左手解衣，右手仍高舉大刀，以防對方異動。各人解開衣衫，袒露胸膛，跳躍數下，果然沒一人携帶火器。費要多羅心中有愧，垂頭不語。

韋小寶以羅剎話大聲道：「羅剎人做事不要臉，把他們的衣服褲子都脫下來，瞧瞧他們還帶了火器沒有？」費要多羅大驚，忙道：「公爵大人，請你開恩。你……你如剝了我的褲子，我……我只好自殺了。」韋小寶道：「這褲子是非剝不可的。」費要多羅道：「請你饒恕一次，別的事情，一切都依你吩咐。」韋小寶道：「剛才你的騎兵衝將過來，嚇得我鑽到了桌子底下，大失公爵大人的體面。這件事怎麼辦？」費要多羅心想：「是你自己膽小，我有甚麼法子？」但身旁淸兵刀光閃閃，只好道：「敝人願意賠償損失。」

韋小寶心中一樂，暗道：「羅剎竹槓送上門來了。」一時想不出要他賠償甚麼，傳下命令：「把羅剎大官小兵的褲帶都割斷了。」

籐牌手大叫：「得令！」舉起利刃揷進羅剎人腰間，刃口向外，一拉之下，褲帶立斷。自費要多羅以下，衆羅剎人無不嚇得魂飛天外，雙手緊緊拉住褲腰，惟恐跌落。韋小寶哈哈大笑，傳令：「押着羅剎人，得勝回營！」

這時羅剎官兵人人擔心的只是褲子掉下，毫不抗拒，隨着淸兵列隊向東。

佟國綱笑道：「韋大帥妙計，當眞令人欽佩。割斷褲帶，等於在頃刻之間，將二百六十名羅刹官兵盡數雙手反綁了。」韋小寶笑道：「羅刹男人最怕脫褲子，羅刹女人反而不怕，那不是很怪麼？」佟國綱等人都色迷迷的笑了起來。

一行人和大軍會合，清軍中推出四百餘門大炮，除下炮衣，炮口對準了羅刹軍。其時羅刹國雖然火器犀利，但在東方，卻不及康熙這次有備而戰，以傾國所有大炮的半數調到了尼布楚前線，是以不論兵力火力，都是清軍勝過了數倍。羅刹軍突然見到這許多大炮，都是面面相覷，大有懼色。統軍將官急忙傳令回城，緊閉城門。清軍卻也並不攻城。

這時哥薩克騎兵的隊長、副隊長、和一名小隊長被雙兒點了穴道，兀自動彈不得。三人猶如泥塑木雕一般，站在空地之上。羅刹衆兵將回入尼布楚城時十分匆忙，未曾留意，這時在城頭望見，均感詫異，卻都不敢出城相救。過了半個時辰，見這三人仍然呆立不動，便有一隊哥薩克騎兵出城來救，只行得十餘丈，清軍大炮便轟了數發。守城將軍忙命號兵吹起退軍號，將這隊騎兵召了回去，生怕清兵大至，連出城的救兵也失陷了。

城上城下，兩軍遙遙望見三人定住不動，姿勢怪異。清兵鼓噪大笑，羅刹兵盡皆駭然。

韋小寶將費要多羅等一行請入中軍帳內，分賓主坐下。韋小寶只笑嘻嘻的不語。費要多羅怒道：「公爵大人，你不用跟我玩把戲，要殺就殺好了。」韋小寶笑道：「我跟你是朋友，爲甚麼殺你？咱們還是來談劃界的條欵罷。」他想此刻對方議界大臣已落入自己掌握之中，不論自己提出甚麼條件，對方都難以拒卻。

不料費要多羅是軍人出身，性子十分倔強，昂然道：「我是你的俘虜，不是對等議界的使節。我處在你的威脅之下，甚麼條欵都不能談。就算談好了，簽了字，那也沒有效。」韋小寶道：「爲甚麼沒有效？」費要多羅道：「一切條欵都是你定的，還談甚麼？你不能逼我跟你談判。」韋小寶道：「爲甚麼不能逼你談判？」費要多羅道：「我決不屈服。你揮刀殺了我，開槍打死我，儘管動手好了。」韋小寶笑道：「如果我叫人剝了你的褲子呢？」

費要多羅大怒，霍地站起，喝道：「你……」只說得一個「你」字，褲子突然溜下，急忙伸手抓住。他的褲帶已被割斷，坐在椅上，不必用手抓住，盛怒中站將起來，卻忘了此事，幸好及時搶救，才沒出醜。帳中清方大官侍從，無不大笑。

費要多羅氣得臉色雪白，雙手抓住褲帶，神情甚是狼狽，待要說一番慷慨激昂的言辭，苦於雙手不能揮舞以助聲勢，要如何慷慨激昂，也勢必有限，重重哼的一聲，坐了下來，說道：「我是羅剎國沙皇陛下的欽使，你不能侮辱我。」

韋小寶道：「你放心，我不會侮辱你。咱們還是好好來談分劃國界罷。」

費要多羅從衣袋中取出一塊手帕，包在自己嘴上，繞到腦後打了個結，意思是說決計不談。韋小寶吩咐親兵送上美酒佳餚，擺在桌上，在酒杯中斟了酒，笑道：「請，請，不用客氣。」費要多羅聞到酒菜香味，忍耐不住，解開手帕，舉杯便飲。韋小寶笑道：「侯爵又用嘴巴了？」費要多羅喝酒吃菜，卻不答話，表示嘴巴只用於吃喝，不作別用。韋小寶不住勸酒，心想把他灌醉了，或許便能叫他屈服，那知費要多羅喝得十幾杯酒，吃了幾塊牛肉，將手帕抹了抹嘴巴，又將自己的嘴綁上了。

韋小寶見此情形，倒也好笑，命親兵引他到後帳休息，嚴加看守，自和索額圖、佟國綱等人商議對策。

佟國綱道：「這人如此倔強，堅決不肯在咱們軍中談和，但如就此放了他回去，卻又於心不甘。」索額圖道：「關得他十天八日，每天在他面前宰殺羅刹鬼子，瞧他是否還倔強得出？」佟國綱道：「倘若將他逼死了，這件事不免弄僵。咱們以武力俘虜對方的議和劃界大臣，皇上說不定會降罪。」索額圖道：「佟公爺說得對，跟他一味硬來，也不是辦法。」

衆大臣商議良久，苦無善策。今日將費要多羅擒來，雖是一場勝仗，但決非皇上謀和的本意，可說已違背了朝廷大計，一個處理不善，便成爲違旨的重罪。說到後來，衆大臣均勸韋小寶還是將費要多羅釋放。

韋小寶道：「好！咱們且扣留他一晚，明天早晨放他便是。」回入寢帳，踱來踱去的籌思，忽然想起：「先前學諸葛亮火燒盤蛇谷，在雅克薩打了個大勝仗，老子再來學一學周瑜羣英會戲蔣幹。」仔細盤算了一會，已有計較。

回到中軍帳，請了傳譯的荷蘭教士來，和他密密計議一番；又要他教了二十幾句羅刹話，唸得正確無誤；再傳四名將領和親兵隊長來，吩咐如此如此。衆人領命而去。

費要多羅睡在後帳，心中思潮起伏，一時驚懼，一時悔恨，卻如何睡得着？翻來覆去的挨到半夜，只聽得帳口鼻息如雷，三名看守的親兵竟然都睡着了。費要多羅心想：「倘若不答應中國蠻子的條欵，決計難以脫身。明天惹得那小鬼生起氣來，將我殺了，豈非寃枉？天幸這三名衞兵都睡着了，何不冒險逃走？」躡手躡足的從床上起來，解下斜背的皮條縛在腰間，以免褲子脫落，輕輕走到帳口，只見三名親兵靠在篷帳的柱子上，睡得甚熟。

他伸手去一名親兵腰間，想拔他佩刀，那親兵突然打個噴嚏。費要多羅大吃一驚，急忙縮手，過了好一會，不見有何動靜，又想去取另一名親兵的佩刀。那親兵忽然伸個懶腰，說了幾句夢話。費要多羅不敢多耽，悄悄走出帳外，幸喜三名親兵均不知覺。

他走到帳外，縮身陰影之中，見外面衞兵手提燈籠，執刀巡邏，北、東、南三邊皆有巡兵，只西邊黑沉沉地似乎無人。於是一步步挨將過去，每見有巡兵走近，便縮身帳篷之後，好在一路向西，都是太平無事。剛走到一座大帳之後，突然間西邊有一隊巡邏兵過來，費要多羅忙在篷帳後一躲，卻聽得帳中有人說話，說的竟是羅剎話。

只聽得那人說道：「公爵大人決意要去攻打莫斯科，也不是不可以，只不過路途遙遠，十分危險。」費要多羅大驚，當即伏下身子，揭開篷帳的帳脚，往內望去，一望之下，一顆心怦怦亂跳。

帳內燈火照耀如同白晝，韋小寶全身披掛，穿着戎裝，居中而坐，兩旁站立着十餘員大將，帳下數名親兵手執大刀。韋小寶桌旁站着那作譯員的荷蘭教士，正在跟他說話。

只聽韋小寶說羅剎話：「咱們跟費要多羅在這裏喝酒，談話，假的，不是眞的話，談了一個月、兩個月，談來談去，都是假的話，大軍偷偷向西。羅剎公主時時接到費要多羅，笨蛋，報告，說正在跟咱們談話，她不怕，天天和甜心跳舞，睡覺。中國大軍突然間到了莫斯科城下，進攻，奇怪的進攻，將兩個沙皇，蘇非亞公主，抓了起來。羅剎人哭了，跪倒，投降！」那荷蘭教士道：「行軍打仗的事，我是不懂的。不過一面跟羅剎人講和，一面卻出兵偷襲他們的京城，那不是不講信用嗎？上帝的道理，教訓我們不可欺詐，不可說謊。」韋小寶道：「哈哈，是羅剎人先騙人。大家說好了，雙方衞兵携帶火器，不可以，他們身上都藏了槍，短的，他們騙人，我們也騙人。他咬我，一口，我咬他，兩口，大大的！」

那教士嘿的一聲，隔了一會，說道：「我勸公爵大人還是不要打仗的好。兩國開戰，死的都是上帝子民……」韋小寶搖手道：「別多說了。我們只信菩薩，不信上帝。那個費要多羅如果公平談判讓中國多佔一些土地，本來是可以議和的。可是他一里土地也不讓。等我們打下了莫斯科，羅剎男人上天堂，女人，做中國人，老婆的。」

費要多羅越聽越心驚，暗道：「我的上帝，中國蠻子眞是無法無天，膽大妄爲。」

只聽韋小寶又道：「今天我派了一個親兵，在三名哥薩克騎兵隊長的身上，用手指戳了幾下，這三名隊長，不會動，你見了麼？」那教士道：「我瞧見的。這是甚麼魔術，眞是奇怪之極。」韋小寶道：「中國魔術，成吉思汗，傳下來的。成吉思汗用這法子，打得羅剎人跪地投降，我們再用這法子去打他們，羅剎國，又死了！」

費要多羅心想：「當年蒙古人只二萬人馬，一直打到波蘭、匈牙利，天下無人擋得住，看來定有魔術。東方人古怪得緊，他們又來使這法術，那……那就如何是好？」

只聽那教士道：「羅剎人如果遠遠開槍，你們的魔術就沒用了。」韋小寶笑道：「是啊，因此，我們得假裝要在這裏談判，軍隊就去打莫斯科，像小賊一樣，偷進城去。我到過莫斯科的，城裏韃靼人很多。咱們的軍隊化裝爲韃靼牧人，混進城去，羅剎守軍一定不會發覺。」

費要多羅背上出了一陣冷汗，心想：「這中國小鬼這條毒計，實在厲害得很。中國兵喬裝改扮為韃靼牧人，混進我們京城，施展起魔術來，那怎麼抵擋得住？」他不知雙兒的點穴術是一門高深的武功，必須內功練到上乘境界，方能使用，清軍官兵數萬，會點穴功夫的只她一人而已。費要多羅卻以為這魔術只須一經傳授，人人會使，這麼手指一碰，對方就動彈不得，數萬中國兵以此法去偷襲莫斯科，羅剎只怕要亡國滅種了。

只聽那教士道：「公爵大人如果要派二萬中國兵混入莫斯科，用成吉思汗傳下來的魔術制住羅剎軍，那麼要俘虜兩位沙皇和攝政女王，的確是可以成功的。不過……不過這件事必須十分機密，大軍西行之時，不能讓羅剎人知覺了。公爵大人，今日的羅剎國已十分強大，和當年跟成吉思汗打仗時的羅剎人，是大不相同的。」韋小寶道：「我到過莫斯科，羅剎國的情形都清清楚楚，我們明天一早，放了費要多羅回去，然後跟他談判，都是假的，他不肯答應的。咱們在這裏多談得一日，中國大軍就近了莫斯科一日路程。」那教士道：「是，是。大人一切還是要小心，這件事是很危險的。」韋小寶道：「知道了。你不能夠說出去，不能讓費要多羅起了疑心的。」那教士答應了下去。

韋小寶喝道：「傳王八死雞、豬玀懦夫。」親兵出帳，帶了華伯斯基和齊洛諾夫進來。韋小寶對二人道：「明天，我派兩隊人去莫斯科，禮物很多很多，送給蘇非亞公主。路上盜賊多的，多派官兵保護。」華伯斯基道：「從這裏到莫斯科，只有些小股的韃靼強盜，也不算很兇，公爵大人放心好了。」韋小寶道：「你不知道。韃靼強盜，八九千人一隊，有的二十個一千人，三十個一千人。」華伯斯基和齊洛諾夫對望了一眼，均有不信之色。

韋小寶道：「我這兩隊人，分南北兩路去莫斯科，王八死雞領北路的，豬玀懦夫領南路的。兩條路，怎樣的？」華伯斯基道：「從北路走，這裏向西到赤塔，經烏斯烏德，繞過貝加爾大湖的南端，向西經托木斯克、鄂木斯克等城而到莫斯科。」齊洛諾夫道：「南路起初的走法是一樣的，過了貝加爾湖分道，向西南經過哈薩克人居住的地方，一路向西，經奧斯克、烏拉爾斯克等地到莫斯科。」

韋小寶點頭道：「不錯，是這樣走的。我的禮物，信，由中國使者交給公主，你們兩個帶路。帶得好，有賞，多的。帶得不好，領兵中國將軍，砍下你們的頭。下去罷！」

兩名羅刹隊長退出後，韋小寶拿起金批令箭，發施號令，一個個中國大將躬身接令。費要多羅不知他們說些甚麼，但見所有接令的中國大將都是神情慷慨激昂，拍胸握拳，指天誓日，顯是向主帥保證，說甚麼也要大功告成，有的伸掌在自己頸中一斬，有的拔出匕首在自己胸口虛刺，口中不住說：「莫斯科，莫斯科」，料想是說倘若攻不下莫斯科，寧可自殺。

韋小寶嘰哩咕嚕說了一番話，四名親兵從桌上拿起一張大地圖來，剛好對着費要多羅。只見韋小寶的手指從尼布楚城一路向西移動，沿着一條紅色粗綫，直指到一個紅色圓圈。費要多羅雖不識得圖上的中國文字，但一看方位，便知是莫斯科。韋小寶說了一番話，手指又沿着另一條綫而到莫斯科。費要多羅心想：「這些中國蠻子當眞可惡，原來他們處心積慮，早就已預備攻打莫斯科了。」

韋小寶又說了一番話，接連說到「費要多羅」的名字，衆將一聽到，便都大笑。

費要多羅心想道：「你們一定在笑我是傻瓜，騙得我談判劃界，拖延時日，暗中卻去偷襲莫斯科。哼，我才不上這當呢。」慢慢站起身來，心想：「上帝保祐，讓我發見了中國蠻子這個大詭計，可見我俄羅斯帝國得上帝眷顧，定然國運昌隆。反正他明天就會放我，今晚不用冒險逃跑了。」但見西邊邏兵來去不絕，東邊卻黑沉沉地無人，悄悄回去，幸喜清兵並未發覺。來到自己帳外，只見看守的三名衞兵兀自熟睡，於是進帳就寢。

次晨費要多羅吃過豐盛早餐，隨着親兵來到中軍帳。韋小寶笑問：「侯爵大人昨晚睡得好嗎？」費要多羅哼了一聲，道：「你的衞兵保衞周到，我自然睡得很好。」

韋小寶道：「今日你不再生氣了罷？咱們來談談劃界的條欵如何？」費要多羅不答，從身邊摸出手帕，又綁上了嘴巴。韋小寶大怒，喝道：「你這樣倔強，我立刻將你殺了。」費要多羅毫不畏懼，心想：「你預定今日要放我的，這樣裝腔作勢，誰來怕你？」

韋小寶大發一陣脾氣，見他始終不屈服，無可奈何，只得說道：「好！你這樣勇敢，我佩服你了。放你回去罷。你回去請好好休息。十天之後，咱們再另商地點，談判劃界。」

費要多羅心想：「你拚命拖延，這時候只怕偷襲莫斯科的軍隊已出發了。我決計不會上你這當。」說道：「你放我回去，很是多謝。為了表示我們的誠意，我建議今天下午就可開始談判，不必等到十天之後。」韋小寶笑道：「這件事不用忙，大家休息休息，慢慢談判好啦。」費要多羅道：「兩國君主都盼談判早日成功，還是先簽了劃界條約，再休息不遲。」韋小寶道：「我們皇上倒也不急，那麼咱們五天之後再談罷。」費要多羅搖頭道：「不必耽擱了，就是今天談。」韋小寶道：「再隔三天？」費要多羅道：「不，今天！」韋小寶道：「明天？」費要多羅道：「今天！」

韋小寶歎了口氣，說道：「你這樣堅決，我只好讓步。不過我警告你，待會談到劃分國界之時，我是決計不會隨便讓步的。咱們一尺一尺、一寸一寸的來討價還價。」

費要多羅心道：「劃分國界要一尺一寸的細談，等到談妥，你們早打進莫斯科去了。你道我眞是大傻瓜嗎？」當即站起，說道：「那麼敝人告辭了，多謝公爵大人的酒飯。」韋小寶送到帳口，派遣一隊籐牌兵護送他回尼布楚城，那二百六十名哥薩克騎兵卻不釋放。

費要多羅出得帳來，只見昨天豎立軍營的地方都已空蕩蕩地，大隊清軍已拔營離去。他暗暗心驚：「中國蠻子說幹便幹，委實厲害。」

一行人來到昨日會談的帳前，只見那三名哥薩克隊長呆呆站在當地，所擺的姿勢仍和昨天一模一樣，絲毫動彈不得。清軍中躍出一名瘦小的軍官，來到三名隊長身前，口中大聲唸咒，大叫：「成吉思汗，成吉思汗！」過去在三人身上拍拿幾下。三名隊長便慢慢能動了，只是站立了半天一晚，實是疲累已極，雙足麻木，一齊坐倒在地。六名籐牌兵上前扶起，走出數十丈後，三名隊長方能自已行走。

費要多羅更是駭異：「成吉思汗傳下的魔術，果然厲害無比，難怪當年他縱橫天下，無人能敵。幸好現下已發明了火器，可以不讓敵人近身，否則的話，中國異教徒又要統治全世界，我們信上帝的正教徒，都要變成奴隸了。」

清軍籐牌手直護送費要多羅到尼布楚城東門之前，這才回去。

費要多羅詢問三名哥薩克隊長中了魔術的情形。三名隊長都道：當時只覺後心和腰間一麻，便即全身不能動彈。費要多羅道：「你們身上帶了十字架沒有？」三名隊長解開衣襟，露出掛在頸中的十字架來，其中一人還多掛了一個耶穌聖像。

費要多羅皺起眉頭，心道：「成吉思汗的魔法當眞厲害，連耶穌基督的十字架也辟不了邪。」當即寫下三道奏章，派遣十五名騎兵分作三路，向莫斯科告急：中國軍隊已出發前來偷襲，行將化裝爲韃靼牧人，混入京城，務須嚴加防備。

中午時分，三路信差先後回城，說道西去的道路均已被中國兵截斷，一見羅刹騎兵，遠遠便射箭過來，實是難以通過。費要多羅心中愁急，尋思：「只有儘快和中國蠻子議定劃界條約，那麼他們便會撤回兵馬。」

未牌時分，費要多羅帶了十餘名隨員，前去兩國會議的帳篷。這次他全然不帶哥薩克騎兵，以示決無他意，何況就算帶了衞隊，招架不了中國兵的「成吉思汗魔術」，也是無用。費要多羅學識淵博，辦事幹練，本來絕非易於受欺之人，但羅刹人心中對成吉思汗的畏懼根深蒂固，雙兒的點穴之術又十分精妙，他親見之下，不由得不信。

他先到篷帳。不久韋小寶、索額圖、佟國綱等淸方大官也即到達。韋小寶見對方不帶衞隊，於是命護衞的籐牌手也退了回去。

雙方說了幾句客套，全然不提昨日之事，便即談判劃界。費要多羅但求談判速成，事事讓步，與昨日態度迥不相同。韋小寶心中暗笑，知道昨晚「周瑜羣英會戲蔣幹」的計策已然成功，他於劃界之事一竅不通，當下便由索額圖經由教士傳譯，和對方商議條欵。

只見索額圖和費要多羅兩人將一張大地圖鋪在桌下，索額圖的手指不斷向北指去，費要多羅皺起眉頭，手指一寸一寸的向北退讓。這手指每在地圖上向北讓一寸，那便是百餘里的土地歸屬了中國。韋小寶聽了一會，心感不耐，便坐到另一張桌旁，命侍從取出食盒，架起二郎腿，慢慢咀嚼糕餅點心，鼻中低哼「十八摸」小調。

費要多羅決心退讓，索額圖怕事中有變，也不爲已甚。但條約文字謹嚴，雙方教士一一譯成拉丁文，反覆商議，也費時甚久。到第四日傍晚，「尼布楚條約」條文六條全部商妥。

韋小寶得索額圖和佟國綱解說，知道條約內容於中國甚爲有利，割歸中國的土地極爲廣大，遠比康熙諭示者爲多。條約共爲四份，中國文一份，羅刹文一份，拉丁文二份，訂明雙方文字中如有意義不符者，以拉丁文爲準。

當下隨從磨得墨濃，醮得筆飽，恭請中國首席欽差大人簽字。

韋小寶自己名字的三個字是識得的，只不過有時把「章」字看成了「韋」字，「賣」字當作是「寶」字，三個字聯在一起就不大弄錯了，但說到書寫，「小」字勉強還可對付，餘下一頭一尾兩字，那無論如何是寫不來來的。他生平難得臉紅，這時竟然臉上微有硃砂之色，不是含怒，亦非酒意，卻是有了三分羞慚。

索額圖是他知己，便道：「這等合同文字，只須簽個花押便可。韋大人胡亂寫個『小』字，就算是簽字了。」

韋小寶大喜，心想寫這個「小」字，我是拿手好戲，當下拿起筆來，左邊一個圓團，右邊一個圓團，然後中間一條槓子筆直的豎將下來。

索額圖微笑道：「行了，寫得好極。」韋小寶側頭欣賞這個「小」字，突然仰頭大笑。

索額圖奇道：「韋大帥甚麼好笑？」韋小寶笑道：「你瞧這個字，一隻雀兒兩個蛋，可不是那話兒嗎？」清方衆大臣忍不住都哈哈大笑，連衆隨從和親兵也都笑出聲來。

費要多羅瞪目而視，不知衆人爲何發笑。

當下韋小寶在四份條約上都畫了字，在羅刹文那份條約上，中間那一直畫得加倍巨大，然後費要多羅、索額圖、俄方副使等都簽署了。中俄之間的第一份條約就此簽署完成。

這是中國和外國所訂的第一份條約。由於康熙籌劃周詳，全力以赴，而所遣人員又十分得力，是以尼布楚條約劃界，中國大佔便宜。約中規定北方以外興安嶺爲界，現今蘇聯之阿穆爾省及濱海省全部土地盡屬中國，東方及東南方至海而止。雙方議界之時，該地區原無歸屬，中國所佔之地亦非屬於羅刹，但羅刹已在當地築城殖民，簽約後被迫撤退，實爲中國軍事及外交上之勝利。約中劃歸中國之土地總面積達二百萬方公里，較之今日中國東北各省大一倍有餘。此約之立，使中國東北邊境獲致一百五十餘年之安寧，而羅刹東侵受阻，侵略野心得以稍戢。自康熙、雍正、乾隆諸朝而後，滿清與外國訂約，無不喪權失地，康熙和韋小寶當年大振國威之雄風，不可復得見於後世。（按：條約上韋小寶之簽字怪不可辨，後世史書只識得索額圖和費要多羅，而考古學家如郭沫若之流僅識甲骨文字，不識尼布楚條約上所簽之「小」字，致令韋小寶大名湮沒。後世史籍皆稱簽尼布楚條約者爲索額圖及費要多羅。古往今來，知世上曾有韋小寶其人者，惟「鹿鼎記」之讀者而已。本書記敘尼布楚條約之簽訂及內容，除涉及韋小寶者係補充史書之遺漏之外，其餘皆根據歷史記載。）

依據當時習慣，雙方同時鳴炮，向天立誓，信守不渝。清方大炮四百餘門，在尼布楚城東南西北四方同時響起，大地震動。俄方大炮只二十餘門，炮聲寥寥，強弱之勢，相差實不可以道里計。費要多羅暗叫僥倖，倘若議和不成，開起仗來，俄國非一敗塗地不可。

當下兩國使臣互贈禮物。費要多羅贈給韋小寶等人的是時表、千里鏡、銀器、貂皮、刀劍等物。韋小寶贈給對方使節的是馬匹、鞍轡、金杯、絲綢衣衫、絹帛等物，此外二百六十名哥薩克騎兵各贈紋銀二十兩，以賠償被清兵割斷的褲帶。

當晚大張筵席，慶賀約成。費要多羅兀自擔憂，不知前去偷襲莫斯科的清兵是否即行召回，不斷以言語試探，韋小寶只是裝作不懂。

過得兩日，費要多羅得報，有大隊清兵自西方開來，他登上城頭，以千里鏡瞭望，果見一隊隊清兵自西而來，渡過尼布楚河以東紮營。費要多羅大喜，知道西侵的清兵已然召回。他那知大隊清兵只在尼布楚之西二百里外駐紮候命，一聽得炮聲，便即拔隊緩緩而歸。

又過數日，石匠已將界碑彫鑿完竣。碑上共有滿、漢、蒙、拉丁及羅刹五體文字。界碑分立於格爾必齊河東岸，額爾古納河南岸、以及極東北之威伊克阿林大山各處。碑文中書明兩國以格爾必齊河爲界，「循此河上流不毛之地，有名大興安以至於海，凡山南一帶流入黑龍江之溪河，盡屬中國；山北一帶之溪河，盡屬俄羅斯」；又書明：「將流入黑龍江之額爾古納河爲界，河之南岸，屬於中國，河之北岸，屬於俄羅斯。其南岸之眉勒爾客河口，所有俄羅斯房舍，遷徙北岸」；又書明：「雅克薩所居俄羅斯人民及諸物，盡行撤往察罕汗之地」；又書明：「凡獵戶人等，斷不許越界，如有相聚持械捕獵，殺人搶掠者，即行捕拿正法，不以小故阻壞大事，中俄兩國和好，毋起爭端。」

兩國欽差派遣部隊，勘察地形無誤後，樹立界碑。此界碑所處之地，本應爲中俄兩國萬年不易之分界，然一百數十年後，俄國乘中國國勢衰弱，竟逐步蠶食侵佔，會當年分界於不顧，吞併中國大片膏腴之地。後人讀史至此，喟然歎曰：「安得康熙、韋小寶於地下，逐彼狼子野心之羅剎人而復我故土哉？」

樹立界碑已畢，兩國欽差行禮作別，分別首途回京覆命。

韋小寶召來華伯斯基與齊洛諾夫，命二人呈奉禮物給蘇非亞公主，其中旣有錦被，又有繡枕。北國荒鄙之地，這些物事無處購置，均是雙兒之物。韋小寶笑道：「公主如當眞想念我，就抱抱絲棉被和枕頭罷。」華伯斯基道：「公主殿下對大人閣下的情意天長地久，棉被枕頭容易殘破，還是請大人派幾名築橋技師，去莫斯科造座石橋，那就永遠不會壞了。」

韋小寶笑道：「我早已想到此節，你們不必囉嗦。」一命親兵抬出一隻大木箱，長八尺，寬四尺，宛似一口大棺材一般，八名親兵用大槓抬之而行，顯得甚是沉重。箱外鐵條重重纏繞，貼了封條，以火漆固封。韋小寶道：「這件禮物非同小可，你們好生將護，不可損壞。公主見到之後，必定歡喜，這天長地久的情意，和中國石橋完全一般牢固。」

兩名羅剎隊長不敢多問，領了木箱而去。這口大木箱重逾千斤，自尼布楚萬里迢迢的運到莫斯科，一路之上，着實勞頓。

蘇非亞公主收到後打開箱子，竟是一座韋小寶的裸體石像，笑容可掬，栩栩如生。

原來韋小寶召來彫鑿界碑的石匠，鑿成此像，又請荷蘭教士寫了「我永遠愛你」幾個羅剎文字，彫在石像胸口。蘇非亞公主一見之下，啼笑皆非，想起這中國小孩古怪精靈，卻也非羅剎男子之可及，不由得情意綿綿，神馳萬里。

這石像便藏於克里姆林宮中，後來彼得大帝發動政變，將蘇非亞公主驅逐出宮，連帶將此石像擊碎。唯有部份殘軀爲兵士携帶出外，羅剎民間無知婦女向之膜拜求子，撫摸石像下體，據稱大有靈驗云。

註：「都護」是漢朝統治西域諸國的軍政總督，「玉門關」是漢時通西域的要道，「玉門關不設」意謂疆域擴大，原來的關門已不成爲邊防要地。「銅柱界重標」指東漢馬援征服交趾（安南）後，開拓疆土，立銅柱重行標界，意謂另定有利於中國的國界。

茅十八坐在牛車中，雙手反綁，給押向菜市口法場。衆百姓紛紛聚觀。茅十八沿途大喊：「老子十八年後，又是一條好漢。所以名叫茅十八，早知道是要殺頭的。」

第四十九回　好官氣色車裘壯　獨客心情故舊疑

韋小寶凱旋回京。大軍來到北京城外，朝廷大臣齊在城門口迎接。韋小寶率同佟國綱、索額圖、馬喇、阿爾尼、馬齊、朋春、薩布素、郎坦、巴海、林興珠等朝見康熙。皇帝溫言獎勉，下詔韋小寶進爵爲一等鹿鼎公，佟國綱、索額圖等大臣以及軍官士卒各有升賞。

此後數日，康熙接連招見韋小寶，詢問攻克雅克薩、劃界訂約的經過詳情。韋小寶據實奏告，居然並不如何誇張吹牛。康熙甚是歡喜，讚他大有長進，對他七名夫人和兩個兒子都加頒賞。

這日康熙賜宴撫遠大將軍、鹿鼎公韋小寶暨此役有功諸臣。康熙在席上題了兩首詩，陪宴的翰林學士盡皆恭和，慶功紀盛。宴罷，韋小寶捧了御賜珍物，得意洋洋的出得宮來，從官前呼後擁，打道回府，忽聽得大街旁有人大呼：「韋小寶，你這忘恩負義的狗賊！」

韋小寶吃了一驚，更聽得聲音頗爲熟悉，側頭瞧去，只見一條大漢從屋簷下竄到街心，指着他破口大罵：「韋小寶，你這千刀萬剮的小賊，好好的漢人，卻去投降滿清，做韃子的走狗奴才。你害死了自己師父，殺害好兄弟，今日韃子皇帝封了你做公做侯，你榮華富貴，神氣活現。你奶奶的，老子白刀子進，紅刀子出，在你小賊身上戳你媽的十七廿八刀，瞧你還做不做得成烏龜公、甲魚公？」這大漢上身赤膊，胸口黑毿毿地生滿了長毛，濃眉大眼，神情兇狠，正是當年攜帶韋小寶來京的茅十八。

韋小寶一呆之際，早有數十名親兵圍了上去。茅十八從綁腿中拔出短刀，待要抵抗，衆親兵一齊出手，有的伸刀架在他頸中，有的奪下他手中短刀，橫拖倒曳的拉過，綁了起來。茅十八兀自罵不絕口：「韋小寶，你這婊子生的小賊，當年老子帶你到北京，眞是錯盡錯絕，我對不起陳近南陳總舵主，對不起天地會的衆家英雄好漢。老子今日就是不想活了，要讓天下衆人都知道，你韋小寶是賣友求榮、忘恩負義的狗賊，你只想升官發財，做韃子皇帝的走狗……」衆親兵打他嘴巴，他始終罵不絕口。韋小寶急忙喝止親兵，不得動粗。一名親兵取出手帕，塞入茅十八嘴裏。茅十八猶自嗚嗚之聲不絕，想必仍在痛罵。

韋小寶吩咐親兵：「將這人帶到府裏，好生看守，別難爲了他，酒食欵待，等一會我親自審問。」

韋小寶回府後，在書房中設了酒席，請茅十八相見，生怕他動粗，要蘇荃和雙兒二人假扮親隨，在旁侍候。親兵押着茅十八進來，韋小寶命除去茅十八身上銬鐐，令親兵退出。

韋小寶含笑迎上，說道：「茅大哥，多日不見，你好啊。」茅十八怒道：「我有甚麼好不好的？自從識得你這小賊之後，本來好端端地，也變得不好了。」韋小寶笑道：「茅大哥且請寬坐，讓兄弟敬你三杯酒，先消消氣。兄弟甚麼地方得罪了茅大哥，你喝了酒之後，再罵不遲。」茅十八大踏步上前，喝道：「我先打死你這小賊再喝酒。」伸出碗大拳頭，呼的一聲，迎面向韋小寶擊去。

蘇荃搶將上去，伸左手抓住了茅十八的手腕，輕輕一扭，右手在他肩頭拍了兩下。茅十八登時半身酸麻，不由自主的坐入椅中。他又驚又怒，使勁跳起，罵道：「小賊……」蘇荃站在他背後，雙手拿住他兩肩的「肩貞穴」，又輕輕向下一按，茅十八抗拒不得，只得重行坐下。他身形魁梧，少說也有蘇荃兩個那麼大，但爲她高深武功所制，縛手縛脚，只有乖乖的坐着，更是惱怒，大聲道：「老子今日當街罵你這小漢奸，原是拚着沒想再活了，只是要普天下世人知道你賣師賣友的卑鄙無恥……」

韋小寶道：「茅大哥，我跟皇上辦事，是去打羅刹鬼子，又不是去殺漢人，這可說不上是漢奸啊。」茅十八道：「那……那你爲甚麼殺死你師父陳近南？」韋小寶急道：「我怎會害我師父？我師父明明是給鄭克塽那小子殺死的。」茅十八怒斥：「你這時候還在抵賴？韃子皇帝他媽的聖旨之中，說得再也清楚不過了。」韋小寶驚道：「皇上的聖旨之中，怎……怎會說我害死師父？」心中一片迷惘，轉頭向蘇荃瞧去。

蘇荃道：「皇上前幾天升你爲一等鹿鼎公，頒下的誥命中敍述你的功勞，也不知道誥命是誰寫的，其中說你『舉薦良將，蕩平吳逆，收台灣於版圖；提師出征，攻克進城，揚國威於域外』，那都是對的。可是又有兩句話說：『擒斬天地會逆首陳近南，風際中等，遂令海內跳樑，一蹶不振，匪黨亂衆，革面洗心』，那便不對了。」

韋小寶皺眉道：「甚麼洗面割心的，到底說些甚麼？」蘇荃道：「誥命裏說你抓住陳近南、風際中等人殺了，嚇得天地會的人再也不敢造反。」韋小寶跳起身來，大叫：「那……那有這事？這不是寃枉人嗎？」蘇荃緩緩搖頭，道：「風際中做奸細，確是咱們殺的，聖旨裏的話沒錯，就只多了『陳近南』三字。」韋小寶急道：「陳近南是我恩師，我……我怎麼會害他老人家？皇上……皇上這道聖旨……唉……你見了聖旨，怎不跟我說？」蘇荃道：「咱們商量過的，聖旨裏多了『陳近南』三字，你如知道了，一定大大的不高興。」韋小寶知道所謂「咱們商量過的」，便是七個夫人一齊商量過了，轉頭向雙兒瞧去，雙兒點了點頭。

韋小寶道：「茅大哥，我師父的的確確不是我害的。那風際中是天地會的叛徒，他……他暗中向皇帝通風報信……」茅十八冷笑道：「那麼你倒是好人了？」

韋小寶頹然坐倒，說道：「我跟皇上分說去，請他改了……改了……改了……」他連說三個「改了」，卻知道康熙決不致因聖旨中多了「陳近南」三字，會特地另發上諭修改，心想：「不知那個狗賊多嘴，去跟皇上說我害死師父。在皇上看來，這是我的忠心，可是……可是……我韋小寶還算是人嗎？」他心中焦急，突然間哇的一聲，哭了出來，叫道：「茅大哥，荃姊姊，好……好雙兒，我沒害死我師父！」

三人見韋小寶忽然大哭，都吃了一驚。蘇荃忙走過去摟住他肩頭，柔聲道：「那鄭克塽在通吃島上害死你師父，咱們都是親眼見到的。」說着取出手帕，給他抹去了眼淚。

茅十八這時才看了出來，這個武功高強的「親兵」原來竟是女子，不禁大爲驚詫。

韋小寶想起一事，說道：「茅大哥，鄭克塽那小子也在北京，咱們跟他當面對質去，諒他也不敢抵賴。對，對！咱們立刻就去……」

正說到這裏，忽聽得門外親兵大聲說道：「聖旨到。御前侍衞多總管奉敕宣告。」韋小寶站起身來，迎到門口，只見多隆已笑吟吟的走來。韋小寶向北跪下磕頭，恭請聖安。

多隆待他拜畢，說道：「皇上吩咐，要提那在街上罵人的反賊親自審問。」

韋小寶心頭一凜，說道：「那……那個人麼？兄弟抓了起來，已詳細審過，原來是個瘋子，這人滿口玉皇大帝、太上老君的胡說八道。兄弟問不出甚麼，狠狠打了他一頓，已將他放了。皇上怎地會知道這事？其實全不打緊的……」

茅十八聽到這裏，再也忍不住，猛力在桌上一拍，只震得碗盞都跳了起來，乒乒乓乓，在地下摔得粉碎，大聲罵道：「他媽的韋小寶，誰是瘋子了？今日在大街上罵韃子皇帝的就是老子！老子千刀萬剮也不怕，難道還怕見他媽的韃子皇帝？」

韋小寶暗暗叫苦，只盼騙過了康熙和多隆，隨即放了茅十八，那知他全然不明自己的一番迴護之意，如此公然辱罵皇上，茅十八當眞便有十八顆腦袋，也保不住了。

多隆歎了口氣，對韋小寶道：「兄弟，你對江湖上的朋友挺有義氣，我也是很欽佩的。這件事你已出了力，算得是仁至義盡。咱們走罷。」

茅十八大踏步走到門口，突然回頭，一口唾沫，疾向韋小寶臉上吐去。韋小寶正想着心事，不及閃避，拍的一聲，正中他雙目之間。幾名親兵拔出腰刀，便向茅十八奔去。韋小寶擺擺手，黯然道：「算了，別難爲他。」多隆帶來的部屬取出手銬，將茅十八扣上了。

韋小寶尋思：「皇上親審茅大哥，問不到三句，定要將他推出去斬了。我須立刻去見皇上，無論如何，總得想法子救人。」向多隆道：「我要去求見皇上，稟明內情，可別讓這粗魯漢子衝撞了皇上。」

一行人來到皇宮。韋小寶聽說皇帝在上書房，便即求見。康熙召了進去。韋小寶磕過了頭，站起身來。

康熙道：「今日在大街上罵了你、又罵我的那人，是你的好朋友，是不是？」韋小寶道：「皇上明見萬里，甚麼事情用不着猜第二遍。」康熙道：「他是天地會的？」韋小寶道：「他沒正式入會，不過會裏的人他倒識得不少。他很佩服我的師父。皇上聖旨中說我殺了師父，他聽到後氣不過，因此痛罵我一場。至於對皇上，他是萬萬不敢有半分不敬的。」

康熙微笑道：「你跟天地會已一刀兩斷，從今而後，不再來往了，是不是？」韋小寶道：「是。這次去打羅刹鬼子，奴才就沒帶天地會的人。」康熙問道：「以後你天地會的舊朋友再找上你來，那你怎麼辦？」韋小寶道：「奴才決計不見，免得大家不便。」

康熙點了點頭，道：「因此我在那道誥命之中，親筆加上陳近南、風際中兩個的名字，好讓你日後免了不少麻煩。小桂子，一個人不能老是脚踏兩頭船。你如對我忠心，一心一意的爲朝廷辦事，天地會的混水便不能再淌了。你淌若決心做天地會的香主，那便得一心一意的反我才是。」韋小寶嚇了一跳，跪下磕頭，說道：「奴才是決計不會造反的。奴才小時候做事胡裏胡塗，不懂道理，現在深明大義，洗面割心，那是完完全全不同了。」

康熙點頭笑道：「那很好啊。今天罵街的那個瘋子，明天你親自監斬，將他殺了罷。」

韋小寶磕頭道：「皇上明鑒，奴才來到北京，能夠見到皇上金面，都全靠了這人。奴才對他還沒報過恩，大膽求求皇上饒了這人，寧可……寧可奴才這番打羅剎鬼子的功勞，皇上盡數革了，奴才再退回去做鹿鼎侯好了。」康熙臉一板，道：「朝廷的封爵，你當是兒戲嗎？賞你做一等鹿鼎公，是我的恩典。你拿了爵祿封誥來跟我做買賣，討價還價，好大的膽子！」

韋小寶連連磕頭，說道：「奴才是漫天討價，皇上可以着地還錢。退到鹿鼎侯不行，那麼退回去做通吃伯、通吃子也是可以的。」

康熙本想嚇他一嚇，好讓他知道些朝廷的規矩，那知這人生來是市井小人，雖然做到了一等公、大將軍，無賴脾氣卻絲毫不改，不由得又好氣，又好笑，喝道：「他媽的，你站起來！」韋小寶磕了個頭，站起身來。

康熙仍是板起了臉，說道：「你奶奶的，老子跟你着地還錢。你求我饒了這叛逆，那就得拿你的腦袋，來換他的腦袋。」

韋小寶愁眉苦臉，說道：「皇上的還價太兇了些，請您升一升。」康熙道：「好，我就讓一步。你割了卵蛋，眞的進宮來做太監罷。」韋小寶道：「請皇上再升一升。」康熙道：「不升了。你不去殺了此人，就是對我不忠。一個人忠心就忠心，不忠就不忠。那也有價錢好講的？」韋小寶道：「奴才對皇上是忠，對朋友是義，對母親是孝，對妻子是愛……」

康熙哈哈大笑，說道：「你這傢伙居然忠孝節義，事事俱全。好，佩服，佩服。明天這時候，拿一個腦袋來見罷，不是那叛逆的腦袋，便是你自己的腦袋。」

韋小寶無奈，只得磕頭退出。

康熙見他走到門口，說道：「小桂子，你又想逃走了嗎？」

韋小寶道：「這一次是不敢了。奴才回家去，墊高了枕頭，躺下來好好想想，最好是既能讓皇上歡喜，又顧得了朋友義氣，而奴才自己這顆腦袋，仍是生得牢牢的。」

康熙微笑道：「很好。我跟建寧公主多日不見，很想念她，已吩咐接來宮裏。」頓了一頓，又道：「你其餘的六個夫人，三個兒女，也隨同公主一起進宮來朝見太后。太后說你功勞不小，要好好賞你的夫人和兒女。」韋小寶道：「多謝太后和皇上的恩典，奴才實在是粉身難報。」退得兩步，忍不住道：「皇上，奴才以前說過，你是如來佛，我是孫悟空，奴才說甚麼也跳不出你的手掌心。」康熙微笑道：「你神通廣大，那也不用客氣了。」

韋小寶出得書房門，不由得唉聲歎氣，心道：「皇上把我七個老婆、三個兒女都扣了起來，就算我有膽子逃走，可也捨不得哪。」

走到長廊，多隆迎將上來，笑道：「韋兄弟，太后召見你的夫人、公子、小姐，賞賜定是不少。恭喜你啊。」韋小寶拱手道：「托福，托福。」多隆微笑道：「兄弟這回帶兵出征之前，吩咐我給你討債，討到現在，也有七八成了。二百六十幾萬兩銀子的銀票，回頭我送到府上來。」

韋小寶笑道：「大哥本領不小，居然榨到了這麼多。」隨即恨恨的道：「鄭克塽這小子害死我師父，直到今天，還是叫我頭痛之極。他奶奶的，那瘋子今日在街上罵人，還不是鄭克塽種下的禍根。」越想越恨，說道：「大哥，請你多帶人手，咱們這就討債去。」

多隆聽到又要去鄭府討債，那是第一等的賞心樂事，今日有撫遠大將軍、一等鹿鼎公韋公爺帶隊，幹起來更加肆無忌憚，當即連聲答應，吩咐御前侍衞副總管在宮裏値班，率了一百名侍衞，簇擁着韋小寶向鄭府而去。

那鄭克塽封的雖然也是公爵，然而和韋小寶這公爵相比，可就天差地遠了，一個是歸降的叛逆藩王，一個是皇帝駕前的大紅人、大功臣。同是公爵府，大小、派頭卻也大不相同，大門匾額上那「海澄公府」四字乃是黑字，不如韋小寶「鹿鼎公府」那四字是金字。韋小寶一見之下，便有幾分喜歡，說道：「這小子門口的招牌，可不及我的金字招牌了。」

衆侍衞來海澄公府討債，三日兩頭來得慣了的，也不等門公通報，逕自闖進府去。韋小寶在大廳上居中一坐，多隆坐在一旁。

鄭克塽聽得撫遠大將軍韋小寶到來，那是他當世第一尅星，不由得便慌了手脚，卻又不敢不見，只得換上公服，戰戰兢兢的出迎，上前拱手見禮，叫了聲：「韋大人！」

韋小寶也不站起，大剌剌的坐着，抬頭向天，鼻中哼了一聲，向多隆道：「多大哥，鄭克塽這小子可忒也無禮了。咱們來了這老半天，他不理不睬，可不是瞧不起人嗎？」多隆道：「是啊！殺人償命，欠債還錢。老是做一輩子縮頭烏龜，終究是躲不過去的。」

鄭克塽怒極，只是在人簷下過，那得不低頭，眼前二人，一個是手握兵權的大將軍，一個是御前侍衞總管，自己無權無勢，身當嫌疑之地，雖說爵位尊榮，其實處境比之一個尋常百姓還要不如，只得強忍怒氣，輕輕咳嗽一聲，說道：「韋大人，多總管，您兩位好！」

韋小寶慢慢低下頭來，只見眼前站着個弓腰曲背的老頭兒，頭髮花白，容色憔悴不堪，仔細再看，這人年紀倒也不怎麼老，只是愁眉苦臉，眼角邊都是皺紋，頦下留了短鬚，也已花白，再凝神一看，卻不是鄭克塽是誰？數年不見，竟然老了二三十歲一般。韋小寶先是大奇，隨即明白，他這幾年來苦受折磨，以致陡然衰老，不禁起了憐憫之意，但跟着想起當年他在通吃島上手刃陳近南的狠毒，怒氣立時便湧將上來，冷笑道：「你是誰？」

鄭克塽道：「在下鄭克塽，韋大人怎地不認識了？」韋小寶搖頭道：「鄭克塽？鄭克塽不是在台灣做延平王嗎？怎麼會到了北京？你是個冒牌貨色。」鄭克塽道：「在下歸順大清，蒙皇上恩典，賞了爵祿。」韋小寶道：「哦，原來如此。你當年在台灣大吹牛皮，說要打到北京，拿住了皇上，要怎樣怎樣長，怎樣怎樣短，這些話還算不算數？」

鄭克塽背上冷汗直流，心想：「他要加我罪名，胡亂揑造些言語，皇上總是聽他的，決不會聽我的。」自從多隆率領御前侍衛和驍騎營軍士不斷前來滋擾，鄭克塽當眞度日如年，從台灣帶來的大筆家產，十之八九已給他們勒索了去，爲了湊集二百多萬兩銀子的巨欵，早將珠寶首飾變賣殆盡。他心中已不知幾千百遍的懊悔，當日實不該投降。施琅攻來之時，如率兵奮力死戰，未必便敗，就算不勝，在陣上拚命而死，也對得起祖父、父親的在天之靈，不致投降之後，卻來受這無窮的困苦羞辱。此刻聽了韋小寶這幾句話，更是懊喪欲死。

韋小寶道：「多大哥，這位鄭王爺，當年可威風得很哪。兄弟最近聽得人說，有人要迎接鄭王爺回台灣去，重登王位。鄭王爺，來跟你接頭的人，不知怎麼說？兄弟想查個明白，好向皇上回報。」

鄭克塽顫聲道：「韋大人，請你高抬貴手。您說的事，完……完全沒有……」

韋小寶道：「咦，這倒奇了。多大哥，昨兒咱們不是抓到了一個叛徒嗎？他破口大罵皇上，又罵兄弟。這人說是鄭王爺的舊部下，說他在北京受人欺侮，要爲他報仇，要殺盡滿清韃子甚麼的。」

鄭克塽聽到這裏，再也支持不住，雙膝一曲，跪倒在地，顫聲道：「韋大人饒命！小人過去罪該萬死，得罪您老人家。您大人大量，放我一條生路，老天爺保祐你公侯萬代。」

韋小寶冷笑道：「當日你殺我師父的時候，可沒想到今日罷？」

突然間後堂快步走出一人，身材瘦長，神情剽悍，卻是「一劍無血」馮錫範。他搶到鄭克塽身旁，一伸手便拉起了他，轉頭向韋小寶道：「當年殺陳近南，全是我的主意，跟鄭公爺無關。你要爲你師父報仇，儘管衝着我來好了。」

韋小寶對馮錫範向來十分忌憚，見到他狠霸霸的模樣，不由得全身在椅中一縮，顫聲道：「你……你想打人嗎？」多隆跳起身來，叫道：「來人哪！」便有十多名侍衞一起擁上，團團圍住。韋小寶見己方人多勢衆，這才放心，大聲道：「這人在京師之地，膽敢行兇，拿下了。」四名侍衞同時伸手，抓住了馮錫範的手臂。

馮錫範也不抗拒，朗聲道：「我們歸降朝廷，皇上封鄭公爺爲海澄公，封我爲忠誠伯。皇上金口說道，過去的事一筆勾銷，決不計較。韋大人，你想假公濟私，寃枉好人，咱們只好到皇上跟前去分剖明白。」

韋小寶冷笑道：「你是好人，嘿嘿，原來『一劍無血』馮大人是大大的好人，這倒是今日第一天聽見！」

馮錫範道：「我們到了北京之後，安份守己，從來不見外人，更加不敢犯了半條王法。

這些侍衛大人不斷的前來伸手要錢，我們傾家蕩產的應付，那都沒有甚麼。韋大人，你要亂加我們罪名，皇上明見萬里，只怕也由不得你。」

這人有膽有識，遠非鄭克塽可比，這番話侃侃而言，韋小寶一時倒也難以辯駁，心想他二人雖是台灣降人，卻已得朝廷封爵，欺侮欺侮固然不難，當眞要扳倒他們，皇上只消問得幾句，立時便顯了原形。皇上料到自己是爲師父報仇，非怪罪不可。他心中已自軟了，嘴上卻兀自極硬，說道：「我們昨天抓到一個叛逆，他親口供認要迎鄭王爺回台灣，難道會是假的？」

馮錫範道：「這種人隨口妄扳，怎作得數？請韋大人提了這人來，咱們上刑部對質。」

韋小寶道：「你要對質？那好得很，妙得很，刮刮叫得很，別別跳得很。」轉頭問鄭克塽道：「鄭王爺，你欠我的錢，到底幾時還清哪？」

馮錫範聽得韋小寶顧左右而言他，鑒貌辨色，猜想他怕給皇帝知曉，心想這件事已弄到了這步田地，索性放大了膽子，鬧到皇帝跟前。皇帝年紀雖輕，卻十分英明，是非曲直，定能分辨。若不乘此作個了斷，今後受累無窮。實在是給這姓韋的小子逼得讓無可讓了，狗急跳牆，人急懸樑，你逼得我要上吊，大夥兒就拚上一拚。他心念已決，說道：「韋大人，多總管，咱們告御狀去。」

韋小寶嚇了一跳，心想要是告到皇帝跟前，自己吃不了要兜着走，可是這當兒決不能示弱，說道：「很好！把這姓鄭的一併帶了走！把他們兩個先在天牢裏收押起來，讓他們好好享享福，過得一年半載，咱們慢慢的再奏明皇上。」

多隆心下躊躇，鄭克塽是敕封的公爵，跟他討債要錢，那是不妨，眞要逮人，卻非奉到上諭不可，低聲道：「韋大人，咱們先去奏知皇上，再來提人。」

鄭克塽心中一寬，忙道：「是啊，我又沒犯罪，怎能拿我？」

見風使帆原是韋小寶的拿手好戲，當即說道：「是不是犯罪，現在還不知道。你欠我的錢可沒還清，那怎麼辦？你是還錢呢，還是跟了我走？」

鄭克塽聽得可免於逮捕，一疊連聲的道：「我還錢，我還錢！」忙走進內堂，捧了一疊銀票出來，兩名家丁捧着托盤，裝着金銀首飾。鄭克塽道：「韋大人，卑職翻箱倒籠，張羅了三四萬兩銀子，實在再也拿不出了。」韋小寶道：「再也拿不出了？我不信，兄弟陪你進去找找。」鄭克塽道：「這個……這個……那可不大方便。」

馮錫範大聲道：「我們又沒犯了王法，韋大人要抄我們的家，是奉了聖旨呢，還是有刑部大堂的文書？」

韋小寶笑道：「這不是抄家。鄭王爺說再也拿不出了，我瞧他還拿出得很。只怕他金銀珠寶，還有大批刀槍武器、甚麼龍椅龍袍，收藏在地窖秘室之中，一時找不到，大夥兒就給他幫忙找找。」

鄭克塽忙道：「刀槍武器、龍椅龍袍甚麼的，我……我怎敢私藏？再說，卑職只是……只是公爵，『王爺』的稱呼，是萬萬不敢當的。」

韋小寶對多隆道：「多大哥，請你點一點，一共是多少錢。」

多隆和兩名侍衞點數銀票，說道：「銀票一共是三萬四千三百兩銀子，還有些挺不値錢的首飾，不知怎生作價。」

韋小寶伸手在首飾堆裏翻了幾下，拿起一枚金鳳釵，失驚道：「啊喲，多大哥，這是違禁的物事啊，皇上是龍，正宮娘娘是鳳，怎……怎麼鄭王爺的王妃，也戴起金鳳釵來？」

馮錫範更是惱怒，大聲道：「韋大人，你要鷄蛋裏找骨頭，姓馮的今日就跟你拚了。普天下的金銀首飾鋪子，那一家沒金鳳釵？北京城裏官宦之家的女眷，那一個不戴金鳳釵？」

韋小寶道：「原來馮大人看遍了北京城裏官宦之家的女眷，嗯，你說那一家的太太小姐最為美貌？嘖嘖嘖，厲害，厲害，看了這麼多人家的女眷，眼福不淺。康親王的王妃，兵部尚書明珠大人的小姐，你都見過了嗎？」馮錫範氣得話也說不出來，心裏也眞有些害怕，知道這少年和當朝權貴個個交好，倘若將這番話加油添醬的宣揚出去，自己非倒大霉不可。

鄭克塽連連打躬作揖，說道：「韋大人，一切請你擔代，卑職向你求個情。」

韋小寶見幾句話將馮錫範嚇得不敢作聲，順風旗已經扯足，便哈哈一笑，說道：「多大哥，兄弟的面子，比起你來可差得遠了，多大哥來討債，討到了二百多萬兩銀子，兄弟親自出馬，卻不過這麼一點兒。」鄭克塽道：「實在是卑職家裏沒有了，決不敢……決不敢賴債不還。」韋小寶道：「咱們走罷！過得十天半月，等鄭王爺從台灣運到了金銀，再來討帳便是。」說着站起身來，走出廳去。

馮錫範聽得韋小寶言語之中，句句誣陷鄭克塽圖謀不軌，仍在和台灣的舊部勾結，這是滅族的大罪，若不辯明，一世受其挾制，難以做人，朗聲道：「我們奉公守法，不敢行錯踏差了半步。今日韋大人、多總管在這裏的說話，我們須得一五一十的奏明皇上。否則的話，天地雖大，我們可沒立足之地了。」

韋小寶笑道：「要立足之地麼？有的，有的。鄭王爺、馮將軍回去台灣，不是有一塊大大的立足地麼？你們兩位要商議立足的大事，我們不打擾了。」攜了多隆之手，揚長出門。

韋小寶回到府中，當即開出酒筵，請衆侍衞喝酒。多隆命手下侍衞取過四隻箱子，打了開來，都是金銀珠寶以及一叠叠的銀票，笑道：「討了幾個月債，鄭克塽這小子的家產，一大半在這裏了。韋兄弟，你點收罷。」

韋小寶取了一叠銀票，約有十幾萬兩，說道：「這狗賊害死了我師父，偏生皇上封了他爵位，這仇是報不得了。多謝大哥和衆位兄弟治得他好慘，代兄弟出了這一口惡氣。我師父沒家眷，兄弟拿這筆錢，叫人去台灣起一座大大的祠堂，供奉我師父。餘下的便請大哥和衆位兄弟分了罷。」

多隆連連搖手，說道：「使不得，使不得。這是鄭克塽欠兄弟的錢。你只消差上幾名清兵，每日裏上門討債，也不怕他不還。我們給你辦一件小小差使，大家是自己人，怎能要了你的？」韋小寶笑道：「不瞞大哥說，兄弟的家產已多得使不完，好朋友有錢大家使，又分甚麼彼此？」

多隆說甚麼也不肯收，兩人爭得面紅耳赤，最後衆侍衞終於收了一百萬兩銀子的「討債費」，另外三十萬兩，去交給驍騎營的兄弟們分派，餘下的多隆親自捧了，送入韋府內堂。衆侍衞連着在宮裏值班的，大家一分，每人有幾千兩銀子。人人興高釆烈，酒醉飯飽之餘，便在公爵府花廳上推牌九、擲骰子的大賭起來。

既是至好兄弟，韋小寶擲骰也就不作弊了。賭到二更時分，韋小寶向多隆道：「多大哥，兄弟還要煩勞你做一件事。」多隆手氣正旺，心情大佳，笑道：「好，不管甚麼事，只要你吩咐。」但隨即想起一事，說道：「就只一件不成！那個罵街的瘋子，皇上吩咐了要我嚴加看管，明天一早由你監斬。倘使我徇私釋放，皇上就要砍我的頭了。」

韋小寶想託他做的，便正是這件事，那知他話說在前頭，先行擋回，心想：「皇上神機妙算，甚麼都料到了。連一百萬兩銀子都買不到茅大哥的一條命。」心中惱恨，便又想去鄭克塽家討債，但一想到鄭克塽那副衰頽的模樣，覺得儘去欺侮這可憐蟲也沒甚麼英雄，一轉念間，說道：「那瘋子是皇上親自吩咐了的，我便有天大的膽子，也不敢放他。今日咱們去討債，那鄭克塽倒也罷了，他手下那個馮錫範，媽巴羔子的好不厲害，咱們可都給他欺了。兄弟想起來，這口氣當眞嚥不下。」

幾名侍衛在旁聽了，都隨聲附和，說道：「咱們今日見着，人人心裏有氣。韋大人不用煩惱，大夥兒這就找上門去。他一個打了敗仗的降兵，竟膽敢在北京城裏逞強，這般無法無天的，咱們還用混嗎？」衆侍衛越說越怒，都說立時去拆了馮錫範的伯爵府。

韋小寶道：「咱們去幹這龜兒子，可不能明着來，給言官知道了，奏上一本，御前侍衛的名聲也不大好。」多隆忙道：「是，是，兄弟顧慮得很對。」韋小寶道：「多大哥也不用親自出馬，便請張大哥和趙大哥兩位帶了人去。」向張康年和趙齊賢道：「你們冒充是前鋒營泰都統的手下，有緊急公事，請馮錫範那龜兒子商議。他就算心中起疑，卻也不敢不來。

走到半路，便給他上了脚鐐手銬，眼上蒙了黑布，嘴裏塞了爛布，在東城西城亂兜圈子，最後才兜到這裏來。大夥兒狠狠揍他一頓，剝光他衣衫，送去放在泰都統姨太太的床上。」

衆侍衛鬨堂大笑，連稱妙計。御前侍衛和前鋒營的官兵向來不和，碰上了常常打架。前鋒營的統領本是阿赤濟，那日給韋小寶用計關入了大牢，後來雖放了出來，康熙怪他無用，辦事不力，已經革職，現下的都統姓泰。多隆和泰都統明爭暗鬥，已鬧了好久，只是誰也奈何不了誰。

多隆更是心花怒放，說道：「老泰這傢伙怕老婆，娶了妾侍不敢接回家去。他新娶的第八房姨太太住在甜水井胡同，老泰晚上不去住宿。咱們把馮錫範剝得赤條條的，放在他新姨太太的床上，老泰非氣個半死不可。他就算疑心是咱們搞的鬼，大夥兒只要不洩漏風聲，他也無可奈何。」

當下衆侍衛除去了身上的侍衛標記，嘻嘻哈哈的出門而去。

韋小寶和多隆在廳上飲酒等候。韋小寶手下的親兵不斷打探了消息來報：衆侍衛已到了「忠誠伯府」門前，自稱是前鋒營的，打門求見；馮錫範出來迎接，要請衆人入內喝茶；張康年說奉泰都統之命，有台灣的緊急軍情，請他即刻去會商；馮錫範已上了轎，衆侍衛擁着去了西城；衆侍衛已將馮錫範上了銬鐐，將他隨帶的從人也都抓了起來；一行人去了北城，九門提督的巡夜喝問，趙齊賢大聲回答是前鋒營的，馮錫範在轎裏一定聽得清清楚楚；衆人向着這邊府裏來了……

過得一炷香時分，衆侍衛押着馮錫範進來。張康年大聲道：「啓稟泰都統：犯官馮錫範帶到。」韋小寶右手揑緊拳頭，作個狠打的姿勢。衆侍衛叫道：「犯官馮錫範勾結叛逆，圖謀不軌。泰都統有令，重重拷打。」當即拳打脚踢，往他身上招呼。

馮錫範武功極高，爲人又十分機警，當衆侍衛冒充前鋒營官兵前來相請之時，他便瞧出路道不對，若要逃走，衆侍衛人數雖多，卻也決計擒拿不住。但他投降後得封伯爵，心想對方縱使有意陷害，皇帝英明，總可分辯，要是自己脫身而走，不免坐實了畏罪潛逃的罪名，從此尊榮爵祿，盡付流水，是以一直不加抗拒。只因貪圖富貴，以致身爲當世武功高手，竟給衆侍衛打得死去活來。

眼見他鼻孔流血，內傷甚重，韋小寶甚感痛快，殺師父之仇總算報了一小半，再打下去只怕便打死了，當即搖手制止，命親兵剝光他衣衫，用一條毛氈裹住。這時馮錫範已自奄奄一息，人事不知。

多隆笑道：「這就到老泰的八姨太家去罷。」趙齊賢笑道：「最好把老泰的八姨太也剝光了，將兩人綑在一起。」衆侍衛大樂，轟然叫好。多隆要瞧泰都統的八姨太給剝光了衣衫的模樣，笑道：「這次我來帶隊。」

一行人抬了馮錫範正要出發，忽然兩名清兵快步進來，向韋小寶稟報：「啓稟大人：甜水井泰都統的外宅，這會兒鬧得天翻地覆，正在打大架。」

衆人都吃了一驚，均想：「怎麼洩漏了風聲？泰都統有了防備，這件事可要糟糕。」韋小寶問道：「甚麼人打大架？」一名親兵道：「小人等一共八人，奉了大人將令，在甜水井胡同前後打探，忽然見到一隊娘子軍，總有三四十人……」韋小寶皺眉道：「甚麼娘子軍？」那親兵道：「回大人：這一大隊人都是大脚女人，有的拿了趕麵棍兒，有的拿了洗衣棒，還有拿着門閂扁擔，衝進泰都統的外宅，乒乒乓乓的亂打，把一個花不溜秋的小娘子拉了出來，用皮鞭狠狠的抽。」韋小寶道：「這可奇了！再探。」兩名親兵答應了出門。

第二路探子跟着來報：「回大人：泰都統騎了快馬，已趕到甜水井胡同。他衣服也沒穿好，左脚有靴子，右脚卻是赤脚。原來率領娘子軍攻打甜水井胡同的，便是泰都統夫人。」

衆人一聽之下，鬨堂大笑，才知是泰都統夫人喝醋，去抄打他的外宅。

那親兵說到這裏，也忍不住笑，又道：「那位太太抓住了泰都統，劈臉就是劈劈拍拍兩個耳括子，跟着又是一脚，好不厲害。泰都統打躬作揖，連說：『太太息怒！』」

多隆手舞足蹈，說道：「這一下可有得老泰受的了。」

韋小寶笑道：「大哥，你快帶領人馬，趕去勸架。這一下老泰給你揪住了小辮子，保管他前鋒營從今而後，再也不敢跟咱們御前侍衞作對。」

多隆給他一言提醒，大喜之下，伸手在自己額頭用力一鑿，笑道：「我這胡塗蛋！這麼好的機會也不抓住。兄弟們，大夥兒去瞧熱鬧啊。」率領衆侍衞，向甜水井胡同急奔而去。

韋小寶瞧着躺在地下的馮錫範，尋思：「這傢伙怎生處置才是？放了他之後，他必定要去稟告皇上。就算拿不到我把柄，皇上也必猜到是我作的手脚。」背負雙手，在廳上踱來踱去，又想：「天一亮，就得去殺茅大哥，可有甚麼法子救他性命？『大名府』劫法場是不行的，法場，法場……」

突然之間，想起了一齣戲來：『法場換子』！對了，薛剛闖了禍，滿門抄斬，有個徐甚麼的白鬍子老頭兒，把自己的親生兒子，在法場換了一個薛甚麼的娃娃出來……」

他看過的戲文着實不少，劇中人的名字不大說得上來，故事卻是記得清清楚楚的。一想到「法場換子」，跟着又想起了另外一齣戲來：『搜孤救孤』！這故事也差不多，有個叫做程嬰的黑鬍子，把自己的兒子去調換了主子的兒子，讓兒子去殺頭，救了小主人的性命。乖乖不得了，幸虧茅大哥的年紀跟我兒子不一樣，否則的話，要我將虎頭、銅鎚送上法場殺頭，換了茅大哥出來，雖說朋友義氣爲重，這種事情我可是萬萬不幹的。很好，很好！」向着躺在地下的馮錫範重重踢了一脚，說道：「你運氣不壞，韋大人這就收了你做乾兒子。韋大人的親兒子捨不得換，乾兒子就馬馬虎虎。」

當即叫了清兵隊長進來，密密囑咐一番，賞了他一千兩銀子，另外又有一千兩銀子，命他去分給辦事的其餘親兵。那隊長躬身道謝，說道：「大人放心，一切自會辦得妥妥貼貼，決不有誤。」

韋小寶安排已畢，回進內堂。七個夫人和兒女都給太后召進皇宮去了，屋裏冷冷清清，和衣在床上躺了一會，不久天便亮了。

辰牌時分，宮裏傳出旨來：「江洋大盜茅十八大逆不道，辱罵大臣，着即斬首，命撫遠大將軍、一等鹿鼎公韋小寶監斬。」

韋小寶接了上諭，在府門外點齊了親兵，只見多隆率領了數十名御前侍衞，押着茅十八而來。

茅十八目青鼻腫，滿臉是血，顯是受了苦刑。他一見韋小寶便破口大罵：「韋小寶，你這不要臉的小漢奸，今日你做老子的監斬官，老子死得一點不寃。誰叫我當日瞎了眼睛，從揚州的婊子窩裏，把你這小漢奸帶到北京來？」衆親兵大聲吆喝，茅十八卻越罵越兇。

韋小寶不去理他，問多隆道：「老泰怎樣了？」多隆笑道：「昨晚我趕到時，老泰已給他夫人抓得滿臉都是血痕。他一見到我，這份狼狽樣兒可有得瞧的了。我做好做歹，勸住了他夫人，又把他八姨太接到我家裏，讓兩個小妾陪她。老泰千恩萬謝，感激得了不得。」

韋小寶笑問：「這位八姨太相貌怎樣？」多隆大拇指一翹，說道：「嘿嘿，了不起！」韋小寶笑道：「你可不能見色起意，乘火打刦！」多隆哈哈大笑，道：「兄弟你放一百二十個心，你大哥那能這麼不長進？老泰雖是我對頭，這種事情你大哥是決計不幹的。」

當下兩人押着茅十八，往菜市口法場而去。多隆騎馬，韋小寶則乘了一輛大馬車。茅十八坐在開頂的牛車之中，雙手反綁，頸中揷了一塊木牌，寫道：「立斬欽犯茅十八一名」。牛車自騾馬市大街向西，衆百姓紛紛聚觀。茅十八沿途又叫又唱，大喊：「老子十八年後，又是一條好漢，所以名叫茅十八，早就知道是要殺頭的。」街邊百姓大聲喝采，讚他：「有種，是硬漢子。」

來到騾馬市大街和宣武門大街交叉十字路口的菜市口法場，韋小寶的親兵早已連夜搭好了蓆棚，棚前棚後，守衛得極是嚴密。多隆奉了康熙的囑咐，生怕天地會要刦法場，已知會九門提督，派了兩千名官兵在法場四周把守。

茅十八凜然站在法場中心，大叫：「咱們都是大漢百姓，花花江山卻給韃子佔了，總有一日，要把韃子殺得乾乾淨淨！」

韋小寶下車進棚，馬車停在棚邊。韋小寶升座，請多隆坐在一旁。多隆皺眉道：「這犯人儘說大逆不道的言語，在這裏煽動人心，咱們儘快把他斬了罷。」韋小寶道：「是。」喝道：「帶犯人！」四名親兵將茅十八推進棚來，要按他跪倒，茅十八說甚麼也不背跪。韋小寶道：「不用跪了。」轉頭向多隆道：「大哥，驗明正身，沒錯罷？」多隆道：「沒錯！」

韋小寶道：「驗明正身，立斬欽犯茅十八一名。」提起硃筆，在木牌上畫了個大圈，摔了出去。一名親兵拾起木牌，將茅十八拉了出去。

韋小寶道：「多大哥，我給你瞧一樣好玩的物事。」說着從衣袖中取出一疊手帕來，遞到多隆面前，手帕上繡的是一幅春宮圖，圖中男女面目俊美，姿態生動。多隆一見之下，目光登時給吸住了，翻過一塊手帕，下面一塊帕子上繡的又是另外一幅春宮，姿勢甚是奇特。多隆笑道：「這模樣倒古怪得緊。」一連翻下去，每塊帕子上所繡的人物姿態愈出愈奇，有一男兩女者，有二男三女者。多隆只看得血脈賁張，笑道：「兄弟，這寶貝兒是那裏來的？你給哥哥也買上一套。」韋小寶笑道：「這是兄弟孝敬大哥的。」多隆如獲至寶，眉花眼笑的連聲多謝，將一疊手帕珍而重之的收入懷中。

便在這時，外面砰砰砰連放三炮，親兵隊長進來稟告：「時辰已到，請大人監斬。」韋小寶道：「好！」站起身來，拉着多隆的手，走到棚外。只見茅十八垂頭喪氣的跪在法場之中，便如昏迷了一般。鼓手擂起鼓來，鼓聲一停，披紅掛綵的劊子手舉起手臂，靠在下臂的鬼頭刀向前一推，登時將犯人的腦袋切下，左足飛出，踢開腦袋。犯人身子向前一倒，脖子中鮮血狂噴。

多隆道：「差事辦成了，咱們別過了罷。我要去見皇上覆旨。」韋小寶哽咽道：「多大哥，這人跟我挺有交情，實在是皇上的嚴旨，救他不得，唉！」說着以袖拭淚，抽抽噎噎的哭了起來。多隆歎道：「兄弟很夠義氣。你好好收殮了他，給他安葬，那也是很對得起死者了。」韋小寶應了一聲，哭泣不止。

韋小寶以衣袖拭淚，其實是將袖中備下的生薑揉擦雙眼，辣得眼睛通紅，流淚不止，心中暗暗好笑，慶幸計策成功。多隆又安慰了幾句，送他上了車，這才上馬而去。衆親兵簇擁着馬車，巡回公爵府。另有幾名親兵以草蓆捲起犯人屍首，放入早就備在一旁的棺材，蓋上棺蓋釘實。

觀斬的衆百姓紛紛議論，都說茅十八臨死之前還敢破口大罵，當眞是英雄好漢，也有怕事的便出言訶責，說這欽犯大逆不道，決不可讚他，以免惹禍上身。

韋小寶來到府門前下車，那輛馬車逕自向南，出了北京城，一直往南，向揚州而去。

韋小寶進宮覆旨。康熙即行召見。他已得多隆回報，知道韋小寶監斬茅十八時曾流淚不止，這時見他雙目紅腫，心下微感歉仄，又想他忠心爲主，很是難得，溫言慰撫了幾句，說道：「小桂子，你抓來的那些羅刹兵，大多數求我釋放回國，我都已放了，卻有二百多名願意留居中國。」

韋小寶道：「北京比莫斯科熱鬧好玩，跟隨皇上辦事，又比跟隨那兩個不中用的羅刹小沙皇，風光多了。」康熙微笑道：「我將這批羅刹兵編爲兩個『俄羅斯佐領』。這兩隊兵，就撥歸你統帶罷。你可得好好管束，不討他們在京裏生事。」韋小寶大喜，跪下謝恩。

出得宮來，兩隊羅刹兵已在太和門外金水橋邊侍侯。羅刹兵穿了新製的清兵服色，光鮮合身，倒也神氣。韋小寶吩咐：每人賞銀二十兩，給假三天。羅刹兵大叫「烏拉」不已。

終康熙之世，這兩隊羅刹兵一直在清軍中服役，忠心不貳，外國使臣前來北京，見到中國皇帝役使羅刹官兵，無不心中敬畏。直到衆羅刹兵逐漸老死，「俄羅斯佐領」的編制方始裁撤。（按：關於被俘羅刹兵編入清軍詳情，具見俞正燮「癸巳類稿」卷九「俄羅斯佐領考」。蕭一山「清代通史」云：「俘獻京師，玄燁赦之，編爲佐領，是爲俄羅斯族兵，其苗裔今有存者云。」則俄羅斯兵有和中國女子通婚而生育子女者。）

韋小寶回到府中，公主和其餘六位夫人、三名子女都已從宮中出來，人人得了太后不少賞賜，公主卻愀然不樂。

韋小寶一問，原來太后對七個夫人一視同仁，公主雖是她親生女兒，卻無半句親熱的言語。韋小寶自然明白其中緣故，暗想：「太后沒對你特別不好，已是瞧在你老公份上了。」說道：「太后是很識大體的，只怕對你特別好了，六個姊妹吃醋。」公主怒道：「她是我親娘，對我好些，難道她們也會吃醋？」韋小寶摟住她，笑道：「我對你特別好些，瞧她們吃不吃醋？」衆夫人嘰嘰喳喳，笑成一團。公主是直性子人，大家一鬧，也就釋然了。

此後十多天中，王公大臣一個個設宴和韋小寶慶功道賀，聽戲賭錢，更無虛夕。

這一日多隆來訪，說起馮錫範失蹤了十多天，他家人已告上了順天府。多隆低聲問道：

「兄弟，那晚咱們痛打了他一頓，後來怎樣了？」韋小寶道：「後來就送他回家了，這傢伙到那裏去啦？」多隆道：「不是你殺了他？」韋小寶道：「倘若是我叫人殺了他，你一定也在旁瞧着。多大哥，你有沒瞧見？」多隆忙道：「沒有，沒有。咱們只狠狠打了他一頓，那裏殺他了？」韋小寶道：「是啊。兄弟自從奉旨帶兵後，雖已交卸了副總管的差使，但只要是御前侍衞們幹的事，不論有甚麼干係，兄弟仍然跟大哥一起擔當。」

多隆微笑道：「亂子是不會有的。馮家咬定那晚是前鋒營老泰派人來接他去的，後來就沒回家。順天府親自去拜訪老泰，問起那晚的事。老泰好不尷尬，支支吾吾的不願多說，後來老羞成怒，大發脾氣，順天府也不敢查了。」說着站起身來，拍拍韋小寶的肩頭，笑道：「兄弟，你是福將。那想到事情會有這麼湊巧，老泰的夫人遲不遲、早不早，偏偏會在這一晚心血來潮，率領娘子軍去攻打甜水井胡同。這一來，甚麼事情都教老泰給擔當了去。」他心中料定，馮錫範定是暗中給韋小寶殺了，這件事自己雖然了擔了些干係，但嫁禍於前鋒營泰都統，卻是大合己意。

他那裏知道，泰都統夫人不遲不早於那時出師，並非湊巧，而是韋小寶算準時刻，派人向她通風報信的。他自然更加不會知道，韋小寶派了清兵，在監斬的蓆棚中搭了複壁，將馮錫範藏於其內。待驗明茅十八正身，牽出蓆棚之時，韋小寶拿出春宮手帕來，引開了多隆的目光，手下親兵立即將茅十八和馮錫範二人掉了包。其時馮錫範昏迷不醒，滿臉是血，衣着打扮和茅十八一模一樣，在法場中低頭而跪，立即斬首，馮茅二人面貌身材雖然有異，卻誰也沒有發覺，劊子手所殺的，其實是馮錫範的頭。

親兵將茅十八抱入緊靠蓆棚的韋大人座車，塞住了他嘴巴，馬不停蹄的送往揚州，過了黃河才跟他說明眞相，又送了他三千兩銀子。茅十八死裏逃生，銳氣大挫，又覺韋小寶拚了性命救他，並非不講義氣之人，自也不會再聲張出來了。

韋小寶連日酬酢，也有些膩了，記掛着天地會的兄弟，心想皇帝的手段越來越厲害，自己在公爵府享福，青木堂的衆兄弟可別讓皇帝給一網打盡了，須得商量個計較才是。於是扮作個富家公子模樣，要雙兒扮作了親隨，兩人來到天橋，在人叢中混了半個時辰，便見徐天川背着藥箱，坐在一家小茶館中喝茶。

韋小寶當即走進茶館，在徐天川的座頭上坐了下來，低聲叫道：「徐大哥！」徐天川霍地站起，怒容滿臉，大踏步走了出去。韋小寶一愕，跟了出去，見徐天川儘往僻靜處走去，當下和雙兒遠遠跟隨在後。

徐天川穿過三條胡同，經過兩條小街，來到一條小巷子前，巷口兩株大銀杏樹。他走進巷子，到第五家屋子的大門上打了幾下。板門開處，樊綱迎了出來。他一見到韋小寶，一怔之際，也是怒容滿臉。韋小寶走上前去，笑道：「樊大哥，你好！」樊綱哼了一聲，並不答話。徐天川板起了臉，問道：「韋大人，你是帶了兵馬來捉我們嗎？」

韋小寶忙道：「徐三哥怎……怎麼開這個玩笑？」樊綱快步走到小巷外一張，回進屋來，關上了門。韋小寶和雙兒跟着二人穿過院子，來到大廳，只見李力世、祁清彪、玄貞道人、高彥超、錢老本等一干人都聚在廳上。衆人一見韋小寶，都「啊」的一聲，站起身來。

韋小寶拱手道：「衆位哥哥，大家都好。」玄貞道人怒道：「我們還沒給你害死，總算還不錯！」刷的一聲，拔出了腰間佩劍。韋小寶退了一步，顫聲道：「你……你們爲甚麼對我……對我這樣？我又沒做……做甚麼對不起你們的事？」

玄貞道人大聲怒道：「總舵主給你害死了，風二哥也給你害死了，前幾天你又殺了茅十八！我……我們恨不得抽你的筋，剝你的皮。」韋小寶大急，忙道：「沒……沒有的事，那都是假的。」玄貞搶上一步，左手抓住了他衣襟，厲聲道：「我們正想不出法子來殺你，你……你這小漢奸今日上門送死，眞是總舵主在天有靈。」

韋小寶見情勢不對，回過頭來，便想施展「神行百變」功夫，溜之大吉，卻見徐天川和樊綱二人手執兵刃站在身後，只得說道：「大家自己兄弟，何必……何必這樣性急？」玄貞道：「誰跟你這小漢奸稱兄道弟？你這小鬼花言巧語，沒甚麼好聽的。先剖了你的狼心狗肺出來，祭了總舵主和風二哥再說。」左臂一縮，將他拉近身去。韋小寶大叫：「寃枉，寃枉哪！」

雙兒眼見危急，從懷裏取出羅剎短銃，向着屋頂砰的一聲，放了一槍，屋中登時烟霧瀰漫，隨即抓住韋小寶後心，用力一扯。玄貞當年吃過西洋火器的大苦頭，父兄都死於火器之下，一聽到槍聲，心頭大震，韋小寶便給雙兒奪了去。

雙兒躍向屋角，擋在韋小寶身前，以短銃銃口對着衆人，喝道：「你們講不講理？」

玄貞紅了雙眼，叫道：「大夥兒上，跟他們拚了！」提劍便欲搶上。錢老本伸手拉住，說道：「道長，且慢！」向雙兒道：「你有甚麼道理，說來聽聽。」

雙兒道：「好！」於是將韋小寶如何爲了相救陳近南及衆家好漢而出亡、如何給神龍教擄向通吃島、陳近南如何爲鄭克塽和馮錫範二人所殺、風際中如何陰謀敗露而給自己轟斃、康熙如何一再命令韋小寶剿滅天地會而他決不奉命、最近又如何法場換人搭救茅十八等情，一一說了。她並非伶牙俐齒之人，說得殊不動聽，但羣豪和她相處日久，素知她誠信不欺，又見她隨口說出來，沒絲毫躊躇，種種情由決非頃刻之間揑造得出，韋小寶爲了救護衆人而棄官，伯爵府爲大炮轟平，衆人原是親歷，再細想風際中的行事，果然一切若合符節，不由得都信了。

玄貞道：「既是這樣，韃子皇帝的聖……聖……他媽的聖旨之中，怎麼又說是韋香主害死了總舵主？」他改口稱爲「韋香主」，足見心中已自信了九分。雙兒搖頭道：「這個我就不懂了。」祁清彪道：「這是韃子皇帝的陰謀，要韋香主跟本會一刀兩斷，從今而後，死心塌地做韃子的大官。」

徐天川道：「祁兄弟的話不錯。」還刀入鞘，雙膝一曲，便向韋小寶跪下，說道：「我們一批胡塗蟲魯莽得緊，得罪了韋香主，罪該萬死，甘領責罰。」其餘羣豪跟着一起跪下。玄貞連打自己耳光，罵道：「該死，該死！」

韋小寶和雙兒急忙跪下還禮。韋小寶驚魂方定，說道：「衆位哥哥請起，常言道不知者不罪。一時誤會有甚麼打緊？」羣豪站起身來，又一再道歉。韋小寶這時可得意了，手舞足蹈，述說往事。他的敍述自然光采生動，事事驚險百出，但在羣豪聽來，卻遠不如雙兒所說的可信。

羣豪交頭接耳的低聲商議了一會，李力世道：「韋香主，總舵主不幸為奸人所害，天地會羣龍無首，十堂兄弟一直在商議推舉總舵主的事。咱們青木堂兄弟想推你為總舵主。只是怕其餘九堂的兄弟們不服，又或是心有疑忌，大夥兒想請你去立一件大功。」

韋小寶連連搖手，說道：「總舵主我是決計做不來的。」但好奇心起，問道：「卻不知要我立甚麼大力？」李力世道：「三藩之亂已定，台灣又給韃子佔了，北方羅刹人也已給韋香主打退，咱們反清復明的大業，可越來越難了。」韋小寶歎了口氣，道：「是啊。」心中卻道：「既然很難，大家就偷偷懶，不幹反清復明了罷。」

李力世道：「韃子皇帝年紀雖輕，卻是十分精明能幹，又會收羅人心。天下百姓對前朝已漸漸淡忘。再這般拖得幾年，只怕韃子的江山就坐穩了。」韋小寶又歎了口氣，道：「是啊。」心道：「小玄子坐穩江山，也沒甚麼不好啊。」李力世道：「韋香主很得皇帝寵信，大夥兒想請你定個計策，帶着衆兄弟混進宮去，刺死韃子皇帝。」

韋小寶大驚，顫聲道：「這……這件事可辦不到。」樊綱道：「請問韋香主，不知道中間有甚麼困難？」韋小寶道：「皇宮裏的侍衞多得很，又有驍騎營、前鋒營、護軍營、火器營、健銳營、虎槍營等等保駕，乖乖不得了。單是侍衞，就有御前侍衞、乾清門侍衞、三旗侍衞。當日神拳無敵歸辛樹老爺子這等英雄了得，尚且失手斃命，何況是我？要行刺皇上，那可是難上加難。」

羣豪聽他一口拒絕，已是不悅，又聽他口稱「皇上」，奴氣十足，更是人人臉有怒色。樊綱向衆兄弟瞧了一眼，對韋小寶道：「韋香主，行刺韃子皇帝當然極難，然而由你主持大局，卻也不是絕無成功的指望。我們兄弟進得宮去，那是沒一人想活着出來的了，卻無論如何要保得韋香主平安。你曾爲本會立了不少大功，本會十數萬兄弟之中，實在沒一人及得上你。天地會和韃子不共戴天。今後反清復明的重擔子，全仗韋香主挑起。」

韋小寶搖頭道：「這件事我是決計不幹的。皇上要我滅了天地會，我不肯幹，那是講義氣。你們要我去刺殺皇帝，我也不幹，那也是講義氣。」

玄貞怒道：「你是漢人，卻去跟韃子皇帝講義氣，那不是……不是漢……」他本想罵出「漢奸」兩字來，終於強行忍住。樊綱道：「這件事十分重大，韋香主難以即刻答應，那也是情理之常。請你仔細想想，再吩咐大夥兒罷。」

韋小寶忙道：「好，好。我去仔細想想，我去仔細想想。」

徐天川見他毫無誠意，說道：「只盼韋香主不可忘了故總舵主的遺志，不可忘了亡國的慘禍，凡我漢人，決不能做韃子的奴才。」韋小寶道：「對，對。那是不能忘的。」羣豪知他言不由衷，均各默然。

韋小寶瞧瞧這個，望望那個，笑道：「衆位哥哥怎麼不說話了？」羣豪仍是均不作聲。

韋小寶甚感沒趣，猶似芒刺在背，說道：「那麼今天咱們暫且分手，待我回去仔細想想，再跟衆位大哥商量。」說着站起身來。羣豪送到巷口，恭恭敬敬的行禮而別。

運河東西兩岸各有數十騎奔馳而來，追上了官船。跟着兩岸響起噓溜溜的竹哨聲，此吹彼應。只聽得西岸有人長聲叫道：「韋小寶快出來！」

第五十回　鶚立雲端原矯矯　鴻飛天外又冥冥

韋小寶回到府中，坐在廂房裏發悶。到得午後，宮裏宣出旨來，皇上傳見。

韋小寶來到上書房叩見。康熙問道：「馮錫範忽然失了蹤，到底是怎麼一回事？」韋小寶吃了一驚，心道：「怎麼問起我來？」說道：「回皇上：馮錫範失蹤的那天晚上，奴才一直跟多總管和御前侍衞們在一起玩兒，後來聽說前鋒營泰都統把馮錫範找了去，不知怎的，這馮錫範就沒了影子。這些台灣降人鬼鬼祟祟的，行事古怪得很，別要暗中在圖謀不軌，奴才去仔細查查。」

康熙微微一笑，說道：「好，這馮錫範的下落，就責成你去查問清楚，尅日回報。我答應過台灣降人，維護他們周全。這人忽然不明不白的失了蹤，倘若沒個交代，可教我失信於天下了。」韋小寶額頭汗珠滲出，心想：「皇上這話好重，難道他知道是我殺了馮錫範？」只得應道：「是，是。」

康熙又問：「今兒早你去銀杏胡同，可好玩嗎？」

韋小寶一怔，道：「銀杏胡同？」隨即想起，天地會羣豪落脚處的巷子口頭，有兩株大銀杏樹，看來這條巷子就叫銀杏胡同，皇帝連胡同的名字也知道了，還有甚麼可隱瞞的？這一下更是全身冷汗，雙腿酸軟，當即跪倒，磕頭道：「皇上明見萬里。總而言之，奴才對你是一片忠心。」

康熙歎了一口氣，說道：「這些反賊逼你來害我，你說甚麼也不肯答應，你跟我很講義氣，可是……可是小桂子，你一生一世，就始終這樣脚踏兩頭船嗎？」

韋小寶連連磕頭，說道：「皇上明鑒：那天地會的總舵主，奴才是決計不幹的。皇上放一百二十個心。」

康熙又歎了一口氣，抬起頭來，出神半晌，緩緩的道：「我做中國皇帝，雖然說不上堯舜禹湯，可是愛惜百姓，勵精圖治，明朝的皇帝中，有那一個比我更加好的？現下三藩已平，台灣已取，羅刹國又不敢來犯疆界，從此天下太平，百姓安居樂業。天地會的反賊定要規復朱明，難道百姓在姓朱的皇帝治下，日子會過得比今日好些嗎？」

韋小寶心道：「這個我就不知道了。」說道：「奴才聽打鳳陽花鼓的人唱歌兒，說甚麼『自從出了朱皇帝，十年倒有九年荒。大戶人家賣田地，小戶人家賣兒郎。』現下風調雨順，國泰民安，皇上鳥生魚湯，朱皇帝跟你差了十萬八千里，拍馬也追不上。」

康熙微微一笑，道：「你起來罷。」站起身來，在書房裏走來走去，說道：「父皇是滿洲人，我親生母后孝康皇后是漢軍旗人，我有一半是漢人。我對天下百姓一視同仁，決沒絲毫虧待了漢人，爲甚麼他們這樣恨我，非殺了我不可？」

韋小寶道：「這些反叛大逆不道，胡塗得緊，皇上不用把他們放在心上。」

康熙搖了搖頭，臉上忽有淒涼寂寞之意，過了好一會，說道：「滿洲人有好有壞，漢人也有好有壞。世上的壞人多得很，殺是殺不盡的，要感化他們走上正途，我也沒這麼大的本事。唉，做皇帝嘛，那也難得很。」向韋小寶凝視半晌，道：「你去罷！」

韋小寶磕頭辭出，只覺全身涼颼颼地，原來剛才嚇得全身是汗，內衣內褲都浸濕了，出得宮門，才吁了一口長氣，尋思：「天地會的兄弟中又混進了奸細。殺了一個風際中，另外又出了一個。否則的話，他們要我來行刺皇上，他又怎會知道？可不知是誰做奸細？」回到府中，坐下來細細思索，尋不到半點端倪。

又想：「皇上責成我查明馮錫範的下落，瞧皇上的神氣，是懷疑我做的手脚，只不過不大拿得準。這件事又怎生搪塞過去？剛才雙兒在銀杏胡同說到我法場換子，相救茅大哥，幸好我事先沒跟她說是用馮錫範換的，否則這老實丫頭必定順口說了出來，那奸細去稟報了皇上，我這一等鹿鼎公如不連降十七廿八級，我可眞不姓韋了。」

東想西想，甚感煩惱。又覺以前進宮，和康熙說說笑笑，兩個兒都開心得很，現下大家年紀長大了，皇上威嚴日甚，自己許多胡說八道的話，嚇得再也說不出口，這個撫遠大將軍、一等鹿鼎公的大官，做來也沒甚麼趣味，倒不如小時候在麗春院做小廝來得逍遙快活。

心道：「天地會衆兄弟逼我行刺皇上，皇上逼我去剿滅天地會。皇上說道：『小桂子，你一生一世，就始終這樣脚踏兩頭船麼？』他奶奶的，老子不幹了！甚麼都不幹了！」心中一出現「老子不幹了」這五個字，突然之間，感到說不出的輕鬆自在，從懷裏摸出骰子，向桌上一把擲了出去，嘴裏喝道：「要是不幹的好，擲一個滿堂紅！」四粒骰子滾將出去，三粒紅色朝天，第四粒卻是六點，黑得不能再黑。他擲骰之時，本已做了手脚，仍是沒擲成。他罵了一句：「他媽的！」拿起骰子又擲，直到第八把上，這才擲成四粒全紅，欣然說道：「原來老天爺要我先給皇上幹七件大事，這才不幹。」

心道：「七件大事早已幹過了。殺鰲拜是第一件，救老皇爺是第二件，五台山擋在皇上身前救駕是第三件，救太后是第四件，第五件大事是聯絡蒙古、西藏，第六件破神龍教，第七件捉吳應熊，第八件舉薦張勇、趙良棟他們破吳三桂，第九件攻克雅克薩……太多了，太多了，小事不算，大事剛好七件，不多不少。」這時也懶得去計算那七件才算是大事，總而言之：「老子不幹了！」

「一不做官，二不造反，那麼老子去幹甚麼？」想來想去，還是回揚州最開心。一想到回揚州，不由得心花怒放，大叫一聲：「來人哪！」吩咐清兵取來酒菜，自斟自飲，盤算該當如何，方無後患，要康熙既不會派人來抓，天地會又不會硬逼自己一同造反。要公主陪着自己去揚州花天酒地，她一定不幹，不過要去揚州開妓院，只怕蘇荃、阿珂、方怡、沐劍屏、曾柔她們也都不肯答應。「好，咱們走一步，算一步，老子幾百萬兩銀子的家產，不開妓院也餓不死我，只是沒這麼好玩罷了。」

當晚府中家宴，七位夫人見他笑咪咪的興致極高，談笑風生，一反近日來愁眉不展的情狀，都問：「甚麼事這樣開心？」韋小寶微笑道：「天機不可洩漏。」公主問：「皇帝哥哥升了你的官嗎？」曾柔問：「賭錢大贏了？」雙兒問：「天地會的事沒麻煩了嗎？」阿珂道：

「呸，這傢伙定是又看中了誰家姑娘，想娶來做第八房夫人。」韋小寶只是搖頭。

衆夫人問得緊了，韋小寶說道：「我本來不想說的，你們一定要問，只好說了出來。」七位夫人停着傾聽。韋小寶正色道：「我做了大官，封了公爵，一字不識，實在也太不成樣子。打從明兒起，我要讀書做文章，考狀元做翰林了。」

七位夫人面面相覷，跟着鬨堂大笑。大家知道這位夫君殺人放火、偷搶拐騙，甚麼事都幹，天下唯有一件事是決計不幹的，那就是讀書識字。

次日一早，順天府來拜，說道奉到上官諭示，得悉皇上委派韋公爺查究忠誠伯馮錫範失蹤一事，特地前來侍候，聽取進止。

韋小寶皺起眉頭，問道：「你順天府衙門捕快公差很多，這些天來查到了甚麼綫索？」

那知府道：「回公爺：馮伯爵失蹤，事情十分蹺蹊，卑職連日督率捕快，明查暗訪，沒得到絲毫綫索，實在着急得不得了。今日得知皇上特旨，欽命韋公爺主持，卑職可比連升三級還要高興。韋公爺是本朝第一位英明能幹大臣，上馬管軍，下馬管民，不論多麼棘手的大事一到公爺手裏，立刻迎刃而解。卑職得能侍候公爺辦這件案子，那眞是祖宗積德。卑職衙門裏人人額手稱慶，都說這下子可好了，我們大樹底下好遮蔭。韋公爺出馬，連羅刹鬼子也給打得落荒而逃，還怕查不到馮伯爺的下落麼？」

韋小寶聽這知府諛詞潮湧，說得十分好聽，其實卻是將責任都推到了自己肩頭，心想：「那馮錫範的屍首不知藏在那裏，今晚可得用化屍粉化了，別讓把柄落在人家手裏。只要沒證據，誰也賴不到我頭上。其實這屍首早該化了，這幾天太忙，沒想到這件事。但皇上面前又怎生交代？皇上交下來的差使，我小桂子不是吹牛，可從來沒有一件不能交差的。」

那知府又道：「忠誠伯夫人天天派人到卑職衙門來，坐在衙門裏不走，等着要人。卑職當眞難以應付。昨天馮府裏又來報案，說伯爺的一名小妾叫甚麼蘭香的，跟着一名馬夫逃走了，捲去了不少金銀首飾。倘若忠誠伯再不現身，只怕家裏的妾室婢僕，要走得一個也不賸了。」

韋小寶哼了一聲，道：「這馮錫範不知躱在那裏風流快活，你多派人手，到各處窰子裏查查。他吃喝嫖賭的不回家，小老婆跟人逃走了，也算活該。」那知府道：「是，是。按理說，馮伯爺倘若在花街柳巷玩耍，這許多日子下來，也該回去了。」韋小寶道：「那也難說得很。馮錫範這傢伙是個老色鬼，可不像老兄這麼正人君子，逛窰子只逛這麼一天半晚。」那知府忙陪笑道：「卑職不敢，卑職不敢。」

正在這時，忠誠伯馮夫人差了她兄弟送了八色禮物來，說要向韋公爺磕頭，多謝韋公爺出力查案。韋小寶吩咐擋駕不見，禮物也不收。

親兵回報：「回大人：馮家的來人好生無禮，臨去時不住冷笑，說甚麼有寃報寃，有仇報仇；又說皇上已知道了這件事，終究會水落石出，旁人別想隻手遮天，瞞過了聖明天子。回大人：這人膽敢到咱們門口撒野，小的當時就想給他幾個耳括子。」當日法場換人，這名淸兵也曾參預其事，聽得馮府來人說話厲害，似乎已猜到了內情，不由得心中發毛。

韋小寶做賊心虛，不由得臉色微變，心想：「這般鬧下去，只怕西洋鏡非拆穿不可。你奶奶，馮錫範自己也給老子殺了，難道老子還怕你一個死鬼的老婆？」

突然間想到了一個主意，登時笑容滿面，向那知府道：「貴府不忙走，你在這裏等一會兒。」回入內堂，叫來親兵隊長，吩咐如此如此。那隊長應命而去。

韋小寶回到大廳，說道：「皇上差我辦這件事，咱們做奴才的，自當盡心竭力，報答聖主。咱們這就到馮家去踏勘踏勘。」那知府一愣，心想：「忠誠伯失蹤，他家有甚麼好踏勘的？」口中連聲答應。韋小寶道：「這樁案子十分棘手，咱們把馮家的大小人等一個個仔細盤問，說不定會有些眉目。」那知府道：「是，公爺所見極是。卑職愚蠢得緊，始終見不及此。」

其實以他小小一個知府，又怎敢去忠誠伯府詳加查問？同時順天府衙門中自上至下，人人都知馮錫範是撫遠大將軍韋公爺的死對頭，此人失蹤，十之八九是韋公爺派人害死了。韋公爺是當朝第一大紅人，手掌兵權印把子，那一個膽邊生毛，敢去老虎頭上拍蒼蠅？辦理這件案子，誰也不會認眞，只盼能拖延日子，最後不了了之。這時那知府心想：「韋公爺害死了馮伯爵，還要去爲難他的家人。那馮夫人也眞太不識相，派人上門來胡說八道，也難怪韋公爺生氣。」

韋小寶會同順天府知府，坐了八人大轎，來到忠誠伯府，只見數百名親兵早已四下裏團團圍住。進入府中，親兵隊長上前稟道：「回大人：馮家家人男女一共七十九口，都在西廳侍候大人問話。」韋小寶點點頭。那隊長又道：「回大人：公堂設在東廳。」

韋小寶來到東廳，見審堂的公案已經擺好，於是居中坐下，要知府在下首做着相陪。

親兵帶了一個年輕女子過來，約莫二十三四歲年紀，生得姿首不惡，嬝嬝娜娜的在公堂前跪下。韋小寶問道：「你是誰？」那女子道：「賤妾是伯爵大人的第五房小妾。」韋小寶笑道：「請坐，請坐，你向我跪下可不敢當。」那女子遲遲不敢起身。韋小寶站起身來，笑道：「你不起來，我可要向你下跪了。」那女子嫣然一笑，站了起來。韋小寶這才坐下。

那知府心想：「韋公爺對馮家的人倒不兇惡，只不過色迷迷的不太莊重。」

韋小寶問道：「你叫甚麼名字？」那女子道：「我叫菊芳。」韋小寶鼻子嗅了幾下，笑道：「好名字！怪不得你一進來，這裏就是一股菊花香。」菊芳又是一笑，嬌聲道：「公爺取笑了。」韋小寶搖頭擺腦的向她瞧了半晌，問道：「聽說貴府逃走了一個姨娘？」菊芳道：「是啊。她叫蘭香。哼，這賤人好不要臉。」韋小寶道：「老公忽然不見了，跟了第二個男人，嗯，倒也情有可原，未可……未可……」轉頭問知府道：「未可甚麼非哪？」那知府道：「回公爺：是未可厚非。」

韋小寶哈哈一笑，道：「對了，未可厚非。菊芳姊姊，你怎麼又不逃啊？」知府聽了，登時蹙起眉頭，心想：「這可越來越不成話了，怎麼『姊姊』二字都叫了出來？」

菊芳低下頭去，卻向韋小寶抛了個媚眼。

韋小寶大樂，宛然是逛窰子的風光，笑問：「你會不會唱『十……』」說到口邊，總算縮得快，轉頭吩咐親兵：「賞這位菊芳姑娘二十兩銀子。」幾名親兵齊聲答應，叫道：「大人有賞。謝賞！」菊芳盈盈萬福，媚聲道：「多謝大爺！」原來她本是堂子裏妓女出身，人家一賞錢，她習慣成自然，把「公爺」叫成了「大爺」。

韋小寶逐一叫了馮家的家人來盤問，都是女的，年輕貌美的胡調一番，老醜的則罵上一頓，說她們沒好好侍候伯爵，以致他出門去風流快活，不肯回家。

問得小半個時辰，親兵隊長走進廳來，往韋小寶身後一站。韋小寶又胡亂問了兩個人，站起身來，說道：「咱們去各處瞧瞧。」帶着知府、順天府的文案、捕快頭目、親兵，一間間廳堂、房間查將過去。

查到第三進西偏房裏，衆親兵照例翻箱倒籠的搜查。一名親兵突然「啊」的一聲，從箱子底下搜出一柄刀來，刀上有不少乾了的血漬。他一膝半跪，雙手舉刀，說道：「回大人：查到兇器一把。」

韋小寶嗯了一聲，道：「再查。」對知府道：「老兄你瞧瞧，刀上的是不是血漬？」知府接過刀來，湊近嗅了嗅，果然隱隱有血腥氣，說道：「回公爺：好像是血。」韋小寶道：「這刀的刀頭上有個洞，那是甚麼刀啊？」順天府的一名文案仔細看一會，道：「回公爺：這是切草料的鍘刀，是馬廐裏用的。」韋小寶點頭道：「原來如此。」

親兵隊長吩咐下屬，去挑一擔水來，潑在地下。韋小寶問道：「這幹甚麼？」那隊長道：「回大人：倘若甚麼地方掘動過，泥土不實，便會很快滲水進去。」說猶未了，床底下的水迅速滲入土中。衆親兵齊聲歡呼，抬開床來，拿了鶴嘴鋤和鐵鏟掘土，片刻之間，掘了一具屍首出來。

那具屍身並無腦袋，已然腐臭，顯是死去多日，身上穿的是伯爵公服，那知府一見，便叫了起來：「這……這是馮爵爺！」

韋小寶問道：「是馮錫範嗎？你怎麼認得？」那知府道：「是，是。須得找到了腦袋，方能定案。」轉頭問身邊的捕快頭目：「這是甚麼人住的房子？」

那頭目道：「小人立刻去問。」去西廳叫了一名馮家人來一問，原來這房本是逃走的蘭香所在。那捕快頭目道：「啓稟公爺，啓稟府台大人：兇刀是馬廐中切草料的鍘刀，拐帶蘭香捲逃的是本府的馬伕邢四，待小人去馬廐查查。」

衆人到馬廐中去一搜，果然在馬槽之下的土中掘出了一個人頭。請了馮夫人來認屍，確是馮錫範無疑。當下仵作驗定：馮錫範爲人刀傷，身首異處而死。

這時馮府家人都從西廳中放了出來，府中哭聲震天，人人痛罵邢四和蘭香狠心害主。消息傳了出去，不到大半日，北京城裏到處已說得沸沸揚揚。

那知府又是慚愧，又是感激，心想若不是韋公爺迅速破案，只怕自己的前程大大有礙，沒口的稱謝之餘，一面行下海捕公文，捉拿「戕主逃亡」的邢四和蘭香，一面伸報上司。

只有那捕快頭兒心中犯疑，見屍身斷頸處分得整齊，似是快刀所斷，不像是用切草料的鍘刀切的，又見藏屍和藏頭處的泥土甚爲新鮮，顯是剛才翻動過的，不是已埋了十多天的模樣。但韋公爺給他破了一件大案，上頭犒賞豐厚，馮府又給了他不少銀子，要他儘快結案，別讓馮府親人到衙門裏出醜露乖，他便有天大的疑心，又怎敢吐露半句？只是自個兒尋思：「在馮府查案之時，韋公爺的親兵把守各處，誰也不許走動，他們要移屍栽證，那是容易之極。別說要在地下埋一具屍首，就是埋上百兒八十的，那也不是難事。」

韋小寶拿了順天府知府結案的公文去見康熙，稟報破案的詳情。

康熙微微一笑，說道：「小桂子，你破案的本事不小，人家都讚你是包龍圖轉世哪。」

韋小寶道：「那是托了皇上的洪福，奴才碰巧破獲而已。」康熙哼了一聲，向他瞪了一眼，冷冷的道：「移花接木的事，跟我的洪福可拉不上干係。」

韋小寶嚇了一跳，心想：「皇上怎麼又知道了？」一轉念間，立即明白：「我的親兵隊裏，皇上當然也派下了密探。」正不知如何回答才是，康熙歎了口氣，說道：「這樣了結，那也很好，也免了外邊的物議。只不過你這般大膽妄爲，我可眞拿你沒法子了。」

韋小寶心中一寬，知道皇帝又饒了自己這一遭，當即跪下連連磕頭。

康熙道：「方今四海昇平，兵革不興，你這撫遠大將軍的銜頭，可以去了。」

韋小寶道：「是，是。」知道這是皇帝懲罰自己的胡鬧，又道：「奴才這一等鹿鼎公，也可以降一降級。」康熙道：「好，就降爲二等公罷。」韋小寶道：「奴才胡鬧得緊，心中不安，請皇上降爲三等的好了。」

康熙哈哈大笑，說道：「他媽的，你居然會心中不安，日頭從西方出了。」

韋小寶聽得「他媽的」三字一出口，知道皇帝怒氣已消，站起身來，說道：「奴才良心雖然不多，有總還是有的。」

康熙點點頭，說道：「就是瞧在你還有點兒良心的份上，否則的話，我早已砍下你的腦袋，去埋在你夫人阿珂、雙兒的床底下了。」韋小寶急道：「這個萬萬不可。」康熙問道：「有甚麼不可？」韋小寶道：「阿珂和雙兒，那是決計不會跟了馬佚逃走的。」

康熙笑道：「不跟馬伕，便跟……」說到這裏，便即住口，心想再說下去，未免輕薄無聊，何況韋小寶雖然無法無天，終究對己忠心，君臣之間說笑則可，卻不能出言侮辱。一時難以轉口，便不去理他，低頭翻閱案頭的奏章。

韋小寶垂手在旁侍候，只見康熙眉頭微蹙，深有憂色，心想：「皇上也時時不快活。皇帝雖然威風厲害，當眞做上了，也不見得有甚麼好玩。」

康熙翻閱了一會奏章，抬起頭來，歎了口長氣。韋小寶道：「皇上有甚麼事情，差奴才去辦罷。奴才將功贖罰，報主龍恩。」康熙道：「這一件事，就不能差你了。施琅上奏，說道台灣颱風爲災，平地水深四尺，百姓房屋損壞，家破人亡，災情很重。」

韋小寶見他說話時淚光瑩然，心想咱們從小是好朋友，不能不幫他一個忙，說道：「奴才倒有個法子。」康熙道：「甚麼法子？」韋小寶道：「不瞞皇上說，奴才在台灣做官的時候，發了一筆小財，最近又向一個台灣財主討得一批舊債。奴才雙手捧着皇上恩賜的破後翻新金飯碗，這一輩子是不會餓飯的了，錢多了也沒用，不如獻了出來，請皇上去撫卹台灣的災民罷。」

康熙微微一笑，說道：「受災人數很多，你這筆小財，也不管甚麼用。我即刻下旨，宮裏裁減宮女太監，減衣減膳，讓內務府籌劃籌劃，省他四五十萬兩銀子去救濟災民。」

韋小寶道：「奴才罪該萬死，眞正乖乖不得了。」康熙問道：「甚麼？」韋小寶道：「奴才做官貪污，在台灣貪了一百萬兩銀子。最近這筆債，是向鄭克塽討還的，又有一百萬兩……」康熙吃了一驚，說道：「有這麼多？」韋小寶輕輕打了自己一個嘴巴，罵道：「小桂子該死！」

康熙卻笑了起來，說道：「你要錢的本事可高明的很哪，我一點兒也不知道。」

韋小寶又道：「小桂子該死！」臉上卻有得色，心道：「做官的人伸手拿錢，怎能讓你做皇帝的知道？你在我手下人之中派了探子，只能查到我敢不敢造反。你妹夫右手收錢，左手入袋，連你大妹子也不知道，你這大舅子就萬萬查不到了。」他嘴裏自稱「奴才」，心中卻自居「妹夫」。

康熙沉吟半晌，道：「你這番忠君愛民之心，倒也難得。這樣罷，你捐一百五十萬兩銀子出來，我再省五十萬兩，咱君臣湊乎湊乎，弄個二百萬兩。台灣災民約有一萬幾千戶，每家分得一百多兩，那也豐裕得很了。」

韋小寶一時衝動，慷慨捐輸，心中正感肉痛，已在後悔，聽得康熙給他省了五十萬兩，登時大喜，忙道：「是，是。皇上愛民如子，老天爺保祐皇上風調雨順，國泰民安。」

康熙爲了台灣災重，這半天來一直心中難受，這時憑空得了這一大筆錢，甚是高興，微笑道：「也保祐你升官發財，多福多壽。」

韋小寶笑道：「多謝萬歲爺金口。奴才升官發財，多福多壽，全憑皇上恩賜。再說，奴才這兩筆錢，本來都是台灣人的，還給了台灣百姓，也不過是完璧歸……歸台而以。」康熙哈哈大笑，說道：「完璧歸趙的成語，他媽的給你改成了完璧歸台。」韋小寶道：「是，是完璧歸趙，剛才一時想不起這個『趙』字來。趙錢孫李，周吳陳王。百家姓上姓趙的排名第一，難怪他們這麼發達，原來完璧甚麼的，都歸了他趙家的。」

康熙更是好笑，心想此人「不學有術」，也教不了他許多，笑道：「很是，很是。有句成語，叫做『韋編三絕』，說你韋家的人讀書用功，學問很好。你們姓韋的，可也了不起得很哪。」

韋小寶道：「奴才的學問可差勁得很了，對不起姓韋的老祖宗。」（按：「韋編三絕」中的「韋」字，是指穿連竹簡的皮條，康熙故意歪解，拿來跟韋小寶開玩笑。）

康熙道：「這次去台灣賑災的事……」本想順理成章，就派了他去，轉念一想：「此人捐了這大筆銀子出來，不過跟我講義氣，未必眞有甚麼愛民之心，只怕一出宮門，立刻就後悔了。他到台灣，散發了二百萬兩銀子賑災，多半要收回本錢，以免損失，說不定還要加一加二，作爲利息。」他是韋小寶的知己，當即改口道：「……很是易辦，不用你親自去。小桂子，你的一等鹿鼎公，也不用降級了。咱們外甥點燈籠，照舊罷。」

韋小寶跪下謝恩，磕過了頭，站起身來，說道：「奴才捐這點銀子，不過是完璧歸趙錢孫李，皇上就當是功勞。皇上減膳減衣，那是眞正省出來的，才叫不容易呢。」

康熙搖頭道：「不對。我宮裏的一切使用，每一兩銀子都是來自天下百姓。百姓供養我錦衣玉食。我君臨萬民，就當盡心竭力，爲百姓辦事。你食君之祿，當忠君之事。我食民之祿，就當忠民之事。古書上說：『四海困窮，則天祿永終。』如果百姓窮困，那就是皇帝不好，上天震怒，我這皇帝也做不成了。」韋小寶道：「那是決計不會的，萬萬不會的。」

康熙道：「你做大臣，出於我的恩典。我做皇帝，出於上天的恩典。你辦事不忠，我砍你的腦袋。我不做好皇帝，上天也會另外換一個人來做。『尙書』有云：『皇天后土，改厥元子。』『元子』就是皇帝，皇帝做不好，上天會撵了他的。」韋小寶道：「是，是。你叫做小玄子，原來玄子就是皇帝。」康熙道：「這個『玄』字，跟那個『元』字不同。」

韋小寶道：「是，是。」心想：「圓子湯糰，都差不多。」反正他甚麼「元」字「玄」字都不識，也不用費神分辨了。

康熙從桌上拿起一本書來，說道：「浙江巡府進呈了一本書，叫做『明夷待訪錄』，是一個浙江人黃黎洲新近做的。浙江巡府奏稱書中有很多大逆不道的言語，要嚴加查辦。我剛才看了這書，卻覺得很有道理，已批示浙江巡府不必多事。」說着翻開書來，說道：「他書中說，為君乃以『一人奉天下』，非為『天下奉一人』，這意思說得很好。他又說：『天子所是未必是，天子所非未必非。』這也很對。人孰無過？天子也是人，那有一做了皇帝，就『甚麼都是對、永遠不會錯』之理？」康熙說了一會，見韋小寶雖然連聲稱是，臉上卻盡是迷惘之色，不由得啞然失笑，心想：「我跟這小流氓說大道理，他那裏理會得？再說下去，恐怕他要呵欠連連了。」於是左手一揮，道：「你去罷。」右手仍拿着那本書，口中誦讀：「以為天下利害之權皆出於我，我以天下之利盡歸於己，以天下之害盡歸於人，亦無不可。使天下之人不敢自私，不敢自利。以我之大私，為天下之公。始而慚焉，久而安焉，視天下為莫大產業，傳之子孫，受享無窮。」

韋小寶聽得莫名其妙，但皇帝正在讀書，又連連讚好，豈可不侍候捧場？見康熙放下書來，便問：「皇上，不知這書裏說的是甚麼？有甚麼好？」

康熙道：「他說做皇帝的人，叫天下的人不可自私，不可自利，只有他皇帝一人可以自私自利，而他皇帝的大私，卻居然說是天下的大公。這做皇帝的起初心中也覺不對，有些兒慚愧，到得後來，習慣成自然，竟以為自己很對，旁人都錯了。」

韋小寶道：「這人說的是壞皇帝，像皇上這樣鳥生魚湯，他說的就不對了。」康熙道：「嘿嘿！做皇帝的，人人都自以爲是鳥生魚湯，那一個是自認桀紂昏君的？何況每個昏君身邊，一定有許多歌功頌德的無恥大臣，把昏君都捧成了鳥生魚湯。」韋小寶笑道：「幸虧皇上是貨眞價實、劃一不二的鳥生魚湯，否則的說，奴才可成了無恥大臣啦。」

康熙左足在地下一頓，笑道：「你有恥得很，滾你的蛋罷！」

韋小寶道：「皇上，奴才向你求個恩典，請皇上准奴才的假，回揚州去瞧瞧我娘。」

康熙微笑道：「你有這番孝心，那是應該的。再說，『富貴不歸故鄉，如衣錦夜行。』原該回去風光風光才是。你早去早回，把娘接到北京來住罷。我吩咐人寫旨，給你娘一品太夫人的誥封。你死了的老子叫甚麼名字，去呈報了吏部，一併追贈官職。這件事上次你回揚州就該辦了，剛好碰到吳三桂造反，就擱了下來。」他想韋小寶多半不知他父親的名字如何寫法，這時也不必查問。康熙雖然英明，這件事卻還是只知其一、不知其二，韋小寶固然不知父親的名字如何寫法，其實連父親是誰也不知道。

韋小寶謝了恩，出得宮門，回去府中取了一百五十萬兩銀票，到戶部銀庫繳納；去兵部繳了「撫遠大將軍」的兵符印信；又請蘇荃替自己父親取了個名字，連祖宗三代，一併由小老婆取名，繕寫清楚，交了給吏部專管封贈、襲蔭、土司嗣職事務的「驗封司」郎中。

諸事辦妥，收拾起行。韋小寶在朝中人緣既好，又是聖眷方隆，王公大臣送行宴會，自有種種熱鬧。他臨行時想起一百五十萬兩銀子捐得肉痛，又派親兵去向鄭克塽討了一萬多兩銀子的「舊欠」，這才出京。

從旱路到了通州，轉車換船，自運河向南，經天津、臨清、渡黃河、經濟寧。這一日將到淮陰，官船泊在泗陽集過夜。

韋小寶在舟中和七個夫人用過晚膳後坐着閒談。蘇荃說道：「小寶，明兒咱們就到淮陰了。古時候有一個人，爵封淮陰侯……」韋小寶道：「嗯，他的官沒我大。」蘇荃微笑道：「那倒不然。他封過王，封的是齊王。後來皇帝怕他造反，削了他的王爵，改封爲淮陰侯。這人姓韓名信，大大的有名。」韋小寶一拍大腿，道：「那我知道。『蕭何月下追韓信』、『十面埋伏，霸王別虞姬』，那些戲文裏都是有的。」蘇荃道：「正是。這人本事很大，功勞也很大，連楚霸王那樣的英雄，都敗在他手裏。只可惜下場不好，給皇帝和皇后殺了。」韋小寶歎道：「可惜！可惜！皇帝爲甚麼殺他？他要造反嗎？」蘇荃搖頭道：「沒有，他沒造反。皇帝忌他本事了得，生怕他造反。」韋小寶道：「幸虧我本事起碼得緊，皇上甚麼都強過我的，因此不會忌我。我只有一件事強過皇上，除此之外，甚麼都是萬萬不及。」

阿珂問道：「你那一件事強過皇帝了？」韋小寶道：「我有七個如花如玉的夫人，天下再也找不出第八個這樣美貌的女子來。皇上洪福齊天，我韋小寶是艷福齊天。咱君臣二人各齊各的，各有所齊。」他厚了臉皮胡吹，七個夫人笑聲不絕。

方怡笑道：「皇帝是洪福齊天，你是齊天大聖。」韋小寶道：「對，我是水簾洞裏的美猴王，率領一批猴婆子、猴子猴孫，過那逍遙自在的日子。」

正說笑間，艙外家人朗聲說道：「啓稟公爺，有客人求見。」丫鬟拿進四張拜帖。蘇荃接過來看了，輕聲道：「客人是顧炎武、查繼佐、黃黎洲、呂留良四位。」韋小寶道：「是顧先生他們，那是非見不可的。」吩咐家丁，接待客人在大船船艙中奉茶，當即換了衣衫，過去相見。

顧、查、黃三人當年在揚州為吳之榮所捕，險些性命不保，幸得韋小寶相救。那呂留良卻是初會。他身後跟着兩個二十來歲的年輕人，是呂留良的兒子呂葆中、呂毅中。行禮相見後，分賓主坐下，呂葆中、呂毅中站在父親的背後。

顧炎武低聲道：「韋香主，我們幾個這次前來拜訪，有一件大事相商。泗陽集上耳目衆多，言談不便。可否請你吩咐將座舟駛出數里，泊於僻靜無人之處，然後再談？」

顧炎武當年在河間府殺龜大會之中，曾被推為各路英雄的總軍師，在江湖中聲譽甚隆，韋小寶對他一向佩服，當即答應，回去向蘇荃等人說了。

蘇荃道：「防人之心不可無。我們的座船跟着起去，有甚麼事情，也好有接應。」

韋小寶想到要跟着顧炎武等到「僻靜無人之處」，心下本有些惴惴，有七個夫人隨後保駕，就穩妥得多了，連聲叫好，吩咐船夫將兩艘船向南駛去，說是要在運河中風景清雅的所在飲酒賞月，韋公爺雅興來時，說不定要做幾首好詩，其餘從舟仍泊在泗陽集等候。

韋小寶回到大船中陪客。兩舟南航七八里，眼見兩岸平野空濶，皓月在天，四望無人，韋小寶吩咐下錨停泊，叫大船上的舟子和侍從都到後舟中去，以免碍了韋公爺和六位才子的詩興。

從舟中更無旁人，顧炎武等這才又再申謝當年相救的大德。韋小寶謙遜一番，跟着說起吳六奇和陳近南先後遭害的經過，衆人相對唏噓不已。

顧炎武道：「江湖上流言紛紛，都說韋香主貪圖富貴，戕師求榮。黃兄、查兄、和兄弟幾人，卻知決計不確。想我們三人和韋香主素不相識，韋香主竟肯干冒奇險，殺了吳之榮那廝，救得我們性命，以這般義薄雲天的性情，怎能去殺害恩師？」

查繼佐道：「我們聽江湖上朋友說起此事的時候，總是竭力爲韋香主分辯。他們卻說，韃子皇帝聖旨中都這樣說，難道還有假的？可是韋香主身在曹營心在漢，種種作爲也不能跟外人明言。自來英雄豪傑，均須任勞任怨。以周公大聖大賢，尚有管蔡之流言，何況旁人？因此韋香主也不必放在心上。」韋小寶聽不懂他說甚麼周公管蔡，只有唯唯諾諾。

呂留良道：「韋香主苦心孤詣，謀幹大事，原也不必在這時求天下人諒解。只要最後做了驚天動地的大事業出來，大家自會明白先前是錯怪了你。」

韋小寶心想：「我會有甚麼驚天動地的大事業做出來？啊喲，不好，他們又是來勸我行刺皇上。怎麼跟他們來個推三阻四、推五阻六才好？我得先把門兒給閂上了。」說道：「兄弟本事是沒有的，學問更加沒有，做出事來，總是兩面不討好。兄弟灰心得很，這次是告老還鄉，以後是甚麼事都不幹了。」

呂毅中見他年紀比自己還小着兩歲，居然說甚麼「告老還鄉」，忍不住嗤的一笑，笑了出來，顧炎武等也都覺得好笑，相顧莞爾。

黃黎洲微笑道：「韋香主英雄年少，前途不可限量。無知之徒的一時誤會，那也不必計較。」韋小寶道：「這個較是要計一計的。黃先生，你做了一部好書，叫做……叫做明……

明甚麼甚麼花花綠綠的？」黃黎洲大為奇怪：「這人目不識丁，怎會知道我這部書？」說道：「是『明夷待訪錄』。」韋小寶道：「是了，是了。你這部書中，有許多話痛罵皇帝的，是不是？」

黃黎洲等都吃了一驚，均想：「連這人都知道了，只怕又是一場大大的文字獄。」

顧炎武道：「也不是罵皇帝。黃兄這部著作見解精闢，說明為君之道，該當如何。」

韋小寶道：「是啊。皇上這些日子中天天讀黃先生這部書，不住讚你做得好，括括叫，說不定要請你去做狀元，做宰相。」黃黎洲道：「韋香主取笑了，那有此事？」韋小寶於是將康熙如何大讚「明夷待訪錄」一事說了，眾人這才放心。黃黎洲道：「原來韃子皇帝倒也能分辨是非。」

韋小寶乘機說道：「是啊。小皇帝說，他雖不是鳥生魚湯，但跟明朝那些皇帝比較，也不見得差勁了，說不定還好些。他做皇帝，天下百姓的日子，就過的比明朝的時候好。兄弟沒學問，沒見識，也不知道他的話對不對。」

顧查黃呂四人你瞧瞧我，我瞧瞧你，想起了明朝各朝的皇帝，自開國的明太祖直至末代皇帝崇禎，若不是殘忍暴虐，便是昏庸胡塗，有哪一個及得上康熙？他四人是當代大儒，熟知史事，不願抹煞了良心說話，不由得都默默點頭。

韋小寶道：「所以啊。皇帝是好的，天地會眾兄弟也是好的。皇帝要我去滅了天地會，我決計不幹。天地會眾兄弟要我去行刺皇帝，我也決計不幹。結果兩邊都怪我，兄弟左思右想，決計要告老還鄉了。」

顧炎武道：「韋香主，我們這次來，不是要你行刺皇帝。」韋小寶喜道：「那好得很，只要不是行刺皇帝，別的事情兄弟義不容辭。不知四位老先生、兩位小先生有甚麼吩咐？」

顧炎武推開船窗，向外眺望，但見四下裏一片寂靜，回過頭來，說道：「我們來勸韋香主自己做皇帝！」

乒乓一聲，韋小寶手裏的茶碗掉在地下，摔得粉碎，他大吃一驚，說道：「這……這不是開玩笑嗎？」

查繼佐道：「決不是開玩笑。我們幾人計議了幾個月，都覺大明氣數已盡，天下百姓已不歸心於前明。實在是前明的歷朝皇帝把百姓害得太苦，人人思之痛恨。可是韃子佔了我們漢家江山，要天下漢人薙頭結辮，改服夷狄衣冠，這口氣總是嚥不下去。韋香主手綰兵符，又得韃子皇帝信任，只要高舉義旗，自立爲帝，天下百姓一定望風景從。」

韋小寶兀自驚魂不定，連連搖手，道：「我……我沒這個福份，也做不來皇帝。」

顧炎武道：「韋香主爲人仗義，福澤更是深厚之極。環顧天下，若不是你來做皇帝，漢人之中更沒第二個有這福氣了。」

呂留良道：「我們漢人比滿洲人多出百倍，一百人打他們一個，那有不勝之理？當日吳三桂起事，只因他是斷送大明江山的大漢奸，天下漢人個個對他切齒痛恨，這才不能成功。韋香主天與人歸，最近平了羅刹，爲中國立下不世奇功，聲望之隆，如日中天。只要韋香主一點頭，我們便去聯絡江湖好漢，共圖大事。」

韋小寶心中怦怦亂跳，他做夢也想不到竟會有人來勸他做皇帝，呆了半晌，才道：「我是小流氓出身，拿手的本事只是罵人賭錢，做了將軍大官，別人心裏已然不服，那裏還能做皇帝？這眞命天子，是要大大福氣的，我的八字不對，算命先生算過了，我要是做了皇帝，那就活不了三天。」

呂毅中聽他胡說八道，又嗤的一聲笑了出來。

查繼佐道：「韋香主的八字是甚麼？我們去找一個高明的算命先生推算推算。」他知道韋小寶無甚知識，要曉以大義，他只講小義，不講大義；要喻以大勢，他也只明小勢，不明大勢。但如買通一個算命先生，說他是眞命天子，命中要坐龍庭，說不定他反而信了。

那知韋小寶道：「我的時辰八字，只有我娘知道，到了揚州，我這就問去。」

衆人知他言不由衷，只是推托。

呂留良道：「凡英雄豪傑，多不拘細行。漢高祖豁達大度，比韋香主更加隨便得多。」他心中是說：「你是小流氓出身，那也不要緊。漢高祖是大流氓出身，他罵人賭錢，比你還要胡鬧，可是終於成了漢朝的開國之王。」

韋小寶只是搖手，說道：「大家是好朋友，我跟你們說老實話。」一面說，一面摸摸自己的腦袋，又道：「我這吃飯傢伙，還想留下來吃他媽的幾十年飯。這傢伙上面還生了一對眼睛，要用來看戲看美女，生了一對耳朵，要用來聽說書、聽曲子。我如想做皇帝，這傢伙多半保不住，這一給砍下來，甚麼都是一塌胡塗了。再說，做皇帝也沒甚麼開心。台灣打一陣大風，他要發愁；雲南有人造反，他又要傷腦筋。做皇帝的差使又辛苦又不好玩，我是萬萬不幹的。」

顧炎武等面面相覷，心想這話本也不錯，他旣胸無大志，又不肯爲國爲民挺身而出，如何說得他動，實是一件難事。

過了半晌，顧炎武道：「這件大事，一時之間自也不易拿定主意……」

正說到這裏，忽聽得蹄聲隱隱，有數十騎馬沿着西邊河岸自北而來，夜深人靜，聽來加倍清晰。

黃黎洲道：「深夜之中，怎麼有大隊人馬？」呂留良道：「是巡夜的官兵？」查繼佐搖頭道：「不會。官兵巡夜都是慢呑呑的，那會如此快馬奔馳。莫非是江湖豪客？」

說話之間，只聽得東邊岸上也有數十騎馬奔來。運河河面不寬，兩岸馳馬，在河上船中都聽得清清楚楚。後面一艘船上的船夫奉命起篙，將船撑近。蘇荃和雙兒躍上船頭。蘇荃說道：「相公，來人只怕不懷好意，大夥兒都在一起罷。」

韋小寶道：「好！顧先生他們都是老先生，看來不像是好色之徒。大家都進來罷，給他們瞧瞧也不要緊的。」

顧炎武等心中都道：「胡說八道！」均覺不便和韋小寶的內眷相見，都走到了後梢。公主、阿珂等七個夫人抱了兒女，入了前艙。

只聽得東岸西岸兩邊河堤上響起噓溜溜的竹哨之聲，此應彼和。韋小寶喜道：「是天地會的哨子。」兩岸數十匹馬馳到官船之側，西岸有人長聲叫道：「韋小寶出來！」

韋小寶低聲罵道：「他媽的，這般沒上沒下的，韋香主也不叫一聲。」正要走向船頭，蘇荃一把拉住，道：「且慢，待我問問清楚。」走到船艙口，問道：「那一路英雄好漢要找韋相公？」向兩岸望去，見馬上乘客都是青布包頭，手執兵刃。

兩岸爲首一人道：「我們是天地會的。」蘇荃低聲道：「天地會見面的切口怎麼說？」

韋小寶走到艙口，朝聲說道：「五人分開一首詩，身上洪英無人知。」

馬上那人說道：「這是天地會的舊詩。自從韋小寶叛會降敵，害師求榮，會裏的切口盡數改了。」韋小寶驚道：「你是誰？怎地說這等話？」那人道：「你便是韋小寶麼？」韋小寶料想抵賴不得，便道：「我是韋小寶。」那人道：「便跟你說了也不打緊。我是天地會宏化堂座下，姓舒。」韋小寶道：「原來是舒大哥，這中間實有許多誤會。貴堂李香主是在附近嗎？」那姓舒的恨恨的道：「你罪惡滔天，李香主給你活活氣死了。」

西岸衆人大聲叫道：「韋小寶叛會降敵，害師求榮，舒大哥不必跟他多說。今日咱們把他碎屍萬段，替陳總舵主和李香主報仇。」東岸衆人一聽，跟着也大聲呼喊。

突然間呼的一聲，有人擲了一塊飛蝗石過來。韋小寶急忙縮入船艙，暗暗叫苦，心想：「原來宏化堂李香主死了，這些兄弟們不分青紅皀白的動蠻，那便如何是好？」只聽得船篷上辟辟拍拍之聲大作，兩邊暗器不住打到。總算官船停在運河中心，相距兩岸均遠，有些暗器打入了河中，就是打到了船篷上的，力道也已甚弱。

韋小寶道：「這是『草船借箭』，我……我是魯肅，只有嚇得發抖的份兒。有那一個諸葛……諸葛亮，快……快想個計策。」

顧炎武等人和船夫都在船梢，見暗器紛紛射到，都躲入了船艙。突然間火光閃動，幾枝火箭射上了船篷，船篷登時着火焚燒。

韋小寶叫道：「啊喲，乖乖不得了，火燒韋小寶。」

蘇荃大聲叫道：「顧炎武先生便在這裏，你們不得無禮。」她想顧炎武在江湖上聲望甚隆，料想天地會人衆不敢得罪了他。可是兩岸人聲嘈雜，她的叫聲都給淹沒了。

韋小寶道：「衆位娘子，咱們一起來叫『顧炎武先生在這裏！』一、二、三！」七個夫人跟着韋小寶齊聲大叫：「顧炎武先生在這裏！」叫到第三遍，岸上人聲慢慢靜了下來，暗器也即停發。那姓舒的縱聲問道：「顧炎武先生在船裏嗎？」

顧炎武站到船頭，拱手道：「兄弟顧炎武在此。」

那姓舒的「啊喲」一聲，忙發令道：「會水的兄弟快跳下河去，拖船近岸。」只聽得撲通、撲通之聲不絕，十餘名會衆跳入運河，將官船又推又拉的移到西岸。這時船上火勢已燒得甚旺。雙兒拉着韋小寶搶先跳上岸去，餘人紛紛上岸。天地會會衆手執兵刃，四下圍住。

那姓舒的向顧炎武抱拳躬身，說道：「在下天地會宏化堂舒化龍，拜見顧先生。」顧炎武拱手還禮。會衆中一名老者躬身道：「當年河間府殺龜大會，天下英雄推舉顧先生為總軍師，在下曾見過顧先生一面。衆兄弟可魯莽了，還請恕罪。」

韋小寶笑道：「你們做事本來太也魯莽。」那老者厲聲道：「我是跟顧先生說，誰跟你這小漢奸說話？」一伸手，便往韋小寶胸口抓去。蘇荃左手一格，反手擒拿，已扭住了他手腕，借勢一推，那老者站立不定，向外直摔出去。兩名天地會的會衆急忙搶上扶住。

顧炎武叫道：「大家有話好說，別動武，別動武！」

這時官船艙內也已着火，火光照得岸上衆人面目俱都清清楚楚。蘇荃心想自己和雙兒武功高強，要護丈夫突圍當非難事，天地會衆要對付的只是韋小寶一人，只須他能脫身，這些江湖漢子不會去爲難婦女孩子，當下和雙兒二人分站韋小寶左右，看定了三匹馬，一待說僵，立時便動手搶馬。

顧炎武拉住舒化龍的手，說道：「舒大哥，請借一步說話。」兩人走遠了數丈。舒化龍聽顧炎武說了幾句話，便大聲招呼了六七人過去，看模樣都是這一批人的首領，那被蘇荃摔跌的老者也在其內，餘下四十餘人仍是將韋小寶等團團圍着。

韋小寶道：「我船裏値錢的東西着實不少，你們一把火燒了，嘿嘿，宏化堂賠起上來，可要破大財啦。」衆人有的擧刀威嚇，有的出言詈罵。韋小寶也不理會，料想顧炎武必能向舒化龍等說明眞相。

果然舒化龍等宏化堂的首領聽顧炎武解釋後，才知其中曲折原委甚多，韋小寶在朝廷做大官，雖仍不爲衆人諒解，但總舵主陳近南旣不是他所殺，心中的憤恨也都消了。

衆人一齊過來。舒化龍抱拳道：「韋香主，剛才之事，我們是誤會了你，若不是顧先生開導，大夥兒險些得罪。」

韋小寶笑道：「當眞要得罪我，那也不容易罷。」說着斜身一閃，施展「神行百變」功夫，左一衝，右一穿，兩三個起落，已在宏化堂衆人包圍圈外五六丈之遙，一躍上了一匹馬的馬背。

舒化龍等都吃了一驚，誰也想不到他輕身功夫竟然如此神妙莫測，這人武功這般高強，難怪他小小年紀，便做了天地會青木堂的香主，自來明師出高徒，總舵主的嫡傳弟子，果然非同小可。宏化堂那老者武功甚強，衆兄弟素來佩服，卻被蘇荃一扭一推，全無招架餘地，險些摔了個觔斗，看來其餘六個少婦個個都是高手，己方人數雖多，當眞動手，只怕還要鬧個灰頭土臉。

韋小寶笑道：「我這可要失陪了！」一提馬韁，縱馬便奔，但見他向西奔出十餘丈，倏地躍下馬來，衝向西北，左穿右插，不知如何，竟又回入了人圈，笑吟吟的站在當地，誰也沒看清楚他是怎麼進來的。

天地會會衆相顧駭然。舒化龍抱拳道：「韋香主武功了得，佩服，佩服。」

韋小寶抱拳笑道：「獻醜，獻醜。」

舒化龍道：「顧先生適才言道，韋香主身在曹營心在漢，要幹一件驚天動地的大事，爲天下漢人揚眉吐氣。韋香主當眞舉事的時候，我們宏化堂的兄弟雖然沒甚麼本事，但只要韋香主有甚麼差遣，赴湯蹈火，在所不辭。」韋小寶道：「是，是。」

舒化龍見他神色間淡淡的，突然右手伸出食指，噗的一聲，插入了自己左眼，登時鮮血長流，衆人齊聲驚呼。

韋小寶、顧炎武等都驚問：「舒大哥，你……你這是幹甚麼？」

舒化龍昂然道：「兄弟冒犯韋香主，犯了本會『不敬長上』的戒條，本該戳瞎了這對招子，懲戒我有眼無珠。可是兄弟要留下另一隻眼，來瞧瞧韋香主到底怎樣幹這番驚天動地的大事。」

那老者森然道：「倘若顧先生和大夥兒都受了騙，韋香主只說不做，始終貪圖富貴，做他的大官，那便怎樣？」舒化龍道：「那麼韋香主也挖出自己的眼珠子，來賠還我就是。」說着向顧炎武和韋小寶躬身行禮，說道：「我們等候韋香主的好消息。」左手一揮，衆人紛紛退開，上馬而去。

那老者回頭叫道：「韋香主，你回家去問問你娘，你老子是漢人還是滿人。爲人不可忘了自己祖宗。」

竹哨聲響起，東岸羣豪也縱馬向南。片刻之間，兩岸人馬退得乾乾淨淨，河中那艘官船兀自燃燒未熄。

顧炎武歎道：「這些兄弟們，對韋香主總是還有見疑之意。他們是草莽豪傑，說話行事不免粗野，可是一番忠義之心，卻也令人起敬。韋香主，我們要說的話，都已說完了，只盼你別忘了是大漢的子孫。咱們就此別過，後會有期。」說着拱了拱手，和黃、查、呂諸人作別而去。

韋小寶惘然站在河岸，秋風吹來，頗有涼意，官船上火勢漸小，偶爾發出些爆裂之聲，火頭旺了一陣，又小了下去。他喃喃自語：「怎麼辦？怎麼辦？」

蘇荃道：「好在還有一艘船，咱們先回泗陽集，慢慢兒的從長計議。」

韋小寶道：「那老頭兒叫我回家去問問我娘，我老子是漢人還是滿人，嘿嘿，這話倒也不錯。」

蘇荃勸道：「小寶，這種粗人的胡言，何必放在心上？咱們上船罷。」

韋小寶站着不動，心中一片混亂，低下頭來見到地下幾滴血漬，是舒化龍自壞左眼時流下來的，突然大叫：「老子不幹了，老子不幹了！」

七個夫人都嚇了一跳。韋雙雙在母親懷中本已睡熟，給他這麼大聲呼叫，一驚而醒，哭了起來。

韋小寶大聲道：「皇帝逼我去打天地會，天地會逼我去打皇帝。老子腳踏兩頭船，兩面不討好。一邊要砍我腦袋，一邊要挖我眼珠子。一個人有幾顆腦袋，幾隻眼睛？你來砍，我來挖，老子自己還有得剩麼？不幹了，老子說甚麼也不幹了！」

蘇荃見他神情失常，軟語勸道：「在朝裏做官，整日價提心吊膽，沒甚麼好玩。天地會的香主也沒甚麼好當的。你決心不幹，那是再好不過。」

韋小寶喜道：「你們也都勸我不幹了？」蘇荃、方怡、阿珂、曾柔、沐劍屏、雙兒六人一齊點頭，只建寧公主道：「你還只做到公爵，怎麼就想不做官了？總得封了王，做了首輔大學士，出將入相，那才好告老啊。再說，你這時要辭官，皇帝哥哥也一定不准。」

韋小寶怒道：「我一不做官，就不要皇帝管。他不過是我大舅子，他媽的，誰再囉裏囉唆，我連這大舅子也不要了。」

不要皇帝做大舅子，就是不要公主做老婆，公主嚇得那敢再說？

韋小寶見七個夫人更無異言，登時興高采烈，說道：「宏化堂燒了我的坐船，當眞燒得好、燒得妙，燒得刮刮叫。咱們悄悄躲了起來，地方官申報朝廷，定是說我給匪人燒死了，我這大舅子就從此再也不會來找我。」蘇荃等一齊鼓掌，只公主默然不語。

當下八人商議定當。韋小寶、公主、雙兒三人改了裝束，前赴淮陰安店中等候。蘇荃率同方怡、阿珂、沐劍屏、曾柔四人，回去泗陽集餘船中携取金銀細軟、各項要物，然後散布謠言，說道韋公爺的官船黑夜中遇到股匪襲擊，船毀人亡。但那幾名船夫見到韋小寶沒死，大是後患，依蘇荃說，就此殺之滅口，棄屍河邊，那就更加像了幾分。沐劍屏心中不忍，堅持不可殺害無辜。

蘇荃道：「好，劍屏妹子良心好，老天爺保祐你多生幾個胖兒子。小寶，我提劍殺你，你逃到樹林之中，大聲呼叫，假裝給我殺了。」

韋小寶笑道：「你這潑婆娘，想謀殺親夫麼？」高聲大叫：「殺人哪，殺人哪！」拔足飛奔，兜了幾個圈子，逃向樹林。蘇荃提劍趕入林中。

只聽得韋小寶大叫：「救命，救命！救——」叫了這個「救」字，倏然更無聲息。

沐劍屏明知是假，但聽韋小寶叫得淒厲，不禁心中怦怦亂跳，低聲問道：「雙兒妹子，是……是假的，是不是？」

雙兒道：「別怕，自……自然是假的。」可是她自己也不自禁的害怕。

只見蘇荃從林中提劍出來，叫道：「把衆船夫都殺了。」

衆船夫一直蹲在岸邊，見到天地會會衆放火燒船、蘇荃行兇殺了韋爵爺，早已在簌簌發抖，見蘇荃提劍來殺，當即四散沒命價奔逃，頃刻間走得無影無蹤。

雙兒掛念韋小寶，飛步奔入林中，只見他躺在地下，一動不動。雙兒這一下嚇得魂不附體，心想怎麼眞的將他殺死了，撲將過去，叫道：「相公，相公！」只見韋小寶身子僵直，心中更慌，忙伸手去扶。韋小寶突然張開雙臂，一把將她緊緊摟住，叫道：「大功告成，親個嘴兒！」

夫妻八人依計而行，取了財物，改裝來到揚州，接了母親後，一家人同去雲南，自此隱姓埋名，在大理城過那逍遙自在的日子。

韋小寶閒居無聊之際，想起雅克薩城鹿鼎山下尙有巨大寶藏未曾發掘，自覺富甲天下，心滿意足，只是念着康熙的交情，才不忍去斷他龍脈。

康熙熟知韋小寶的性格本事，料想他決不致輕易爲匪人所害，何況又尋不着他的屍首，此後不斷派人明查暗訪，迄無結果。

後世史家記述康熙六次下江南，主旨在視察黃河河工。但爲甚麼他以前從來不到江南，韋小寶一失蹤，當年就下江南？巡視河工，何須直到杭州？何以每次均在揚州停留甚久？又何以每次均派大批御前侍衞前往揚州各處妓院、賭場、茶館、酒店查問韋小寶其人？查問不得要領，何以悶悶不樂？後人考證，「紅樓夢」作者曹雪芹之祖父曹寅，原爲御前侍衞，曾爲韋小寶的部屬，後被康熙派爲蘇州織造，又任江寧織造，命其長駐江南繁華之地，就近尋訪韋小寶云。

那日韋小寶到了揚州，帶了夫人兒女，去麗春院見娘。母子相見，自是不勝之喜。韋春芳見七個媳婦個個如花如玉，心想：「小寶這小賊挑女人的眼力倒不錯，他來開院子，一定發大財。」

韋小寶將母親拉入房中，問道：「媽，我的老子到底是誰？」韋春芳瞪眼道：「我怎知道？」韋小寶皺眉道：「你肚子裏有我之前，接過甚麼客人？」韋春芳道：「那時你娘標緻得很，每天有好幾個客人，我怎記得這許多？」

韋小寶道：「這些客人都是漢人罷？」韋春芳道：「漢人自然有，滿洲官兒也有，還有蒙古的武官呢。」

韋小寶道：「外國鬼子沒有罷？」韋春芳怒道：「你當你娘是爛婊子嗎？連外國鬼子也接？辣塊媽媽，羅刹鬼、紅毛鬼到麗春院來，老娘用大掃帚拍了出去。」韋小寶這才放心，道：「那很好！」韋春芳抬起了頭，回憶往事，道：「那時候有個回子，常來找我，他相貌很俊，我心裏常說，我家小寶的鼻子生得好，有點兒像他。」韋小寶道：「漢滿蒙回都有，有沒有西藏人？」

韋春芳大是得意，道：「怎麼沒有？那個西藏喇嘛，上床之前一定要唸經，一面唸經，眼珠子就骨溜溜的瞧着我。你一雙眼睛賊忒嘻嘻的，眞像那個喇嘛！」

（全書完）

附錄　康熙朝的機密奏摺

「鹿鼎記」的故事中說到，康熙在韋小寶的部屬中派有密探，所以知道了韋小寶的許多秘密行動。小說的故事有點誇張。清初政治相當清明，取消了明朝東廠、西廠、內廠、錦衣衛等特務制度，皇帝並沒有私人特務。一直到清亡，始終沒有特務系統。雍正的「血滴子」只是小說家言，並非事實。

但康熙對於臣子的動靜，地方上的民情，還是十分關心的，這是統治者所必須知道的情報。從康熙朝開始，清廷建立了「密摺奏事」的制度。原來的制度是朝廷有一個「通政使」機關，凡是京官奏本，地方官的本章、題本，都先交到通政司，經審閱後再行轉呈。康熙覺得這方式會導致壅塞，洩露機密，所以命令特別親信的臣子專摺奏聞。專摺不經通政司，直接呈給皇帝，密摺的封面上並不寫明奏事者的姓名，只寫「南書房謹封」字樣。奏事者親自送到御書房，面交太監，等皇帝批覆之後，又親自到御書房領回。

後來這奏摺制度的範圍擴大。並不限親信臣子才可密奏，一般地方督府、京中大員都可用摺子向皇帝直接奏事。到了雍正朝，更規定科道等官（中級官員）每天一人以密摺輪流奏事，事無大小，都可照實奏告，即使沒有甚麼事可說，也須說明爲甚麼沒有事可說。這種方式擴大了皇帝的權力，同時使得各級官員不敢欺騙隱瞞。

從康熙朝的奏摺中看來，奏摺的內容主要是各地糧價、雨水、收成、民間輿論、官員的清貪。可見康熙最關心的是百姓的經濟生活，以及治民的官員是否貪汚。當然，各地的造反叛亂，他也是十分注意的。

康熙在奏摺上用硃筆批示，大多數是寫「知道了」三字，有時也有詳細指示。從批示之中，可以見到康熙英明而謹愼，同時對待臣下和百姓都很寬仁。

王鴻緖的奏摺

王鴻緖比康熙大九歲，江蘇華亭人，康熙十二年進士，做過翰林院編修、工部尚書、戶部尚書等大官，是康熙十分親信的臣子。他呈給康熙的奏摺上，只寫「密奏。臣王鴻緖謹奏」字樣，不寫官銜，所有公式套語完全不用。他在京城做官，所密奏的大都是北京官員的情況。

康熙派遣親信探聽消息，起初所派的都是大臣，人數極爲有限，並一再叮囑不可讓人知道。他在給王鴻緖的親筆上諭中說：

「京中地可聞之事，卿密書奏摺，與請安封內奏聞，不可令人知道。倘有瀉（洩）漏，甚有關係，小心，小心。」

「前歲南巡，有許多不肖之人騙蘇州女子。朕到家裏方知。今年又恐有如此行者。爾細細打聽，凡有這等事，親手蜜蜜（密密）寫來奏聞。此事再不可令人知道。有人知道，爾即不便矣。」（蘇州女子以美麗出名，大概有人乘着康熙南巡的機會，想選美進獻，或假借名義，欺騙蘇州女子的家屬。）

「已（以）後若有事，奏帖照南巡報例。在宮中耳目衆，不免人知，不必奏。」

「有所聞見，照先密摺奏聞。」

王鴻緒受到皇帝委託，保證絕對不敢洩漏。他在密摺中說：

「臣一介豎儒，歷蒙聖恩簡擢，毫無尺寸報効，愧悚無地。茲於十三日卯刻入直內廷，恭接御批並封內密諭，其時蔡查二臣未曾到。臣虔開默誦，不勝感激惶悚之至。伏念臣至愚昧，何足比數，乃仰荷天恩，破格密加委任，惟有竭盡犬馬，力矢忠誠，以仰報聖恩於萬一。至蒙恩諭諄誨，慮臣稍露風聲，關係甚大，臣益感而欲泣，永永時刻凜遵，三緘其口，雖親如父子兄弟，亦決不相告，自當慎之又慎，以仰副天心委任之至意也。自後京中可聞之事，臣隨時於恭請聖安帖內繕寫小摺，密達御覽。緣係特奉密旨事宜，理合奏覆。謹奏。」（康熙批：是。）

王鴻緒所密奏的，大都是關於錢糧、馬政、鑄錢、鹽政等等財政經濟事務。他對財經事務特別感興趣，所以後來長期做工部尙書和戶部尙書。本來這些財經事務可以由正式奏本奏告皇帝，但密摺中所奏的大都是弊端，侵犯到既得者的利益，似乎密奏較爲妥善。

除財經弊端外，王鴻緒的密奏性質十分廣泛。

有幾個密摺與「陳汝弼案」有關。這案子起因於陳汝弼納賄三千兩銀子，後來發展爲大案，由「議政大臣、九卿詹事科道等赴刑部衙門會審」。王鴻緒參與會審，將審案經過詳細密奏康熙，其中說到滿官漢官之間的爭辯：

「……定陳汝弼『情眞立斬』，滿大人皆已依允。李振裕與臣說：定罪未有口供，大人們應斟酌，且陳汝弼昨日所首字紙及書札是甚麼東西。臣又云：不是隱藏得的。滿大人因令司官取來，念與衆大人聽……滿大人說，沒有關係，不必入在口供內。漢大人說：『假裝身死』四字該去，昨日原是昏暈去了。因刪四字。屠粹忠說：藏匿案卷及犯贓，得無『立斬』之條。議政大人說：改了罷。舒輅因改『立絞』。科道說：仍照三法司監候絞罷。滿班大人未有應者。又陳汝弼令家人遞親筆口供，滿大人不收。李錄予說：以前三法司不曾取陳汝弼親筆口供，今日伊家人來遞，又不收，如何使得呢？……今本內所定口供，寥寥數語，乃舒輅所做也……從來問官改供及揑供，擬罪處分，條例甚重……滿大人皆怕惹怨，有話不肯發出。議政大臣亦唯聽舒輅作主裁定而已……」

康熙批語：「此奏帖甚好，深得大臣體，朕已明白了。」

奏帖的主要內容，是說「滿大人」有寃枉犯人的情況，「漢大人」則力爲開脫。這案子後來如何結案不明，相信康熙會有較寬大的裁定。値得注意的是，滿洲官員傳統上雖較有權勢，但康熙並未偏袒滿官。同時又可看到，當時處人死刑十分鄭重，不能由有權勢的大臣一言而決。

王鴻緒的密奏中偶然也有若干無關緊要的小事，今日讀來，頗有興味：

有一個奏摺是長篇奏告馬政的，最後一段卻說：「……李秀、殷德布二人，不知何人傳信與他，說皇上在外說他是大光棍，李秀、殷德布甚是驚慌等語。此後臣所陳密摺，伏乞皇上仍於密封套上，御批一『封』字，以防人偷看洩漏之弊……」（康熙批：知道了。）

有一個長篇密摺奏告主考官、副主考是否有弊，最後一段說：「又宋犖幼子宋筠係舉人，於十一月廿一日到京會試，向人言：其父向年有暈病，隔久方一發，惟今年武場中暈一次，及到揚州，復發一次，比以前緊些，然幸而暈醒，仍可辦事，今奉新恩，將來交印之後即可來京等語……」（康熙批：知道了。）宋犖本爲江寧巡撫，新任吏部尚書，辦事能幹，康熙關心他的健康。

有一個密摺奏告一個官員有罪充軍，解差向他討賞，每人要銀子十兩，那官員不給，反加辱罵。一天晚上，那官員忽被人綁縛，所有銀兩盡被取去。這是一件無關緊要的小事，王鴻緒一樣的密摺奏聞。

李煦的摺奏

李煦是康熙的親信，任蘇州織造達三十年之久。李煦的妹夫曹寅任江寧織造二十餘年，曹寅就是「紅樓夢」作者曹雪芹的祖父。李煦、曹寅，以及杭州織造孫文成三人，都不斷向康熙呈遞密摺，奏報江南地方上的情形。其中極大部份是關於雨水、收成、米價、疫病、民情、官吏的名聲等等。當時沒有報紙，康熙主要從這些奏摺中得知各地實情。

康熙三十二年夏，淮徐及江南地區天旱，六月中降雨，李煦奏報收成及米價。康熙批：「五月間聞得淮徐以南時暘舛候，夏澤愆期，民心慌慌，兩浙尤甚。朕夙夜焦思，寢食不安，但有南來者，必問詳細，聞爾所奏，少解宵旰之勞。秋收之後，還寫奏帖奏來。」

四十七年正月十九日，李煦有這樣一個奏摺：「恭請萬歲萬安。竊臣於去年十二月初七日，風聞太倉盜案，一面遣人細訪，一面即繕摺，並同無節竹子，差家人王可成賫捧進呈。今正月十七日，王可成回揚，據稱：『無節竹子同奏摺俱已進了，摺子不曾發出。』臣煦聞言驚懼。伏思凡有摺子，皆蒙御批發下，即有未奉批示，而原摺必蒙賜發。今稱不曾發出，臣心甚爲驚疑。再四嚴刑拷訊，方云：『摺子藏在袋內，黑夜趕路，拴縛不緊，連袋遺失德州路上，無處尋覓。又因竹子緊要，不敢遲誤，小的到京，朦朧將竹子送收，混說沒有摺子，這是實情。』等語。臣煦隨將王可成嚴行鎖拷，候旨發落。但臣用人不當，以致遺誤，驚恐惶懼，罪實無辭，求萬歲即賜處分。茲謹將原摺再繕寫補奏，伏乞聖鑒。臣煦臨奏不勝戰慄待罪之至。」

康熙硃批：「凡爾所奏，不過密摺奏聞之事，比不得地方官。今將爾家人一並寬免了罷。外人聽見，亦不甚好。」

值得注意的，還不在康熙的寬大，而是他的基本心態：皇帝認爲派人暗訪密奏，是一件不光采、不名譽的事，不是堂堂正正的辦事，就非光明正大的作風，無論如何不能讓旁人知道。康熙批覆密摺，從來不假別人之手，一度右手有病，不能書寫，勉強用左手批覆。但在政治黑暗的時代，統治者派遣探子私訪密奏，卻衆所公認是理所當然。這種對「特務工作」的價值觀念，是政治清明或腐敗的一種明顯分野。

康熙四十八年七月初六，李煦在請安摺子之中，又附奏江南提督張雲翼病故的訊息。向皇帝請安，是「恭祝萬歲爺萬福金安」，該當大吉大利才是，死亡的消息必須另摺奏報，決不可混在一起，否則有咒詛皇帝死亡的含義。李煦這個奏摺犯了基本的忌諱，十分胡塗。奏摺中說：「恭請萬歲萬安。竊提督江南全省軍務臣張雲翼，於康熙四十八年六月十八日，病患腰癰，醫治不痊，於七月初三日巳時身故，年五十八歲，理合奏聞。蘇州六月晴雨册進呈，伏乞聖鑒。」

康熙見了這大不吉利的奏摺，自然很不高興，但申斥的語氣中還是帶了幾分幽默。硃批：「請安摺子，不該與此事一起混寫，甚屬不敬。爾之識幾個臭字，不知那去了？」

李煦見到御批，自然嚇得魂飛魄散，急忙上奏謝罪，痛自懺悔。康熙批：「知道了。」

康熙五十一年七月，江寧織造曹寅（曹雪芹的祖父）奉命到揚州辦理刻印「佩文韻府」事宜，染上瘧疾，病勢甚重。李煦前往探病，曹寅請他上奏，向康熙討藥。

康熙得奏之後，立即硃批：「爾奏得好，今欲賜治瘧疾的藥，恐遲延，所以賜驛馬星夜趕去。但瘧疾若未轉泄痢，還無妨。若轉了病，此藥用不得。南方庸醫，每每用補濟（劑），而傷人者不計其數，須要小心。曹寅元肯吃人參，今得此病，亦是人參中來的。金鷄拏（即奎寧，原文用滿文）專治瘧疾。用二錢，末。酒調服。若輕了些，再吃一服，必要住的。住後或一錢，或八分。連吃二服，可以出根。若不是瘧疾，此藥用不得，須要認眞。萬囑，萬囑，萬囑，萬囑！」

康熙連寫四次「萬囑」，又差驛馬趕急將藥送去揚州，限九日趕到，可見對曹寅十分愛護關心。奎寧原是治瘧疾的對症藥物，但曹寅可能有其他併發症，終於不治逝世。康熙甚爲悼惜，命李煦妥爲照顧曹寅的遺屬。

李煦的奏摺之中，有一大部份是關於實驗新種稻米的。康熙很重視稻米品質，經過多方試種，培育出一種優良品種，發交各地官紳試種。李煦詳細奏報試種的情況，某官種幾畝，畝產幾石幾斗；某商人種幾畝，每畝產幾石幾斗等等。如康熙五十八年六月二十四日奏：「竊奴才所種御稻一百畝，於六月十五日收割，每畝約得稻子四石二斗三升，謹礱新米一斗進呈。而所種原田，趕緊收拾，於六月二十三日以前，又種完第二次秧苗。至於蘇州鄉紳所種御稻，亦皆收割。其所收細數，另開細數，恭呈御覽。」可見李煦還負有「種御稻實驗田」的任務。

康熙將「御稻」種子普遍發交各地官紳商人試種，每人試種的田畝多數是兩畝至三畝。李煦種到一百畝，是最大的實驗農場。所產的米當時叫做「御苑胭脂米」，色紅味香，煮粥最美。「紅樓夢」寫莊頭烏進孝進給賈府的，就是這種米。

康熙在南巡之時，見到民舟中滿載豬毛、鷄毛，問起用途，得知是用作稻田肥料，其後即下旨試驗，效果甚好。

比之後世不經實驗而大搞衛星田，不注意品種肥料而只虛報瞞騙，康熙的種稻實踐是科學化得多了。

李林盛的奏摺

康熙頗有幽默感，雖然在嚴肅的公文批語之中，往往也流露出來。

康熙四十年十月二十四日，陝甘提督李林盛上了一道奏本。這人的正式官銜是：「提督陝西甘肅等處地方總兵官右都督加一級降二級戴罪圖功」。奏摺中說：「皇上著問：『提督好，提督身上好麼？各官好麼？又在先的提督地方上事宜、雨水情形俱不時啓奏，今你到任來，爲何不具本啓奏？今後可將地方上事宜不時啓奏於 皇上知道。又 皇上賜你鹿舌、鹿尾、乾肉等捌樣，你可查收』等因。臣隨恭設香案，率同將弁各官，望闕謝恩，領受訖。除臣恭奉 綸音，頒賜食品，見在另疏奏謝 天恩外，所有奉宣地方事宜，雨水情形，令臣宣奏之上諭，臣謹遵旨具覆。伏念臣以庸愚，幸生聖世，遭遇堯舜之主，身經太平之年，毫無報稱，夙夜兢惕……」

此人不明白康熙的性格，奏摺中以大量套語歌功頌德，關於地方事宜和雨水情形，也是報喜不報憂。此人大概是漢軍旗的武官，所用的師爺也不明規矩，在奏摺一蓋了一顆官印。

康熙硃批：「知道了，已後摺字寫清字，不必用印。」

「清字」即滿洲文，康熙的意思是，這種奏摺是秘密奏報，並非正式公文，要李林盛自己書寫，不會寫漢字則寫清字好了。

李林盛收到御批後，又上奏摺：

「……仰惟我 皇上承天御極，神武英文，雖 聖躬日理萬機，猶無時不以民生為念。曩因河東歲歉，上廑 聖懷，既沛賑恤之殊恩，復頒免賦之曠典，誠功高萬世，德邁百王，薄海內外，靡不共戴堯天也……再臣應宜遵旨，以清字具摺請奏，但臣雖稍識清字，因年衰目昏，不能書寫，又兼清字之文理不通，如令人代繕，臣既不諳其中深義，誠恐詞句失宜，併懇 皇恩，容臣嗣後凡陳奏事宜，仍准以漢字具奏，庶民舛錯之愆尤也。」

康熙批示：「知道了。此漢文亦未必爾自能作也。」

他明知這員武將肚子裏墨水有限，這封奏摺必是叫人代寫的，於是小小的諷刺了他一下，以後也不盼望他能自寫奏摺、密報地方訊息了。

李林盛這封奏摺雖是師爺所寫，其實還是有不通順處。例如「但臣雖稍識清字，因年衰目昏，不能書寫，又兼清字之文理不通」，其實應當是「又兼不通清字之文理」。原摺中那一句話，變成了指摘滿洲文「文理不通」。好在康熙寬洪大量，不予追究，如果變成了細密深刻的雍正皇帝，或許會下旨斥責，罰他「再降一級，戴罪圖功」。

後記

「鹿鼎記」於一九六九年十月廿四日開始在明報連載，到一九七二年九月廿三日刊完，一共連載了兩年另十一個月。我撰寫連載的習慣向來是每天寫一續，次日刊出，所以這部小說也是連續寫了兩年另十一個月。如果沒有特殊意外（生命中永遠有特殊的意外），這是我最後的一部武俠小說。

然而「鹿鼎記」已經不太像武俠小說，毋寧說是歷史小說。這部小說在報上刊載時，不斷有讀者寫信來問：「鹿鼎記是不是別人代寫的？」因為他們發覺，這與我過去的作品有很大不同。其實這當然完全是我自己寫的。很感謝讀者們對我的寵愛和縱容，當他們不喜歡我某一部作品或某一個段落時，就斷定：「這是別人代寫的。」將好評保留給我自己，將不滿推給某一位心目中的「代筆人」。

「鹿鼎記」和我以前的武俠小說完全不同，那是故意的。一個作者不應當總是重複自己的風格與形式，要儘可能的嘗試一些新的創造。

有些讀者不滿「鹿鼎記」，為了主角韋小寶的品德，與一般的價值觀念太過違反。武俠小說的讀者習慣於將自己代入書中的英雄，然而韋小寶是不能代入的。在這方面，剝奪了某些讀者的若干樂趣，我感到抱歉。

但小說的主角不一定是「好人」。小說的主要任務之一是創造人物：好人、壞人、有缺點的好人、有優點的壞人等等，都可以寫。在康熙時代的中國，有韋小寶那樣的人物並不是不可能的事。作者寫一個人物，用意並不一定是肯定這樣的典型。哈姆萊特優柔寡斷，羅亭能說不能行，「紅字」中的牧師與人通姦，安娜卡列尼娜背叛丈夫，作者只是描寫有那樣的人物，並不是鼓勵讀者模仿他們的行爲。「水滸」的讀者最好不要像李逵那樣，賭輸了就搶錢，也不要像宋江那樣，將不斷勒索的情婦一刀殺了。林黛玉顯然不是現代婦女讀者模仿的對象。韋小寶與之發生性關係的女性，並沒有賈寶玉那麼多，至少，韋小寶不像賈寶玉那樣搞同性戀，既有秦鍾，又有蔣玉函。魯迅寫阿Q，並不是鼓吹精神勝利。

小說中的人物如果十分完美，未免是不眞實的。小說反映社會，現實社會中並沒有絕對完美的人。小說並不是道德教科書。不過讀我小說的人有很多是少年少女，那麼應當向這些天眞的小朋友們提醒一句：韋小寶重視義氣，那是好的品德，至於其餘的各種行爲，千萬不要照學。

我寫的武俠小說長篇共十二部，短篇三部。曾用書名首字的十四個字作了一副對聯：「飛雪連天射白鹿，笑書神俠倚碧鴛」。最後一個不重要的短篇「越女劍」沒有包括在內。

最早的「書劍恩仇錄」開始寫於一九五五年，最後的「越女劍」作於一九七〇年一月。

十五部長短小說寫了十五年。修訂的工作開始於一九七〇年三月，到一九八〇年年中結束，一共是十年。當然，這中間還做了其他許多事，主要是辦明報和寫明報的社評。

遇到初會的讀者時，最經常碰到的一個問題是：「你最喜歡自己那一部小說？」這個問題很難答覆，所以常常不答。單就「自己喜歡」而論，我比較喜歡感情較強烈的幾部：神鵰俠侶、倚天屠龍記、飛狐外傳、笑傲江湖。又常有人問：「你以為自己那一部小說最好？」這是問技巧與價值。我相信自己在寫作過程中有所進步：長篇比中篇短篇好些，後期的比前期的好些。不過許多讀者並不同意。我很喜歡他們的不同意。

一九八一・六・二三・

鹿鼎記=The duke of the mount deer
／金庸著. -- 三版. -- 台北市：遠流，
1996 [民 85]
冊； 公分.--(金庸作品集；32-36)
ISBN 957-32-2946-3(一套：平裝)

857.9 85008899